中國李白研究

啟功題

中国李白研究会　马鞍山李白研究所　编

2017年集

全国百佳图书出版单位
时代出版传媒股份有限公司
黄山书社

《中国李白研究》编校人员名单

舞剧《李白》剧照

舞剧《李白》首演式

学会领导合影

学术研讨会闭幕式

目　录

李白人生及诗歌理想和复古的艺术实践
——由对李白的误解而引发的一些思考

钱志熙

李白的诗歌，是一种震烁古今、历久弥新的天才创造，由于实现了诗歌艺术的最高理想，以及表现了人类个体所向往的超越性的自由精神，李白诗歌取得了永恒性的艺术魅力与经典价值。从唐宋以来，经典的评论家们，就曾尝试对李白诗歌独特、超越常伦的艺术成就做出阐述，并且对其天才的特质做出某种解释。这些构成了人们在认识李白的历史中最精彩的部分。如何总结这些关于李白的经典评论，并且以我们今天所具有的美学思想与方法继续进行阐释，是李白研究中应该做的一种工作。

自然，解释天才的成因是一种困难的，甚至危险的工作，尤其是其中的个性与天赋的部分，是最难以把握的。也有些学者尝试从李白特殊的身世来寻找其天才的成因，如魏颢曾经从蜀地多出奇才、大才的角度来认识李白，近今陈寅恪等人则从李白可能存在异族血统与文学基因来解释他的特殊性。这些解释，都还是可取的，但显然不能说是圆成通达的解释。因为它注重的是一些偶然性的因素。我认为历史上的各种天才，主要是一种后天的造成，这一点也可以从研究天才与其家族血缘亲族往往存在着巨大差异的事实中得到一些证明。事实上，从来不存在赤裸的天才表现，天才总是在某种实践的对象上得到实现的。而这些实践的对象，又总是联系着丰富的文化与艺术的传统的，并且总是某些现实关系的产物。所以，研究天才的主要努力，应该不在解释本来就难以解释的先天条件，而是分析可以分析的种种后天的原因。

在对李白的认识与评价中，也存在着一种轻视甚至污蔑李白的天才的看法，认为李白的文学天才与其在现实方面的无知是并存的。不少人认为李白的政治理想是一种不切实际的狂想，李白对于政治事实上是幼稚甚至无知的。这种看法，往往或多或少援引近代实验心理学的一些观点，如“天才即白痴”这样的看法。也有一些质疑来自对李白诗歌内容价值的认识，如认为李白诗歌在内容上存在着浅薄、庸俗的倾向。这种观点其来甚久，以王安石批评李诗“十之八九，醇酒妇人而已”最为著名。王安石这种质疑，其实与宋代文人的文化背景与王氏本人的诗学见解有关。宋代道学风盛，而安石本人诗歌的取法，多在中晚唐之际，对于盛唐诗风的认识有所不足。其实，李白诗歌中多醇酒妇人，虽然与其个人狂放纵逸的性格有直接的关系，但同时是一种诗歌传统的继承。李诗一出于汉魏乐府，一出于阮籍、陶潜、王绩等崇尚自然的一流。所谓诗多妇人，本就是乐府的传统；而诗多写醇酒，则亦是乐府，尤其是魏晋以来的一种传统。“大抵南朝多旷达，唯有东晋最风流”（杜牧诗句），王安石所说的诗多醇酒妇人，正是李白继承诗史传统之所在，这里关键的还是比兴寄托的传统的问题。所以简单地据此来贬低甚至否定李白诗歌的内容价值，显然是一种轻率、隔膜的认识。

现代人站在片面的理性立场上质疑李白的经典价值的一种表现，就是将李白宏大的人生理想与诗歌理想浅薄化，强调李白诗歌创造中的无意识性，而忽略其深刻的诗歌思想与艺术实践上的自觉性。在所有对李白的贬低性、否定性的观点中，最能反映今人对诗学传统的隔膜的，就是对李白的学识包括诗学方面的知识与技能的积累的贬低，甚至是否定性的看法。最典型的就是将李诗的自然清真理解为率易甚至粗放，如将《静夜思》这样千古传诵的经典之作说成是尽人所能的浅易之作。这种对于古代经典作家的解构与蔑视，并不只存在于对李白的评论中。其中大多数是腾口为说，但也不少是以很正规的学术见解甚至研究成果发表的。它多少反映了我们这个时代因为实用主义的流行而带来的诗性精神的衰落甚至沉沦。李白无疑是具有一种深刻性的，即使从向来被忽视的他的思想方向来说，李白无疑是当时最博学的，并且是思想极为深刻的诗人。他在儒释道方面的知识、践行经验，在当时都是一流的，对历史与现实也有深刻的认识。至于在诗学方面，李、杜都是熟知中国古代诗学传统的诗人，对诗歌史有各自独特的看法。杜甫的《戏为六绝句》是对初唐以来诗学的一个批评，“会看翡翠兰苕上，未掣鲸鱼碧海中”，表现了杜甫的审美理想，即突破南朝以来流行的单纯、模式化的优美风格，实现更巨大的艺术创造。李白的《古风》其一，更是剖判整个诗史，在正面肯定开元诗风的前提下，提出他自己更为高远的诗歌理想，体现其对诗史整体突破、超越魏晋以下各代的意图。杜甫采取了集大成的继承方法，李白则通过复活古代的诗歌精神来创造真正的诗歌艺术的道路。所谓“将复古道，非我其谁”，只能这样理解。“古道”是李白对诗歌传统的认识的结晶，绝非率尔可得。所以，我们说李杜都是深入到诗歌史中的。这应该是他们在诗歌艺术上取得巨大成就的最重要原因之一。事实上，唐代不少大家名家，都是站上诗史的高度上来规范他们自己及同代人的创作的。如从白居易《与元九书》中对诗歌史的一番评论，我们也可以清楚地看到，白居易创作新乐府的成就，也来自于他对诗歌史的一种批判。只是李杜对诗歌史的认识，无疑更深刻，也更贴近诗歌史的正面价值。所以上面这些问题都显示出，对于我们当代读者、研究者来说，在认识李白方面存在着广阔的思考与研究的空间。

我们这里所循的思考方式，是认为李白的独特的人生理想与崇高的艺术理想，以及人生理想与现实的巨大矛盾，艺术理想的适逢其时、得以实现，是造成李白诗歌震古烁今、具有永恒魅力的基本成因。这是我们认识与理解李白的一个很大的思考空间，同时也应该是研究李白的主要努力方向。李白的诗歌创造了艺术的理想，充分地阐释李白诗歌的成因，解释天才形成的原因，则是我们研究李白的学者们的一种学术理想。

一

李白无疑是一个对理想抱持高度热情的人，这其实是天才人物的一个特征。

关于李白的人生理想及其现实遭遇与其诗歌艺术的关系，学术界已经做出不少的研究，其中陈贻焮先生与裴斐先生的有关论述，我认为是比较有深度的，提供了我们继续思考这个问题的某些基础。关于李白的人生理想，陈贻焮先生曾有过精彩的论述。他对李白的人生理想做了这样的概括：他有多种梦想，侠客、高士、圣贤、神仙。但他最主要的理想是，为帝王辅佐，使寰区大定、海县清一，然后再遂其隐逸出尘，成为高士甚至神仙的浪漫的理想。

> 可见李白是企图将积极入世的政治抱负和消极出世的老庄思想、隐逸态度结合起来，以前者为用，以后者为体，使自己成为如嵇康所说的“并介之人”，由隐而仕而终归于隐，以退为进而急流勇退，以避免偏执一端之弊，而并获“兼济”“独善”两者之利。[1]

陈贻焮先生认为，李白这种人生理想虽然在表现上有些特殊，但是有他的现实成因。隋唐之际，六朝士族制度崩溃，虽然固有的门第观念还在社会中存在，但从唐初以来，不少寒素阶层的士人，完全依靠个人才能走上政治舞台，建功立业，甚至位至将相。而当时通过隐逸甚至学道求仙等行为而获致名声，为最高统治者所关注、征召者，也不乏其人。这正是李白的政治理想及其对政治途径的个人设计的现实依据。也许由于受到当时某种语境的影响，陈先生所说的李白的人生理想，主要是指其在政治上的理想。至于隐逸出尘，成为神仙高士，则被称梦想。

与陈贻焮先生的思考方向有所不同，但正可以形成互补关系，裴斐先生主要注目李白的理想受挫和现实遭遇，并且从这样一个方向解释李白诗歌艺术的成因。裴斐先生的李白思考，贯穿着一种基本精神，就是重视李白诗歌的现实性，并且在这方面将其与杜甫相提并论，这是十分深刻的观点。杜甫诗歌的现实性，是很容易体认的。他的沉郁风格，正是这种现实精神的美的结晶。相对来讲，李白向来被视为天马行空的诗人，他最美妙的诗歌意象，也的确是凝结在那些超现实的意象上。作为李诗主要风格的，“飘逸”，似乎也在摆脱现实羁绊中实现，或者完全是超越于现实之上。但李白在现实生活上的阅历，尤其是他的现实遭遇，其实比杜甫还要深广，某种程度上可以与屈原、曹植这些诗人相比。他的天才、理想与他的现实遭遇，差不多可以成正比例。这里不仅是现实原因，还是有他天才个性的原因。裴斐先生晚年所著的《李白选集》的简短前言提出了很重要的看法：

> 李白无疑是个天才，这在历史上早有定评。可是，其所以成为伟大诗人，关键还决定于历史因素及其自身的人生态度。李白主要活动于玄宗、肃宗两朝，这是唐代社会盛极而衰的历史转折时期，正是转折期剧烈的动荡成全了诗人。短暂的宫廷经历，使白之创作从思想到艺术都发生了质的变化，最明显的一点，就在其出宫后怀才不遇的歌咏总是伴随着对朝政腐败（奸佞当道、君主昏庸、穷兵黩武、滥杀无辜等）的不满，并产生国之将倾的预感：“日惨惨兮云冥冥，猩猩啼烟兮鬼啸雨。”（《远别离》）“白日不照吾精诚，杞国无事忧天倾。”（《梁甫吟》）整个天宝年间，即安史之乱发生前的那种黑云压顶，山雨欲来的时代气氛，在同时众多诗人中只有李白感觉到，只有他在大声疾呼。他显得孤独，却体现了时代的良知。李白此期抒情诗之所以特别感人，关键就在于其个人感情已与整个社

会的命运和谐地交织在一起，因而他那佯狂放诞的歌咏背后总是隐藏着深沉悲感，表现出豪中见悲的独特个性。豪，出于自命不凡和积极进取的人生态度；悲，则出于对现实的深刻不满以至绝望。这种矛盾不仅贯穿于政治抒情诗，亦见于此期的饮酒诗、游仙诗、山水诗以及大量酬赠之作。[2]

这种分析，相对古代的经典评论，是有明显的推进的。李白人生轨迹与其诗歌创作的巨大激情，是其奇伟的人生理想与现实激烈碰撞的结果。这似乎是任何一位有创造力的艺术家的共同特点，关键在于李白是属于最典型的、程度最为激烈的一位。能够与他相比的，也许只有前面的屈原、曹植。

上述两位学者的论述，都是带有解释性，也都具有自觉的史学意识。他们的思考，杜绝了持李白诗歌不可知论、李白天才不可解释，甚至认为李白天才邻于某种非理性的痴狂，这样一些消极的学术观点。

二

李白的人生理想，我认为包括三大方向：即求仙学道的理想、政治的理想与文学创作（尤其是诗歌）方面的理想。从作为历史人物的李白来说，我们只有将他的三大理想研究清楚，才能较好地还原他的人生。

有关李白的求仙学道生涯，古今以来不少人曾经关注、研究。我的《李白与神仙道教关系新论》一文，在总结前人相关观点的基础上，做了一些新的阐释。该文主要强调李白与神仙道教关系之密切，几乎贯穿他的一生，而且至少在李白自己的表述中，他是以求仙问道为终生之事业，甚至放在他的政治理想之上。如果以求仙问道为线索，我们甚至可以说，李白一生的行动轨迹，差不多都是与他的仙道事业联系在一起的。李白的求仙学道与其艺术的关系，我认为还需要作深入研究。

李白的政治理想及其政治上的行为，是比较多地受到质疑的。根据李白的自述，他的政治理想是后于神仙理想发生的。这一信息比较清晰地反映在《经乱离后天恩流夜郎忆旧游书怀赠江夏韦太守良宰》一诗中：

天上白玉京，十二楼五城。仙人抚我顶，结发受长生。误逐世间乐，颇穷理乱情。九十六圣君，浮云挂空名。天地赌一掷，未能忘战争。试涉霸王略，将期轩冕荣。时命乃大谬，弃之海上行。学剑翻自哂，为文竟何成。剑非万人敌，文窃四海声。儿戏不足道，五噫出西京。[3]

这里李白先说自己人生理想中的第一种，即求为神仙长生之术，却不能放弃世间的轩冕之荣。世俗的功名有多种多样，像一般的寒素者所走的通过科举中试而入仕途，夤缘上进，甚至位极人臣，果然也是一种。但李白是希望直接以霸王之略酬于王家，走的是姜子牙、王猛或者隋唐之际的那一班名臣的道路。他为什么会选择这样特殊的道路呢？当然是出于对自身非凡的道术的自信，也即自信具有匡济天下的谋略。并且他的平治的对象，并非天下已经太平的治世，而是天下尚未完全治理、尚未太平的乱世。“但用东山谢安石，与君谈笑靖胡沙”，正是这种政治抱负的一个表现。在上面这首诗中，他回顾历史，说历代君王皆已如浮云掠过，徒留空名，而天下却从未真正太平过。就像老子所说的“天地不仁，以万物为刍狗”一样，天地似乎将凡人社会的命运当作赌博的内容，随意地抛掷着骰子。所以国家的乱离与战争，是避免不了的。即使在相对平静的时期，政治上的种种问题也如杂草丛生一般。李白正是看到了这种情况，所以研究历史上治乱兴衰的问题，即所谓“颇穷理乱情”“试涉霸王略”。这是他平生入世方面的学术的主要修习内容。崔宗之《赠李十二》一诗中，也说到李白学问方面的情况：“李侯忽来仪，把袂苦不早。清论既抵掌，玄谈又绝倒。分明楚汉事，历历王霸道。”[4]这几句诗，对于我们了解李白平生所学是有参考价值的。所谓“清论”应该是指时论清议，多半是有关于当时的政治及人物之类。“玄谈”则应该是佛道或玄学方面的。李白集中有《与元丹丘方城寺谈玄作》,所谈全为佛教空观之学。而“楚汉事”与“霸王道”是联系在一起,李白通过对楚汉历史的剖析,来展示其王霸之学,并得到时任左司郎中崔宗之的许可。可见,李白的“颇穷理乱情”“试涉霸王略”,并非空洞之语,而是与他对道术与历史的研究联系在一起的,可以说是一种经世的实学。

李白早年曾经跟赵蕤学纵横长短之术,就是上面这种学术的主要内容。但李白学习这种学问,当然也不仅仅是教材式、讲义式的,最主要的还是他在接触百家之学、了解现实、探讨历史事件与历史人物时,其关心注目之处,是常常侧重于“穷理乱情”“涉霸王略”这些方面的。具体到李白的作品,尤其是他的《古风》五十九首、古乐府这两大宗,在内容上有许多地方是关涉这两方面内容的。李白《古风》五十九首,不仅继承国风的宗旨,而且有效法孔子修《春秋》的用意,《古风(其一)》的“希圣如有立,绝笔于获麟”,正是这样的意思。所以,《古风》五十九首的主要内容,就是写古今政治与文学之兴衰、风俗与人情善否以及人物之高下、史事之是非这些内容的。李白既取阮籍、陈子昂等人的诗体与诗法,又汲取了风骚精神,但具体的内容却正是其平生的出世与入世的两种学问,也可以说表现其两种人生理想。而他的古乐府,绝大部分也都是表现这类内容的。如《远别离》:“此诗大意谓无借人国柄,借人国柄则失其权,失其权则虽圣哲不能保其社稷、妻子,其祸有必至之势。”[5](萧士赟)《蜀道难》写蜀道之险,赋题之外,兼有讽喻之义,“言其险,更著其戒,如云‘所守或匪亲,化为狼与豺’。风人之义远矣!”[6](胡震亨)至于《乌栖曲》之讽刺吴王之荒淫,《战城南》之讽喻君王征战无已,《上留田》之写兄死不葬、且动干戈,《箜篌谣》之交道及君臣相知之难,《胡无人》之写胡汉之事,《北风行》之写幽州思妇之伤征人不还,《鞠歌行》之写贤士有志不酬、忠臣死为刖足之鬼,《临江节士歌》之写白日昭天,壮士愤而思倚天之剑斩长鲸,等等,或寄曲折之情,或直叙其事,无不与理乱之情、霸王之略相关。

至其直接写帝王之略，如《梁甫吟》言贤者如朝歌钓叟、狂者如高阳酒徒，皆能得遇，而己独欲叩天关而不能，望阊阖而难入，如屈子之独抱孤忠。这是因霸王之略不酬而激愤。至《设辟邪伎鼓吹雉子斑曲辞》，则寄比象于雉子，表现其不遇如凡情之求一饮一啄，“乍向草中耿介死，不向黄金笼下生。天地至广大，何惜遂物情。善卷让天子，务光亦逃名。所贵旷士怀，朗然合太清”，则是因理想之无法实现，不愿降格为苟求世禄之徒，而引古圣之逃名、让天下者自宽。这是他因不能入世，而以出世之自解。大体上李白平生之志向，就在其出入两道，这一点他自己已经交代得很清楚。了解了这一点，我们对于李白诗歌的现实主题、史事吟咏及情感的指向，就有了一个比较明确的方向了。但历来解读李白者，每每不能得其大体，拘泥于小节，而汩没了李白平生经济之学的大体方向。

李白的政治理想，按照我们今天的理解，无疑是失败了。这实际上是历史上怀抱崇高的政治理想的许多志士仁人的共同命运。但现在不少学者，不从这个角度来理解这一个现象，而多归结于李白本身在政治上的低能、狂妄。我们上面的分析，是为了提供一个重新认识李白政治才能的角度，即李白是具有其一家之道术的。李白以治乱之才自居，要使“寰区大定，海县清一”，这不仅让我再次想起杜甫，他的理想几乎与李白一样的大，但设想很不一样，所谓“置君尧舜上，再使风俗淳”，是一种至治的政治理想，可以说是要做一个典型的儒者政治家。而李白则要施其纵横捭阖之术，以戡乱之才自居，且功成之后，退隐江湖。而杜甫却没有类似的表达。这正是道术之士与儒术之士的一种分野。后者是任重道远，仁以为己仁。可见李、杜两人自负之才，正有文武之异、道儒之别。裴斐先生曾经分析李杜政治选择之不同，即杜甫是正统派，立志做贤臣，李白则走策士道路，并且指出：“李杜从政均以悲剧告终，正是这个悲剧引起他们思想上的深刻变化，促成日后创作上的大成功。”[7]这样的分析是富有启发性的。

三

李白的诗歌理想,如果根据他自己的表述,就是一种复古的理想。李白诗歌思想的深刻性及其实践上的自觉性,表现为通过"复古"这样一种观念与途径,深刻地展示了诗歌艺术的理想与创造规律。

李白复古思想的形成过程,是一个值得研究的问题。李白幼少年家居时受过较好的文学教育。他在《送从侄耑游庐山序》中说:"予小时,大人令诵《子虚赋》,私心慕之。"十五岁左右,他的文学创作已经初步成熟,他自称"十五观奇书,作赋凌相如"(《赠张相镐》)。北宋时东蜀杨天惠的《彰明逸事》记载李白家乡的人保存了李白早年的作品:"时太白齿方少,英气溢发,诸为诗文甚多,微类宫中行乐之体。今邑人所藏百篇,大抵皆格律也。虽颇体弱,然短羽褵褷,已是凤雏态。淳化中,县令杨遂为之引,谓为少作是也。"(《唐诗纪事》引)二十岁的时候,李白赴成都谒见时任益州长史苏颋。苏氏待他以布衣之礼,并在群僚前赞扬他说:"此子天才英丽,下笔不休,虽风力未成,且见专车之骨。若广之以学,可以相如比肩也。"(《上安州裴长史书》)李白献给苏颋的作品,应该是其早年创作的结集,其中可能有后来留存下来的《大猎赋》,故苏氏比之司马相如。[8] 又据《酉阳杂俎》称:"李白前后三拟《词选》,不如意,悉焚之,惟留《恨》《别赋》。"[9]《词选》一辈认为或即《昭明文选》。李白早年创作,也应该是诗赋、杂文并作,其方法则侧重于拟古。上述这些材料,对于了解李白早年蜀中的创作,是很有参考意义的。从《彰明逸事》所说的情况,可以知道李白早期作品,内容微类宫中行乐之体,大概是以写宫廷题材为主的。但此时他并无接触宫廷生活的可能,这些作品应该是模拟之作,它的模拟对象,很可能是《文选》《玉台新咏》这类宫闱题材的作品,所用体裁则是齐梁以来的格律之体。我们知道,从永明诗人谢朓、沈约等人以来,有一种使用声律体来作乐章歌词与拟赋乐府题的作法,梁陈至初唐,一直有这种体制的流传。从内容来看,表现行乐与女性后来也一直是李白诗歌的主要内容之一,王安石甚至批评他的诗"十之八九,皆醇酒妇人",这是误解,不知道他写饮酒,写女性,多是人生失意的排解之词,而且这类诗多有寄托之词。但是在早年学习诗赋创作时,因少年情性所近,并且追求优美的风格,其所模拟的对象,多是汉魏六朝的宫怨、闺情以及古诗、乐府的游子思妇之类,是可以想见的。但李白飘逸的才性,尤其是他的神思,在早年的作品里就已经表现出。所谓"短羽褵褷,已见凤雏态",说的正是他早年在彰明老家时的创作给人的印象。当然,以李白的天才,他的诗赋艺术,当然是在很快地发展的。等到他二十岁谒见苏颋时,就获得了"天才英丽"的评价。李白作品给人天才迸发的深刻印象,这是他一生作品的共同特点。但早年所作,则带有突出的"丽"的特点。我们知道,从齐梁到初盛唐,"丽"一直是人们在诗歌风格方面的基本追求。但宫体之流,陷入绮靡。而李白的作品,因为神思飘逸,给人以"英丽"的感觉。"英丽"之中,也有自然清新的成分。"沈宋"与"文章四友"等人,正是在继承齐梁与唐初的声律、俳偶的基础上,达到自然流丽的审美效果,实际上已对陈隋绮靡之风有所革除。苏颋也是属于这一派的诗人,所以他以"英丽"赞许李白。但他同时也指出其作品风力之未备的缺点。这个评论,大概与李白自己的看法正好符合,或者说追求风力正是李白此时已经形成的一种创作思想。这当然与时代的风气有关。其实,在李白开始学习诗歌创作的少年时期,当时主流的诗人,已经在齐梁体的基础上做出革新。殷璠《河岳英灵集(序)》在历叙唐人革除"都无兴象,但贵轻艳"的梁陈绮靡之风时说:"武德初微波尚存,贞观末标格渐高,景云中颇通远调。开元十五年,声律风骨始备矣。"我们看李白正是景云中开始学习创作的,而当时包括苏颋在内的主流诗家,已经是颇通远调了。李白虽然这时并未立即接触主流诗风,但他以自己的天才奇逸之格,在学习六朝诗风时,已经创造出"英丽"之美。

他出蜀前后的作品，已经达到当时诗坛的最高成就，如他的若干五律，在学习初唐诸家五律的基础上，已经形成自己的风格，在艺术上已经对时风有所超越。可以说，即以出蜀前后的成就而论，李白也已跻身盛唐名家之流。但是这时候他还没有形成自己明确的复古主张与复古创作方法。他在复古方面最有代表性的古风与古乐府的创作，则是在出蜀之后才展开的。

就在李白的政治理想开始成熟的同时，我们相信，他那种以复古的方式来开拓千古的诗歌创作理想，也同时成熟了。复古并非李白个人独创的文学思想，而是他领受了时代的风气。玄宗朝崇尚道术，政治与文学上都迎来了复古的时代："圣代复元古，垂衣贵清真。"（李白《古风》其一）"开元十五年，声律风骨始备矣。良由主上恶华好朴，去伪从真。使海内词场，翕然尊古。南风周雅，称阐今日。"（殷璠《河岳英灵集》）虽然两家都是认为复古是由上而下的运动，不无歌颂玄宗之处。当时为了对前面的武周统治拨乱反正，提倡去奢华，返淳朴，并尊老子为玄元皇帝，以重新树立李唐的政治威望，所以在政治上也标榜清真无为之治。可见，至少在政治与文化的观念上，复古的确是当时上下共同推崇的一种风气。至于文学复古，自然不始于开元，而是初唐陈子昂等人就已实践。只是则天、中宗时代，宫廷创作始终占主流，所以复古诗学没有很好地展开。到了这个时期，一种纠正甚至否定旧朝文学、厌恶繁缛作风的观念自然也适时地出现了。而其建设方面，正在于复古观念在实践上的推进。另外，从思想史的层面上，此时崇尚道家，佛学也经过禅宗的革命性发展。这两家其实都是以追求自然为宗旨，禅宗更加自性清净，对心性多所开拓。从南朝齐梁到唐初武周时代，佛教信仰的主流，一直是贵族化奢华崇丽、追求外表形式的象教信仰，与这时期文学的绮靡风格是相应的。而以慧能为标志的南派禅宗的革新，则带有更多庶民化的作风，这与此期寒素文学的兴起也是相对应的。初盛唐的复古，其实包含了崇尚自然的思想。李白本人就是崇尚自然的代表，从哲学分野来讲，就是属于道家之流,对佛禅之学也有一定的接受。

李白正是在这样的思想文化背景下走上诗坛,通过他的广泛的交游,接触并深入到当时文坛的中心。他出蜀之后,先是进入了当时已经是诗歌创作活动重要地区的荆襄、金陵一带,接触以孟浩然为代表的一些复古诗人,其后又进入长安贵族交际场,历抵卿相,遍干诸侯。在这期间,李白对此时代的风气,已经认识得十分清楚了。《古风》其一中对玄宗朝复古文运的描写,以及他的整体的文学史观,应该是在出蜀后的几年内逐渐成熟的。可以说,出川后的开元后期,是李白广泛接触当代诗坛的时期。但是,正如在政治理想方面,李白的宏伟设想并没有被玄宗朝的政治理念所局限,李白在文学上的复古思想与实践追求,同样是既出于玄宗朝文坛风气,又超越了其当代的复古思想,甚至超越了唐初陈子昂、张九龄这一主流的复古派。玄宗朝的政治复古,多少带有一种自以为盛极之世的夸饰之嫌,甚至令人想起后来宋徽宗的崇道教与丰亨豫大。到了天宝时代,政治上的各种矛盾开始不可避免地暴露出来了。从李白大量的揭示当代现实弊病,慨叹自己怀才而不遇的诗歌中,我们知道他对玄宗朝的政治的弊端是清醒的,可见所谓"圣代复玄古,垂衣贵清真"只是李白对玄宗时代的一种温情的颂扬。同样,他也从当时诗坛中看到当代诗歌的弊端,这个弊端就是复古的不彻底性。李阳冰在《草堂集序》中说:"卢黄门横制颓波,天下质文翕然一变。至今朝诗体,尚有梁陈宫掖之风,至公大变,扫地并尽。"[10] 又《本事诗》载:"李白才逸气高,与陈拾遗齐名,先后合德,其论诗云:'梁陈以来,艳薄斯极,沈休文又尚以声律,将复古道,非我而谁与?'故陈李集中律诗殊少。尝言'兴寄深微,五言不如四言,七言又其靡也,况使束于声调俳优哉?'"[11] 作为当代人与当事人的这些言论,可以说都是符合实际的。从初唐到玄宗开元天宝时期,长安文坛一直是唐代文学创作的中心。虽然开元中期以后,复古的文学风气已经形成,但是从初唐以来延续下来的浓厚的宫廷文学风气仍然存在,甚至李白本人,在天宝初也曾一度充当宫廷诗人的角色。虽然他的宫廷创作并非绮缛之体，而是清新自然为尚，但从主题来看，毕竟属于宫体之流。甚至到了天宝后期，王维、杜甫、岑参等人，仍然对武后、中宗期的雅颂应制的诗风有所延续，虽然在风格上已经有发展，变为壮丽铿锵之格。这些情况，使李白对当时文坛存在的弊病有较多的认识，激起其更强烈的复古愿望。可见李白复古的一个重要的方向，是针对梁陈以来的宫掖诗风。

李白对于当时诗坛的不满，不仅在于风格上的延续梁陈宫掖之风，而且还在体制方面。上引《本事诗》所载的“兴寄深微，五言不如四言，七言又其靡也，况使束于声调俳优哉”，就是其在诗体方面的基本思想。唐诗的体制，总体上说，是沿承汉魏六朝诗体。但从齐梁以来，由于声律及相关的咏物绮靡之体的形成，诗体上出现了古与今、新与旧的分歧。这个分歧，到陈子昂提倡汉魏的观点出现，以及武后、中宗年间近体的定型，就变得十分清晰，即渊源于汉魏的古诗与古乐府体，及渊源于齐梁的各种近体、齐梁体。这个问题，在开元、天宝时代的主要诗人的创作中都存在。大抵可以说，当时主流的诗人，如王、孟、高、岑、杜等人，在观念上都是崇尚汉魏风骨的，但在体制上是古今体并用。李白在观念上是彻底的复古派，在体制上则是取法晋宋以下，并由汉魏而上述诗骚。正是在这种思想的支配下，李白大量地写作古风与古乐府诗。他的古风、古乐府，都是以寄托比兴为旨的，体现兴寄深微的美学思想。他那些吟咏山水、纪交游、抒情志的五言古诗与歌行杂体，也多取法晋宋以上，不落齐梁以后。在近体方面，李白的五言律诗、五言律绝、七言律绝，虽然使用声调谐婉之法，但律意并不明显，给人一种律而非律的感觉，与沈宋以来的“回忌声病，约句准篇，如锦绣成文”的“靡丽”之体不同[12]，与杜甫的律切精深，顿挫入神一派也不相同。总体来看，是在近体中表现了古体、古风的风骨与自然神韵。而在七律方面，虽然盛唐此体已经流行，但李白所做甚少，并且仅存的数首，如《登金陵凤凰台》《鹦鹉洲》，是效崔颢的黄鹤楼之体，调在歌行与律诗之间。其余有限的数首,也都以直致为体,不同于同时王维、高适、李颀诸家情景交融、承转谐婉之作。

总之,李白承初盛复古一派的经验积累,进一步深化复古的思想,是对陈子昂以来的复古派的发展。他的古乐府创作,更是与众不同的一家之学。[13]但他的复古并非流于形式,拘于格调,而是纵横古今,自由吸取,其精神在于通过复古来实现他独特的诗歌艺术理想。

四

李白在诗歌体裁方面,做出很大的革新。齐梁以降,声律技术的发展,虽然促使了近体的定型,是中国古代诗歌体裁的一大发展。但从诗歌体裁的丰富多样、变化创新来说,反而有转趋狭窄化、单调化的倾向,即诗歌体裁渐趋声律化。初唐的声律体,不尽为后来定型的五七言律诗(包括排律)、绝句体,也包括各种齐梁体(如各种仄韵的声律体),所以比后来的近体完全定型后的诗体要多样一点,但也都在五七言齐言的范围内,并且都是用声律、俳偶这两种修辞格式,显得很单调。另一部分诗人用了晋宋体,但也主要是五言。陈子昂、张九龄两家《感遇》是学汉魏体,于是使唐诗中的古体真正成立,应该说是对齐梁以来单调局面的突破,但还是属于齐言范畴。并且古风一体,篇制基本上属于短篇,以比兴为宗一种,是很难衍为长篇的。李白在诗体方面是不主故常的,对声律之体,并不像元结和《箧中集》诗人们那样刻意拒绝。而是以比较自由的态度来使用,能做到用律而不为律所束缚,造成与众不同的声律美。同时,更重要的是它窥探到齐梁以前诗歌体裁的丰富状态,尤其是对汉乐府与南北朝各种新声的继承与改造,完全突破了齐梁以来体制狭窄、单调的局面,为他驰骋非凡的天才,创造元气淋漓的诗境、变化无穷的风格,提供了一种完全没有羁绊的空间。殷璠《河岳英灵集》评论李白时说:“白性嗜酒,志不拘检。常林栖十数载，故其为文章，率皆纵逸。至如《蜀道难》等篇，可谓奇之又奇。然自骚人以还，鲜有此体调。”所谓“体调”，正包括了体制与风格这两种主要因素。而两者又是常结合在一起的。可见在时人的眼中，李白在这两方面，都是奇之又奇，自骚人以还鲜有。殷璠是一位具有复古思想的诗学家，他对齐梁以来完全束以声律的作法是有所否定的。但对李白诗歌的“纵逸”“奇之又奇”骚人以来鲜有此体调这三个评语，虽非贬，但也不是明确褒义。这样说来，李白在诗歌体制方面的突破，不单是突破齐梁声律绮靡之体，而是对盛唐诗坛一般流行的体制，也是一个很大的突破。在这方面，他比当时在体制上开拓的王维、杜甫都走得远。王维、杜甫在体制使用上，还是有一定的框限的。李白则达到了完全自由，变化多端的境地。从潜在逻辑上讲，李白在诗歌体裁的使用上，是没有任何先定的限制的。在他这里，诗歌体裁始终处于不断创造、变化的状态。在魏晋以后的文人诗作者里面，能达到这种境地的，可以说独一无二。宋人张耒有论云：“以声律作诗，其末流也，而唐至今谨守之。独鲁直一扫古今，直出胸臆，破弃声律，作五七言，如金石未作，钟声和鸣。浑然天成，有言外意。”[14]黄庭坚当然学的是李白的经验。后来一些重要诗人，如清代龚自珍，也多有破弃声律末流的思想与实践。但是真正来说，李白之后，没有一位诗人能达到李白这样的自由的、变化的，以无限变化可能来运用诗体的境地。

李白诗歌艺术的另一高度，是其在语体、修辞艺术上的复古与革新。汉魏诗歌以散直为体，晋宋以降，诗歌语言渐趋于俳偶化，同时追求典雅华缛的风格。其间虽左思、陶渊明、鲍照的部分诗保持较多的自然朴素风格，但总的来看，与日常语言的距离在拉大。齐梁时代，虽然永明声律体诗歌在语言上有某种程度的向自然清新转变的倾向，但整体上看，绮缛雕琢的作风仍然在发展，并且隶事之风大兴。到了初唐，仍未革除。李白在诗歌语言方面，提出了“清水出芙蓉，天然去雕饰”的审美理想，以汉魏散直为体，但对六朝诗人们在诗歌语言、意象、造境方面的成就，也充分地加以继承，可以说将绮缛雕琢的作法完全革除了,造成一种极富表现力,与情志不隔的语言风格。歌行长句如:“黄河之水天上来,奔流到海不复回”(《将进酒》),五言短句如“我来竟何事,高卧沙丘城。城边多古树,连夕起秋声”(《沙丘城下寄杜甫》),都是直写情事,如在目前。其《古风》等学汉魏体的诗歌,虽然多用古词,时用词彩,但有光英朗练之气,如“齐有倜傥生,鲁连特高妙。明月出海底,一朝开光耀。却秦振英声,后世仰末照”(《古风》其十)。其近体诗的语言,不仅全消齐梁之浮词缀属,而且比起盛唐诸家的近体,还要自然。殷璠所说的太白诗的“纵逸”,也包括其语言风格,以及由这种语言风格造成的抒情风格。

五

李白诗歌是属于典型的天才豪放型。宋代诗人刘克庄在论宋诗发展中欧苏的地位时说:“至六一、坡公,巍然为大家数,学者宗焉。然二公亦各极其天才笔力之所至而已,非必锻炼勤苦而成也。”[15]欧苏的天才笔力,当然深受李白的创作精神影响。同时,刘氏所奉为本朝诗歌宗祖的黄庭坚,则是以“勤苦锻炼”为主,其特点是“荟萃百家句律之长,究极历代体制之变,搜奇笔,穿异穴,间作为古律,自成一家,虽只字半句不轻出,遂为本朝诗家宗主”。[16]黄诗这种创作精神,当然是直接来自对杜甫诗法的体认与变化。唐诗重自然,宋诗重人工,所以以勤苦锻炼为宗旨的黄庭坚成为宋诗风格真正形成的标志。而刘克庄论欧苏“各极天才笔力所至”“非必锻炼勤苦而成”,也隐含一种似扬实贬的意思在内。但是,截然地将李与杜、欧苏与黄分成天才笔力型与锻炼勤苦型,也有不够辩证、简单化的倾向。至少是刘氏作为黄诗特点的“荟萃百家句律之长,究极历代体制之变”,不仅可以用来评价杜甫,即使用来评价李白,也是完全合适的。李白的古风多取法阮籍、陈子昂,历来学者论之已多。其古乐府则广泛地学习汉魏六朝的体制与句律而出一家之奇。其荟萃句律、究极体制之长,毫不亚于杜、黄诸家。所以,我们不仅要肯定李白诗歌的天才豪放以及自然的本色,同时也要探究其在句律、体制方法上用古而能化、法古而能变的表现。姚鼐《刘海峰先生八十寿序》一文中引历城周编修语云:“为文章者,有所法而后能,有所变而后大。”是讲法古与变化的关系,以及由“能”到“大”,即由能品向神品,由成熟的艺术向杰出的艺术发展。李白的诗歌创作,正是这一规律的典型体现。同样,我们不仅强调他的豪放,同时也探究其法度深明的地方,即杜甫所说的“律中鬼神惊”之处。苏轼《书吴道子画后》中所说的:“出新意于法度之中,寄妙理于豪放之外。”[17]也可以作为李白诗歌的确评。再有一点与此相关的,就是造奇的合理的问题。诗歌创作运用的是感性的形象思维,和日常生活尤其是科学技术逻辑不同,但是也同样存在着一种逻辑的形式,或者说是感性思维与理性思辨的一种特殊的统一。所以,诗歌创作的造奇、陌生化必须与合理、并不违背人性的根本体认为要领。杜牧在评价李贺诗歌时,极论其造奇之处,给以充分肯定,但最后又说:“稍加以理,奴仆命骚可也。”他的正面的意思,自然是认为李贺诗歌造奇而理有所不足。殷璠评李白诗歌,也说“故其为文章,率皆纵逸。至于《蜀道难》等篇,可谓奇之又奇。然自骚人以还,鲜有此体调”[18]。这其中似乎也有某种辨法、辨体之意在里面。

综合上述这些问题,我认为都指向一个方向,即在强调李白的天才豪放、纵逸造奇的同时,如何认识其汲古之深、取法与体制之广,以及中律、合理的问题。在今天出现了李白诗歌及古典诗学隔膜现象的时候,对此进行研究尤其必要。

李白在诗歌方面具有明确的创作思想,如果追求其诗学的纲领,最重要的两个范畴,一为“宪章”,见于《古风》其一:“废兴虽万变,宪章亦已沦。”王琦注云:“宪章,谓诗之法度。”[19]一为“古道”。见于孟棨《本事诗》所引:“李白才逸气高,与陈拾遗齐名,先后合德。其论诗云:‘梁陈以来,艳薄斯极。沈休文又尚以声律,将复古道，非我而谁与？'”这里表达的是一种复古、法古的思想。所谓“文章之事，有所法而能”，所法之大者，正在经典之作。结合“宪章”“古道”两词，可证李白的创作从根本上说是一种理性行为。

李白对于经典取法最多。其《古风》五十九，虽然体制本于汉魏，以阮籍、陈子昂为模范，但其“古风”之义，则本于《诗经》的国风，并宗《毛诗大序》“上以风化下，下以风刺上”等义，可以说是一种很正大严肃的创作。李白大量创作的杂五七言歌行，原出南朝时期的歌谣，后来又为燕乐之体，至陈梁之际诸家，趋于绮缛婉媚。徐庾等家又多为流连风物之词。初唐四杰承之，虽有振起风骨之处，但总体来讲，未脱齐梁以来的体制。李白用骚体来改造这种体裁，奔放恣肆；所以殷氏会说“奇之又奇”，“自骚人以还鲜有此体调”。又如齐梁诸家的古乐府诗，放弃了晋宋的拟篇之法，采用了赋题的方法，缘题立义，自由生发。李白最能窥知古乐府写作中的这种变化，他的古乐府，既寻古义，又重缘题。如《将进酒》奔放驰骤，毫无拘束，然细按意理，无不切合“将进酒”三字。诗不仅写“酒”，而写“进酒”，不写一般的“进酒”，而“将进酒”。其词气豪放与赋题之深切，融然相合，岂不正是苏轼所说的“寄妙理于豪放之外”。又如《蜀道难》，梁陈诸家皆束声律俳偶，虽赋题而难尽题义。太白则采用杂五七言体，发挥古歌唱叹淫溢之风，排荡无前而章法整然，将“蜀道难”三字写绝，殆至于无以复加。又同时写路难，《行路难》与《蜀道难》题义完全不同。前此诸家《行路难》，包括鲍照在内，都是写世道之艰难。李白仍遵此义，但特意加上“欲渡黄河冰塞川，将登太行雪满山”（其一），“大道如青天，我独不得出”（其二）等句，以尽“行路难”题面之意。大致上说，古乐府古义尚在者，李白多用古义；但同时也使用赋题之法，如《公无渡河》《天马》等篇。古义不明或本无古辞古义者，则尽情发挥，用赋题之法。这是李白对齐梁赋题法的成功借鉴。至李白的五古之类，尽量破除俳偶，全用建安奇散之体。这也是他自己所说的“复古道”的一种表现。

李白诗歌在章构、句法上多取法前人而加以变化。如《古风》其十九之取法《离骚》:

西上莲花山,迢迢见明星。素手把芙蓉,虚步蹑太清。霓裳曳广带,飘拂升天行。邀我登云台,高揖卫叔卿。恍恍与之去,驾鸿凌紫冥。俯视洛阳川,茫茫走胡兵。流血涂野草,豺狼尽冠缨。

此诗写乱世而求飞升高举,与《楚辞》中的《离骚》《远游》精神相接。自开头“西上”至“高揖卫叔卿”,写由登山而升天,想象飘逸自然,情景浮现逼真,深得汉乐府游仙诗之神韵。最后四句,机轴实出《离骚》最后:“陟升皇之赫戏兮,忽临睨夫旧乡。仆夫悲余马怀兮,蜷局顾而不行。”这是一种章构方面的取法。又如《古风》其一与陶渊明《饮酒》其十二,也颇有秘响旁通的关系:

羲农去我久,举世少复真。汲汲(曾本云,一作波波)鲁中叟,弥缝使其淳。凤鸟虽不至,礼乐暂得(曾本、苏写本云,一作时)新。洙泗辍微响,漂流逮(曾本云,一作待)狂秦。诗书复何罪,一朝成(和陶本作作)灰尘。区区诸老翁,为事诚殷勤。如何绝世下,六籍无一亲。终日驰车走,不见所问(曾本、苏写本云,作凭)津。若复不快饮,空负头上巾。但(曾本云,一作所)恨多谬误,君当恕醉人。(《饮酒》其二十)

大雅久不作,吾衰竟谁陈。王风委蔓草,战国多荆榛。龙虎相啖食,兵戈逮狂秦。正声何微茫,哀怨起骚人。扬马激颓波,开流荡无垠。废兴虽万变,宪章亦已沦。自从建安来,绮丽不足珍。圣代复元古,垂衣贵清真。群才属休明,乘运共跃鳞。文质相炳焕,众星罗秋旻。我志在删述,垂辉映千春。希圣如有立,绝笔于获麟。(《古风》其一)

陶诗慨叹去古已远,举世少真,褒扬孔门之维持之力,又慨叹汉以后儒术之衰,尤其是贬斥秦始皇焚坑之祸。此诗最后几句愤世事无可作为,付之于饮酒,以及以醉人自居,言不顾忌,与李白的日常情态最神似。正是李白为人取法渊明的地方。这是很容易发现的一个事实。但李白的古风其中，虽为议论之体，而笔势奔放，理意严切而又情灵摇荡，实深得陶诗议论之法。其磅礴雄伟之处，则太白所独有。不仅如此，《古风》其一取法《饮酒》其二十，还表现在具体的章句上，如“大雅久不作，吾衰竟谁陈”的句法，明显脱换于“羲农去我久，举世少复真”，而“龙虎相啖食，兵戈逮狂秦”与“洙泗辍微响，漂流逮狂秦”之句法接近，词语相袭，更是显然可见。当然，两诗在精神上又是各有面目，陶诗以纵逸饮酒结，李诗则希圣有立结。其间自有出世与入世之别。但性情淳至，又是他们共同的地方，也在这两首异世之作中体现出来了。

又如《梁甫吟》一诗，取法骚辞与古乐府甚广。

长啸梁甫吟，何时见阳春？君不见朝歌屠叟辞棘津，八十西来钓渭滨。宁羞白发照渌水，逢时吐气思经纶。广张三千六百钓，风雅暗与文王亲。大贤虎变愚不测，当年颇似寻常人。君不见高阳酒徒起草中，长揖山东隆准公。入门不拜骋雄辨，两女辍洗来趋风。东下齐城七十二，指麾楚汉如旋蓬。狂生落拓尚如此，何况壮士当群雄！我欲攀龙见明主，雷公砰訇震天鼓，帝旁投壶多玉女。三时大笑开电光，倏烁晦冥起风雨。阊阖九门不可通，以额叩关阍者怒。白日不照吾精诚，杞国无事忧天倾。猰貐磨牙竞人肉，驺虞不折生草茎。手接飞猱搏雕虎，侧足焦原未言苦。智者可卷愚者豪，世人见我轻鸿毛。力排南山三壮士，齐相杀之费二桃。吴楚弄兵无剧孟，亚夫咍尔为徒劳。梁父吟，声正悲。张公两龙剑，神物合有时。风云感会起屠钓，大人岘屼当安之。

此诗体制句式长短错落，全以气势驱使，而纷纷洒洒之中，有一种极紧密、极条贯的意脉，觉远而能返，扬而能归，动荡之中，自有极妥帖的布置，变化神奇，杳不可测。开头以“长啸梁甫吟，何时见阳春”两个整齐的五言句领起全篇，并且定下情感基调。接着“君不见”领起的两大段，一写姜子牙遇文王，一写郦食其遇汉高祖，以见古之大贤能虎变，虽狂生落拓，亦有遭逢。言外之意，是说我虽不能窃比大贤，然远胜狂生，则我之期望大展宏图、建功寰宇，岂为嚣狂之举？两段都大事铺张，虽写古人，而无处不自抒豪情。从章法上看运用双拽头之法，骈文辞赋中常用，后来词中亦用。征之古人乐府，如曹操《却东西门行》，亦用此法，以鸿雁、卷蓬双物领起，以衬后来征夫。太白写己之不遇，则先以双古人之遇作衬。前半部分以两整齐之五句领起以下两大段，如放纸鸢，扬入天际，而线终在手，极以整御散之能事。至引两古人，一为大贤，一为狂生，则有所抑扬，且能见周备之意。至怀古咏叹之中，能为叙事之笔，尤增文情之生动。如果说若言前半犹用古乐府、骈赋之法，至“我欲攀龙见明主”以下，则全从骚境变化而出，而其文章法度，亦如骚之奇矫莫测。至其文体，则近于《楚辞》“乱辞”之体，如急管繁弦，五音纷会。

杜诗尚法，结构严整为人尽知。其实李杜诗在立意、法度也多秘响旁通之处。如李白的《古风》其三十四与杜甫《兵车行》等诗体不同而法相近：

> 羽檄若流星，虎符合专城。喧呼救边急，群鸟皆夜鸣。白日曜紫微，三公运权衡。天地皆得一，澹然四海清。借问此何为，答言楚征兵。渡泸及五月，将赴云南征。怯卒非战士，炎方难远行。长号别严亲，日月惨光晶。泣尽继以血，心摧两无声。困兽当猛虎，穷鱼饵奔鲸。千去不一回，投躯岂全生。如何舞干戚，一使有苗平。

此诗开头四句，极状边情之急。至“白日”四句故写清平之状，是欲抑而先扬。至“借问”以下，则作明知故问之辞。后来杜甫的《兵车行》即用李诗之法，也是开头极状出征之急，接着作“路旁行者问行人”的明知故问。至于杜甫《新安吏》中的“肥男有母送，瘦男独伶仃”及“白水暮东流，青山犹哭声。莫自使眼枯，收汝泪纵横。眼枯即见骨，天地终无情”则受李诗“长号别严亲，日月惨光晶。泣尽继以血，心摧两无声”的影响更明显。但杜诗作乐府歌行之体，李诗为五古叙事之体，体制又截然不同。可见善取法者，是法为我用,自具精神面目。

上述所论,未免胶柱鼓瑟,无非是要证明李白诗歌是创造与法度、豪放与妙理的统一。这是李诗整体的一种表现。只有对于渊源影响与变化发展做出整体的体认,才能准确地评价其诗歌的创造。李白诗歌无疑是中国古典诗最具创造性的成就之一。这一点毋庸赘论。本文有感于今人中存在的一种对李白理想精神及艺术创造存在着隔膜,尤其是随意曲解的现象,指出李白在诗歌艺术上巨大创造,从根本上说,是追求人生理想与艺术理想的成果。符合艺术创造与文明发展中的逆境规律,同时列举李白诗歌取法古人而变化之处,以证其“有所法而能,有所变而大”以及“出新意于法度之中,寄妙理于豪放之外”的性质。所论或不免于胶柱鼓瑟,但可证李白诗歌的研究中,尤其是对其思想与艺术的研究中,仍然存在着很大的空间。希望拙文能起到抛砖引玉的作用。

注　释

[1]陈贻焮《唐代某些知识分子隐逸求仙的政治目的——兼论李白的政治理想和从政途径》,载氏著《唐诗论丛》,湖南人民出版社,1980年,第155~180页。

[2]裴斐《李白选集·前言》,人民文学出版社1996年,第3页。

[3]詹锳等《李白全集校注汇释集评》卷十,百花文艺出版社1996年,第4册,第1666页。

[4]王琦《李太白全集》卷十九附载,第878页。

[5]王琦《李太白全集》卷三,中华书局1977年,上册,第158页。

[6]同上书、卷,第174页。

[7]裴斐《唐代历史转折时期的李杜及其诗歌》,载白薇、傅承洲主编《不惑集·中央民族大学与新闻传播学院40周年论文选》,民族出版社2004年,第2页。

[8]关于《大猎赋》的创作时间,有开元八年、天宝元年等不同说法。详细参见詹锳等《李白全集校注汇释集评》第二十五卷本篇。按此赋中有“唯开元廓海宇而运斗极兮,总六圣之光熙”,若是天宝初献赋玄宗之作,不应不提及天宝年号。又有“获天宝于陈仓,载非熊于渭滨”,天宝

即陈宝，用扬雄《羽猎赋》："追天宝，出一方。"如果已是天宝年间，太白不当如此用事。又此赋首有以"孟冬十月大猎于秦"，察其语气，颇有距离之感，当于蜀中所作。此数点似可为开元八年所作的重要的证据。又此赋想象空间，挥斥八极，纵横宇中，虽是作赋家夸大之本色，但也可见太白作此赋，主要是资于书籍，不是实地观察。

[9]段成式《酉阳杂俎》前集卷十二《语资》，中华书局1981年，第116页。

[10]王琦《李太白全集》卷三十一，附录，序，中华书局，1977年，下册，第1445页。

[11]《历代诗话续编》本，第14页。

[12]《新唐书》卷二百二十《文艺·宋之问》，中华书局校点二十四史本，第18册，第5750页。

[13]参看钱志熙《论李白乐府诗的创作思想、体制与方法》一文的相关论述，《文学遗产》2012第3期。

[14]郭绍虞《宋诗话辑佚·王直方诗话》，中华书局1980年，上册，第101页。

[15]《后村先生大全集》卷九十五。

[16]同上。

[17]孔凡礼点校《苏轼文集》卷七十，中华书局1986年，第2210页。

[18]殷璠《河岳英灵集》卷上，《唐人选唐诗(十种)》，上海古籍出版社1958年版，1978年印刷，第53页。

[19]王琦注《李太白全集》上册，中华书局1977年，第88页。

札记:李白
对唐代社会伦理表现的思考

沈文凡

《古风》其一《大雅久不作》是李白对历代尤其是唐代社会伦理表现的比较集中、概括地思考和认识的一首诗。《礼记·乐记》云:“治世之音安,以乐其政和;乱世之音怨,以怒其政乖;亡国之音哀,以思其民困。声音之道,与政通矣。”诗歌乃社会生活的反映。伦理表现作为社会生活的内容,表现在诗歌中,声音之道与社会伦理表现通矣。人们对社会生活的方方面面的认识,形之于诗歌,就构成了诗歌对社会伦理表现的认识。实际上,诗歌对社会生活的认识,不限于社会伦理方面,比如还有政治上的认识,等等。诗是在诗人的心情驱使下完成的,尽管其中不泛深刻的政治意义上的认识,但更多的是伦理认识。而且它对社会方方面面的认识多是由诗人所处周围的伦理表现而引起的。

在这首诗中,李白通过对历代诗歌发展兴衰的认识,表达了对社会伦理表现的热情思考。《大雅》也好,《王风》也好,都是对社会伦理表现的反映,在李白的诗中,大雅等诗篇、乐曲名一般都是作为对社会伦理表现的某方面的象征意义来认识的。如《赠常侍御》“大贤有卷舒,季叶轻风雅”。再如《感兴八首》之二“好色伤大雅,多为世所讥”,这十分明显,大雅是和好色这种伦理表现相对而提出的。

又如《古风》其二十一《郢客吟白雪》中的“郢客吟白雪，遗响飞青天”“试为巴人唱，和者乃数千”，这里的“白雪”“巴人”是作为两种恰恰相对立的伦理表现而提出来的。萧士赟云：“此感叹之辞，高才者知遇之难，卑污者投合之易，负才不遇者能不为之吞声叹息也欤。”这里“高才者知遇之难”和“卑污者投合之易”都是李白所看不惯的伦理表现。李白希望的伦理表现是“唱白雪，则和者数千；唱巴人，则举世不传”（《古风》）。

又如《送杨少府赴选》：“吾君咏南风，衮冕弹鸣琴。”“流水非郑曲，前行遇知音。”这里的“郑曲”就是作为一种伦理表现提出来的，这种伦理表现是和那种“放郑声，远佞人”的理想的伦理表现相对照而提出的。

又如《寓言三首》之一“管蔡扇苍蝇，公赋鸱鸮诗。”这里的鸱鸮代表的是那种陷害、谣言、惑众的伦理表现。

又如《古风》二十九首“王风何怨怒，世道终纷拏。”这里的王风和世道纷拏是两种相反的伦理表现。

又如“大雅思文王，颂声久崩论。”这里是和那种天然质朴的伦理表现相对照而提出来的。

这些诗或歌曲的篇名，都已固定为某种伦理表现的象征意义。李白引用它们，是和社会上某种伦理表现的相关或相对立的意义上使用的。《大雅久不作》中的“大雅”同上面所举的例子相同，都具有了社会伦理表现的象征意义。

李白从时代发展的线索上，对诗歌发展的兴衰作了一番总结性的认识，这种说法自有其道理，实质上这种认识是对各个时代伦理表现的认识。而且在这里我以为李白对各时代伦理表现的认识是正确的，尤其是对唐代社会伦理表现的认识是正确的。当然这种认识具有直观性的成分，未必是从本质上的认识，但毕竟是大体上把握了唐代社会。

“圣代复元古，垂衣贵清真。群才属休明，乘运共跃鳞。文质相炳焕,众星罗秋旻。”这里从统治者的统治政策、统治风貌、个性素质等多方面对唐代社会伦理表现进行了概括。这种概括是发自内心的真情实感,当然也是比较清醒的。

《春日行》中“万姓聚舞歌太平,我无为,人自宁”,古风其四十六“一百四十年,国容何赫然”“王侯象星月,宾客如云烟”,《登黄山凌歊台送族弟溧阳尉济充泛舟赴华阴》“君王减玉膳,早起思鸣鸡。漕引救关辅,疲人免涂泥。宰相作霖雨,农夫得耕犁。静者伏草间,群才满金闺”,都是“圣代复元古,垂衣贵清真”的极好注脚。再如《赠范金乡二首》其二“范宰不买名,弦歌对前楹。为邦默自化,日觉冰壶清。百里鸡犬静,千庐机杼鸣。浮人少荡析,爱客多逢迎。游子睹嘉政,因之听颂声”。在这里只是对范金乡的歌颂,但扩而言之,有一种对统治者政治上和伦理上的赞美和规范。这也就是说,李白在这首诗中,是从伦理表现的角度去看待唐的“圣代复元古,垂衣贵清真”的。

“群才属休明,乘运共跃鳞”也是李白所希望的伦理表现。盛唐社会确实给人这么个印象,在这里对史实就不加引述了。

《送杨少府赴选》“大国置衡镜,准平天地心。群贤无邪人,朗鉴穷清深。吾君咏南风,衮冕弹鸣琴。时泰多美士,京国会缨簪。山苗落涧底,幽松出高岑。夫子有盛才,主司得球琳”,好一幅乘运共跃鳞图。这和那种“郁郁涧底松,离离山上苗”是迥然不同的一种伦理表现,而且李白把这种伦理表现视为一种普遍性的伦理表现。尽管李白还说过“时清不及英豪人,三尺儿童唾廉蔺。”,这说明了社会伦理表现的不一致性、不平衡性。这是不足为怪的。

李白从道德观点来看待人们的精神面貌、个性素质,而且是从人们之间的联系来理解它。“鸾乃凤之族,翱翔紫云霓”“流水非郑曲,前行遇知音”“好古笑流俗,素闻贤达风”等都是文质相炳焕的注脚。

《大雅久不作》在结构上采用的是倒叙,因而“大雅久不作”乃是李白在经过战乱之后,由盛转衰过程中的忧虑,当然是在“圣代复元古……文质相炳焕"的背景和条件下的忧虑,所以李白对社会伦理表现曾表露过极大的悲哀。《临路歌》"大鹏飞兮振八裔,中天摧兮力不济。余风激兮万世,游扶桑兮挂石衣袂。后人得之传此,仲尼亡兮谁为出涕",这有着自己理想难以实现的悲哀,更有着对社会伦理表现的一种幻灭的感情。当然这里有自怜自伤自傲的成分。但仲尼的伦理思想多被李白所接受,李白的伦理思想多是对孔子伦理思想的再认识,这是不错的。而仲尼亡而没人为之出涕,李白能不产生这样的认识吗?

我们再从古风五十九首的内容看,虽然表现了李白对各种社会现象的思考,但我以为多半是围绕着伦理表现来思考的。有的间接些,有的直接些,下面我们看几首直接表达李白伦理思考的诗篇:

古风第二十五、第二十九、第三十是直接涉及伦理表现的作品。陈沆说得好:"三章皆疾末世而思古人,鄙荣利,而怀道德,骨气奇高,颇近射洪、阮公,世人读古风者,但取游仙之词,忠怀不系耳。"(《诗比兴笺》)

《古风》其二十五"世道日交丧,浇风散淳源。不采芳桂枝,反栖恶木根。所以树桃李,吐花竟不言。大运有兴没,群动争飞奔。归来广成子,去入无穷门。"

此诗从这么几方面对社会伦理表现进行了思考。现实社会伦理表现的现状,所谓"世道日交丧,浇风散淳源"者也。李白希望摒除的伦理表现是"不采芳桂枝,反栖恶木根"。这句形象地讲述了社会上争逐于坏的伦理表现。李白所希望的伦理表现已经再不能延续下去了。因此在历史和现实的基础上,诗人揭示出了"世道日交丧,浇风散淳源"的历史根源,同时又显示了现实的伦理表现。

古风其二十九"三季分战国,七雄成乱麻。王风何怨怒?世道终纷拏。至人洞玄象,高举凌紫霞。仲尼欲浮海,吾祖之龙沙。圣贤共沦没,临歧胡咄嗟。"

这首诗揭示了产生王风怨怒、世道纷拏的社会政治原因,这是从因果关系上揭示产生某种伦理表现的原因。社会伦理表现变了，人们的思想意识、伦理意识、伦理行为也就随之而变了。这又是一层因果关系的伦理表现。两种因果关系的变化，作者的伦理认识也就由古及今，由他及我地进行了。在这种世风之下，像仲尼、老子这样的大圣也无可奈何了，尽管历代人们都以他们的伦理思想作路标，但这也已沦没了，而诗人自己只能临歧而咄嗟，茫然无可奈何了。

古风其三十："玄风变太古，道丧无时还。扰扰季叶人，鸡鸣趋四关。但识金马门，谁知蓬莱山。白首死罗绮，笑歌无休闲。渌酒哂丹液，青娥凋素颜。大儒挥金椎，琢之诗礼间。苍苍三株树，冥目焉能攀。"

王琦从伦理表现的角度对这首诗进行了比较透彻的评价。他说："萧士赟曰'此太白感时忧世之作'，意谓古道日丧，季世之人不复返朴，汩没于名利声色之坊，至死不悟。所谓儒者，又皆假经欺世，借儒术以行其窃取之心，汉谚所谓悬牛头，卖马脯，孔子语者也。彼岂知大道无为之化哉。"

根据以上几个方面，可以说，《大雅久不作》是李白对历代尤其是唐代社会伦理比较集中的概括性思考和认识的一首诗。

李白对唐代伦理表现的热情思考大体上可以从以下四个方面进行分析：

1. 把历史上的、现实中的非普遍性的理想的伦理表现作为他所生活的社会中的理想的伦理规范。这又可以从以下三个方面来理解：(1)现实在社会伦理中被理想化了，欲把未来的道德理想之光照耀在今天的社会现实中；(2)伦理理想的提出和表述是为了达到调整社会伦理表现的目的。(3)未来的伦理观念形式，欲成为现实的伦理表现形式。

2. 欲把历史上的或现实中的普遍性的伦理表现（李白不希望的）从唐代社会生活的伦理表现中排除掉。这又可以从两个方面来分析：(1)从伦理的观点上批判现实，是用理想的眼光克服现有的社会存在的一种形式。(怀疑主义和乐观主义,规范或应不应该)(2)以伦理的眼光批判现实的形式出现时,对现实做出的分析和评价还不可能从本质的高度上揭示事物的性质。(情感因素和环境因素,有时却是本质的)

3.由以上两种思考决定,形成了李白自身的伦理表现为:(1)充满信心和希望,以至于得意忘形;(2)牢骚、不满、苦闷,采取了一些他自认为适合的方式。

4.李白伦理理想的来源,我以为主要是来源于儒家,以儒家为主;以道家的伦理理想作为发泄不满的形式和工具,至于其他的,也都是他抗争的形式。

下面我们首先分析第一个方面的第一个小问题。现实在伦理表现中被理想化了。这种理想化了的伦理表现实际上应该是未来的,有些在诗人自己的心目中就很清楚——本来就是无法实现的,不过由于周围的社会伦理表现,使诗在情感上不得不去这样认识,这与社会的总体表现当然是关系极大的——盛唐社会么!李白在对社会伦理表现热情思考时,把现实理想化了,这有几种不同的形态,下面是大体上归纳的几种:(1)个人志满意得时把现实伦理表现理想化的诗篇,这种情形对我们来说,当然不难理解;(2)个人处境艰难时,把现实伦理表现理想化的诗篇;(3)借古代个别的理想的伦理表现来寄托希望于现实,并从而把现实理想化的诗篇;(4)通过现实中一些理想的伦理表现的事实的引发,从而把现实理想化的诗篇。

以上的四种情况有的是发自内心的真情实感,有的是善意而又违心地把现实理想化了。

我们根据以上几种情况大体地分析一下,《邺中赠王大劝入高凤石门山幽居》中李白自己尽管有着被某种伦理表现排除在外的苦闷和孤独("一身竟无托,远与孤蓬征。千里失所依,复将落叶并。中途偶良朋,问我将何行。欲献济时策,此心谁见明"),受这种被压抑而不得志的情感的支配,但还是发出了"君王制六合,海塞无交兵”的由衷赞美。这是一种情感上的积蓄的因素,这种因素也许是青年时期美好的回忆。这种“积淀”使他在个人极不得意时也能做出这样的评价。这种情感上的伦理上的评价,谁若是把它理解成反话,那可真是大错特错了。这是一种类型,它是李白所经历和感受过的伦理表现,但它距离李白表达出这种情感时已有了一段经历了,也即有了一段时间距离,因而在这首诗中,对知音、富贵、功名、王政等的伦理表现的认识,中心是突出了李白在逆境中的一种极大的希望。这种希望有其社会因素和自身因素作基础。“耻学琅琊人,龙蟠事躬耕”,这本身又有对历史上伦理表现反省的因素。

对君王的希望和规范,是对现实理想化的一种表现。《登黄山凌歊台送族弟溧阳尉济充泛舟赴华阴》总的基调和《大雅久不作》是相似的,表现了对各种社会伦理表现的思考。社会伦理表现具有不同的表现形式,有些甚至是截然相反的伦理表现形态。“鸾乃凤之族”就是对同一类伦理表现的召唤,实际上也就是对伦理表现的不同方面的区别。这种伦理表现形态是李白所希望的。从这首诗来看,这种伦理表现形态同君主的政治是有密切关系的。“君王减玉膳,早起思鸣鸡。漕引救关辅,疲人免涂泥。宰相作霖雨,农夫得耕犁。”这既是对君主的赞美,又是对君主的伦理规范。

《送杨少府赴选》从这么几方面对唐代伦理表现进行了热情思考。从全诗来看,它是通过李白的伦理感受来认识的。李白的感受是这样的:这是一个“圣代复元古”的时代——“大国置衡镜,准平天地心”“流水非郑曲”,是一个“乘运共跃鳞”的时代——“时泰多美士,京国会缨簪。山苗落涧底,幽松出高岑”,是一个世风厚正,知音易得的时代——“流水非郑曲”“前行遇知音”,是一个无论穷者达者都心情畅快开放的时代——“我非弹冠者,感别但开襟”,是一个人人争发向上、珍惜光阴、不愁贤而不用的时代——“空谷无白驹,贤人岂悲吟”。总而言之,这是一个有道有德,能够让人们抱着希望的时代——“大道安弃物,时来或招寻”。

这种对所处环境的认识，显然不是谀美之辞，而是发自内心的，尽管此时李白个人并不得意，“郑曲”作为一种伦理表现在社会生活中显然不占主导地位。这首带着希望的赞歌，同我们上面所说的一样，本身也带有规范的意义，也就是说，希望君主这么做或继续这么做。

我们承认，李白这种认识是有其现实根据的，但我还是说，这是把现实理想化的一种方式。盛唐社会那种欣欣向荣的景象，是令人欢欣鼓舞，振奋精神的。即使这样，像上面所讲的几种赞美，还依然构不成对现实的本质认识。一则它是诗人直观情感上的认识，是一种从鼓励杨少府去应考的角度而发的议论；再则，几乎是同时，李白的诗中有很多不是这种情调，而是对社会伦理表现进行了多方面的批评。人们之间的关系在封建时代不可能达到那样融洽的程度，即使有，也是局部的、暂时的，体现在个别人身上的。李白不是一个政治家，但他从社会伦理角度去认识社会生活中的现象，还是值得我们肯定的。

《秋日炼药院镊白发赠元六兄林宗》中李白自身的处境十分不好，他十分不得志。但他对整个社会环境的认识是很乐观的。“道在岂吟叹”是从伦理角度去认识周围环境的乐观思考。“乐毅方适赵，苏秦初说韩”是功名方面的遭遇，在李白看来，这既是一种政治上的行为，又是一种伦理上的行为。通过古代的伦理表现（乐毅、苏秦锲而不舍的精神，最终遇合的条件等）认识到，经过一番艰辛的努力，终究会成功的，一“方”一“初”可见李白高昂的精神。由这种历史上的往事，联系到自己现在所处的环境，何去何从，李白以为全在于自己掌握，所谓“卷舒固在我，何事空摧残”者也。这就是把乐毅、苏秦的境遇在李白的时代给理想化的一种表现，这当然不是视乐毅、苏秦的坎坷遭遇于不顾，而是把苏秦、乐毅的成功看成是理想的伦理表现，这确实不假。

《读诸葛武侯传书怀赠长安崔少府叔封昆季》中，诸葛亮作为一个功成名就的历史人物，不仅在建功立业方面引起了李白的崇敬与羡慕,而且往往在李白的心目中作为一种伦理表现来体现的,诸葛亮的际遇,李白都是从社会伦理这个角度去思考的。

任何人要功成名就,都需要具备某些条件,如际遇君主,得到君主的信赖,得到同行的支持、维护,得到周围环境的公允,等等,这些方面就构成了一个关系网,这种千丝万缕的联系构成了伦理表现。而这种关系是否理想,朝何种方向发展,是体现为这种伦理表现性质如何的问题。还应指出的是,这种关系联系都有一个总的背景问题。这首诗对伦理表现的认识,就是把它放到了群雄方战争这样一个背景之下的。概括地讲,李白的思考是这样的:(1)战乱需要豪英,“群雄方战争”“割据资豪英”;盛世亦需要豪英,“无令管与鲍,千载独知名”,这大概是李白的心理逻辑。(2)崔州平赏识诸葛亮,这只是历史上的个别现象,李白自然明白,因而说“但有崔州平”,由于时代环境和他的自信心等因素的促使,他就毫不掩饰地希望这历史上的非普遍现象,在他所生活的时代成为一种普遍的伦理现象。(3)由此,他信心十足地“颇怀拯物情”,大有傲视历史人物的气概,“无令管与鲍,千载独知名”就是他心理的真实反映。通过这首诗,李白对唐代伦理表现是抱着极大的希望的。

《赠升州王使君忠臣》从贤人与天子之间的关系来看待当时的伦理表现,给这种关系涂上了一层理想化的色彩。“贤人当重寄,天子借高名”就是这种伦理关系的极好反映和表现,这自然有其政治色彩,但以李白的身份地位,李白认识世界的方式,这一切都被他纳入了伦理认识的范畴。此时李白可以说是饱经沧桑,屡经磨难的人了,但他依然对自身抱着充分的信心,“应须救赵策,未肯弃侯嬴”既是一种自信,又是一种希望,一种脱颖而出,力挽狂澜而又能被社会充分肯定的伦理要求。因此我说,这也许同他的理想化的批判与褒赞当时的伦理表现有极大的关系。

《走笔赠独孤驸马》中君臣应是什么关系,李白一般不是从政治角度去看待这个问题,多半是以他的独特的方式去认识这个问题。李白以为最自然不过的是“长揖”君主,这“长揖”已作为李白的伦理要求体现在他的诗中了,又体现出了李白对人生意义、个人价值的简单认识。实际上这种伦理要求在现实中很难行得通的(尽管李白得到过君主的青睐),即如"高阳酒徒起草中,长揖山东隆准公"也只是历史上的个别现象,是一种理想化的希望。而这种理想化了的伦理表现,李白是极力要把它付诸实践的。如传说中的玉手调羹,也许是李白清醒中的有意醉态,或者说是无意醉态中的真正清醒。在这首诗中,"长揖蒙垂国恩,壮心剖出酬知己"对君王的感恩和规范,对知音的热望都交织在一起,构成了李白的伦理要求的一部分。

《古风》其三十五《丑女来效颦》这首诗同《大雅久不作》一样,大家都是从李白的文艺思想去认识。那当然未尝不可,但我以为李白的本质却是有感于社会伦理风气而发的。很清楚这首诗的伦理主张是自然、天真、不矫枉、不造作,同《日出入行》有极其相近之处。"丑女""寿陵"在这里代表了一种伦理风气,它同"鲁阳何德,驻景挥戈,逆道违天,矫枉实多"的伦理表现是一致的。同《日出入行》所不同的是,这首诗尽管痛愤之极,但他依然有决定和希望。"安得郢中质,一挥成斧斤"表现了对一种伦理表现的向往和追寻。至于说这首诗本身的寓意则是多方面的。(《玉壶吟》"西施宜效复宜颦,丑女效之徒累身")

第一个方面的第二个小问题:伦理理想的提出是为达到调整社会伦理表现的目的。

关于《公无渡河》这首诗,有很多臆解。萧士赟、陈沆都以披发叟是罪有应得。这很难让人相信。我的一解是,这首诗篇对"披发之叟"是抱着同情的态度的。在这同情的态度之中有一种赞美,赞美的是披发之叟的一种忘我的、无所顾忌的精神境界。它同大禹治水时的精神境界是相类似的。大禹治水三过其门而不入,诗中以儿啼不窥家来形容,更加突出了这种精神。大禹治水的成功得到了后人的崇敬。但现实中,"披发之叟"的境遇却是相反的,周围的反应是——"旁人不惜",这是否反映了披发之叟周围的一种伦理表现呢。大禹的功业是——“杀湍湮洪水,九州始桑麻。”而披发之叟却是功业未成——“公果溺死流海湄”。

从这首诗本身就可以看出作者对披发之叟是抱着同情的态度的。它把披发之叟和尧禹相类比。一些诗句和词语是带着感情的——“虎可搏,河难凭”“公果溺死流海湄”“箜篌所悲竟不还”等。

前人大概过分看中了“狂而痴”几个字。我倒觉得在特定的环境之下,未必是贬抑之辞。

这首诗对人们的伦理表现进行了规范,它要调节的是“旁人不惜”这样一种伦理表现,它所希望的是有一种很无所顾忌的精神——其内含指什么不得而知。但这和李白的精神风貌是有一致之处的。

(作者单位:吉林大学文学院)

李白诗歌的内时间意识

张瑞君

对于笔者而言,三十年的研究不能不说对李白越来越熟悉,然而这仿佛是一种表象。夜深人静之时,独自与诗仙对话,感觉越来越难以走进他的内心深处、诗歌深处,觉得对诗仙李白越来越陌生,有时甚至越来越怀疑自己的研究能力,是自己的能力素养不够,还是研究的方法与手段不足?我问李白,李白无言。然而强烈的研究激情却时时撞击自己的灵魂,不妨以胡塞尔现象学理论再一次走进诗仙,也许这也是一次没有自信的对话吧。

世界上任何事物都离不开时间,对时间的分析我们可以用自然科学的方法来分析,这是我们最普遍采用的一种分析。然而,对于伟大的诗人而言,这种自然科学的时间分析法对于其高超的艺术思维显得软弱无力。而胡塞尔的内时间意识的现象学分析法,也可能是打开李白诗歌时间意识的一把钥匙。内时间意识丰富才形成李白诗歌艺术的丰富,内时间意识的独特才形成其独特的艺术个性。

"对一个时间客体的感知本身具有时间性,延续的感知是以感知的延续为前设的,对一个随意的时间形态的感知本身也具有其时间形态。而如果我们离开所有的超越不论,那么对于感知及其所有现象学构造成分而言所留存下来的就是它的现象学的时间性。这个时间性属于它不可扬弃的本质。由于客观时间性每一次都是现象学地构造起自身,并且仅仅通过这种构造而作为客观性或客观性的因素显现给我们,因而一种现象学的时间分析若不顾及时间客体的构造就无法澄清时间的构造。我们所理解的特殊意义的时间客体,不只是时间之中的统一体,而且自身也包含着时间延展。"[1]《渡荆门送别》"仍怜故乡水,万里送行舟","仍怜",是现在的时间意识,然而是延续离开故乡这一段过去意识的积淀;同时又指向万里之外的未来行程。这个内时间意识的独特表现,画龙点睛,提升了整首诗的艺术水平。大鹏的意象一直积淀在李白的内时间意识中,在年轻时代自我仙化的意识扩张中,近十次用大鹏作为自己精神气质的物化形象,不管世人多么不理解,甚至冷嘲热讽,李白始终不渝,"大鹏一日同风起,扶摇直上九万里。假令风歇时下来,犹能簸却沧溟水。世人见我恒殊调,闻余大言皆冷笑。宣父犹能畏后生,丈夫未可轻年少"(《上李邕》),直到在"大鹏飞兮振八裔,中天摧兮力不济"(《临路歌》)的悲吟中结束了自己的人生图腾。

"我们首先强调,一个内在时间客体的流逝样式具有一个开端,可以说具有一个起源点。这就是内在客体开始存在所具有的样式。它的特征就是现在。而后我们在流逝样式的持续前进中发现这样的奇特性:每个以后的流逝相位本身都是一个连续性,并且是一个持续延展着的连续性、一个由诸多过去组成的连续性。我们把客体延续的流逝样式之连续性与这个延续的每个点的流逝样式之连续性加以对置,这个客体延续不言自明地被包含在那些最初的流逝样式的连续性之中,也就是说,一个延续的客体的流逝连续性是一个连续统。它的各个相位就是客体延续的不同时间点的流逝样式的各个连续统。如果我沿着这个具体的连续性行走,那么我们便是在持续变化中前进。在这些变化中持续变化着的是流逝样式,即相关时间点的流逝连续性。只要有一个新的现在出现,这个现在就转变为过去,而且与此同时,前行点的诸多过去的整个流逝连续性都挪移下去,均衡地挪移到过去的深处。”[2]《清溪行》:“清溪清我心,水色异诸水。借问新安江,见底何如此?人行明镜中,鸟度屏风里。向晚猩猩啼,空悲远游子。”新安江发源于徽州,是作为李白过去的游历印在脑海中的记忆,与眼前的清溪对比。而新安江虽然被当下化,然而非原生态的过去,已经被李白的艺术思维重新熔铸。

清溪、新安江都成为诗人异乡漂泊的时间流中的一个音符,由思乡的主观感情融铸成内时间意识。过去的记忆与现在的景物都并列在这个时间流中,为表达自己的感情效劳。

例如月的原型意象在古典诗词中有了悠久的历史,可是李白的内时间意识中长期熔铸积淀,从而在独特的现实感发中连接成为一个时间流,《闻王昌龄左迁龙标遥有此寄》:“杨花落尽子规啼,闻道龙标过五溪。我寄愁心与明月,随风直到夜郎西。”同为七绝圣手的好友王昌龄被贬为龙标尉,心中无限惆怅,无处诉说,无人理解,只能将这种愁思托付于钟情的明月;明月照在长空,能照到自己与友人,我通过月儿寄去自己的思念与慰藉,在这个时间流中,自己的思念地与友人的被贬地不再有阻隔,自己现在的思念和牵挂与将来的思念与牵挂融为一体,特别富有艺术的张力与穿透力。

“在再回忆中,时间当下是被回忆的当下,是被当下化的当下;同样,过去也是被回忆的过去,被当下化的过去,却不是真正被当下拥有的过去,不是被感知的、原生被给予的和被直观的过去。”[3]“与感知相对立的是当下化,是再现。它是这样一种行为,它不是将一个客体自身置于眼前,而是将客体当下化,它可以说是在图像中将客体置于眼前,即使并非以真正的图像意识的方式。”[4]《玉壶吟》:

壮士击玉壶,壮心惜暮年。三杯拂剑舞秋月,忽然高咏涕泗涟。凤凰初下紫泥诏,谒帝称觞登御筵。揄扬九重万乘主,谑浪赤墀青琐贤。朝天数换飞龙马,敕赐珊瑚白玉鞭。世人不识东方朔,大隐金门是谪仙。西施宜笑复宜颦,丑女效之徒累身。君王虽爱蛾眉好,无奈宫中妒杀人。

诗人李白借酒浇愁,击玉壶为节,醉舞秋月之时,被唐明皇招入宫中的岁月被当下化了。然而被当下化的岁月毕竟不是当年的岁月,垂垂老矣,壮志难酬,皇上已非旧日皇上,李白也非当年李白了。入宫前后的岁月在李白脑海中反复积淀熔铸,形成了独特的内时间意识,对唐明皇的感恩并没有由于岁月的流逝而削弱,而对自己天才被妒,不容于宫中小人的认识也越来越深刻了。如果说入宫的当下化过程表面是一种快乐的回忆,而内在的当下化的岁月愈来愈有以乐写哀,倍增其哀的况味了。至于对赐金还山结果的当下化,则更是当下岁月与当下化岁月的比较映衬。有一种穿越岁月的苍凉的冷峻思辨美。陆时雍赞云:“步骤之奇,歌颂之妙。”[5]这正如胡塞尔所云:“每个新的东西都回复地作用于旧的东西,它的前行着的意向在此得到充实和规定并且这为再造提供了一个特定的色彩。”[6]

有些内时间的客体过去与现在并没有明显的区别,它在不同的诗歌中被李白运用,成为富有穿越性的内时间客体。在不同的诗歌环境中扮演着不同的角色,但是它的内在意旨却有很大的稳定性。《将进酒》:

君不见黄河之水天上来,奔流到海不复回。
君不见高堂明镜悲白发,朝如青丝暮成雪。
人生得意须尽欢,莫使金樽空对月。
天生我材必有用,千金散尽还复来。
烹羊宰牛且为乐,会须一饮三百杯。
岑夫子,丹丘生,将进酒,杯莫停。
与君歌一曲,请君为我倾耳听。
钟鼓馔玉不足贵,但愿常醉不愿醒!
古来圣贤皆寂寞,唯有饮者留其名。

陈王昔时宴平乐，斗酒十千恣欢谑。
主人何为言少钱？径须沽取对君酌。
五花马，千金裘，呼儿将出换美酒，
与尔同销万古愁。

前两句从黄河起源过渡到高堂对明镜，大跨度的跳跃，极力渲染时光如箭、人生短暂的感慨。这两个客体在李白的脑海中不断地停留、腾挪、持续，直到此时迸发出来，成为叙说人生苦短、政治黑暗、壮志难酬、人生如梦的两个音符，是极富穿越性的时间客体，过去、现在的概念已经不可鉴定。而古来圣贤与饮者的对举，本是过去的当下化，然而这个内时间意识由于李白的特殊处理，成为此时新的当下，然而它是从过去走过来带着过去思想积淀的当下。“被再造的时间领域要比现时当下的时间领域伸展得更远。”[7]而过去陈王的当下化与当下的李白对举，起到一种跨越历史与现实具有规律意义的深刻的理性思索。“与尔同销万古愁”可以作为这种打通过去现在，融合过去当下化、当下化及穿越性时间客体的艺术创造性。简单用古今对比、怀古、用典等分析，很难体味到李白艺术的独创性。恰如胡塞尔所言：“每个现时的现在都创造一个新的时间点，因为它创造出一个新的客体，或者毋宁说，创造出一个新的客体点，他在变异的河流中作为这同一个个体的客体点而被持留下来。一个新的现在不断持续地构造起自身，这种持续性向我们表明，这里涉及的根本不是‘新’，而是一个个体化的持续瞬间，时间位置的起源就在这个瞬间之中。在这个变异着的河流的本质中，包含着这样的情况。这个时间位置是同一地站立于此。作为现时现在的这个现在就是这个时间位置的当下被给予。如果这个现象移入到过去，那么这个现在便获得过去现在的特征，但是他始终是同一个现在，只是相对于各个现时现在和时间上新的现在而言，它是作为过去站立于此。”[8]

“原初时间位置的因素当然不是某种自为的东西，个体化不是与个体化所具有的东西相并列的东西。整个现在点整个本源的印象都经历着过去的变异,而唯有通过它,我们才穷尽整个现在这个概念,只要它是一个相对的概念并且指明一个'过去',就像'过去'指明现在一样。即使是这个变异也首先涉及感觉,同时却并不扬弃它的普遍的、印象的特征。它变异着元印象的总体内涵,既在质料方面,也在时间位置方面,但它正是在这个意义上进行变异,就像一个想象变异所做的那样,即完完全全地变异着,却并不改变意向本质(总体内涵)。"[9]《答王十二独酌有怀》:

昨夜吴中雪,子猷佳兴发。
万里浮云卷碧山,青天中道流孤月。
孤月沧浪河汉清,北斗错落长庚明。
怀余对酒夜霜白,玉床金井冰峥嵘。
人生飘忽百年内,且须酣畅万古情。
君不能狸膏金距学斗鸡,坐令鼻息吹虹霓。
君不能学哥舒,横行青海夜带刀,西屠石堡取紫袍。
吟诗作赋北窗里,万言不值一杯水。
世人闻此皆掉头,有如东风射马耳。
鱼目亦笑我,谓与明月同。
骅骝拳跼不能食,蹇驴得志鸣春风。
《折杨》《黄华》合流俗,晋君听琴枉《清角》。
巴人谁肯和《阳春》,楚地由来贱奇璞。
黄金散尽交不成,白首为儒身被轻。
一谈一笑失颜色,苍蝇贝锦喧谤声。
曾参岂是杀人者,谗言三及慈母惊。
与君论心握君手,荣辱于余亦何有?
孔圣犹闻伤凤麟,董龙更是何鸡狗!
一生傲岸苦不谐,恩疏媒劳志多乖。
严陵高揖汉天子,何必长剑拄颐事玉阶。
达亦不足贵,穷亦不足悲。
韩信羞将绛灌比,祢衡耻逐屠沽儿。

君不见李北海,英风豪气今何在?
君不见裴尚书,土坟三尺蒿棘居。
少年早欲五湖去,见此弥将钟鼎疏。

李白对月情有独钟,他的一生与月结下不解之缘,月的意象在李白的诗歌中占有十分重要的位置。然而此诗的孤月意象却对以往的意象进行重新的变异与重新赋予,既起到烘托环境的作用,更是自己孤高自傲、不合世俗、正直不屈的人格象征。而对天宝后期“生儿不用识文字,斗鸡走马胜读书”的现实,在李白意识中反复积淀,相当气愤,大胆夸张,极尽讽刺之能事,指斥斗鸡之徒的嚣张气焰。李白对哥舒翰的三句概括,也包含着自己的价值判断与愤慨。“万言不值一杯水”既有对现实的批判,更有对历史规律的考量,具有穿越古今的理性力量与艺术震撼力。接下来的十四句更是以现实的感慨灌注历史时空,形成历史与现实的对照与思索。鱼目混珠之辈居然嘲笑我,夸说他们与明月珠相同。千里马被埋没不食不饮,跛腿驴却在春风中得意长鸣。高雅的曲调不合流俗吗?曾参难道是杀人的人吗?谎言重复,是非难分。用历史典故反映黑白不分、小人得志、俊才沉沦的时代现实。而最后一段,孔子、王堕、严子陵、韩信、祢衡、李邕、裴敦复自由地回荡在自己的洪水般感情宣泄中,不知古为今、今为古,古今的界限消失了,历史的时空与现实对照融合,形成通过李白个体审视正义消亡、英才埋没时代特征的宏大主题。

“当然,想象与再造并不使这样一种意义上的时间直观的延展得以可能,即好像实施地被给予的时间阶段变化的范围会在模拟意识中得到扩大一样。”[10]我们在分析李白诗歌艺术思维时,常用想象来分析,然而常常有笼而统之,捉襟见肘的感觉。因为李白的许多诗歌并不能简单分析。“这时候,想象图像就是想象的事情,超出于想象图像的东西,即与被映象之物的关联,则不再是想象的事情。我们无法再将这个被映象者本身称作在想象中显现的,那样的话,这里就会有两个彼此构建于彼此之上的想象了。只要谈及想象,尤其是关于一个对象的想象,那么有一点是共同的。这个对象是在一个显现中显现,而且是在一个当下化的显现中显现,而不是在一个当下拥有的显现中显现。"[11]

李白许多诗歌打破时空的限制,将历史、现实、未来融为一体,完全超越用典等的范畴,所有的意象中都熔铸着自己强烈的生命律动,"类似的问题是在一个全空间中的构造,这个空间在每一个特殊感知过程中都被一同感知到,只要被感知的事物在躯体方面显现为处在此空间中,还有这一个时间的构造,在此时间中包含着事物的时间性,事物的延续将自身编排到这个时间中去,还有所有属于事物环境的事物和事物进程的持续。自我也将自己编排到这同一个时间中,而且不仅是自我身体,也包括它的'心理'体验。属于每个事物的时间是它的时间,但我们仍然只有一个时间,不仅是诸事物相互并列地编排到一个唯一的线性延展中去,而且不同的事物或进程还显现为同时的,它们所具有的不是平行的、相同的时间,而是在数量上为一的时间。"[12]《行路难三首》(其二):

大道如青天,我独不得出。
羞逐长安社中儿,赤鸡白狗赌梨栗。
弹剑作歌奏苦声,曳裾王门不称情。
淮阴市井笑韩信,汉朝公卿忌贾生。
君不见,昔时燕家重郭隗,拥彗折节无嫌猜。
剧辛乐毅感恩分,输肝剖胆效英才。
昭王白骨萦蔓草,谁人更扫黄金台?
行路难,归去来。

全诗表面杂乱无章,线索不清,却以内在感情的变化,把纷繁的历史现实时空融为一体,无论是郁郁不得志的冯谖、贾谊,建功立业后受猜忌的韩信,还是受燕昭王重用的郭隗,都跳动着李白渴望实现抱负却报国无门、备受猜忌的复杂内时间的统一音符,表达自己对君臣际遇及古今英才命运的思索,含义深广,艺术创造独特。

“在本真感知流动的同时,不仅本真被看见的东西被设定为在其显现的河流中的持续存在,而且被看见的曾在之物也是如此设定。而在将来方面也是如此:被设定为现在的也是在对本真感知的进一步相位的期待中的将被感知之物,它是现在的并且持续着并充实着同一时间。”[13]《长干行二首》(其一)以美好的回忆开始:“妾发初覆额,折花门前剧。郎骑竹马来,绕床弄青梅。同住长干里,两小无嫌猜。”这是回忆童年的情谊。“十四为君妇,羞颜未尝开。低头向暗壁,千唤不一回。十五始展眉,愿同尘与灰。常存抱柱信,岂上望夫台。”回忆初婚时的娇媚、羞涩以及对爱情认识的升华。“十六君远行,瞿塘滟滪堆。五月不可触,猿声天上哀。门前迟行迹,一一生绿苔。苔生不能扫,落叶秋风早。八月蝴蝶黄,双飞西园草。感此伤妾心,坐愁红颜老。”在现实的时间中,李白精雕细琢,通过典型的动作展现思妇的相思,从炎热的夏日盼到萧萧的凉秋,在空间景物上以双飞的蝴蝶反衬人不如物,将相思之苦推向高潮。“早晚下三巴,预将书报家。相迎不道远,直至长风沙。”时间由现在推移到将来,地点由现实的长干里推移到迎接丈夫的长风沙。思妇的相思升华为美好的向往。

过去现在将来的时间在女主人公的深切的相思中显得并不清晰,而成为相思的逆流动与正流动,现在的相思是关键,是重心。过去的回忆愈甜蜜,现在的相思愈难挨,将来的期望愈清晰,现在的相思愈度日如年。过去的时空、未来的时空都成为现实的拓展延伸。

认真分析李白的时间意识,对于深入了解李白诗歌的独创性是一条途径,笔者意在抛砖引玉。

注 释

[1]胡塞尔著,倪梁康译《内时间意识现象学》,北京:商务印书馆 2010 年版,60 ~ 61 页。

[2]同上 67 ~ 68 页。

[3]同上 77 页。

[4]同上83页。
[5](明)陆时雍《唐诗镜》卷十八,《四库全书》本。
[6]胡塞尔著,倪梁康译《内时间意识现象学》,北京:商务印书馆2010年版,98页。
[7]同上115页。
[8]同上111页。
[9]同上113页。
[10]同上116页。
[11]同上151页。
[12]同上178页。
[13]同上183页

(作者单位:太原师范学院文学院)

论李白的“功成身退”

崔际银

在社会生活中，每个人都有自己的奋斗目标。知识分子作为维护国家利益、承传民族文化的重要阶层，其人生定位更加明确。中国历代的文人士子，大多是以入仕从政、治国平天下为人生的最大追求。例如屈原企盼“政治清明”，辛弃疾热望“收复中原”，而李白一生的定位与追求，则可以概之曰“功成身退”。

一、“功成身退”理念的确立

李白“功成身退”人生理念的确立，并非一时的心血来潮，而是有着历史与现实、主观与客观诸方面的因素。其中，传统文化中“治国平天下”的思想，以及他“见贤思齐”、着力学习相关成功者的定位，发挥着主要的作用。

(一)思想渊源：传统文士的基本追求

自古以来，中国的知识分子主要受到儒家思想的影响。儒家思想的基本理念是：积极入世、建功立业、成就不朽。儒家倡导的“学而优则仕”[1]“达则兼善天下”[2]，成为历代众多文人士子的人生宗旨。李白的政治思想、人生追求之渊源，亦在于此。当然，李白还受到道家思想的较大影响,但道家思想(特别是老子的思想),也是以治国理政为主要成分的。具体而言,李白“功成身退”思想,鲜明地表现在两个方面:

第一,时不我待、渴望功业。李白对时光的迅速流逝、生命的短暂促迫,具有十分敏锐的感受。在他的诗作之中,经常出现感慨时光的语词:“君不见黄河之水天上来,奔流到海不复回。君不见高堂明镜悲白发,朝如青丝暮成雪。”[3]“白日何短短,百年苦易满。”[4]“容颜若飞电,时景如飘风。草绿霜已白,日西月复东。华鬓不耐秋,飒然成衰蓬。”[5]正是基于对“时不我待”的切身感受,使他特别渴望建功立业,并且要及早成功:“光景不可留,生世如转蓬。早达胜晚遇,羞比垂钓翁。”[6]可见,他希望“早达”,而不愿像姜太公那样“晚遇”。至于建立功业的动因,他也作了说明:“功名不早著,竹帛将何宣。桃李务青春,谁能贯白日。”[7]“当年意气不肯平,白发如丝叹何益。”[8]这种“青史留名”“不留人生遗憾”的表述,与传统知识分子的思想,是完全相同的。

第二,功成之后,立即身退。取得“成功”,是人人所渴望的,也是无可厚非的。至于“成功”之后如何抉择人生,则表现出明显的不同,大多数人选择“安享富贵”,而李白则选择了“立即身退”的道路。这条道路,在他的早年就已确定,并且终生未曾改变。李白在年满30岁时,分别创作了《玉真公主别馆苦雨赠卫尉张卿二首其二》(“功成拂衣去,摇曳沧洲傍。”[9]作于开元十八年:730年),《侠客行》(“事了拂衣去,深藏身与名。”[10]作于开元十九年:731年),《留别王司马嵩》(“愿一佐明主,功成还旧林。”[11]作于开元十九年:731年)……这些作品,明确表达了“功成身退”的思想。这一思想的确立,可以视为李白“三十而立”的重要标志。唐玄宗天宝元年(742),时年42岁的李白奉诏入京,使他“成功”的理想终于具有了实现的可能。他“仰天大笑出门去,我辈岂是蓬蒿人”[12]的表述,正是实现“成功”自信心的显现。不过,在京任职翰林期间,他仍然秉持着“方希佐明主,长揖辞成功”[13]的信念。与此同时,随着对上层统治集团认识的深入，李白切身体验到官场的险恶，强化了自己“退身”的思想：“青蝇易相点，白雪难同调。本是疏散人，屡贻褊促诮。……功成谢人间，从此一投钓。”[14]在这期间，他还进一步认识到，如果“功成”而不及时“身退”，可能招致杀身之祸：“吾观自古贤达人，功成不退皆殒身。”[15]到了唐玄宗当政的晚年，政治更加黑暗，李白早已远离朝廷且年逾半百，但他并未放弃“成功”的愿望，只是更多增添了“身退”的色彩：“入门上高堂，列鼎错珍羞。香风引赵舞，清管随齐讴。七十紫鸳鸯，双双戏庭幽。行乐争昼夜，自言度千秋。功成身不退，自古多愆尤。黄犬空叹息，绿珠成衅仇。何如鸱夷子，散发棹扁舟。”[16]（作于天宝十二载：753年，时年53岁）。通过这些诗句可知，李白“功成身退”的理念，是在其早年确立，并且贯穿其一生的。

（二）具体榜样：前代成功人士

在李白看来，入世立功之后，实现全身而退，并非虚幻的空想，而是多有成功例证的。为此，他在诗歌中列举了若干历史人物，用以作为自己实现“功成身退”目标的佐证，同时也是自己学习的榜样。

在这些历史人物之中，有大功告成的吕尚：“朝歌鼓刀叟，虎变磻溪中。一举钓六合，遂荒营丘东”[17]“君不见朝歌屠叟辞棘津，八十西来钓渭滨。宁羞白发照渌水，逢时吐气思经纶。广张三千六百钓，风雅暗与文王亲”[18]；有功成不居的鲁仲连：“齐有倜傥生，鲁连特高妙”[19]“鲁连逃千金，珪组岂可酬”[20]“齐心戴朝恩，不惜微躯捐。所冀旄头灭，功成追鲁连”[21]“岧峣广成子，倜傥鲁仲连。卓绝二公外，丹心无间然”[22]“意在斩巨鳌，何论鲙长鲸！恨无左车略，多愧鲁连生”[23]“十三弄文史，挥笔如振绮。辩折田巴生，心齐鲁连子”[24]“鲁连不得不蹈于东海。则桃源之避世者，可谓超升先觉”[25]；有显功而退的陶渊明：“陶令去彭泽，茫然太古心。大音自成曲，但奏无弦琴”[26]“陶令辞彭泽，梁鸿入会稽。我寻高士传，君与古人齐”[27]“陶令日日醉，不知五柳春。素琴本无弦，漉酒用葛巾。清风北窗下，自谓羲皇人”[28]“吾爱崔秋浦，宛然陶令风。门前五杨柳，井上二梧桐”[29]“梦见五柳枝，已堪挂马鞭。何日到彭泽，长歌陶令前”[30]“陶令八十日，长歌归去来”[31]；有功成身退的范蠡：“范子何曾爱五湖，功成名遂身自退”[32]“终与安社稷，功成去五湖”[33]“陶朱虽相越，本有五湖心”[34]“此地多英豪，邈然不可攀。陶朱与五羖，名播天壤间”[35]。

上述“功成”人物中，李白最为佩服的是鲁仲连。因为，只有鲁仲连在建立勋功之后，拒绝封赏，洒脱而去。范蠡虽然也是功成不居、全身而退，却是为了避祸而不告而别，不够潇洒。陶渊明虽是辞官归隐，但县令之职成就的功业，毕竟十分有限。至于吕尚，主要是在“功成”，特别是“大器晚成”方面，对李白多所启发。这些成功人士，在李白的人生道路上，发挥着重要的引领作用。

二、追求“功成”的具体举措

“功成身退”中的“功成”与“身退”，构成的是一种因果关系。“功成”作为“身退”的前提条件，在双方关系中的地位极其重要。为了实现“身退”的终极目标，李白采用了多种举措以求“功成”。

（一）捷径求名：以便入仕

李白生活的盛唐时期，朝廷已经实施了科举取士的制度，能够通过科举入仕为官，是文人士子的“正途”。不过，参加科举考中进士，不仅周期较长，而且录取的机会很小（录取名额太少）。以李白的性格，他既不愿忍耐“十年寒窗”（甚至时间更长）孤独寂寞之苦，更无法接受考官、座主、权贵们的训教折辱。于是，他选择了弃置科考、寻找捷径以求名入仕的方式。《新唐书》称其“十岁通诗书，既长，隐岷山。州举有道，不应。苏颋为益州长史，见白异之，曰：‘是子天才英特，少益以学，可比相如。’然喜纵横术，击剑，为任侠，轻财重施”[36]。《旧唐书》也说他“少有逸才，志气宏放，飘然有超世之心”[37]。通观李白的一生，可知其青少年时代的喜仙好道、击剑任侠、轻财乐施，意在传扬声名；而其“超世之心”，也并非归隐山林，而是超越尘俗、与众不同。出游交友，占据着李白生活的重要位置，他的大半生是在外出游历之中度过的。《旧唐书》记录了他与鲁中孔巢父等人结为“竹溪六逸”，以及与吴筠、贺知章交往的情形：“少与鲁中诸生孔巢父、韩沔、裴政、张叔明、陶沔等隐于徂徕山，酣歌纵酒，时号‘竹溪六逸’。”“天宝初，客游会稽，与道士吴筠隐于剡中。”“贺知章见白，赏之曰：‘此天上谪仙人也。’”[38]这种游历与交友，主要目的也是获取佳名，以求上位。李白在自己的诗歌之中，也曾写道：“荆人泣美玉，鲁叟悲匏瓜。……穷溟出宝贝，大泽饶龙蛇。明主倘见收，烟霞路非赊。”[39]“我有结绿珍，久藏浊水泥。时人弃此物，乃与燕珉齐。摭拭欲赠之，申眉路无梯。”[40]其中表达的正是希望献宝上位的思想。

李白利用“捷径”，的确获取了一定的声名，并且通过友人（道士吴筠）的绍介，得以入京面君，实现了进入官场的愿望。

（二）列位翰林：以望相位

天宝元年（742），42岁的李白入京面见玄宗之后，表现出强烈的事业心。他在《驾去温泉后赠杨山人》诗中写道：“少年落魄楚汉间，风尘萧瑟多苦颜。自言管葛竟谁许，长吁莫错还闭关。一朝君王垂拂拭，剖心输丹雪胸臆，忽蒙白日回景光，直上青云生羽翼，幸陪鸾辇出鸿都，身骑飞龙天马驹。王公大人借颜色，金璋紫绶来相趋。当时结交何纷纷，片言道合惟有君。待吾尽节报明主，然后相携卧白云。”[41]为了实现自己的政治理想，他甚至不惜以谀词奉承玄宗皇帝和贵妃娘娘：“三千双蛾献歌笑，挝钟考鼓宫殿倾，万姓聚舞歌太平。……小臣拜献南山寿，陛下万古垂鸿名”[42]“跪双膝，立两肘。散花指天举素手。拜龙颜，献圣寿。北斗戾，南山摧。天子九九八十一万岁，长倾万岁杯”[43]“云想衣裳花想容，春风拂槛露华浓。若非群玉山头见，会向瑶台月下逢”[44]。对于“待诏翰林”的身份，李白显然是不能满意的，因为他的政治理想是“申管、晏之谈，谋帝王之术。奋其智能，愿为辅弼，使寰区大定，海县清一”[45]。要实现这样的愿望,只有身居一人之下、万万人之上的宰相之位,才是有可能的。但是,唐玄宗只是将他视为“待诏”的文词之士,不可能委以重任。而他本人的个性,也不适合官场。《旧唐书》所谓“玄宗诏筠赴京师,筠荐之于朝,遣使召之,与筠俱待诏翰林。白既嗜酒,日与饮徒醉于酒肆。玄宗度曲,欲造乐府新词,亟召白,白已卧于酒肆矣。召入,以水洒面,即令秉笔,顷之成十余章,帝颇嘉之。尝沉醉殿上,引足令高力士脱靴,由是斥去”的记述[46],应当大致符合李白在京城的状况。

在京三年,李白未曾实现出将入相、建立不世之功业的理想,而是以“赐金还山”的方式离开国家权力中枢。这番经历,虽然使他更加真切地认知了最高统治集团的腐朽与丑恶,却并未完全消除自己内心建功立业的思想。

(三)参与平叛:以慰平生

唐玄宗天宝十四载(755),标志着大唐帝国由盛转衰、社会矛盾全面激化的“安史之乱”爆发。当此之时,李白极其同情饱受安史乱兵杀戮的中原百姓:“洛阳三月飞胡沙,洛阳城中人怨嗟。天津流水波赤血,白骨相撑如乱麻。”[47]十分关心国家的前途命运:“沙尘接幽州,烽火连朔方。杀气毒剑戟,严风裂衣裳。……何日王道平,开颜睹天光。”[48]为了为国出力,他加入了永王李璘幕府,为平定叛乱出谋划策。在《永王东巡歌十一首》中,他充分展示了永王统领大军的声威,表达了平定叛乱、安定国家的决心:“永王正月东出师,天子遥分龙虎旗。楼船一举风波静,江汉翻为雁鹜池”(其一),“三川北虏乱如麻,四海南奔似永嘉。但用东山谢安石,为君谈笑静胡沙”(其二),“王出三山按五湖,楼船跨海次陪都。战舰森森罗虎士,征帆一一引龙驹”(其七),“试借君王玉马鞭,指挥戎虏坐琼筵。南风一扫胡尘静,西入长安到日边”(其十一)[49]。与此同时,他念念不忘的仍是“功成身退”:“徒为风尘苦,一官已白须。气同万里合,访我来琼都。披云睹青天,扪虱话良图。留侯将绮里,出处未云殊。终与安社稷,功成去五湖。”[50]可惜的是,李白一生中最后的重大政治抉择，也是以悲剧结束的："禄山之乱，玄宗幸蜀，在途以永王璘为江淮兵马都督、扬州节度大使，白在宣州谒见，遂辟为从事。永王谋乱，兵败，白坐长流夜郎。"[51]虽然李白在参加平定"安史之乱"的过程中，成为最高统治集团之间政治斗争的牺牲品，但他那种"出门不顾后，报国死何难"[52]的勇气，以及始终不忘"功成"、坚持实现人生理想的作为，是令人敬佩的。

三、未能"身退"的缘由

李白的一生，虽然未能位至宰相、权倾朝野，至少曾经待诏翰林、近侍君王，称得上成功人士。同时，由于仕途遭遇诸多不顺，他也时常表达"散发弄扁舟"之类的退避之意。然而，他从未真正地"身退"，这其中有着多方面的因缘。

（一）坚守政治理想：功成身退

李白是以积极入世为人生定位，以建立功业为政治理想的。他曾列举诸葛亮等汉末的成功人士，非常自信地表示："余亦草间人，颇怀拯物情。……托意在经济。"[53]但是，当他满怀热情地投身政治时，得到的结果完全出乎意料："抱玉入楚国，见疑古所闻。良宝终见弃，徒劳三献君。"[54]随着对统治集团的深入了解，李白真正体会到"珠玉买歌笑，糟糠养贤才"[55]的残酷现实。尽管遭遇诸多不幸，李白并未退缩，因为他的政治理想是为国立功，设定的人生目标是"功成身退"。依照李白自己的标准，其一生未能"功成"，但他一生都在追求"功成"。这与及早"身退""独善其身"的白居易、避入空门化解"伤心事"的王维等人是很不相同的。李白是一位对人生十分认真的人，他的"本质是生命与生活"[56]。在其人生第一目标（功成）未曾实现之时，他是绝对不肯前往第二目标（身退）的。他的全部快乐来自于树立并执着追求理想，他的最大痛苦则来自于理想的无法实现。说到理想，有人总是认为李白"使寰区大定，海县清一"之类的表述太过自不量力，认为他的所谓理想抱负纯属空谈、大言欺人。以这样的看法对待李白,肯定是不公正的。因为李白所追求的人生目标,与任何一位有社会责任感的文人士子并无二致。其实,人们设定人生理想的意义,很大程度上并非在于其真正实现,而在于点亮一盏引领人生、催人奋进的明灯。李白坚持“三杯吐然诺,五岳倒为轻”的信条[57],坚守“功业未成,决不身退”的信念,矢志不渝地追求政治理想,是难能可贵的。

(二)坚信个人能力:治国干才

李白是一位极其自信的人,从不怀疑自己的政治才干,而是以治国平天下为己任。他曾经假借他人之口列举上古贤哲,对自己的才干品格大加赞赏:“昔太公大贤,傅说明德,栖渭川之水,藏虞虢之岩,卒能形诸兆朕,感乎梦想。此则天道暗合,岂劳乎搜访哉?果投竿诣麾,舍筑作相,佐周文,赞武丁。总而论之,山亦何罪?乃知岩穴为养贤之域,林泉非秘宝之区。则仆之诸山亦何负于国家矣?近者逸人李白自峨眉而来,尔其天为容,道为貌,不屈己,不干人,巢由以来,一人而已。”[58]他从不将自己定位为文士书生,一心期盼建功立业:“儒生不及游侠人,白首下帷复何益”[59]“白日当天心,照之可以事明主。壮士愤,雄风生,安得倚天剑,跨海斩长鲸”[60]“我见楼船壮心目,颇似龙骧下三蜀。……功成献凯见明主,丹青画像麒麟台”[61]。当然,李白是否具备力挽狂澜、解民倒悬之治国大才,曾被不少人怀疑。再加上他那“乍向草中耿介死,不求黄金笼下生”[62]“安能摧眉折腰事权贵”的孤傲个性[63],致使其治国才干、政治理想难以实现。但是,这种对自我才能的自信,的确是支撑李白积极进取的重要动力与因缘。

(三)坚韧人格品质:遇挫不折

由于李白政治理想、人生定位乃至日常表现,与凡俗大众多有不同,因而经常处于不被理解、遭受排挤的境地:“青蝇易相点,白雪难同调。本是疏散人,屡贻褊促诮。”[64]他也有时流露出失望的情绪:“报国有壮心,龙颜不回眷”[65]“独酌聊自勉,谁贵经纶才”[66]。但是,他从未真正地气馁或退缩。在他看来,人的一生中遇到困难,是十分正常的:“猛虎落陷阱,壮夫时屈厄”[67]“张良未遇韩信贫,刘项存亡在两臣。暂到下邳受兵略,来投漂母作主人。贤哲栖栖古如此,今时亦弃青云士”[68]。因此,他始终不变自己的品格,“白若白鹭鲜,清如清唳蝉。受气有本性,不为外物迁”[69],坚定地相信“天生我材必有用”[70]。李白这种积极入世进取、渴望建功立业的志向,强烈的英雄主义、乐观主义精神,具有振懦启愚、激励斗志的作用。

然而,我们更应当看重李白“遇挫不折”的人格品质。挫折之意,包含着遇到困难、失败之后的屈服与退缩。一般人通常是遇挫即折;具有一定意志品质的人,可做到再挫、三挫而折;只有意志极其坚强者,方可达到挫而不折的程度。李白一生的追求就是“功成身退”,由于“功成”是“身退”的前提和必须,因此,“事功”就成为李白最大的愿望,“入世”成为必然选择。但是,入世事功的过程中,他遇到了无数的困难。他的思想及行为无人理解:“悲来不吟还不笑,天下无人知我心。”[71]他深切感受到世态炎凉与人心不古:“兄弟尚路人,吾心安所从。他人方寸间,山海几千重。”[72]他不断地被巨大的忧愁所笼罩:“白发三千丈,缘愁似个长。”[73]他时常陷入深深的孤独之中,“花间一壶酒,独酌无相亲。举杯邀明月,对影成三人。”[74]但是,在遭受世人不解、帝王弃逐直至被判“助逆”流放夜郎等无数挫折之后,他始终没有放弃理想与追求,始终坚信“长风破浪会有时,直挂云帆济沧海”[75],对自己、对前途充满了信心。这种追求理想、积极进取、遇挫不折、战胜困难的精神,是极其珍贵的,对个人的成长特别重要。

四、李白“功成身退”定位之评价

李白确立的“功成身退”之定位,不但对其本人具有规范、激励之作用,对当时及后世的文人士子确定人生目标、践行人生规划等,也产生了不小的影响。

（一）激励自我：终生前行

李白“功成身退”的定位是十分明确的，而实现这一目标的困难，也是难以克服的。李白久居民间，结交各色人等，对下层社会所知甚广；他又曾亲赴朝廷，与皇帝、权臣等有过较长时间的近距离接触，因而对上层统治阶级的认知十分深切。基于此，他对政治斗争、仕途险恶非常清醒，甚至十分恐惧。他也经常产生逃避的思想：“沐芳莫弹冠，浴兰莫振衣。处世忌太洁，志人贵藏辉。沧浪有钓叟，吾与尔同归。”[76] 他也特别羡慕那些隐居山林、享受自然风光的高士：“昭昭严子陵，垂钓沧波间。身将客星隐，心与浮云闲。长揖万乘君，还归富春山。清风洒六合，邈然不可攀。使我长叹息，冥栖岩石间。”[77] 他也曾因“伯乐难遇”而愤愤不平，甚至时常产生退缩心思：“谁识卧龙客，长吟愁鬓斑。”[78]“我有吴越曲，无人知此音。姑苏成蔓草，麋鹿空悲吟。未夸观涛作，空郁钓鳌心。举手谢东海，虚行归故林。”[79]“叹我万里游，飘飖三十春。空谈霸王略，紫绶不挂身。雄剑藏玉匣，阴符生素尘。廓落无所合，流离湘水滨。”[80] 他也懂得远离是非之地会十分安全：“游莫逐炎洲翠，栖莫近吴宫燕。吴宫火起焚尔窠，炎洲逐翠遭网罗。萧条两翅蓬蒿下，纵有鹰鹯奈若何。”[81] 但是，为了实现自己“功成身退”的人生理想与抱负，他克服了这些畏惧、逃避的心理，以“功不成而决不退”作为自己的底线，不断地用豪言壮语激励自己，坚持信念，砥砺前行。

（二）教育后人：守志不移

每个人都会拥有自己的人生理想、目标志向，而人的一生又是在“顺”与“逆”两境之中不断转换的。在顺境中坚持理想、守志不移，并不困难；处于逆境，特别是不断遭遇磨难或年已老大之后，仍然有理想、守志向，并非一般人所能做到。以李白同时代的王维、孟浩然为例，他们虽然诗名极盛，并且孟浩然的人格得到李白的称颂，但王、孟的“遇挫即折”与李白的“挫而不折”相比，绝对不可相提并论。李白在人生困境之中始终坚持的进取精神，尤其值得后人学习。他的这一精神,即使到了晚年,也未曾改变。他在 50 岁(天宝九载:750 年)时,表达了对遭陷获罪的"无视":"坦荡君子,无悦簧言。擢发续罪,罪乃孔多。倾海流恶,恶无以过。人生实难,逢此织罗。积毁销金,沉忧作歌。天未丧文,其如余何。"[82] 53 岁(天宝十二载:753 年)时,展示了誓为君子、永不服老的决心:"愿君学长松,慎勿作桃李。受屈不改心,然后知君子""我如丰年玉,弃置秋田草。但勖冰壶心,无为叹衰老"[83]。56 岁(至德元载:756 年)时,仍然坚持入世济民的意志:"苟无济代心,独善亦何益。"[84]裴斐先生曾说:李白和屈原、杜甫等人,之所以"比历史上所有隐逸诗人、田园诗人、山水诗人都要伟大得多,重要原因之一,便在于他们虽然屡经坎坷沦落,身世非常不幸,对于现实人生却始终抱积极态度,忧心国事,关怀人民,顽强执着,锲而不舍,因而从他们的作品中能够感觉到时代和社会生活的脉搏。对现实人生抱积极态度还是抱消极态度,应是我们衡量古代作家的一个重要标准。正是用这个标准衡量,李白无愧于文学史上最伟大的诗人之列。"[85]如此评价李白,是十分贴切的,也是发人深思的。可以肯定的是,后世许多人推许、崇拜、学习李白,不仅在于李白的乐观向上、积极进取,更在于他的坚持理想、守志不移。

总之,李白始终追求"功成身退",他一生的荣辱悲喜、人们对其的评价,大多与此相关。追求"功成",即是"入世";希望"身退",则是"出世"。"出世与入世,在李白思想中既不是对立的,也不是并立的,而是前者从属于后者,由后者派生。"[86]不少人对李白"功未成而身不退"的定位与人生经历,予以质疑甚至刻薄嘲笑。其实这种追求理想、积极进取、遇挫不折、矢志不渝的精神,正是李白最为可贵之处,也是最值得我们学习和借鉴的。

注　释

[1]杨伯峻:《论语译注》,北京:中华书局,1980 年 12 月,第 202 页。

[2]杨伯峻:《孟子译注》,北京:中华书局,1960 年 1 月,第 304 页。

[3]《将进酒》,(清)彭定求:《全唐诗》卷 17,北京:中华书局,1960 年 4 月,

第 169 页。
[4]《短歌行》,(清)彭定求:《全唐诗》卷 19,北京:中华书局,1960 年 4 月,第 216 页。
[5]《古风五十九首》(其二十八),(清)彭定求:《全唐诗》卷 161,北京:中华书局,1960 年 4 月,第 1675 页。
[6]《效古二首》(其一),(清)彭定求:《全唐诗》卷 183,北京:中华书局,1960 年 4 月,第 1861 页。
[7]《长歌行》,(清)彭定求:《全唐诗》卷 19,北京:中华书局,1960 年 4 月,第 215 页。
[8]《前有樽酒行二首》(其一),(清)彭定求:《全唐诗》卷 162,北京:中华书局,1960 年 4 月,第 1685 页。
[9]《玉真公主别馆苦雨赠卫尉张卿二首》(其二),(清)彭定求:《全唐诗》卷 168,北京:中华书局,1960 年 4 月,第 1733 页。
[10]《侠客行》,(清)彭定求:《全唐诗》卷 25,北京:中华书局,1960 年 4 月,第 332 页。
[11]《留别王司马嵩》,(清)彭定求:《全唐诗》卷 174,北京:中华书局,1960 年 4 月,第 1781 页。
[12]《南陵别儿童入京》,(清)彭定求:《全唐诗》卷 174,北京:中华书局,1960 年 4 月,第 1787 页。
[13]《东武吟》,(清)彭定求:《全唐诗》卷 20,北京:中华书局,1960 年 4 月,第 250 页。
[14]《翰林读书言怀呈集贤诸学士》,(清)彭定求:《全唐诗》卷 183,北京:中华书局,1960 年 4 月,第 1865 页。
[15]《行路难三首》(其三),(清)彭定求:《全唐诗》卷 25,北京:中华书局,1960 年 4 月,第 343 页。
[16]《古风五十九首》(其十八),(清)彭定求:《全唐诗》卷 161,北京:中华书局,1960 年 4 月,第 1673 页。
[17]《鞠歌行》,(清)彭定求:《全唐诗》卷 19,北京:中华书局,1960 年 4 月,第 233 页。
[18]《梁甫吟》,(清)彭定求:《全唐诗》卷 20,北京:中华书局,1960 年 4 月,第 250 页。
[19]《古风五十九首》(其十),(清)彭定求:《全唐诗》卷 161,北京:中华书

局,1960 年 4 月,第 1672 页。
[20]《赠崔郎中宗之(时谪官金陵)》,(清)彭定求:《全唐诗》卷 169,北京:中华书局,1960 年 4 月,第 1742 页。
[21]《在水军宴赠幕府诸侍御》,(清)彭定求:《全唐诗》卷 170,北京:中华书局,1960 年 4 月,第 1749 页。
[22]《赠宣城宇文太守兼呈崔侍御》,(清)彭定求:《全唐诗》卷 171,北京:中华书局,1960 年 4 月,第 1759 页。
[23]《闻李太尉大举秦兵百万出征东南懦夫请缨冀申一割之用半道病还留别金陵崔侍御十九韵》,(清)彭定求:《全唐诗》卷 174,北京:中华书局,1960 年 4 月,第 1786 页。
[24]《送王屋山人魏万还王屋》,(清)彭定求:《全唐诗》卷 175,北京:中华书局,1960 年 4 月,第 1788 页。
[25]《奉饯十七翁二十四翁寻桃花源序》,安旗:《李白全集编年笺注》,北京:中华书局 2015 年 10 月,第 1794 页。
[26]《赠临洺县令皓弟(时被讼停官)》,(清)彭定求:《全唐诗》卷 168,北京:中华书局,1960 年 4 月,第 1738 页。
[27]《口号赠征君鸿(此公时被征)》,(清)彭定求:《全唐诗》卷 168,北京:中华书局,1960 年 4 月,第 1740 页。
[28]《戏赠郑溧阳》,(清)彭定求:《全唐诗》卷 169,北京:中华书局,1960 年 4 月,第 1746 页。
[29]《赠崔秋浦三首》(其一),(清)彭定求:《全唐诗》卷 169,北京:中华书局,1960 年 4 月,第 1747 页。
[30]《寄韦南陵冰余江上乘兴访之遇寻颜尚书笑有此赠》,(清)彭定求:《全唐诗》卷 172,北京:中华书局,1960 年 4 月,第 1771 页。
[31]《对酒醉题屈突明府厅》,(清)彭定求:《全唐诗》卷 182,北京:中华书局,1960 年 4 月,第 1853 页。
[32]《悲歌行》,(清)彭定求:《全唐诗》卷 166,北京:中华书局,1960 年 4 月,第 1722 页。
[33]《赠韦秘书子春二首》(其二),(清)彭定求:《全唐诗》卷 168,北京:中华书局,1960 年 4 月,第 1734 页。
[34]《留别王司马嵩》,(清)彭定求:《全唐诗》卷 174,北京:中华书局,1960 年 4 月,第 1781 页。

[35]《南都行》,(清)彭定求:《全唐诗》卷166,北京:中华书局,1960年4月,第1715页。
[36](宋)欧阳修:《新唐书·李白传》卷202,上海:上海古籍出版社1986年12月,第4741页。
[37](五代)刘昫:《旧唐书·李白传》卷190下,上海:上海古籍出版社1986年12月,第4083页。
[38](五代)刘昫:《旧唐书·李白传》卷190下,上海:上海古籍出版社1986年12月,第4083页。
[39]《早秋赠裴十七仲堪》,(清)彭定求:《全唐诗》卷168,北京:中华书局,1960年4月,第1732页。
[40]《赠范金卿二首》(其一),(清)彭定求:《全唐诗》卷168,北京:中华书局,1960年4月,第1732页。
[41]《驾去温泉后赠杨山人》,(清)彭定求:《全唐诗》卷168,北京:中华书局,1960年4月,第1735页。
[42]《春日行》,(清)彭定求:《全唐诗》卷24,北京:中华书局,1960年4月,第320页。
[43]《上云乐》,(清)彭定求:《全唐诗》卷162,北京:中华书局,1960年4月,第1687页。
[44]《清平调》(三首其一),(清)彭定求:《全唐诗》卷27,北京:中华书局,1960年4月,第391页。
[45]《代寿山答孟少府移文书》,安旗:《李白全集编年笺注》,北京:中华书局2015年10月,第1744页。
[46](五代)刘昫:《旧唐书·李白传》卷190下,上海:上海古籍出版社1986年12月,第4083页。
[47]《扶风豪士歌》,(清)彭定求:《全唐诗》卷166,北京:中华书局,1960年4月,第1717页。
[48]《北上行》,(清)彭定求:《全唐诗》卷164,北京:中华书局,1960年4月,第1705页。
[49]《永王东巡歌十一首》(其一)(其二)(其七)(其十一),(清)彭定求:《全唐诗》卷167,北京:中华书局,1960年4月,第1724页。
[50]《赠韦秘书子春二首》(其二),(清)彭定求:《全唐诗》卷168,北京:中华书局,1960年4月,第1734页。

[51](五代)刘昫:《旧唐书·李白传》卷190下,上海:上海古籍出版社1986年12月,第4083页。

[52]《幽州胡马客歌》,(清)彭定求:《全唐诗》卷18,北京:中华书局,1960年4月,第200页。

[53]《读诸葛武侯传书怀赠长安崔少府叔封昆季》,(清)彭定求:《全唐诗》卷168,北京:中华书局,1960年4月,第1735页。

[54]《古风五十九首》(其三十七),(清)彭定求:《全唐诗》卷161,北京:中华书局,1960年4月,第1676页。

[55]《古风五十九首》(其十五),(清)彭定求:《全唐诗》卷161,北京:中华书局,1960年4月,第1673页。

[56]李长之:《道教徒的诗人李白及其痛苦》,沈阳:辽宁教育出版社1998年3月,第3页。

[57]《侠客行》,(清)彭定求:《全唐诗》卷25,北京:中华书局,1960年4月,第332页。

[58]《代寿山答孟少府移文书》,安旗:《李白全集编年笺注》,北京:中华书局2015年10月,第1744页。

[59]《行行游且猎篇》,(清)彭定求:《全唐诗》卷25,北京:中华书局,1960年4月,第333页。

[60]《临江王节士歌》,(清)彭定求:《全唐诗》卷29,北京:中华书局,1960年4月,第420页。

[61]《司马将军歌(代陇上健儿陈安)》,(清)彭定求:《全唐诗》卷29,北京:中华书局,1960年4月,第421页。

[62]《雉子班》,(清)彭定求:《全唐诗》卷17,北京:中华书局,1960年4月,第173页。

[63]《梦游天姥吟留别》,(清)彭定求:《全唐诗》卷174,北京:中华书局,1960年4月,第1779页。

[64]《翰林读书言怀呈集贤诸学士》,《全唐诗》卷183,北京:中华书局,1960年4月,第1865页。

[65]《江夏寄汉阳辅录事》,(清)彭定求:《全唐诗》卷173,北京:中华书局,1960年4月,第1775页。

[66]《玉真公主别馆苦雨赠卫尉张卿二首》(其一),(清)彭定求:《全唐诗》卷168,北京:中华书局,1960年4月,第1733页。

[67]《君马黄》,(清)彭定求:《全唐诗》卷17,北京:中华书局,1960年4月,第170页。
[68]《猛虎行》,(清)彭定求:《全唐诗》卷19,北京:中华书局,1960年4月,第223页。
[69]《赠宣城宇文太守兼呈崔侍御》,(清)彭定求:《全唐诗》卷171,北京:中华书局,1960年4月,第1759页。
[70]《将进酒》,(清)彭定求:《全唐诗》卷17,北京:中华书局,1960年4月,第169页。
[71]《悲歌行》,(清)彭定求:《全唐诗》卷24,北京:中华书局,1960年4月,第312页。
[72]《箜篌谣》,(清)彭定求:《全唐诗》卷29,北京:中华书局,1960年4月,第424页。
[73]《秋浦歌十七首》其十五,(清)彭定求:《全唐诗》卷167,北京:中华书局,1960年4月,第1724页。
[74]《月下独酌四首》其一,(清)彭定求:《全唐诗》卷182,北京:中华书局,1960年4月,第1853页。
[75]《行路难三首》其一,(清)彭定求:《全唐诗》卷25,北京:中华书局,1960年4月,第344页。
[76]《沐浴子》,(清)彭定求:《全唐诗》卷26,北京:中华书局,1960年4月,第363页。
[77]《古风五十九首》(其十二),(清)彭定求:《全唐诗》卷161,北京:中华书局,1960年4月,第1672页。
[78]《南都行》,(清)彭定求:《全唐诗》卷166,北京:中华书局,1960年4月,第1715页。
[79]《赠薛校书》,(清)彭定求:《全唐诗》卷168,北京:中华书局,1960年4月,第1735页。
[80]《门有车马客行》,(清)彭定求:《全唐诗》卷20,北京:中华书局,1960年4月,第245页。
[81]《野田黄雀行》,(清)彭定求:《全唐诗》卷20,北京:中华书局,1960年4月,第243页。
[82]《雪谗诗赠友人》,(清)彭定求:《全唐诗》卷168,北京:中华书局,1960年4月,第1736页。

[83]《赠韦侍御黄裳二首》(其一)(其二),(清)彭定求:《全唐诗》卷168,北京:中华书局,1960年4月,第1734页。

[84]《赠韦秘书子春二首》(其一),(清)彭定求:《全唐诗》卷168,北京:中华书局,1960年4月,第1734页。

[85]裴斐:《裴斐文集》二卷,北京:人民文学出版社2013年10月,第59页。

[86]裴斐:《裴斐文集》二卷,北京:人民文学出版社2013年10月,第59页。

(作者单位:天津财经大学珠江学院)

“白贲”之白与李白之白

——易解李白刍议(之六)

康怀远

“六经之首”“三玄”之一的《周易》对中国文学和中国文学理论的影响是多方面的,对历代作家和作品的影响更是举足轻重、不可小觑。南朝刘勰所谓“论、说、辞、序,则《易》统其首”“位理定名,彰乎大易之数”(《文心雕龙》),程颐所谓“至哉,易乎！其道至大而无不包,其用至神而无不存”(《程氏易传·易序》),就是从本质上肯定了《周易》的美学价值及其审美判断。诸如阳刚之美、阴柔之美、对称之美、平衡之美、变化之美、圆润之美等,在《周易》中真可谓蕴含丰富、多姿多彩,学界的研究也可谓林林总总、持见纷呈;然而,对其白贲之美的探讨则少见报刊或论坛。实际上,《周易》“白贲”之白的美学地位相比于其他之美并不逊色,反倒更值得深究。诚如宗白华先生指出:“《易经》是儒家经典,包含了宝贵的美学思想。《易经》的许多卦,也富有美学的启发,对后来艺术发展的思想很有影响。”[1]

李白读《易》,其诗风、思想、人生等多与《周易》相关联,这些笔者在《易解李白刍议》的系列论文中进行过论证。本文重在从其缘《易》的角度就“白贲”之白与李白之白作些阐述,管窥之见,挂一漏万,祈请同仁指教。

一

关于李白之白，我曾写过一篇题为《李白之“白”的诗学解读》的文章，发表于《绵阳师范学院学报》2006年第4期。在那篇文章里，我认为，李白是最喜爱用“白”字的诗人之一。对其进行诗学解读，实际上涉及中国经典审美理论的文化原点。他尚白，他像白玉，他有清白爽朗的人生精神，人格是光明洁白的。“白”字之美以原创的神秘隐藏在诗人的灵魂里。如李白诚然有一种白云情结，这是他的情感所由生发的明亮、纯净、冲淡、孤寂、清高、悠然、顿悟的精神状态，糅合着道家的自然无为和释家空寂清静的哲学人生，其他白字情结无不如此。剖析李白诗歌中的“白”字句，就可以深入诗人的灵魂，就可以探求诗人的诗学审美意识和审美感情，进而理解诗人的人生体验、生命精神和光明爽洁的人格。

围绕这一论题，我检索了李白诗文中所有“白”字句，并从中国经典审美理论的文化原点发见，中国人的宇宙意识是太虚和空无，即老子所说的“天地之间，其犹橐龠乎？”（《老子》五章）天地宇宙之间空虚而又充盈，一旦鼓动便生气饱满。“三十辐，共一毂，当其无，有车之用。埏埴以为器，当其无，有器之用。凿户牖以为室，当其无，有室之用。”老子由此推论：“故有之以为利，无之以为用。”（《老子》十一章）“无”相对于“有”，便具备了产生万物的创造功能。“有物混成，先天地生。寂兮廖兮，独立而不改，周行而不殆，可以为天地母。吾不知其名，强字之曰道，强为之名曰大。”（《老子》二十五章）可见，这个“无”不是别的，就是“寂兮廖兮”的混成之道。因为“天地万物生于有，有生于无”，所以“道隐无名”，所以无名之道才称得上“大音希声，大象无形”（《老子》四十一章）。“大音”听之不闻其声，“大象”视之不见其形，这种审视宇宙的大视角恰好为文学创作和艺术审美开辟了宽广的道路。佛教从东汉传入中国，在不断中国化的过程中，与儒、道交融合流。佛性要求的虚空和道家主张的空无一拍即合，书法的飞白、绘画的空白和诗文创作的“此时无声胜有声”遂成为中国特色的最高境界的审美追求，并与西方现代美学史上英伽登的“未定性理论”和伊瑟尔的“空白理论”遥相呼应。[2]飞白、空白和虚静既体现着主体对自然宇宙的顿悟，也体现着主体审美心胸的宽宏。东方经典理论总结和抽象出的“涤除玄览”“致虚极，守静笃”（老子）“澄怀味象”“澄怀观道”（宗炳）“课虚无以责有，叩寂寞而求有声”（陆机）“疏瀹五藏，澡雪精神”（刘勰）“万象自心出”（皎然）“虚而万景入”（刘禹锡）“素处以默，妙机其微”“遇之匪深，即之愈希”“悠悠空尘，忽忽海沤”（司空图）等，被宗白华先生深刻地解释道：“这时一点觉心，静观万象，万象如在镜中，光明莹洁，而各得其所，呈现着它们各自的充实的、内在的、自由的生命，所谓万物静观皆自得。这自得的、自由的各个生命在默默里吐露光辉。”主体“空明的觉心，空纳着万境”，“万境侵入人的生命，染上了人的性灵”[3]。这甚至直接影响着创作主体对色彩的好尚和追求，由空而静，而虚，而白，极富光感地以七种自然光折射而成的“白”字欣然走进了诗学殿堂。而李白就是最喜爱用“白”字的诗人之一。

时隔十多年，当我重温《李白之“白”的诗学解读》一文，把李白诗文与《周易》对读的时候，才觉着对李白之白的探讨还需要进一步深化。以文化而论，中国美学（包括诗学、文论）原点恰在《周易》，因为它是中国文化的源头。站在这个文化源头的先哲们，以自己独特的智慧奠定了中华民族的文明基础、思维走向、心理定势、审美理趣和文学旨归。道家和儒家正是源于《周易》而成为如同黄河和长江一样的中国特色优秀传统文化的巨流。老子体悟的是“道大，天大，地大，人亦大”的宇宙奥秘，孔子高唱着“逝者如斯”的生命之歌，从此，中国的文化经典思想和智慧武库就百宝汇聚，共同演奏了震撼世界的东方神韵。

沿着这条思路，如果置李白之白于《周易·贲卦》的观照下，他尚白、尊白、爱白、名白的诗学审美观就更豁然开朗、明澈见底了。

二

李白《古风五十九首》其一:“大雅久不作,吾衰竟谁陈? 王风委蔓草,战国多荆榛。龙虎相啖食,兵戈逮狂秦。正声何微茫,哀怨起骚人。扬马激颓波,开流荡无垠。废兴虽万变,宪章亦已沦。自从建安来,绮丽不足珍。圣代复元古,垂衣贵清真。群才属休明,乘运共跃鳞。文质相炳焕,众星罗秋旻。我志在删述,垂辉映千春。希圣如有立,绝笔于获麟。”(限于篇幅,文中所引李白诗句均未标注诗题)

这是李白的创作宣言。在这个宣言里,他深沉哀叹西周以来雅正之声日远日衰、渺茫难觅,深情痛惜战国之际所造成的诗坛荒芜、荆榛丛生,深挚礼赞悲伤幽怨的屈原在汨罗江边那震撼千古、激人肺腑的吟唱;在这个宣言里,他时而回眸大汉帝国时代扬雄、司马相如冲击颓波、激扬文典的开流之功,时而疾首梁、陈、隋代宪章沦丧、文风绮丽的颓靡之气,时而心系三曹七子的建安风骨,却也无不流露怅然惋惜的遗憾之情。诗人表示,要在大唐盛世,高举复古风雅的大旗,让文华与质朴妙合统一、相得益彰,如同繁星在明净的秋夜闪烁,并决心效法孔子删《诗经》、著《春秋》那样,直到获嘉瑞仁兽麒麟而罢笔,再现诗坛的风清骨正。才逸气高、舍我其谁的自信和豪迈溢于言表。

其实,就文、质而言,《周易·贲卦》便是最可宝贵的滥觞之作。

䷕

贲卦由噬嗑卦发展而来,《序卦》说:“嗑者合也,物不可以苟合而已,故受之以贲。贲者,饰也。”《说文解字》释:“贲,饰也,从贝卉声。”东汉郑玄注:“变也,文饰之貌。”贲本为贝壳的光泽,引申为修饰、装饰。说明此卦是专门探讨文饰的。贲卦卦辞说:“亨。小利有攸往。”卦象为上艮下离;离为火,艮为山,象征山下有火。东晋王廙注:“山下有火,文相照也。夫山之为体,层峰峻岭,峤崄参差。直置其形,已如雕饰。复加火照,弥见文章。贲之象也。”(《李鼎祚·周易集解》)火焰映照山岗,光彩艳丽,美轮美奂。卦辞意为事物要有必要的文饰,可以亨通,文饰之后,以显其美。宋程颐注:“文饰之道,可增其光彩,故能小利于进也。”(《伊川易传》)意即此。

贲卦彖辞曰:“贲,亨。柔来而文刚,故亨。分刚上而文柔,故小利有攸往。”

文饰何以亨通?因为下卦六二是阴爻与六一阳爻相应,所以叫阴柔文饰阳刚,柔来而文刚为亨通。同时,下卦为离火,离之上下二爻属阳刚,中间一爻属阴柔,其象以二刚爻为质,一柔爻为文,质刚以柔为文饰,“分刚上而文柔,故小利有攸往”。宋朱熹注:“阳得阴助,而离明于内,故为亨。”(《周易本义》)上卦为艮山,艮下二爻属阴柔,艮上一爻属阳刚,其象以二柔爻为质,一刚爻为文,质柔以刚为文饰。刚上文柔,不得中正,便不能大有所往,“小利有攸往”可也。这样的卦爻结构,形象地意味着贲卦刚爻与柔爻、文华与质朴相互交饰的紧密关系。

贲卦彖辞又曰:“(刚柔交错)天文也,文明以止,人文也。观乎天文,以察时变;观乎人文,以化成天下。”这里,天文、文明、人文、文化均有一“文”字,足见贲卦对文饰之美的重视。宋朱熹注:“刚柔之交,自然之象,故曰天文。”(《周易本义》)依照易理,日月星辰的排列、寒暑阴阳的交替就是天文;阳阴迭运、刚柔交互就是天象;离之火,为日、为光,文而明,就是文明;人文则主要包括礼仪、制度、教育等人之道,文化为其综合。

再行观察,离、艮相叠而成的贲卦,离之文明,艮之止,告诉我们,璀璨如火如光如日的文明,不是无限的、无所止的,而是必须约束的、受限制的,即所止。唐李鼎祚引郑玄注:“贲,文饰也。离为日,天文也。艮为石,地文也。天文在下,地文在上,天地二文,相饰成贲者也。卦互体坎艮,艮止于上,坎险于下,夹震在中,故不利大行,小有所之,则可矣。”(《周易集注》)必要的文饰是亨,但文饰仅小利,它是不可胜质的。中国文化所遵循的文质观,是“质胜文则野,文胜质则史,文质彬彬,然后君子”(《论语·雍也》)。它追求无过无不及,主张过犹不及,讲文饰而止于礼义、止于至善。有文必有质,有质必有文,质是文的内在本质,文是质的外在形式,无本质的形式是干瘪的空壳,无形式的本质是缺乏美感的存在。一方面强调“言而无文,行之不远”(《左传·襄公二十五年》引孔子语),另一方面反对“文过饰非”,不为假象遮掩本质。只有二者密切结合,内外融通,须臾不离,才是中国式的文质观。贲道之大旨,于此可见。诚如宋程颐所说:“物有饰而后能亨,故曰:无本不立,无文不行。有实而加以饰,则可以亨矣。”(《伊川易传》)

如果仔细阅读贲卦的爻辞,我们就会更清楚《周易》对文、质关系的美妙描述了。贲卦由下而上,依次为初九爻:“贲其趾,舍车而徒”,是说先文饰脚趾,以步代车,不炫耀乘车的荣光,实乃素朴无华;六二爻:“贲其须”,此爻属阴,女性,是说文饰头发取悦上位者(也有把须解释为男性的胡须,那就是文饰胡须),比附文不离质;九三爻:“贲如,濡如,永贞吉”,是说文饰得色彩艳丽、润泽光亮,似有浓妆极盛、达于顶点之意,象征文饰过度,文胜于质;六四爻:“贲如皤如。白马翰如,匪寇婚媾”,是说一旦文饰过度、文胜于质,就应当知止,因为此爻离火之外,示意艮止开始,意即由文饰过度、文胜于质向由文返质、崇质返素回归,并回归得圆润自然,如同素妆白马一般;六五爻:“贲于丘园,束帛戋戋,吝,终吉”,是说用堆积很多的一束束素帛来文饰草木杂生的园林,极言此为质朴之处而非华美之所;上九爻:“白贲,无咎”,是说文饰的最佳目标是白,是不文,是无饰之饰,是饰极返素归朴,呈现出自然之美的无色(杂卦:贲,无色也),也就是孔子所说的“绘事后素”(《论语·八佾》)最高境界了,与老子所谓复归于无极、复归于朴、复归于婴儿,实为同一机枢。换句话,像大音希声、大象无形、大辩若讷的天道一样,贲卦的主题即大贲若白。三国王弼说:“处饰之终,饰终反素,故任其质素，不劳文饰而无咎也。”（《周易注》）足见本色之美、内在之美才是《周易》作者所向往和追求的超越外在华美的素美、真美、大美、完美、自然之美。刘勰说过：“衣锦衣绣，恶文太章；贲象穷白，贵乎返本”，“白贲占于贲之上爻，乃知品居极上之文，只是本色”。（《文心雕龙》）白贲之白在中国美学史上的地位足见其高。

剖析《周易·贲卦》，我们可以梳理出文饰的全过程：饰趾饰须（素朴之美）→饰如濡如（华丽之美）→白贲无咎（无饰之美）。这是一条经由素朴到华丽再回归平淡无饰的否定之否定的辩证路线，形象有趣地阐发了中国古典美学的发展变化历程——虽然或许是先祖圣哲质实无华的生活经验，或许是先祖圣哲审美理想的理性预设，或许是先祖圣哲对中国之美学的智慧前瞻，却产生了和产生着影响中国文学和中国文论的巨大正能量。

当然，就《周易》而言，还有一些卦象也涉及白贲之饰，只是没有像贲卦那么集中、鲜明、突出，但所体现的白饰之美却不可忽视。如涣卦象辞“风行水上”所展现的“自然成文”的意蕴，履卦九二爻辞“履道坦坦，幽人，贞吉”所包含的被王弼称为“履道之美，于斯为盛”的“履道尚谦，不言处盈，务在致诚，恶夫外饰者也”（《周易注》）的意趣等，即为显例。这一点，笔者将另文专论，兹不赘述。

三

李白于读《易》中，吸收和容纳了《周易·贲卦》大贲若白的美学思想，不仅以白为名，而且以白字入诗，奋笔抒写了“清水出芙蓉，天然去雕饰”的大量诗篇。他宗法易道，归趣自然，在中国诗坛的黄金时代创造了光耀千古的灿烂与辉煌。

引起我们注意的，还有所谓白贲之志。贲卦上九象曰：“‘白贲，无咎’，上得志。”这一句，是对上九爻辞“白贲，无咎”的解释。

为什么无咎？由卦象得知，上九刚居柔位，又得到六五以柔承之，而处贲之极，贲道尽去其华丽而归于朴素，文饰以白为主，有崇尚自然纯美之象,故其无所咎害。

然则与志何干?历来释注有:三国虞翻注:“上之五得位,体成既济,故曰‘得志’。坎为志也”(清孙堂《汉魏二十一家易注》),这是从卦体的变化注释的;东晋干宝注:“白,素也。延山林之人,采素士之言,以饰其政,故‘上得志’也”(《周易注》),这是从人君治政的角度注释的;清李士鉁注:“上九处贲之终,绚烂之极,归于平淡,由文返质,文明而止矣。志高品洁,自得于山林之外,虽失位而亦无咎”(《周易注》),这是从人品的志向方面注释的;清马其昶注:“六二柔来文刚,必居刚下,乃得所承,故曰‘与上兴’也。上九刚来文柔,必处柔上,柔乃不陵,故曰‘上得志’也”(《周易费氏学》),这是从卦体本身注释的。应当说,上述注释各得其妙,但还是王弼的注释比较圆通:“处饰之终,饰终反素,故任其质素,不劳文饰,而无咎也。以白为饰,而无忧患,得志者也。”(《周易注》)

《孔子家语·好生》记载:“孔子尝自筮,其卦得贲焉,愀然有不平之状。子张进曰:‘师闻卜者得贲卦,吉也;而夫子之色有不平,何也?’孔子对曰:‘以其离邪。在《周易》,山下有火谓之贲,非正色之卦也。夫质也,黑白宜正焉,今得贲,非吾兆也。吾闻丹漆不文,白玉不雕,何也?质有余,不受饰故也。’”孔子一生,其文学主张是“思无邪”,美学主张是“绘事后素”,既推崇中和之美,又推崇自然之美。所谓正色者,是指“白当正白,黑当正黑”“丹漆不文,白玉不雕”的不饰不雕,即王弼所说的“任其质素,不劳文饰,而无咎也。以白为饰,而无忧患,得志者也”。

由此而及李白,他以自然为宗,力行“清水出芙蓉,天然去雕饰”的创作风格,高扬“垂衣贵清真”“文质相炳焕”的审美旗帜,其“删述”之志大得益于《周易·贲卦》的美学指向。杨振纲《诗品解》在“自然”品下引《皋兰课业本原解》云:“此言凡诗文无论平奇浓淡,总以自然为贵。如太白逸才旷世,不假思议,固矣。少陵虽经营惨淡,亦如无缝天衣。又如元白之平易,固矣;即东野长江之苦思刻骨,玉川长吉之凿险缒幽,义山飞卿之铺锦列绣,究亦自出机杼。若纯于矫强,毫无天趣,岂足名世。"他认为,李白的自然诗风与众不同处就是不假思议,即不假人力,不着粉黛,达到了主(体)客(体)合拍,从容法度,信笔拈来,运神遣意,妙手回春的境界。这是白贲之美的美学效应。

"色彩的感觉,是一般美感中最大众化的形式。"[4]白贲之美,自然、素朴、质实、纯粹,李白以白字出之。他近千首诗作,"白"字句出现了463次,散见于近400多首诗歌。杜甫1400多首诗歌,"白"字句出现了493次,[5]以平均值比较,李白显然高于杜甫。"白"字与李白,如同"太白星""明月"与李白,是非常有趣的美学现象。

白之色本身是没有感情的,但是,"诗人可以说是人类的感官"[6],其"感觉先行或色彩先行,乃是自然直观或宇宙直观的一种形式。它借色彩直观,从一种非常直接的没有遮拦和隔阂的现象中,窥探着和喻示着宇宙的信息、自然的灵魂以及人在其间的精神体验"[7]。由于诗人的联想、记忆、经验、感应,在创作中产生了复杂的感情,色彩就成了生命的象征。请看李白的笔下,云是白的:"作诗惊我调逸兴,白云绕笔窗前飞""四面生白云,中峰倚红日";水是白的:"黄云结暮色,白水扬寒流""青山横北郭,白水绕东城";草是白的:"胡马秋肥宜白草,骄来蹑影何轻骑""鹰豪鲁草白,狐兔多肥鲜";露是白的:"秋露白如玉,团团下庭绿""清霜入晓鬓,白露生衣巾";石是白的:"盘白石兮坐素月,瑟松风兮寂万壑";波是白的:"黄河万里动风色,白波九道流雪山""海寒多天风,白波连山倒蓬壶";浪是白的:"扬兵习战张虎旗,江中白浪如银屋""白浪如山那可度,狂风愁杀峭帆人";月是白的:"竹里无人声,池中虚月白""天清江月白,心静海鸥知";笔是白的:"绣衣柱史何昂藏,铁管白笔横秋霜""伊昔簪白笔,幽都逐游魂"……至于"白日""白发""白骨""白马""白猿""白犊""白鹿""白鸡""白雁""白虎""白龟""白鼋""白鹇""白龙""白鸠""白鼠""白鸦""白鹅""白鹤""白酒""白虹""白驹""白玉""白璧"等,也是俯拾即是,举不胜举。一切有生命的,无生命的,总之自然、宇宙和想象中的万事万物似乎在诗人的眼睛中,个个皆白,显得那么鲜明、有亮色,给人以清新之感。这就不能不说李白在挥动彩笔时,对“白”色是有一种特殊感情且具有强烈的审美愉悦。梁代沈约在《宋书·谢灵运传》中说道:“(史臣曰)民禀天地之灵,含五常之德,刚柔迭用,喜愠分情。夫志动于中,则歌咏外发。六义所因,四始攸系,升降讴谣,纷披风什。虽虞夏以前,遗文不睹,禀气怀灵,理无或异。然则歌咏所兴,宜自生民始也。”他是说,诗乐歌舞原为人的生命精神的激情流露,是宇宙天地感发的心灵咏唱。李白之“白”字句正可作如斯观。

四

不仅如上所述,李白之白,深深地烙印着他清白爽朗、光明俊洁的品格特性。

李白,名“白”,字“太白”,取太白星之白;号“青莲”,取莲花不染污泥之白;他咏月、歌月、舞月、邀月、望月、赏月的诗句不计其数,取月之白;他的妹妹叫“月圆”,儿子叫“玻璃”,都与白有关。黑白乃是对立的两极色,李白对“白”的好尚、追求和吟唱,从本质上是跟“黑”(即当时社会现实)对立的,既饱含了他的美学观,也有着不与世俗同流合污的抗争性。李白很高傲自负,自比大鹏、天马,常常自诩为历史上大有作为的姜尚、诸葛、屈原、贾谊等,把自己看得很洁净清白,像“白玉”“白璧”一样。

长安被谗放逐,是李白人生道路上一次重大挫折,也是他诗歌创作的重要转折。他写道:“白玉栖青蝇,君臣忽行路”“白璧如山谁可沾?回头笑紫燕,但觉尔辈愚”“楚国青蝇何太多,连城白璧遭谗毁”“白璧何辜?青蝇屡前”“白璧竟何辜,青蝇遂成冤”……这些“白玉”“白璧”和“青蝇”的对比,是洁白与肮脏、美好与丑恶的对比。李白自喻白玉、白璧,痛斥谗言他的小人杨妃、张垍、高力士之流是青蝇,显示了诗人光明俊杰、不可污蔑的人格。他骂当朝小人们为青蝇苍蝇，而用白玉、白璧象征自己的人格，对美好事物的歌颂与追求，是饱含着自己惨遭不幸的复杂感情。这感情促使他的诗学审美意识把色彩先行的感觉通过心灵的过滤而精神化为生命的咏唱，历久弥新，震撼人心。

长安之行，李白“攀龙忽堕天”之后又因参加永王璘幕府而招致坐牢流放。一次比一次打击更惨更沉重，他“终夜四五叹，常为大国忧”，为自己无由实现“济苍生”“安社稷”“海县清一”“辅弼君王”的理想而抱恨终天。“一朝复一朝，发白心不改”“白发对绿酒，强歌心已摧”“谁怜李飞将，白首没三边”“北阙青云不可期，东山白首还归去”……读读这些“白发”“白首”诗句，一个备遭不幸而又“发白心不改”的诗人出现在我们眼前——

他尚白，他像白玉，他有清白爽朗的人生精神，人格是光明俊洁的，诗歌是“清水出芙蓉，天然去雕饰”的。这就是李白！

注　释

[1]林同华主编:《宗白华全集》,合肥:安徽教育出版社,1996,458。

[2]沃尔夫冈·伊瑟尔:《阅读活动——审美反应理论》(中文版),北京:中国科学出版社,1991。

[3]宗白华:《美学与意境》,北京:人民出版社,1987,228。

[4]马克思,恩格斯:《马克思恩格斯选集·政治经济学批判》,北京:人民出版社,1995。

[5]李浩:《唐诗的美学阐释》,合肥:安徽大学出版社,2000,122,123。

[6]维柯:《新科学》,朱光潜译,北京:人民文学出版社,1986,152。

[7]杨义:《李杜诗学》,北京:北京出版社,2001,979。

（作者单位：重庆三峡学院）

李白七律的渊源与影响

葛景春

昔人有云：李白的律诗“长于五而短于七”（清人毕忠吉《辟疆园杜诗注解序》）。这种说法虽有一定道理，却并不全面。其实，李白的七律数量较少，且又多有拗句和失粘现象，这在盛唐诗人中，并非李白一人。李白有七律8首，在盛唐诗人中并非是最少的。像同时的著名诗人，张九龄有七律2首，李颀有七律7首，孟浩然有4首，高适有7首，崔颢有3首，王昌龄有3首，綦毋潜、祖咏、卢象、裴迪、贾至各有1首。他们七律的数量，都没有李白多。而常建、崔国辅、储光羲等人连一首七律也没有。张说有七律12首，苏颋有13首，王维有20首，岑参有11首，这在杜甫之前的盛唐著名诗人中数量算是较多的。至于失对、失粘之疵，在所多有，并非全都合律。这个问题容下面分析。

一、初盛唐的七言律诗

唐代的七言律诗基本上是在武则天后期和中宗景龙时期开始形成的。武则天时期，由于她十分喜爱诗歌，多次举行宫廷诗歌会。律诗进步很快，首先是五律基本定型，然后是对七律的创建。

从她在久视元年(700)五月所举行的嵩山行宫的石淙会饮活动中所写的律诗来看,全是七律。这是七言律应制首次的大型宫廷聚会,到会者17人,武则天首先赋了一首七言律诗,下面有皇太子李显、相王李旦及李峤、苏味道、姚崇、狄仁杰、武三思、张易之、张宗昌、薛曜、阎朝隐、崔融、徐彦伯、杨敬述、沈佺期、于季子等人用七律奉和。共有七律17首,其中只有李峤、苏味道、崔融、沈佺期、薛曜、于季子6人的七律符合粘对混合律(属七律正体),而其他11人的七律中有9首失粘,2首有失对现象,都属于七律拗体(即七律变体)。合格律者约占35%。这说明在七律的初创时期,符合粘对律的还是少数。七律在声律上还不成熟,还在探索之中。

武则天的太子李显即位,是为唐中宗。他也和其母亲武则天一样雅好律诗,经常举行宫廷诗会。其中较大的七律应制诗会有以下几次:

景龙三年(709)二月,中宗游太平公主南庄时,举行赋诗应制,其时有李峤、宋之问、邵升、苏颋、韦嗣立、李乂、沈佺期、赵彦昭8人参加,有应制七律诗8首,其中李峤、宋之问、邵升、苏颋、李乂、沈佺期等6首符合粘对混合律,而韦嗣立、赵彦昭二人的2首诗有失粘现象。合格律者约占75%。

景龙三年(709)八月,中宗幸安乐公主山庄,随从近臣有韦元旦、李適、刘宪、李乂、卢藏用、岑羲、薛稷、马怀素、沈佺期、赵彦昭、萧至忠、李迥秀、李日知13人。现存有完整的七言律诗12首(另有李日知现存残句一联,不计数内),其中合律7首,不合律5首(2首失对,3首失粘)。合格律者约占58%。

景龙四年(710)元月七日中宗设宴大明宫,恩赐彩缕人胜,群臣写应制诗表示谢恩,参加者有韦元旦、李適、苏颋、李乂、马怀素、沈佺期、郑愔、李峤、崔日用、刘宪、阎朝隐(诗缺)、赵彦昭12人,现存七律11首,其中全合律8首,不合律3首(皆失粘)。合格律者约占73%。

景龙四年(710)三月,中宗幸望春宫,诏崔日用、崔湜、岑羲、刘宪、张说、苏颋、郑愔、薛稷、韦元旦、马怀素、李適、李乂、沈佺期13人写七律应制诗。诗13首,其中合律者11首,失粘者2首。合格率约为85%。

中宗这几次诗会的七律应制诗,比武则天时的七律应制,在格律方面已有大的进步,但仍有失对、失粘的现象存在(主要是失粘)。

到了李隆基即位,是为玄宗。他依然有诗歌的爱好。开元二年(714)六月,玄宗在兴庆宫命从臣姚崇、蔡孚、沈佺期、卢怀慎、姜皎、崔日用、苏颋、李乂、姜晞、裴漼10人作《龙池篇乐章》10首,皆为七律,合律者3首,不合律者7首(4首有失对处,3首失粘)。合格率仅为30%。这是为什么呢?大概是因为,这次的应制诗,虽体为七律,但写的是乐府的题材,故对平仄格律要求不严。

从武则天时期到唐玄宗开元初年,唐代的七律主要是在宫廷应制诗中完成的。初、盛唐的七律中,应制诗占总体比例的53%。若从初唐七律诗来看,应制诗约占其比例的64%。可以说七律是从应制诗中成长发展起来的,所以它带有浓重的宫廷色彩。正是在多次宫廷比赛中,七律的对仗和声律,才得以初步建立范式,但仍未最后定型。就是说,在粘对律方面,它还未彻底形成规范,失粘乃是七律的正常现象,并未当作严重问题,仍在七律声律的允许存在的范围之内。到了盛唐时期,在以复古为革新的观念下,七言歌行体大兴,对七律诗影响甚大,产生了以古入律的现象,故不但对七律的失粘比较宽容,甚于对古律参半的七律也为人追捧。如沈佺期的《龙池篇》、崔颢的《黄鹤楼》,以前半首为古风、后半首为律诗的古风体七律,仍被当作七律的优秀作品为人传颂。盛唐著名诗人王维有七律20首,竟有11首诗有失粘现象,岑参的11首七律,只有5首合律,6首皆失粘,均占其七律比例的一半以上。在这样的情况下,李白的七律有失粘、失对等现象就可以解了。

二、李白的七言律诗

李白有七律8首(有人说他还有两首六句的七言小律,后人多不认同)[1],却有6首是不合律的。李白不合律的七律可分为以下三种类型:

(一)全合律的正体七律,有《送贺监归四明应制》《题雍丘崔明府丹灶》2首。关于前首诗,有人曾考证说是伪作[2],但始终也未找到第二个作者的姓名来。这和李白的《菩萨蛮》词一样,虽被质疑,却找不出第二人来,就只好保留李白的著作权。《送贺监归四明应制》因是应制诗,所以写得中规中矩,全合格律,就像李白的五律《宫中行乐词八首》一样,是合律的正体律诗。这说明,李白不是不会作正体的五律或七律,在正式严肃的场合上,他的律诗还是能够中规中矩的。

(二)前古后律的古风体七律。因李白在黄鹤楼上见到了崔颢的《黄鹤楼》诗,佩服得了不得:"眼前有景道不得,崔颢题诗在上头。"[3]于是后来千方百计模仿崔诗,想写一首超过他。他的《鹦鹉洲》一诗,就是亦步亦趋地模仿崔诗的作品:

鹦鹉来过吴江水,江上洲传鹦鹉名。
鹦鹉西飞陇山去,芳洲之树何青青。
烟开兰叶香风暖,岸夹桃花锦浪生。
迁客此时徒极目,长洲孤月向谁明。

这首诗的前四句是模仿《黄鹤楼》前四句的,是不合律的古风体,而后四句则都是律句。按照王力的说法,《黄鹤楼》和《鹦鹉洲》二诗都是古风体的七律。问题是像《黄鹤楼》一类的拗体诗还能被后人评为唐代七律的压卷之作。李诗显然有模仿崔诗之嫌,故评价不及崔诗。客观地说,李白这首《鹦鹉洲》诗写得还是可以的。其中"烟开兰叶香风暖,岸夹桃花锦浪生"一联,写得极具才情,形象鲜明生动。况且这首诗的主题是对三国的才子祢衡的凭吊之作，充满了对先贤的同情之心，立意较高。从模仿的角度来看，李诗的诗题《鹦鹉洲》对崔诗的诗题《黄鹤楼》及李诗中以“鹦鹉”对崔诗中的“黄鹤”，以地名对楼名，以鸟名对鸟名，从意思上来讲对得是很切的。且二者都在武昌，是同地并咏之作。在句式和声律方面，李、崔二诗，前四句是古体，后四句是律体，可谓是亦步亦趋、惟妙惟肖，显示出李白非凡的模拟能力。只因是模仿得太切了，即使诗写得再好，但在创新性方面怎么也超不过原作。这是李白吃亏的地方。

（三）有不符合粘式律的失粘七律。失粘式七律，在盛唐时代是常见的现象。李白七律的失粘体多至5首。它们是《赠郭将军》《寄崔侍御》《别中都明府兄》《登金陵凤凰台》《题东溪公幽居》。这其中有前3首是两联失粘，后2首是三联失粘。两联失粘的七律还比较常见，而三联都失粘的七律就比较罕见了。如《登金陵凤凰台》：

凤凰台上凤凰游，凤去台空江自流。
吴宫花草埋幽径，晋代衣冠成古丘。
三山半落青天外，二水中分白鹭洲。
总为浮云能蔽日，长安不见使人愁。

这首诗的三联全都失粘，就是说它符合对式律的要求，却全不符合粘式律，这种三联全失粘的诗，初盛唐的七律中也有。如武三思《奉和圣制夏日游石淙山》、李迥秀《春和幸安乐公主山庄应制》、王维《酌酒与裴迪》、岑参《使君席夜送严河南赴长水》4首诗，数量不算多。可是李白一人就有两首三联失粘的诗，可见李白对失粘体七律的喜爱。此外，有人认为李白《登金陵凤凰台》一诗，是李白觉得他的《鹦鹉洲》一诗还比不上崔颢的《黄鹤楼》，于是下决心才又写了《登金陵凤凰台》一诗，与《黄鹤楼》诗一争高下。此二诗都属于拗体诗中大拗的作品，形同律诗却有歌行之风。

李白的七律是以其拗体诗出名的，在盛唐诗人中，他的拗体七律的比例，比其他诗人都高，约占其七律总数的80%。他七律中著名的作品《登金陵凤凰台》和《鹦鹉洲》都是拗体七律的代表作品。因此,李白是盛唐诗人中最擅长写拗体七律的诗人之一,而且也是对后人拗体七律影响最大的诗人之一。

三、李白七律对后世的影响

在盛唐诗坛上,在七律方面所谓"长于五而短于七"的诗人,不仅李白一人,包括王维、孟浩然、高适、岑参、王昌龄、崔颢、裴迪、崔曙、常建、祖咏等诗人无不如此。他们的七律不但数量少,而且多有拗句或失粘体,这是整个时代风气所致,也是七律成长和发展的规律所造成的。从近体诗方面来讲,五言律诗是成熟较早的,即在初唐时期已经定型。在初唐的宫廷聚会中,应制诗多是五律,而且五律前有齐梁新体诗的创作积累和经验可供参考,故成熟得较早。初唐的李峤、杜审言、沈佺期、宋之问等人的五律合格率皆在85%以上[4],五律在他们手中基本定型。到盛唐时,就出现了孟浩然、王维这样写五律的高手,连李白也写出了大量符合格律的五律。可是比起五律来,七律诗在盛唐时的作品不但数量不多,而且完全符合粘对混合律的比例不高。这说明,七律虽然每句只增加了两个字,可是在声律上合律的难度大大地增高了。况且盛唐诗人提倡高古,喜欢以古入律,故七律拗体较多。

七律后来虽然逐渐成熟,定型已成大势,但是失粘和出律的现象,还是在杜甫和一些大历时期诗人的七律中出现。如杜甫同时代的韦应物、刘长卿、李嘉祐等人的七律中都存在着一定数量的失粘和拗体诗[5]。尤其是对七律的完善、完美和极大提高的杜甫,仍有数量不少的拗体诗甚至于"全拗"的"吴体"诗。关于杜甫的吴体诗,不在此文讨论的范围,笔者另有文章探讨。

关于初盛唐七律的拗体(尤其是失粘体),后代诗家并不认为是大病。诗家们对初盛唐时的七律在声律方面是比较宽容的。如像沈佺期的《龙池篇》[6]、崔颢的《黄鹤楼》[7]、李白的《登金陵凤凰台》[8]等拗体七律,在诗歌史上都有较高的评价。

从李白的七律诗中我们可以看到,李白的七律中虽有二首是符合粘对律的正体七律,但是这两首写得并不是很出色。而其不全合声律的拗体(包括古风体及失粘体)七律,却有出色的作品。如《登金陵凤凰台》《鹦鹉洲》两首,还是很有表现力的。这是因为正体七律虽然在声律上力求将诗歌与音乐性方面结合得更加完美,但毕竟是因声律的严格限制,对表达思想感情的完满度是有一定束缚的。为了合律,常常是很好的构思和字句,诗人却不得不改来改去,最后虽然都合律了,但原来的奇妙之思或优美的词句却因调平仄而改得面全非了。因此,一种比较妥协的办法,就是能否将声律的要求放宽一点,允许律诗中有些自由的空间,如在不影响律诗大局的情况下,允许有个别拗字或拗句,允许有失粘现象的存在,以扩大律诗的宽容度,更易于诗人思想艺术的发挥。作为性不喜束缚崇尚自由的李白,肯定有这种想法,大气磅礴、不计小节的盛唐诗人也大概有同样的想法。故他们的七律不但写得少,而且即使写了七律,溢出格律的拗体七律也多有出现,就说明了这一点。但耐人寻味的是,最擅长写七律而且在七律上建树最高的诗人杜甫,也写出了为数不少的七言拗律。在杜甫的151首七律中,有38首是不属于正体的拗律。甚至于他的大拗和“全拗”的所谓吴体诗,就不仅是只有个别拗句或失粘现象,仅在形式上具有七言律诗的七言八句、有两联以上的对仗和平声韵脚特征,而在平仄声律上却是全不合律的古体诗[9]。杜甫这一类的拗体七律,想来既是受李白和盛唐诗人七律影响的结果,也是因为从初唐七律开始形成之时就有七律拗体流行的传统因素。从这个方面来讲,杜甫是从两个方面来继承初盛唐七律的文化遗产的。即一方面对七律声律标准范式的正面建设,一方面是对七律声律解放的探索。只是到了中唐以后,正体七律被视为正统,拗体七律才被视为异端,才越来越少了[10]。

注 释

[1]明人胡震亨《李诗通》有李白七言小律《送羽林陶将军》《酬宇文少府赠桃竹筒》两首。

[2]《送贺监归四明应制》一诗,经陶敏先生考证,认为是中晚唐人所作,但没有考出作者是谁。(参见《李白〈送贺监归四明应制〉诗为伪作》,《李白学刊》第二辑,上海三联书店1989)此论可备一说,此诗还待进一步考证,现仍应寄在李白名下。

[3]李畋《该闻录》:"唐崔颢《题武昌黄鹤楼》诗云(从略)。李太白负大名,尚曰'眼前有景道不得,崔颢题诗在上头。'欲拟之较胜负,乃作《金陵登凤凰台》诗。"(宋人胡仔《苕溪渔隐丛话》前集卷五引)

[4]参见韩成武《杜甫新论》第257页,河北大学出版社2006年版。

[5]杜甫151首七律,拗体38首;韦应物七律7首,2首失粘;刘长卿63首,5首失粘。

[6]清人金圣叹评《龙池篇》云:"看他一解四句中,凡下五'龙'字,奇绝矣。分外又下四'天'字,岂不更奇绝耶?后来只说李白《凤凰台》乃出于崔颢《黄鹤楼》,我乌知《黄鹤楼》之不先出此耶?"(《贯华堂选批唐才子诗》)清人沈德潜云:"经语入诗,体格亦复超拔,一结有万国来朝之意。"(《唐诗别裁》卷一三)

[7]宋人严羽评《黄鹤楼》云:"唐人七言律诗,当以崔颢《黄鹤楼》为第一。"(《沧浪诗话·诗评》)又清人吴昌祺评《黄鹤楼》云:"不古不律,亦古亦律,千秋绝唱,何独李唐?"(《删定唐诗解》卷一九)

[8]宋人刘克庄云:"太白七言近体如《凤凰台》,五言如《忆贺监》《哭纪叟》之作,皆高妙。"(《后村诗话》后集卷二)又明人朱承爵云:"李太白《凤凰台》诗,昔贤评为古今绝唱。"(《存余堂诗话》)又清人恒仁云:"愚谓王维之《赐百官樱桃》、岑参之《早朝大明宫》、李白之《登金陵凤凰台》,不独可为唐律压卷,即在本集此体中,亦无第二首也。"(《月山诗话》)

[9]明人唐元竑云:"《愁》诗公自注'强戏为吴体',今不知公所指吴体者为何等?读之,但觉拗耳。宋方万里《瀛奎律髓》遂以拗为吴体,岂据此诗耶?强戏者,偶一为之。拗体,杜集中至多,宁独此也?"(《杜诗攟》卷三)

[10]王力先生对初盛唐多有失粘律诗的原因是这样解释的："大约'粘'的形式，在律诗形成的时候虽已有这种倾向，却还未成为必须遵守的规律。中唐以后，粘的规律渐严。"(《汉语诗律学》)第118页，上海教育出版社1958年版)

（作者单位：河南省社会科学院）

李白散文中的典故运用

王辉斌

据中华书局1977年版王琦笺注本《李太白全集》可知，作为诗人的李白，现存各类散文4卷，共58篇，其数量之多，为盛唐诗人所少有。其具体为：表书9篇（卷二十六）、序文20篇（卷二十七）、记颂赞20篇（卷二十八）、铭碑祭文9篇（卷二十九）。这58篇散文，着眼于初、盛唐散文的分类概貌而言，其大致可分为"表序类散文""书疏类散文"[1]"碑铭类散文""杂记类散文"[2]四类。其中，最具代表性者，为"表序类散文"（23篇）与"书疏类散文"（6篇），这是因为，李白散文的名篇，如《与韩荆州书》《春夜宴从弟桃花园序》等，乃皆在此两类散文中。

李白的诗歌，除了天马行空的风格与清新俊逸的语言外，还有一个很重要的特点，就是多用典与善用典，而其散文也属如此。所以，本文特以《李太白全集》中的"表序类散文"与"书疏类散文"为主，对李白散文的用典实况，首次作一具体观照与论析。之所以选择这两类散文为观照的对象，是因为其中的典故之用，主要与李白本人密切相关，而"碑铭类散文"与"杂记类散文"之用典，则大都是与他人关系密切。虽然如此，但以下在进行用典的"喻今"性之例说时，也曾涉及"碑铭类散文"与"杂记类散文"之用典（仅有两例),这是需要加以说明的。

一、大量运用历史人物典故

李白在散文中最爱用的典故,是属于事典范畴的人物典,即与历史人物相关的典故,而此,也是人们在读李白散文时,会遇到各种历史人物的原因所在。其实,李白散文中的这一用典实况,与其诗歌乃是大相关联的,或者说是受其影响的一种必然结果。李白诗歌中的人物典,特别是一些深有影响的历史人物,如从上古时期到汉魏六朝的舜尧、吕尚、巢由、张良、韩信、诸葛亮、谢安、谢灵运等,乃应有尽有,对此,我们只要对《古风五十九首》《猛虎行》《梁园吟》《行路难》《鞠歌行》等诗略作浏览,即可准确获知。而李白散文中之历史人物,亦大抵如此。所以,大量"嵌入"历史人物,即形成了李白散文创作的一个鲜明特点。为便于认识,先对其"书疏类散文"之人物典的实况,略作检视。

在李白的六篇"书疏类散文"中,《代寿山答孟少府移文书》《上安州李长史书》《与韩荆州书》是颇值得注意的,因为此3文皆为李白写于"酒隐安陆,蹉跎十年"期间,即皆属其早期之作。据不完全统计,这3篇"书疏类散文"所用之历史人物典,或者说因典故而涉及的历史人物,凡49人(此指首次出现者,重复则未计,下同,不另注)。这种用典实况,在唐代散文史上是并不多见的。其具体如下:

(一)《代寿山答孟少府移文书》。依序为:随侯("产随侯之明珠"),卞和("蓄卞氏之光"),庄子("且达人庄生"),吕尚("昔太公大贤"),傅说("傅说明德"),周文王("佐周文"),武丁("赞武丁"),巢父、许由("巢由以来"),管仲、晏子("申管晏之谈"),范蠡、张良("然后与陶朱、留侯浮五湖")。共13人,其时代由上古而西汉。

(二)《上安州李长史书》。依序为:桓彝("历洛可笑人也"),

有若、孔子（“则有若似于仲尼”），纪信、刘邦（“纪信似于高祖”），刘牢之、何无忌（“牢之似于无忌”），宋玉、屈原（“宋玉似于屈原”），离娄（“乏离朱之明”），王戎（“昧王戎之视”），阮籍（“青白其眼”），齐庄公（“抗庄公之轮”），徐邈（“昔徐邈缘醉而赏”），曹操（“魏王却以为赏”），无盐（“无盐因丑而获”），齐宣王（“齐君待之愈厚”），宁越（“幸容宁越之辜”），王安期（“深荷王公之德”），陆机（“陆机作太康之杰士”），曹植（“曹植为建康之雄才”），嵇康（“何图叔夜潦倒”），祢衡（“正平猖狂”），廉颇（敢昧负荆，请罪门下），魏绛（“如能伏剑结缨”）。共 25 人，其时代由商周、春秋而六朝。

（三）《与韩荆州书》。依序为：周公（“岂不以周公之风”），毛遂（“三千宾客中有毛遂”），钟嵘（“学究天人”），袁虎（“日试万言，骑马可待”），王允（“王子师为豫州”），荀爽（“未下车即辟荀慈明”），孔融（“又辟孔文举”），山涛（“山涛作冀州”），尧、舜（“且人非舜尧”），薛烛、卞和（“长价于薛、卞之门”）。共 11 人。其时代由上古而汉魏。

再看“表序类散文”。鉴于此类散文的数量之多，以及能更好地对其用典加以认识，兹举其中之 6 文以为例。此 6 文即：《为宋中丞请都金陵表》《暮春江夏送张祖监丞之东都序》《江夏送倩公归汉东序》《饯李副使藏用移军广陵序》《秋夜于安府送孟赞府兄还都序》《春夜宴从弟桃花园序》。这 6 篇“表序类散文”，据粗略统计，共用典 29 处，即所涉历史人物 29 人。其具体如下：

（一）《为宋中丞请都金陵表》。具体为：周太王（“昔有周太王之兴”），浑敦、少皋、穷奇、饕餮（“四凶及虞乃云”），王莽（“莽亦为灾”），商武王、盘庚（“汤及盘庚，五迁其邑”）。共 8 人，其时代由上古而汉。

（二）《暮春江夏送张祖监丞之东都序》。具体为：刘表（“刘表不用于祢衡”），贺循、张翰（“贺循喜逢于张翰”）。共 3 人[3]，其时代为汉晋之际。

（三）《江夏送倩公归汉东序》。具体为：谢安（“谢安四十”），桓温（“桓公累征”），汤惠休（“即惠休上人”），江淹、鲍照（“与江、鲍往复”），季布（“已舍季布”），贾谊（“当征贾谊”）。共7人，其时代由汉而六朝。

（四）《饯李副使藏用移军广陵序》。具体为：彭越（“所以彭越醢于前”），韩信（“韩信诛于后”），项籍（“蒙轮扛鼎之士”），刘章（“社稷虽定于刘章”），李广（“封侯未施于李广”），荆轲（“歌酣易水之风”）。共6人，其时代由秦而汉。

（五）《秋夜于安府送孟赞府兄还都序》。具体为：孔明（“孔明观书”），李少君（“少君读《易》”）。共2人，其时代乃汉魏之际。

（六）《春夜宴从弟桃花园序》。具体为：谢惠连（“皆为惠连”），谢灵运（“独惭康乐”），石崇（“罚依金谷酒数”）。共3人，其时代由晋而宋。

以上所列举的9篇散文，共有事典78处，也即涉及了78位历史人物，几乎平均每篇用典9处，其用典密度之大，仅此即可窥其一斑。这9篇散文所用之78处典故，不仅揭示了李白对孔子等历史人物的精熟程度，而且是其博览群书的一种必然反映。李白博览群书，历来不曾引起研究者的注意，实则通过对其诗文典故的考释，即略可获知。而考察典故的出处，又是最可靠的方法之一，以下所言78处典故的出处，又可为之佐证。

据统计，上述9篇散文78处典故的出处，所涉之载籍，除去重复者外，共有26种，且其时代由上古而南朝。其即无名氏《尚书》、庄周《庄子》、左丘明《左传》、无名氏《战国策》、刘向《新序》、刘向《说苑》、王逸《楚辞章句》、韩婴《韩诗外传》、刘安《淮南子》、司马迁《史记》、班固《汉书》、陈寿《三国志》、佚名《魏略》、佚名《汉武帝外传》、孔安国《尚书传》、范晔《后汉书》、沈约《宋书》、刘义庆《世说新语》、刘孝标《世说注》、皇甫谧《高士传》、萧统《文选》、习凿齿《襄阳耆旧传》、赵岐《孟子注》、钟嵘《诗品》、袁康等《越绝书》[4]、姚思廉《梁书》。在这26种著作中，典故出处之最多者，依序为司马迁《史记》(25次)、班固《汉书》(16次)、范晔《后汉书》(12次),其次则为《左传》《宋书》《三国志》等。此则表明,注重对历史文献与典籍的雅好,乃为青少年时期李白之最爱。而此,与其自称"五岁诵六甲,十岁观百家,轩辕以来,颇得闻矣"[5]云云,又正可互为印证。此则表明,李白所谓"轩辕以来,颇得闻矣",并非为一句大话或者虚言的。

二、以古喻今的用典意旨

李白之善于以历史人物为典故者,如上所言,虽然与其对"轩辕以来"的强闻博记大相关联,但重要的则是其欲借之以为"今"的创作宗旨,也即欲借历史人物表达自己的情感,如《暮春江夏送张祖监丞之东都序》中之"刘表不用于祢衡"一典,即属如此。此文写于开元二十三年的暮春。此之稍前,李白由安陆至襄阳,欲求荐于山南东道采访使,待至江夏,恰逢友人张祖监丞之东都,写是序以相送,并于其中借"刘表不用于祢衡"的典故,将在襄阳碰壁之事,乃发泄无余[6]。据《后汉书·祢衡传》所载,祢衡避乱荆州时,往依荆州刺史刘表,刘表"先服其才名,甚宾礼之,文章言议,非衡不定","后复侮慢于表,表耻,不能容",乃送江夏黄祖,黄祖则"遂令杀之"[7]。李白将韩朝宗不荐己之实况,乃喻比当年刘表之不用祢衡,且二事又均发生于襄阳,其之贴切精确自不待言,"喻今"的意旨之强,亦甚为明白。

李白散文中的典故,除了大量历史人物之典外,也还存在着各种类型的事典与语典,如《奉饯十七翁二十四翁寻桃花源序》中之"三坟、五典,散为寒灰"云云,即为事典之属,因为其之所指,乃秦始皇"焚书坑儒"之历史事实。又如《金陵与诸贤送权十一序》开首有云:"斯高柄秦,嬴世不二;三杰伏草,与汉并出;莽夷朱晖,耿邓乃起。"这里共涉及了三起历史事实:(1)因李斯、赵高而导致"嬴世不二";(2)刘邦在张良、萧何、韩信三人的帮助下,而得以"与汉并出”;(3)王莽因邓禹等人而篡汉成功。而值得注意的是,这一事典又与人物典颇具关联,原因是其乃由“斯高”“三杰”“耿邓”7位历史人物所构成,这种用典实况,在李白散文的全部人物典中,也是并不多见的。李白散文中的成语数以百计,如《与韩荆州书》中的“尘秽视听”“雕虫小技”“青萍结缘”,《春于姑熟送赵四流炎方序》之“黄绶作尉”“泥蟠当涂”等,皆为其例。尽管如此,李白散文中的各类典故之用,“喻今”则为其最大的目的性。而且,李白散文中人物典的“喻今”性,又因所涉人物生平行事、文化背景方面的不同,而使得“喻今”的确指性也不尽相同。为便于对此等特点之认识,下面兹以“表序类散文”与“书疏类散文”中的29篇散文为重点,对其略作例说与剖析。

(一)以为楷模而崇敬。李白的理想与抱负,既有因时间的变迁而不同,也有因现实原因而产生差异的,如出川之前与赐金还山后,安史之乱前与长流夜郎后等,便皆可为例。因之,李白于散文中对于一些历史人物的态度,也就自然是因此而产生着变化的,如“孔子典”即颇具典型性。从总的方面讲,李白之于孔子虽有同情,并曾借以自嘲[8],但更多的则是尊崇与追慕,这从《古风》其一之所述,即略可获知:“我志在删述,垂辉映千春。希圣如有立,绝笔于获麟。”而李白散文中的孔子,亦属如此:“礼乐大坏,仲尼不作,王道其昏乎?”[9]又如:“仲尼大圣也,宰中都而四方取则;子贱,大贤也,宰单父,人到于今而思之。”[10]这两例之所言,都是李白自称应如孔子那样,肩负起删诗修史与礼乐建设的文化重任,而此,也是其于文中称孔子为“仲尼大圣”的原因所在。不独如此,李白还曾引孔子之语以为其散文所用,如《上安陆裴长史书》即有云:“孔子曰:‘畏天命,畏大人,畏圣人之言。’过此三者,鬼神不害。”这一引语表明,对于《论语》等与孔子相关的一系列著作,在“酒隐安陆”前的李白,乃是早就了然于胸而又熟烂于心的。由是而观,可知在文化事业方面欲以孔子为楷模者,乃李白所表现之最高理想。尽管如此,但李白也自知其“才亚孔墨”(《送戴十五归衡岳序》),因而是否能担当此重任,则不得而知。但从“希圣如有立”之“如”而言,李白最终之于“志在删述”者,是并没有获得成功的。

(二)借以自况而明志。李白散文中属于这方面的有关历史人物的典故之用,多与其政治理想相关联,如《代寿山答孟少府移文书》中之“申管晏之谈,谋帝王之术”,便为其例。在此文中,李白借“管晏”典,明确地表明了其政治理想,即要如管仲与晏子那样“谋帝王之术”,其言下之意,是向世人表明:我李白是极具辅弼之才的!这既是一种自况,更是一种自信。又如上引《金陵与诸贤送权十一序》有云:“三杰伏草,与汉并出。”所谓“三杰”,是指张良、韩信、萧何三人,本皆属“伏草”之徒,但因佐刘邦兴汉而名垂千古,李白于此文中用此“三杰”典者,既意在喻言权十一之志向,但更兼自诩与自况。而且,在此“三杰”中,最为李白所关注者,即为“留侯”张良,这从《送张秀才谒高中丞序》之“余时系浔阳狱中,正读《留侯传》”云云,即略可获知。身系狱中而仍读《留侯传》,则李白对于张良的倾慕,仅此即可见其一斑。对管仲、晏子、张良、韩信等人物典之用,所反映的实际上是李白欲如诸人一样建奇功、立大业的雄心壮志,即以“非常之才做非常之事”的理想人生。或有认为李白在其诗文中爱说“大话”者,但就“余时系浔阳狱中,正读《留侯传》”的这一夫子自道而言,所谓“大话”云云,是应作重新考虑的。

(三)功成身退的榜样。李白虽然自青年时代起,就“心雄万夫”(《与韩荆州书》),有着“四方之志”(《上安州裴长史书》),欲如《代寿山答孟少府移文书》一文之所言,“与陶朱、留侯,浮五湖,戏沧洲”。在这里,李白又一次运用了“留侯”张良之典,不独如此,与之并列的还有“陶朱”范蠡之典。范蠡与张良,一辅佐越王灭吴,一匡扶刘邦兴汉,均建有奇功,但二人在功成后又都急流勇退,所以,李白于《代寿山答孟少府移文书》中乃如是写道:“事君之道成,荣亲之义毕,然后与陶朱、留侯,浮五湖,戏沧洲,不足为难矣。”由是而观,可知李白在此文中所用之“留侯”典,与上举《金陵与诸贤送权十一序》之“留侯”典,在“喻今”的确指性方面,乃是有着惊人的相似的。而在范蠡、张良之前,被李白在《古风》其十称之为"齐国倜傥生,鲁连特高妙"的鲁仲连,也是一位功成身退的典范人物,所以,李白在《奉饯十七翁二十四翁寻桃花源序》一文中,乃如是写道:"绮皓不得不遁于南山,鲁连不得不蹈于东海。"据《史记》卷八十二《鲁仲连传》所载,鲁仲连助齐国攻下聊城,齐王欲封其爵位,鲁仲连得知后,乃连夜潜逃于海边,并隐居终生,李白说"鲁连不得不蹈于东海"者,所指即此。鲁仲连、范蠡、张良之后的谢安,也是一位功成身退者。据《晋书》卷七十九《谢安传》所载,谢安在淝水之战后,不为功名利禄所囿,而是于"放情丘壑"中讨生活,因之,李白对谢安功成身退的这种行为,也是相当倾慕的,故而在《江夏送倩公归江东序》一文中如是认为:"所愿归东山,寸心于此足。"

(四)不同流俗以自比。巢父与许由,是上古时期的两位高士。但李白在诗中对这两位高士,却极少赞许之辞,典型者如《笑歌行》:"巢由洗耳有何益,夷齐饿死终无成。君爱身后名,我爱眼前酒。"然其于"表序类散文"中用此二人之典者,却又多所夸耀与赞许,并且还将之自比,以为鞭策,这是颇值注意的。如上举《代寿山答孟少府移文书》之"不屈己,不干人,巢由已来,一人而已",即为其例。这是对巢父、许由二人的正面称颂,而"一人而已",则是李白以之自比后之所云。又《冬夜随州紫阳先餐霞楼送元演隐仙城山序》有云:"出则以平交王侯,遁则以俯视巢许。"也是对巢父、许由二人之"遁"的称颂。又《为宋中丞自荐表》有云:"怀经济之才,抗巢由之节。"在这里,李白不仅称颂巢父、许由二人,而且"抗巢由之节",即以其之节自况。这几篇《序》文的作年,据詹锳《李白诗文系年》所考,分别在李白的中年与晚年,则斯时李白之不同流俗而又傲世独立之形象,于此诸文中呼之欲出。其实,就一部《李太白全集》之所载而言,李白一生在为人、行事方面不同于流俗者,乃比比皆是,因之,其以巢父、许由自比者,也就自在情理之中。此则表明,李白之于《笑歌行》中嘲笑"巢由洗耳有何益"者,当是以之相喻而自嘲的,而其后的"君爱身后名,我爱眼前酒"两句,又可为之佐证。

三、若如已出的用典技巧

李白诗歌之善用典故，特别是善用人物典故，拙作《古人任其差遣的佳例》一文[11]，已对其进行了多角度之探讨，认为其最大的特点，在于无论事典语典，也无论明用暗用，均若如己出，了无痕迹。而李白散文之用典，亦如是，对此，上举《暮春江夏送张祖监丞之东都序》中之“刘表不用于祢衡”一典，已略可窥其端倪。

一般而言，李白散文中的人物典，多以明用为主，如《代寿山答孟少府移文书》一文之“蓄卞氏之光”“且达人庄生”“昔太公大贤”“傅说明德”“佐周文”“赞武丁”“巢由以来”“申管晏之谈”“然后与陶朱、留侯浮五湖”等，即皆为明用之典范 。而这些典故所涉之历史人物，又有着两个较为鲜明之特点：其一是其生平行事大都为人们所熟悉，如卞氏（和）、庄生（周）、太公（吕尚）等；其二为典故的喻意较为明白，即读者一看便知其所以然，而无需去引经据典地进行笺解。而正是因了此二者，李白散文中的历史人物之典故，即皆若如己之所出，如《春夜宴从弟桃花园序》之“群季俊秀，皆为惠连；吾人咏歌，独渐康乐”，即可为例。前句以谢惠连喻“群季”，言诸从弟皆聪敏过人；后句为李白的自谦之辞，认为“咏歌”不如谢灵运而深感惭愧。这里虽然连用了“惠连”“康乐”二典，且皆出自《宋书·谢惠连传》，但行文相当流畅，并给人以清鲜、自然之审美愉悦。《序》末的“如诗不成，罚依金谷酒数”一典，则更具特点。此典的关键人物为西晋石崇。据《晋书·石崇传》与石崇《金谷诗序》所载，石崇在洛阳建有一座金谷别馆。一日，石崇为迎宴某友人，乃与众贤“昼夜游宴”，“遂各赋诗，以叙中怀，或不能者，罚诗三斗”，石崇则为之序，此序即著名的《金谷诗序》[12]。李白序中的“罚依金谷酒数”云云，所指即此。此典之用，既挥洒自如，又自然贴切，且喻意甚明，堪称典范。又如《送黄钟之鄱阳谒张使君序》有云："鄱阳张公，朝野荣望，爱客接士，即原、尝、春、陵之亚焉。"其中的"原、尝、春、陵"，为四位历史人物，即被后人称为"战国四公子"的平原君（赵国赵胜）、孟尝君（齐国田文）、春申君（楚国黄歇）、信陵君（魏国魏无忌），李白以之喻比"鄱阳张公"者，是对"张公"之"爱客接士"风范的高度称许。此典之用，集四位历史人物于一体，不仅毫无板滞晦涩之感，而且成为李白驾驭典故能力的一种具体反映。而或此或彼，均为李白散文擅长用典的一种见证。

除了明典之外，李白散文也不乏暗典之用。所谓"暗典"，即典故暗用，亦即刘勰《文心雕龙·事类》所云"虽引古事，而莫取旧辞"之谓也。暗典之用，讲究的是了无痕迹，如《上安州裴长史书》所用者，即如是。此《序》有云："西入秦海，一观国风，永辞君侯，黄鹄举矣。何王公大人之门，不可以弹长剑乎？"这两句各用一典，且均为暗典，前者属"田饶事鲁哀公"典，后者为"冯谖客孟尝君"典。"田饶事鲁哀公"者，典出《韩诗外传》卷二第二十三章。其中有云："田饶事鲁哀公而不见察，谓哀公曰：'臣将去君，黄鹄举矣。'哀公曰：'何谓也？'田饶曰：'君独不见夫鸡乎？头戴冠者纹也，足傅距者武也，敌在前敢斗者勇也，见食相呼者仁也，守夜不失时者信也。鸡虽有此五德，君犹日瀹而食之者何也？则以其所从来者近也。夫黄鹄一举千里，止君园池，食君鱼鳖，啄君黍粱，无此五德者，犹贵之者何也？以其所从来者远也。故臣将去君，黄鹄举矣。'"[13]田饶事鲁哀公，而鲁哀公却"不见察"，田饶则欲去之，此即"臣将去君，黄鹄举矣"之谓也。李白在《上安州裴长史书》中用"田饶典"者，乃喻己之若不为裴长史所用，亦将如田饶而去，这便是此典暗用的核心之所在。"冯谖客孟尝君"典，出自《战国策·齐策四》，其喻意与"田饶事鲁哀公"典又有所不同。此外，如《上安州李长史书》之"历洛可笑人也"（桓彝事），《与韩荆州书》中之"学究天人"（用钟嵘典）、"日试万言，倚马可待"（用袁虎典）等，亦皆为暗典之属，读者自可参悟之，恕不赘述。

从技巧性的角度言，李白散文中的人物典，用得最多的当为人名省称典莫属。所谓“人名省称典”,其重点在“省称”二字上,如上举《送黄钟之鄱阳谒张使君序》之“原、尝、春、陵”者,即为具有典型性的一例。这是因为,《序》文中所言之“原、尝、春、陵”,本指战国时期的四位历史人物(说详上),李白在《送黄钟之鄱阳谒张使君序》中出于行文计,而将其简称为“原、尝、春、陵”。这种人名省称典的运用,于唐人诗文中乃比比皆是,且应有尽有,时间则由初唐而晚唐,如王勃著名的《滕王阁序》之“杨意不逢”“钟期相遇”二典,即属此类。此二典中的“杨意”“钟期”,所指实为杨得意与钟子期,但因骈文对偶的关系,王勃乃将其省称为“杨意”与“钟期”。类似的例子,在李白诗文中亦甚多。以李白散文为例,除《送黄钟之鄱阳谒张使君序》一文外,《上安州李长史书》之“牢之似于无忌”,《奉饯十七翁二十四翁寻桃花源序》之“鲁连不得不蹈于东海”,《春夜宴从弟桃花园序》之“皆为惠连”“独惭康乐”,《秋夜于安府送孟赞府兄还都序》之“少君读《易》”等,所用者即皆为人名省称典,因为“牢之”“无忌”“鲁连”“惠连”“康乐”“少君”,乃依序为刘牢之、何无忌、鲁仲连、谢惠连、谢灵运、李少君之姓名省称。总体而言,李白散文虽以散行单句为主,但骈句也并非少许,而骈句由于对偶的关系或者字数之限制,故李白在人物典的运用方面,即多以人名省称典而为,以上之列举,即有助于对此之认识。

还值注意的是,李白于散文中所用之人物典,也多有属于人物同姓典者。所谓“人物同姓典”,主要是指作者在赞、送、赠别某友人时,所用典故人物之姓,乃与友人之姓互为扣合,而使之具有一种亲近感与亲切感。如《奉饯十七翁二十四翁寻桃花源序》有云:“二翁耽老氏之言,继少卿之作,文以述大雅,道以通至精。”此《序》题中的“十七翁”与“二十四翁”,虽然未署姓氏,但其既出自李白笔下,且李白又称之为“翁”,则其自然与李白为本家无疑,也即二人分别应为“李十七翁”“李二十四翁”。李白所送者既为李姓,故文中所用之人物典(“老氏”“少卿”),即皆乃与之同姓。据《史记·老子列传》所载,老子“姓李氏,名耳”,所谓“老氏”者,即老子李耳;而“少卿”则为西汉李陵(字少卿),《文选》卷二十九著录其组诗《与苏武三首》。以李耳、李陵之事喻比“二李翁”,自然会感到亲切。所以,清人王琦在注此二典时,乃云:“李氏之言,少卿之作,俱切李氏事用。”[14]仅就此之笺注而言,可知王琦对于李白散文中的这种人物同姓典之用,乃是早就了然于胸的。

注　释

[1]这里的“书疏类散文”,是就初、盛唐“非文学散文”的大致分类而言,并不表明李白的散文中存在着“疏”类散文,特此说明。

[2]唐人散文中的“颂”,主要有两种情况,一种与碑文相类,如张说《宋公遗爱碑公颂》;一种与赞文相似,如李白《赵公西候新亭颂》,而李白散文之“颂”,除后者外,尚有前者,如《崇明寺佛顶尊胜陀罗尼幢颂》即是。为便于认识,本文特将《李太白全集》卷二十八中的这两种“颂”文,皆归类于“杂记类散文”,特此说明。

[3]《暮春江夏送张祖监丞之东都序》所用人物典凡5处(即涉及历史人物为5人),其中“刘表不用于祢衡”之祢衡,《上安州李长史书》已用之,故此不录;又张翰之典,本文虽两用之,但为避免重复,故只录第一典,特此说明。

[4]关于《越绝书》的作者,历来多有争议,永瑢《四库全书总目》认为是汉朝的袁康与陈平,暂从之,特此说明。

[5]李白《上安州裴长史书》,《李太白全集》卷二十六,中华书局1977年版,第1243页。

[6]以上所言,具体参见拙著《孟浩然研究》第二章第二节,甘肃人民出版社2001年出版,第57~65页。

[7]范晔《后汉书》卷八十《祢衡传》,岳麓书社1994年版,第1155~1156页。

[8]李白在《庐山谣寄卢侍御虚舟》一诗中虽有“凤歌笑孔丘”之句,实则是其以孔子自喻而嘲之,而不得认为是对孔子的大不敬。

[9]李白《崇明寺佛顶尊胜陀罗尼幢颂》,《李太白全集》卷二十八,中华书局1977年版,第1306页。

[10]李白《武昌宰韩君去思颂碑》,《李太白全集》卷二十九,中华书局1977年版,第1375页。

[11]具体参见拙著《李白研究新探》中篇《李白作品索解》,黄山书社 2013 年版,第 180~186 页。
[12]石崇《金谷诗序》,《全上古三代秦汉三国六朝文·全晋文》卷三十三,中华书局 1958 年影印本,第 1651 页。
[13]韩婴《韩诗外传集释》卷二,许维通校释,中华书局 1980 年版,第 60~61 页。
[14]王琦注语,《李太白全集》卷二十九,中华书局 1977 年版,第 1258 页。

(作者单位:湖北襄樊学院)

李白作品谏猎主题的思想探索

欧阳艳华

唐代士人对于皇家大型狩猎活动,展现出强烈的仁爱关怀以及俭约惜生的自觉。这份仁厚精神,自魏徵以来,充分体现在当时谏猎劝俭的文章之中,形成一股风潮。这些文章大多以司马相如和扬雄的谏猎大赋为矜式,李白的《大猎赋》即有明显的步武之志。唐人推崇扬、马,除却是继承汉魏六朝的文学主流论定,献赋谏猎表现出“劝百讽一”的文士风骨,亦是一因。

本文运用主题学的观念,指出李白欣赏扬、马,跟唐代谏猎文化有关,从早年“作赋凌相如”(《赠张相镐》),至为翰林时“献赋有光辉”(《温泉侍从归逢故人》),一生反复致意者皆是谏猎一事,可见矜式二家劝百讽一之笃志。而李白在《古风》第一首中对扬、马的称颂以及对建安文学的批评,亦跟其体察扬、马谏猎大赋的意义有关。

一、唐代谏猎思想背景

狩猎活动自先秦以来是作为军事演练的内容,唯人主好猎以自娱、杀伐无度,则不免有身陷险境之虞,并犯荒废政事、违背仁爱之过,是以《诗三百》有《还》《卢令》之篇什怨刺,汉代则有谏猎之文兴焉。司马相如与扬雄因武帝好猎而作《子虚》《上林》《羽猎》《长杨》规谏,以铺张扬厉之鸿才,行劝百讽一之贤举,实为谏猎文章之渊薮。

1. 贞观名臣的谏猎奏疏

唐代谏猎之风之所以盛行,是因为太宗好狩猎、格猛兽。虽然在高祖时期亦尝有谏猎之事,例如褚亮劝人主不宜"亲逼猛兽"的疏文,便具载于《旧唐书·褚亮列传》。[1]然而相较之下,太宗畋猎之频仍,同时又开直言纳谏之路,造成了贞观文士谏猎尤多于前代的局面。魏徵的《十渐疏》便载太宗登位之初有"内除毕弋之物,外绝畋猎之源"的意志,唯数载后即不能坚持:

> 虽无十旬之逸,或过三驱之礼,遂使盘游之娱,见讥于百姓,鹰犬之贡,远及于四夷。或时教习之处,道路遥远,侵晨而出,入夜方还,以驰骋为欢,莫虑不虞之变。[2]

"过三驱之礼",而"鹰犬之贡,远及于四夷",是批评太宗不法圣王网开三面之仁道,肆捕滥获而不知收敛;"侵晨而出,入夜方还",是讽其耽于狩猎之欢娱而妄顾安全,轻重不分。

臣下缘此而规讽者,据《贞观政要·畋猎》记载计有五宗,谏臣分别有虞世南、谷那律、魏徵及刘仁轨,其中名臣虞世南和魏徵上疏之谏文,皆典引司马相如谏猎之事。虞氏《谏猎疏》为劝太宗"时息猎车,且韬长戟",乃援引司马相如献赋之事以陈义:

> 然黄屋之尊,金舆之贵,八方之所仰德,万国之所系心,清道而行,犹戒衔橛,斯盖重慎防微,为社稷也。是以马卿直谏于前,张昭变色于后,臣诚细微,敢忘斯义?[3]

虞氏所谓"清道而行,犹戒衔橛",乃脱胎自司马相如上书谏猎之语。《史记·司马相如列传》载,司马相如"常从上至长杨猎。是时天子方好自击熊彘,驰逐野兽",遂上疏谏之,其中有云:

> 且夫清道而后行,中路而后驰,犹时有衔橛之变。[4]

虞氏之语正典出于此。至若魏徵的《谏格猛兽表》,则更截取

司马相如之言,以劝太宗省畋游之娱:

> 贞观十四年,太宗幸同州沙苑,亲格猛兽,复晨出夜还。特进魏徵奏言:"……孝武好格猛兽,相如进谏:'力称乌获,捷言庆忌,人诚有之,兽亦宜然。猝然遇逸材之兽,骇不存之地,虽有乌获之猛,逢蒙之伎,不可得用,而枯木朽株,尽为难矣。虽万全而无患,然而本非天子所宜。'……臣窃思此数帝,心岂木石,独不好驰骋之乐?而割情屈己,从臣下之言者,志存为国,不为身也。臣伏闻车驾近出,亲格猛兽,晨往夜还,以万乘之尊,暗行荒野,践深林,涉丰草,甚非万全之计。愿陛下割私情之娱,罢格兽之乐,上为宗庙社稷,下慰群僚兆庶,则天下幸甚。"太宗曰:"昨日之事偶属尘昏,非故然也,自今深用为诫。"[5]

虞、魏二家谏文之主旨皆在惜身为国,目的皆在劝人主息游猎以保金躯,无为格兽之乐而身陷险域。而魏徵更直指太宗畋猎,实为娱乐,故有"割情屈己"之劝语。

除却《贞观政要》所收外,太宗时期谏上省猎者,尚有薛收和来济。薛收上书谏猎之事见于《旧唐书》,惜未录其内容。[6]至于与令狐德棻共修《晋书》的来济,"初唐四杰"卢照邻在《南阳公集序》中便称来氏于太宗之时曾"黄山羽猎,几奏琼篇",[7]是借扬雄之典,谓来济亦尝从太宗狩猎并作谏猎篇章,奈今文已不存。

贞观群臣之谏疏,对嗣后谏猎文章之制,有典范意义。另一方面,太宗对于谏猎之言,或称许有加,或纳谏罢猎,甚至予以封赏[8],这对于谏猎文章的产生无疑又有积极影响。是以太宗以后,仍有谏猎文章继踵而出,其中不乏典引扬、马者。例如薛收之子薛元超《谏蕃官仗内射生疏》因高宗邀请"诸蕃首领,参豫羽猎",而提出"既非族类,深用为虞"的劝谏。[9]魏知古从玄宗于渭川畋猎而作十韵箴规,其中谓"此欲诚难纵,兹游不可常。子云陈《羽猎》,僖伯谏渔棠"[10],是引扬雄献赋谏猎之典。崔向的《谏玄宗畋猎疏》则指出人主畋猎异于古训,《诗》立"徒御不惊""有闻无声""悉率左右，以燕天子”之法度，而玄宗则“六飞驰骋，万骑腾跃”“左右戎夷，竞申骁勇，攒镝乱下，交刃霜飞”，是使尊体自陷于坠驾流矢的危机之中。[11]

2. 为搜狩礼事而作的辞赋

除却谏疏，还有一些因应搜狩礼事而作的辞赋，亦有谏猎的内容。常衮的《春搜赋》劝人主恪守先王开示的搜狩之礼义，好生仁慈、无夺农时，以为：

> 夫如是，子云无以讽其《羽猎》，相如未足言其《上林》。[12]

裴度《三驱赋》阐明“三驱”之古义，又以汉武帝恣情游猎为戒：

> 逮乎大汉，游盘是恣，驰骋是耽。崇苑囿而大开，里宁止百；取庖厨之餍饫，畋岂惟三。不然者，何以子云有《长杨》之讽，相如有“亡是”之谈。[13]

可频瑜《畋获非熊赋》借猎事而提出任贤之重要性，其中“将贤能之是择，在麋鹿而何有”二句，[14]跟李白《大猎赋》谓“猎贤俊以御极”“岂比夫《子虚》《上林》《长杨》《羽猎》计麋鹿之多少，夸苑囿之大小哉”思想语意皆相近，似有脱胎自《大猎赋》的痕迹。至于《开三面网赋》则赞扬人主法先王仁厚之道，“正其德而惟守一，用其网而必去三”。[15]王起《弋不射宿赋》取孔子“钓而不纲，弋不射宿”训诲，提出君子当博施于仁，不射归巢之鸟。[16]此中，《春搜赋》和《三驱赋》亦有援引扬、马为典故。

唐代以猎事为题材的辞赋如上列者，较大部分包含讽谏的思想内容，此外亦有一味赞美奉承人主的篇章。例如路季登《皇帝冬狩一箭射双兔赋》便是徒为夸赞人主狩猎英勇之文，其中谓“既绝系而达臆，亦洞胸而裂”[17]，则是化用《子虚赋》“洞胸达腋，绝乎心系”之句。陆贽《圣人苑中射落飞雁赋》亦是徒夸赞帝主狩捕之高技，“岂如料必中于飞动，骋绝伎于寥廓”[18]。

唐人对于扬、马文学的评价虽然褒贬不一，然而一系列的谏猎文章皆以扬、马为先导，这不但说明扬、马劝百讽一的谏猎用心获得唐人普遍肯定，并且对唐代谏猎文章的发展，有着先导作用。大体而言,太宗时期的谏猎文章,内容主要集中于劝喻人主考虑人身安全,惜身为国,嗣后则更多是劝俭约与仁爱厚生的内容。

二、李白谏猎撰作的考订

1.君主开明纳谏以及对扬、马文才的欣赏

理解唐代的谏猎文化背景,贞观名臣开创谏猎风气,使皇家狩猎活动为士人所关注,缘此可知李白仿效《子虚》《上林》《羽猎》之构思而作的《大猎赋》,并非偶然而为。就李白身处的时间考察,玄宗即位初年,也即先天元年(712)便举行冬狩。而此次畋猎活动,玄宗又对谏猎的臣下褒奖有嘉,事件完整记录在《旧唐书》:

> 先天元年冬,(魏知古)从上畋猎于渭川,因献诗讽曰:"尝闻夏太康,五弟训禽荒。我后来冬狩,三驱盛礼张。顺时鹰隼击,讲事武功扬。奔走未及去,翾飞岂暇翔。非熊从渭水,瑞雀想陈仓。此欲诚难纵,兹游不可常。子云陈《羽猎》,僖伯谏渔棠。得失鉴齐、楚,仁恩念禹、汤。邕熙谅在宥,亭毒匪多伤。《辛甲》今为史,《虞箴》遂孔彰。"
>
> 手制褒之曰:"夫诗者,志之所以,写其心怀,实可讽喻君主。是故扬雄陈《羽猎》,马卿赋《上林》,爰自《风雅》,率由兹道。予顷向温泉,观省风俗,时因暇景,掩渭而畋,方开一面之罗,式展三驱之礼,躬亲校猎,聊以从禽。岂意卿有箴规,辅予不逮,自非款诚夙着,其孰能继于此耶?今赐卿物五十段,用申劝奖。"[19]

《通典》记唐代君主猎事,每祚只选一则,此则正是作为玄宗时期的代表,可知其重要意义。玄宗于登基之初,即展示出开明纳谏的态度,对魏知古之讽喻,不但"手制褒之",又加以封赏。此外,玄宗以为《羽猎》《上林》劝百讽一,是继承了《诗》的讽喻之道,由此亦透露其一如祖辈,对扬、马的谏猎制作深予肯定。君主开明的形象,以及对扬、马谏猎文章的欣赏,无疑为谏猎文章的创作提供了积极条件。

2. 论《大猎赋》非应制之作

有关李白创作的谏猎文章,过去焦点主要集中在《大猎赋》之上,此因保存在李白集中的谏猎题材的作品,只此一篇。然而综观李白一生却是反复多次提到一己效法扬、马献赋谏猎之事,此中透露了一个可能性:李白所写的谏猎文章不止《大猎赋》一篇。关于《大猎赋》的写作时间,诚如安旗、薛天纬等先生推断:

> 白尝三拟《文选》,此赋规模,亦从《子虚》《上林》《羽猎》中来,或是蜀中之作。史载开元八年玄宗尝猎于渭川;同年,礼部尚书苏颋知益州大都督府长史事,白尝于路中投刺,颋曰:"此子天才英丽,下笔不休,虽风力未成,且见专车之骨。若广之以学,可以相如比肩。"(见《上安州裴长史书》)苏颋以相如拟白,则白投刺所献,当为大赋,或即是此篇。[20]

结合李白于《赠张相镐》中自谓"十五观奇书,作赋凌相如"[21]之说,《大猎赋》创作或草拟于开元三年(715),是比较大可能的。考玄宗登基之年,李白方 11 岁,可知其年轻时,正值玄宗开明纳谏的时期。加诸谏猎思想的成熟,以及扬、马文才风骨备受推崇,这些背景因素都有助促成《大猎赋》的创作。而在开元八年(720)(李白 20 岁时)投刺所献者,当是《大猎赋》的完整之作。

此外尚有一点可证明《大猎赋》并非应制之作,就是赋中提及的畋猎地点。唐代定都长安,狩猎固然以秦境为主要活动区,然而狩猎之场所却是分散在秦境各处,因此习惯上会用更为具体的地理位置记录。考新旧《唐书》以及《唐会要》所录玄宗畋猎地点,皆有具体地址,未尝见用"秦"字。今录如下。《旧唐书》记玄宗先天二年冬十一月,"甲辰,畋猎于渭川"[22];开元八年冬十月,"壬午,畋于下邽"[23];开元十年冬十月,"甲寅,幸寿安之故兴泰宫,畋猎于上宜川"[24];开元十七年冬十二月,"乙丑,校猎渭滨"[25]。《新唐书》记载玄宗开元元年,"甲辰,猎于渭川"[26];开元八年十月辛巳,"壬午,猎于下邽"[27];十年,"十月甲寅,如兴泰宫,猎于上宜川"[28]；十四年，"十二月丁巳，猎于方秀川"[29]；十五年，"十一月丁卯，猎于城南"[30]。《唐会要》卷二十八载天子搜狩事，玄宗游猎之地，有"猎于骊山之下""大搜于凤泉汤""畋于苑中"。[31]三部史籍不但记载玄宗畋猎之处未尝泛言"秦"，甚至有关玄宗前后帝主之纪录亦如是。乜小红先生《略论唐代统治者的畋猎》对唐代帝主畋猎的地理位置有细详检索，指出：

唐代东、西两京皆有禁苑。……在东都又设有洛阳苑，这些猎苑虽置于两京近郊，但唐代帝王们的狩猎，常在此范围之外，其地域之广阔，见于载籍者，包括华山、富平、沙苑、三原、咸阳、龙门、骊山、渭川、下邽等地，狩猎之地几乎遍布于关中。[32]

所胪列之关中地点皆不言"秦"。综观以上谏猎篇什和唐史，均未曾泛言人主畋猎于秦境，此因明确交代地点是有纪实的需要。至于赋篇则一律不记时地与事由，而直接抒述议论赞颂，似为书写共识。相对之下，李白所谓"大猎于秦"[33]的叙述，未免有虚笔之嫌。

3.《大猎赋》体现扬、马的讽谏精神

《大猎赋》诚然有献上御览之意，然而全篇未能准确交代搜猎地点，很大可能是出于臆作。若是追随帝主畋猎的应制之作，则不可能不具陈位置，是以作于蜀中的可能性较大。赋中前部分有明显取效扬、马谏猎大赋的痕迹，然而即使是摹拟，既是出于自觉献上的书写，甚至有"凌相如"的自信，则其中必有承载抱负与关怀之处。事实上，李白对扬、马的仰慕，主要是体现在谏猎之上，除了自谓 15 岁时"作赋凌相如"外，《秋于敬亭送从侄耑游庐山序》亦尝谓：

余小时，大人令颂《子虚赋》，私心慕之。[34]

仰慕之思更为明确，而《大猎赋》正反映出李白早于少年时期已笃定矜式扬、马献赋进谏的理想。李白赋中起笔即表达出扬、马谏猎赋是其有意步追并且超越的对象：

相如、子云竞夸辞赋,历代以为文雄,莫敢诋讦。[35]

王者以四海为家,万姓为子,则天下之山林禽兽,岂与众庶异之?而臣以为不能以大道匡君,示物周博,平文论苑之小,窃为微臣之不取也。[36]

而李白自认可"凌相如"之大道,大抵是提出寡欲洁己、厚生利物的思想:

曷若饱人以淡泊之味,醉时以淳和之觞。

使天人晏安,草木繁殖。六宫斥其珠玉,百姓乐于耕织。寝郑卫之声,却靡曼之色。……岂比夫《子虚》《上林》《长杨》《羽猎》计麋鹿之多少,夸苑囿之大小哉![37]

此外,又加入"猎贤俊以御极"的规劝,此皆是扬、马谏猎赋所未提及者,而下启可频瑜的谏猎赋。当然还有俭约厚生、网开三面的内容,一合于唐人对狩猎活动的关怀。

李白少作《大猎赋》,反映出对于得为时用的冀盼,并不止于展露文章才力,更为重要的是效法扬、马以鸿才实现经世抱负。扬、马在唐代除了有才名,亦被奉为儒门文士的典范。例如卢照邻在《驸马都尉乔君集序》叙述历来儒士之发展变化,当中有云:

昔文王既没,道不在于兹乎;尼父克生,礼尽归于是矣。……自此迄今,年逾千祀。圣门论赋,相如为入室之雄。[38]

以相如为圣门论赋之入室者,实引用扬雄《法言·吾子》之说,扬雄谓:

如孔氏之门用赋也,则贾谊升堂,相如入室矣。[39]

卢照邻肯定扬雄之说,将司马相如纳入儒门谱系之中,关键正在于其赋中蕴含劝百讽一的用心,这正是将儒门经世精神贯注于辞赋创作之上。扬雄对于司马相如这种劝百讽一的谏上心意,不尽苟同,[40]然而此亦是在尝试作《羽猎》《长扬》讽谏君上之后的见解。二家实际上皆亦是儒门赋家。其后张说在《齐黄门侍卢思道(神道)碑(铭并序)》中列出孔子殁后"应世翰林之秀者",司马相如与扬雄即在前汉代表之列:

昔仲尼之后，世载文学……汉兴，有贾、马、王、扬……皆应世翰林之秀者也。吟咏情性，纪述事业，润色王道，发挥圣门，天下之人谓之文伯。[41]

所谓"翰林之秀者"，是指儒门士人以其卓绝文才宣扬王道，劝百讽一之体，虽然铺张扬厉，其为文用，唯指归于匡正规谏，并非以淫巧之辞曲阿媚上，文士风骨正在于此。

4. 成为翰林待诏后践履扬、马之志的讽谏作品

相对抱残守缺之陋儒的不屑态度，李白以扬、马为典范，正反映出其欣赏二家以文才展现经世致用、宣扬王道之意志。是知《大猎赋》并不仅仅是摹拟式的文学创作，更多的是投放了李白以文章经世的抱负。因此李白多次提及在天宝元年(742)，进宫成为翰林待诏之后，曾效法扬雄献赋讽上，试图实现往昔作《大猎赋》的理想。夷考李白提及立文献上之事的诗文共有七则，[42]兹列如下，其一是《温泉侍从归逢故人》：

汉帝长杨苑，夸胡羽猎归。子云叨侍从，献赋有光辉。激赏摇天笔，承恩赐御衣。[43]

其二是《秋夜独坐怀故山》：

入侍瑶池宴，出陪玉辇行。夸胡新赋作，谏猎短书成。[44]

其三是《还山留别金门知己》：

方学扬子云，献赋甘泉宫。天书美片善，清芬播无穷。[45]

其四是《留别广陵诸公》：

中回圣明顾，挥翰凌云烟。骑虎不敢下，攀龙忽堕天。[46]

其五是《忆旧游寄谯郡元参军》：

此时行乐难再遇，西游因献长杨赋。北阙青云不可期，东山白首还归去。[47]

其六是《答杜秀才五松山见赠》：

昔献《长杨赋》，天开云雨欢。当时待诏承明里，皆道扬雄才可观。敕赐飞龙二天马，黄金络头白玉鞍。[48]

其七是《赠从弟南平太守之遥二首》其一：

翰林秉笔回英盼，麟阁峥嵘谁可见？承恩初入银台门，著书独在金銮殿。龙驹雕镫白玉鞍，象床绮席黄金盘。[49]

根据《李白全集编年笺注》最新编订本的年份考证，以上七首诗文的写作时间依次是天宝元年、二年、三载、六载、十载、十四载和乾元二年。全部皆属离宫之后的缅怀，诗中有“谏猎短书成”之句，比较着迹透露入宫后呈献的“济时策”中，不乏谏猎的文章，而且撰作亦获帝主赏赐。

然而正如叔父李阳冰所记述，李白为翰林待诏时，曾经“问以国政，潜草诏诰”，可惜“丑正同列，害能成谤，格言不入，帝用疏之”。[50]说明李白入宫的原则是非常明确的，虽作为翰林待诏，李白并不甘于单单展现文才，而是更希望成为可以献纳经济策，成为为天下筹谋的谏臣贤士。人主愿纳则进，不纳则退，不曲阿奉迎，正是昔日扬、马选择的道路。在李白的诗文中提及献纳经历者凡以下四则，其一是《留别曹南群官之江南》：

献纳少成事，归休辞建章。[51]

其二《书情赠蔡舍人雄》：

遭逢圣明主，敢进兴亡言。[52]

其三《赠崔司户文昆季》：

布衣侍丹墀，密勿草丝纶。[53]

其四《答高山人兼呈权顾二侯》：

谬挥紫泥诏，献纳青云际。谗惑英主心，恩疏佞臣计。[54]

根据安旗等先生考订，以上四首诗，前三首作于天宝十二载，末首作于天宝十四载，换言之，撰作时间集中在李白53岁至54岁之时，离宫十多年后，仍然反复缅怀昔日在宫中献纳之经历。

李白在离宫后追忆献赋往事，往往以扬雄自比，或自言效法扬雄而非司马相如，诚然以扬雄之身世与一己经历更为贴切有关，此学者早有论述，不复赘言。[55]唯此值得留意的是，虽然李白离宫后对于劝谏不纳的结果感到失望，更深切体会扬雄退作《太玄经》的用心，然而李白并没有因为献纳未竟，而一笔抹杀扬、马谏猎作品的价值，对于劝百讽一的为文用心，仍然肯定其文学价值。

三、以猎赋为焦点解读《古风》对扬、马与建安文学的评价

李白在《古风》第一首中表达其审视文学流变的观点，其中有关汉魏文学的评价，若就谏猎辞赋的转变来看，是非常准确的。《古风》第一首以“大雅久不作”起笔，以“志在删述”“绝笔于获麟”作结，可知明道之文，尤其宣扬王道之文的升沉是其所关注的。李白交代先秦以来诗道式微，而汉魏文学继之而起的状况云：

> 扬马激颓波，开流荡无垠。兴废虽万变，宪章亦已沦。自从建安来，绮丽不足珍。[56]

前二句以扬、马为汉代文学的代表，二家重振文道，为明道之文敞开了广大而悠远的生命格局，劝百讽一的谏赋可谓关键。谏赋之体始于战国，荀子的《箴赋》已具备讽谏赋体的雏形，至汉代乃发展成形。劝百讽一展现的是文士的风骨，铺张扬厉和缛说繁词皆只为讽刺之一笔，是以太史公亦深许劝百讽一的价值，以其能继承诗道委婉讽谏之精神：

> 相如虽多虚辞滥说，然其要归引之节俭，此与诗之风谏何异。扬雄以为靡丽之赋，劝百风一，犹驰骋郑、卫之声，曲终而奏雅，不已亏乎？[57]

司马相如谏猎赋以此法宣明王道仁厚惜生之义，无疑是典型。事实上，从李白在《大猎赋》中对赋体立下之定义，亦可见跟太史公之意见契合：

> 白以为赋者古诗之流，辞欲壮丽，义归博远。[58]

“赋者古诗之流”是班固所下的定义，[59]以古诗为本源，所指的不只是体式，尚当包含诗之所以产生的精神缘由，讽刺自是其中之一。至若“义归博远”者，是李白对于在《大猎赋》中提出厚生仁爱义理的解释，由此亦反映出李白理解的辞赋，不可以徒有壮丽之辞而不明义理，尤其献上之作，更不可以将王道正义隐而不宣。

以此审视建安的猎赋，相较于扬、马，建安文士虽以风骨著称，但追随帝主狩猎而撰写的辞赋，却是徒有绮丽之缛藻，而无一篇敢于立规讽之言。建安时期的猎赋迄今尚存者凡四篇，皆是在跟从魏武帝出猎时所作，挚虞《文章流别集》有记述此事：

> 建安中，魏文帝从武帝出猎，赋命陈琳、王粲、应玚、刘桢并作。琳为《武猎》，粲为《羽猎》，玚为《西狩》，桢为《大阅》，凡此各有所长，粲其最也。[60]

以上四篇，刘桢《大阅赋》有目无辞，其余尚存残篇。考其中内容，皆属夸赞人主猎获之作，无一篇陈规谏之旨。即使是挚虞最为称道之王粲《羽猎赋》，亦只见夸奇壮丽，风骨则荡然无存。虽然同为猎事而作，建安文士却没有继承《子虚》《上林》《羽猎》《长杨》的讽谏自觉，一任人主隐埋仁爱厚生的王道大义，将文章沦为媚上的玩意儿，《文选》亦不以为珍，是以所收畋猎赋，只有扬、马谏猎大赋，以及潘岳《射雉赋》，其余一概不录。潘岳之作，亦有“乐而无节，端操或亏”[61]之自觉，反观建安猎赋不见义理，文辞纵有可观可采，却未足以为法式。盖其思想层次上不接扬、马，下不比有唐一代之谏猎文章，此正是李白批评建安文学“绮丽不足珍”之用意，失落讽谏意义的猎赋，是其批评之焦点所在。

文学批评必须依止于对象，比照汉、魏猎赋的思想内容，即可了然李白批评建安文学的具体面向。李白身处谏猎文化正盛的时代，唐人谏猎文章由贞观名臣开始，便展现出士人敢于为陈王道而讽谏君上的风骨，扬、马劝百讽一的文章经世用心也在此时期得到认同。李白矜式司马相如作谏猎赋，效法扬雄讽谏，乃至对于建安猎赋思想内容的洞察与批评，跟时代谏猎文化是有一定关系的。

四、总结

唐代谏猎文化造成了对扬、马谏猎大赋的重视和取法，甚至对劝百讽一的文士风骨也予以肯定，加上君主虚心纳谏的态度，这些时代因素都对李白矜式扬、马以及作谏猎文章起着鼓励作用。

本文考察唐代文章谏猎主题的书写模式,显示唐人皆具体交代地点,只有李白的《大猎赋》泛说秦境,从而提供了《大猎赋》为李白身处川蜀时候所作的佐证。由此亦说明李白自年轻时经已受谏猎文化的影响,而且笃定其献纳的意志。从李白诗篇中忆述入宫成为翰林待诏的相关内容,便可发现在入宫后李白确实曾经献纳有关谏猎等规讽文章,将少年时代矜式扬、马劝百讽一的理想真正实践出来。

即使献纳之言不获帝主接受,李白却未有否定扬、马所开创的劝百讽一的精神。《古风》第一首对扬、马承继诗道讽刺之精神以及批评建安文学不足珍惜,很大可能是其将文评之焦点放置在汉、魏两个时期的猎赋之上,由此肯定扬、马劝百讽一尚存讽刺意识,而建安猎赋则风骨不存。是以从人生理想、士人献纳的精神,乃至文学批评,无不体现着谏猎文化对李白有着重要的影响。

注 释

[1](后晋)刘昫:《旧唐书》卷七六,北京:中华书局,1987 年,第 2581 页。

[2](清)董诰等编:《全唐文》卷一四零,上海:上海古籍出版社,1990 年,第 624 页中。

[3](唐)吴兢:《贞观政要》卷十,上海:上海古籍出版社,1978 年,第 283 页。

[4][日]泷川资言:《史记会注考证》卷一一七,台北:宏业书局,1979 年,第 1225 ~ 1226 页。

[5]《贞观政要》卷十,第 286 页。

[6]《旧唐书·薛收传》,原文云:"尝上书谏猎,太宗手诏曰:'览读所陈,实悟心胆,今日成我,卿之力也。明珠兼乘,岂比来言,当以诚心,书何能尽。今赐卿黄金四十铤,以酬雅意。'"(卷七七,第 2588 ~ 2589 页)

[7]祝尚书:《卢照邻集笺注》,上海:上海古籍出版社,1994 年,第 323 页。

[8]例如对于虞世南的谏疏,太宗"深嘉其言";答复魏徵则云"自今深用为诫";谷那律劝以弗数游猎,高宗"大被嘉纳,赐帛五十段,加以金带";刘仁轨上表切谏,太宗不但罢猎,更"擢拜仁轨新安令"。见《贞观政

要》卷十,第 283 ~287 页。

[9]事载《旧唐书 · 薛元超传》传载:“(上元三年)时高宗幸温泉校猎,诸蕃酋长亦持弓矢而从。元超以为既非族类,深可为虞,上疏切谏,帝纳焉。”(卷七七,第 2590 页)谏文今存于《全唐文》卷一五九,第 716 页。

[10]《旧唐书 · 魏知古传》卷九八,第 3063 页。

[11]载《全唐文》卷三零二,第 1356 页。

[12](宋)李昉等编:《文苑英华》卷一二四,北京:中华书局,1982 年,第 565 页。

[13]《文苑英华》卷一二四,第 566 页。

[14]《文苑英华》卷一二四,第 567 页。

[15]《文苑英华》卷一二四,第 567 页。

[16]《文苑英华》卷一二四,第 567 页。

[17]《文苑英华》卷一二四,第 565 页。

[18]《文苑英华》卷一二四,第 566 页。

[19]《旧唐书 · 魏知古传》卷九八,第 3063 页。

[20]见安旗、薛天纬、阎琦、房日晰:《李白全集编年笺注》,北京:中华书局,2015 年,《大猎赋》篇后按语,第 1735 ~1736 页。

[21]《李白全集编年笺注》,第 1335 页。

[22]《旧唐书 · 玄宗纪》,第 171 页。

[23]《旧唐书 · 玄宗纪》,第 181 页。

[24]《旧唐书 · 玄宗纪》,第 184 页。

[25]《旧唐书 · 玄宗纪》,第 194 页。

[26](宋)欧阳修、宋祁:《新唐书 · 玄宗纪》,北京:中华书局,1975 年,第 122 页。

[27]《新唐书 · 玄宗纪》,第 128 页。

[28]《新唐书 · 玄宗纪》,第 129 页。

[29]《新唐书 · 玄宗纪》,第 132 页。

[30]《新唐书 · 玄宗纪》,第 133 页。

[31](宋)王溥:《唐会要》卷二八“搜狩”,北京:中华书局,1985 年,第 528 ~529 页。

[32]乜小红:《略论唐代统治者的畋猎》,载《武汉大学学报》(人文科学版)第 62 卷,第 3 期,2009 年 5 月,第 341 页。

[33]《李白全集编年笺注》,第1711页。

[34]《李白全集编年笺注》,第1856页。

[35]《李白全集编年笺注》,第1709页。

[36]《李白全集编年笺注》,第1711页。

[37]《李白全集编年笺注》,第1729~1731页。

[38]《卢照邻集笺注》卷六,第312页。

[39]韩敬:《法言注》,北京:中华书局,1992年,第27页。

[40]《法语注·吾子》载扬雄尝质疑大赋劝百讽一之作用:"或曰:'赋可以讽乎?'曰:'讽乎!讽则已;不已,吾恐不免于劝也。'"(第25页)

[41]熊飞:《张说集校注》卷二五,北京:中华书局,2013年,第1196页。

[42]关于李白诗文提及入宫献赋的情况,经惠先生《李白诗中自比扬雄事典辨析》一文有详细的梳理与分析,经先生搜辑李白相关诗文凡四首,分别是《温泉侍从归逢故人》《秋夜独坐怀故山》《还山留别金门知己》和《答杜秀才五松山见赠》,本文在其基础上,补入《留别广陵诸公》《忆旧游寄谯郡元参军》《赠从弟南平太守之遥二首》其一。见中国李白研究会、马鞍山李白研究所编:《中国李白研究》,合肥:黄山书社,2016年,2015年集,第103页。

[43]《李白全集编年笺注》,第410页。

[44]《李白全集编年笺注》,第519页。

[45]《李白全集编年笺注》,第626页。

[46]《李白全集编年笺注》,第742页。

[47]《李白全集编年笺注》,第897页。

[48]《李白全集编年笺注》,第1185页。

[49]《李白全集编年笺注》,第1398~1399页。

[50]李阳冰《唐李翰林草堂集序》,载《李白全集编年笺注》,第1950页。

[51]《李白全集编年笺注》,第1002页。

[52]《李白全集编年笺注》,第1004页。

[53]《李白全集编年笺注》,第1019页。

[54]《李白全集编年笺注》,第1197页。

[55]例如经惠《李白诗中自比扬雄事典辨析》云:"李白关注扬雄的原因在于对扬雄的人生经历及命运产生了共鸣。以献赋的宫廷侍从自比,说明李白确有过参与内命的经历并为之自豪;但屡屡出现的对草《玄》

孤洁品格的坚守，又暗示了其在宫廷终归只是个应答文章、畜如倡优的文学弄臣身份。"载《中国李白研究》，第103页。

[56]《李白全集编年笺注》，第885页。

[57]《史记会注考证·司马相如列传》卷一一七，第1233页。

[58]《李白全集编年笺注》，第1709页。

[59]见班固《西都赋》序文，载(梁)萧统编，(唐)李善等注：《六臣注文选》卷一，北京：中华书局，1987年，第23页。

[60](宋)章樵注《古文苑》卷七，台北：商务印书馆影印瞿氏藏宋本，1967年，王粲《羽猎赋》题下注引《流别论》，第54页。

[61]载《六臣注文选》卷九，第182页。

(作者单位：香港树仁大学)

从进献《大猎赋》看李白对供奉翰林身份的体认

汪逸璟

李白诸赋中,《大猎赋》是比较特别的一篇,它是天宝元年(742)冬,李白以供奉翰林的身份向玄宗进献的[1]。这篇赋承载了超越同俦(司马相如和扬雄)、指引君王(玄宗)的重任,兼具文学与政治双重意义,既是李白"志在删述"(《古风》其一)[2]的文学理想的实践,亦是其"愿为辅弼"(《代寿山答孟少府移文书》)的政治理想的重要努力。从该赋的进献,可以略窥李白对其翰林身份的体认。

李白献《大猎赋》时,有超越扬马之"文雄"、比肩孔子之"删述"的心态。其《大猎赋序》云:"白以为赋者,古诗之流,词欲壮丽,义归博远。不然,何以光赞盛美、感天动神。而相如、子云竞夸辞赋,历代以为文雄,莫敢诋讦,臣谓语其略,窃或褊其用心。"将赋归入古诗之流,引诗学入赋学,是李白赋论的重要特征。以此为基础,李白提出赋作的两大要求,即"词欲壮丽"和"义归博远",如此方能"光赞盛美、感天动神"。于是前人"莫敢诋讦"的《子虚》《上林》《长杨》《羽猎》四赋,成为了李白批评之对象。按"词欲壮丽"之标准,李白一一指出四赋之瑕疵,称其中之描写"当时以为穷壮极丽,迨今观之,何龌龊之甚也"。而按"义归博远"之标准,四赋更不足论,李白于《大猎赋序》中云:"而臣以为不能以大道匡君,示物周博，平文论苑之小，窃为微臣之不取也。”观此序言，李白自信能力压扬马，其所献之赋将全面超越四赋，其姿态之昂扬、雄心之勃勃，几欲透纸而出。

李白于《大猎赋序》中设立佳赋标准，并选择四篇著名汉赋作为批判对象，是其直接汉赋又寻求突破的辞赋观的体现，而其赋作实践亦与之相合。以“词欲壮丽”观之，《大猎赋》用语奇丽，气势磅礴，实对汉赋铺张扬厉的形式特点和颂美赞德的内容特征皆有所继承和发扬；而《大猎赋》后四分之一的篇幅，皆是用于描写君王畋猎之后愀然感悟、弃奢从道之景象，是践行“义归博远”之论。此部分的篇幅占比，明显高于四赋中讽谏内容占全篇之比例。此则为李白对汉赋讽谏传统的吸收和突破——李白不满于汉赋的“劝百风一”的状态，故在赋作中精心描述“以大道匡君”的理想境界。此种赋作境界的提出与李白的政治理想、人生志向紧密相关。李白论赋，其旨实为言志，而所言之志与作于翰林时期的《古风》其一相合。[3] 正如梁森师所言：“《古风》其一的真正价值，或在所言之志；不在振兴大雅的具体主张，而在欲‘垂辉映千春’的气度，在于其舍我其谁的强烈自主意识。”[4]李白《大猎赋》的价值亦不在于对扬马赋作的具体批评，在于以天下为己任的精神和气魄。诗、赋之中“志在删述”、“以大道匡君”之言，都是李白强烈的参政意识在文学创作中的反映。

李白献赋之心态，是极度自信；献赋之效果，亦似与其豪言相称。其回忆翰林生活的诗作有不少涉及献赋之事，其间不乏骄傲自豪之意：

汉帝长杨苑，夸胡羽猎归。子云叨侍从，献赋有光辉。（《温泉侍从归逢故人》）

因学扬子云，献赋甘泉宫。天书美片善，清芬播无穷。（《东武吟》，又名《还山留别金门知己》）

入侍瑶池宴，出陪玉辇行。夸胡新赋作，谏猎短书成。（《秋夜独坐怀故山》）

昔献《长杨赋》,天开云雨欢。当时待诏承明里,皆道扬雄才可观。(《答杜秀才五松山见赠》)

此时行乐难再遇,西游因献长杨赋。北阙青云不可期,东山白首还归去。(《忆旧游寄谯郡元参军》)

以上诗作言“献赋”“献《长杨》”等时多与“羽猎归”“谏猎”等语相连,正如吕华明所言:“李白现存八篇古赋,与大猎有关的只有《大猎赋》。”[5]因此,这些诗句所指应皆为李白献《大猎赋》事。由诸诗看来,此次献赋反响不俗,君王称赏,百官夸赞,李白因之颇为自得。

综观回忆献赋的诗作,其间有一个明显的特征,那便是多涉扬雄而少及相如。据经惠统计:“李白诗中共 12 处提及扬雄,主要有五种情况:第一种是代指故乡……第五种是以扬雄献赋或草《玄》之事自比,8 次。这 8 次自比很有特点,均与供奉翰林的长安生活相关。”[6]而这 8 处中半数以上与献赋相关。这一点颇值得深究,因为《大猎赋》中批评扬马赋作,比例较为均衡,回忆之时何以偏于扬雄?而从李白作品整体上看,提及相如的次数远多于扬雄,何以在回忆献赋的诗作中如此不同?将《大猎赋》的进献状况与该赋中指名褒贬的扬、马四赋的进献状况相比较,可知李白回忆献赋时,多语及扬雄的原因是多方面的。

首先,是献赋时机的相近。李白《大猎赋》、扬雄《长杨赋》《羽猎赋》皆为陪侍皇帝畋猎归来后所献。李白在《大猎赋序》中明确写道:“以孟冬十月大猎于秦,亦将曜威讲武,扫天荡野……臣白作颂,折中厥美。”可见李白献赋是发生在随侍天子“大猎于秦”之后。而《汉书 · 扬雄传》载:“明年,上将大夸胡人以多禽兽,秋,命右扶风发民入南山,西自褒斜,东至弘农,南驱汉中……雄从至射熊馆,还,上《长杨赋》,聊因笔墨之成文章,故借翰林以为主人,子墨为客卿以风。”[7]此为《长杨》赋所献之机。又《文选》所收《羽猎赋》序言称:“孝成帝时羽猎,雄从。”[8]因此,在献赋于随侍天子狩猎之后这一点上,李白与扬雄更加接近。李白诗云:“因学扬子云,献赋甘泉宫。”或许献赋时机之选择，本就是效仿的扬雄。司马相如则与扬、李不同。《子虚赋》为司马相如献于梁王之赋，《上林赋》方为进献天子之赋。《史记》载：“居久之，蜀人杨得意为狗监，侍上。上读《子虚赋》而善之，曰：‘朕独不得与此人同时哉！’得意曰：‘臣邑人司马相如自言为此赋。’上惊，乃召问相如。相如曰：‘有是。然此乃诸侯之事，未足观也。请为天子游猎赋，赋成奏之。’上许，令尚书给笔札。”[9]《上林赋》的进献是天子召见，并嘉奖《子虚赋》之后，二赋之献与《大猎赋》之献时机皆相异。

其次，是献赋身份的相似。李白献赋，自称效仿扬雄而不是素来推崇的司马相如，其中的一个重要原因，便是献赋时的身份与扬雄近，较相如远。李白献《大猎赋》时为供奉翰林，扬雄献《长杨赋》《羽猎赋》(《文选》所录《羽猎赋》，实为《汉书》所录《校猎赋》)时身份应为黄门侍郎[10]。《文选》与《汉书》记载不合，李白《大猎赋》援引《羽猎赋》之文乃从《文选》，故姑且视扬雄献《羽猎赋》时身份为待诏。而司马相如在景帝时期做过郎官，到写《上林赋》时身份则为布衣。他通过向天子献赋而得官：“赋(上林赋)奏，天子以为郎。”[11]在这一点上与司马相如相似的是杜甫而非李白。李白是为翰林在先，献赋在后。三人献赋时身份情况如下：

赋作	作者	身份	献赋对象
《子虚赋》	司马相如	梁王宾客	梁孝王
《上林赋》	司马相如	布衣	汉武帝
《羽猎赋》	扬雄	待诏	汉成帝
《长杨赋》	扬雄	黄门侍郎	汉成帝
《大猎赋》	李白	供奉翰林	唐玄宗

由上可见，扬雄、李白献赋时皆已是朝廷中人，而司马相如献赋时则并无官职在身。而且李白的供奉翰林与扬雄的待诏、黄门侍郎身份在文学侍从职能上具有一致性。司马相如虽然也被看作文学侍从，比如班固就在《两都赋序》中说：“故言语侍从之臣，若司

马相如、虞丘寿王、东方朔、枚皋、王褒、刘向之属,朝夕论思,日月献纳。”[12]但是相如曾被汉武帝委以重任,到地方处理具体事务,且卓有成效:“天子以为然,乃拜相如为中郎将,建节往使。副使王然于、壶充国、吕越人驰四乘之传,因巴蜀吏币物以赂西夷……司马长卿便略定西夷,邛、筰、冉、駹、斯榆之君皆请为内臣……还报天子,天子大说。”[13]而据《汉书·扬雄传》的记载来看,扬雄是较为纯粹的文学侍从。李白《古风》其四十六的结尾云“独有扬执戟,闭关草太玄”,所谓“执戟”是指执戟郎,即皇帝身边的护卫。《文选》卷四二曹植《与杨祖德书》亦云:“昔杨子云,先朝执戟之臣耳。”[14]当然扬雄纵使执戟,也不以武艺见长,其得皇帝召见是“客荐雄文似相如者”。所以扬雄随侍天子,以文才娱上,李白与其身份、体验更加接近。

再者,是献赋目标上的共通。扬雄献赋时,“讽谏”“讽喻”已经是其主要目标,《汉书》记载其献赋:“奏《甘泉赋》以风……上《河东赋》以劝……因《校猎赋》以风……”[15]可见,扬雄在创作辞赋时刻意加重了“风”“劝”的成分,这是对前人赋作施于君王“劝而不止”的反思。蓝旭指出,扬雄赋“在行文中不时夹入这类讽意微婉的词句,可以推测正是为了避免‘劝而不止’的效果,使读者在阅读过程中别有会心而不致停留于华章丽藻的欣赏。尽管效果未必然,却可以看出其创作动机主要不在夸耀才学。”[16]而司马相如献《子虚赋》《上林赋》之主要目标是写“诸侯之事”“天子游猎”,虽曲终奏雅,但并不以之为务。因此,扬雄之赋作较之司马相如之赋讽谏意味更浓,议论成分更多。扬雄在想方设法提升赋作的讽谏作用,李白亦是如此。正如钱志熙所言:“李白赋的最大价值,在于强调讽喻。”[17]李白在《大猎赋》中对扬、马二人辞赋进行的批评集中在两个方面:一是赋境狭小,扬、马以为壮观的描写实惹后人哂笑;二是劝而不止,扬、马之赋探讨宫苑之大小,出行、狩猎场面之壮观,极尽奢侈,所美所求,背离大道,所以李白提出“义归博远”作为赋作的基本精神,将“以大道匡君”立为辞赋创作的最终目的,这就与扬雄的辞赋创作观念相类。对所献赋作“劝而不止”的担忧，是李白和扬雄共有的创作心态，增加“讽谏”“匡君”在衡量辞赋价值时的权重则是李、扬辞赋观的相通之处。

此外，宫廷经历中的一点相似之处，也使李白回忆翰林生活时愿意以扬雄自比。李白供奉翰林期间与同僚关系不和，自认为主要原因是他不谐俗流。扬雄担任黄门侍郎时的同僚如刘歆、王莽等人后来皆为显贵，追随他们的人“或起家至二千石”，而扬雄却不愿攀附权贵，以至于“三世不徙官”，亦是不谐俗流的典范，故而容易引起李白的共鸣。李白在入宫时受到特别的礼遇，“君王赐颜色，声价凌烟虹”（《东武吟》），身为皇帝身边的宠臣，是很有一段被人奉承的经历的：“幸陪鸾辇出鸿都，身骑飞龙天马驹。王公大人借颜色，金璋紫绶来相趋。”（《驾去温泉后赠杨山人》）在这种心态下，李白怀有力压扬、马超越前人，要以献赋实现“以大道匡君”的想法，是合乎情理的。然而此后不久，李白就从极其受宠的地位上跌落下来，这其中遭人谗毁，尤其是同僚的谗毁是一个重要原因。《翰林读书言怀呈集贤诸学士》诗云：“观书散遗帙，探古穷至妙。片言苟会心，掩卷忽而笑。青蝇易相点，白雪难同调。本是疏散人，屡贻褊促诮。”诗中以“青蝇”讥讽的对象中就应有翰林院同僚。李白翰林院生活中的不和谐，可能既有李白受到的礼遇太高，引起同僚嫉恨的原因，“君王虽爱蛾眉好，无奈宫中妒杀人”（《玉壶吟》），也有李白“本是疏散人”，性格向来放逸不羁的原因。而李白自己则把主要原因归于“白雪难同调”：立志高远、“托意在经济”（《赠长安崔少府》）的李白不擅长也不太愿意和其他“青蝇”般的翰林们打成一片。这种同僚关系的不和谐，在李白看来具有不同流合污、不慕权势的性质，这便与《汉书》对扬雄的评价有了相似之处。《汉书·扬雄传》云：“……岁余，奏《羽猎赋》，除为郎，给事黄门，与王莽、刘歆并。哀帝之初，又与董贤同官。当成、哀、平间，莽、贤皆为三公，权倾人主，所荐莫不拔擢，而雄三世不徙官。及莽篡位，谈说之士用符命称功德获封爵者甚众，雄复不侯，以耆老久次转为大夫,恬于势力乃如是。”扬雄不趋炎附势,故与莽、贤“不合”,这就和李白与翰林同僚不合一样,有了人格高洁的共同点,故而李白回忆翰林生活每以扬雄自比。

要之,献赋时机、身份、目标以及献赋者的宫廷经历等方面的相似性,促使李白言及自己之献赋时多与扬雄之献赋相提并论。而这些原因中,献赋身份的近似最为关键。

李白涉及供奉翰林生活的诗作密集提及扬雄,身份认同是其中最核心的因素。《旧唐书·文苑传》称李白为“待诏翰林”,《新唐书·文艺传》称李白为“供奉翰林”,李华《故翰林学士李君墓志》、范传正《唐左拾遗翰林学士李公新墓碑》等称李白为“翰林学士”,而李白则在《为宋中丞自荐表》中称自己为“前供奉翰林”。关于李白在宫中的具体身份与职能,学术界向有争议,傅璇琮先生的辨析当最切近实际:“李白只是翰林供奉,并非翰林学士,所传李华所作墓志,刘全白所作墓碣,范传正、裴敬所作的墓碑,提及‘翰林学士’字样,都是不可靠的。”[18]“实际上,玄宗于开元初建立翰林院时,所谓翰林供奉、翰林待诏,实为同一职名,并非如《新唐书·百官志》所说,先是待诏,后改供奉。”[19]开元二十六年(738)翰林院中设立学士院,原属翰林供奉的相关政治职能向翰林学士转移,李白入宫之时正处于过渡时期。因此,李白身为“供奉翰林”,其本职工作是玄宗的“文学侍从”,以其文才娱乐皇帝,并写下了如《侍从宜春苑奉诏赋龙池柳色初青听新莺百啭歌》这样的诗作;兼职工作是以其文才为玄宗起草诏诰——这是翰林学士的本职工作。李白具有极高的政治热情,正如裴斐先生所言,“李白一生的主要兴趣在政治,不在诗”[20],而供奉翰林的身份决定了李白参与政治除了陪侍之时对君王的言语影响外,最主要的途径有两个:潜草诏诰、提供文学作品,用李白自己的话说就是:“既润色于鸿业,亦间草于王言。”(《为宋中丞自荐表》)潜草诏诰的情况在李阳冰的《草堂集序》中说得很清楚:“置于金銮殿,出入翰林中。问以国政,浅草诏诰,人无知者。”这是当时李白所能做到的直接参与政治的方式。而文学途径下,李白所采取的最重要的行动就是献赋,如《大猎赋》序所谓"以大道匡君",通过直接影响唐玄宗,来实现他的政治理想。相同的,扬雄在担任文学侍从时,有向君王提供文学作品的义务。而其最著名的四赋都有较之前人赋作更加明显的讽谏成分,可见扬雄也希望以文学作品对君王施加政治方面的影响,试图以文学侍从的身份在国家政治中发挥作用。换言之,李白与扬雄有着相同性质的工作,并且表现出相似的参与政治的倾向和方式。因此李白每每将自己之献赋比作扬雄之献赋,这实非偶然。

李白在献赋一事上引扬雄为同调,每以之自比,核心原因在于二人之间"文学侍从"身份的一致性,这说明李白对其翰林供奉的身份有清醒的认知:文学侍从乃其主要职能,与扬雄所任之职本质无二。这一认知加重了献赋的迫切性和重要性,李白既不是本职为政治顾问、替皇帝潜草诏诰的翰林学士,也不是可以被委派重要政治任务的官员,他甚至没有品级。所以献赋对李白来说,是极为重要的一种参与政治的方式。再结合李白献赋时的雄姿英发、离宫之后的多次怀念,可以看出他对翰林身份还有着足够的认可:这是一个可能实现其政治理想的身份。李白未必一定期待如司马相如般,被拜为将,出使地方,操持具体政务;他最希望做的是帝王之师,通过引导君王来治理天下,然后如鲁仲连一样"终然不受赏"(《五月东鲁行答汶上翁》)功成而身退。供奉翰林作为一个能够直面君王,以文字、言行影响君王的职位,身居其任,便具有实现此种愿望的可能性。正是基于这样的认知与认可,李白对供奉翰林任上的首次献赋寄予厚望,将之作为实现文学和政治理想的重要举措,致使《大猎赋》具有高昂的热情和惊人的气魄。只是该赋虽然在进献初期获得了很多赞美,但是最终也并没能如愿"以大道匡君",实现抱负。李白自己也在不久后离开了宫廷。与之相比,扬雄献赋的目标同样没有达成,但二人的表现却不同。面对辞赋讽谏之失,扬雄发出了著名的薄赋之论,他斥辞赋为"童子雕虫篆刻""壮夫不为"(《法言·吾子》)。刘勰《文心雕龙·诠赋》亦称:"遂使繁华损枝，膏腴害骨，无贵风轨，莫益劝诫，此扬子所以追悔于雕虫，贻诮于雾縠者也。”扬雄对辞赋这一文体的激烈否定，是借“辞赋非讽谏之体”言“辞赋讽谏非人”“讽谏非时”。扬雄从辞赋讽谏之失中清楚地认识到两点：一是汉成帝并非可以通过辞赋来讽谏、匡扶的对象；二是如自己这样的士子所处的时代，已经不是士人以言辅君、平定天下的战国时代。因此，扬雄选择了退而立言，以传不朽之经典，放弃了辞赋的创作。而李白在离开宫廷后仍然对自己献赋之举无比怀念：“昔献《长杨赋》，天开云雨欢。当时待诏承明里，皆道扬雄才可观。”（《答杜秀才五松山见赠》）他并未明确表露悔于献赋之意，倒是机遇不再的遗憾之情和君臣疏离、将隐于江湖的幽怨之意不时涌现：“此时行乐难再遇，西游因献长杨赋。北阙青云不可期，东山白首还归去。”（《忆旧游寄谯郡元参军》）李白身上的悲剧和力量也许正是在于当他遇上了“弱植不足援”（《书情赠蔡舍人雄》）的春秋已高的唐玄宗，遇到了虽称盛世但士人再难恢复战国策士地位的时代时，他的入世、治世的政治热情仍旧不能熄灭，他痛苦而迷茫，却又一直在期待、在寻找着希望。他终究没有选择扬雄的道路，把实现士人价值的希望寄托于传不朽文章于“后世”，而是执着追寻着实现“当世”之功业的机会。晚年的李白数度从军，甚至因追随永王李璘而背负“从逆”之罪。李白与扬雄都经历过献赋的一时成功和最终目标的失却，也都由此感受到了皇权与时代加于士人的痛苦和绝望，只是扬雄选择了立言自守，李白则怀着一腔不甘和终生未冷的热血踯躅前行。

总而言之，以《大猎赋》之进献观之，李白非常了解供奉翰林的文学侍从之实，但同时亦将之视为实现政治抱负的依靠，这又是基于其对自己才能的高度自信和对唐玄宗的可堪辅佐的信任。李白在赋作中以扬、马为标靶，扬言自己的赋作远胜二者，这是其超越前人的文学理想的实践；更重要的，其献赋的最终目的是要实现其政治理想：以大道匡君，以一己之力引导君王，匡扶社稷。从其描写献赋之荣光、离开宫廷之寥落的相关诗文中，可以看出他对翰林身份有着相当的自足与留恋，进献《大猎赋》的高昂姿态、获得赞赏之后的骄傲、机遇不再的遗憾失落，皆为佐证。不过现实终究是李白不得不离开宫廷，离他的理想越来越遥远，其中小人馋毁固然是要因，但更加深层的原因是，唐玄宗已经不是开元初期励精图治的明君，而是年事渐高，沉溺享乐，将国事交付奸臣之手的昏君了；唐朝也并非李白一直向往的策士纵横的时代。亲身感受到这一切的李白是极其痛苦的，他疑惑、不甘且愤怒，这对他离开宫廷后的诗歌创作产生了深刻的影响。

注　释

[1]《大猎赋》中李白以“臣”自谓，说明该赋是上献君王之作，此已为学界共识。但该赋具体创作于何时尚存争议，本文采纳吕华明之说，认为该赋是于天宝元年冬天进献玄宗的。详见吕华明：《李白〈大猎赋〉系年新考》，《徐州教育学院学报》，2001 年 3 月第 1 期。

[2]詹锳：《李白全集校注汇释集评》，天津：百花文艺出版社，1996 年，24 页。本文所引李白诗文，均据此本。

[3]阎琦先生推断《古风》组诗“极有可能是李白在某一时间段‘集中’完成的”，“上限自天宝元年李白入朝待诏翰林，下限至天宝末安史乱起”，其时“李白以为待诏翰林正是他早年抱负将要实现的地方，其诗歌意识中‘大雅’‘正声’的理念得到加强”。这一推断理据可靠，见阎琦：《关于李白〈草堂集〉的编辑及其“古风”命名的断想》，载《中国李白研究（2013 年集）》，合肥：黄山书社，2013 年。

[4]梁森：《李白〈古风〉其一旨意解说述评》，载《中国李白研究》2014 年集，合肥：黄山书社，2014 年。

[5]吕华明：《李白〈大猎赋〉系年新考》，《徐州教育学院学报》，2001 年 3 月第 1 期。

[6]经惠：《李白诗中自比扬雄事典辨析》，载《中国李白研究（2015 年集）》，合肥：黄山书社，2015 年。

[7]（汉）班固：《汉书》，北京：中华书局，1962 年，3557 页。

[8]（梁）萧统编：《昭明文选》，上海：上海古籍出版社，1986 年，387 页。

[9]（汉）司马迁：《史记》，北京：中华书局，1959 年，3002 页。

[10]易小平认为《文选》误将《汉书》中扬雄的《校猎赋》录为《羽猎赋》,实际上扬雄从待诏升为郎的《羽猎赋》已经亡佚,这是对《汉书》记载的“矛盾”最惬意的解释,本文采纳其论。详见易小平:《〈校猎赋〉就是〈羽猎赋〉吗?——兼论扬雄初为郎的时间及年龄》,《广西大学学报》,2007年第3期。

[11](汉)司马迁:《史记》,北京:中华书局,1959年,3043页。

[12](梁)萧统编:《昭明文选》,上海:上海古籍出版社,1986年,2页。

[13](汉)司马迁:《史记》,北京:中华书局,1959年,3046~3047页。

[14](梁)萧统编:《昭明文选》,上海:上海古籍出版社,1986年,1903页。

[15](汉)班固:《汉书》,北京:中华书局,1962年,3522~3541页。

[16]蓝旭:《论扬雄赋》,《青海师范大学学报(哲学社会科学版)》,2001年第1期。

[17]钱志熙:《李杜赋合论》,《北京大学学报(哲学社会科学版)》,2014年第1期。

[18]傅璇琮:《唐玄肃两朝翰林学士考论》,《文学遗产》,2000年第4期。

[19]傅璇琮:《李白任翰林学士辨》,《文学评论》,2000年第5期。

[20]裴斐:《李白十论》,成都:四川人民出版社,1981年,35页。

(作者单位:中央民族大学)

论李白诗歌中描写的江河

吴振华

山水景物是人类生存环境的基本要素，与人们的生活朝夕相关，但进入文学作品还比较晚，尽管《诗经》中就有一些描写南山、淇水与江汉的诗歌或诗句，楚辞、汉赋中有大量山水的描写，然而山水诗的诞生还要等到魏晋南北朝时期，因为人们要在山水中悟道或安放心灵，所以在隐居谈玄、寻仙访道、悠游山水之时，重新发现了山水，形成了对山水的审美观照。尤其进入唐朝，诗人们受到蒸蒸日上的盛唐气象的影响，漫游干谒、读书山林、隐逸求仙成为时代风气，迎来了山水诗发展的黄金时代。李白是一个有浓厚的道教思想并“一生好入名山游”的诗人，他几乎游遍了大半个中国，处处留下了华章，其中描写江河的诗歌别具特色，值得好好研究。本文不揣浅陋，论述江河意象在李白整个诗歌中的审美意蕴及其作用，以就教于通家。

一、李白诗歌中描写的江河概述

李白无疑可以称为偃蹇困顿于盛世的流浪诗人。他既完整地经历了唐代最繁荣的“开天盛世”，又历经过残酷惨烈的“安史之乱”,在这场天荒之变的浩劫被最终平息的前一年竟溘然长逝,结束了他辉煌壮丽又沉沦不遇的62年人生历程。

考察李白的一生,很少在一个固定的地方长期安静地生活,几乎永远处于漫游流动的状态,即使隐居某地,也决不会为幽居的闲适生活所羁绊,而是不停地四处寻仙访道、登山览胜、畅饮高歌、迎来送往、干谒访友,除了让人引发一种神姿飘逸的谪仙想象外,还给人雄健俊迈、爽朗真率的硬汉印象。随着他的游踪所及,高山长河、碧溪澄湖、朗月清风、苍烟落照、暮霭晴岚、飞流瀑布、野草闲花、古寺巨木、雪域黄沙等景物,奔涌而至,缤纷云集,以至韩愈有“万类困陵暴”的感叹[1]。

翻开清人王琦的《李太白全集》,浩博的注文让人好像走入古代山经地志描述的山川胜境之中,李白诗歌中最重要的意象就是名山巨川。其中,江河湖泊(包括大海)等以气象雄浑或空静明澈的魅力吸引李白的目光,流水成为与他好动性格相映成趣的对照物。那么,李白诗中到底描写了多少江河(含湖海)呢?

李白出生于西域碎叶城,5岁跟随父亲迁回西蜀绵州,直到卒于当涂,他的一生大致可以分为:1. 蜀中时期(705—726);2. 以安陆为中心的第一次漫游时期(726—742);3. 长安时期(742—744);4. 以东鲁、梁园为中心的第二次漫游时期(744—755);5. 安史之乱时期(755—762)[2]。今据瞿蜕园、朱金城《李白集校注》,并参考清人王琦的注本及安旗等《李白全集编年笺注》(中华书局,2015年版),将李白诗歌中的江河列表如下。

时间	地域及行踪	相关数/总数[3]	南方水系（包括长江水系、钱塘江水系、珠江水系等）	北方水系（包括黄河水系、淮河水系、海河水系等）	海
705—726	蜀中生活	12/18(67%) 五古 2 七古 1 五绝 1 七绝 1 五律 6 七律 1	10(83%) 五古 2 五绝 1 七绝 1 五律 5 七律 1	0	2(17%) 五律 1 七古 1
726—742	以安陆为中心的漫游	112/22(50%) 五古 60 七古 18 五绝 11 七绝 7 五律 13 五排 3	75(67%) 五古 35 七古 11 五绝 10 七绝 6 五律 11 五排 2	27(24%) 五古 18 七古 7 七绝 1 五律 1	10(9%) 五古 7 五绝 1 五律 1 五排 1
742—744	待诏长安翰林供奉	45/168(27%) 四言 1 五古 23 七古 16 五绝 1 七绝 2 五律 2	13(29%) 五古 5 七古 7 五绝 1	24(53%) 五古 14 七古 6 七绝 2 五律 2	8 (18%) 四言 1 五古 4 七古 3
744—755	以梁、宋为中心的漫游	187/31(59%) 五古 117 七古 22 五绝 18 七绝 13 五律 9 七律 3 五排 3	137(74%) 五古 83 七古 15 五绝 15 七绝 10 五律 9 七律 2 五排 3	37(20%) 五古 26 七古 5 五绝 3 七绝 2 七律 1	13(7%) 五古 10 七古 2 七绝 1

时间	地域及行踪	相关数/总数[3]	南方水系（包括长江水系、钱塘江水系、珠江水系等）	北方水系（包括黄河水系、淮河水系、海河水系等）	海
755—762	从璘贬夜郎、释归与暮年	102/21（47%）五古 56 七古 17 五绝 3 七绝 15 五律 9 七律 1 五排 1	86（84%）五古 44 七古 13 五绝 3 七绝 15 五律 9 七律 1 五排 1	15（15%）五古 12 七古 2 五排 1	3（3%）五古 1 七古 2
合计		456/948（48%）四言 1 五古 258 七古 74 五绝 34 七绝 38 五律 39 七律 5 五排 7	320（70%）五古 169 七古 46 五绝 30 七绝 32 五律 34 七律 4 五排 6	103（23%）五古 70 七古 20 五绝 3 七绝 5 五律 3 七律 1 五排 1	36（8%）四言 1 五古 22 七古 8 五绝 1 七绝 1 五律 2 五排 1

如果按现存李白诗歌 948 首算，其描写江河（含湖海）的诗歌有 456 首，占其诗歌总数的 48%，即几乎一半的诗歌与江河相关。如果从诗歌体裁来看，现存李白诗歌中含有的四古、五古、七古、五律（含五排）、七律、七绝、五绝等全部体裁，都有大量的江河描写，尽管那种专门描绘一条江河的诗歌并不多见，但整首诗如果缺少江河（湖）这一活动的背景或意象，将难以构成完整的意境，江河成为李白诗歌构造的必要成分。也有很多江河因为李白的描写与歌吟，成为蜚声遐迩的名胜所在，如秋浦、桃花潭等，或者成为重要标记，如庐山瀑布、黄河等。再从李白游踪所及的地域来看，其居住盘桓时间较长的有蜀中、安陆、梁园、宣城、金陵、鲁中等处，围绕这几个中心区域，其诗歌描写的南方水系（320 首占 70%）远远高于

北方水系(103 首占 23%)。总体上看与中国整个地理形势相关,北方广袤的平原、高原,多宽阔的原野、巍峨的高山,缺少柔静的涓涓细流,且旅行主要靠骑马乘车,故对北方河流的描写多注重雄浑的总体印象,如描写黄河就是典型代表;而南方则丘陵纵横,河网密布,多峡谷溪涧,主要交通工具除了车马还有小舟,以长江、钱塘江等为主干的河流,皆拥有丰富的支流,附近也多湖泊,这些支流两岸或湖泊周围往往遍布村落、城镇,是可居可游的理想胜境,非常适合安静歇息或隐逸幽居,李白在安史之乱及远贬夜郎赦归后,主要流寓宣城一带,故李白描写南方水系多突出具体的细节和民情风俗。

二、江河在李白笔下的姿态及特色

李白是一个主观化强烈的诗人,他在描写山水景物时,往往运用夸饰的手法,展开恢宏的想象,挥舞如椽的大笔,恣意泼墨皴染山水,并将自己的个性与情感贯注于客观物象之中,使之成为诗化的山水。他笔下的江河呈现出千姿百态的奇异景观。

(一)大河飞瀑的雄浑壮阔

李白诗歌是盛唐气象的典型代表。正如唐人殷璠《河岳英灵集序》所言:“文有神来、气来、情来。”[4]这“神”“气”“情”三者的融合,既是盛唐诗歌的特点,更是盛唐人的精神特征。李白诗歌很好地体现了“三来”说的艺术要求,其描写大河飞瀑的诗句往往神采飞动、气象峥嵘。如《西岳云台歌送丹丘子》云:

西岳峥嵘何壮哉!黄河如丝天际来。
黄河万里触山动,盘涡毂转秦地雷。
荣光休气纷五彩,千年一清圣人在。
巨灵咆哮擘两山,洪波喷流射东海。

在气象巍峨而峥嵘的西岳衬托下,黄河像一根丝带从天际萦绕而来,忽然之间,它万里奔腾,翻卷着浪花并激起漩涡,如巨灵举起仙掌劈开华山的万丈峭壁,像雷鸣一样震天动地,那滔滔洪水像喷出的箭镞咆哮着射向东海而去。这里“壮”“触”“擘”“射”等动词,体现出黄河巨大的力量和不可羁勒的气势。如同“君不见黄河之水天上来,奔流到海不复回”(《将进酒》),“黄河西来决昆仑,咆哮万里触龙门”(《公无渡河》)等诗句中所描绘的黄河形象一样,都是展现黄河伟岸壮浪的神采气度,显然是艺术化了的黄河,既抓住了黄河浊浪翻腾、滚滚东去的外在特征,更突显黄河自由自在、奔放豪迈的内在气质,成为李白也是盛唐乃至中华民族精神的一个象征。

与黄河并驾齐驱的便是长江了,李白一生均与长江紧密相连,少年时代生活在蜀中,无论在绵州还是隐居大匡山,都是饮长江或其支流的水长大;“仗剑去国,辞亲远游”后,出三峡沿长江东下,环三湘洞庭,遍游吴越,长期盘桓于长江中游地区;晚年更是栖居宣城一带,与长江下游密切相依。可以说,长江是真正养育李白并孕育其才情的母亲河。李白关于长江及其支流的诗歌最多,就是明证。长江在李白眼中,有时是“一风三日吹倒山,白浪高于瓦官阁(《横江词·一》)”,“海神来过恶风回,浪打天门石壁开。浙江八月何如此?涛似雪连山喷雪来”(《横江词·四》),那狂风恶浪的骇人景象令人恐怖;有时则又是壮丽飘逸的奇观,如《庐山谣寄卢侍御虚舟》云:

金阙前开二峰长,银河倒挂三石梁。
香炉瀑布遥相望,回崖沓嶂凌苍苍。
翠影红霞映朝日,鸟飞不到吴天长。
登高壮观天地间,大江茫茫去不还。
黄云万里动风色,白波九道流雪山。

在重峦叠嶂的庐山、翠影红霞的朝日及银河落天的瀑布衬托下,大江茫茫东去,在黄云万里的簇拥中,翻卷着如雪山奔流的浪花。与前一首相比,那种临江横渡的恐怖感消失了,只剩下一派壮丽飘逸的风采。

瀑布在众多形态的流水中最具有飞动气势,多与绝壁古松、峡谷溪涧相配合。如《蜀道难》中这样描写道:

连峰去天不盈尺,枯松倒挂倚绝壁。

飞湍瀑流争喧豗,砯崖转石万壑雷。

在几乎触及青天的高峰、依附绝壁倒挂的古松的烘托下,那瀑布飞流直下,撞击苍黑色的悬崖,环绕巨石飞速旋转,争着发出怒吼声,以至峡谷犹如万雷崩发,震耳欲聋。通过极度的夸张和声响的渲染,将奇险的蜀道展现在眼前,并引起惊恐万状的不适感。然而,同样是瀑布,庐山瀑布却是另一番景象。如《望庐山瀑布二首》云:

其一

西登香炉峰,南见瀑布水。

挂流三百丈,喷壑数十里。

欻如飞电来,隐若白虹起。

初惊河汉落,半洒云天里。

仰观势转雄,壮哉造化功。

海风吹不断,江月照还空。

空中乱潨射,左右洗青壁;

飞珠散轻霞,流沫沸穹石。

……

其二

日照香炉生紫烟,遥看瀑布挂前川。

飞流直下三千尺,疑是银河落九天。

第一首运用赋笔铺陈作全景描写,把瀑布刻画得惟妙惟肖:在香炉峰顶向南遥望,瀑布悬挂天地之间,高达三四百丈,飞珠溅沫在山谷石壁之间奔流数十里;瀑布像一道银色的闪电从天空飞落山涧,又像一条白色的虹霓若隐若现地从山谷里飞上云霄。来到峡谷仰视瀑布,则惊奇地感觉到仿佛那是银河跌落人间,飞溅的水花像彩色的雨点从半空的云层里飘洒而下,那飞腾轰鸣的气势,那惊心动魄的神采,那雄伟壮丽的英姿,真是大自然鬼斧神工的创造!海风气势汹涌扑来想吹灭瀑布,可是她依然奔流不息;江月幽邃神秘地穿透万古时空想掩盖瀑布的光辉,可是她依然银光闪烁。她是宇宙间活泼泼的生命奇观,她从空中喷射出晶莹的水珠,洗涤着她身躯依托的青苍色的石壁;巨壑下的深潭中,飞溅的珍珠雪霰散射空中形成轻盈的云霞,奔腾的激浪将阻拦的穹石团团围住,宛然巨鼎中煮沸的佳馔。第二首则写得简洁而飘逸,首句采用烘云托月的手法,描写瀑布背景:香炉峰苍翠耸立,从酷似香炉的峰巅袅袅升起团团白烟,缥缈于青山蓝天之间,在太阳的照射下,化成一片紫色的云霞,展现出云雾蒸腾、霞气氤氲的壮丽景象,日红云白山青气紫,加上想象中香炉虚幻的金黄,真是五彩缤纷,绚丽多姿。在奇幻背景的烘托下,瀑布出现在遥望的视野中:高耸入云的香炉峰与峡谷里奔腾的大河之间,瀑布像一条巨大的白练高挂于山川的前面。接着镜头由远景拉到中景:诗人视角转为仰视,喷涌倾泻的飞流,从藏青色陡峭的悬崖上垂直落下,潇洒飘落三千余尺,以磅礴万钧的力量冲击深涧的巨石,发出雷鸣般的轰响,并飞溅起雪白的浪花,形成雪霰般的云霞。诗人惊叹惊讶惊奇惊异,于是眼前出现一个奇妙的幻境:仿佛是从那无限高远的蔚蓝的苍穹里,一道闪亮的银河飞落到人间。在这样的奇观面前,所有的赞美显得多余,这个想落天外的结尾既能引起读者神游八极的想象,又能激起读者惊叹叫绝的情感波涛,显得意蕴无尽。

李白对大河瀑布的描写,表现出其诗雄浑飘逸的主体格调,字里行间洋溢着奔涌浩瀚的激情壮彩。

(二)溪水湖泊的清丽澄澈

长江大河的波澜壮阔自然能引起人们的豪壮情怀,而那些蜿蜒曲折、清丽透亮的小溪,汪洋浩渺而清明澄澈的湖泊,在李白的笔下又呈现出另一番宁静温和的姿态。如:

日落沙明天倒开,波摇石动水萦回。

轻舟泛月寻溪转,疑是山阴雪后来。

——《东鲁门泛舟·一》

水作青龙盘石堤，桃花夹岸鲁门西。

若教月下乘舟去，何啻风流到剡溪。

——《东鲁门泛舟·二》

诗题中的“鲁”，指鲁郡，即兖州，治所在今山东兖州县，泗水流经瑕丘城东。李白开元后期曾与孔巢父等隐居在徂徕山，号称“竹溪六逸”，这两首诗当作于李白天宝三载被“赐金还山”后举家迁居东鲁的天宝四载春天。我们看到，泗水清澈见底，两岸都是弯曲盘绕的石堤，堤上盛开着桃花，河中间是偃蹇突怒的礁石，以至碧波明净的泗水犹如一条盘旋的青龙，那摇动的水波发出明晃晃的光彩，让人怀疑是那些礁石在起伏移动，在晚霞满天的黄昏时分，仿佛天空落到了河里，此时泛舟水面，就像王子猷当年在山阴雪夜访戴一般充满无穷的诗意；桃花盛开季节，那桃花如绽开的红霞倒映在水中，月下泛舟泗水，极像剡溪泛舟一样风流潇洒。尽管李白反复将泗水与剡溪联系起来，除了表现泗水的明净清澈之外，还表现了对吴越剡溪的美好回忆，更激起对魏晋风流的一种憧憬仰慕。

在《鲁郡尧祠送窦明府薄华还西京》中又这样描写洙水：“长杨扫地不见日，石门喷作金沙潭。笑夸故人指绝境，山光水色青于蓝。……远烟空翠时明灭，白鸥历乱长飞雪。红泥亭子赤阑干，碧流环转青锦湍。”诗题中的尧祠在瑕丘县东南的洙水[5]之西。这里的石门瀑布下面形成的金沙潭，像一块青蓝色的翡翠，碧水环绕着“红泥亭子赤阑干”，湍急的流水犹如一匹青色的锦缎，远处的烟岚和空翠的山色忽明忽暗，白鸥成群飞过像雪花飞舞，构成一个多么神奇洁净唯美的境界啊！

江南宣城的清溪也是一条清澈明净的小河：

清溪清我心，水色异诸水。

借问新安江，见底何如此？

人行明镜中，鸟度屏风里。

——《清溪行》

夜到清溪宿,主人碧岩里。
檐楹挂星斗,枕席响风水。

——《宿清溪主人》

清溪,也作清溪或宣城清溪,在池州秋浦县,是长江的一条支流。[6]这清溪就是一个"三清境界"——水清、山清、人清。清溪水跟其他河流都不同,李白曾说"清溪胜桐庐,水木有佳色"(《宣城清溪》),即胜过浙江桐庐的新安江;荡舟清溪,人仿佛行进在明镜之中,而两岸连绵高耸的山峰也是清绿如洗,那些鸟儿像在屏风里飞鸣;而这里的人则是住在"碧岩"里,屋檐上挂着星斗,枕席下回荡着山风泉水的清音,用孟浩然的诗来说就是"风泉满清听"。这简直是一个清澈的绿水晶般的奇异世界。也许正是这种能"清我心"并"澄明洗心魂"的纯净境界,让李白反复将其与剡溪对比,说:"忽思剡溪去,水石远清妙。雪昼天地明,风开湖山貌。"(《宿清溪主人》)秋浦清溪确实是一个美妙的世界:这里"山鸡羞渌水,不敢照毛衣"(《秋浦歌·其三》),超腾若飞雪的白猿"牵引条上儿,饮弄水中月"(《秋浦歌·其五》),"耐可乘明月"的平天湖"水如一匹练"(《秋浦歌·十二》),夜晚更见"渌水净素月,月明白鹭飞"(《秋浦歌·十三》),以至给李白带来"山川如剡县,风日似长沙"的错觉。

李白念念不忘的剡溪,除了"渌水荡漾清猿啼"(《梦游天姥吟留别》)之外,还有那镜湖。他说:"会稽风月好,却绕剡溪回。云山海上出,人物镜中来。"(《赠王判官时余隐居庐山屏风叠》)这镜湖也是一个美妙的佳处:

镜湖水如月,耶溪女如雪。
新妆荡新波,光景两奇绝。

——《越女词·其五》

湖水像月光一般明澈皎洁,若耶溪的美女则像当年的西施那般雪一样洁白,她们穿上新装荡舟光洁透明的碧波之上,真是"光景两奇绝"的人间仙境。此诗很容易让人想起孟浩然的《耶溪泛舟》:“落景余清辉,轻棹弄溪渚。澄明爱水物,临泛何容与。白首垂钓翁,新妆浣纱女。看看未相识,脉脉不得语。”李白也许从孟诗得到灵感,两诗意境绝相类似,只是孟诗注重自己的主观感受,而李白诗则描绘一幅富于水乡特色的风景图,将孟诗流露出来的无限羡慕藏在了字里行间,因而显得更为耐人寻味。

说到湖泊,当然要联想到“楼观岳阳尽,川迥洞庭开”(《与夏十二登岳阳楼》)的洞庭湖了,这里是李白晚年遭遇夜郎之贬返回后流连的地方。洞庭湖烟波浩渺八百余里,孟浩然曾留下“气蒸云梦泽,波撼岳阳城”的名句,李白早年出川的目的之一就是要去观看洞庭湖的壮美景象[7]。但是,李白并没有写出与司马相如争雄的描绘洞庭湖气象峥嵘的大赋或长诗,在李白笔下的洞庭湖呈现出一派恬静柔美的姿态。如:

南湖秋水夜无烟,耐可乘流直上天。
且就洞庭赊月色,将船买酒白云边。
——《陪族叔刑部侍郎晔及中书舍人至游洞庭五首·二》

帝子潇湘去不还,空余秋草洞庭间。
淡扫明湖开玉镜,丹青画出是君山。
——《陪族叔刑部侍郎晔及中书舍人至游洞庭五首·五》

刬却君山好,平铺湘水流。
巴陵无限酒,醉杀洞庭秋。
——《陪侍郎叔游洞庭醉后·其三》

这组诗作于李白晚年,又适逢遭遇流放远贬,正是劫后余生状态,也像所有进入生命晚年的人那样,诗中流露出一种宁静平和的心态,尽管诗人心底郁积了无尽的愁苦愤懑。但是,洞庭湖的秋色还是唤醒了李白喷薄的诗情,第一首说:秋夜的南湖水面平静得如一匹白练,长空万里没有半缕云烟的遮拦,仿佛沿着那流动的波光就能直上青天,姑且去那洞庭赊来一片月色吧,将小船摇到白云仙乡去买美酒狂歌痛饮。这是一种一空依傍的想象和清旷飘逸的情怀,没有一丝远贬的失意与悲怨。第二首说潇湘帝子一去不返后,只将茫茫秋草遗落在洞庭湖边，而那宽阔渺远的洞庭湖却像一面一尘不染的明镜敞开在宇宙的怀抱，更妙的是丹青画出的君山将倩影倒映在明镜之中，呈现出现实与神话传说交融的奇幻景观。第三首忽生埋怨，要是将君山铲平，就可以让那清澈的湘水平静地流入湖中，这巴陵满湖的水呀犹如美酒，让整个洞庭湖都陶醉了。又是一个出人意外的想象，将人的醉酒推脱给洞庭湖，天地之间一片醉意，也是无穷的诗意。总体上看，李白这组诗描写的洞庭湖也是一个空旷无垠、清净明澈的世界。

此外，还有"烟开兰叶香风暖，岸夹桃花锦浪生"（《鹦鹉洲》）、"楚水清若空，遥将碧海通"（《江夏别宋之悌》）长江中游江夏的江水，"白云映水摇空城，白露垂珠滴秋月。解道澄江静如练，令人长忆谢玄晖"（《金陵城西楼月下吟》）、"登舻美清夜，挂席移轻舟。月随碧山转，水合青天流"（《月夜江行寄崔员外宗之》）、"天门中断楚江开，碧水东流至此回。两岸青山相对出，孤帆一片日边来"（《望天门山》）等长江下游芜湖、金陵的江水，以及"遥看汉水鸭头绿，恰似葡萄初酦醅"（《襄阳歌》）、"开窗碧嶂满，拂镜沧江流"（《忆襄阳旧游赠马少府巨》）的襄阳汉水，"两水夹明镜，双桥落彩虹"（《秋登宣城谢朓北楼》）的宣城宛溪、句溪等，都给人鲜明优美的印象。

这些江河湖泊等都有一个共同的特征：清澈、明净、碧绿。这些纯净的山水周围也都是一个个明净朗洁的水晶琉璃般的境界，李白喜爱的皎皎月色、洁白沙石及绿草翠树等相互映发，共同呈现出他内心清澄透明、洞彻肺腑的纯净。

（三）想象回忆中的山水影像

想象与回忆是人类的一种独特的心理现象，都以眼前的某个具体情景或事物为触媒展开联想，构造出虚幻的景象或再现经历过的场景，无论前者还是后者，都带有美化、净化的特色，即对虚构的境界进行艺术化的处理，或对过往的经历进行去粗取精的过滤，展现最富于魅力的瞬间或影像。李白无疑是唐代诗人中最富于想象力的代表,他的大量游仙诗、山水诗中很多虚幻的仙境及对山水的夸饰性描述中常常与神话传说相关,如《蜀道难》中的山水胜境大多出自想象,而《梦游天姥吟留别》则是凭空向壁虚构的结晶。李白中年之前的广泛经历,尤其观览祖国的大好河山的漫游经历是重要的艺术积累,当时沉浸在一种酣畅淋漓的情绪之中,或许来不及细品其中的况味,但晚年经历许多挫折之后,带着心酸含着热泪,回顾人生的旅程,自然会从记忆仓库中挖掘素材,因此,在抒发某种独特的情感或向远方朋友倾诉思念的时候,山水的影像就会不时流露笔端,成为对山水地理的形象记忆。

我们发现,李白的带有自传性的回忆长诗,往往含有对江河的美好影像。如:

《经乱离后天恩流夜郎,忆旧游,书怀赠江夏韦太守良宰》中的这些诗句:

仆卧香炉顶,餐霞漱瑶泉。
门开九江转,枕下五湖连。
……
樊山霸气尽,寥落天地秋。
江带峨眉雪,川横三峡流。
……
万舸此中来,连帆过扬州。
送此万里目,旷然散我愁。
纱窗倚天开,水树绿如发。
……
剪凿竹石开,萦流涨清深。
登台坐水阁,吐论多英音。
……
中夜四五叹,常为大国忧。
旌旆夹两山,黄河当中流。
……

这里摘取的涉及李白与长江黄河的一些经历,虽然江河不是主要的叙述对象,但与长江大河相关的诗句,无不带有独特的作用,也都进行了艺术化的处理,有的是概貌描述,如“门开九江转,枕下五湖连”“江带峨眉雪,川横三峡流”“黄河当中流”等;有的是细节展示,如“水树绿如发”“萦流涨清深”等。这些江河的点缀,无疑对诗歌整个意境有重要作用。

又如《忆旧游寄谯郡元参军》中这样描写黄河支流晋水:

相随迢迢访仙城,三十六曲水回萦。
一溪初入千花明,万壑度尽松风声。
……
时时出向城西曲,晋祠流水如碧玉。
浮舟弄水箫鼓鸣,微波龙鳞莎草绿。
兴来携妓恣经过,其若杨花似雪何。
红妆欲醉宜斜日,百尺清潭写翠娥。
翠娥婵娟初月辉,美人更唱舞罗衣。
清风吹歌入空去,歌曲自绕行云飞。
……

据考证,诗中描述开元二十三年李白北游太原时的景象,真有“仙城”的特色:在众多的回环弯曲的溪流中,一条小溪夹在山峰之间,两岸鲜花明艳,大有“夹岸数百步,芳草鲜美,落英缤纷”的桃源架势,清劲的松涛在千山万壑中轰鸣;而城西的晋祠流水则像一条碧玉的缎带,轻漾小舟,水面便浮起龙鳞一般的细浪,水底的莎草碧绿,惹人喜爱,人们吹箫击鼓,饮酒高歌,响遏行云,美人盛装起舞,百尺深潭映照着她们姣好的面容,四周杨花轻飞如雪,直到月明夜深时分,清风还携带着美妙的歌声飞入高空,似乎萦绕着那彩云飞翔。显然,他在当年沉浸其中仅感觉无限的欢畅纵逸,并没有事后回忆时的纯美,记忆的功能就是过滤杂质,留下精美的瞬间或难忘的景象,这是人们喜欢回忆的原因,也是人们喜欢欣赏记忆画面的原因。这里,我们可以看到晋水颇有塞上江南的风采。

最典型的当推李白最长的送别诗《送王屋山人魏万还王屋》，此诗作于天宝十三载秋，而诗中描述的旅行经历则要追溯到前一年的秋天。一个名叫魏万(也叫魏颢)的年仅26岁的小诗人，仰慕诗仙李白的大名，从隐居的王屋山前往宋州梁园寻找李白，发现李白已经去了山东，因此又追到鲁中，但李白已经南下去江东吴中了[8]。于是魏万又追到吴中，而此时李白又去吴越漫游了。魏万遂乘兴游吴越，终于在十三载初夏(诗中有"五月造我语"之句)在广陵见到了心中偶像，李白遂邀魏万一起到金陵游玩，一直盘桓到夏末初秋，魏万要返回隐居地，李白作此诗送别并将自己的作品交给魏万，托其编辑文集(即《李翰林集》，后佚失，仅魏万所作的集序留存)。这首诗在李白作品中地位比较独特，除了记录一段千古佳话之外，诗体上也有独特处，作为送别诗长达六百字已经很超出常规了，更奇怪的是诗中一路描述魏万的旅行经历，而李白并未与之同行，显然是在魏万转述的基础上，结合先前的漫游吴越的经历，再以回忆的方式表达出来，其实是李白吴越漫游的地理方面的文学记忆。李白此前漫游时并没有创作诗篇，此时借送别魏万的独特情境，遂点燃了记忆仓库，完成这首千古奇观的佳构。其中描述的江河众多，有洛水："西涉清洛源，颇惊人世喧。"有汴河："东浮汴河水，访我三千里。"提示了游览的线路。然后集中展示吴越山水之美：

逸兴满吴云，飘摇浙江汜。
挥手杭越间，樟亭望潮还。
涛卷海门石，云横天际山。
白马走素车，雷奔骇心颜。
遥闻会稽美，且度耶溪水。
万壑与千岩，峥嵘镜湖里。
秀色不可名，清辉满江城。
人游月边去，舟在空中行。

这段文字主要描述浙江潮的雄伟壮观及山阴镜湖的明净秀

丽。前者令人想起枚乘的《七发》中观涛的名句，后者令人联想起顾长康对会稽山水的描绘："千岩竞秀，万壑争流，草木蒙笼其上，若云兴霞蔚。"而李白的描述更为精纯凝练，雄浑与清秀相映成趣。接着，描述魏万从剡溪到永嘉再乘舟到天台山所见的情景：

挂席历海峤，回瞻赤城霞。
赤城渐微没，孤屿前峣兀。
水续万古流，亭空千霜月。
缙云川谷难，石门最可观。
瀑布挂北斗，莫穷此水端。
喷壁洒素雪，空蒙生昼寒。

此段描写天台山著名的石门瀑布，"水续万古流，亭空千霜月"及"喷壁洒素雪，空蒙生昼寒"，可与庐山瀑布媲美。接下来是描写浙江丽水的险滩之奇：

却思恶溪去，宁惧恶溪恶。
咆哮七十滩，水石相喷薄。
路创李北海，岩开谢康乐。
松风和猿声，搜索连洞壑。
径出梅花桥，双溪纳归潮。

丽水，原名恶溪，因为"湍流阻险，九十里间五十六濑，名为大恶"（《元和郡县图志·卷二十六》），但随着谢灵运、李邕的劈山开道，遂使原始风景可以游览。接下来到了新安江的严光濑：

云卷天地开，波连浙西大。
乱流新安口，北指严光濑。
钓台碧云中，邈与苍岭对。

严光钓台在新安江口，四周碧云苍岭相对，又"波连浙西大"，很是雄峻。最后回到姑苏再返回扬州：

稍稍来吴都，裴回上姑苏。
烟绵横九疑，漭荡见五湖。
目极心更远，悲歌但长吁。

回桡楚江滨,挥策扬子津。

扬子津正是李白与魏万相见之处,魏万结束了将近一年的追踪诗仙之旅,而李白则展示完毕吴越山水的记忆之旅。可以说他俩因志趣相投而结缘,又因山水漫游而增进友谊,山水成为绾结两位诗人心灵与情感的纽带,用诗中话来说就是"相逢乐无限,水石日在眼",这与其说是吴越山水的奇观,不如说是大唐精神创造的传奇。那"黄河若不断,白首长相思"的真挚情感,就像永恒的江河一样贯穿全诗的始终,也贯穿李白生命的全程。

三、江河意象在李白诗歌中的作用及审美意蕴

根据上文的论述,我们可以看到李白诗中江河的千姿百态,看到雄浑劲健与秀丽澄澈的不同风貌。这丰富的江河意象在诗歌中的地位到底如何呢？我总结了一下,大致有以下几点。

(一)人物活动的关键背景

翻开李白诗集,可以看到,江河湖泊不仅引起李白游观的兴趣,还往往是诗歌创作的发生地,或者纵游山水,或者狂歌痛饮,或者送别朋友,或者思念家乡,甚至怀念古人,都离不开江边月下的情境。丰富的江河意象为诗歌意境的展开提供了关键的背景。如《夜泊牛渚怀古》:

牛渚西江夜,青天无片云。
登舟望秋月,空忆谢将军。
余亦能高咏,斯人不可闻。
明朝挂帆席,枫叶落纷纷。

这是被清人王士祯称为"色相俱空,正如羚羊挂角,无迹可求,画家所谓逸品"(《带经堂诗话》)的杰作,李白在一个"青天无片云"的深秋的夜晚,登舟望月,怀念那位慧眼赏识提拔袁宏的晋代名将谢尚,但深感自己的怀才不遇,半生飘零,只得无奈地发出明朝挂帆归去的慨叹。全诗一片空静明澈的环境中溢荡着孤寂无依

的情怀，其诗意构成的重要意象便是“牛渚西江”这一特殊的包含丰富历史地理及人文气息的背景。

又如《登宣城谢朓北楼》：

江城如画里，山晓望晴空。
两水夹明镜，双桥落彩虹。
人烟寒橘柚，秋色老梧桐。
谁念北楼上，临风怀谢公。

这是李白在宣城谢朓北楼眺望深秋的江城美景时，临风怀念宣城太守的一首精美五律，诗中除了“两水夹明镜，双桥落彩虹”一联清秀明媚之外，颈联更是隽永有味、耐人咀嚼，在现实与历史的交织中荡漾着一缕淡淡的忧愁。而全诗就是围绕“江城如画”这个核心背景展开。

（二）构思的重要纽带

一首诗无论抒发怎样的情感，都必须借助一个恰当合适的抒情结构。诗人构思时候常常精心选择关键的意象，李白诗中常见的是运用流水作为构思的纽带，或明或暗地通过流水来抒发情感。如《峨眉山月歌》：

峨眉山月半轮秋，影入平羌江水流。
夜发清溪向三峡，思君不见下渝州。

这首诗的中心意象是月亮，代表故乡的面庞，而给月亮照影或陪衬的却是江水，半轮秋的一轮月亮，先是将倩影倒映在平羌江水中，随着流水，陪伴着游子渐渐离开故乡，然后在深夜再沿清溪流向三峡，当到达渝州的时候，尽管无比思念，却再也看不到故乡的月色了。地名的转换标志着时间的流动和空间的位移，而月亮紧紧跟随故乡的江水，照耀着游子的脸庞，流露出依依不舍的深情。江水成为绾结全诗的情感纽带。又如《早发白帝城》：

朝辞白帝彩云间，千里江陵一日还。
两岸猿声啼不住，轻舟已过万重山。

这首诗江水并未出现，但隐含在诗中。首句起调高挺，有来自仙乡的飘逸感，同时也为全诗蓄势；次句是对《水经注·江水》的改写，突出涨水季节从白帝城到江陵之间行船的神速，同时也渲染一种飞越两地的快捷；第三句用猿声的不住啼鸣来陪衬江流的湍急，同时为末句的拓展意境作铺垫；末句以轻舟飞越万重山来表达畅快的心情。全诗无一句不在写江水，却句句避开江水，江水暗含在字里行间，成为连接诗情诗境的枢纽。再看《望天门山》：

天门中断楚江开，碧水东流至此回。
两岸青山相对出，孤帆一片日边来。

从题目看是写天门山，长江经过芜湖进入当涂时，切开东西梁山，形成一道天然的大门，江水被两岸陡峭的悬崖峭壁阻拦，形成“回”字形的湾流，这便是前两句在江上所见的景象；后两句拓展诗境，在两岸对峙的天门之间，一叶孤帆从日边慢慢驶来，遂生无限憧憬的遐想。楚江的雄伟力量感、奔流旋转的情状及载着轻帆流向日边的动态感都完整地表现出来了。短短四句，将这段楚江描写得非常有层次感和画面感，还有如临其境的现场感。

李白写江水，常常与明月组合成一个整体意象，水月组合堪称黄金搭档。如“桃花春水生，白石今出没。摇荡女萝枝，半摇青天月”（《忆秋浦桃花旧游时窜夜郎》），“龙惊不敢水中卧，猿啸时闻岩下音。我宿黄山碧溪月，听之却罢松间琴”（《夜泊黄山闻殷十四吴吟》），“沙带秋月明，水摇寒山碧。佳境宜缓棹，清辉能留客”（《泾溪南蓝山下有落星潭可以卜筑余泊舟石上寄何判官昌浩》），春水、碧溪、潭水等都缺少不了月明的映衬。还有《峨眉山月歌送蜀僧晏入中京》：

我在巴东三峡时，西看明月忆峨眉。
月出峨眉照沧海，与人万里长相随。
黄鹤楼前月华白，此中忽见峨眉客。
峨眉山月还送君，风吹西到长安陌。
长安大道横九天，峨眉山月照秦川。
黄金狮子乘高座，白玉麈尾谈重玄。

我似浮云殢吴越，君逢圣主游丹阙。

一振高名满帝都，归时还弄峨眉月。

从空间上看，地跨巴东三峡、黄鹤楼、长安秦川及吴越等处，从时间上看，有过去现在未来的时间之流，如何绾结全诗呢？李白巧妙地通过反复出现的峨眉明月与江水的组合，建构起抒情的框架，月亮成为相思的触媒，成为万里相随的伴侣，成为曾经相知相乐的见证，也是未来功成身退后玩赏的对象，没有这轮带有独特印记的峨眉月便没有此诗的流动圆润之美。

（三）情感的重要载体

李白是主观化强烈的抒情诗人，其情绪的变化有时起伏急骤，往往是大悲大喜、大起大落的无缝组接，让人目不暇接，给人变幻莫测之感。而流水的变动性正好成为这种感情的对应物，因此，李白在抒情时常常运用江河流水的意象。如《宣州谢朓楼饯别校书叔云》在满目愁苦开篇之后，突接长空万里送秋雁的壮阔景象，引起高楼酣饮、九天揽月的豪迈情怀，忽然又没有任何征兆地转入满腔的牢骚与悲愤，说："抽刀断水水更流，举杯消愁愁更愁。人生在世不称意，明朝散发弄扁舟。"这里的流水与愁情对举，相互比喻，成为一个李白式的独特意象。

有时候，流水又成为深厚情感的象征。如《赠汪伦》：

李白乘舟将欲行，忽闻岸上踏歌声。

桃花潭水深千尺，不及汪伦送我情。

本诗显然以"桃花潭水"为核心意象，既是送别的环境，又是情感的载体，还是情谊的衬托物。还有《金陵酒肆留别》："风吹柳花满店香，吴姬压酒唤客尝。金陵子弟来相送，欲行不行各尽觞。请君试问东流水，别意与之谁短长。"结尾也是以流水与情感作比较，与前一首同一机杼。当然，最经典的还是《送孟浩然之广陵》：

故人西辞黄鹤楼，烟花三月下扬州。

孤帆远影碧空尽，唯见长江天际流。

前两句铺叙故人离别的事实及原因，"烟花三月下扬州"不仅引起无限的羡慕,也惹发离别的愁绪。第三句高高托起,写到碧空的尽头,最后一句荡漾开来,让流入天际的长江的滚滚波涛承载自己无边无际的惜别之情。此时此刻的江水已经从客观的物象上升到唯美的抽象高度,成为李白内心起伏奔腾的情感之流的象征。

这类借流水言情的诗歌,在李白集中几乎随处可见,如早年出川时的《渡荆门送别》:“渡远荆门外,来从楚国游。山随平野尽,江入大荒流。月下飞天镜,云生结海楼。仍怜故乡水,万里送行舟。”尾联主观客观交织,一方面是诗人无限爱怜地依恋着故乡的流水,另一方面故乡之水也温柔多情地慰抚着游子,万里征途上永远不离不弃地随着游子的行舟。

(四)意境的重要元素

诗歌意境一般由物镜(客观的自然环境)和情境(典型化的境界中的独特情感)相结合而构成一个韵味隽永的艺术境界。李白特别钟爱水与月,因此很多诗的境界构成要素都不能缺少水月组合。如“天开白龙潭,月映清秋水”(《自梁园至敬亭山见会公谈陵阳山水兼期同游因有此赠》),“镜湖水如月”(《越女词》),“汉水旧如练,霜江夜清澄”(《秋夜板桥浦泛月独酌怀谢朓》),“客散青天月,山空碧水流”(《谢公亭》)等,都是显著的例子。最典型的当属《泛沔州城南郎官湖并序》:

> 乾元岁,秋八月,白迁于夜郎,遇故人尚书郎张谓出使夏口,沔州牧杜公、汉阳宰王公,觞于江城之南湖,乐天下之再平也。方夜,水月如练,清光可掇。张公殊有胜概,四望超然,乃顾白曰:“此湖古来贤豪游者非一,而枉践佳景,寂寥无闻。夫子可为我标之嘉名,以传不朽。”白因举酒酹水,号之曰郎官湖,亦犹郑圃之有仆射陂也。席上文士辅翼岑静,以为知言,乃命赋诗纪事,刻石湖侧,将与大别山共相磨灭焉。诗曰:
>
> 张公多逸兴,共泛沔城隅。
> 当时秋月好,不减武昌都。
> 四座醉清光,为欢古来无。

郎官爱此水，因号郎官湖。

风流若未减，名与此山俱。

此诗并序作于李白流放夜郎途经夏口的乾元元年，尽管身为囚徒，但一旦遇上“水月如练，清光可掇”的美好月夜，李白就会忘却一切的烦恼，解脱所有的羁绊，让心胸舒展到说不出的“大”。“四座醉清光，为欢古来无”就是这种心境的最好注脚。这首诗及序都是追寻清澈境界的，而水与月便是整个诗歌的灵魂，也是构成意境的关键因素。

最后，再举一例《山中问答》：

问余何意栖碧山，笑而不答心自闲。

桃花流水窅然去，别有天地非人间。

这首诗颇能体现李白对隐居山中乐趣的体味，也可以算作人生的理想吧。通过设问构造诗境，他笑而不答之中大有深意，一种悠然会心的静默感洋溢期间，令人揣想；更妙的是以“桃花流水窅然去”作一陪衬，将栖隐碧山感受别有洞天的那份闲逸快慰的自适自足感含蓄地表达出来了。“桃花流水”不仅本身极为优美迷人，更是构成诗歌意境的重要元素，缺少它，诗歌便失去神秘感和流动感。

（五）艺术理想的体现

唐人对诗歌艺术理想的追寻都有一个“清”境的特征。“清”本来是一种爽心宜人的客观环境，道家有所谓的“三清境界”，都是虚构的超脱凡尘的无比纯净朗洁的境界，后来成为诗歌追求的一种意境清澈、语言清丽、构思清简的艺术目标。谢灵运诗歌以繁富丰赡、典重凝练为特征，但他山水诗中不时出现的秀句则被认为“犹青松之拔灌木，白玉之映尘沙，未足贬其高洁也”（钟嵘《诗品》），含有“清”的品格。后来，杜甫赞美孟浩然“清诗句句尽堪传”，赞美李白是“清新庾开府，俊逸鲍参军”。而李白则说：“清水出芙蓉，天然去雕饰。”（《经乱离后天恩流夜郎，忆旧游，书怀赠江夏韦太守良宰》）尽管李白也说过“自从建安来，绮丽不足珍”的话，但他的艺术理想中很大一部分便是对“清境”的追寻。李白喜欢并盘桓的地方都具有一尘不染的清净特色，他喜欢的水大都是渌水（清澈的水）、绿水（碧绿的水），又特别钟爱月下的江河湖泊，那是一种荡漾着清辉的皎洁明澈的琉璃般的世界。碰到这样的水月世界，他会“逸兴横素襟，无时不招寻”（《经乱离后天恩流夜郎，忆旧游，书怀赠江夏韦太守良宰》）；面对“回作玉镜潭”的清溪，他觉得“澄明洗心魂”，因为“此中得佳境，可以绝嚣喧”（《与周刚清溪玉镜潭宴别》）；仰望银河落九天的庐山瀑布，他说“无论漱琼液，还得洗尘颜。且谐宿所好，永愿辞人间”（《望庐山瀑布水·其一》）；他到彭蠡追踪大谢的遗踪，说“将欲继风雅，岂徒清心魂”（《入彭蠡经松门观石镜缅怀谢康乐题诗书游览之志》），则说明清洗了沾染凡尘的心灵之后，最终追求的还是“风雅”的审美境界。

余　论

山水诗或以山水为重要意象的诗歌创作，往往要抓住山水的外观形状及其精神内蕴，方能成为名作。而作家的创作既受生活环境的制约，又与其艺术理想、艺术技巧、艺术继承及诗人的心理状态等因素密切相关。我想以孟浩然、王维、杜甫三位诗人与李白作一比较来说明这一点。

先看孟浩然的情况，山清水秀、林壑幽深、文物殷盛、隐逸成风的汉水流域的襄阳，既是他生活隐居的地方，又是他心灵栖居的理想归所，此地深厚的历史文化积淀、清新秀美的自然风物及恬淡真纯的田园氛围，正是孕育孟浩然诗歌从容平淡、清醇雅洁风格的三重酵母。中年以后，他又沿江东下并长期漫游吴越地区，像长江流域的庐山、新安江流域的建德、钱塘江流域的杭州以及天台山、绍兴、永嘉等地也都是满眼清江绿树、岚烟翠峰、藻荇稻香的充满诗意的洁净无尘的环境，这无疑对其诗歌的总体格调会产生深远的影响。孟浩然最有特色的正是描写旅行途中所历的吴越山水及隐居地的襄阳山水的诗歌。

再看与李白同庚的王维，他是山西人，少年得志，总体上看，一生颇为顺利，除了任太乐丞时因伶人舞黄狮子贬官济州参军及晚年因接受安禄山伪官而责贬太子中允外，基本上都是循资升迁，最终官尚书右丞。期间亦隐居淇上、终南、辋川，除了赴河西宣慰及知南选分别到过边塞与桂林外[9]，生活主要在关中地区，总体上看，王维写得最好的山水诗非《辋川集》及与辋川相关的诗作莫属。

最后来看看比李白小十一岁的杜甫，杜甫与李白一样也是一个喜欢漫游且一生漂泊的诗人。他十年的"壮游"中是到过吴越地区和北方的，但杜甫描写山水最有特色的当属"漂泊西南天地间"时所写的诗歌，主要是长江及其支流，像浣花溪、三峡等。

很显然，李白旅游的范围超过了盛唐乃至全唐所有的诗人，尽管名作众多，但单从山水的角度看，李白写得最好的当属描写长江与黄河的诗歌，而长江之歌最有特色的还是描写宣城地区(秋浦原属宣城)风物的作品，如果非要将李白的山水诗排一个名次，那么第一名就非秋浦莫属了，李白在秋浦河流域盘桓的时间不算最长，但留下的作品最多，其中就有堪称新民歌的《秋浦歌十七首》，足以方驾比美王维的《辋川集》。[10]

虽然不能说一个作家生活的地域环境会决定他创作的最终趋向，但是，长期浸润于某种生活环境，尤其是一种山清水秀的美丽风景之中，其诗歌很难不受这些自然景物的影响。谢灵运诗歌与永嘉山水的原生态风貌，陶渊明诗歌与浔阳地区的山水田园风光，谢朓诗歌与宣城地区的秀丽景物，杜甫诗歌与三峡的雄浑气象，孟浩然诗歌与襄阳的清丽风物，李白诗歌与宣城的秀美景色，其间充满某种必然的联系都是明显的例证。

注　释

[1]韩愈《荐士》诗："勃兴得李杜，万类困陵暴。"见钱仲联《韩昌黎诗系年集释》，上海：上海古籍出版社，1994年版，第527页。

[2]参王运熙等著《李白精讲》，上海：复旦大学出版社，2008年版，第3页。

[3]总计一栏里,“/”前为这一时段描写江、河、海的诗歌总数,后为本时段的诗歌创作总数。后期忆旧游类的诗歌会同时出现江、河、海意象,亦据实录入,故三类诗歌的百分比总和会超出100%少许。

[4]傅璇琮主编《唐人选唐诗新编》,西安:陕西人民教育出版社,1996年版,第107页。

[5](唐)李吉甫《元和郡县图志·卷十》:“洙水,东去县(即瑕丘)二十三里。泗水,东自曲阜县界流入,与洙水合。”,北京:中华书局,1983年版,上册第264页。吴按:李白在鲁东隐居之地,属洙泗遗风的儒家文化中心区域。司马迁《史记·货殖列传》云:“邹、鲁滨洙、泗,犹有周公遗风,俗好儒,备于礼,故其民龊龊。”

[6]清人王琦注认为秋浦清溪实际上就是宣城清溪,因为唐代宗永泰元年,始析宣城之秋浦、青阳及饶州之至德为池州,其前固隶属宣城郡。又,清溪实为秋浦河,其源出陵阳山脉,西北流经玉镜潭、大楼山、白笴陂、苦竹岭、万罗山、江祖山等处,入平天湖,最后入长江。见《贵池县志》。吴按:秋浦河今属石台县。

[7]吴按:李白《上安州裴长史书》云:“大丈夫必有四方之志。乃仗剑去国,辞亲远游。南穷苍梧,东涉溟海。见乡人相如大夸云之事,云楚有七泽,遂来观焉。”见瞿蜕园、朱金城《李白集校注》,上海:上海古籍出版社,下册第1545~1546页,1980年版。又《秋于敬亭送从侄耑游庐山序》云:“余小时,大人令诵《子虚赋》,私心慕之。及长,南游云梦,览七泽之壮观。”可见李白观览洞庭湖、鄱阳湖等是受司马相如辞赋的影响。

[8]吴按:天宝十二载李白为何到吴中(即扬州),学术界有很多推测,我认为可能与朝衡回国有关。朝衡与李白的相识应当在天宝元年至三载的供奉翰林期间,李白赐金还山后的十年间似再无缘与朝衡会面。天宝十二载,朝衡随日本遣唐使藤原清河等回国,得到唐玄宗的恩准,王维还以朝廷的名义写了一篇很长的诗序送给朝衡。朝衡于十一月从扬州上船,此前拜访过著名高僧鉴真,邀其一起赴日传道弘扬佛法,鉴真遂第六次东渡。我推测:李白当在九十月间就到达了扬州,与朝衡再次见面,朝衡赠送日本布裘作为纪念。如果此裘是天宝三载前所赠,则李白此前的诗歌当有提及。后李白闻讯朝衡在海上遇险,曾作诗追悼朝衡。本诗中“身着日本裘,昂藏出风尘”两句,当是李白自述,身着日本裘者绝非魏万。可参[日]真人元开《唐大和上东征传》的相关记载(中华书

局,2000 年版)。此后,李白与朝衡再也没有机会见面。

[9]吴按:王维知南选的地点,学界有争议,一般认为知南选的地点在桂林,而王辉斌先生认为知南选的地点在四川彭水。本文取通常说法。

[10]参拙文《试论李白的〈秋浦歌〉与王维〈辋川集〉的异同》,载《阅江学刊》2014 年 2 期。

(作者单位:安徽师范大学中国诗学研究中心)

从阮籍到李白

——论五言咏怀组诗中的飞鸟之思

徐晓峰

一、缘起

曹魏诗人阮籍(210—263)创作的《咏怀》八十二首,开创了中国文学史上用五言古体组诗抒写政治、人生情怀的先河,其后出现的如北朝庾信(513—581)的《拟咏怀》二十七首,唐代陈子昂(661—702)《感遇》三十八首,张九龄(678—740)的《感遇》十二首,李白(701—762)《古风》等,显然受到阮籍"咏怀"体诗的影响。以李白《古风》组诗来说,前人如明末陆时雍《诗镜总论》评云:"太白《古风》八十二首,发源于汉魏,而托体于阮公。"[1]清初沈德潜《唐诗别裁集》卷二也有云:"太白诗纵横驰骤,独《古风》二卷,不矜才,不使气,原本阮公,风格俊上,伯玉《感遇诗》后有嗣音矣。"[2]沈氏在所撰另一书《说诗晬语》卷上更是从五言古诗的整体发展上,肯定了从阮籍到陈子昂、张九龄、李白的诗体传承[3]:

> 唐显庆、龙朔间,承陈、隋之遗,几无五言古诗矣。陈伯玉力扫俳优,仰追曩哲,读《感遇》等章,何啻黄初、正始间也。张曲江、李供奉断起,风裁各异,原本阮公。唐体中能复古者,以

三家为最。

以上五言组诗，若仅就题名来说，也具有某种共通性。如宋蜀刻本李白《古风五十九首》其八《庄周梦胡蝶》在唐人殷璠所选的《河岳英灵集》（天宝十二载结集）中题作《咏怀》；宋本原卷二二题作《感寓二首》的《宝剑双蛟龙》《咸阳二三月》，在通行的清代王琦注本《李太白文集》中，是作为《古风五十九首》的第十六、第八首。郁贤皓先生就此推知："此五十九首诗中，李白原来有取名为《咏怀》《感遇》之类题目，也有《古风》的题目，在流传过程中有些题目失落，至李阳冰编集时，将这些诗集合在一起，题名为'古风若干首'，至宋人乐史、宋敏求编集，增成《古风五十九首》。"[4]本文也正是考虑到这种内在的传承，暂将这一系列的组诗统称为五言咏怀组诗。

就中国古典文学的创作来说，存在大量"互文性"的惯例，即后代文本总是与前代文本存在关联，有对其他文本的吸收和转换。如上所说，五言咏怀组诗之间的传承是显而易见的，自然也存在大量的沿袭、改造，因而呈现出同中有异的整体面貌，古人对此已有所阐述，如明人胡震亨《李诗通》卷六云[5]：

> 按太白《古风》，其篇富于子昂之《感遇》，俭于嗣宗之《咏怀》。其抒发性灵，寄托规讽，实相源流也。但嗣宗诗旨渊放，而文多隐避，归趣未易测求。子昂淘洗过洁，韵不及阮，而浑穆之象尚多包含。李白六十篇中，非指言时事，即感伤己遭，循径而窥，又觉易尽。此则役于风气之递盛，不得不以才情相胜，宣泄见长。律之往制，未免言表系外，尚有可议；亦时会使然，非后贤果不及前哲也。

胡氏认为从阮到李，五言咏怀组诗"寄托规讽"的表达方式一脉相承，但诗旨、归趣却也渐由"隐避"到"易尽"[6]，不过他也认为这是由于"风气""时会"而不得不有此迁转递变。胡氏所述，着重于整体揭示，若就某一角度深入分析，将有更为生动的体现。以阮籍《咏怀》诗而言，常围绕"飞鸟"展开相关思考，其构思取意源于

《庄子》一书借鸟之飞翔、栖息来探讨如何逍遥、处世的哲学，形成“飞鸟之思”的托喻传统，其后在陈子昂到李白的五言咏怀诗中仍有所体现。本文拟就“飞鸟之思”略加讨论，以看出随着“风气”“时会”的转变，诗体传承中展现出的某种同中有异的演变。这是本文的论述缘起。

二、阮籍《咏怀》中的“飞鸟之思”——兼谈与张华、郭象的关系

阮籍的《咏怀》组诗，有四言、五言两类。五言咏怀诸作，最享盛名，据现存文献，南齐人臧荣绪《晋书》最早提及[7]：

> 籍善属文，初不苦思，率尔便成。作五言《咏怀诗》，八十余篇，为世所重。

臧氏《晋书》，成书约在南朝宋末，据臧氏语气，阮籍“咏怀”之题，此前已流传。在篇目上，通行本一般标为八十二首，但组诗各篇长短不一，或有缺失，且不同版本对个别诗篇的分合处理上存有差异，由此可见，现存阮籍“咏怀”诗的组织并非全然原貌。[8]不过，虽经后人整理加工，但通读今存各篇，仍可探寻到某些连贯的思考，比如多次出现的“飞鸟之思”，其中尤可注意者是第四十六、四十七、四十八首[9]：

> 鸴鸠飞桑榆，海鸟运天池。岂不识宏大，羽翼不相仪。招摇安可翔，不若栖树枝。下集蓬艾间，上游园圃篱。但尔亦自足，用子焉追随！（《咏怀诗》其四十六）

> 生命辰安在？忧戚涕沾襟。高鸟翔山冈，燕雀栖下林。青云蔽前庭，素琴凄我心。崇山有鸣鹤，岂可相追寻。（其四十七）

> 鸣鸠嬉庭树，焦明游浮云。焉见孤翔鸟，翩翩无匹群。死生自然理，消散何缤纷。（其四十八）

在这三首诗中，飞鸟都是以对立的两组来呈现：鸴鸠和海鸟，高鸟和燕雀，鸣鸠和焦明。[10]这种对比的飞鸟模式，特别是第一组

中的“鸴鸠”“海鸟”，明显源于《庄子·逍遥游》[11]：

北冥有鱼，其名为鲲。鲲之大，不知其几千里也。化而为鸟，其名为鹏。鹏之背，不知其几千里也。怒而飞，其翼若垂天之云。是鸟也，海运则将徙于南冥。……蜩与学鸠笑之曰：“我决起而飞，抢榆枋，时则不至而控于地而已矣，奚以之九万里而南为？”……斥鴳笑之曰：“彼且奚适也？我腾跃而上，不过数仞而下，翱翔蓬蒿之间，此亦飞之至也。而彼且奚适也？”此小大之辩也。

《庄子》为阐明“小大之辩”，特意对立列举了“鲲鹏”（海鸟）这种大鸟与“学鸠”“斥鴳”这类小鸟。从《逍遥游》全篇的主旨来看，是揭示无所倚待的逍遥游境界，那么无论大鸟、小鸟都是“有所待”的，因而仍旧不可能完全逍遥。

从阮籍上述三诗来看，阮籍在对待大、小鸟的态度上，没有和《庄子》一样全部否定，而是更倾向于小鸟。第四十六首从“鸴鸠”的角度来看，认为小鸟虽可认识“宏大”，但既然自身的“羽翼”无法匹配海鸟那样的大鸟，那又怎能高翔天空呢？所以不妨“栖树枝”（“下集蓬艾间，上游园圃篱”），如此也觉得“自足”，为何要像“海鸟”（鲲鹏）那样“运天池！”在第四十八首中，“焦明”也是因为高游浮云，难免会“孤”“无匹”，而像“鸣鸠”那样于庭树之间飞翔，也自有嬉戏之乐，这也就是“死生自然理”。可以说，阮籍借助诗歌对《庄子》中的“小大之辩”提出了新的理解。

不过，如果从阮籍《咏怀》诗的整体来看，“飞鸟之思”所呈现出来的“小大之辩”其实有着互相矛盾的复杂性。如其六有云：“宁与燕雀翔，不随黄鹄飞。黄鹄游四海，中路将安归？”其七十九云：“林中有奇鸟，自言是凤凰。清朝饮醴泉，日夕栖山冈。高鸣彻九州，延颈望八荒。适逢商风起，羽翼自摧藏。”这都是部分否定了高飞的大鸟“黄鹄”“凤凰”，和前引三首都是倾向于小鸟。但在其二十一中，他说：“云间有玄鹤，抗志扬哀声。一飞冲青天，旷世不再鸣。岂与鹑鷃游，连翩戏中庭。”则明显又否定了与《庄子》中“斥鴳”一样的小鸟“鹑鷃”。其他又如其四十一有云:“天网弥四野,六翮掩不舒。”其四十三云:“鸿鹄相随飞,飞飞适荒裔。双翮临长风,须臾万里逝。朝餐埌玕实,夕宿丹山际。抗身青云中,网罗孰能制。”一方面是有感于“天网”存在,“六翮”难舒展,其言下之意也就是难学大鸟高飞,一方面又是要像“鸿鹄”那样“抗身青云中”。之所以出现这种挣扎,自然是阮籍本身所处的“风气”“时会”使其如此。魏晋士人精读老庄之学,虽极力追求逍遥,但终究无所逃于天地间,仍需面对社会政治,解决名教与自然间的关系。传统观点,一般将阮籍同归入嵇康那样的“越名教而任自然”,但阮的个性不像嵇那样刚肠嫉恶,其一生不随意臧否政治,实则已具有某种世俗性的处世选择。在《咏怀诗》其三十四中,他说:“愁苦在一时,高行伤微身。曲直何所为?龙蛇为我邻。”既感慨于“高行”的危害,那么应懂得屈伸之道,否则难免“多财为患害”(其六),“失路将如何”(其五)。

可以说,《庄子》所谓的“逍遥”,更接近于“游心”,属于哲学理想或审美境界,而对于像阮籍这样处于政治高压时代的文人而言,如何“游世”的世俗境界才是更需考虑的。因此,无论在大、小鸟的选择中倾向于何者,都是阮籍在思考如何避免“失路”,如何在“路”中有所待而又有所游。

进一步看,阮籍在“飞鸟之思”中已体现出某种“自足”思想:“但尔亦自足,用子焉追随?”(其四十六)小鸟客观认识到自己的特性,也就满足于自我所处的地位。在《咏怀诗》其二十六中,阮籍曾说:“鸾鷖特栖宿,性命有自然。”鸾和鷖,都是凤凰一类的神鸟,属于“大鸟”的范围,它们独自栖宿,也是本于“自然”。另外,值得注意的是,现存《阮籍集》中收录其《答伏义书》。本文是针对伏义以“圣贤”“荣名”“名利”等传统礼法指责其行为乖张时而做出的一种辩驳,阮籍说:

人力势不能齐,好尚舛异。鸾凤凌云汉以舞翼,鸠鷃悦蓬林以翱翔;螭浮八滨以濯鳞,鳖娱行潦而群逝。斯用情各从其好,以取乐焉。据此非彼,胡可齐乎?

这里的“鸾凤”属于飞鸟中的“大鸟”,而“鸠鹪”从上下文来看,应即前文提及的“鸣鸠”,属于“小鸟”的范畴。从阮籍与伏义的各自的书信来看,阮籍的选择在这里更接近“大鸟”。不过,更需要指出的是,他“用情各从其好”的主张,与前面引及的“自足”“自然”思想,是存在一定关联的。因此,综合来看,无论是大鸟的“凌云汉”(有时难免“孤翔”“无匹群”),还是小鸟的“悦蓬林”“栖树枝”“嬉庭树”,都是基于自身本有“自然”的“各从其好”。只不过,大鸟的翱翔从《庄子》时代以来,多被赋予自由的理想,更能体现超越世俗的精神境界,而阮籍能有时倾向于像小鸟那样“自足”于世俗,从魏晋思想的发展演变上更具现实意义,虽然阮籍在大、小鸟的选择中仍充满着焦虑。

据唐修《晋书·张华传》所载,张华(232—300)“初未知名,著《鷦鹩赋》以自寄。……陈留阮籍见之,叹曰:‘王佐之才也。’由是声名始著。”[12] 该赋取意于《庄子·逍遥游》中的“鷦鹩巢于深林,不过一枝。偃鼠饮河,不过满腹”,但和《庄子》不同的,是完全肯定了鷦鹩这种“小鸟”是足于“生生之理”的:“动翼而逸,投足而安。委命顺理,与物无患。”[13] 在小序中,张华说:

鷦鹩,小鸟也,生于蒿莱之间,长于藩篱之下,翔集寻常之内,而生生之理足矣。色浅体陋,不为人用,形微处卑,物莫之害,繁滋族类,乘居匹游,翩翩然有以自乐也。彼鹫鹗鹍鸿,孔雀翡翠,或凌赤霄之际,或托绝垠之外,翰举足以冲天,觜距足以自卫,然皆负矰婴缴,羽毛入贡。何者?有用于人也。

“小鸟”鷦鹩的对立面,是鹫、鹗、鹍、鸿、孔雀、翡翠这种有用于人的“大鸟”。在赋的正文中,张华还列举了与鷦鹩对立的一系列鸟类,计有鹰鹯、雕鹖、鹄鹭、鹍鸡、孔翠、晨凫、归雁、苍鹰、鹦鹉、鶢鶋、巨雀等。有趣的是,作者在最后将鷦鹩安置在一个中间状态:

巨细舛错,种繁类殊。鷦螟巢于蚊睫,大鹏弥乎天隅。将以上方不足,而下比有余。普天壤以遐观,吾又安知大小之所如?

"鹪螟"是比鹪鹩更小的鸟类了,而源于《庄子》中的"大鹏"无疑是最为巨大的鸟类。张华此举其实是为了消解差别,正如李善注中引及的那样,这里的"不足""有余"以及"大""小"间的比较,分别源于《庄子·骈拇》:"长者不为有余,短者不为不足。是故凫胫虽短,续之则忧。鹤胫虽长,断之则悲。故性长非所断,性短非所续,无所去忧也。"《庄子·秋水》:"以差观之,因其所大而大之,则万物莫不大;因其所小而小之,则万物莫不小;知天地之为稊米也,知豪末之为丘山也,则差数睹矣。"这里强调了"性"的自然,而鹪鹩处世的价值也就是"任自然以为资"。

如果说阮籍《咏怀》中的飞鸟之思还存有互相矛盾的种种焦虑,张华此处的思考则部分解决了矛盾。按照前引官修《晋书》的说法,阮籍生前曾见过张华此赋,并大为赞叹,那么这种欣赏部分是源于张华与自己同样围绕飞鸟所展开的思考。不过,据李善注引及的臧荣绪《晋书》,张华此赋并非作于未出仕的少时,而是:"为太常博士,转兼中书郎。虽栖处云阁,慨然有感,作《鹪鹩赋》。"据今人所考,张华兼中书郎大约在景元二年(261)前后[14],阮籍卒年是263年,从时间上看叹赏张华此赋也是可能的。更重要的是,如前所分析的,阮籍、张华诗文中呈现的"飞鸟之思"反映的是魏晋时代士人共同的思考,具有通性的真实。

张华以外,与阮籍"飞鸟之思"可能具有某种关联的是西晋郭象(252—312)的《庄子注》[15]。在《逍遥游》一篇的注文中,郭象也从"足性"的角度肯定了无论大鸟、小鸟皆可逍遥:

> 夫小大虽殊,而放于自得之场,则物任其性,事称其能,各当其分,逍遥一也,岂容胜负于其间哉!
>
> 夫庄子之大意,在乎逍遥游放,无为而自得,故极小大之致,以明性分之适。
>
> 故理有至分,物有定极,各足称事,其济一也。
>
> 苟足于其性,则虽大鹏无以自贵于小鸟,小鸟无羡于天

池，而荣愿有余矣。故小大虽殊，逍遥一也。

故有待无待，无所不能齐也；至于各安其性，天机自张，受而不知，则无所不能殊也。夫无待犹不足以殊有待，况有待者之巨细乎！

与上文阮籍“飞鸟之思”中已萌芽的“自足”思想相对照，可以看出从阮籍到郭象，其间并非全无关联，仍旧体现着魏晋时代思考的共通性。

此外，由“飞鸟之思”所反映出的共通性来看，可以部分解答郭象注的来源问题。关于郭象的《庄子注》，曾有一段学术公案争讼不休，较早的有关文献源自《世说新语·文学》的叙述[16]：

初，注《庄子》者数十家，莫能究其旨要。向秀于旧注外为解义，妙析奇致，大畅玄风。唯《秋水》《至乐》二篇未竟而秀卒。秀子幼，义遂零落，然犹有别本。郭象者，为人薄行，有俊才，见秀义不传于世，遂窃为己注，乃自注《秋水》、《至乐》二篇，又易《马蹄》一篇，其余众篇，或定点文句而已。后秀义别本出，故今有向、郭二《庄》，其义一也。

按照此处所说，郭象所注《庄子》与向秀所注有沿袭关系[17]。向秀与嵇康交好，据刘孝标注引《秀别传》所云：“秀与嵇康、吕安为友，趣舍不同。嵇康傲世不羁，安放逸迈俗，而秀雅好读书。二子颇以此嗤之。后秀将注《庄子》，先以告康、安，康、安咸曰：‘此书讵复须注？徒弃人作乐事耳。’及成，以示二子。康曰：‘尔故复胜不？’安乃惊曰：‘庄周不死矣！’”嵇康既曾见过向秀注本，而与他们有过共同交往的阮籍，也有可能知悉向秀的注本。那么从阮籍、向秀到郭象，其间的“飞鸟之思”，无论以何种体裁呈现和参与，都是基于“风气”“时会”对《庄子》的共同解读。

三、从陈子昂到李白：“飞鸟之思”的转变

在陈子昂的《感遇》组诗中，集中体现“飞鸟之思”的是第二十

三首[18]：

翡翠巢南海，雄雌珠树林。何知美人意，娇爱比黄金。杀身炎州里，委羽玉堂阴。旖旎光首饰，葳蕤烂锦衾。岂不在遐远，虞罗忽见寻。多材信为累，叹息此珍禽。

“翡翠”在张华《鷦鷯赋》中是作为“小鸟”鷦鷯的对立面出现的“大鸟”，因为“有用于人”，所以“皆负矰婴缴，羽毛入贡”。在陈子昂此诗中，翡翠“虞罗见寻”“杀身炎州”，也正是因为“多材”，可见在取意上也是本自张华的。不过，值得注意的是，陈子昂的“飞鸟之思”的重心不再是鸟类大或小的选择问题，而是凸显了鸟之“多材”所带来的危险性。多材之鸟，从《庄子》时代开始，便主要指涉的是“大鸟”。换言之，陈子昂在此诗中透露出的消息是，一向自诩为多材大鸟的文人，无论所居是否“遐远”，其在政治人生中遭受的冲击，都是很难避免的。

阮籍《咏怀诗》四十三云：“鸿鹄相随飞，飞飞适荒裔。双翮临长风，须臾万里逝。朝餐琅玕实，夕宿丹山际。抗身青云中，网罗孰能制。”其七十六有云：“纶深鱼渊潜，矰设鸟高翔。”阮籍的“飞鸟之思”在涉及大鸟时，既指出其飞翔时有“摧藏”（其七十九）的可能，也同时寄寓着另一种憧憬——超越世俗、不受羁绊的“高翔”。陈子昂的《感遇》更着力呈现的是“摧藏”：

登山望宇宙，白日已西暝。云海方荡潏，孤鳞安得宁？（其二十二）

盲飙忽号怒，万物相分劘。溟海皆震荡，孤凤其如何？（其三十八）

此处的“孤鳞”指的是鱼类。不过，从《庄子》时代开始，海中的大鱼往往与大鸟具有同一性，有时直接可变为大鸟，如《庄子·逍遥游》中的鲲与鹏。其他如《庄子·庚桑楚》云：“吞舟之鱼，砀而失水，则蚁能苦之。”《列子·杨朱》云：“吞舟之鱼，不游枝流；鸿鹄高飞，不集污池。”在唐人的用例中，如韩愈《北极一首赠李观》云：“北极有羁羽，南溟有沉鳞。”《海水》云：“海水非不广，邓林岂无枝，风波一荡薄，鱼鸟不可依。海水饶大波，邓林多惊风，岂无鱼与鸟，巨细各不同。海有吞舟鲸，邓有垂天鹏，苟非鳞羽大，荡薄不可能。”由此，陈子昂此处的“孤鳞”“孤凤”仍旧可统一视为“飞鸟之思”的呈现。

推究陈子昂“飞鸟之思”重心的转变，其中自然有“风气”“时会”的原因，毕竟陈子昂所处的时代远非阮籍、张华那样“属魏、晋之际，天下多故，名士少有全者”（《晋书·阮籍传》），而且小鸟那样的明哲保身、无用于时，也并不符合陈子昂的个性。在《谏政理书》中，陈子昂自述其理想：

> 窃少好三皇五帝霸王之经，历观丘坟，旁览代史，原其政理，察其兴亡。自伏羲、神农之初，至于周、隋之际，驰骋数百年，虽未得其详，而略可知也。莫不先本人情，而后化之，过此已往，亦无神异。……臣每在山谷，有愿朝廷，常恐没代而不得见也。

在晚年辞官归乡时所作的《与韦五虚己书》中，他感叹：“命之不来也，圣人犹无可奈何，况于贤者哉！仆尝窃不自量，谓以为得失在人，欲揭闻见，抗衡当代之士，不知事有大谬异于此望者……夫道之将行也，命也！道之将废也，命也！”陈子昂显然以“多材”自居于当世，因而其《感遇诗》中的“飞鸟之思”正是凸显“命之不来”时大鸟们所遭遇的危险和无可奈何。

稍后于陈子昂的《感遇》，是张九龄创作的十二首同题组诗。这些诗歌基本作于开元二十五年（737）张贬谪荆州之后。唐人徐浩《唐尚书右丞相中书令张公神道碑》曾叙其晚年心境，云：“三岁为相，万邦底宁，而善恶太分，背憎者众，虞机密发，投杼生疑，百犬吠声，众狙皆怒，每读韩非《孤愤》，涕泣沾襟。”[19] 在《咏史》诗中，张九龄亦感慨仕途险恶，自身既非“大德”，故而难免“轻既长沙傅，重亦边郡徙”。忧愤之深，跃然纸上。与陈子昂《感遇诗》三十八首的宏大结构相比，张九龄的《感遇诗》是具体而微，主要写其忧愤伤时之情，以及对奸邪之辈的指斥。此处且以第四首为例，全诗明显是托鸟为喻[20]：

孤鸿海上来，池潢不敢顾。侧见双翠鸟，巢在三珠树。矫矫珍木巅，得无金丸惧？美服患人指，高明逼神恶。今我游冥冥，弋者何所慕！

这里的“孤鸿”显然为诗人自喻，而“双翠鸟”则可能指其政敌李林甫、牛仙客。翠鸟虽居珍木之巅，但宦途险恶，终有“金丸”之祸。诗人对奸邪小人身居高位而不自省，发出了有力的警告。全诗比物喻人，隐约其辞，明显来自正始传统。不过，如徐浩《张公神道碑》所揭示的那样，“善恶太分”的个性，加之晚年遭贬的处境，使得此处托鸟为喻的“飞鸟之思”，已从阮籍时代鸟之大、小的抉择矛盾进一步简化为鸟类正直（君子）、奸邪（小人）的截然对立。

相对于张九龄，李白《古风》诸篇所呈现的“飞鸟之思”更为丰富些。大致而言，可分为如下三类：

第一类是自许为大鸟，表达夸赞之情，如其三十三云：

北溟有巨鱼，身长数千里。仰喷三山雪，横吞百川水。凭陵随海运，烜赫因风起。吾观摩天飞，九万方未已。

这里的“巨鱼”，明显来自《庄子·逍遥游》中的鲲鹏。李白青年时代曾作有《大鹏遇希有鸟赋》，后改写为《大鹏赋》[21]。李白在赋中将鹏与稀有鸟并列，既高于“空见笑于藩篱”的尺鷃之辈（即《庄子》中的斥鷃），也高于一般和大鹏并列的各类大鸟、神鸟：黄鹄、玄凤、精卫、鶢鶋、天鸡、踆乌。李白未像《庄子》那样认为大鹏仍未逍遥，也不像阮籍那样肯定大、小鸟各有其价值，而是单独凸显大鹏的形象：“未若兹鹏之逍遥，无厥类乎比方。不矜大而暴猛，每顺时而行藏。参玄根以比寿，饮元气以充肠。”大鹏这种状态，显然已接近《庄子》中无所依待的逍遥境界。从李白的个性以及所处的时代来说，唯有如此自由的大鸟才能代表其理想，所以即使到临终，李白仍旧高歌道：“大鹏飞兮振八裔，中天摧兮力不济。余风激兮万世，游扶桑兮挂石袂。”

第二类是同于张九龄那样的表现鸟类正、邪或贤、佞的对立：

白日掩徂晖，浮云无定端。梧桐巢燕雀，枳棘栖鸳鸾。且复归去来，剑歌行路难。（其三十九）

凤饥不啄粟，所食唯琅玕。焉能与群鸡，蹙促争一餐？朝鸣昆丘树，夕饮砥柱湍。（其四十）

苍榛蔽层丘，琼草隐深谷。凤皇鸣西海，欲集无珍木。鸒斯得匹居，蒿下盈万族。（其五十四）

据《庄子·秋水》所载："南方有鸟，其名曰鹓雏，子知之乎？夫鹓雏，发于南海而飞于北海，非梧桐不止，非练实不食，非醴泉不饮。"本该栖息于梧桐之上的鸳鸾却所居非地，反映的正是李白这一类的"多材"之人在仕宦中的"行路难"。而"所食唯琅玕"的凤，与阮籍《咏怀》其四十三中"朝餐琅玕实，夕宿丹山际"的鸿鹄显系同类，阮籍笔下的鸿鹄是"临长风""万里逝"，不与"乡曲士"共携手，李白也正是强调凤与凡庸之辈的不同居处。不过，从阮籍到李白，飞鸟之思更多是显出不同，上引其五十四首中的"鸒斯"便有集中体现。鸒斯，一名鸦乌，雀类，体型小，喜好群居，从习性上来看，与"燕雀""群鸡"类似，故李白在此与凤类大鸟对立。在南朝梁江淹《杂体诗三十首》中，其拟阮籍《咏怀》有云：

青鸟海上游，鸒斯蒿下飞。沉浮不相宜，羽翼各有归。

李白《古风》其五十四明显本自江淹拟作。而江淹之作，又出自前文曾引及的阮籍《咏怀》其四十六："鸴鸠飞桑榆，海鸟运天池。岂不识宏大，羽翼不相仪。招摇安可翔，不若栖树枝。下集蓬艾间，上游园圃篱。但尔亦自足，用子焉追随！"阮籍从"自足"的角度，肯定了鸴鸠一类的小鸟（也包括江淹笔下的"鸒斯"）与海鸟一类的大鸟（也包括江淹笔下的"青鸟"），都自有其价值。但在李白诗中，出现在蒿下的鸒斯显然比同于"苍榛"，是被批判的对象，代指结党营私的小人们。

第三类是表达希求援引之意，如其五十七云：

羽族禀万化，小大各有依。周周亦何辜？六翮掩不挥。愿衔众禽翼，一向黄河飞。飞者莫我顾，叹息将安归？

此处的鸟类“周周”，据前人注释，典出韩非《韩非子·说林下》：“鸟有周周者，重首而屈尾，将欲饮于河，则必颠。乃衔其羽而饮之，人之所有饮不足者，不可不索其羽也。”据此，这种鸟必借助其他方可解决困难。在阮籍《咏怀诗》其八中也曾出现这种鸟类：“灼灼西隤日，余光照我衣。回风吹四壁，寒鸟相因依。周周尚衔羽，蛩蛩亦念饥。如何当路子，磬折忘所归。岂为夸誉名？憔悴使心悲。”周周鸟是与“当路子”（曹魏政权中的在位官员）相对立的，它们作为鸟兽尚且知道相因相依共渡危难，而官员们却只知“夸誉名”。李白此诗中的“周周”没有完全沿袭阮籍，而是突出韩非原典中的“衔羽”，认为鸟类无论大小，皆各有依靠，周周借助有力者才能饮水，表达出在野之人希望在朝之人施加援手的祈盼。可见，在保留阮籍朝、野对立的形式下，李白的“飞鸟之思”已经具有了新的主题。郁贤皓先生以为此诗当作于开元间初入长安历抵卿相无成而归时[22]，所论可信。从阮籍所处的时代来看，他本不求仕进，文士多难更使得他“飞鸟之思”的重心是大、小鸟的处世选择，而李白离蜀漫游，正是渴望平交王侯，一朝得天子宠遇，故其表现援引之思自是必然。由此也可看出，不同时代所呈现出的“飞鸟之思”的差异确是“风气”使然。

四、小结

根据以上的梳理，本文大致可以得出以下三个结论：

一是五言咏怀系列的组诗，确有“飞鸟之思”的托喻传统。

二是受时代风气，加之诗人个性的因素，“飞鸟之思”的表现各有重点：阮籍侧重于表现大、小鸟各自的处世价值以及士人如何抉择的矛盾心态；陈子昂突出表现大鸟的危险境遇；张九龄则喜爱简单呈现鸟之正邪对立；李白一方面沿袭了张九龄的对立表现，但更多是改造前代，比如将大鹏鸟推为绝对逍遥的形象，又比如对希求援引的呈现。

三是如明人胡震亨《李诗通》所说的,从阮籍到李白,五古咏怀组诗呈现出由隐到显的趋势。即就“飞鸟之思”的托喻传统来看,阮籍实际是用诗歌来阐述修改《庄子》的逍遥思想,更多体现为哲理的诉求,因而呈现出刘勰所谓的“阮旨遥深”,而进入唐代,陈子昂到李白的“飞鸟之思”,无论是正邪对立,还是希求援引,主题无疑更趋简单,因而也更容易深入题旨。

注 释

[1]郁贤皓校注:《李太白集校注》卷一《古风》所附“五十九首总评”,南京:凤凰出版社,2015年,第185页。按,此书所收李白诗文,以日本京都大学人文科学研究所影印静嘉堂文库藏宋蜀刻本《李太白文集》为底本,下凡引及李白作品,若无特殊说明,皆依据此本。

[2]同上注。

[3]霍松林等校注:《原诗·一瓢诗话·说诗晬语》,北京:人民文学出版社,1979年,第206页。

[4]参看《李太白文集校注》卷一《古风》“题解”部分所述,第1~3页。

[5]《李太白文集校注》卷一《古风》所附“五十九首总评”引,第185页。

[6]胡氏对阮籍咏怀诗作的评价,当本于钟嵘《诗品》卷上的有关话语:“而《咏怀》之作,可以陶性灵,发幽思。言在耳目之内,情寄八荒之表。……厥旨渊放,归趣难求。颜延年注解,怯言其志。”这基本代表了六朝以来对阮籍诗作的一贯看法。

[7](清)汤球辑:《九家旧晋书辑本》,杨朝明校补,郑州:中州古籍出版社,1991年,第67~68页。唐代官修《晋书》卷四九所载:“籍能属文,初不留思。作《咏怀诗》八十余篇,为世所重”,当本于臧氏所述。北京:中华书局点校本,1974年,第1361页。

[8]本文所引阮籍诸诗文,系依照韩格平注译:《竹林七贤诗文全集译注·阮籍集》,长春:吉林文史出版社,1997年。

[9]明人范钦、陈德文本《阮籍集》将第四十七、四十八首合为一首,从押韵相同以及围绕飞鸟抒怀的构思方式上来看,两首确有共通性,今仍暂依通行本分为三首。

[10]焦明,是传说中凤凰一类的神鸟。

[11]本文所引《庄子》原文,系依照(清)郭庆藩撰:《庄子集释》,王孝鱼点校,北京:中华书局,1961年。

[12]《晋书》卷三六,第1069页。

[13]原文依据(南朝梁)萧统编,(唐)李善注:《文选》卷一三《赋庚·鸟兽上》,上海:上海古籍出版社,1986年,第616~619页。

[14]曹道衡、沈玉成撰:《中国文学家大辞典·先秦汉魏晋南北朝卷》,北京:中华书局,1996年,第232页。

[15]郭庆藩《庄子集释》收录郭象注,以下援引皆依此本,不再一一注明。

[16](南朝宋)刘义庆撰,(南朝梁)刘孝标注:《世说新语校释》,上海:上海古籍出版社,2011年,第398~399页。按,《晋书·郭象传》所述同于《世说新语》;《晋书·向秀传》只言"郭象又述而广之"。

[17]康中乾:《从庄子到郭象——〈庄子〉与〈庄子注〉比较研究》认为向秀、郭象各有注本,而郭象注本应参考了向秀的一些见解,但在思想深度和理论水平上都超过了前者。见该书第一章《庄子、郭象生平和著作简说》,北京:人民文学出版社,2013年,第29~42页。

[18](唐)陈子昂撰:《陈子昂集》(修订本),徐鹏校点,上海:上海古籍出版社,2013年,第8页。下引陈子昂诗作,皆依此本。

[19](清)董浩等编:《全唐文》卷四四〇,北京:中华书局影印,1983年,第4491页。

[20](唐)张九龄撰:《张九龄集校注》,熊飞校注,北京:中华书局,2008年,第174页。

[21]《李白全集校注》卷二四《古赋》,第3526~3553页。

[22]《李太白全集校注》,第178页。

(作者单位:北京外国语大学)

诗人李白的音乐之缘

侯延爽

李白(701—762),字太白,号青莲居士。祖籍陇西成纪人(今甘肃静宁西南),隋末其先人流寓碎叶(今吉尔吉斯斯坦北部托克马克附近)。李白幼时随父迁居绵州昌隆县(今四川江油)青莲乡,李白年少离乡,二十五岁起"辞亲远游",仗剑出蜀。[1]李白一生游历祖国各地,陪伴李白的始终是他的诗、他的酒、他的剑、他的歌……李白与音乐有着不解之缘。他不仅诗写得好,而且擅长剑棋琴书,能歌善舞。如《留别于十一兄逖裴十三游塞垣》诗中写道:"劝尔一杯酒,拂尔裘上霜。尔为我楚舞,我为尔楚歌。"此诗描写了李白在友人"楚舞"的带动下,动情吟唱"楚歌"的情境;《幽涧泉》诗中写道:"拂彼白石,弹吾素琴。……客有哀时失志而听者,泪淋浪以沾襟。"由此诗可知,李白美妙的琴声竟能引起听者忧郁的感伤,可见李白琴艺之高。此外,李白还创作了大量描写古琴、吟、舞、歌等的音乐诗作,李白的乐府诗、绝句等也都有着明显的音乐特征。

一、音乐生活环境对李白的影响

李白生活的盛唐时期,政治上朝廷重视诗歌音乐文化的发展,国际间音乐文化的交流频繁,李白的个人生活中也始终有音乐的陪伴,这些音乐环境因素都有助于李白诗歌与音乐的结缘。

1. 李白的生活轨迹,促使李白诗歌具有音乐元素。从李白的生活轨迹看,他5岁至25岁之间生活在中国四川省的江油市,这也是李白一生停留时间最长和他成长的地方。四川省是少数民族聚居的地方,依山傍水,环境优美。四川人民能歌善舞,生活中随处可以看到他们舞动的身影,听到他们动听的歌声。这样的成长环境造就了李白善弹古琴、喜欢歌唱的豁达性格。成年的李白游历四海,足迹遍及陕西、湖南、北京、新疆、浙江、江苏、河北、安徽、河南、湖北、山东、江西等省市。每到一处,李白都与当地百姓接触,从各地的民歌中吸收养分,并与当地的百姓结下音乐之缘。如李白的《赠汪伦》中"李白乘舟将欲行,忽闻岸上踏歌声",描写了李白的朋友和乡亲"踏歌"赶来送行的情境。这样的音乐生活环境决定了李白是个喜欢音乐、善于表达音乐的诗人,也使李白的诗歌成为古典音乐文化的珍贵财富。

2. 国际音乐交流频繁,促使李白诗歌的音乐特性明显。李白生活的唐朝是中国封建社会在政治、经济、文化等方面发展的鼎盛时期,唐朝在政治上采用了"中国既安,四夷自服"的方针,艺术方面采用"兼收并蓄,百花齐放"的方针。李白时期的长安是国际大都市,当时世界上很多国家的音乐艺术人才都到中国来进行音乐交流。这为李白诗歌创作吸收世界其他国家的音乐文化风格带来了便利,对李白诗歌的音乐创作产生深远的影响。

3. 政治上对音乐的高度重视,有利于李白诗歌音乐性的发展。因为唐朝的皇帝喜欢吟诵、演唱诗文,所以李白时期很多文人都是通过进谏诗文的方式得到皇帝和朝廷的重用,李白就是这类文人的代表。其次,唐代统治者认为音乐可以洗涤百姓的心灵,可以安抚百姓的不满情绪。因此,宫廷的各种盛大仪式中,诗歌吟唱成为渲染气氛的手段,当时的宫廷、官府及达官贵人家里都拥有大量的歌妓和乐工,吟诵诗歌成为当时颇为高雅的一种音乐仪式活动、音乐娱乐和消遣的形式。在文人雅士的聚会中、在田间地头，都有诗歌演唱的踪迹，当时有“太白与乐府最精”之赞。当时的歌妓很多是以演唱李白的诗歌作为一种时尚的。

二、诗人创作的音乐内容

笔者以中华书局出版、安旗校注的《李白全集编年笺注》[2]为蓝本，梳理了李白的诗歌，共有约1010首。其中，带有音乐特性的诗歌约358首。这358首诗歌中有约161首收录于郭茂倩编著的《乐府诗集》[3]。李白另有约197首没有收录到《乐府诗集》，但是有音乐特性。具体为：其一，收录于《乐府诗集》[4]的李白诗歌中“杂曲歌辞”为最多(45首)，其次为“相和歌辞”(33首)、“清商曲辞”(18首)、“新乐府辞”(17首)、近代曲辞(11首)、琴曲歌辞(9首)、杂歌谣辞(8首)、鼓吹曲辞(7首)、横吹歌辞(6首)、舞曲歌辞(6首)、郊庙歌辞(1首)。其二，李白没有收录到《乐府诗集》，但是有涉及音乐的内容“吟”的(8首)、描写“曲”的(22首)、描写“歌”的(63首)、描写“行”的(6首)、描写“咏”的(15首)、描写“妓”的(11首)、描写“琴”的(27首)。还有在乐舞资料中查到的，描写“音乐”的(9首)、描写“舞蹈”的(14首)，其他描写“乐器”的(40首)。这个数量加起来大于已经收录到《乐府诗集》的李白诗歌，这部分诗歌音乐特征甚至比收录于《乐府诗集》的李白诗歌还要明显。[5]

三、李白部分诗歌的音乐传播路径

李白时期有部分诗歌的传播是通过演唱的方式进行的。就像西方的《荷马史诗》、伊朗的《列王记》一样，吟诵和演唱诗歌成为传播的一种有效途径。具体方式如下：

1. 通过朝廷传播。李白为朝廷主动进献易于入乐的诗歌。因为李白生活时期,皇帝(唐玄宗)非常喜欢诗歌演唱,有一段时间,李白在朝廷任供奉翰林,为了取悦皇帝和大臣们,李白创作了大量可以演唱的诗歌,以《清平调》三首为代表。这三首诗,以名花起兴,歌咏了杨贵妃的天姿国色,讽刺了唐玄宗的淫逸生活。该乐曲由中国古代五声调式中的两个宫调,即清调和平调构成。

2. 通过乐人传播。在盛唐,有这样的一群人。他们具备音乐技能,以表演为生,他们唱歌、跳舞、进行乐器演奏,被称作“乐人或者乐妓”。其中唱歌的乐人出于职业竞争的需要,常常选择有名气的诗人的诗歌来进行演唱,而李白恰恰是盛唐比较出名的诗人,因此,李白的一些诗歌就被这群乐人选用并且传播着。笔者查阅李白的诗歌时,发现诗中描写乐妓的有 17 首。像《少年行》中“蕙兰相随宣妓女,风光去处满笙歌”,《忆东山二首》中“我今携谢妓,长啸绝人群”等,都勾画了李白与乐妓交往、乐妓表演的场面。

3. 通过宫廷的正规刊物传播。在李白时期,管理者为了了解平民百姓的生活,实行“采风”制度,即由朝廷官员到民间收集民情,汇总后通过一定的方式报给朝廷。诗歌音乐在当时通过朝廷官员的收集,都汇总到《乐府诗集》之中。上文已经提到,李白共约 161 首诗歌收录到《乐府诗集》之中。笔者在中国艺术研究院查阅了现存的古乐谱,发现了 21 首李白诗歌古乐谱,其中有 9 首诗歌就收录到《乐府诗集》中,他们分别是《清平调》、《静夜思》、《久别离》、《关山月》两首、《子夜吴歌 · 秋歌》、《白纻辞》。[6]

4. 通过民间传播。李白时期,传唱诗歌是时尚,不论是朝廷的达官贵人,还是民间的文人雅士,亦或是平民百姓,都喜欢吟唱诗歌以助雅兴。因此,喜欢到祖国各地旅行和交友的诗人李白,自然有一些易于演唱的诗歌流传在民间,上文也已经提到过,笔者在查阅李白诗歌的时候,发现没有收录到《乐府诗集》,但是与音乐有关的诗歌约 191 首。而且在笔者发现的 21 首李白诗歌古乐谱中,有 12 首没有收录到《乐府诗集》,流传于民间,他们分别是:《黄鹤楼送孟浩然之广陵》《忆秦娥》《金陵凤凰台置酒》《秋风辞》《早发白帝城》《望天门山》《黄鹤楼》《酒胡子》《菩萨蛮》《醉起言志》《月下独酌》《沐浴子》。[7]

总之,本文通过对带有音乐特性的李白诗歌的梳理,思考的内容有四:其一,从李白大量带有音乐特性和描写音乐的诗歌中,可以肯定地说,中国古代诗歌与音乐形影相随。其二,李白的诗歌在盛唐时期主要是通过朝廷、宫廷乐人、民间艺人进行传播。其三,李白作为中国盛唐时期的代表诗人,他的诗歌影响力和对社会的价值要远远超过当时创作的诗歌。我们当代的诗歌创作,可否在创作的文化内涵上、作品的传播途径上、诗歌生存的音乐环境上借鉴李白时期的一些有效做法?最后,希望通过本文的点滴研究,引发学者对中国古代诗歌精粹的关注与热爱,希望当代的诗人像唐代的李白一样,拥有民族魂魄的浩然正气,希望中国的诗词音乐再创辉煌!

注　释

[1]侯延爽:《李白“诗与乐”研究:存在的问题及突破的路径》,《音乐探索》,2017(1):59—62。

[2]安旗校注:《李白全集编年笺注》(中国古典文学基本丛书),北京:中华书局,2015 年版。

[3]《乐府诗集》是继《诗经·风》之后,一部中国古代乐府歌辞总集,由北宋郭茂倩所编。现存 100 卷,是现存收集乐府歌辞最完备的一部。主要辑录汉魏到唐、五代的乐府歌辞兼及先秦至唐末的歌谣,共 5000 多首。乐府诗集分为郊庙歌辞、燕射歌辞、鼓吹曲辞、横吹曲辞、相和歌辞、清商曲辞、新乐府辞等十二类。

[4](北宋)郭茂倩编:《乐府诗集》. 北京:中华书局,2007 年版。

[5][6][7]侯延爽:《李白诗词音乐及演唱初探》,《中国音乐》,2009(3):175—185。

李白《古朗月行》主旨细探

郑慧霞

《开元天宝遗事》卷下“击鉴救月”条载：“长安城中每月蚀时，即士女取鉴向月击之，满郭如是，盖云救月蚀也。”[1] 此条记开元天宝间长安风俗，“取鉴向月击之”，当是“击”“鉴”，以其声惊退“蚀月”之虫“蟾蜍”：“蟾蜍薄太清，蚀此瑶台月”（李白《古风五十九首》其二），“传闻古老说，蚀月虾蟆精”（卢仝《月蚀诗》）。关于“蟾蜍”与“月”之关系，《搜神记》卷十四“嫦娥奔月”条如是记载：“羿请无死之药于西王母，嫦娥窃之以奔月……嫦娥遂托身于月，是为蟾蜍。”[2]“嫦娥”即“姮娥”，是后羿之妻。“月”又与“日”一起，被视为“极贵之象”：孙坚夫人吴氏“孕而梦月入怀，已而生策。及权在孕，又梦日入怀……坚曰：‘日月者，阴阳之精，极贵之象。吾子孙其兴乎。’”[3]《古朗月行》以“阴精”作为“月”的代称，因其为“极贵之象”，又进而代指至尊玄宗。“蟾蜍”托身于“月”却“蚀”之；“月”养“蟾蜍”而不觉遭其“蚀”。“蟾蜍”与“月”之间，正是卢仝《月蚀诗》中所感愤不已的关系：“人养虎，被虎啮；天媚蟆，被蟆瞎。乃知恩匪类，一一自作孽。”即“月”遭“蟾蜍”之“蚀”实乃养虎为患，咎由自取。“月”与“虎”的关系亦密切：柳宗元《天对》“玄阴多缺，爰感厥免”，认为“月”“多缺”，乃“厥兔”所为。而“厥兔”即为

“虎”:1978年,湖北随县战国早期曾侯乙墓出土的文物中,绘在箱盖上的图画,除了二十八宿图之外,还有一幅日月神兽图:图中有两棵月亮树,每树立两怪兽,“头似虎而身尾似兔”。学者汤炳正就此发表《〈天问〉“顾菟在腹”别解》,认为“《天问》之‘顾菟’,既非‘玉兔’,亦非‘蟾蜍’,乃指‘於菟’而言”;衣箱图像中的四个似虎似兔神兽,就是“顾菟”。汤炳正考证:一、《左传·宣公四年》:楚人“谓虎於菟”。《释文》:“於音乌,菟音徒。”二,《方言》:虎,“江淮南楚间谓之李耳,或谓之於虎兔。”郭璞注:“今江南山夷呼虎为虎兔”。汤炳正谓,“於菟”“顾菟”之“菟”既为“虎”,则其本字当为“虎兔”,此乃楚地所特造的地域性的文字。月中阴影引出的神话,有兔有蟾蜍还有虎,这三者都是以语言因素为媒介,演化出来的传说。“顾菟”为虎,此其三。[4]可见,卢仝深谙“月”“蟾蜍”与“虎”之关系,遂有上述之论。李白《古朗月行》以“月”隐喻玄宗当无疑问,“蚀圆影”者除“蟾蜍”外,那只“虎”亦当被细究深问。“蟾蜍”与“虎”究竟所指为何,以下详而论之。

一、关于“蟾蜍”与“虎”

曾为羿妻之嫦娥复变“蟾蜍”托身于月,正如杨妃之行迹。杨妃使玄宗与子寿王有“聚麀之诮”,此点与武则天颇为相似。骆宾王曾把武则天“狐媚”与飞燕祸汉和褒姒灭周直接比附,正见出“狐媚”在世人心中无异于洪水猛兽般可怕,而洪水猛兽人见而知避;但“狐媚”阴柔害人则使人不觉,故被视为“妖孽”:“大凡天之所命尤物也,不妖其身,必妖于人……予之德不足以胜妖孽,是用忍情。”[5]唐人也多把杨妃和褒姒、妲己、赵飞燕等直接联系,如杜甫分别在《哀江头》中以“昭阳殿里第一人”和在《北征》中以“不闻夏殷衰,中自诛褒妲”指称杨妃。李白亦曾在《清平调三首》其二中直接以“借问汉宫谁得似,可怜飞燕倚新妆”来“称美”杨妃。显而易见,在唐人那里赵飞燕等已然成为“狐媚惑主”的代名词。既然李杜等人均以之比附杨妃，则毫无疑问在他们的观念中，杨妃亦属“狐媚”之类。杨妃如何“狐媚惑主”，陈鸿《长恨歌传》谓：“冶其容，敏其词，婉娈万态，以中上意……自是六宫无复进幸者。非徒殊艳尤态致是，盖才智明慧，善巧便佞，先意希旨，有不可形容者。”[6]“婉娈万态”竟至于“有不可形容者”，玄宗深陷此“温柔乡”而“从此君王不早朝”，故白居易《古冢狐》极力写出“狐媚”可怕而明确提出当“戒艳色”：“女为狐媚害即深，日长月增溺人心。何况褒妲之色善蛊惑，能丧人家覆人国。”仅蛊惑玄宗或可谓色美使得君王不自持，但有意蠹政则杨妃不得辞其咎：

驸马张垍，以太常卿、翰林院供奉官赞相礼仪，雍容有度。玄宗心悦之，谓垍曰：“朕罢希烈相，以卿代之。”垍谢不敢当。杨贵妃知之，以告杨国忠。杨国忠深忌之。时安禄山入朝，玄宗将加宰相，命垍草诏。国忠谏曰：“禄山不识文字，命之为相，恐四夷轻于唐。”玄宗乃止。及安禄山归范阳，诏高力士送于长乐陂。力士归，玄宗问曰：“禄山喜乎？”力士对曰：“禄山恨不得宰相，颇有言。”国忠遽曰：“此张垍告之也。”玄宗不察国忠之诬，疑垍漏泄，大怒。黜垍为卢溪郡司马，兄均为建安郡司马，弟埱为宜春郡司马。[7]

由此一事可知杨妃在玄宗身边对朝政之蠹害，“安禄山之叛兆于贵妃”[8]，于此可见一斑。

杨妃“狐媚惑主”，使得“姊妹弟兄皆裂土”，尤其是国忠等弄权误国，当早已招致时人共愤，“时禄山以诛杨国忠为名，由是军民切齿于杨氏”[9]。此处的“杨氏”，自然是包含杨妃和国忠等诸杨在内：“渔阳鼙鼓动地来，惊破霓裳羽衣曲。”（白居易《长恨歌》）白居易用极善于剪裁的诗笔，把两个典型场景联系起来。禄山渔阳起兵时，“狐媚”杨妃犹在歌舞惑主。因“狐媚惑主”，使得“阴精此沦惑”而对禄山一味宠信不疑：天宝十三载（754），禄山不得拜相，怏怏归范阳，“既至范阳，忧不自安，始决计称兵向阙，自是，或言禄山反者，玄宗缚送禄山，以是道路相目，无敢言者。”[10] 所以卢仝《月蚀诗》愤激而言:“人养虎,被虎啮;天媚蟆,被蟆瞎。”“虎”“蟆”(即“蟾蜍”),均与“月”关系非同一般,自然隐喻杨妃和禄山。杜甫《奉同郭给事汤东灵湫作》中亦点到“蝦蟆”:“坡陀金蝦蟆,出见盖有由。至尊顾之笑,王母不肯收。复归虚无底,化作黄长虬。”浦起龙解“金蝦蟆”曰:

明皇每与妃子行幸汤泉,因而驻跸灵湫,亵举祀礼,诗乃纪其事以为讽也。浴汤泉是陪笔,幸灵湫是正文……则湫中之物,信为禄山之应矣。明皇毫不知警。漫逞嬉游,可叹也!故下文又幻出“蝦蟆”“化虬”以深惕之。考“金蝦蟆”乃月中蚀月之物。月,贵妃象也。禄山通宵禁中,宫闱浊乱,帝以宠贵妃故不问,“蝦蟆”亦举其类欤?又《通鉴》:国忠言:“禄山必反,陛下试召之,必不来。”禄山闻命即至,上益亲信之。续遣归范阳。禄山惊喜,疾驱出关。明年遂反。今诗曰:“至尊笑…… 王母不收。”意举朝议收之,妃阴权上纵遣之欤?噫!词旨微矣。[11]

浦起龙解此诗中“金蝦蟆”与“月”之关系,乃禄山与杨妃关系之影射,“禄山通宵禁中,宫闱浊乱”,而“帝以宠贵妃故不问”,终于养虎自噬。

二、关于《古朗月行》之解读

小时不识月,呼作白玉盘。又疑瑶台镜,飞在青云端。仙人垂两足,桂树何团团?白兔捣药成,问言与谁餐?蟾蜍蚀圆影,大明夜已残。羿昔落九乌,天人清且安。阴精此沦惑,去去不足观。忧来其如何,凄怆摧心肝。

——《古朗月行》[12]

此诗当分两层意思来理解:第一层自“小时不识月”至“问言与谁餐?”此层追忆“小时”对“月”的美好印象,用“飞在青云端”写出了“月”处于上升态势,是虚写。此层诗人视位移动由低渐高,直至用“仙人垂两足”表现“月”正中天之景，流露出对“月”由衷的憧憬与仰慕之情；第二层自“蟾蜍蚀月影”至“凄怆摧心肝”，此层写眼前所见之“月”，用“去去不足观”写出了“月”的式微之势，是实写。实写中有插叙之笔“羿昔落九乌，天人清且安”，言外之意“昔”是而今非，已无可射“九乌”之“羿”。插叙之笔与“白兔捣药成”遥遥呼应，形成“一主德；一主刑”（卢仝《月蚀诗》）的德刑并举关系。刑与阳对应；德与阴对应。阴阳谐和、德刑得中，则社会无“病”，才会实现“天人清且安”的盛世，如元稹《连昌宫词》所语：“姚崇宋璟作相公，劝谏上皇言语切。燮理阴阳禾黍丰，调和中外无兵戎。长官清平太守好，拣选皆言由相公。”此层诗人视位移动由高渐低，直至用“去去不足观”写出“月”被“蚀”到“决眦”以望的地步。

第一层把“月”比喻为“白玉盘”和“瑶台镜”，在于形象化“月”之形、质与功用：“月”外形圆满如“盘”和“镜”；而质则如“白玉”般光洁温润；功用则如“瑶台镜”般鉴照人间万象。因鉴照之功用，“镜”在中国文学和文化系统中有着非同一般的隐喻意味，这一点在王度《古镜记》中得到集中且典型的表现：避邪、照妖、与日月昏明相感应、感知天意、行藏有时等功用虽不尽相同，却万变不离其宗，即是清明时政的象征物：王度笔下的“古镜”，乃黄帝所铸造，且镜鼻图案为“麒麟”。“黄帝”是“无为而治”的标杆；“麒麟”是“仁德”的象征，这亦正是二者出现于李白《古风五十九首》其一中的深隐用意：“圣代复元古，垂衣贵清真。”在“小时”对“月”的美好认知里，深含着李白对“垂衣贵清真”的美好想象：“仙人垂两足，桂树何团团？白兔捣药成，问言与谁餐？”“仙人”无为，“桂树”“团团”，“白兔”司其职“捣药”来“防奸非”（卢仝《月蚀诗》“长嗟白兔捣灵药，恰似有意防奸非”），“药成”则需者可得而无需争——“问言与谁餐”——此句还含有“防患于未然”的忧患意识和世无需“药”者即世无“病人”之意。“天”与“人”异质而同构，具有相应相感之关系：

善言天者，必质于人；善言人者，必本于天。故天有四时，日月相推,寒暑迭代。其转运也,和而为雨,怒而为风,散而为露,乱而为雾,凝而为霜雪,张而为虹蜺。此天之常数也。人有四肢五脏,一觉一寐,呼吸吐纳,精气往来,流而为荣卫,彰而为气色,发而为声音,此亦人之常数也。若四时失运,寒暑乖违,则五纬盈缩,星辰错行,日月薄蚀,彗孛流飞,此天地之瘤赘也。[13]

"若四时失运,寒暑乖违",则"天病":"风雨失时,阴阳错忤。致令蛟鲸陆行,山崩境坏,海水暴竭,黄鸟宿渊,妨农芸田。"[14]而终致"人病"。故"天""转运"正常,则如"人"之身体运转正常。"天""人""转运"失常则致"病"。世无"病人",即"天人清且安"。这一幅清平无争、温馨美好的"月"中景象,正是李白的理想国——"圣代复元古"的具象化,"元古"以"静""无事"而著称,如唐庚《醉眠》之"山静似太古"即点出"太古无事而静"的时代特点。这是理想,但绝对不是空想,李商隐曾用充满无限向往之情的诗笔回忆唐政"清平"景象:"伊昔称乐土,所赖牧伯仁。官清若冰玉,吏善如六亲。生儿不远征,生女事四邻。浊酒盈瓦缶,烂谷堆荆囷。健儿庇旁妇,衰翁舐童孙。"但可惜的是好景如昙花一现,"五十年功如电扫":因为要以"月蚀"喻玄宗政治由治入乱,故要借"月"生发昔是而今非之叹,于是李白用寥寥数句诗形象描绘出了天上的一幅"桃花源"图,只不过这个"桃花源"的发现者,是"小时"的李白而已。李白"小时",正是玄宗励精图治的开元早期,"急贤待士"、赏直识忠而得股肱之臣,遂有"开元之治",此乃史臣不易之论:

我开元之有天下也,纠之以典刑,明之以礼乐,爱之以慈俭,律之以轨仪。黜前朝徼幸之臣,杜其奸也;焚后庭珠翠之玩,戒其奢也;禁女乐而出宫嫔,明其教也;赐酺赏而放哇淫,惧其荒也;叙友于而敦骨肉,厚其俗也;蒐兵而责帅,明军法也;朝集而计最,校吏能也。庙堂之上,无非经济之才;表著之中,皆得论思之士。而又旁求宏硕,讲道艺文。昌言嘉谟,日闻于献纳;长辔远驭,志在于升平。贞观之风,一朝复振。于斯时也,烽燧不惊,华戎同轨。西蕃君长,越绳桥而竞款玉关;北狄酋渠,捐毳幕而争趋雁塞。象郡、炎州之玩,鸡林、鳀海之珍,莫不结辙于象胥,骈罗于典属。膜拜丹墀之下,夷歌立仗之前,可谓冠带百蛮,车书万里。天子乃览云台之义,草泥金之札,然后封日观,禅云亭,访道于穆清,怡神于玄牝,与民休息,比屋可封。于时垂髫之倪,皆知礼让;戴白之老,不识兵戈。虏不敢乘月犯边,士不敢弯弓报怨。"康哉"之颂,溢于八纮。所谓"世而后仁",见于开元者矣。年逾三纪,可谓太平。[15]

"太平"盛世的开创者玄宗,在"小时"的李白看来,正如一轮明月,光照人间且温润及人:"纠之以典刑,明之以礼乐,爱之以慈俭,律之以轨仪""禁女乐""赐酺赏""叙友于而敦骨肉,厚其俗也"等诸种德化人间之举正是《古镜记》中王度那疗救世人、如"月照人"的图景。杜甫《忆昔二首》是一幅浓缩了此期社会升平富足和礼乐井然的图画,其"忆昔"之情,可作为解读李白忆"小时"之"月"时情感的钥匙。但"小时不识月",即不了解"月"中会有"蟾蜍",她会"蚀""月",使得"瑶台镜"变昏暗、"白玉盘"变得"残"缺:"自天宝已还,小人道长。如山有朽坏,虽大必亏;木有蠹虫,其荣易落。以百口百心之谗谄,蔽两目两耳之聪明,苟非铁肠石心,安得不惑!而献可替否,靡闻姚、宋之言;妒贤害功,但有甫、忠之奏。豪猾因兹而睥睨,明哲于是乎卷怀,故禄山之徒,得行其伪。厉阶之作,匪降自天,谋之不臧,前功并弃。""阴精"被"蟾蜍""蚀"而变昏直至失明,却已无后羿般的贤臣可倚重,"国无贤臣,圣亦难理;山有猛虎,兽不敢窥。得人者昌,信不虚语。昔齐桓公行同禽兽,不失霸主之名;梁武帝静比桑门,竟被台城之酷。盖得管仲则淫不害霸,任朱异则善不救亡。"[16]明乎此,则知李白诗中插叙进"后羿射日"的深意所在。卢仝深刻地体察到了白之用心,他把李白的《古朗月行》发扬光大而成一篇歌行体的《月蚀诗》,"羿射九乌"的意义在卢仝诗中更加明晰:"忆昔尧为天,十日烧九州。金烁水银流,玉爀丹砂焦。六合烘为窑……”“羿昔射九乌”,一个“昔”字把诗人无限感慨和怅惘之情传达出来:今世无“羿”可任,而“九乌”则举目皆是:“王侯象星月,宾客如云烟。斗鸡金宫里,蹴鞠瑶台边。举动摇白日,指挥回青天。”(《古风五十九首》四十六)“白日”“青天”被蒙蔽而“亭午暗阡陌”“妒贤害功,但有甫、忠之奏”,故“羿”们只有“卷怀”而已。如此下去,则势必导致“庙谟颠倒四海摇”之颓势。即“朗月”被“蚀”而“残”,使得“月”光越来越微弱,竟至于“去去不足观”——形隐光灭于“蟾蜍”之“蚀”。曾经圆满光洁如“白玉盘”和“瑶台镜”的“月”充满生机与希望而“飞在青云端”,泽润朗照人间,如今竟至于被“蟾蜍”、“虎”类、“小虫”所“蚀”,这一切是如何发生的呢?诗人不忍明言,只能用“忧来其如何,凄怆摧心肝”收束全篇。陈沆曾论此诗曰:“忧禄山将叛时作……禄山之祸兆于女宠,故言蟾蜍蚀月,以喻宫闱之蛊惑。九乌无羿射,以见太阳之倾危,而究归诸阴精沦惑,则以明皇本英明之辟,若非沉溺声色,何以安危乐亡而不悟耶?危急之际,忧愤之词。萧士赟谓禄山叛后所作者亦误。”[17]确为灼见。李白诗中以“日”“月”隐喻玄宗者颇多,如李白《古风五十九首》其三十七:“浮云蔽紫闼,白日难回光。”[18]萧士赟曰:“此诗其遭高力士谮于贵妃而放黜之时作乎!浮云比力士,紫闼比中宫,白日比明皇……”[19]

三、关于“月蚀”

理解《古朗月行》,关键须解读“蟾蜍蚀月”:月蚀则不明而昏暗。此条件下视觉是模糊不清的,而以模糊不清之视觉印象为依据做出对人、事或物的判断显然是与事实有偏差甚至严重背离的;在此判断下做出的决断毫无疑问是错误甚至是荒谬的。故日月之蚀常被隐喻为昏君昏政所导致的政治不清明:昏政下人君往往被蒙蔽而任人不明,导致贤者失志而庸人甚至奸人当国,会出现李白《远别离》诗中的状况:“君失臣兮龙为鱼,权归臣兮鼠变虎。”人君被蒙蔽的情况有很多种，或迷美色如卢仝《月蚀诗》所言："吾恐天似人，好色即丧明"；或信佞言故卢仝《月蚀诗》极谏"天"之"愿天神圣心，无信他人忠"。玄宗"好色丧明"废王皇后及其一系列事件，李白诗中多有影射，如《古风五十九首》其二以"蟾蜍薄太清，蚀此瑶台月"隐指皇后被谗废、《古朗月行》以"蟾蜍蚀圆影，大明夜已残"来"暗指贵妃能惑主听"。[20]因喜阿谀之言重用林甫、国忠与禄山等"丧明"之举，诚如李白面讽玄宗之"任人如市瓜"："明皇召诸学士宴于便殿，因酒酣，顾谓李白曰：'与天后之朝何如？'白曰：'天后朝政出多门，国由奸幸，任人之道如小儿市瓜，不择香味，惟拣肥大者。我朝任人淘沙取金、剖石采玉，皆得其精粹者。'明皇笑曰：'学士果有所饰。'"[21]"妃子"与"禄山"，皆属"肥大者"："贵妃素有肉体，至夏苦热，常有肺渴，每日含一玉鱼儿于口中，盖藉其凉津沃肺也。"[22]而杨妃善"婉娈万态以中上意"；安禄山更是肥大异常："（禄山）晚年益肥，腹垂过膝，自秤得三百五十斤。每朝见，玄宗戏之曰：'朕适见卿腹几垂至地。'禄山每行，以肩膊左右抬挽其身，方能移步。"[23]玄宗尝问禄山"胡腹中何有而大"时，安禄山答曰："唯赤心耳。"[24]玄宗益惑而宠任之不移。天宝元年（742）秋至三载（744）春，李白任翰林供奉，玄宗"学士果有所饰"一语，道出其深知白之所讽为何：其时"风威秀整，异于众僚"，使玄宗每见则"精神顿生"的张九龄已被贬谪离京，[25]李林甫取而代之。林甫为相，果如张九龄所言"祸延宗社"："右相李林甫素与禄山交通，复屡言于玄宗，由是特加宠遇。"[26]"开元之末姚宋死，朝廷渐渐由妃子。禄山宫里养作儿，虢国门前闹如市。弄权宰相不记名，依稀记得杨与李。"[27]此诗点出"妃子"才是玄宗政治式微的关键节点所在。此节点关联的不仅是诸杨等，更关键的是关联着禄山："时贵妃太真宠冠六宫，禄山遂请为养儿"，致有"禄山心动"之"丑声"。[28]至此，因杨妃使得唐玄宗陷入与寿王和"禄儿"的双重丑闻："开元初，武惠妃特承宠遇，故王皇后废黜。"[29]武惠妃恃宠，遂有"三庶人"事件，而武惠妃寻亦终。失去武妃，"宫中虽良家子千数，无可悦目者。上心忽忽不乐。”[30]子妇杨妃遂走进玄宗视线而得专宠。君王因色不顾家国体礼,显然是大过。虽然玄宗煞费苦心把子妇变为道士太真,然后又纳道士太真为妃。但“武皇内传分明在,莫道人间总不知”[31]。

《汉书》卷六〇《杜钦传》:“臣闻日蚀地震,阳微阴盛也。臣者,君之阴也;子者,父之阴也;妻者,夫之阴也;夷狄者,中国之阴也。《春秋》日蚀三十六,地震五,或夷狄侵中国,或政权在臣下,或妇乘夫,或臣子背君父,事虽不同,其类一也。”[32]由此,“月”与“蟾蜍”则形成了几组阴阳对应的关系:君臣、夫妻、父子、中国与夷狄。能够把这几组关系都联系起来的,只有杨妃。杨妃由寿王妃而为玄宗贵妃:寿王与杨妃由夫妻而母子,更有一层君臣关系;玄宗与杨妃由舅姑子妇而夫妻,当然,玄宗与杨妃亦是君臣关系。胡人安禄山拜杨妃为养母,杨妃与禄山则为君臣、为母子、为中国与夷狄之关系。因为玄宗与杨妃为夫妻,则玄宗与禄山之间,则相应形成了君臣、父子、中国与夷狄之关系。“时贵妃宠冠六宫,禄山遂请为养儿。每对见,先拜太真。玄宗问之,奏曰:‘蕃人先母后父耳。’玄宗大悦。”[33]父子这一组对应关系中,寿王并无“背君父”之记载。显而易见,“蟾蜍蚀圆影”此处所含二义:一是“臣子背君父”,即禄山背玄宗;二是“妇乘夫”,即在对待禄山的问题上玄宗深受其影响。杨妃为禄山“三日洗儿”事可作为“蟾蜍蚀月影”所含二义的绝妙注脚:

> 十载正月一日,是禄山生日,先日赐诸器物衣服,太真亦厚加赏遗。……后三日,召禄山入内,贵妃以绣绷子绷禄山,令内人以彩舆舁之,欢呼动地。玄宗使人问之,报云:“贵妃与禄山作三日洗儿,洗了又绷禄山,是以欢笑。”玄宗就观之,因加赏赐贵妃洗儿金银钱物,极乐而罢。自是,宫中皆呼禄山为禄儿,不禁其出入。又为河东节度,二月二日,遂加云中太守兼河东节度采访使,余如故。[34]

此场景把君臣、父子、夫妻等几组关系都包容进去,成为一幅

“宫中行乐图”。以肥白“三百五十斤”之禄山，时已50岁左右：（禄山）至德二年（757）正月被杀时，年55岁，[35]天宝十载（751），禄山则50岁左右。故此“宫中行乐图”无异于宫中君臣淫乐之丑图。此场景中之杨妃、禄山关系是“椒房抱羌浑”[34]的绝妙注脚，“遂有丑声传于外”。故李白在《清平调三首》尤其是第二首中对杨妃进行明褒实贬之讥刺：“一枝红艳露凝香，云雨巫山枉断肠。借问汉宫谁得似？可怜飞燕倚新妆。”[35]乐史《太白遗事》一段话道出此诗真意：“白既为此词，太真尝吟之，高力士终以脱靴为深耻，曰：‘始以妃子怨李白深入骨髓，何独拳拳如是邪？’妃惊曰：‘何翰林学士能辱人如是？’力士曰：‘以飞燕指妃子，贱之甚矣。’妃颇然之。上尝三欲命白官，卒为宫中所捍而止。”细味此诗，则深是力士所解：“一枝红艳露凝香”是从色上比附：赵飞燕与赵合德“二人并色如红玉，为当时第一”，[36]而杨妃“每有汗出，红腻而多香。或拭之于巾帕之上，其色如桃红也”[37]。“云雨巫山枉断肠”句从事上比附赵飞燕秽事：《西京杂记》卷二“赵后淫乱”条有比较详细的记载：

> 庆安世年十五，为成帝侍郎。善鼓琴，能为《双凤离鸾》之曲。赵后悦之，白上，得出入御内，绝见爱幸。常着轻丝履，招风扇，紫绨裘，与后同居处。欲有子，而终无胤嗣。赵后自以无子，常托以祈祷，别开一室，自左右侍婢以外，莫得至者，上亦不得至焉。以軿车载轻薄少年，为女子服，入后宫者，日以十数，与之淫通，无时休息。有疲怠者，辄差代之，而卒无子。[38]

杨妃虽不至如飞燕之不堪，但以“云雨巫山”比附则切当，诚如萧士赟所评：“传者谓高力士指摘飞燕之事以激怒贵妃，予谓使力士知书，则云雨巫山不尤甚乎！《高唐赋》序谓神女常荐先王之枕席矣。后序又曰：襄王复梦遇焉。此云枉断肠者，亦讥贵妃曾为寿王妃，使寿王而未能忘情，是枉断肠矣。诗人比事引兴，深切著明，特读者以为常事而忽之耳。”[39]非惟寿王，与养子禄山之间亦“无所不至”，据秦醇《骊山记》所记知以飞燕比附杨妃，此乃其中应有之意："一日，贵妃浴出，对镜匀面，裙腰褪，微露一乳，帝以指扪弄曰：'吾有句，汝可对也。'乃指妃乳言曰：'软温新剥鸡头肉。'妃未果对。禄山从旁曰：'臣有对。'帝曰：'可举之。'禄山曰：'滑腻初来塞上酥。'妃子笑曰：'信是胡奴只识酥。'帝亦大笑。"[40]贵妃衣裙下滑，"微露一乳"，此种情景，为玄宗所见不为怪，但禄山居然也可视之言之，其场景何其不堪。虽小说家言，不足为据，但此场景，如果联系姚汝能《安禄山事迹》进行考察，则不无可信处："禄山恩宠浸深，上前应对，杂以谐谑，而贵妃常在座，诏杨氏三夫人约为兄弟。由是，禄山心动。"[41]据《教坊记》知"约为兄弟"，乃学"突厥法"之"香火兄弟"共"尝妇"，故"禄山心动"。[42]对于玄宗惑于杨妃而致家国体礼于不顾而伏祸乱之评论，崔令钦的评论最为权威：

> 溺声色则必伤夭，而莫之思，不其惑欤？且人之生身所禀，五常耳。至有悦其妻而图其夫，前古多矣，是违仁也；纳异宠而薄糟糠，凡今众矣，是忘义也；重衽席之娱，轻宗祀之敬，是废礼也；贪耳目之玩，忽祸败之端，是无智也；心有所爱，则觍冒苟得，不顾宿诺，是弃信也。敦谕，履仁，蹈义，修礼，任智，而信以成之。呜呼，国君保之，则比德尧、舜；士庶由之，则齐名周、孔矣。……倘谓修小善而无益，犯小恶而无伤，殉嗜欲近情，忘性命大节，施之于国则国风败，行之于家则家法坏，败与坏，不其痛哉！是以楚庄悔惧，斥遣夏氏，宋武纳谏，遂绝慕容，终成霸业，号为良主。岂比高纬以冯小怜灭身，叔宝以张贵妃亡国，汉成以昭仪绝冢嗣，燕熙以苻氏覆邦家乎？非无元龟，自有人鉴。遂形简牍，敢告后贤。[43]

宋人多以"贵妃出浴"讽玄宗，如李石《捣练子》："红粉里，绛金裳，一卮仙酒艳晨妆。醉温柔，别有乡。清暑殿，藕风凉。鸡头擘破误君王。泣梨花，春梦长。"[44]舒邦佐《读开元遗事》："锦绷儿啼妃子笑，鸡头肉念禄山来。三郎若肯怜汤饼，岂被香囊作祸胎。"综而察之，以赵后比杨妃，极为切当，何以如此比附，李白自有深衷在焉：王翰《飞燕篇》谓赵飞燕姊妹惑汉成帝是"明月薄蚀阳精昏，娇妒倾城惑至尊”,故杨妃惑主,李白亦谓之“蟾蜍蚀圆影,大明夜已残”。

注　释

[1](五代)王仁裕撰、曾贻芬点校:《开元天宝遗事》卷下,北京:中华书局,2006年3月,第52页。

[2]王利锁注说:《搜神记》卷十四,开封:河南大学出版社,2017年5月,第278页。

[3]王利锁注说:《搜神记》卷十,开封:河南大学出版社,2017年5月,第230页。

[4]此观点详见吴裕成:《汉字虎兔与月亮神话》,2011-02-02今晚网-今晚报。

[5](唐)元稹:《莺莺传》,汪辟疆校录:《唐人小说》,上海:上海古籍出版社,1978年2月,第167页。

[6](唐)陈鸿:《长恨歌传》,汪辟疆校录:《唐人小说》,上海:上海古籍出版社,1978年2月,第139页。

[7](唐) 刘肃:《大唐新语》卷九“谀佞第二十一”,上海古籍出版社编:《唐五代笔记小说大观》,上海:上海古籍出版社,2000年3月,上册,第301页。

[8](元)萧士赟评笺《古朗月行》之语,见(清)王琦《李太白全集》卷四引,北京:中华书局,1977年12月,上册,第333页。

[9](后晋)刘昫:《旧唐书》卷十《肃宗纪》,北京:中华书局,1975年5月,第1册,第240页。

[10](唐)姚汝能撰、曾贻芬点校:《安禄山事迹》卷中,北京:中华书局,2006年3月,第91页。

[11](清)浦起龙:《读杜心解》卷一,北京:中华书局,1961年10月,第19~20页。

[12](清)王琦:《李太白全集》卷四,北京:中华书局,1977年12月,上册,第332页。

[13]王利锁注说:《搜神记》卷六,开封:河南大学出版社,2017年5月,第170页。

[14]佚名撰、王根林校点:《汉武帝内传》,上海古籍出版社编:《汉魏六朝

小说大观》,上海:上海古籍出版社,1999 年 12 月,上册, 第 157 页。
[15](后晋)刘昫:《旧唐书》卷九《玄宗纪》,北京:中华书局,1975 年 5 月,第 1 册,第 236 页。
[16](后晋)刘昫:《旧唐书》卷九《玄宗纪》,北京:中华书局,1975 年 5 月,第 1 册,第 236 页。
[17](清)陈沆:《诗比兴笺》,北京:中华书局,1959 年 1 月,卷二,第 26 页。
[18](清)王琦:《李太白全集》卷一,北京:中华书局,1977 年 12 月,上册,第 159 页。
[19](清)王琦:《李太白全集》卷一注引,北京:中华书局,1977 年 12 月,上册,第 160 页。
[20]沈德潜语。(清)沈德潜选注:《唐诗别裁集》卷二,上海:上海古籍出版社,1979 年 1 月,第 49 页。
[21](五代)王仁裕撰、曾贻芬点校:《开元天宝遗事》卷下“任人如市瓜”,北京:中华书局,2006 年 3 月,第 58 页。
[22](五代)王仁裕撰、曾贻芬点校:《开元天宝遗事》卷下“吸花露”,北京:中华书局,2006 年 3 月,第 51 页。
[23](唐)姚汝能撰、曾贻芬点校:《安禄山事迹》卷上“天宝六载”,北京:中华书局,2006 年 3 月,第 77 页。
[24](宋)欧阳修等:《新唐书》卷二百二十五上《安禄山传》,北京:中华书局,1975 年 2 月,第 2178 页。
[25](五代)王仁裕撰、曾贻芬点校:《开元天宝遗事》卷下“精神顿生”,北京:中华书局,2006 年 3 月,第 44 页。
[26](唐)姚汝能撰、曾贻芬点校:《安禄山事迹》卷上“天宝六载”,北京:中华书局,2006 年 3 月,第 76 页。
[27](唐)元稹著、周相録校注:《元稹集校注》卷二十四“乐府”,上海:上海古籍出版社,2011 年 12 月,第 706 页。
[28](唐)姚汝能撰、曾贻芬点校:《安禄山事迹》卷上“玄宗春秋渐高”,北京:中华书局,2006 年 3 月,第 76 页。
[29](后晋)刘昫:《旧唐书》卷五十一《玄宗杨贵妃传》,北京:中华书局,1975 年 5 月,第 2178 页
[30](唐)陈鸿:《长恨歌传》,汪辟疆校录:《唐人小说》,上海:上海古籍出版社,1978 年 2 月,第 139 页。

[31](唐)李商隐:《碧城三首》其三,刘学锴、余恕诚著:《李商隐诗歌集解》"不编年诗",北京:中华书局,1988年12月,第五册,第1660页。
[32](汉)班固撰、(唐)颜师古注:《汉书》,北京:中华书局,1962年版,第九册,第2671页。
[33](唐)姚汝能撰、曾贻芬点校:《安禄山事迹》卷上"天宝六载",北京:中华书局,2006年3月,第76页。
[34](唐)姚汝能撰、曾贻芬点校:《安禄山事迹》卷上"天宝十载",北京:中华书局,2006年3月,第81~82页。
[35](唐)姚汝能撰、曾贻芬点校:《安禄山事迹》卷下"天宝十五载",北京:中华书局,2006年3月,第108页。[36]刘歆撰、葛洪集、王根林校点:《西京杂记》卷一,上海古籍出版社编:《汉魏六朝小说大观》,上海:上海古籍出版社1999年12月,上册,第85页。
[37](五代)王仁裕撰、曾贻芬点校:《开元天宝遗事》卷下"红汗",北京:中华书局,2006年3月,第51页。
[38]刘歆撰、葛洪集、王根林校点:《西京杂记》卷二,上海古籍出版社编:《汉魏六朝小说大观》,上海:上海古籍出版社1999年12月,上册,第88页。
[39](清)王琦:《李太白校注》卷五"评笺"引,北京:中华书局,1977年12月,上册,上册,第392页。
[40](宋)秦醇:《骊山记》,李剑国辑校:《宋代传奇集》,上海:上海古籍出版社,2001年11月,第61页。
[41](唐)姚汝能撰、曾贻芬点校:《安禄山事迹》卷上"天宝六载",北京:中华书局,2006年3月,第76页。
[42](唐)崔令钦:《教坊记》,上海古籍出版社编:《唐五代笔记小说大观》,上海:上海古籍出版社2000年3月,上册,第129页。
[43](唐)崔令钦:《教坊记》,上海古籍出版社编:《唐五代笔记小说大观》,上海:上海古籍出版社2000年3月,上册,第129页。
[44]唐圭璋:《全宋词》第二册,北京:中华书局,1965年6月,第1302页。

(作者单位:河南大学文学院)

《蜀道难》诗旨新解
——对“蜀独”问题的忧虑

马 睿

蜀道难(一作古蜀道难)

噫呼嚱,危乎高哉!蜀道之难,难于上青天!蚕丛及鱼凫,开国何茫然!尔来四万八千岁,不(一作乃)与秦塞通人烟。西当太白有鸟道,何(一作可)以横绝峨眉巅。地崩山摧壮士死,然后天梯石栈方(一作相)钩连。上有六龙回日之高标(一作横河断海之浮云),下有冲波逆折之回川。黄鹤之飞尚不得过,猿猱欲度愁攀援(一作牵)。青泥何盘盘,百步九折萦岩峦。扪参历井仰胁息,以手抚膺坐长叹。问君西游何时还?畏途巉岩不可攀。但见悲鸟号古木,雄飞雌从绕林间。又闻子规啼夜月,愁空山。蜀道之难,难于上青天,使人听此凋朱颜!连峰去天不盈尺(一作入烟几千尺),枯松倒挂倚绝壁。飞湍暴(一作瀑)流争喧豗,冰(一作砅)崖转石万壑雷。其险如此,嗟尔远道之人胡为乎来哉!剑阁峥嵘而崔嵬,一夫当关,万人(一作夫)莫开。所守或匪亲(一作人),化为狼与豺。朝避猛虎,夕避长蛇;磨牙吮血,杀人如麻。锦城虽云乐,不如早还家。蜀道之难,难于上青天,侧身西望长咨嗟(一作令人嗟)!

——静嘉堂藏宋蜀本《李太白文集》卷三

唐玄宗天宝元年(742)秋,李白抵达长安后,与大诗人贺知章在紫极宫相会。李白便把自己这首《蜀道难》拿出来给贺看。贺还没读完便赞不绝口,称李白为"谪仙人"(李白《对酒忆贺监二首并序》)。这样一来,李白的名声就在京城传开了([日]松浦友久《有关"谪仙人"称呼的几个问题》)。

那么,贺知章为什么会对这首诗大加赞赏呢?

这要先从诗的内容谈起,这首《蜀道难》大致可分三部分:

第一部分是从"噫呼嚱"到"然后天梯石栈相钩连",写蜀道开辟之难,突出了一个"难"字;第二部分是从"上有六龙回日之高标"到"嗟尔远道之人胡为乎来哉"写蜀道行走之难,突出了一个"险"字;第三部分是从"剑阁峥嵘而崔嵬"至结尾,把自然地理与政治形势结合起来,写出了对"巴蜀独立"问题的忧虑,以引起人们的警惕,突出了一个"危"字。

贺知章是武则天证圣元年(695)乙未科的状元,先后在朝中担任国子四门博士、太常博士、礼部侍郎、秘书监、太子宾客等职。一直到唐玄宗天宝三载(744),才辞官归故里。前后经历了武则天、中宗、睿宗、玄宗四代皇帝,作为宦海沉浮近五十年的老牌政治家,绝不会仅仅是赞赏李白诗中浪漫的手法、丰富的想象、磅礴的气势,更值得他赞赏的是李白对巴蜀地区暗藏"独立"隐患的忧虑。

那么,人们不禁要问:李白为什么会如此忧虑"蜀独"问题呢?要回答这个问题,必须先从巴蜀的历史来分析。据史料记载,仅从蚕丛国建立到唐朝灭亡,"蜀独"事件就先后发生了十几起。

蚕丛国"周失纲纪,蜀先称王。有蜀侯蚕丛,其目纵,始称王"(常璩《华阳国志》卷三《蜀志》);

柏濩国、鱼凫国、杜宇国、开明王朝(春秋早期);

秦惠文王后元九年(前316)秋,秦将司马错伐蜀,蜀亡;

汉高祖元年(前206)四月,刘邦任汉中王,下辖汉中、巴、蜀三郡。五月,刘邦出兵攻打"三秦";

刘玄更始二年(24)秋,公孙述称帝,建都成都,国号"成家";

东汉灵帝中平五年(188),刘焉入蜀,任益州牧;

东汉献帝兴平元年(194),刘焉去世,其子刘璋接任益州牧;

蜀汉章武元年(221)四月,刘备在成都称帝,国号“汉”,改元“章武”;

蜀汉章武三年(223)四月,刘备逝世。五月,其子刘禅即位,史称“后主”,改元“建兴”;

西晋惠帝永康元年(300)十二月,益州刺史赵廞杀害成都内史耿滕、犍为太守李密、汶山太守霍固和西夷校尉陈总,占据成都反叛,自称“大都督、大将军、益州牧”;

西晋惠帝光熙元年(306),六月,李雄在成都称帝,国号“大成”,改元“晏平”;

东晋成帝咸康元年(338)四月,大成汉王李寿起兵反叛,攻入成都,自立为帝,国号“汉”,改元“汉兴”;

东晋哀帝兴宁三年(365)十月,东晋梁州刺史司马勋反叛,自称“梁益二州牧、成都王”;

东晋安帝义熙元年(405)二月,东晋平西参军谯纵率兵攻占成都,杀害西平将军、益州刺史毛璩,自称“成都王”,其子谯明为巴州刺史,屯白帝城,蜀中大乱;

刘宋文帝元嘉九年(432)九月,五城人赵广等尊奉道人程道养为“蜀王”,改元“泰始”,备置百官,并率众十余万围攻成都;

萧梁武帝天监元年(502)六月,前益州刺史刘季连占据成都反叛;

萧梁元帝承圣元年(552)四月,益州刺史萧纪即皇帝位,改元“天正”;

北周静帝大象二年(580)八月,益州总管王谦拒绝接受免职诏书,举兵反叛;

唐肃宗至德元载(756)六月,唐玄宗逃离长安;七月,抵达成都;

唐肃宗上元二年(761)四月,梓州刺史段子璋反叛,自称“梁

王”,改元“黄龙”;

唐代宗宝应元年(762)七月,剑南西川兵马使徐知道叛乱,派兵扼守剑阁,阻挡新任剑南西川节度使严武入蜀;

唐顺宗永贞元年(805)十一月,剑南西川节度留后刘辟拒绝接受免职诏书,阻兵自守。十二月,朝廷任命刘辟为剑南西川节度使。次年正月,刘辟攻占梓州,俘获剑南东川节度使李康;

唐僖宗中和三年(883)十二月,忠武大将鹿晏弘攻占兴元府,驱逐山南西道节度使牛勖,自称“山南西道节度使留后”;

唐僖宗文德元年(888)十二月,剑南西川节度使陈敬瑄拒绝接受免职诏书,反叛;

唐昭宗天佑四年(907)四月,唐亡;九月,蜀王王建在成都称帝,国号“大蜀”,改元“武成”,史称“前蜀”;

一段段血淋淋的“蜀独”史充分表明了:每当中国出现大分裂时期,巴蜀地区一定会率先出现割据政权,后人把这一规律总结为“天下未乱蜀先乱,天下已治蜀后治”(欧阳直公《蜀警录》)。得蜀者得天下,失蜀者失天下,争天下者必先争蜀。

那么,导致中国历史上屡屡出现“蜀独”的原因又有哪些呢?

三国时期,诸葛亮在著名的《隆中对》中曾为刘备分析说:“益州险塞,沃野千里,天府之土,高祖(刘邦)因之以成帝业。刘璋(益州牧)暗弱,张鲁(汉中军阀)在北,民殷国富而不知存恤,智能之士思得明君。”诸葛亮劝说刘备占据巴蜀的理由有三条:一是易守难攻,地理险要;二是沃野千里,经济富裕;三是高祖刘邦曾借此成就帝业。前两条是因,第三条是果。通俗地讲就是:经济、地理与政治。

经济,是“蜀独”产生的第一个条件。

经济基础决定上层建筑,任何一个地区,如果没有坚实的经济实力为后盾,要实现政治独立都是非常困难的。

众所周知,巴蜀地区史称“天府之国”。“天府”最初有两个意思:一是星座文昌宫之名(司马迁《史记》卷二七《天官书》);二是负责收藏和管理周王室宝物、文书、档案库房的职官(姬旦《周礼·春官宗伯第三》)。后来,“天府”又逐渐引申为地域之称。从战国晚期到西汉时期,关中地区(司马迁《史记》卷九九《刘敬叔孙通列传》)、河北地区(范晔《后汉书》卷十九《耿弇传》)都曾被称为“天府”。但到了东汉以后,“天府之国”便成了巴蜀地区的专用名词,再无变更。

中国是个农业大国,四川盆地土地平坦,气温高,无霜期长,降水量多,湿度大,日照少,是典型的亚热带湿润季风气候,特别适宜发展农业。水利是农业的命脉,在盆地内,长江自西而东穿行于平原、丘陵和群山之间,岷江、沱江、涪江、嘉陵江、渠江、乌江分别从南北注入长江,汇为一体,浩浩荡荡,东出三峡,构成一个不对称的向心状水系,水量十分丰沛。

而巴蜀之所以富裕,更主要是由于李冰父子兴建了都江堰水利工程。

秦昭襄王五十一年(前256),蜀郡郡守李冰利用岷江的自然条件兴建了都江堰工程。工程设计巧夺天工,兼具灌溉、防洪、排沙、通航多种功能,是世界上最古老、最先进、最科学、最生态和谐、至今仍在使用的无坝引水工程,堪称世界水利史上的经典。

南北朝时期,著名历史学家常璩曾高度评价都江堰对巴蜀经济的贡献,他说:李冰让人堵住江水并修筑了分水堤,让分水堤穿过郫江、检江,并分出了支流,形成两股水流从郡下流过。用这两股水流溉灌这几个郡,又开辟了许多稻田。于是蜀地肥沃的土地纵横千里,当时号称为“陆海”。干旱时,就引水浸润田地。下雨时,就堵塞住水闸,把水关住。所以史书上说:“(蜀地)水旱从人,不知饥馑,时无荒年,天下谓之天府也。”(常璩《华阳国志》卷三《蜀志》)

都江堰建成后,巴蜀地区水旱灾害极少,民众生活稳定,地方上的豪族大姓也随之大量产生。汉代文学家扬雄曾用直白的语言描述说:“百金之家,千金之公,干池泄澳,观鱼于江。若其吉日嘉会，期于倍春之阴，迎夏之阳，侯、罗、司马，郭、范、畾、杨，置酒乎荥川之闲宅，设坐乎华都之高堂。延帷扬幕，接帐连冈。”（扬雄《蜀都赋》）

随着农业的发展，巴蜀地区的纺织、冶金、制玉、制陶、竹木器、矿业、酿酒等手工业也相当发达。尤其是蜀锦、蜀酒、邛杖等产品，以质地优良著称，远销天竺、大食、滇、夜郎等地，成为西南地区的经济中心。

地理，是“蜀独”产生的第二个条件。

巴蜀地处我国西南内陆腹地，西临青藏高原，北拥秦巴山脉，东据长江三峡，南依云贵高原。在冷兵器时代，中原王朝要进攻巴蜀，一般是从北（秦岭）、东（三峡）两个方向进军。因此，巴蜀地区的地方实力派只要能控制住蜀道和长江，便可高枕无忧。由于长江自西向东入海，外敌从三峡进攻巴蜀属于逆水行舟，必须靠纤夫拉纤。拉纤行船不仅费时费力，而且极易被驻军发现。在依靠人力和风力行船的古代，相对而言，秦岭又比三峡的战略地位重要得多。

广义的秦岭，西起甘肃省临潭县白石山，以迭山与昆仑山脉分界。向东经天水南部的麦积山进入陕西，在陕西与河南交界处分为三支，北支为崤山，余脉沿黄河南岸向东延伸，通称邙山；中支为熊耳山；南支为伏牛山，山脉南部一小部分由陕西延伸至湖北郧县。秦岭东西长1600公里，南北宽300公里，幅员辽阔，气势磅礴，蔚为壮观。狭义的秦岭，是指秦岭山脉中段，位于陕西省中部的一部分，又因位于关中以南，而名“南山”“终南山”，由于山体雄伟，势如屏壁，因此，历来是“夫南山，天下之大阻也”（班固《汉书》卷六五《东方朔传》），乃“九州之险”。

蜀道之所以险阻，与秦岭的地质结构复杂密切相关。早在4亿年前，秦岭北部就已上升为陆地，遭受剥蚀。在距今3.75亿年的加里东造山运动中，秦岭南部隆出海面。到2.3亿年前的海西造山运动时，秦岭北部继续崛起上升。1.95亿年前，又受印支造山运动影响，秦岭山脉基本成型。距今 8 千万年的燕山造山运动使秦岭在形成以断块活动为主的南北褶皱带构造格架后，秦岭又在喜马拉雅造山运动的作用下，经大幅度的块断式垂直升降运动而最终形成了今天的悬崖绝壁与崇山峻岭。

正是由于秦岭地势险要，易守难攻，因而巴蜀的地方官常常利用朝廷控制力下降的时机，兴兵作乱，实现其武装割据的政治野心。

李白这首诗一开始便说“蚕丛及鱼凫，开国何茫然”，据史料记载：“周失纲纪，蜀先称王。有蜀侯蚕丛，其目纵，始称王。”（常璩《华阳国志》卷三《蜀志》）这里的“蚕丛国”，应该是历史上首个“蜀独”政权了吧。

南齐时，益州刺史刘季连在起兵反叛时就公开说：“据天险之地，握此盛兵，进可以匡社稷（夺取全国政权），退不失做刘备（武装割据巴蜀），欲以此安归乎？”（李延寿《南史》卷十三《刘季连传》）。北周时，益州总管王谦在起兵反对执掌朝政的杨坚时也认为：“以地有江山之险，进可以立功，退可以自守。”（令狐德棻《周书》卷二一《王谦传》）由此可见，刘季连、王谦几乎是赤裸裸地说出了地理条件对“蜀独”的重要性。

在蜀道沿线的众多关隘中，尤以剑门关最为险要，是一夫当关、万夫莫开的“险中之险”。三国末期，蜀将姜维仅以 4 万兵力据守剑门关，竟然抵挡了魏将钟会所率领的 15 万兵力的轮番进攻，可见剑门地势之险要。所以从古到今，但凡巴蜀的军队能成功扼守住秦岭、剑门关和三峡，便可称孤道寡，自立为王。

历史上的蜀道有很多条线路，从李白诗中出现的太白山、青泥岭、剑阁等地名来判断，李白笔下的蜀道应该是褒斜道（陕西段）和金牛道（四川段）。这条蜀道既是唐代由陕入蜀的官道，也是“安史之乱”爆发后，唐玄宗入蜀所走的道路。

下面，我们就以唐玄宗入蜀路线为例大致了解一下这条蜀道的概况：

唐玄宗天宝十四载(755)十一月九日,身兼范阳、平卢和河东三郡节度使的安禄山以奉密诏讨杨国忠为借口于范阳(今北京)举兵造反。天宝十五载(756)六月初十日,唐玄宗在兴庆宫勤政楼亲自召集文武大臣商议对策,采纳宰相杨国忠"入蜀避难"的建议。

六月十三日(乙未)凌晨,唐玄宗携杨贵妃、诸皇子、亲信大臣等西出禁苑延秋门,开始逃亡,先后经过便桥(咸阳桥)→望贤宫(今陕西省咸阳市渭滨街道办事处)→温泉驿→金城县槐里驿(今陕西省兴平市)→马嵬驿(今陕西省兴平市马嵬镇)→扶风县(今陕西省扶风县城关镇)→扶风郡(今陕西省宝鸡市凤翔县城)→陈仓县(今陕西省宝鸡市东十里铺)→三交城(今陕西省宝鸡市渭滨区神农镇益门堡)→大散关(今陕西省宝鸡市渭滨区大散岭)→黄牛岭(今陕西省宝鸡市凤县黄牛铺镇)→黄花县(今陕西省宝鸡市凤县红花铺镇草凉驿)→河池郡治梁泉县(今陕西省宝鸡市凤县凤州镇)→两当县(今甘肃省两当县杨店乡)→河池县(今甘肃省徽县西银杏树乡)→青泥岭(今陕西省略阳县青泥河乡)→长举县(今陕西省略阳县白江水镇长峰村)→鸣水县(今陕西省略阳县乐素河北岸)→顺政县兴城关(今陕西省略阳县城关镇)→三泉县(今陕西省略阳县阳平关镇擂鼓台村)→益昌郡治绵谷县(今四川省广元市利州区嘉陵江东岸)→吉柏江(今四川省广元市昭化区昭化镇东门外两江汇合处)→益昌县(今四川省广元市昭化区昭化镇)→白卫岭(今四川省广元市昭化区大朝乡)→小剑戍故城→剑门关(今四川省剑阁县剑门关镇)→大剑山口(今剑门山)→普安郡治普安县(今四川省剑阁县普安镇)→武连县(今四川省剑阁县武连镇)→上亭驿(今四川省绵阳市梓潼县演武乡南上亭铺村)→梓潼县(今四川省绵阳市梓潼县文昌镇)→巴西郡魏城县(今四川省绵阳市游仙区魏城镇)→奉济驿(今四川省绵阳市仙海区西北)→巴西郡巴西县(今四川省绵阳市区东)→罗江县(今四川省德阳市罗江县罗江镇)→白马关(今四川省德阳市罗江县白马关镇)→德阳郡德阳县(今四川省德阳市区)→德阳郡治雒县(今四川省德阳市广汉市)→蜀郡新都县(今四川省成都市新都区)→天回驿(今四川省成都市金牛区天回镇)→七里亭(今四川省成都北门外七里)→升仙桥(今四川省成都市成华区升仙湖)→蜀郡(今四川省成都市)。

尾大不掉,是“蜀独”产生的第三个条件。

著名军事家克劳塞维茨说:“战争无非是政治通过另一种手段的继续。”([德]克劳塞维茨《战争论》)战争往往是政治的延续,是为实现政治目的的手段之一。

细读历史,我们可以发现,“蜀独”现象往往出现在中央王朝政治混乱的衰亡期。凡是中央王朝处在政治清明的上升期,地方官即使有“蜀独”之心,也无“蜀独”之胆。哪怕是已“蜀独”多年的割据政权,也会很快被中央王朝统一。对于这一点,三国时代的张悌看得最清楚。

三国末期,魏国出兵伐蜀,有人对吴国的张悌说:“司马氏夺得魏国政权以来,屡屡发动战争,百姓内心未服。现在又劳力费神去远征蜀国,失败尚且不暇,岂能攻克!”

但张悌反驳说:“不对,曹操虽功盖中国,老百姓只畏惧他的威势,却不感怀其恩德。曹丕、曹睿继位后,刑法和劳役十分繁重,战争几乎没有停歇过。司马懿父子两代人都立有大功,废除了曹氏的苛政,施行仁政,拯救了百姓的疾苦,民心所向已经很久了。因此,淮南三次叛乱,而京城军民不受惊扰;皇帝曹髦被司马氏杀害,地方上也没什么动静。司马氏能够任用贤臣,贤臣也都忠心尽力,政权已经十分稳固,篡位的计谋已经成功了。现在,蜀国内部宦官专权,朝廷没有正确的政令,加之战争频繁,人民和兵卒都疲劳不堪。姜维只顾着对外作战,却不加强守备。二者强弱不同,魏国的智谋之士也比蜀国多。现在,魏国趁蜀国危险而进攻,肯定攻无不克。噫!你所高兴的事情,正是我的忧虑啊。”(司马光《资治通鉴》卷七八“魏元帝景元四年”)

而且,当中央政权处于兴旺发达的上升期,皇帝对于消灭“蜀独”问题往往拥有充分的自信。

北宋仁宗时期,四川有个老秀才献诗给成都知府,主张“把断剑门烧栈阁,成都别是一乾坤”。成都知府认为这是明目张胆的煽动造反,便把他关押起来,并马上向朝廷报告此事。按照历朝历代的法律,此人都该予以严惩,但宋仁宗赵祯却批复说:“这是老秀才急于做官,不足以治罪。可以给他一个司户参军的职务,不参与政务,安排到边远小郡。”结果这位老秀才上任还不足一年,便羞愧而死。(朱弁《曲洧旧闻》卷一)

正因为多次出现“蜀独”现象,中央政府往往容易对巴蜀的地方官产生猜忌之心,这也使得地方官忧心忡忡。

唐德宗贞元年间,韦皋兼任剑南节度使、中书令、太尉、南康郡王等职务。这时,有人认为韦皋的权力太大,有可能会造反,社会舆论对韦皋十分不利。有一次,文士陆畅前往拜谒韦皋,特地献上一首自己的《蜀道易》,诗中写道:“蜀道易,易于履平地。”韦皋读后大为感激,赠给陆畅八百匹绫罗。(尤袤《全唐诗话》之“陆畅”条;李绰《尚书故实》)

由此可见,三个条件之中,政治隐患才是酿成“蜀独”最关键的要素。

李白之所以在诗中说:“所守或匪亲,化为狼与豺。”正是与唐朝当时的政治隐患有关。

唐睿宗景云元年(710),朝廷为了加强边境的防御,在重要的边境地区设立军镇(也叫“藩镇”),军镇的长官叫“节度使”。节度使不仅带领军队,而且兼管地方的行政和财政,权力很大。按惯例,节度使如果立了大功,还可以调到京城担任宰相。

当时的宰相是大奸臣李林甫,他不但排挤朝廷的文臣,还非常猜忌边境上的这些节度使。

当时,军镇将领中有一些是少数民族(胡人)。李林甫觉得胡人将领的文化程度普遍较低,有的甚至不识字,即使立了功劳,也不会被调到京城当宰相。于是,他就在唐玄宗面前极力主张重用胡人出任节度使,理由是胡人骁勇善战,而且跟朝臣没什么复杂的关系，靠得住。唐玄宗本来就最怕边境的节度使造反，就听信了李林甫的话，提拔了一大批胡人担任节度使。

这些胡人出身的节度使，虽然骁勇善战，但是对汉族传统的忠、孝、仁、义等儒家文化知之甚少，也不感兴趣。他们信奉的是实力与地位，为达目的可以不择手段，是赤裸裸的马基雅维利主义。而在所有的胡人节度使中，野心最大、地盘最广、实力最强的就是安禄山。

唐玄宗开元七年(719)，朝廷在巴蜀地区设立了剑南节度使。辖区包括益、彭、蜀、汉、眉、绵、梓、遂、邛、剑、荣、陵、嘉、普、资、巂、黎、戎、维、茂、简、龙、雅、泸、合等25个州和昆明军。后来又增加了翼、当、柘、松、恭、姚、悉、奉、霸等9个州和保宁都护府，统辖天宝军、平戎军、宁远军、江南军、澄川军。其不仅拥有的地盘大、军队多，而且是唐朝在西南地区的最高军政长官。

当时，陆续担任剑南节度使的是章仇兼琼(739—746)、郭虚己(746—749)、鲜于仲通(750—751)、杨国忠(751—752)、崔圆(752—754)。在这几个人中，章仇兼琼是杨国忠的举荐人；郭虚己先后用兵于吐蕃、羌族和南诏；鲜于仲通率军远征南诏，二十多万人全军覆没，仅以身免；杨国忠则是个彻头彻尾的奸佞小人，靠着同曾祖父的族妹杨玉环的裙带关系权倾朝野；崔圆才具平庸，是因迎接唐玄宗入蜀有功，才获提拔。

正因李白看到了巴蜀地区当时的政治条件对唐王朝十分不利，极有可能发生“蜀独”的危险，才大声疾呼“蜀道之难，难于上青天”，当他的呐喊无人理会时，只好“侧身西望令人嗟！”

然而，李白的呐喊并不是没有知音，贺知章就是其中之一。

（作者单位：四川省林业厅）

李白文中“戴十五”考

查屏球

《李太白全集》卷二十七《送戴十五归衡岳序》一文提及一李白崇拜者戴氏，文曰：

白上探玄古，中观人世，下察交道。海内豪俊，相识如浮云。自谓德参夷、颜，才亚孔、墨，莫不名由口进，实从事退，而风义可合者，厥惟戴侯。戴侯寓居长沙，禀湖岳之气；少长咸、洛，窥霸王之图。精微可以入神，懿重可以崇德，谟猷可以尊主，文藻可以成化。兼以五材，统以四美，何往而不济也。其二三诸昆，皆以才秀擢用，辞翰炳发，升闻天朝。而此君独潜光后世，以期大用。鲲海未跃，鹏霄悠然。不远千里，访予以道。云国之秀，有廖侯焉。人伦精鉴，天下独立。每延以宴谑，许为通人。独孤有邻及薛诸公，咸亦以为信然矣。属明主未梦，且归衡阳。憩祝融之云峰，弄茱萸之湍水。轩骑纠合，祖于魏公之林亭。笙歌鸣秋，剑舞增气。况江叶坠绿，沙鸿冥飞，登高送远，使人心醉。见周、张二子，为论平生。鸡黍之期，当速赴也。

自来注家于此文笺解都有阙疑之处，尤其是关于写作时间与戴十五其人的说明，多难有确论，其因就在于文内信息不足，文外又少旁证资料，如岑仲勉《唐人行第录》言："据文，戴为长沙人，但名未详。"[1]笔者最近检读唐人墓志，发现贺知章所作《唐故朝议大夫给事中上柱国戴府君墓志铭并序太常博士》（开元010），可为解读本文提供一些佐证，以下述之。

一、关于戴十五其人

收于《唐代墓志汇编》的贺知章撰《唐故朝议大夫给事中上柱国戴府君墓志铭并序太常博士》（开元010）曰：

> 府君讳令言，字应之，本谯郡谯人也。自微子启宋，乐甫匡周，垂裕后昆，代载厥德。圣公汉之铜竹，若思晋之牙爪，初自九江东介，因徙吴兴武原，迨府君大父为湘乡令而寓居长沙，故今为郡人也。曾祖俨，陈南台侍御史、南康王国侍郎；祖集，隋衡阳王国侍郎，转湘乡令；父开皇朝明礼，授文林郎。代积儒素，专门礼学，侍御之风格，侍郎之敏惠，并秉灵江汉，流闻湘潭，聩祉美和，实钟秀杰。府君生而岐嶷，宗党欣庆，甫及数岁，有若成童。垂髫能诵《离骚》及《灵光》《江》《海》诸赋，难字异音，访对不竭。由是乡人皆号曰先生，敬而不名也。年十四而容体魁岸，性颇侠烈，每自称曰：吾不能为小人儒。好投壶、挽强、击刺，虽江乡耆宿、郭解季心之徒，咸敬惮焉。十五，首读两汉，遂慨慷慕古，手不释卷。未盈五旬，咸诵于口。十七，便历览群籍，尤好异书，至于自历卜筮，无所不晓。味老庄道流，蓄长往之愿，不屑尘物。州乡初以孝秀相屈，府君傲然便曰："大丈夫非降玄纁，不能诣京师，岂复碌碌从时辈也。"既家近湘渚，地多形胜，每至熙春芳煦，凛秋高节，携琴命酌，棹川藉墅，贵游牧守，虽悬榻入舟，不肯降志。天授岁，爰降丝纶，来旌岩穴。府君乃饬躬应召，谒见金马。夫出处者君子之大节，进退者达识之能事，天地闭而贤隐，王涂亨而代工，懿哉若人，有足尚者。自是时论推美，屡纡延辟，而府君素尚难拔，

犹怀江湖，因著《孤鹤操》以见志，名流高节者多和之。尔后复归江潭，涉五六载，重下明制，令驰传入□于是进对宣室，不言温树，解褐授右拾遗。屡竭忠谠，成辄削藁，外莫之知。爰除□补阙。府君志求闲退，朝廷使宰长社，字人有声，邑氓颂德，为廉察者所荐，玺书尉勉。景云岁，皇帝龙兴，重张寰寓，俄有恩命，拜左台侍御史。任气强直，不避权右。求出莅人，因转为三原令。郊墅之富，郑白之沃，人安物阜，绩尤王畿。迁起居郎。韬坟典之精，有南董之直，密谋岁益，便宜日奏，固非所闻也。俄迁库部郎，再为水陆运使。萧何之饷关中，邓禹之发河内。既简在帝念，遥授给中事，而身居洛阳，未拜灵陛。方当调兹汤鼎，克亨虞庠，天弗辅仁，奄归长夜，以开元二年岁次甲寅正月廿日，终于洛阳审教里之私第，春秋五十有六。夫人吴郡张氏，早殡于令族，夙在风懿，举案皋庑，惊辙莱门，爰在长沙，奄先朝露。以其年十二月甲寅朔七日庚申，合葬于洛阳清风乡之原礼也。后夫人颍川韩氏，亦庇垄阴。有子乘阳等四人，栾容蕖貌，哀毁骨立。呜呼！戴侯今不亡矣！故人识之，敢作铭曰：橘洲浮兮昭潭无底，沙如雪兮泉味犹醴。楚人秀兮地灵所启，旌弓招兮载笔灵陛，饷馈给乎含香建礼。彼君子兮如王之，人之云亡潸焉出涕。彼达人兮何必故乡，树贯兮封兹北邙。篆幽石兮志夫阴堂，岁遒尽兮烟墅微茫。[2]

贺知章所叙戴令言远祖“本谯郡谯人也。自微子启宋，乐甫匡周，垂裕后昆，代载厥德。圣公汉之铜竹，若思晋之牙爪，初自九江东介，因徙吴兴武原”。戴若思即戴渊，在东晋为王敦所害，其弟戴邈袭其名位。《晋书》卷六十九记：“戴若思，广陵人也，名犯高祖庙讳，祖烈吴左将军，父昌会稽太守。”“邈，字望之，少好学，尤精汉史，才不逮若思，儒博过之。……若思遇害，邈坐免官，敦诛后，拜尚书仆射，卒官，赠卫将军，谥曰穆，子谧嗣，历义兴太守大司农。”戴令言是戴渊之后，其家族由广陵移九江再入吴兴武原。《元和姓纂》卷九言：“[谯国]戴逵之后，逵弟逯，大司农，广信侯。……[吴兴长城]晋有戴洋,入《方术传》。"[3]《晋书·戴洋传》记:"戴洋,字国流,吴兴长城人也。……庾翼代亮,洋复为占候,少时卒,年八十余,所占验者不可胜纪。"这个戴洋或是戴渊同宗,也是戴令言之先人。稍晚一点的戴叔伦也是吴兴戴氏,权德舆《朝散大夫使持节都督容州诸军事守容州刺史兼侍御史充本管经略招讨制谯县开国男赐紫金鱼袋戴公墓志铭》历述吴兴戴氏世系:"本谯国人。共先在宋为公族,于汉为儒宗,东汉则有司徒涉,西晋则有司农逯。逯后南渡,始居丹徒,八叶至宋临湘侯明宝,明宝曾孙梁左丞暠用,暠玄孙皇德州司士好问,公之曾王父也。王父修誉,父慎用。"[4]《宋书·戴明宝传》言:"戴明宝,南东海丹徒人也。……升明初,年老,拜太中大夫,病卒。"可能在刘宋时丹徒戴氏与吴兴戴氏已分枝了。戴令言的世系是:"曾祖俨,陈南台侍御史、南康王国侍郎;祖集,隋衡阳王国侍郎,转湘乡令;父开皇朝明礼,授文林郎。代积儒素,专门礼学,侍御之风格,侍郎之敏惠,并秉灵江汉,流闻湘潭,聩祉羡和,实钟秀杰。"自戴集后这个家族移居长沙,"大父为湘乡令而寓居长沙,故今为郡人也"。墓志叙及了戴令言的仕宦经历,则天天授时入京待诏,"天授岁(690—692),爰降丝纶,来旌岩穴。府君乃饬躬应召,谒见金马"。未果返潭,五六年后再被授为右拾遗。戴令言五十六岁卒于开元二年(713),天授时约34岁,出仕年纪不算大。睿宗即位,迁侍御史、三原令,其后短短3年里,迁起居郎、库部郎中、转运使、给事中,仕途颇顺,应是玄宗集团看重的人物。墓志言戴令言"以开元二年岁次甲寅正月廿日,终于洛阳审教里之私第"。戴令言入仕后在京洛地区任职22年,其家亦移居于此了,故在洛阳审教里有私第,并将先亡之夫人由长沙移葬,"合葬于洛阳清风乡",先夫人当先居于长沙,戴令言应在南北皆有家室。

李白《送戴十五归衡岳序》言戴十五"戴侯寓居长沙,禀湖岳之气;少长咸、洛","且归衡阳"。此人应出生于长沙,在长安、洛阳长大,他在长沙与长安、洛阳都有家,这与戴令言情况是符合的,墓志言戴令言前夫人吴郡张氏,先故于长沙,"爰在长沙,奄先朝露"。

表明戴令言出仕后，其家仍在长沙。又墓志言：“有子乘阳等四人。”戴令言有四子，李白文中言：“其二三诸昆，皆以才秀擢用，辞翰炳发，升闻天朝。”戴十五有兄三人，戴十五是最小的，这两处情况也是相合的。据此推断所谓戴十五应就是戴令言的小儿子，只是名字尚不知晓。戴令言墓志仅叙有子四人，未提及四人仕职，或许他们尚未出仕，至李白作文时，其中二三子已经科举得仕了，唯余戴十五一人尚未及仕。

二、关于李白《送戴十五归衡岳序》写作时间与背景

安旗先生《李白全集编年注释》将此文系于开元二十一年(733)，认为“据文中‘不远千里，访予于道，云国之秀，有廖侯矣’等语，知戴十五自衡岳访白于安陆，文末又有‘笙歌鸣秋’数语，则时在秋”。笔者以为本文行文也颇有早年之风。又，文言“访予”“郧国”“江叶”也当在安陆一带，故文中所写送别应是李白“酒隐安陆，蹉跎十年”时期的事。然开元二十一年李白33岁，阅世并不广，文中言“海内豪俊，相识如浮云”，与此颇不符。笔者以为此语更似李白在广游京洛、江东、太原之后的事，宜系于开元二十五年，其时，李白37岁，其许夫人或于本年过世，李白在安陆许家应待了一段时间，与江汉地区文人多有交往。

贺知章所叙戴令言是一传奇性人物，智力过人，读书得法，“垂髫能诵《离骚》及《灵光》《江》《海》诸赋，难字异音，访对不竭”，学问广博且扎实，“十五，首读两汉，遂慨慷慕古，手不释卷。未盈五旬，咸诵于口。十七，便历览群籍，尤好异书，至于自历卜筮，无所不晓”。而且，个性浪漫，颇有侠气，“年十四而容体魁岸，性颇侠烈，每自称曰：‘吾不能为小人儒。’好投壶、挽强、击刺，虽江乡耆宿、郭解、季心之徒，咸敬惮焉”。志尚高远，情趣高雅，钟情山水之乐，“味老庄道流，蓄长往之愿，不屑尘物。州乡初以孝秀相屈，府君傲然便曰：‘大丈夫非降玄纁，不能诣京师，岂复碌碌从时辈也。’

既家近湘渚，地多形胜，每至熙春芳煦，凛秋高节，携琴命酌，棹川藉墅，贵游牧守，虽悬榻入舟，不肯降志”。墓志中的戴令言非常契合贺知章自己的个性。

《旧唐书·贺知章传》：“（贺知章）性旷夷，善谭说，与族姑子陆象先善。象先尝谓人曰：‘季真清谭风流，吾一日不见，则鄙吝生矣。’证圣初，擢进士、超拔群类科，累迁太常博士。……开元十三年，迁礼部侍郎，兼集贤院学士，一日并谢。……玄宗自为赞赐之。迁太子右庶子，充侍读。”“知章晚节尤诞放，遨嬉里巷，自号‘四明狂客’及‘秘书外监’。每醉，辄属辞，笔不停书，咸有可观，未始刊饬。”

《新唐书·贺知章传》：“天宝二年，以老年上表，请入道归乡里，特诏许之。重令入阁，诸王以下拜辞。上亲制诗序，令所司供帐，百僚饯送，赐诗叙别。知章表谢，手诏答曰：‘卿儒才旧业，德著老成，方欲乞言，以光东序，而乃高蹈世表，归心妙门，虽雅意难违，良深耿叹。眷言离祖，是用赠诗，宜保松乔，慎行李也。儿子等常所执经，故令亲别，尊师之义，何以谢焉。’”

他是开元、天宝年间朝中名士，为人旷达不羁，风流自适，在乡与张若虚、张旭、包融并称“吴中四士”。在京与陈子昂、卢藏用、宋之问、王适、毕构、李白、孟浩然、王维、司马承祯等并称为“仙宗十友”，在朝与李白、李适之等谓“饮中八仙”，在野则称“四明狂客”，并以才行与风度获得了君王的尊重。开元二年，贺知章职位不高，尚无晚年放浪之举，但其个性已成，其依自己的人格模式来记录戴令言，也是借他人之事来表达自己的人格理想，显示了对传奇的人生境界的一种向往。

同样，这样一个传奇人物的气质与李白也是很接近，李白在诗文就曾一再以类似的经历自夸。如《长安州裴长史书》言：“五岁诵六甲，十岁观百家。轩辕以来，颇得闻矣。常横经籍书，制作不倦，迄于今三十春矣。”《与韩荆州书》言：“十五好剑术，遍干诸侯。三十成文章，历抵卿相。虽长不满七尺，而心雄万夫。王公大人，许与气义。”广读奇书、好侠尚剑、钟情山水、长于诗赋，都是他们的相似处，尤其是对道教之境的迷狂，对凡俗的超越，更是一种内在的精神联系。由这种比较中，我不难看出贺知章赏识李白以及李白追慕贺知章的原委，他们就是喜欢像戴令言这样潇洒而具有传奇色彩的人，贺、李成为忘年交，就在于他们有着非常契合的精神世界。

由此，我们可对李白此文作进一步推断，戴令言卒时戴十五十多岁，开元二十五年(737)时，已是三十多岁了，与李白年辈相仿。其时李白声名并未大显，他作为给事中五品官子弟能千里相寻，当有机缘了解李白为人与才性。这个机缘极可能就是贺知章，贺知章能为其父写出这样文学化的墓志铭，贺、戴两家当有较深的关系。戴十五很可能就是由贺知章处了解到李白。李白文中言：“属明主未梦，且归衡阳。”其家在长沙，为何要归衡岳？这是因为当时有学子有习业山林的风气[5]，衡阳可能是他学习之所。戴十五这次到安陆寻见李白，应是在入京与归山往返途中的事情，所谓“明主未梦”，即指在京求仕、应举失败之事。戴十五应是在由京返湘的途中寻到了李白。由李白所叙看，戴十五颇有乃父之风，“精微可以入神，懿重可以崇德，谟猷可以尊主，文藻可以成化。兼以五材，统以四美。”“潜光后世，以期大用。鲲海未跃，鹏霄悠然。”而一鸣惊人，一步登天，也正是李白当时追求的理想。也许贺知章正是看出这种契合处，才向戴十五介绍了李白。今人已研究出，李白初见贺知章的时间不应在天宝初，而应在开元二十五年前。这则墓志也可作为一个旁证。贺知章、戴令言、李白、戴十五的交往，正体现了开元士人好特立独行的特色。

又，戴叔伦有诗《族兄各年八十余见招游洞》：“鹤发婆娑乡里亲，相邀共看往年春。拟将儿女归来住，且是茅山见老人。”此前研究者将本诗系于贞元三年(787)任湖南转运留后返乡时[6]，估计是依据诗中“乡里亲”“茅山”二词，其实亦可理解为，鹤发老者是乡里亲戚，待我很热情，让人觉得可以将家人接来，如同回到家乡一样，见到他们就像见到家乡茅山老道。全诗应是表达在他乡见同族兄长的兴奋。戴叔伦在大历五年(770)至大历十二年(777)任湖南转运留后,由上文看,戴令言最小的儿子在开元二年(713)已十多岁,到这个时候年近八十,其他诸子自然已是八十余岁了,故戴叔伦一诗很可能作于任湖南转运留后期间,其所见应是戴十五诸兄。

据上分析,借助贺知章这一篇墓志,我们不仅可对李白文中的戴十五家族作一些推论,还可对本文产生的背景与原委进行更具体的解读。很多出土墓志与传世之作可能无直接关系,但唐代是世族社会,文化阶层的人数相对较少,同时代的人往往会因各种缘由产生关系,充分利用其中信息,可构建出一些人物的关系网,从不同层面推动我们进一步接近文本,解读一些疑惑之事,感受那个时代特有的气息。

注 释

[1]岑仲勉《唐人行第录(外三种)》,上海古籍出版社1982年,182页。

[2]周绍良编《唐代墓志汇编》,上海古籍出版社1992年版,1156~1157页。

[3]林宝撰,岑仲勉校,郁贤皓、陶敏整理《元和姓纂(附四校记)》卷九,中华书局版1994年版,1270页。

[4]《全唐书》卷五百二。

[5]严耕望《唐人习业山林寺庙之风尚》,严耕望《唐史研究丛稿》,香港新亚研究所1969年版,367~424页。

[6]蒋寅注《戴叔伦诗集校注》,上海古籍出版社1993年版,58页。

(作者单位:复旦大学中文系)

李白与汪伦交往考

沙　鸥

当人们来到安徽泾县桃花潭时,第一个议论的话题就是汪伦与李白的逸闻,也就是袁枚在《随园诗话》中所记载的:“唐时汪伦者,泾川豪士也。闻李白将至,修书迎之,诡云:‘先生好游乎?此地有十里桃花。先生好饮乎?此地有万家酒店。’李欣然至。乃告曰:‘桃花者,潭水名也,并无十里桃花。万家者,店主人姓也,并无万家酒店。’李大笑。款留数日,赠名马八匹,官锦十段,而亲送之。李感其意,作桃花潭绝句一首。”“李白乘舟将欲行,忽闻岸上踏歌声。桃花潭水深千尺,不及汪伦送我情。”这个故事至今人们深信不疑,其实仔细探究,就可知不过是昔者杜撰而已。试想,李白自25岁时就仗游天下,居不定所,汪伦寄信往何处寄呢?何况李白与汪伦在当时并不相识。既然此段逸闻并非事实,那么,李白究竟什么时候来到桃花潭,写下赠汪伦的诗呢?据詹锳《李白诗文系年》[1]及郁贤皓《李太白全集校注》[2],李白曾经给予汪伦有关诗歌共有三首,一是《过汪氏别业二首》,二是《赠汪伦》。按郁贤皓《李白交游杂考》[3],詹锳《李白诗文系年》,安旗、薛天纬先生合著的《李白年谱》[4],郁贤皓先生的《谪仙诗豪李白》[5]以及咸晓婷《李白赠何昌浩诗系年》[6]。李白先后在754年、755年、757年三次来往泾川桃花潭。

此两首诗大多数学者认为为同时期所作。但笔者有不同的看法。首先从《过汪氏别业二首》诗题来看，一个"过"字，说明了李白此时来桃花潭时，是路过汪氏别业，或拜访汪氏别业。汪伦因为是一生意人，故而身份较低。李白在《赠汪伦》一诗里便直呼其名，而在此诗里一改常态，称"汪氏"，透露出李白对已故人的一种尊重。另诗中有"汪生面北阜"句，按宋《文苑英华》本为"任土面北阜"，比较妥帖，清楚地交代了汪氏别业所面对的正是北边的汪伦之墓。"汪生"与"任土"之传抄误，可能是草书比较相似所误。

按王琦本《李太白全集》附录四，有记《宁国府志》载胡安定先生《石壁诗》，其诗云："李白好溪山，浩荡泾川游。题诗汪氏壁，声动桃花州。"说明李白此次过汪氏别业，汪氏已不在世，否则不会在"汪氏别业"墙壁上题诗。以此再看《过汪氏别业》之诗，便可知此诗是两首怀旧诗。根据诗句"我行值木落，月苦清猿哀"说明李白来时正值秋季。而"我来感意气，捶炰列珍羞。扫石待归月，开池涨寒流。酒酣益爽气，为乐不知秋"也是再现过去曾经来时汪伦豪爽招待的场景。而"畴昔未识君，知君好贤才。随山起馆宇，凿石营池台。星火五月中，景风从南来。数枝石榴发，一丈荷花开。恨不当此时，相过醉金罍"说明了过去曾经并不认识汪伦，而听说汪伦喜好结交贤才，并在此买下"别业居"，恨当时未能亲临现场狂欢。而这次来时已"行值木落，月苦清猿哀"了。由此推断，李白与汪伦第一次相识时，汪氏别业并未形成规模。而是在此后逐渐完成的。故而《赠汪伦》诗在其《过汪氏别业居二首》之前，可能是在754年作，而《过汪氏别业二首》是在757年作。

我们还可以从中得到这样一个信息，"明朝龙潭去，枕石拂苔莓"点明了李白游过桃花潭之后的去向，同时也说明了汪伦已故的真实状况。龙潭就是桃花潭上游的罗浮潭，再上去就是九里潭和麻川，是古代泾县、太平、石埭三县的交界处。李白至德二载（757）这一年命运起伏极大，先是于春间因永王璘事陷狱浔阳，初秋获释后入宋若思幕并随其武昌一行,但不久即离开。李白在离开宋若思幕府之后,本应是"逃难"卧病宿松,不过在准备逃难之时还有泾溪之行,这在李白《泾溪南蓝山下有落星潭,可以卜筑,余泊舟石上,寄何判官昌浩》已有所反映。咸晓婷根据2005年5月河南首阳山镇南蔡庄出土的《唐故邓州司户参军何府君墓志铭并序》,指出李白曾在诗《赠何七判官昌浩》中称何昌浩为"何七"并不矛盾,李白第二首《泾溪南蓝山下有落星潭,可以卜筑,余泊舟石上,寄何判官昌浩》诗所云"泾溪"恰恰在宣州境内,这一点墓志与白诗正好吻合。从而断定,此碑志的墓主何昌浩即是李白诗题中所云何昌浩,李白的这两首诗应作于何昌浩任宣歙采访使支使期间。又根据何昌浩任宋若思宣歙采访使支使的时间来重新考定李白上述两首诗的写作时间。并以李白《为宋中丞自荐表》中的李白自叙年龄"翰林供奉李白五十有七"为依据,推断作于至德二载(757)[7]。推论翔实有力。

正是在这一年,李白与何昌浩告别后,自然想顺便拜访桃花潭的汪伦,然而不幸的是汪伦已不在人世。虽然汪伦的后人或者村民依然热情款待李白,但没有了好友的相伴,自然"明朝龙潭去,枕石拂苔莓"了。联想到桃花潭汪伦墓前的光绪年建的墓碑,碑上留有的"谪仙题"的字样,很可能此时李白确实曾经给汪伦题写过墓碑,可惜墓碑遗失。故而光绪年间重修时,为记载这一史实,墓碑上刻上了"谪仙题"字样。

再从这一时期的诗歌贯穿联系到李白《下泾县陵阳溪至涩滩》和《下陵阳沿高溪三门六剌滩》等诗,表明他是取水道向南进发。桃花潭之后才向北出发"逃难"卧病宿松。

按《过汪氏别业》之诗,李白曾回忆与汪伦相聚,期间汪伦确实对李白招待尤佳,每天"捶炰列珍羞","酒酣益爽气",故而李白实在不好意思,便想悄悄离开,不辞而别,没想到,船刚离岸,就闻见汪伦率领众村民,载歌载舞,踏歌欢送,这怎能不令李白感动呢?所以李白回去后便写诗道:"李白乘舟将欲行,忽闻岸上踏歌声。

桃花潭水深千尺,不及汪伦送我情。”从此这脍炙人口的诗流传天下了。

注 释

[1]詹锳《詹锳全集》卷五《李白诗文系年》,河北教育出版社,2016 年版。
[2]郁贤皓《李太白全集校注》,凤凰出版社,2016 年版。
[3]郁贤皓《李白交游杂考》,《李白丛考》,陕西人民出版社,1982 年版,第 167 页。
[4]安旗、薛天纬《李白年谱》,齐鲁书社,1982 年版。
[5]郁贤皓《谪仙诗豪李白》,上海人民出版社,1986 年版。
[6]咸晓婷《李白赠何昌浩诗系年》,《文学遗产》2010 年二期。
[7]详见咸晓婷《李白赠何昌浩诗系年》,《文学遗产》2010 年二期。

(作者单位:马鞍山市文联)

崔颢,李白,并非一神一鬼

张乐陵

评《崔颢的"黄鹤楼"为啥让李白一度搁笔》。

2017年6月27日《解放日报》,作者张立华的《崔颢的"黄鹤楼"为啥让李白一度搁笔 》一文,读来疑惑重重,在此谈谈自己的不同见解和看法。

首先看《凤凰台》解析一章。

李白诗曰:"凤凰台上凤凰游,凤去台空江自流。吴宫花草埋幽径,晋代衣冠成古丘。三山半落青天外,一水中分白鹭洲。总为浮云能蔽日,长安不见使人愁。"

前四句诗人凭今吊古。其中第三句中的花草,作者比作嫔妃,被历史埋葬于幽径之下。又觉得似乎不通,只好同后一句连起来,笼统地解释为历史上的宫女,官宦都已变成枯骨荒丘,埋于小径的幽深之处。我觉得这样解释仍显生硬、牵强。衣冠枯骨成古丘合理,埋在小径之处不通。我认为诗人这里的花草并非指人,而是指诗人眼前看到的景物。这里的"埋"不是埋葬了,而是埋没了、掩埋了。吴宫昔日的楼台庭院已经荒芜,长满了茂盛的野花蒿草,深深地埋没了已少有人涉足的幽深小径。这样解释是否更加合理顺畅?两句诗都是怀古,前一句以景物写时过境迁,后一句以人物写世去人非,看似喻意相同,但写法不同,更加层次分明,重而不叠。

"三山半落青天外"一句,古人多解读为三山的一半被浮云遮去,看不见了。而文章的作者却认为不应为浮云遮去,而应作时间上的时隐时现。两种解释差别不大,若从下一句"总为浮云能蔽日"连贯来看,倒是浮云遮去更贴合诗人的本意。前有景象,后有印象,较为自然。

再谈《黄鹤楼》商榷一章。

作者以大量的笔墨和史料来钩考此诗的第一句到底是昔人已乘"白云"去,还是已乘"黄鹤"去,以证明哪个版本是正版。考证下来,白云一版始见于唐朝,黄鹤一版最早见于金代,金以前有无不得而知,并进一步推论"如果第一句不用白云,那么第四句的白云就没有着落了,也就是说前三句与第四句毫无关系,这是不合理的,不合逻辑的"。这不免让人疑惑,黄鹤一版流传千年,深得大家的认可和喜爱。怎么会在这么长时间里,这么多名流过客竟然连这么浅显、低级的错误都未分辨出来,不是很可悲吗?由上作者解释前四句为"昔日那位传说中的名叫黄鹤的得道仙人已经乘着白云升天而去了,此地只剩下这座因其人而取名的黄鹤楼了。得道仙人黄鹤一去之后不再返回,因而也就再没有人乘白云升天了。故从那以后,千载以来的白云就没有用了,只能空自悠悠了"。恕我直言,若真如前文表述那样,岂不让人觉得此诗太直白,太狭促,太没有诗意,太缺乏想象了。不要说李白等先贤,连我都觉得平淡无奇,拖曳纠沓了。尤其是第四句的解读,直接就是前面三句的注脚,始终绕梁不去,累赘拗口,枯槁干瘪,哪还来宋人严羽的"唐人七律当以崔颢《黄鹤楼》为第一",清人沈德潜的"意得象先,神行语外,纵笔写去,遂擅千古之奇"之说,更别说纪晓岚的"此诗不可及者,在意境宽然有余"了。在此我的判断是历史上两个版本早已并存,且在唐朝就已存在了。何以见得?本人只是一般的读者,无力考证史料的真伪,只能是以诗论诗。我的判断得于李白的诗文。

"黄鹤"一版诗曰:"昔人已乘黄鹤去,此地空余黄鹤楼。黄鹤一去不复返,白云千载空悠悠。晴川历历汉阳树,芳草萋萋鹦鹉洲。日暮乡关何处是,烟波江上使人愁。”

李白看到此诗惊叹不已,大加赞赏,必欲一比高下,却又无从下手,留有“眼前有景道不得,崔颢题诗在上头”之忍,终无一文,罢手而去。此后二十多年,李白始终耿耿于怀,直到晚年方才释怀。为此写过体裁完全相同的两首诗,一为“凤凰台”,一为“鹦鹉洲”。

“鹦鹉洲”诗曰:“鹦鹉来过吴江水,江上洲传鹦鹉名。鹦鹉西飞陇山去,芳洲之树何青青。烟开兰叶香风暖,岸夹桃花锦浪升。迁客此时徒极目,长洲孤月向谁明。”

比拟也好,仿照也罢,总之是对应“黄鹤楼”而作。请对比三首诗,“黄鹤楼”开头三句先来三个黄鹤。“凤凰台”开头也先来三个凤凰。“鹦鹉洲”更是连排三句鹦鹉开头。前后对照何等相似、整齐,不能不使人由此推断李白就是参照“黄鹤”一版而作,“白云”一版则没有这种效果。这说明“黄鹤”一版就题写在唐朝的黄鹤楼上。有人会说也许是巧合,那么一次是巧合,再次呢?简单的巧合是说不通的。

李白和崔颢同时代,年龄相差不大。李白能看到“黄鹤”一版,崔颢不能不知晓。奇怪的是未见唐朝对此有什么争议,让人甚是不解。估计只能是两种可能,一种可能,崔颢的原版就是“黄鹤”一版;另一种可能,“黄鹤”一版是崔颢自己的改版(此种可能性大),当朝窜改仍健在者的作品的可能性不大,将自己已发表的作品再版时加以修改则再平常不过。果真如此,当朝人都不去争辩,我们后人又较什么真?

对照两个版本,觉的“黄鹤”一版开宗明意,逐句展开,层层紧扣,一气呵成,读来朗朗上口。“白云”一版开题不明,有些不知南北,稍显松散、生涩。在此我冒昧不揣,就“黄鹤”一版的第四句谈谈自己的感受。正是第四句的看似无着落,让人有一种此句并不寻常的感觉,既是前面三句的收官,又不完全是,既写实,白云,千载,又写虚,白云,时光,空悠悠,都体现了一个“空”字。空则虚,虚则幻,幻则无限。此句含意绝不简单,表面一看,字面直观,张口可出。细细品来,又不尽然,似是而非,一言难尽。前面几位先人的评价非常得体:此诗只可意会,不可详释,妙不可言。

在此我敞开想象,试解一二。也许诗人在此遗憾人去楼空,世事无常;也许在感叹传说美丽,现实渺茫;也许在悲叹人生梦短,光阴虚度;也许在为胜景名楼千百年来竟无名人佳作相伴而心有不甘……也许什么都不是,只是诗人眼中蓝天、白云神闲意得,荡荡悠悠远去的身影。正所谓画龙点睛,神来之笔。只能是仁者见仁,智者见智,任由后人自由发挥了。

最后来看《"深刻"与"渺小",崔颢排第一,李白仿古人?》一章。

看了几个古人的评价,含蓄包容,点到为止。明代瞿佑就两首诗作了直接的对比,崔颢题黄鹤楼,太白过之不更作。及登凤凰台作诗,可谓十倍曹丕矣。盖颢结句云"日暮乡关何处是,烟波江上使人愁",太白结句云"总为浮云能蔽日,长安不见使人愁",爱君忧国之意远过乡关之念。瞿佑评价得很实际。李白的"凤凰台"通篇怀古,句句忧今,十分明了,既有不得见用之忧,更有忧君忧国(君国)、贤路蔽塞之忧。再看崔颢全诗,倒像是游景观光,览胜抒情之作,全篇无一句忧国忧民之意,更别说那些高深的哲理了。虽然十倍曹丕有些夸张,仍不失客观、公允,就诗论诗,实事求是。

反观作者上文,对崔颢和李白两人是一褒一贬,经纬分明。同样一句"使人愁",说崔颢"并非简单的乡关之念,更不是一身一己归宿的愁,而是生活的归宿,思想的归宿;政治的归宿,信仰的归宿;形骸的归宿,灵魂的归宿。这是人生最大的哲学问题,是诗人在为整个人类的终极归宿而愁。这样的作品难道不够深刻吗?相比之下,李白的愁就显得渺小了。他更多的是在为自己的不得见用而愁,是自私自利的愁。"一句本不复杂的话,作者竟引申出如此复杂的哲理,如此高、大、上的思想境界,真是难为了一片苦心。这哪里是在评价古人的作品,分明是在替古人量体裁衣,定制衣冠。

只可惜这顶高帽子太过假、大、空,恐怕崔颢自己都不愿意戴,让人认不出来。这还是诗人崔颢吗?分明是忧国忧民,忧世界,忧人类命运的大思想家。这还是古人崔颢吗?分明是今天的时代楷模。事反矣!让人感觉不是诗人的诗写得好,而是文章作者包装得好。

更有甚者,为了贬低李白,作者竟借用外国人的话来形容李白“不知道是第几个用花来形容女人的什么才了”。什么才?说明了就是比蠢材都不如的才。又言“李白《凤凰台》的结尾两句却是因袭的”。什么叫因袭?因袭就是承袭,就是抄袭,就是投机取巧,就是不劳而获。这是在评论李白的诗作吗?这是在对古人不负责任的横加指责,是对李白才能的怀疑,是对李白诗德的污蔑,更是对李白人格的污辱。这还是那个大名鼎鼎、才高八斗的诗仙吗?这还是那个风流倜傥、傲视权贵的大唐才子吗?在作者的笔下李白连蠢材都不如,倒像是一个靠承袭,靠拾人牙慧而博取名利的可怜虫。这对李白太不实际,太不公平,太过分了。用老百姓的话叫骂人骂到骨头里,损人损到家了。事极矣!让人忍不住要质问一句:作者究竟要干什么?

说到用“浮云蔽日”来形容奸臣当道,我想多说几句。历史上如此比喻屡见不鲜,李白不会不知道。故李白在诗里用了一句“总为浮云能蔽日”,其用意非常深刻。“总为”说事,就不是一件,多次;说人就不是一人,大家。这表明李白领会到前人的比喻,在此表示自己的认同。这绝非李白简单地重复古人,而是李白有意为之。在这里李白用得巧妙,用得恰当,用得理直气壮,用得坦坦荡荡,看不出有半点抄袭,占用,拾人牙慧的影子,更别说什么“阳货无心,貌类孔子”了。

至于那个外国人的话:“第一个用花来形容女人的是天才,第二个用花来形容女人的是庸才,第三个用花来形容女人的是蠢材。我想其本意绝不会那样简单草率。其真正所指应为生搬、滥用剽窃。如果真如作者前文的理解,问题就来了。西方文化同中国文化差别很大,传统迥异。西方文化以词组文,中国文化以字组文;

西方文化一词多义，多词一义比比皆是。中国汉字几千年传承不变，精准洗练，含意高度概括，往往差一字则意思完全不同。外国诗歌无格无律，任意随心；中国律诗格式严格，字数固定，平仄有序，韵律合辙，已经限制很多了，如再加上时空上的限制，前人用过的比喻后人不能再用，岂不是自套枷锁，自捆手脚吗？如此一来，恐怕将会有一大批前人的作品经不起作者的审查，连毛泽东也难以幸免。这纯粹是拿外国人的枷锁来套中国人的脖子，不仅捆住了中国诗人的手脚，捆住了中国诗词的手脚，更捆住了中国文化的手脚。别忘了，中国是有几千年文明历史的国家，中国文化的传统是以能在自己的作品中引经据典，引用和借鉴古人的名经佳句为高雅，为学识渊博，为见多识广。关键是看你怎么用。

最后说说对两首诗的感觉。崔颢的“黄鹤楼”，写景，繁景素描，大而化之；写意，寓意孤悬，不可企及，让人浮想无穷。李白的“凤凰台”，写景，细致优美，见景见人，情景交融；写意，精准明快，怀古忧今，思想性强。两诗各有千秋，互为伯仲，都是绝顶的好诗。

联想到时下许多毁坏古迹，伪装历史，劫持古人的种种行为，应该引起全社会的高度重视，还历史一片蓝天，更是“文史学者”义不容辞的职责。

在此献上一首小诗以表心意：孔明东风不白借，阿瞒百万难过江。吴主好借不好还，错把荆州做嫁妆。说贤论古勿心裁，最忌身后放黑枪。可怜古人无告处，唯寄后人助伸张。是非公正天地知，标新立异太荒唐。周郎前为小聪明，换得今日酒菜香。

元代名儒郝经对李白杜甫的接受与传播

潘殊闲

郝经(1223—1275),字伯常,其先潞州(今山西长治)人,徙泽州陵川(今山西陵川),元初著名政治家、思想家、文学家,一生著述繁复,“其生平大节,炳耀古今,而学问文章,亦具有根底……故其文雅健雄深,无宋末肤廓之习;其诗亦神思深秀,天骨秀拔,与其师元好问可以雁行”。[1]

李杜是中国诗歌高潮的冠冕,作为一代名儒的郝经对李杜有何接受与传播,惜乎此前有关郝经的研究中尚无人触及,本文拟通过文献梳理与研究作一初探。

一、李杜并称与李杜并尊

郝经对李杜十分尊崇,在相当多的地方都将两者并称。郝经有一篇与撖彦举讨论诗学的书信,纵论《三百篇》以降诗歌之得与失:

> 观圣人之所删定,至于今而不亡,诗之所以为诗,所以歌咏性情者,只见《三百篇》尔。秦、汉之际,骚赋始盛,大抵怨谘烦冤、从谀侈靡之文,性情之作衰矣。至苏、李赠答,下逮建

安，后世之诗始立根柢，简静高古，不事夫辞，犹有三代之遗风。至潘、陆、颜、谢，则始事夫辞。以及齐、梁，辞遂盛矣。至李、杜氏，兼魏、晋以追风雅，尚辞以咏性情，则后世诗之至也，然而高古不逮夫苏、李之初矣。至苏、黄氏而诗益工，其风雅又不逮夫李、杜矣。盖后世辞胜，尽有作为之工，而无复性情，不知风雅有沉郁顿挫之体，有清新警策之神，有振撼纵恣之力，有喷薄雄猛之气，有高壮广厚之格，有叶比调适之律，有雕镂织组之才，有纵入横出之变，有幽丽静深之姿，有纡余曲折之态，有悲忧愉佚之情，有微婉郁抑之思，有骇愕触忤之奇，有鼓舞豪宕之节。若夫言外之意，意外之味，味外之韵，知之者鲜，又孰能为之哉？先为辞藻，茅塞思窦，扰其兴致，自趋尘近，不能高古，习以成俗，昧夫风雅之原矣。呜呼！自李、杜、苏、黄，已不能越苏、李，追三代，矧其下乎！于是近世又尽为辞胜之诗，莫不惜李贺之奇，喜卢仝之怪，赏杜牧之警，趋元稹之艳。又下焉则为温庭筠、李义山、许浑、王建，谓之晚唐，轰轰隐隐，啤噪喧聒，八句一绝，竞自为奇。推一字之妙，擅一联之工，呕哑嚼拉于齿牙之间者，只是天地风雷、日月星斗、龙虎鸾凰、金玉珠翠、莺燕花竹、六合四海、牛鬼蛇神、剑？绮绣、醉酒高歌、美人壮士等。磨切镏铢，偶韵较律，斗饤排比而以为工，惊吓喝喊而以为豪。莫不病风丧心，不复知有李、杜、苏、黄矣，又焉知三代、苏、李性情风雅之作哉！足下之作，不为不工，不为不奇，殆亦未免近世辞人之诗。愿熟读《三百篇》及汉魏诸人，唐宋以来只读李、杜、苏、黄，尽去近世辞章，数年之后，高咏吟台之上，则必非复吴下阿蒙矣。[2]

这段文字凡五次提到李杜，称李杜“兼魏、晋以追风雅，尚辞以咏性情”，乃“后世诗之至也”，当然，若论高古，则“不逮夫苏、李之初”。在郝经眼里，李杜之所以成为魏晋之后直追风雅的“诗之至”，就在于他们不仅注重文辞之美，更兼具性情之真，即所谓“尚辞以咏性情”。而后世诗歌则专注于“辞胜”，“磨切镏铢，偶韵较律,斗饤排比而以为工,惊吓喝喊而以为豪”,完全不知性情之为何物,不知风雅尚有体、神、力、气、格、律、才、变、姿、态、情、思、奇、节的分判,至于“言外之意,意外之味,味外之韵”,更是闻所未闻,又遑论实践。其所以如此的原因,就在于首先就讲求辞藻,于是“茅塞思窦,扰其兴致”,因而只能“自趋尘近,不能高古”,遂习以成俗,全然不知有风雅之先导。在郝经看来,近世诗人追逐中晚唐诗人,“推一字之妙,擅一联之工”,诗风颓靡,以至“病风丧心,不复知有李、杜、苏、黄矣,又焉知三代、苏、李性情风雅之作”。他告诫撖彦举要“熟读《三百篇》及汉魏诸人”,唐宋以来“只读李、杜、苏、黄”,坚决摈弃近世辞章,假以数年,当“高咏吟台之上”,不再是“吴下阿蒙”。撖彦举,即阚举,字彦举,号函谷道人,陕西人。早年为里啬夫,不解文字,一日忽能作诗,吐语皆古人所未道。客京师十余年,后客死清苑,墓碑题“诗人阚某墓”。郝经有《同阚彦举南湖晚步四首》《送阚彦举》等诗,侯克中有《悼阚彦举》:“锦绣肝肠铁石姿,九州行遍复何之。鳌吞鲸吸千杯酒,风起蛟腾七字诗。竹杖打门求友日,纸衣裹骨到家时。生前死后俱漂泊,想象临风酹一卮。”[3]由此可以看出阚彦举的豪宕不羁。

郝经对李杜的称扬,在《遗山先生墓铭》中还有集中的表现:

> 诗自《三百篇》以来,极于李、杜。其后纤靡淫艳,怪诞癖涩,寖以弛弱,遂失其正。二百余年而至苏、黄,振起衰踣,益为瑰奇,复于李、杜氏。金源有国,士务决科干禄,置诗文不为,其或为之,则群聚讪笑,大以为异。委坠废绝,百有余年,而先生出焉。当德陵之末,独以诗鸣,上薄风、雅,中规李、杜,粹然一出于正,直配苏、黄氏。[4]

郝经认为,李杜是自《三百篇》之后的极致,这种观点似乎与前文略有出入,因为前文认为李杜“兼魏、晋以追风雅”,但“高古不逮夫苏、李之初”,而这里则略去了这一“不足”。这种极致的点评多少能够看到严沧浪的影子:“诗之极致有一,曰入神。诗而入神,至矣,尽矣,蔑以加矣!惟李杜得之,他人得之盖寡也。”[5]但严羽对苏黄不以为然:“至东坡山谷始自出己意以为诗,唐人之风变矣。”[6]这就正是所谓“以文字为诗,以才学为诗,以议论为诗”[7]的“宋调”的定型,它与“羚羊挂角,无迹可求”的“一唱三叹”的盛唐之音已相去甚远。但郝经并没有这样的偏激,他认为李杜之后“纤靡淫艳,怪诞癖涩,寖以弛弱,遂失其正”。历经二百余年而至苏、黄,则“振起衰踣,益为瑰奇,复于李、杜氏”。换言之,苏、黄就是宋代的李、杜,是李、杜之后于诗坛振衰起敝的中坚与旗帜。由此可见,李杜在郝经心目中的神圣地位。

郝经有一篇纵论书法历史沿革及著名书家名帖、各体书法特征的论文,名曰《书叙》,中云:“篆、隶则遏截劲利,停稳妥帖中有飞动势,而意态不穷,要之高古遒深而已。小楷则精致萧散,秀逸而存风骨,倾欹而见正大,出奇示变于规矩准绳之中,太严则伤意,太放则伤法。工而不巧,拙而不恶,重而不滞,轻而不浮。笔死则痴,笔缓则弱,笔疾则浅,笔侧则偏。心正则气定,气定则腕活,腕活则笔端,笔端则墨注,墨注则神凝,神凝则象滋。无意而皆意,不法而皆法。凡行草之理,皆在其中,而其锋不可犯,又在夫熟之而已。功夫到则自造微入妙,穷神知化矣。擘窠大字,庄重雄崛,峻拔秀丽,沉着痛快,极尽小楷之法,而崇深停稳耳。行则行云流水,而遂变楷之草。草则纵意所如,变态百出,纡余钩锁,腾掷翻翥,而万象生焉。心手相忘,从容中道,长江之波也,太虚之云也,轮扁之手也,运斤之风也,九方皋之马也,点缀批抹,莫非自然,而不知所以然,然后超凡入圣。要之,自楷与行,又加熟焉,则自至是矣,非模写斗饤之所能也。盖楷则《孟子》七篇,草则《庄周》十万言耳。楷则子美之诗,草则太白之诗也。”[8]在郝经看来,小楷“精致萧散,秀逸而存风骨,倾欹而见正大,出奇示变于规矩准绳之中”,大楷是小楷之法的极致,“庄重雄崛,峻拔秀丽,沉着痛快”,且“崇深停稳”,而草书则“纵意所如,变态百出,纡余钩锁,腾掷翻翥,而万象生焉”。以杜甫、李白之诗象喻楷、草,确乎形象生动,十分贴切。诚如严沧浪所说“子美不能为太白之飘逸,太白不能为子美之沉郁”。[9]飘逸与沉郁是李白、杜甫二公的“绝活”，正所谓“李杜二公正不当优劣，太白有一二妙处子美不能道，子美有一二妙处太白不能作”。[10]飘逸与沉郁确为草、楷之标志。

华不注山在山东历城县(今济南历城区)东北十五里，[11]《水经注》称其“单椒秀泽，不连丘陵以自高；虎牙桀立，孤峰特拔以刺天。青崖翠发，望同点黛”。[12]郝经有一首诗即《华不注行》：“昆仑山巅半峰碧，海风吹落犹带湿。意气不欲随群山，独倚青空迥然立。平地拔起惊孱颜，剑气劲插青云间。济南名泉七十二，会为一水来浸山。我来方作鲸川游，玉台公子邀同舟。君山浮岚洞庭晚，小孤滴翠清江秋。酒酣兴极烟霏昏，鱼龙惨淡回山根。少陵不来谪仙死，举杯更欲招其魂。魂兮不来天亦老，元气崔嵬山自好。超超绝顶凌长风，注目东溟望蓬岛。”[13]登山也要为李杜招魂，可见李杜在其心中的分量。

二、对李白的接受与传播

郝经对李白十分崇敬，诗中反复呼唤李白，欲与之语，与之游。

白兆山一名碧山，在湖北安陆县西三十里[14]，李白曾读书其下，有妙济法师写经台及飞仙洞、桃花岩等名胜，李白有多首诗歌写到它。如《安陆白兆山桃花岩寄刘侍御绾》，有云：“云卧三十年，好闲复爱仙。蓬壶虽冥绝，鸾凤心悠然。归来桃花岩，得憩云窗眠。”[15]郝经有一首《白兆山》，也云：“载说桃花岩，醉墨苔藓绿。每于秋月下，似有飞仙读。遽令巾其巅，重为赐米肉。偏裨好护送，纵归不令宿。喜气动江山，迢遥肆遐瞩。安得与李白，云窗对修竹。”[16]这显然是对李白诗意的赓和，自然也是对李白的追慕。

黄鹤楼位于武汉蛇山黄鹤矶上，相传始建于三国吴黄武二年(223)，传说费文祎登仙，每乘黄鹤于此憩驾。李白有十多首言及此黄鹤楼，其中有不少送别寄赠诗，如《黄鹤楼送孟浩然之广陵》《经乱离后天恩流夜郎忆旧游书怀赠江夏韦太守良宰》等。这些诗见出李白对友朋的珍重。郝经有一首以“黄鹤楼”为题的诗,直言:“焉能载酒上,云间觅仙客。当年秃发翁,几回唤李白。不见狂处士,亦为重嗟惜。高贤共长往,矫矫不可得。落日听江声,西风冷萧索。”[17]“几回唤李白”,由此可以看出他对李白的倾慕。

李白喜欢饮酒,被誉为“酒仙”“醉圣”,其诸多饮酒诗曾激起不少文人强烈的共鸣,郝经亦不列外。郝经有一组五言《饮酒》诗,凡十九首,字数长短不一,短的八句,长的二十句。第十一首是这样的:

我爱李太白,醉眼高一时。把杯问明月,挥洒多文辞。吾生嗜杯酒,感寓实在兹。常向醉中醒,更饮不复疑。载读止酒诗,陶公亦吾欺。安得泛酒海,弄月恣所之。[18]

杜甫作为李白的朋友,对李白非常倾慕,直言“白也诗无敌”,[19]对李白的饮酒,他有最为生动形象的描绘:“李白一斗诗百篇,长安市上酒家眠。天子呼来不上船,自称臣是酒中仙。”[20]而李白不仅善饮,且有自己的一套理论:“天若不爱酒,酒星不在天。地若不爱酒,地应无酒泉。天地既爱酒,爱酒不愧天。已闻清比圣,复道浊如贤。贤圣既已饮,何必求神仙。三杯通大道,一斗合自然。但得酒中趣,勿为醒者传。”[21]“三杯通大道,一斗合自然”,只有酒仙李白才有这样的惊世之论。李白是深谙酒中之“趣”的,这种“趣”只有李白最清楚,醒者难以理喻。这种“趣”带给李白的是一种创作的亢奋,一种可以通天入地的宇宙情怀:“花间一壶酒,独酌无相亲。举杯邀明月,对影成三人。月既不解饮,影徒随我身。暂伴月将影,行乐须及春。我歌月徘徊,我舞影零乱。醒时同交欢,醉后各分散。永结无情游,相期邈云汉。”[22]这首诗堪称中国酒诗的绝唱,那花间月下的诗人,已凝固成一尊永恒的雕塑,成为后世文人心中挥之不去的美丽剪影。后世诗人以《月下独酌》为题的诗作相当多,模仿这一形式,而以“花下(花前)独酌”“灯下(夜灯)独酌”“对月独酌”“泉上独酌”“亭上独酌”“客夜独酌”“岩下独酌”“月夕独酌”“对雨(雨中)独酌”“湖上独酌”“生日独酌”

"雪中独酌""楼上独酌""舟中独酌"等为诗题、诗句的俨然成为一种潮流。[23]郝经显然对李白的这种酒神形象十分爱慕,直言:"我爱李太白,醉眼高一时。把杯问明月,挥酒多文辞。吾生嗜杯酒,感寓实在兹。常向醉中醒,更饮不复疑。"陶渊明曾经写过一首《止酒》诗:"居止次城邑,逍遥自闲止。坐止高荫下,步止荜门里。好味止园葵,大欢止稚子。平生不止酒,止酒情无喜。暮止不安寝,晨止不能起。日日欲止之,荣卫止不理。徒知止不乐,未知止利己。始觉止为善,今朝真止矣。从此一止去,将止扶桑涘。清颜止宿容,奚止千万祀。"[24]这首诗很有意味,名为《止酒》,凡二十句,每句都用一"止"字,但含义不尽相同。"止酒"是停止饮酒,还是饮酒是人生之"止味"抑或是饮酒能达到庄子所说的"人莫鉴于流水而鉴于止水"之意,值得玩味。朱自清先生认为这是俳谐体,袁行霈先生认为此诗"确有俳谐意味,但亦寄有感慨,笔墨非仅止于俳谐"。[25]宋人胡仔对此有深入的认识:"《止酒》诗云:'坐止高荫下,步止荜门里。好味止园葵,大欢止稚子。'余尝反复味之,然后知渊明之用意。非独止酒,而于此四者,皆欲止之。故坐止于树荫之下,则广厦华居,吾何羡焉?步止于荜门之里,则朝市声利,我何趋焉?好味止于噉园葵,则五鼎方丈,我何欲焉?大欢止于戏稚子,则燕歌赵舞,我何乐焉?在彼者难求,而在此者易为也。渊明固穷守道,安于丘园,畴肯以此易彼乎?"[26]可见,陶渊明《止酒》诗意味深长,远不是"止酒"而已。郝经由钟情李白"醉眼高一时",转而责怪陶渊明的《止酒》诗是"陶公亦吾欺"。表面看,这是对陶渊明的埋怨,但其内心深处其实是一种正话反说。

在郝经的心里,李白是非常熟稔,也是非常亲切的,故在他的笔下,李白常常被呼唤,被追问,被思寻的——"青云问李白,佳句今何如"[27];"凭凌唤李白,共酹刘伶骨"[28];"大江江头呼李白,我欲与汝蓬山游"[29];"何当乘兴呼太白,棹歌长入琉璃堆"[30];"叶边重觅怀英画,天末空思太白才"[31]。如此众多的思与念,足以见出李白在他心中的地位。

三、对杜甫的接受与传播

郝经对杜甫充满崇敬。在关于穷与达的思辨中，郝经曾这样总结道："仲尼穷于行而达于圣，孟轲穷于行而达于贤，史迁穷于行而达于史，杜甫穷于行而达于诗，韩愈穷于行而达于文。果穷也邪？"[32]"穷而后工""发愤著书"等思想在中国有深厚的渊源，所谓的"穷"与"达"也是一种辩证的关系。郝经将杜甫与孔子、孟子、司马迁、韩愈并列，特别是与孔、孟并列，可以想见杜甫在其心中的地位。

这种评价，在郝经的一组专咏"贫士"的诗作中也可以看到，其第六首云："不食如系匏，无家剧转蓬。尼父道弥高，少陵诗益工。闭门张仲蔚，知者独刘龚。求志终隐居，庞公竟谁同。但有樽中酒，何必虑穷通。田父邀我饮，步月欣相从。"[33]孔子一生贫贱，杜甫一生辗转，"到处潜悲辛"。[34]但在郝经的眼里，尼父（孔子）却"道弥高"，少陵（杜甫）还"诗益工"。这是"贫士"的真"富有"。将杜甫与孔子单独对举，再次验证杜甫在郝经心中的分量。

在《一王雅序》中，郝经纵论文学特别是诗歌与王道政治的关系，有云："李唐一代，诗文最盛，而杜少陵、李太白、韩吏部、柳柳州、白太傅等为之冠。如子美诸《怀古》及《北征》《潼关》《石壕》《洗兵马》等篇，发秦州，入成都，下巴峡，客湖湘，八哀九首，伤时咏物等作，太白之《古风》篇什、子厚之《平淮雅》、退之之《圣德诗》、乐天之《讽谏集》，皆有风人之托物，二雅之正言，中声盛烈，止乎礼义，抉去污剥，备述王道，驰骛于月露风云花鸟之外，直与三百五篇相上下。"[35]在郝经所举的这些托物言志、风雅盛烈的诗人中，杜甫无疑是最杰出的，他不仅列举杜甫五首名篇，更从发秦州一直叙述到客湖湘，见出杜甫的政治抱负与诗歌风尚。

杜甫对俊健的动物有一种偏爱，集中对诸如马、鹰、鹘、雕等多有咏赞。赵邈龊是宋代著名的画家，以画虎著称于世，《宣和画谱》

这样描述:“赵邈龊,亡其名,朴野不事修饰,故人以‘邈龊’称,不知何许人也。善画虎,不惟得其形似,而气韵俱妙。”[36] 郝经曾对赵邈龊的一幅《伏虎图》有颂赞:“南山射虎曾得名,壁上忽见令我惊。何物敢尔来户庭,屡叱不动仍生狞。画师前身是山灵,胸中有虎无丹青。老槲数笔平扫成,杀气惨淡猛气横。头颅半妥蹲孤城,怒尾倒插蟠霜旌。铁须张磔疑有声,赤吻沥血犹带腥。抱石欲卧复欲腾,爪入石角瞠不瞑。寒电夹镜骞两睛,四座凛凛阴风生。威棱神采出典刑,邈龊乃是金天精。伊昔诗家杜少陵,酷爱赋马并赋鹰。为怜神俊故屡称,我今赋虎亦有征。要得猛士建太平,坐令四海皆澄清。吁嗟掷笔还抚膺,世间道路多棘荆,伥鬼磨牙不可行。”[37] 郝经咏虎与杜甫咏马、咏鹘等都是言在此而意在彼。比如杜甫的《义鹘行》是一篇很有意思的歌行。诗歌由潏水湄一樵夫所传鹘为苍鹰报仇攻击蛇的故事,激发起诗人的壮怀之情,进而遥想壮士之俊烈:“聊为《义鹘行》,用激壮士肝。”《漫叟诗话》云:“肝主怒,故曰永激壮士肝。记异之作,愤世之篇,便是《聂政》《荆轲》诸传一样笔墨,故足与太史公争雄千古。得之韵言,尤为空前绝后。”[38] 郝经亦由赵邈龊之画虎,进而激发出“要得猛士建太平,坐令四海皆澄清”的壮怀,杜甫的模型垂范作用由此洞见。

这种追念,还可以在他诸多的作品中窥见:

乃为作诗重相告,从臾少陵桃杖句。[39]

樽中政有李北海,坐上宁无杜少陵。[40]

这些俯仰之间的吟唱,道出了郝经的价值评判,以至在为业师元好问所作的《墓志铭》中谈到元好问的《箕山》《琴台》等诗,引赵礼部(赵秉文)的话说,“以为少陵以来无此作也”。这虽是对元好问的称扬,但反过来看,不也正好是对杜甫跨越时空价值的一种认同和礼赞吗?

注　释

[1](清)永瑢等撰《四库全书总目》卷一六六《陵川集提要》,中华书局,

1965 年版,第 1422 页。
[2]李修生主编《全元文》卷一二三《郝经四》,江苏古籍出版社,1999 年版,第 166 页。
[3]杨镰主编《全元诗》第九册,中华书局,2013 年版,第 38 页。
[4]李修生主编《全元文》卷一三四《郝经一五》,江苏古籍出版社,1999 年版,第 415 页。
[5](宋)严羽著,郭绍虞校释《沧浪诗话校释·诗辨》,人民文学出版社,1983 年版,第 8 页。
[6](宋)严羽著,郭绍虞校释《沧浪诗话校释·诗辨》,人民文学出版社,1983 年版,第 26 页。
[7](宋)严羽著,郭绍虞校释《沧浪诗话校释·诗辨》,人民文学出版社,1983 年版,第 26 页。
[8]李修生主编《全元文》卷一三六《郝经一七》,江苏古籍出版社,1999 年版,第 467~468 页。
[9](宋)严羽著,郭绍虞校释《沧浪诗话校释·诗评》,人民文学出版社,1983 年版,第 168 页。
[10](宋)严羽著,郭绍虞校释《沧浪诗话校释·诗评》,人民文学出版社,1983 年版,第 166 页。
[11](宋)乐史撰,王文楚等点校《太平寰宇记》卷十九,中华书局,2007 年版,第 384 页。
[12](魏)郦道元撰《水经注》卷八,文渊阁四库全书本。
[13]杨镰主编《全元诗》第四册,中华书局,2013 年版,第 253 页。
[14](宋)乐史撰《太平寰宇记》卷一百三十二,中华书局,2007 年版,第 2595 页。
[15](唐)李白著,瞿蜕园、朱金城校注《李白集校注》卷十三,上海古籍出版社,1980 年版,第 823 页。
[16]杨镰主编《全元诗》第四册,中华书局,2013 年版,第 184 页。
[17]杨镰主编《全元诗》第四册,中华书局,2013 年版,第 186 页。
[18]杨镰主编《全元诗》第四册,中华书局,2013 年版,第 222 页。
[19](唐)杜甫著,(清)仇兆鳌撰《杜诗详注》卷一《春日忆李白》,中华书局,1979 年版,第 52 页。
[20](唐)杜甫著,(清)仇兆鳌撰《杜诗详注》卷二《饮中八仙歌》,中华书

局,1979 年版,第 83 页。

[21](唐)李白著,瞿蜕园、朱金城校注《李白集校注》卷十三《月下独酌》其二,上海古籍出版社,1980 年版,第 1332 页。

[22](唐)李白著,瞿蜕园、朱金城校注《李白集校注》卷十三《月下独酌》其一,上海古籍出版社,1980 年版,第 1331 页。

[23]潘殊闲《气:李白及其诗歌的最大标志》,南昌大学学报(哲社版),2009 年 1 期。

[24]袁行霈撰《陶渊明集笺注》卷三,中华书局,2003 年版,第 286 页。

[25]袁行霈撰《陶渊明集笺注》卷三,中华书局,2003 年版,第 288 页。

[26](宋)胡仔撰《苕溪渔隐丛话》后集卷三,人民文学出版社,1962 年版,第 19 页。

[27]杨镰主编《全元诗》第四册,郝经《寿元内翰》,中华书局,2013 年版,第 239 页。

[28]杨镰主编《全元诗》第四册,郝经《山阳橙歌赠缑子玉》,中华书局,2013 年版,第 242 页。

[29]杨镰主编《全元诗》第四册,郝经《八月十五夜五河口观月》,中华书局,2013 年版,第 279 页。

[30]杨镰主编《全元诗》第四册,郝经《湖水来》,中华书局,2013 年版,第 235 页。

[31]杨镰主编《全元诗》第四册,郝经《竹溪》,中华书局,2013 年版,第 297 页。

[32]李修生主编《全元文》卷一二四《郝经五》《送汉上赵先生序》,江苏古籍出版社,1999 年版,第 177 页。

[33]杨镰主编《全元诗》第四册,郝经《咏贫士七首》之六中华书局,2013 年版,第 227 页。

[34](唐)杜甫著,(清)仇兆鳌注《杜诗详注》卷一《奉赠韦左丞丈二十二韵》,第 75 页,中华书局,1979 年版。

[35]李修生主编《全元文》卷一二四《郝经五》,江苏古籍出版社,1999 年版,第 192 页。

[36]《宣和画谱》卷十四,文渊阁四库全书本.

[37]杨镰主编《全元诗》第四册,郝经《赵邈龊伏虎图行》,中华书局,2013 年版,第 241 页。

[38]（清）杨伦笺注《杜诗镜铨》卷四，第 193 页，上海古籍出版社，1981 年版。

[39]杨镰主编《全元诗》第四册，郝经《藜杖行家君命作》，中华书局，2013 年版，第 232 页。

[40]杨镰主编《全元诗》第四册，郝经《使宋过济南宴北渚亭》，中华书局，2013 年版，第 265 页。

[41]李修生主编《全元文》卷一三四《遗山先生墓铭》，江苏古籍出版社，1999 年版，第 416 页。

（作者单位：西华大学）

明代狱中诗歌与李白

高　璐

李白的诗歌在明代为多家诗人所效仿。高棅《唐诗品汇》称："太白天仙之词，语多率然而成者，故乐府歌词咸善。"[1]初明高启擅长师法李白，且以谪仙自喻，曰："青丘子，臞而清，本是五云阁下之仙卿。何年降谪在世间，向人不道姓与名。"[2]此后文坛又有李东阳、李梦阳、何景明、王世贞、祝允明、唐寅等人在诗歌创作方面均受到了李白的明显影响。李东阳在《怀麓堂诗话》中称："文章如精金美玉，经百炼历万选而后见。……如李太白《远别离》《蜀道难》……终日诵之不厌也。"[3]这些人或为文坛盟主，操天下文柄，或为地方名士，名重一时。他们对李白的推重，形成了一种客观存在的文坛好尚，对同时期乃至后辈的文人在选择师法的对象时有着深远的影响。可以说，明人的诗歌创作受李白沾溉颇多、浸染实深，而其中一个突出的表现就是，即使身陷囹圄，许多明代文人士大夫的狱中创作也屡屡关涉李白，部分作品的体式、内容与风格体现出对李白诗作的刻意趋近，甚至出现了集李白诗以自抒其志的特殊情况。这种情况此前并未引起学界的注意，事实上对李白诗歌与人格精神的追摹，既是明代狱中文人创作的一种法式，也是他们对于自由意识的一种多元化诉求，值得予以关注。

一、明代狱中诗歌所呈现的李白形象

李白的人格精神及其创作对明代入狱士人的精神影响一个主要体现，就是明代狱中诗歌所塑造的李白形象。作为被加工后的一种多元艺术形象，明代狱中诗歌所呈现的李白形象至少有三方面较为典型精神特质：冤屈的忠臣、幸运的获释者和自由人格的代表。

（一）“浔阳李白何如此，宋玉悲秋未是哀”——冤屈的忠臣

明代知识分子在接受孔孟先贤思想的同时往往怀有一种以天下为己任的意识。如果说在国初君权高度牢笼使得这种素养还不够明显的话，那么随着国家承平和儒家教化的渐次深入，中晚明时期文人士大夫“澄清天下”的意识则较为鲜明突出。这种群体意识的突出表现之一就是明代知识分子建立了相对独立的思维体系，简言之即“不以君主是非为是非”。终明一代，士林与当权者（包括君主在内）的论争几乎贯穿始终。诸多以“直臣”自许的文人士大夫，在触怒执政者被逮入狱的同时，往往获得极高的社会声望，这种情况在其他朝代是不多见的。入狱之后，这类文人士大夫则以前贤自勉，在狱中砥砺气节，同时在道德上认为自己忠正不屈，因此忧郁愤懑。这种心态也促使明代狱中文人在创作时所关涉的艺术形象与自身经历有着较高的相似程度，而李白就是其中的一个典型。

由于李白曾因永王事下浔阳狱，许多明代狱中文人在创作时直接以其入狱经历自比，叙述冤屈愤懑情怀，并期盼君主开悟。复杂的情感积郁于胸，奔涌而出的诗文则往往酸楚激越，动人心魄。李梦阳一生数次因上疏言事、得罪权贵下狱，他在《狱雨二首》诗中以李白自比，来表述自己的冤屈之情：“冷雨横天八月来，黑云来往赤云开。浔阳李白何如此，宋玉悲秋未是哀。雨打潮门流海烟，随风散落凤城前。愚臣独抱枯鱼泣，何日金鸡下九天。”[4] 李梦阳屡

次下狱的经历在当时的文坛上也引起了同道的声援，何景明在《得献吉江西书》中为其鸣不平，曾将李梦阳比为李白，称："近得浔阳江上书，遥思李白更愁予。天边魑魅窥人过，日远承明献子虚。"[5]李梦阳出狱之后，徐祯卿作《赠别献吉》诗为他宽解心绪，亦以李白与之相比附："尔放金鸡别帝乡，何如李白在浔阳。日暮经过燕赵客，解裘同醉酒垆傍。徘徊桂树凉飙发，仰视明河秋夜长。此去梁园逢雨雪，知予遥度赤城梁。"[6]抛开李梦阳与李白同姓的"双关"因素，"李白系狱"这一故实在弘治朝已成为文人在创作涉及"冤屈""下狱"等语境时的可选之典。

此后这种用典习惯被延续了下来，在中晚明系狱文人的相关作品中屡见不鲜。嘉靖朝的卢柟曾以家事系狱十余年。他在狱中辗转读到谢榛为他鸣不平的诗作之后，感慨曰："山东谢榛茂秦，嘉靖中以能诗为赵王客，居邺邸尝游迹燕赵梁宋间与余相知。辛丑岁余坐诬系浚狱，则杳然莫知出处。近有人自宋中来，传《四溟诗集》。读之，乃茂秦所为者。中二绝句矜予极冤，拟之祢衡李白之伦。夫祢李诗赋悬日月，彼虽死斯文犹存于世。若予发迹既隐，又罹重法有说如山。谁肯为予传哉？"[7]谢榛将卢柟比为祢衡、李白，卢柟因此感而作《酬谢逸人四溟三首并序》诗，抒发自己的冤屈，亦以李白自比，称："李白谪仙才，祢衡赋鹦鹉。缄愁投夜郎，掩泪赴黄祖。杀身扬绮芬，高名播千古。天摧白龙鳞，云断黄鹤羽。感此远谢君，沉吟望梁父。"[8]可见以前代才士自比，进而叙述不平之情是明代狱中文人创作时较为常见的手法之一，而李白则因其才名遭际，是其中"点名率"较高的代表性人物。

（二）却怜狂李白，终得夜郎还——幸运的获释者

李白虽曾因永王李璘兵败牵连而下浔阳狱，但其后不仅获释出狱，而且在流放夜郎途中得到了朝廷赦免，最终"千里江陵一日还"。这种否极泰来的经历在明代狱中文人看来无疑是值得羡慕的，因此在某些狱中文人的笔下，李白有时以幸运的获释者形象出现。晚明高出曾因辽事失利被逮，在狱中写有《纪愁十二首》组诗。

诗中明确表达了自己对李白重获自由的羡慕,期盼有朝一日自己也能获释:“苟活信日月,岂知天地间。伯鸾先去国,司马晚藏山。书畏时情削,诗寻旧稿删。却怜狂李白,终得夜郎还。”[9]

与高出在狱中求释而不得的情况相比,许多重获自由的文人在出狱之初就更愿意以李白自比。嘉靖朝沈炼以弹劾严嵩入狱,出狱后谪戍保安州,途中作《寄张有功十六首》组诗,其七诗曰:“与君同作逐臣行,宣室终当召贾生。我似夜郎流李白,何时吹笛过江城。”[10]沈炼虽遭此挫折,但就其出狱诗歌来看并未失志,反而以李白流放获释比拟自己当下的经历,并相信来日还会获得朝廷的征召,自有一种洒脱情致。

亦有以李白流放夜郎与自己出狱后的处境相比的情况。刘永之在《被谪过桃源县》诗中写到:“江枫洒去舟,迁客动离忧。白发违慈母,青松忆故丘。驿楼鸦噪晚,渔浦雁惊秋。李白夜郎谪,钟仪绛邑囚。倚棹悲身世,翩翩羡白鸥。”[11]诗中感慨身世,羡慕江上白鸥自来自去,期盼获得真正的自由。

(三)昨日一醉忆蓬莱,而今要与谪仙偶——自由人格的代表

李白在历代故实的积累与叠加下形成了极具象征意义的丰富文化内涵,“自由人格”则是其较为突出的一个方面。明代文人倾向于选择李白作为自由人格的代表,主要基于其人格精神的两个方面:傲岸不羁与仙风道骨。

李白蔑视权贵形象出现的源头,最初可以上溯到李白的《梦游天姥吟留别》诗,其末曰:“安能摧眉折腰事权贵,使我不得开心颜。”[12]杜甫在《饮中八仙歌》诗中的描摹则为这种形象的建立推波助澜:“李白一斗诗百篇,长安市上酒家眠。天子呼来不上船,自称臣是酒中仙。”[13]此后,李肇《唐国史补》卷上《李白脱靴事》、段成式《酉阳杂俎》前集卷十二《语资》、李浚《松窗杂录》等诸家唐代笔记均记载了“力士脱靴”公案。该公案后又为史家所采纳,据刘昫《旧唐书·李白传》载:“(李)白既嗜酒,日与饮徒醉于酒肆。玄宗度曲,欲造乐府新词,亟召白,白已卧于酒肆矣。召入,以水洒

面,即令秉笔,顷之成十余章,帝颇嘉之。尝沉醉殿上,引足令高力士脱靴,由是斥去。白乃浪迹江湖,终日沉饮。”[14]

李白蔑视权贵的文化形象在经过唐代笔记小说的树立、历代史家的流播之后,又经过了后代文人的采择与改编,逐渐成为了宋元以来戏曲表演、话本小说的素材之一,并通过坊间的口耳相传而成为脍炙人口的文人佳话。例如元代王伯成的杂剧《李太白贬夜郎》、明代屠隆的传奇《彩毫记》、冯梦龙的话本小说《警世通言·李谪仙醉草吓蛮书》等作品,均在这种流传过程中产生。可以说李白蔑视权贵这一典型形象,是在历代文学艺术的加工、累积下逐渐树立的。这种傲岸不羁的形象极大地引发了后世文人的认同,李梦阳就曾在作品中多次为李白鸣不平:“李白世人欲杀之,苏轼能诗遭贬斥”[15]“城隅落落一堆土,千年谁继白与甫”[16]。而其生平行实亦以蔑视权贵而著称,《四库全书总目》称其“气节本震动一世”[17]。据《明史·李梦阳传》记载,李梦阳曾因上疏指斥外戚寿宁侯张鹤龄而被逮入诏狱,但他并未因此气折,甚至在出狱后途遇张鹤龄愤而击骂:“……十八年,(李梦阳)应诏上书,极论得失。末言:‘寿宁侯张鹤龄招纳无赖,罔利贼民。’鹤龄奏辨,摘疏中‘陛下厚张氏’语,诬梦阳讪母后为张氏,罪当斩。时皇后有宠,后母金夫人泣诉帝,帝不得已系梦阳锦衣狱。寻宥出,夺俸。……梦阳途遇寿宁侯,詈之,击以马棰,堕二齿,寿宁侯不敢校也。”[18]可以说,明代因谏言陷狱的文人士大夫往往负有一种与李白相类的、蔑视权贵的人格精神,这种契合使得他们倾向于选择李白作为自由人格的代表,并在创作中予以多方面表现。嘉靖朝杨爵因谏言触怒嘉靖皇帝而系狱十余载,但其狱中诗作并未出现气馁言悔之语,甚至有一种求仁得仁的精神自足感[19]。其《再进酒歌》诗模拟李白的口吻,淋漓尽致地表达了自己即使手足拘挛也要与谪仙为偶,敢于抗争、傲岸不羁的情态跃然纸上:“再进酒,再进酒,幸我磁罇酒还有。昨日一醉忆蓬莱,而今要与谪仙偶。宿醒犹在枯肠停,更下一瓯烟光吼。坐忘天边岁月长,但觉胸中龙蛇走。酒递圜墙恨少来,涓滴此间敌数斗。人生百年能几何,莫将头上巾空负。再进酒,再进酒,听将心事为君剖。洪钧赋此男儿身,谁能甘与草木朽。三斗竹叶始朝天,一车曲蘖涎出口。古来饮者多圣贤,吾舍斯人与谁友。莫怪沉酣在忧虑,盛时不乐将皓首。君不见长索难系落日飞,童颜倏忽成老叟。宇宙浩荡总无涯,世上纷纷何足数。痛饮本为破愁怀,屈指反成中心恸。钱君要做羲皇人,赵君能文且赳赳。黼黻折冲间世材,此日谁惜缧绁久。再进酒,再进酒,孟轲脱身轻万锺,孔圣亦类丧家狗。无穷世事休闲思,但虑酒干谁复取。醉倒玉山随地眠,何必说桎梏在足更在手。"[20]

不仅如此,李白的形象还具有仙风道骨的气质,往往为后人所倾慕。其《大鹏赋》序云:"余昔于江陵见天台司马子微,谓余有仙风道骨,可与神游八极之表。"[21]而其《对酒忆贺监二首》序则称:"太子宾客贺公于长安紫极宫,一见余呼余为'谪仙人'。因解金龟换酒为乐。"[22]这种潇洒出尘的风姿能够给予缧绁之中的知识分子极大的精神想象与心理安慰。面对政治理想的破灭与眼前切实的困辱,明代狱中文人在创作中倾吐了对逍遥、飘逸的自由人格的向往。与这种向往伴生的是他们思想中所萌发的出世观。李梦阳的狱中诗作里已经显现出了对学仙谈禅、归隐山林的兴趣,其《述愤一十七首》其五诗曰:"大化罔不亏,人生固多艰。泛观畴昔人,浩然发忧叹。自非餐霞侣,伊谁驻朱颜。律律南山岑,拂衣会当还。"[23]而与李梦阳一同系狱的潘希曾则在此方面表露的更为明显。潘希曾在出狱获释的时候,明确地自称从此将不再过问世事,要去过炼丹学仙的生活:"万古相寻一梦间,掉头林下了无关。情怀旧雨同今雨,踪迹南山又北山。簪绂已投谁束缚?芰荷初制更宽闲。赤松丹井依然在,欲觅仙人问九还。"[24]

这种向往使得他们在创作中需要比附一种理想人格形象以安慰内心对于自由的诉求。这个理想人格形象既要带有文人的特征又不为世俗所拘,而李白则是最好的选择。嘉靖二十六年(1547),在君主的授意下聂豹被逮系诏狱,他在《家僮馈橙丁》诗中写道:

“……李白归巫山，贾谊还宣室。紫巘卧翠微，白门弄深碧。化心养精魄，炼气神躯质。损益匪人知，稽首谢橘柽。”[25] 无独有偶，崇祯八年(1635)，郑鄤起行赴京候补，抵京后便因得罪首辅温体仁而被劾下狱。郑鄤在狱中作《李太白遇司马真人谓有仙风道骨可与神游八极之表》诗，表达了对李白出尘风姿的追摹之情：“疏狂落拓酒杯身，千古仙姿尚照人。我欲凭君问希有，清都花草四时春。”[26] 可以说，无论是作为真实的历史人物还是作为历代累积而成的文学形象，李白所具有的人格力量给予了明代狱中文人精神上的极大抚慰，帮助他们在一定程度上克服了漫长的肉体拘挛与精神折辱。

二、李白对明代狱中文人的创作影响

李白对明代狱中文人的创作影响不仅体现在创作内容与风格上的直接模拟，同时还表现为产生了集李白诗以自抒其志的情况。

(一)在创作内容及风格上直接模拟李白

明代狱中文人在创作歌行体的时候往往倾向于学习李白。一方面由于李白的歌行体成就较高，为历代所公认。另一方面则由于李白歌行体中所构建的逍遥洒脱的意境极大地满足了文人身处囹圄的心理期待，进而成为他们创作中追摹的范本。这种学习主要体现为在创作内容与风格上直接模拟李白，如对神仙、饮酒等题材的叙写以及在语言、句式等方面的刻意贴近等方面。

明代狱中文人对李白在创作内容上模仿主要表现之一在于对神仙世界的“狂想式”叙写。李白本人非常善于营造富有奇幻色彩的诗境，其中最具代表性的就是对理想中神仙世界的描摹，如《梦留天姥吟留别》、《庐山谣寄卢侍御虚舟》、《西岳云台歌送丹丘子》、《古风》其五、《古风》其七等。在这些作品中李白构建了真人玉女、仙岛琼林、绿云丹砂、鹤飞龙吟等许多精美意象，并在其中呈现出一种自由无碍的逍遥境界。这种瑰奇浪漫的想象被后世文人所推重、效仿,明代狱中文人的诗作中对此多有表现。崇祯朝入狱的郑鄤作《蓬莱行》诗追摹太白笔法,构建了一个云蒸霞蔚的蓬莱仙境,其中不仅有四时花草、珍禽异兽,还有十洲散仙、纯阳老仙,以及和他对话的仙童。其诗曰:"蓬莱岧岧去尺咫,中峰挺松不知里。望之其上贝青冥,根浮时有白云起。偶然松风吹一声,飕飗直下千壑底。弱水沉沉环四周,除是飞仙皆却趾。山中石室亦繁华,四时花草云霞里。裴休居士何唠叨,注脚维摩不惮劳。十洲散仙齐听法,少者千岁鬓萧飉。相逢亦且置是事,我欲绝顶呼卢敖。童子殊未解人意,乃言到此非容易。惟有纯阳老仙翁,岁岁乘风三五至。且问其来当若何,童子拍掌笑嚒啰。一剑已挥烦恼尽,三杯径渡洞庭波。不容世上人相识,独挈城南老树过。东鲁之麟西周凤,吾亦爱之不相控。毕竟无情胜有情,深山木石真人洞。老仙来此听松风,光如朝旭颜如童。忽忽天地还空涅,千古万古无终穷。荡荡乾坤扬芥子,森森神鬼卫天中。老仙枕云卧不动,谁得知其有无梦。但是沧海一鱼虾,如着钓缗心早痛。只今亦自绕君身,无奈痴心未了尘。仙凡一线谁通隔,处处胡麻好问津。人间自有不痴人,名登绛阙身赤城。八篇奇语坐忘经,顶中圆光小日明。只尔犹然过桥悔,始知最苦难忘名。一心忘尽一身轻,弱水飞凌羽翰生。淘洗丹光万灵拜,长松风鼓云璈迎。半偈维摩殊未了,此时驾鹤重来听。"[27]面对这样的神仙世界,郑鄤发出了"但是沧海一鱼虾,如着钓缗心早痛"的自悔喟叹,认为抽身已晚,只好借助于宗教力量来自我安慰。不仅如此,郑鄤还在其《太白诗有草创大还亦复为之》诗中谈玄说理,纵意想象,称"收光内吾视,四极飞双轮。弱水度虹桥,自有渊渊津。琼台何崔巍,天厨送八珍。尘出尘难老,我与我相亲。洪蒙子丑初,大还返其真。"[28]并从题目上直接点明自己对李白此类诗歌的着意贴近与学习。

除了描摹琼楼玉宇、羽衣金丹,李白在诗中也表露了对痛饮狂歌的钟爱。其《将进酒》诗中称:"钟鼓馔玉不足贵,但愿长醉不复醒。古来圣贤皆寂寞,惟有饮者留其名。"[29]《襄阳歌》诗中称:"百年三万六千日,一日须倾三百杯。遥看汉水鸭头绿,恰似葡萄初酦醅。此江若变作春酒,垒曲便筑糟丘台。”[30]落落洒脱,令人神往。可以说,李白的豪饮狂放的酒仙形象及其与酒相关的诗歌早已为后世文人所熟知和接受。今翻检明代狱中文人诗作,在学习李白的作品中除了对神仙世界进行想象式的描摹,也有对饮酒之后放浪情致的叙写。这一发现使人惊异。按律,明代入狱之后犯官不能饮酒,但就现存明代入狱文人的诗文作品和相关史料来看,无论是初明时期的黄淮、李时勉、章纶还是中明时期的杨爵、周怡、翟鹏、尹襄、刘魁、吕柟,乃至晚明的高出、熊廷弼等人在狱中均有与饮酒相关的记载[31]。甚至晚明天启皇帝还就此严旨切责刑部提牢主事。据高汝栻《皇明续纪三朝法传全录》卷十四载:“传出圣谕:‘刑部犯人陶朗先、游士任、方震孺、唐绍尧等,既在禁中,当穿囚服。容他角巾色衣,杯酒笑傲,成何法纪?’于是刑部提牢主事林曾上疏认罪。严旨切责而宥之。”[32]熊廷弼彼时以广宁失守被勘,在狱中写有《惊闻严旨查方巾色衣饮酒笑傲自叹》诗。可见只要有私相传递可能,狱中的酒就会时时出现。除前述《再进酒歌》之外,杨爵曾在《酸酒歌》中写道:“平生岁月酩酊里,况此犴狴风雪寒。要向酸中通大道,茹饮略不以为难。自笑狂惑乖至理,满室流作赤血滩。幸此余生尚未灭,肯把宿昔酸兴阑。安得涤肠酌大斗,免我触眼日常叹。人饮未能成涓滴,我饮必須瓦靡干。人饮不觉眉头皱,我饮胸中天地宽。”[33]颇有慷慨豪爽之情。在《微饮行》诗中称:“常将一段郁抑气,嘘作云间千丈虹。忧时慨世心独切,半偏深病未消融。而今愿从君子谋,示我脱然登岸头。藉此福堂寻上去,莫教空负两年囚。叹靡靡,思悠悠,君知否,我何求。相与采蕌无处所,安得泮涣日遨游。思量此疾为心患,世间惟有酒能瘳。”[34]

除了在创作内容上学习李白,明代狱中文人在歌行体写作的语言、句式上也流露出了明显模仿李白的痕迹。语言方面如郑鄤《蓬莱行》诗中的“蓬莱”“弱水”“青冥”“白云”“云霞”“飞仙”“真人”“长松”“丹光”“赤城”等,或直接为李白诗作中的常见词语,或由李白诗作中的语料改造而来。而杨爵的《再进酒歌》中的语言风格与李白《古风》、《答王十二寒夜独酌有怀》等诗作极为相似,如“莫怪沉酣在忧虑,盛时不乐将皓首”[35]“君不见长索难系落日飞,童颜倏忽成老叟”[36]“孟轲脱身轻万钟,孔圣亦类丧家狗”[37]“醉倒玉山随地眠,何必说桎梏在足更在手”[38]等句一派天然,其洒脱之情态跃然纸上。而该诗中的“古来饮者多圣贤”[39]句,则明显是对李白“古来圣贤皆寂寞,惟有饮者留其名”[40]的进一步引申发挥,从中可以看出李白诗歌语言对前者创作的直接影响。在句式方面,李白诗歌对明代狱中文人创作的影响也非常突出。如杨爵《酸酒歌》诗中的“君不见沧海茫茫总无涯,纳尽人间万顷湍”[41]句和《再进酒歌》诗中的“君不见长索难系落日飞,童颜倏忽成老叟”[42]句均明显仿自李白《将进酒》诗起句“君不见黄河之水天上来,奔流到海不复回。君不见高堂明镜悲白发,朝如青丝暮成雪。”[43]而其《微饮行》中的“长歠直到枯肠底,一洗胸中万古愁”[44]句则转化自李白《将进酒》诗末句“五花马,千金裘,呼儿将出换美酒,与尔同销万古愁。”[45]凡此种种,不胜枚举。

(二)产生集李白诗以自抒其志

“集句”一名出自宋代陈师道的《后山诗话》,但集句诗的创作由来已久,陈绎曾《诗谱》载:“晋傅咸作《七经》诗,其《毛诗》一篇略曰:‘聿修厥德,令终有淑。勉尔遁思,我言维服。盗言孔甘,其何能淑。谗人罔极,有腼面目。’此乃集句诗之始。”[46]集句诗在宋代最为盛行。严羽《沧浪诗话》:“集句唯荆公(王安石)最长,《胡笳十八拍》浑然天成,绝无痕迹,如蔡文姬肺肝间流出。”[47]南宋以后,集句诗创作在题材上走向了专门化,集杜诗成了一个突出的品种,创作规模越来越大。文天祥在狱中作集杜诗二百首,以表达内心忠直情怀,并为文人狱中创作的传统增添了新的表现形式。宋代以后,集句诗被大量引入到小说和戏曲创作中,大多以集句诗为每章回或每折戏的结束语。

与文天祥在狱中通过集杜诗来抒发自己的遭际与志向相似,

明代的狱中文人们也通过集句诗来自述怀抱，其创作方式是从前人诗篇中，分别选取现成的诗句，再巧妙集合而形成新诗。好的集句诗既要有完整的内容和崭新的主旨，又要符合诗词格律，形成上下相谐，浑然天成的作品，其中不乏对李白诗篇进行重新组合再次创作的例子。比如韩邦奇被逮入诏狱后，有集杜诗、集李白诗传世。他通过重新组合李白的诗句来表达自己在狱中的各种情志，这种二次加工所传达的思想已经同李白原作相去甚远，而是极大程度地带有再创作者的主观情感。查检韩邦奇狱中集李白诗共计12首，均为五言古诗且一一注明出处，收入其《苑洛集》卷十“狱中集古”题下。这一组狱中集李白诗涉及李白原作近百篇，所表述的思想情感也较为丰富庞杂。有的作品回忆入狱前的仕宦生涯，如“昔献长扬赋，风云四海生。遭逢圣明主，礼乐秀群英。”[48]有的作品则表明忠直之情，期盼君主开悟，如“蹭蹬遭？毁，空怀恋主情。贤人当重寄，或冀一人生。”[49]有的作品表达了思乡之情，如“郁悒独愁坐，烟萝欲暝时。秦云起岭树，及此有相思”[50]“岁落众芳歇，秋来百草生。万重关塞断，慷慨泪沾缨”[51]，而有的作品表达了与友人的相忆相知，如“狂风吹古月，肠断白杨声。寒雪梅中尽，空歌怀友生”[52]“感激平生意，此心谁见明。与君歌一曲，一半是秦声”[53]。有的作品表达了对岁华已晚、忠直见谤的感伤，如“雁度秋色远，林光淡碧滋。长歌尽白日，不觉鬓成丝”[54]、“燕臣昔恸哭，千载为悲辛。圣代复元古，如君何足珍”[55]“潜虬隐尺水，海鸟知天风。霜鬓两边白，出门悲路穷”[56]等，而有的作品则表达了向往隐逸，知时而退的思想，如“献纳青云际，狂言非至公。何由返初服，美酒沽新丰”[57]“李斯上蔡门，穷途方恸哭。张翰江东去，清风洒兰雪。世路今太行，非时将安适。结心寄青松，千春卧蓬阙”[58]等均属此列。

其中值得注意的是韩邦奇一些集李白句而成的长诗，丰富细致地表达了自身的履历、内心的情志、遭谗入狱的过程以及所禀赋的忠诚刚正情怀，如“空名适自误，寡识冒天刑。应念投沙客，多愧鲁连生。感此三叹息,泪满逐臣缨。白日在青天,为君前致辞。我本草间人,幸遭圣明时。投躯寄天下,远为千载期。一度浙江北,茫然使心悲。世路成奔峭,万姓危朝霜。修蛇横洞庭,独坐伤激扬。六驳食猛虎,剪棘树兰芳。献书入金阙,着论谈兴亡。浮云蔽紫闼,虹霓掩天光。黄金消众口,青蝇遂成冤。其事竟不就,小节岂足言。松柏本孤直,虬龙盘古根。瑶草寒不死,犹怀明主恩。"[59]韩邦奇在此诗中对自我心理的剖析以及思想情感的表述极为生动详实,可与史传参看。

由此来看,韩邦奇的狱中集李白诗的创作很难等同于一般意义上文字游戏,这种创作上承文天祥狱中集古诗的传统,在语句的重新组合过程中表露了创作者身陷囹圄之后多样化的复杂情感,时而言辞激愤叙述冤屈忠直之情,时而淡然洒脱表达退身归隐之思,为我们呈现出了丰富、直观、生动的明代狱中文人的精神世界。

结　语

李白人格精神对明代狱中文人的影响以及后者在创作中对李白的效法此前并未引起学界的关注,事实上对李白诗歌与人格精神的追摹,既是明代狱中文人创作的一种法式,也是他们对于自由意识的一种多元化诉求。作为一种多元艺术形象,明代狱中诗歌所塑造的李白至少有三方面较为典型精神特质:冤屈的忠臣、幸运的获释者以及自由人格的代表。其中作为自由人格代表的李白主要以蔑视权贵、仙风道骨这两大艺术典型特征赢得了明代狱中文人的精神共鸣。对李白人格精神的追摹落实在创作中,则体现为明代狱中文人对李白诗作的直接模拟与效仿。此类狱中诗歌的语言、内容与风格,如对饮酒放浪以及神仙世界的描摹和想象等,直接表露了创作者主观上对李白诗作的刻意趋同。甚至出现了集李白诗以自抒其志的特殊情况,在语句的重新组合过程中表露了创作者身陷囹圄之后多样化的复杂情感。明代狱中文人对李白的学习以及相关创作可以为明代李白接受提供一个新的研究角度，值得予以关注。

注释

[1]（明）高棅：《唐诗品汇》，上海：上海古籍出版社，1993年，第1593页。

[2]（明）高启：《高太史大全集》卷十一，四部丛刊景明景泰刊本。

[3]（明）李东阳：《怀麓堂诗话》不分卷，清知不足斋从书本。

[4]（明）李梦阳：《空同集》卷三十五，清文渊阁四库全书本。

[5]（明）何景明：《何大復先生集》卷二十六，明嘉靖刻本。

[6]（明）徐祯卿：《迪功集》卷三，清文渊阁四库全书本。

[7][8]（明）卢柟：《蠛蠓集》卷四，清文渊阁四库全书本。

[9]（明）高出：《镜山庵集》卷二十四，明天启刻本。

[10]（明）沈炼：《青霞集》卷七，清文渊阁四库全书本。

[11]（明）刘永之：《刘仲修先生诗文集》卷三，清钞本。

[12]（唐）李白著，（清）王琦注：《李太白诗集注》卷十，清文渊阁四库全书本。

[13]（唐）杜甫著，（清）仇兆鳌注：《杜诗详注》，北京：中华书局，1979年版，第83页。

[14]（五代）刘昫：《旧唐书》，北京：中华书局，1975年，第5053页。

[15]（明）李梦阳：《空同集》卷二十一，清文渊阁四库全书本。

[16]（明）李梦阳：《空同集》卷十八，清文渊阁四库全书本。

[17]（清）永瑢：《四库全书总目》卷一百七十一集部二十四，清乾隆武英殿刻本。

[18]（清）张廷玉等：《明史》，北京：中华书局，1974年版，第7346－7347页。

[19]高璐：《明代诏狱与文学》，西安：西北大学博士学位论文，2014年，第155－164页。

[20]（明）杨爵：《杨忠介集》卷九，清文渊阁四库全书本。

[21]（唐）李白著，（清）王琦注：《李太白诗集注》卷一，清文渊阁四库全书本。

[22]（唐）李白著，（清）王琦注：《李太白诗集注》卷二十三，清文渊阁四库全书本。

[23](唐)李白著,(清)王琦注:《李太白诗集注》卷九,清文渊阁四库全书本。

[24](明)潘希曾:《竹涧集》卷一,清文渊阁四库全书本。

[25](明)聂豹:《双江聂先生集》卷十二,明嘉靖四十三年吴凤瑞刻隆庆六年印本。

[26](明)郑鄤:《峚阳草堂诗文集》诗集卷十七,民国二十一年活字本。

[27][28](明)郑鄤:《峚阳草堂诗文集》诗集卷十八,民国二十一年活字本。

[29](唐)李白著,(清)王琦注:《李太白诗集注》卷三,清文渊阁四库全书本。

[30](唐)李白著,(清)王琦注:《李太白诗集注》卷七,清文渊阁四库全书本。

[31]黄淮有《癸卯端午承樗庵兰室觞之以酒坐中有诗次韵谢之》诗、《丙申初度日承诸知已设酒肴相慰诗以谢之》诗(见黄淮《省愆集》卷上,民国敬乡楼丛书本),李时勉有《中夜饮酒》诗、《九日醉后呈同饮诸公》诗、《九日再酌》诗、《与梁指挥饮烧酒》诗(见《古廉文集》卷十一,清文渊阁四库全书本),章纶有《感亲友送酒殽》诗(见章纶《困志集》,民国敬乡楼丛书本),杨爵、周怡、翟鹏、刘魁四人有《乙巳年孟夏十九日大司马联峯先生初度同难王子言具酒邀予四人为先生寿坐中联句得五言古风七言律各一篇》联句诗(见杨爵《杨忠介集》卷十三,清文渊阁四库全书本),杨爵、尹襄、刘魁三人有《酌酒》联句诗(见杨爵《杨忠介集》卷十三,清文渊阁四库全书本),其中杨爵在狱中曾数次饮酒,写有《微饮行》、《酸酒歌》、《再进酒歌》、《独酌十首》组诗、《复酌送巽峯出狱》诗、《独酌》诗等作品(见杨爵《杨忠介集》卷九、卷十二、卷十三,清文渊阁四库全书本)。高出有《李惺庵王见心两年丈远来顾问于狱中不胜悲感赋以送之》诗(见高出《镜山庵集》卷二十二,明天启刻本),熊廷弼有《壬戌冬汪一甫不远数千里看余于狱且慰余诗有哭亦吞声恐似歌之句余读之感泣遂用歌字为韵得六百字但求多一字尽一情不复论工拙也便以奉赠》诗(见熊廷弼《熊襄愍公集》卷十,清同治三年家祠重镌本),凡此种种,不一而足。

[32](明)高汝栻:《皇明续纪三朝法传全录》卷十四,明崇祯九年刻本。

[33][34][35][36][37][38][39][41][42][44](明)杨爵:《杨忠介集》

卷九,清文渊阁四库全书本。
[40][43][45](唐)李白著,(清)王琦注:《李太白诗集注》卷三,清文渊阁四库全书本。
[46](明)冯惟讷:《古诗纪》卷一百四十六,清文渊阁四库全书本。
[47](宋)严羽:《沧浪诗话》,北京:中华书局,1985年版,第39页。
[48][49][50][51][52][53][54][55][56][57][58][59](明)韩邦奇:《苑洛集》卷十,清文渊阁四库全书本。

朝鲜文人次韵
李白《浔阳紫极宫感秋》诗考察

苏　岑

李白作品很早就传入朝鲜半岛,至迟在高丽初期已为当时文人所熟知,特别是丽末鲜初《分类补注李太白诗》传入朝鲜并被刊刻后,李白作品进一步流行,出现了大量次韵之作,其中《浔阳紫极宫感秋》一诗的次韵之作多达百余首,显得非常突出。次韵之作往往显示出次韵者对原诗的喜爱和崇尚,但《浔阳紫极宫感秋》一诗并非李白代表作,历来也不是选家所重,它为何能在李白众多作品中独得朝鲜文人的关注呢?这值得作一番考察。

(一)

李白《浔阳紫极宫感秋》一诗如下:

何处闻秋声,翛翛北窗竹。回薄万古心,揽之不盈掬。
静坐观众妙,浩然媚幽独。白云南山来,就我檐下宿。
懒从唐生决,羞访季主卜。四十九年非,一往不可复。
野情转萧洒,世道有翻覆。陶令归去来,田家酒应熟。[1]

据詹锳《李白诗文系年》,本诗作于天宝九载(750)秋,李白游历浔阳时,其时正当50岁[2],但从后人的许多次韵诗来看,似乎多认为此诗作于李白49岁时。诗中李白不仅抒发了感秋之意，也写出了人到晚年的困惑和思考，对人生的回顾与期望。尤其是其中“四十九年非，一往不可复”一句将这个反思的节点定在了49岁上。49岁，年近半百，对古人来说，已到人生暮年，正是生命的秋季，在悲秋之时自然而然带出身世感慨，巧妙地把“知非”之意融入其中，在悲慨中增加了理性思考的色彩。最后由反思人生之虚度、世道之无常而归结于归隐之思。最早次韵《浔阳紫极宫感秋》的是苏轼，后世对李白此诗的依韵效体以苏轼为发端。元丰七年(1084)，苏轼游览江州紫极宫，作《和李太白并序》一篇，如下：

寄卧虚寂堂，月明浸疏竹。泠然洗我心，欲饮不可掬。
流光发永叹，自昔非余独。行年四十九，还此北窗宿。
缅怀卓道人，白首寓医卜。谪仙固远矣，此士亦难复。
世道如奕棋，变化不容覆。惟应玉芝老，待得蟠桃熟。[3]

在前序中，苏轼说明了和诗的缘由，正是李诗中“四十九年非，一往不可复”的知非之意，引起了年当四十九的自己的感触：“李太白有《浔阳紫极宫感秋》诗，紫极宫今天庆观也，道士胡洞微以石本示予，盖其师卓玘之所刻。玘有道术，节义过人，今亡矣。太白诗云‘四十九年非，一往不可复’，今予亦四十九，感之次其韵。”

苏轼的次韵之作，回应并强化了李诗中原有的人生感慨和归隐之趣，并有东坡特有的旷达情怀。其后苏门后学黄庭坚承东坡之意，又对东坡之作有所唱和，作《次苏子瞻和李太白〈浔阳紫极宫感秋诗〉韵，追怀太白子瞻》[4]。因为苏黄对李诗的唱和，以及对知非之年的强调，后世不少诗人受他们影响，年至49岁之际，则唱和李诗作为纪念，如刘克庄年已至59，仍次韵而和：“十一月二日至紫极宫，诵李白诗及坡谷和篇，因念苏李听竹时各年四十九，余今五十九矣，遂次其韵。”[5]其后谢枋得亦有和作[6]。由刘谢的次韵来看，二人上承李苏黄，又进一步强化了归隐之思，谢枋得更是对归隐满怀向往。但是自谢枋得之后，次韵唱和李诗在中土戛然而止，没有再产生有力回响[7]，反倒是在一江之隔的朝鲜半岛得到了意料之外的接续，次韵唱和之人极多，众多朝鲜著名文人都参与进来，并最终形成了一种朝鲜的文苑传统。

（二）

李白作品很早就传入了朝鲜半岛，到了朝鲜朝时期已经成为文人们学习的典范之一[8]。朝鲜朝文士对李白作品非常熟悉，在作品中化用李白诗文，使用李白典故更为普遍。和高丽朝文士零星的几篇唱和次韵李白之作比起来，朝鲜朝文士对李白诗文的唱和趋于繁盛，成为朝鲜朝李白接受上的一大特点。这些唱和之作，数量颇可观，据笔者简单统计，数量超过 200 首，所涉及的李白原作约在六十首，而其中仅对《浔阳紫极宫感秋》一诗的次韵之作就在百首左右，极为突出，可以看出朝鲜文人对李白这首诗有着非同一般的热情。

就目前资料来看，最早次韵李白《浔阳紫极宫感秋》诗的是朝鲜初期文人申叔舟（1417—1475），他在诗前小叙中说："阅《诗林广记》，见东坡、山谷、后村、叠山和李太白《紫极宫感秋诗》，依韵书怀。"[9]《诗林广记》是宋末蔡正孙所选评诗集，传入朝鲜甚早，并得到多次刊行，其前集第三卷收入了李白原诗及东坡、山谷、后村、叠山四人的次韵之作。申叔舟通过《诗林广记》接触到四人的次韵之作而有感，他的次韵之作虽然最早，但并未受到朝鲜文人的重视，后世鲜有人提及。直到比申叔舟晚生 80 年的诗人周世鹏（1495—1554），才继申叔舟之后再次次韵李诗。周世鹏在诗尾小注中说明自己的创作缘由，提到了苏黄的影响："李太白四十九，作紫极宫感秋诗，其后苏黄皆效之。余亦不觉其已到此也。今以省柏入石仑寺，阻雨三日，不得下山。夜诵三仙诗，便怀多少感慨，乃次其韵。"[10]周世鹏，字景游，号慎斋，是朝鲜早期的性理学者，他对李诗的次韵，得到了朝鲜文人的关注，直接影响到了另一位文人李滉（1501—1570）。李滉有《石仑寺效周景游次紫极宫感秋诗韵》，这也是一首次韵李诗之作，他在诗前小叙中写道："景游诗叙云，李太白四十九，作紫极感秋诗，其后，苏、黄皆效之，余夜诵三贤诗，多少感慨，乃次其韵云云。盖景游时年四十九矣，滉今犬马之齿，亦不多不少，适与相值，然则其所感，宁有异于昔之数君子耶？敢用元韵遣怀云。"[11]特别强调了周世鹏的导先之功。李滉，字景浩，号退溪、退陶等，是朝鲜历史上最著名的性理学者之一，人称"海东朱子"，影响极大。他的次韵之作，给后世朝鲜文人树立了新的榜样。他的弟子柳成龙紧随乃师步伐而次韵："退陶先生集中有《次李白紫极宫诗》，谨步韵寄怀。"[12]在这些先贤的影响下，海东次韵李诗的风潮渐高，文人每至 49 岁时则次李诗，柳成龙之后，著名文人申钦次韵诗前小序写道："李谪仙年四十九，有紫极宫之作，东坡亦于四十九和之，余今适丁是年，感两仙之致，步韵口占。"[13]其后，李民宬、金尚宪、李安讷、李敬舆、李植、张维等皆有次韵。申翊圣在次韵诗的前叙中说："紫极宫诗，即太白四十九岁作也，东坡诸贤和之，我东方先达亦多继和之者。年前张新丰持国次韵以属诸不佞，而不敢当者，自惟非其人，而且嫌年未满也。"[14]这段话一方面说明先达的次韵行为已起到带动和示范作用，引起后人仿效，另一方面也强调了需要在 49 岁这个关键年纪时唱和。再比如尹宣举说："偶阅《石室稿》，得见其《次李白紫极宫韵》。韵本白也四十九年作，余年适当是数，感叹而吟成一篇，奉示市南。"[15]李福源说："月夜独坐无聊，偶看东坡和李白《紫极宫感秋诗》。李白诗曰'四十九年非，一往不可复'。东坡次韵之年，亦四十九。古人志气文章如彼卓然。而余之所同于古人者，其年而已。"[16]黄胤锡说："白有此作，而苏长公步之，盖皆四十九岁。余既早年慕古，白首无成，偶兹秋夜，百感交集。屈指马牛齿适符古人，辄继声以志其慨。"[17]宋秉璿说："白年四十九，作此诗。其后苏、黄及诸老先生，亦皆效之。今余贱齿适与相值，故敢忘僭猥，谨次述怀。"[18]这些人都特别强调了 49 岁这个节点以及先贤的导引作用。

但是，随着唱和风潮的流行，时间限制被突破。如金宗夔叙自已次韵缘由:“独坐无聊,忽忆前秋公晦以所和《紫极宫诗》见示。余谓君年适满四十九,余已差过五岁,不必追赋。今更思之,昔李季章年未衰暮,而犹爱沈隐侯同衰暮之句,况余年过四十九,摧颓已甚,尤有感于斯也,因次韵寄谢。”[19] 可见其年纪已超过五岁仍次韵作诗。再如宋时烈(1607—1689)年已近70,仍受人请求而次韵为诗,他在诗前小叙中道:

用诸老先生所次紫极宫韵,谨呈笼水亭主人。晦翁与陈同甫书曰:“《抱膝吟》,久做不成,盖不合先寄陈叶二诗。田地都被占,却教人无下手处也。”夫以晦翁之海阔天高,被二诗先占,犹尚如此,况以十三篇见示。以此伎俩,宁有下手处也。然屡勤征督,不敢终孤,故敢此写呈,第有所告。此诗自青莲以下,皆作于四十九,而延之乃见征于已过二十年者,何也?既征于已过者,则宜征于不及者。未可以长公之严,属之于文谷父子,毕以见示耶?至恳至恳,小孙以不及廿三岁者,前日率尔尘浼,而甚有愧色矣。[20]

由此可见,次韵之风甚盛,年纪限制已被打破,“既征于已过者,则宜征于不及者”,不仅有年过49岁之人的次韵,也有不足23岁之人的次韵。且从“况以十三篇见示”看来,竟有一人就次韵十三篇,其流行可见一斑。宋时烈,字英甫,号尤庵、尤斋,他是朝鲜中期又一位著名的性理学家,作为在党争中长期主导政局的西人的领袖,他的地位和影响举足轻重,且又高寿,可想而知,他的参与必然又给后学许多鼓励。其后,尹宣举、李明汉、朴长远、李殷相、李端夏、苏斗山等人仍有次作,这么多人的不断参与,逐渐形成朝鲜文苑的一个诗家传统。权斗经写道:“昔太白四十九岁,有《紫极宫感秋》之作。其后黄太史、苏长公诸君子追而和之。时年皆四十有九,遂成诗家一故事。余秋夕病,起坐待月楼,屈指流年,视古人不多不少。感叹之余,次太白韵,留题楼面。”[21] 李栽:“供奉之为此诗,适年四十九。以故后之人,其年纪相当,而一有所感于心,率多追次其韵,遂为骚家名言故事。今吾兄和韵,意盖出此。”[22] 俞汉隽:“李白《浔阳紫极宫感秋》诗,年四十九岁时作也,自其后东坡以下宋诸文士,至我朝道德文章诸老先生,皆以四十九和此诗,遂为文苑故事。余今年亦四十九,和韵续貂,托名附骥,以示凡亲戚知旧,效此续和云尔。”[23]可见,49岁时次韵李诗的传统已经形成,成为“文苑故事”,对许多文人形成了无形的压力,促使其在年龄相合时次韵相和。甚至有人本已戒诗,不再写作,但到了49岁仍为了响应潮流,次韵李白而破戒,如任宪晦在次韵诗前小叙中说明写作缘由即云:“愚自甲寅冬以后,绝不作诗。今为六年,年适四十九,不得已破戒。盖以青莲此诗平生所欲一次者也。”[24]

随着唱和渐多,出现了群体次韵的事情。如宋焕箕为其先祖宋时烈编纂文集后,参与编纂的众人就群起次韵李白本诗,并把作品编辑成册,命名《扫尘轴》:“先祖全集,余尝编摩。而近者校雠之役,开设于京城公廨,缙绅章甫会参者甚众。及其讫工,金台善之咏其事,而乃次集中所载《紫极宫》韵。同志诸人和者相续,成一大沓,名之曰《扫尘轴》。亦盛事也。”[25]这些编纂者,显然不可能都是49岁,他们却独次李白本诗,这颇可玩味,至少说明在文人群体中,次韵本诗已经成为一种风尚。再如宋秉璿记载,其家族中为先祖宋时烈修正文集后,仿照前《扫尘轴》例,再次群体次韵李白:“乙丑仲夏,叔父为修先书随札,约会丹台舅氏于南涧精舍。潭皋翊洙,枕泉膺洙诸叔及金仲见龙赫,先后来到。余亦与金弟圣礼、永膺参席。首尾凡一个月而罢归。舅氏出大全所次《紫极宫》韵,请各和之。盖效刊出大全时校正诸公步是韵,为《扫尘轴》故事也。敢次呈上,仰冀斤教。”[26]两次群体次韵,显然已打破了49岁之年的限制,同时充分说明了前贤对后辈次韵的促进作用。更有甚者,有人主动把社会上的文人次韵之作搜集成册,用来学习阅读,并流通于文人之间,如朴准源记载:“《紫极宫感秋》,李白四十九年之作也。词垣先达之至是年者,莫不续而和之。俞汝成裒集为一册,余尝得阅于苍下。屈指余年尚隔数十寒暑,而居然之间,为此岁矣。方在考工直庐,听秋声于窗竹,则又一紫极宫也。急索白集,支枕一读，遂步其韵。”[27]如果不是数量可观，是无法裒集成册的，而这种民间自发搜集流通的单行本，充分说明次韵李白本诗至此已经非常流行。由这种盛况足可见其时参与的文人数量之众多，不仅有知名学者，较下层文人也加入了次韵之列。

从内容来看，因苏李等诗强大的典范作用，大部分次韵之作都很难突破原诗的内容和表达的情感，在结构上也多类似。悲秋本是古典文学中表现得最多最丰富的情感。宋玉《九辩》中的“悲哉秋之为气也，萧瑟兮草木摇落而变衰”，使这种感伤情绪一进入诗歌就带上了文人特有的忧患和失落。悲秋题材在宋玉之后的诗词创作中得到充分丰富和发展，成为蔚为壮观的一景。如曹丕《燕歌行》、杜甫《登高》、范仲淹《渔家傲》等无不借秋意抒发自己胸中的悲愁困苦，宣泄理想不得实现的人生失意，李白《浔阳紫极宫感秋》一诗自然也可纳入这一序列。但它又不是单纯的悲秋，在传统悲秋主题中还融入了“知非”之意。所谓的“知非”，是指49岁时反省以往49年的过错，这一典故，最早来自《淮南子》卷一《原道训》：“凡人中寿七十岁，然而趋舍指凑，日以月悔也，以至于死，故蘧伯玉年五十而有四十九年非。”汉代高诱注：“伯玉，卫大夫璩瑗也。今年则行是也，则还顾知去年之所行非也。岁岁悔之，以至于死，故有四十九年非，所谓月悔朔，日悔昨也。”[28]因此后人常至四十九岁时而反省以往的过失错误，谓之“知非”。从而李诗就在悲秋感伤之中加入了对自我人生的深深反思。从苏轼开始，包括朝鲜文人的次韵，都继承了李诗的这一特点。比如，尹光绍说：“退翁诗叙云：‘李太白四十九，作《紫极宫感秋诗》，周景游次其韵，盖其年四十九矣。某今犬马齿，适与相值，敢用原韵遣怀云。’而又有知非之词。噫！退翁尚如此，况余末学。历尽劫险，辊到七七年光，默数平日尤悔，奚但知非而已。窃不胜感时省愆之怀，敬次原韵，仍寄陶谷山人，盖亦同庚云。”[29]洪直弼说：“今年甲申，即余四十九岁也。诵李白《紫极宫词》‘四十九年非，一往不可复’一句，弥令人兴感。遂步韵叙怀，仍呈沈仲贤。”[30]洪奭周说：“古人至四十九岁,多和李青莲紫极宫感秋诗,以其有'四十九年非,一往不可复'之句也。"[31]都特别强调了知非之意对自己次韵的感发作用。次诗同李诗一样,大都以秋景起兴,以触发悲秋之感。申叔舟:"西风万里来,秋声起丛竹。高堂也不寐,幽思正堪掬。"[32]柳成龙:"山雨夜中来,鸣我南窗竹。"[33]金尚宪:"端居感时节,晚步随轻竹。"[34]李植:"朦胧月挂松,撼撼风敲竹。"[35]苏斗山:"秋声阛阛来,萧萧入庭竹。"[36]尹凤朝[37]:"秋窗听小雨,陶泻比丝竹。"中间部分则是诗人的幽独之情,大都描写从节序变换中体会出的人生百态,或感叹时光流逝,如金寿恒:"流光如掣电,闪烁不堪掬。"[38]或感叹功业无成,或感慨人世无常,以及由此引发的对人生的反省和思索,不乏警策,最后则自然收结到归隐之趣上,如周世鹏:"世情变鹑蛙,万事掌翻覆。何如赋归去,故国稻粱熟。"[39]李安讷:"幽情乐闲旷,末路畏倾覆。急欲解绶去,湖乡晚稻熟。"[40]当然也有诗人能做出变化,如柳命天说:"李太白《紫极宫感秋诗》,有曰'四十九年非,一往不可复'。坡翁亦以四十九感之,仍次其韵。余亦今年四十九,不禁旷世之感,遂步其韵,而反感秋为感春诗。"[41]他反感秋为感春诗,但所抒发的则同样是年近半百的身世之感。

通览朝鲜文人的次韵之作会发现,在因袭李白之外,他们的次作强化了李诗中原有的理性思考意味,如李滉的次作中融入了自己的性理学思想,以诗来说理阐发自己的理学认识,他在诗的最后说"寡过胡不勉,夫仁亦在熟",就鲜明透露出这一点。"寡过"的典故来自蘧伯玉,而"夫仁亦在熟"则出自《孟子·告子上》,宋人陈普《孟子·仁熟》诗:"虽然仁道系心根,熟处工夫在所存。惟是日新常不息,取之左右自逢原。"[42]指出仁虽然本于人心,但也需要不断培养和熟悉才能保存和体现出来,这正是典型的理学修养观念,所以在寡过知非之外,则又增加了仁熟这一理学修养观。李滉的次作在这一点上也影响了后来者,如李民宬《次李青莲紫极宫感秋作》"君看蘧瑗化,为仁亦在熟"[43],显然因袭了李滉的观点。任宪晦《次紫极宫韵》"拙勤终当补,仁义期精熟"[44],亦是此类。其他如柳健休:“非高亦非远,要在日用熟。”[45]金宗燮:“日新而不已,或希稊稗熟。”[46]南汉纪:“物理良如此,天机验已熟。”[47]对于李滉诗中的这一发挥,朝鲜后学有着清醒的认识,如金宗燮在《和李白紫极宫感秋诗叙》中说:“李白四十九作此诗,苏黄皆和之,至退陶先生,专及进修意。”[48]就已经指出这一点。李象靖在《次李白紫极宫感秋诗叙》中就阐述得更为明白:“李白四十九作《紫极感秋诗》,其后苏黄皆和之,遂为骚家口实。然率皆驰骋于词华之末,至退陶先生,独致意于寡过熟仁之功,则与伯玉知非之意,千载而一致,其所感又不既深矣乎?”[49]不仅认为李苏黄等人的诗作都是徒有词华,更是充分肯定了李滉诗中“独致意于寡过熟仁之功”。可以说李滉等人写入诗中的“理趣”,是朝鲜文人对李诗中理性反思的一种极端拓展,这与朝鲜理学思想的发展有深刻关联。

从申叔舟开始,在500多年的时间里,次韵李诗的风潮贯穿了整个朝鲜朝,几乎未曾间断,此起彼伏,蔚为壮观。不仅留下的作品数量众多,未曾传世的作品当更不在少数,许多重要的作家都参与了次韵,如申叔舟、李滉、李瀷、申钦、李植、张维、宋时烈、金泽荣、曹兢燮等人都是朝鲜时代第一流的文人和学者,他们的参与无疑推进了次韵风潮的发展。虽然大部分是一人次作一首,但也有人次作多首。年龄也不完全局限在49岁,而是多有突破。从这场次韵风潮的规模来看,不易找到其他诗可与之相媲美,那么到底是什么原因让这一首在李白所有作品中并不占突出地位的诗获得这一礼遇?这恐怕不能仅仅从悲秋来解释。

(三)

朝鲜文人次韵李白《紫极宫感秋》一诗,借以抒发自己的悲秋情怀,这当然是基于人类共同的情感体验,以及汉文化对朝鲜的深刻影响。但如果深入具体地探究朝鲜文人如此大规模次韵的原因,则还可从以下三个方面来认识:

第一，名家次韵的典范和榜样作用。

在李白《紫极宫感秋》一诗的次韵历史上，苏轼显然具有非同一般的意义，他不仅是第一位次韵李诗的诗人，同时也是他别具慧眼地特别强调申发了李诗中的知非之旨，奠定了后世次韵本诗的基调，他以自己的次韵诗实现了对李白原作之美的继承和光大，对后世产生了极大影响，具有鲜明的范式意义。苏轼本人对于次韵古人之作具有开创之功，他在给苏辙的信中曾说："古人之诗，有拟古之作矣，未有追和古人者也。追和古人，则始于东坡。"[50] 而苏轼本人又是一位在韩国古代影响极大的诗人，受到海东文人的普遍尊崇。现存高丽时代的文学主要属高丽明宗朝(1170—1197)以下者，此时文坛的最高典范正是苏轼。徐居正《东人诗话》卷上载："高丽文士专尚东坡，每及第榜出，则人曰'三十三东坡出矣'。"[51] 朝鲜以儒学立国，杜甫成为最受赞赏的诗人，但自高丽延续而来的崇宋的风气直到朝鲜朝中期才稍有衰歇，期间苏轼的影响仍然非常巨大，对其文集的刊刻虽不及杜甫，亦有多种。在这种崇苏的风气下，东坡对朝鲜文人次韵李白《紫极宫感秋》无疑起了极大的引导作用。我们从众多朝鲜诗人所次诗的叙文中都能看到这种影响。从朝鲜朝第一个次韵本诗的申叔舟，到其后的周世鹏、李滉、申钦、申翊圣、权斗经、李瀷、黄胤锡、俞汉隽等许多诗人都提到了苏轼次韵诗的先导作用。除了苏轼，黄庭坚也是一位在朝鲜影响颇大的诗人，风靡一时的海东江西诗派就标榜专学苏黄，所以不少诗人在次韵诗叙中说到写作缘起时都是苏黄并提。

除了中国诗人，朝鲜朝第三个次韵李诗的李滉，同样具有很强的典范作用。作为一位有极大影响力的性理学家，他的次韵之作同样影响深远，可以说是在苏轼的典范之外，提供了一个朝鲜朝本地的鲜活范例，如柳成龙在诗题中就说是步韵李滉集中的次韵李诗，尹光绍甚至在题目中就直接标出是次韵李滉的感秋诗。在李滉之前次韵本诗的不过两人，而李滉之后次韵本诗的则呈爆发式增长。因此，朝鲜文人在叙文中谈及自己作诗缘由时，多提及前代诗人的影响,如李瀷说:“李白四十九作感秋诗。后来苏黄皆有和篇。我东如周慎斋、李退溪、柳西厓诸先生亦莫不扳次其韵以寓感。余今年适四十九矣,遂赋以述怀。”[52]许薰说:“李白四十九作《紫极宫诗》,前人多效之。余年亦及此,学无所成,徒有齿发晼晚之感,遂步其韵以遣怀。”[53]宋时烈是另一位具有深远影响的理学家,他也曾次韵本诗,他的族人后学两次整理刊刻其文集之后都群体次韵李白本诗作为纪念,也可见典范之作用。朝鲜末期的诗人曹兢燮在谈到自己的次韵缘由时,说到了前代诗人金兴洛次韵诗的影响:“余于丙午秋,在金溪校《西山先生文集》,见有《次紫极宫感秋诗》二首,为之敛衽三复。盖先生平日为诗不多,而独此为叠韵,岂其忧深思远,不自觉其言之溢欤?然当时私窃计其犬马之齿,去先生作诗之期,尚有十五六年,意谓诚能以先生之所自励者,蕲向而鞭策之,至时庶几其无大咎矣。光阴忽忽,遽有今日,无论志业之无毫发加于前时,而尤悔之积,乃有不可胜数者。因读先生之诗,重为之戚戚然,谨次其韵,以念同志,以为胥戒交勉之资云。”[54]从这段话,我们可以强烈感受到榜样的示范作用。

第二,性理学的影响。

高丽末期中国性理学由安珦、白颐正等学者传入,朝鲜建国后,以儒学立国,性理学得到长足发展,成为垄断性的学说和国家意识形态,朱子的学说成为最高学术典范,几乎成为衡量一切的标准。在理学家看来 ,万物皆各具其理而同出于天道,要把握理,就必须格物,程颐所谓“随事观理,而天下之理得”,鸢飞鱼跃,目击道存。道非山水、草木、虫鱼鸟兽,而山水、草木、虫鱼鸟兽可以见道,所以理学家都对万物自然别具身心,兴趣极浓,就是因为自然万物,山水景物中都包含天道,他们特别注重从中体会涵养,主张在活泼的大自然中体验天道和天理,参悟人生的道理[55]。李白《浔阳紫极宫感秋》一诗,不仅是悲秋,而且详细写出了在紫极宫对秋景的观察和欣赏,并从中体悟天道和人生之理,这和理学家的趣味颇为接近。也许正因为这份深沉思索,谭元春才评本诗曰:“取太白诗，贵以幽细之语，补其轻快有余之失，似此即妙矣。”所谓幽细之语正指本诗中描写的体味自然的幽独之情，“回薄万古心，揽之不盈掬。静坐观众妙，浩然媚幽独”，诗人听到北窗的竹声而心动，乃收敛其悠悠怀古的情怀，静坐道观之内以观赏天地万物的美妙，反思人生，浩然长歌而复归于深深的孤独，其中充满了这种活泼的理趣。这样的诗在李白诗中并不多见，反倒有几分南宋诚斋体的味道。而在这一点上又恰巧正契合了朝鲜朝性理学家的脾性。

在朝鲜朝这样一个性理学占据垄断地位的时代，不习性理学往往被视为离经叛道，甚至有性命之忧，因此几乎所有文人都有一定的理学修养，受朱子等理学宗师的影响，从大自然中悟道的理趣诗之创作颇为繁盛。具体到本诗，我们可以从朝鲜文人的次韵诗看到，许多诗人的次韵之作中，渗透着对自然的体悟，阐发自己对人生的看法，甚至不少人赤裸裸地以之来说理，阐发自己对理学的认识和体会。而次韵李诗的文人中，性理学家为数甚多，如李滉、周世鹏、李象靖、柳健休、宋时烈、李端夏等人都是非常著名的理学家。李白原诗中那份独特的理趣，显然正好契合了他们诗歌口味，从形式到题材，都给他们阐发理趣留下了巨大的空间。正因为哲理的渗透，大部分次韵诗悲而不伤，透出作者冷静理智的态度，一改宋玉以来悲秋诗的伤感情绪。

第三，陶渊明的影响。

陶渊明是一位在朝鲜半岛影响颇大的诗人，和陶诗创作在朝鲜半岛极为繁盛，仅就他的《归去来辞》从主题到遣词，从内容到形式，都引来海东文人的高度赞评和多方面的拟效取则[56]。陶渊明对隐逸的倾心，能在他的许多作品中找到，以至于隐逸成为陶渊明精神取向的一种标志，而历史上最早次韵陶渊明并发扬其隐逸情怀的则是苏轼，他作有《和陶归去来兮辞》等多篇次韵之作。东坡的和陶同样给海东文人很大的影响，促进了汉文学家学习和次韵陶渊明的繁荣。韩国汉文学家通过采用集字作诗、读后感、次韵赓和等方式表达其对陶渊明的仰慕效法之情。

而李白的《紫极宫感秋》一诗同样和陶渊明有紧密关联。在《紫极宫感秋》"白云"两句下,王琦注引陶渊明《拟古》其五:"青松夹路生,白云宿檐端。"准确解释了这两句诗的渊源,而实际上,这两句和"回薄"二句也融会了陶渊明"遥遥望白云,怀古一何深"(《和郭主簿二首》其一)的诗意,不仅如此,"四十"二句也与《归去来兮辞》"悟已往之不谏,知来者之可追"有关,而"陶公"二句则直接脱胎于《问来使》的末二句 。从全诗的内容和结构来看,和传世陶集中的《问来使》一诗关系密切,有学者甚至指出,李诗就是对陶诗的拟作[57]。总之,李白这样一首融会了众多陶诗意象和诗意而成的作品,自然带上了非常浓厚的渊明气息,尤其是最后两句中所透露出的隐逸之情和与渊明的关联,更是一目了然,如李福源在次韵诗叙中就说:"尤有感于陶令归去来,田家酒应熟之语,漫次二首。"[58]特别强调了最后两句对自己的感发。那么,李白本诗则巧妙地契合了朝鲜文人对渊明的欣赏和爱慕之心,在他们和渊明之间也架起了连接的桥梁,一定程度上,对李白本诗的唱和可算是间接对陶渊明的唱和,从而可以纳入到朝鲜文人声势浩大的和陶洪流中。

中国自宋以后,虽然理学取得正统地位,但理趣诗的创作仍然衰落,也许这正是李白《紫极宫感秋》一诗的次韵在宋以后的中国得不到继承的原因,而在理学垄断的朝鲜,理趣诗的创作却极为繁盛,理学的深化也为朝鲜文人次韵李诗留下了足够大的言说空间和话语正当性,最后加上苏轼和李滉等人的榜样示范,以及朝鲜文人通过本诗对渊明隐逸情怀的追慕,共同促成了次韵《紫极宫感秋》创作行为的繁盛。

(四)

上文谈到李白《紫极宫感秋》一诗从内容和形式上都对陶渊明集中《问来使》一诗有化用,受其影响的痕迹非常明显,《问来使》一诗如下：

尔从山中来，早晚发天目。
我屋南窗下，今生几丛菊？
蔷薇叶已抽，秋兰气当馥。
归去来山中，山中酒应熟。

但有意思的是有学者已经指出，这首《问来使》是一首伪陶诗，它虽然在李白之前就已经出现，却绝非渊明所作。而从艺术渊源来说，这首给予李白影响的伪陶诗，则首先是拟张协《杂诗十首》其二；其次则是拟陶。这一点薛雪《一瓢诗话》和温汝清《陶诗汇评》卷二已经言及，在语言、意象以及意境等方面和陶诗有很多相似特征。

如果我们把从张协开始到朝鲜文人次韵李诗这个影响学习过程的发展脉络用图表示，则如下：

张协《杂诗十首》其二＋陶渊明诗→《问来使》→李白《紫极宫感秋》→苏轼《和李白并叙》→黄庭坚《次苏子瞻》→刘后村《次韵紫极宫感秋》、谢枋得《次韵紫极宫感秋》→朝鲜学者周慎斋、李滉的次韵→众多朝鲜文人的次韵

据此，李白《紫极宫感秋》的渊源以及唱和影响一目了然。从这个图表来看，朝鲜学者对李白这首小诗的次韵运动，受到了不仅仅是李白原诗的影响，而是数位中国学者参与和融会而成的整体文学传统的影响，显示了中国文化在向海东传播的过程中，并不是单一的，而是多元和丰富的。同时，在这个过程中，朝鲜文人的选择也不是被动的，也有基于他们文化和学术传统的考量。对《紫极宫感秋》的次韵，在中国宋后很少有人次韵的诗，在海东却得到了那么多人的关注和次韵，最终形成了朝鲜的文苑故事，确实有趣。爱德华·希尔斯在《传统论》中说道：传统，在被接受和相传的过程中，很可能经历某些变化，它的基本因素被保留下来，尽管是与其他变化的因素结合在一起，但使之成为传统的，恰恰就是这些被称作基本因素的东西，它们使传统在后续过程中呈现出同一性来，正

如马克思主义社会主义与乌托邦社会主义之间、科学的化学传统与炼金术之间的关系[59]。朝鲜文人们正是用这种"变化"的方式，用自己的次韵诗回应着来自中国的悲秋传统。

注　释

[1]詹锳:《李白全集校注汇释集评》,百花文艺出版社,1996,第3472页。

[2]詹锳:《李白诗文系年》,作家出版社,1958,第75～77页。

[3]苏轼:《苏轼诗集》卷23,第4册,中华书局,1982,第1232～1233页。

[4]宋任渊:《黄庭坚诗集》,第二册,中华书局,2003,第598～599页。

[5]蔡正孙:《诗林广记》,中华书局,1982,第59～60页。

[6]蔡正孙:《诗林广记》,第60页。

[7]据四库全书和基本古籍库电子版以关键词检索,宋以后次韵李诗的作品不足5首。

[8]李白作品在韩国的传播可参看苏岑:《李白作品在韩国的传播与刊刻》,2015年10月第17届李白年会暨李白国际学术研讨会论文集下册。

[9]申叔舟:《保闲斋集》卷十,《韩国文集丛刊》第10册,第87页。

[10]周世鹏:《武陵杂稿》卷一《石崙寺次李白紫极宫感秋韵》小注,《韩国文集丛刊》第26册,第480页。

[11]李滉:《退溪先生文集》卷一,《韩国文集丛刊》第29册,第69页。

[12]柳成龙:《西厓先生文集》卷一,《韩国文集丛刊》第52册,第28页。

[13]申钦:《象村稿》卷六,《韩国文集丛刊》第71册,第352页。

[14]申翊圣:《乐全堂集》卷一,《韩国文集丛刊》第93册,第153页。

[15]尹宣举:《鲁西先生遗稿》卷二,《韩国文集丛刊》第120册,第36页。

[16]李福源:《双溪遗稿》卷一,《韩国文集丛刊》第237册,第16页。

[17]黄胤锡:《颐斋遗稿》卷四,《韩国文集丛刊》第246册,第79页。

[18]宋炳璿:《源斋先生文集》卷二,《韩国文集丛刊》第329册,第30页。

[19]金宗燮:《济庵集》卷二,《韩国文集丛刊续编》第99册,第148页。

[20]宋时烈:《宋子大全随劄》卷一,《韩国文集丛刊》第108册,第99页。

[21]权斗经:《苍雪斋先生文集》卷三,《韩国文集丛刊》第169册,第53页。

[22]李栽:《密庵先生文集》卷一,《韩国文集丛刊》第173册,第34页。

[23]俞汉隽:《自著》卷七,《韩国文集丛刊》第249册,第119页。

[24]任宪晦:《鼓山先生文集》卷一,《韩国文集丛刊》第314册,第21页。
[25]宋焕箕:《性潭先生文集》卷二《和扫尘轴韵》,《韩国文集丛刊》第244册,第31页。
[26]宋秉璿:《渊斋先生文集》卷一,《韩国文集丛刊》第329册,第16页。
[27]朴准源:《锦石集》卷三《次李白紫极宫感秋诗叙》,《韩国文集丛刊》第255册,第63页。
[28]张双棣:《淮南子校释》,上册,72页,北京大学出版社,1997年。
[29]尹光绍:《素谷先生遗稿》卷四,《韩国文集丛刊》第223册,第123页。
[30]洪直弼:《梅山先生文集》卷二,《韩国文集丛刊》第295册,第76页。
[31]洪奭周:《渊泉先生文集》卷四,《韩国文集丛刊》第293册,第95页。
[32]申叔舟:《保闲斋集》卷十,《韩国文集丛刊》第10册,第87页。
[33]柳成龙:《西厓先生文集》卷一,《韩国文集丛刊》第52册,第28页。
[34]金尚宪:《清阴先生集》卷八,《韩国文集丛刊》第77册,第109页。
[35]李植:《泽堂先生集》卷五,《韩国文集丛刊》第88册,第83页。
[36]苏斗山:《月洲集》卷一,《韩国文集丛刊》第127册,第223页。
[37]尹凤朝:《圃崖集》卷三,《韩国文集丛刊》第193册,第154页。
[38]金寿恒:《文谷集》卷四,《韩国文集丛刊》第133册,第87页。
[39]周世鹏:《武陵杂稿》卷一《石崙寺次李白紫极宫感秋韵》小注,《韩国文集丛刊》第26册,第480页。
[40]李安讷:《东岳先生集》卷十,《韩国文集丛刊》第78册,第223页。
[41]柳命天:《退堂先生诗集》卷一,《韩国文集丛刊续编》第40册,第382页。
[42]陈普:《石堂先生遗集》卷十九,明万历三年薛孔洵刻本。
[43]李民宬 :《敬亭先生集》卷九,《韩国文集丛刊》第76册,第333页。
[44]任宪晦:《鼓山先生集》卷一,《韩国文集丛刊》第314册,第21页。
[45]柳健休:《大野文集》卷一,《韩国文集丛刊续编》第110册,第346页。
[46]金宗燮:《济庵集》卷二,《韩国文集丛刊》第99册,第148页。
[47]南汉纪:《寄翁集》卷一,《韩国文集丛刊续编》第58册,第450页。
[48]金宗燮:《济庵集》卷二,《韩国文集丛刊》第99册,第148页。
[49]李象靖:《大山先生文集》卷二,《韩国文集丛刊》第226册,第65页。
[50]苏轼:《东坡先生和陶渊明诗引》,《苏轼诗集》,中华书局,1982。
[51]赵钟业编:《修正增补韩国诗话丛编》第一卷,首尔:太学社,1996年,

第444页。

[52]李瀷:《星湖先生全集》卷二,《韩国文集丛刊》第198册,第80页。

[53]许薰:《舫山先生文集》卷三,《韩国文集丛刊》第327册,第493页。

[54]曹兢燮:《崖栖先生文集》卷五,《韩国文集丛刊》第350册,第61页。

[55]参考张鸣:《诚斋体与理学》,《文学遗产》,1987年,第3期。

[56]关于《归去来兮辞》对韩国文人的影响,可参看曹虹:《陶渊明〈归去来辞〉与韩国汉文学》,《南京大学学报》,2001年,第6期。

[57]范子烨:《李白的慕陶情与传世的伪陶诗》,《文史知识》2004年,第12期。

[58]李福源:《双溪遗稿》卷一,《韩国文集丛刊》第237册,第16页。

[59]爱德华·希尔斯著、傅铿、吕乐译《论传统》,上海人民出版社,2009年,第14页。

(作者单位:西北大学文学院)

周珽《删补唐诗选脉笺释会通评林》中的“李杜并尊”观

姚　奎

一、周珽与《删补唐诗选脉笺释会通评林》

周珽,字无瑕,号青羊公,隐士,浙江硖川人(即今海宁硖石镇人)。关于周珽家族的研究,金生奎[1]和丁放[2]都有过考证,这里不再详述。

关于周珽的生平,《清史稿》《明史》都无传。现在能够搜集到的资料大多见于各种海宁地方志,以及《删补唐诗选脉笺释会通评林》(文中有时简称《删补》)序文中的零星记载。这些记载大多很简洁,对于周珽的生平记载都不详细。如清代许三礼《海宁县志》记载:

> 周珽,字青羊。隐居硖川,雅吟咏、工画,以蒲陶擅名,蜿蜒生动,尺寸有寻丈之势,晚著《广孝录》传世。[3]

许三礼的记载只是大概记录了周珽的在吟诗、作画方面的成就,特别指出了周珽作画工于葡萄。晚年还作有《广孝录》传世。

清代蒋宏任在《硖川山水》中的记载则更加详细:

> 出洞口而南,正当山之半,名半山。有东广福禅院,宋神

宗熙宁元年建院，塑白衣大士像，大士慈悲，现妇女身说法，愚民妄谓宜男，亦未见大士五十三相耳。院后古梅数十树，老干横斜，花时如雪。周珽构精舍其下，额曰：飞雪轩。按：珽字青羊，雅吟咏，工画，以蒲萄擅名，蜿蜒生动，尺寸有寻丈之势，晚年著作甚富，如《广孝录》《疑梦编》《唐诗选脉》，至今脍炙人口焉。后俗子扳折，院僧甘寻，斧柯惜哉。[4]

从蒋宏任的记载中，归纳起来主要有以下几点需要注意：

第一，和许三礼一样，蒋宏任也记载了周珽在写诗、作画（特别是擅长画葡萄）方面的成就。且陈继儒在《删补》序中评价周珽作诗"尤娴于诗"，评价周珽作画"游戏写墨葡萄，变化纵横，兼带篆隶草书法，识者谓温日观后一人而已"[5]。所以在以后有关周珽的记载中，都将"雅吟咏，工画，以蒲陶擅名，蜿蜒生动，尺寸有寻丈之势"这段话直接引用，如康熙四十七年（1708）编订的《御定佩文斋书画谱》中周珽的小传，以及清末彭蕴灿《历代画史汇传》中对于周珽的记载。可见周珽在这两方面的成就确实不小，并能够得到时人的认同。

第二，从蒋宏任的记载还可以看出周珽当时隐居于广福禅院之中，并在寺院后面修筑房屋"飞雪轩"。广福禅院即今浙江杭州广福禅寺，位于西湖区余杭闲林镇五常片断桥村，是临济宗三十一世破山禅师接受密云圆悟禅师的传承后，于1629年在此传法。周珽当年或许就是在此处"飞雪轩"完成了《删补唐诗选脉笺释会通评林》一书的编撰。

关于周珽选择隐居的原因，陈继儒说："一时同舍生先已飚去，青羊公蹭蹬场屋如故也。"[6]周珽不做官的原因，除了"蹭蹬场屋"，科举不如意之外，或许还与其家族有关。周珽的先祖周仲潢就因为其父周宣抗元而死，所以耻食元禄，遁居海昌洛塘里，朝廷屡征不出。其曾祖周敬也是一个隐士，举贤良方正而不赴，隐居著书。从周珽继承曾祖的遗志，以及重写《唐诗脉》可以看出，周珽对于周敬是非常崇敬的，所以也就不难理解为什么周珽会隐居了。周珽生活在明清易代之际,这个时期的文人内心大多是复杂与矛盾的。他们一边受到儒家忠君思想的影响,一边又处乱世,内心彷徨痛苦。所以这个时期的文人面临着许多的选择,或者跟从自己的内心选择避世,或者身不由己出仕新朝,或者因抗争而自绝于乱世。周珽自己的选择是“好读儒书,寄情山水,混迹渔樵”[7]。这种选择反映出周珽内心也是充满了矛盾,他好读儒书,深受儒家思想影响,但他又不能下定决心出仕,所以他只能选择过着隐居的生活。清军一旦攻破硖川,国家危在旦夕,儒家传统思想的教育以及家族的影响使他不能明哲保身,只能以身殉国。

关于《删补唐诗选脉笺释会通评林》基本情况,我们以清华大学图书馆藏《删补唐诗选脉笺释会通评林》为例,对其体例进行简要说明。全书共六十卷,两百多万字,卷帙浩繁。卷首有陈继儒、陈仁锡、倪元璐、周敬、周珽五人的序文。全书目录按体裁分五古十三卷、七古十二卷、五律十卷、五言排律五卷、七律六卷、五绝四卷、七绝九卷,全唐四言三言联句一卷。每一体又按初、盛、中、晚四时排列;目录后有周珽作的统论,引用了高棅、李维桢、傅若金、黄子肃等人的言论,论述了唐诗的缘起,唐代诗人的诗歌风格,唐诗兴盛的原因,作诗之法等;统论后是凡例、引书,全书共引用书近千种,可谓旁征博引;然后有“唐代年号详数”“诗人爵里详节”,多数诗人都有一个简要生平。全书共选诗人 435 人:帝王 5 人,公卿名士共 382 人,衲子 13 人,宫闱 27 人,无名氏 8 人;共选诗 2413 首,其中初唐 393 首,盛唐 1037 首,中唐 684 首,晚唐 299 首;周珽在每一种诗体前都写有一个小序,序文中收录了前人对此种诗体的论述以及他本人的观点。笺释则在诗的末尾,有“证”“训”“附”三种,三种笺释内容十分丰富。评论内容也十分丰富,“评”分为两种,一种在页眉称为“眉评”,一种在是后,称为“正评”,两种评论汇集了周珽以前众多的材料和唐诗评论。可以说,此书是明代引用材料最多的唐诗选本之一。

二、“李杜并尊”与明人崇盛唐之间的关系

选本其实是探讨一个选家诗学观念最好的材料，它比评点本或者文章更加直观地表现选家的诗学倾向。所以用周珽的选本来讨论周珽的“李杜”观似乎是更合时宜的。作为唐代诗坛的双子星座，李、杜二人孰优孰劣的论争就一直没有停止过。或尊李抑杜，或尊杜抑李，或李杜并尊，大抵不出这三种情况。而且由于《删补唐诗选脉笺释会通评林》汇评本的性质，以及在选诗方面受到高棅《唐诗品汇》的巨大影响，所以探讨周珽的“李杜并尊”观就不能脱离整个明代的诗学背景。

李杜优劣论的争论始自中唐，元稹《唐检校工部员外郎杜君墓系铭并序》说：“是时山东人李白，亦以奇文取称，时人谓之李杜。余观其壮浪纵恣，摆去拘束，摹写物象及乐府歌诗，诚亦差肩于子美矣。”[8]通过元稹的语言可知，早在中唐，李白与杜甫就已经开始并称为“李杜”了，但虽然是并称，元稹还是尊杜抑李的。同时期的白居易和元稹一样，他在《与元九书》中说：“杜诗最多，可传者千余篇。至于贯穿古今，覼缕格律，尽公尽善，又过于李。”[9]可见他也是持尊杜抑李的观点。同时期只有韩愈认为“李杜文章在，光焰万丈长”[10]，持“李杜并尊”的观点。但是根据傅璇琮《唐人选唐新编》中的选诗情况来看，《唐写本唐人选唐诗》《河岳英灵集》《又玄集》《才调集》中都选有李白诗歌，杜甫的诗歌只存于《才调集》，可见在当时的选本中，李白的地位又是高于杜甫的。以上这些都说明，后人对于李白、杜甫二人的诗歌地位之争一直都存在，而且都想评个高低上下，所以讨论“李杜并尊”的情况其实不多。

时自宋代，北宋前期诗坛主要重中、晚唐诗歌，晚唐体较为盛行，所以李杜二人的地位并不很高。只有到了江西诗派盛行以后，以杜为诗成为了主流，杜甫的地位是李白所不能比的。在选本方面，有些宋代选本不选李杜二人，如王安石《唐百家诗选》、赵师秀

《众妙集》等。王安石《四家诗选》中选杜甫、欧阳修、韩愈、李白四家诗,以杜甫位列第一,而李白却位列第四。所以宋代基本上都是尊杜抑李的,直到严羽《沧浪诗话》出现,才出现了独尊盛唐,师法李杜的现象。

金元时期有三种著名的唐诗选本,方回《瀛奎律髓》《唐诗鼓吹》《唐音》,其中方回主要是宗杜,《唐诗鼓吹》则宗中晚唐。尊盛唐的观念在《唐音》出现后才开始,并且直接影响到了高棅《唐诗品汇》的编撰。

明代以前,并没有出现大规模的“李杜并尊”的现象,而且所有的选本中也很少有将李杜并举的情况。直到高棅《唐诗品汇》出现以后,独尊盛唐的观念深入人心,随之而来的是李白、杜甫的价值都被得到认可,“李杜并尊”的现象才开始在选本中大量出现。

《唐诗品汇》出现以后,高棅的唐诗学思想影响了整个明代。胡震亨在《唐音癸签》中说:“夫尽唐宜何如? 亦惟用《唐诗品汇》之例稍润色焉而可,诗在唐一代,体数变矣,取数变之体统列一卷之内”[11];“高又自病其繁,有《正声》之选,而二百年后,李于鳞一编复兴,学者尤宗之,详《李选》与《正声》皆从《唐诗品汇》中采出,亦云得其精华”[12]。许多以《唐诗品汇》为例的诗选也大量出现。明代其他著名选本如李攀龙的《唐诗删》、唐汝询的《唐诗解》也都是遵循《唐诗品汇》的体例编撰完成的。这些选本也继承了高棅以盛唐为宗、“李杜并尊”的诗学观念。

虽然到了明代末年,《唐诗品汇》的影响已经大不如前了,但是在当时“复古”与“革新”思想的不断交织下,《唐诗品汇》仍然还有一部分忠实的粉丝,周珽就是其中之一。从《删补唐诗选脉笺释会通评林》来看,全书不但在选目上多以《唐诗品汇》为主,而且在体例与诗歌形式的分类上都仿照了《唐诗品汇》,分期上也是按照“四唐”进行的,其中许多的诗论也都是完全引自《唐诗品汇》。《删补唐诗选脉笺释会通评林》基本上是在《唐诗品汇》的影响下编撰而成的。所以周珽也自然而然地继承了高棅的唐诗学观念。

明代的“李杜并尊”观与宗盛唐的思想似乎具有某种联系，因为在明代以前，盛唐诗歌的地位并没有确立，所以“李杜并尊”的现象很难看见，即使有，也是偶然现象，而“尊杜抑李”或者“尊李抑杜”的现象倒是出现得很多。由此可见，明代普遍的“李杜并尊”观的前提应当是宗盛唐思想的确立。

三、从选诗数量看周珽的“李杜并尊”观

在《删补》中，周珽评价李、杜二人：“取高华奇逸者，咸左袒乎李；取雄浑沉厚者，独首推乎杜；要之二子不可高下定论。胡元瑞谓李犹庄周，杜犹左氏，或庶几焉。”[13] 周珽认为李、杜二人“不可高下定论”，二人诗风各有所长。由此可见，周珽主要还是持“李杜并尊”的观点。《唐诗品汇》中，高棅选诗独宗盛唐，同时在盛唐之中有独尊“李杜”，将李白列为“正宗”，杜甫则专设“大家”，由此可见高棅对于李杜二人极为重视，继承了自严羽《沧浪诗话》、杨士弘《唐音》以来的“李杜并尊”的观念。通过数据统计可以知道，周珽的选诗大约百分之九十以上的篇目都来自于高棅的《唐诗品汇》，所以周珽所选的李杜诗必然要受到高棅《唐诗品汇》的影响。但是周珽在继承高棅“李杜并尊”观的时候并非一成不变，而是有其自己的特点。通过统计出高棅、周珽二人在选诗数量上的不同，可以分析出高、周二人“李杜并尊”观的不同之处。进而可以分析出周珽所处的时代背景以及周珽的“诗脉”观对周珽选诗的影响。现将高棅、周珽二人选择李杜诗的数量统计如下：

表一

选本	诗人	五古	七古	五绝	七绝	五律	七律	五排	合计	比重%
《唐诗品汇》	李白	196	76	23	39	46	6	12	398	18.65
	杜甫	84	53	8	7	82	37	25	296	13.87
《删补》	李白	50	29	10	31	25	4	6	155	14.95
	杜甫	52	30	2	3	40	33	13	173	16.68

注：此比重为李、杜二人诗歌在各自选本中的盛唐阶段所占的比例。

从入选诗歌总量来看，以上两个选本中李杜二人的诗歌加起来的比重占到了整个盛唐阶段总数的百分之三十以上。由此可见，高棅、周珽二人在选本不但独尊盛唐，而且在盛唐中又独尊“李杜”。

但是对比李白、杜甫二人入选诗歌的情况可以发现，在高棅、周珽二人“李杜并尊”的情况下又有一些不同之处。《唐诗品汇》中，李白诗歌所占比重比杜甫高了近五个百分点，但是在《删补》中，杜甫诗歌则比李白高了近两个百分点。由此看见，高棅在“李杜并尊”的情况下选诗更加倾向李白，而周珽则倾向于杜甫。

从具体的诗歌形式来看。《唐诗品汇》中李白的古体诗入选最多，多达 272 首，其中以五言古诗为最，可以看出高棅对于李白古体诗成就的认可。但是在《删补》中，周珽将李白的古体诗大加削减，只选了 79 首，说明周珽对于李白的古体诗的重视程度低于高棅。而对于杜甫的古体诗，高棅选了 137 首，只有李白的一半，但是在《删补》中，周珽选了 82 首，比李白还多 3 首，由此可见周珽对于杜甫的古体诗比高棅更加重视。对于李杜二人的近体诗，高棅、周珽二人的选诗倾向基本一致，没有太大的变化。

从上文的分析可以知道，高棅与周珽二人最主要的分歧就是李白的五言古体诗，虽然两人都称赞了李、杜二人的五言古诗，但程度是不一样的。所以对李、杜二人的五言古诗进行分析，从而可以了解周珽的倾杜态度产生的原因。

从周珽的五言古诗的选目与李、杜二人创作的五言古诗总量来看，周珽所选李白五言古诗 50 首，占其总量 512 首[14]的 9.77%。选杜甫五言古诗 52 首，占其总量 260 首[15]的 20%。这个比重虽然不能确定周珽就一定是倾杜的态度，但是在李、杜二人的五言古诗创作方面，周珽肯定是更加倾向杜甫的。

从具体的篇目来看，周珽和高棅都选了李、杜二人的一些组诗，例如高棅选了李白《古风》五十九首中的 32 首，将杜甫的《前出塞》九首、《后出塞》五首全部都选入了。但是周珽在《古风》中只选择了其中的15首，对于《前后出塞》却全部选入，可见高棅与周珽对待李白《古风》的态度是不一样的。周珽大量削减了《古风》中的其他诗篇，而对杜甫的《前后出塞》却照单全收，从这里也可以看见周珽的倾杜态度。

四、从周珽对李、杜五言古诗的评价看“李杜并尊”观

从具体的选诗篇目来看，周珽选李白《古风》十五首、《拟古》三首、乐府诗七首、赠别诗十四首、感怀诗十一首。选杜甫《前出塞》九首、《后出塞》五首、《三吏》、《三别》、纪行诗十六首、酬唱诗六首、杂兴十首。

周珽评价李白五言古诗“扫魏晋之陋，起骚人之废”，主要是从李白五言古诗的诗歌艺术成就来评价的。对于李白的五言古体，周珽在《古风·大雅久不作》下训曰：

> 屈平之后，司马相如、扬雄激扬颓波，疏导其下流。使遂闳肆注乎无穷，而世降愈下，宪章乖离，建安诸子夸尚绮靡，摛章绣句，竞为新奇，而雄健之气由此萎尔。至于唐八代极矣，扫魏晋之陋，起骚人之废，太白盖以自任矣。览其著述，笔力翩翩如行云流水之出乎自然，非思索而得，岂欺我哉。[16]

“扫魏晋之陋，起骚人之废”出自《唐诗品汇》，这里用来表明周珽对于李白五言古体诗的地位的清晰认识。在屈原之后，相如、扬雄二人“激扬颓波”，使古体诗的发展走上了正确的轨道，但二人之后，古体诗的法度、章法又背离了他们的轨迹。特别是到了建安以后，辞尚绮靡，格调愈渐卑下，古风不在，所以李白说：“自从建安来，绮丽不足珍。”[17] 而到了唐代，经过陈子昂、张九龄等人的努力，李白重振古风，扫除魏晋浮华、绮靡之辞，所以李白的古体诗“如行云流水之出乎自然”。由此可见，李白善于继承自汉魏以来五言古诗形成的范式，而不太重视对于汉魏以来古诗形成的精神内核，李白是汉魏以来大量拟作汉乐府最多的唐代诗人。所以李

白与杜甫的五言古诗有本质的区别,这种区别也是周珽为什么偏重杜甫而不是李白的原因。

再来分析杜甫的五言古诗,对于杜甫五言古诗的成就,周珽认为他“嗣迹《风》《雅》”,与陈子昂一样,杜甫的五言古诗同样继承了《诗经》的古朴、典雅的叙事诗传统。所以周珽引黄庭坚语:“子美妙处,乃在于无意为文而意已独至,非广之以《国风》《雅》《颂》,深之以《离骚》《九歌》,安能咀嚼其意味,闯然入其门耶?”[18] 辛晓娟在《杜甫歌行艺术研究》一书中就提到了这个问题:“杜诗歌行叙事中微言大义、褒贬美刺方面,主要来自于《诗经》传统。”[19]《诗经》中有许多早期的叙事诗,如《生民》《公刘》《绵》《皇矣》《大明》《十月之交》《溱洧》《静女》《七月》《氓》等诗,这些诗歌或为重大题材政治、战争、灾难,或为古代劳动人民日常劳动,或为一个人物的生活经历。这些叙事诗往往兼有抒情,在叙事中含有美刺、褒贬的个人情思,这就是《诗经》的纪实性与史学批判精神。杜甫诗中经常描写战争给士兵、人民带来的深重灾难,这一点或许就是学习了《诗经》中叙事诗纪实性、史学批判的传统。

“安史之乱”以后,杜甫离开长安,在兵荒马乱的年代里,杜甫一家流离失所,从甘肃流落四川,遇见了太多战争给底层人民带来的苦难,这些苦难都被杜甫写进了诗里。自此以后,杜甫诗歌的诗史地位便确立下来。所以在周珽选诗时,特别注重选择那些具有《风》《雅》传统的诗歌,如《前出塞》9 首,《后出塞》5 首,《潼关吏》《石壕吏》《新安吏》《新婚别》《垂老别》《无家别》,这些诗歌基本上都是对杜甫所处时代社会状况的反映。

以《前出塞》周珽写的按语为例:

按《唐书》:二十五年,河南节度使崔希逸袭吐蕃破之。二十七年,碛西节度使盖嘉运击突骑施,擒其可汗。二十八年吐蕃入寇,发关中兵救之。时明皇已问边,募丁壮长充边军。此前九章泛述征夫自叙之词,后五章则稍有刺讥,而以禄山之乱终之,见向者之出师以黩武造乱,适所以借寇兵而速祸,盖源其本而深惜之也。[20]

开元后期,朝廷奸臣当道,正直的大臣全都被排挤出朝廷。唐玄宗变得好大喜功,连年征战。仅仅二十五至二十八这短短四年间就发生了三次对外战争,除开元二十八年是吐蕃入侵,其余两次都是主动对外征战。这些战争给老百姓带来的是深重的灾难,妻离子散、家破人亡的事情天天上演。以至于杜甫发出了“君不见青海头,古来白骨无人收。新鬼烦冤旧鬼哭,天阴雨湿声啾啾”的感叹。

由此可见,周珽对于李、杜二人五言古诗的评价侧重点是不一样的。对于李白五言古诗的评价侧重于其诗歌的艺术成就,肯定了李白五言古诗在诗歌史中的地位。而周珽对于杜甫五言古诗的评价,主要还是侧重于其描写的社会现实,杜甫诗歌的“诗史”地位,就是建立在杜甫继承《风》《雅》的纪实传统之上的。

五、周珽“李杜并尊”倾杜的原因分析

1. 诗学观念不同而形成的不同的选诗倾向

上文中,通过与高棅选诗的比较,可以看出,尽管周珽继承了高棅的宗盛唐以及“李杜并尊”的诗学观念,但二人诗学观念仍然存在差异。高棅引《沧浪诗话》中对盛唐诗人的评价:“盛唐诸人,惟在兴趣,羚羊挂角,无迹可求。故其妙处透彻玲珑,不可凑泊,如空中之音,相中之色,水中之月,镜中之象,言有尽而意无穷。”[21]由此可见在高棅心中盛唐诗的典范应当是这种“言有尽而意无穷”的以及具有丰富想象的乐观自由的诗歌形式,以这种标准来衡量盛唐诗歌,那么杜甫那种整饬的、沉郁顿挫、格律严谨的诗歌肯定是不符合此种标准的。而在《删补唐诗选脉笺释会通评林》中,周珽以“诗脉”观为标准,强调诗歌的“格调”与“性情”。虽然在“格调”方面,李、杜二人不相上下,两人都是盛唐气象的代表。但是在“性情”方面,往往是杜甫更胜一筹。正如葛景春在《论李杜五言古

诗之嬗变》一文中所说:“在五古感怀诗方面,二人异大于同。李白的感怀诗,是说到而不说破,诗中多以‘比兴’手法,寄以言外之意;杜甫的感怀诗则多是直击现实,直抒胸臆之作。”[22] 如杜甫的“三吏三别”,直击现实社会,将战乱带个百姓的伤害毫无保留地展现出来,抒发自己的悲愤与同情,是具有“性情”的典范。以“诗脉”为标准的话,显然杜甫的五言古诗更加符合周珽心目中具有“诗脉”精神的诗歌,所以相对于高棅,周珽更加倾向杜甫。

2. 时代背景对周珽倾杜态度的影响

根据丁放的考证,周氏家族是一个传统的儒学世家。其先祖周勃是汉代开国名将,周敦颐是北宋理学名臣,周宣是宋末殉国的忠臣,周肇允在宋亡以后隐居杭州专心著述,其曾祖父周敬也是一名隐士,专心著述。特别是其伯父周甸对周珽的影响甚大,周甸著有《杜律会通》,周珽的《删补唐诗选脉笺释会通评林》评林就是仿照了《杜律会通》的体例。由此可见,周珽早年就受到周甸的影响,也影响到了周珽在选诗中对杜甫的偏爱。

此外就是当时的社会环境对周珽倾杜态度也有一些影响。周珽生活的时代正值明清易代之际。明朝末年,内忧外患不断,导致百姓民不聊生,征战不断。这种情况与杜甫生活的“安史之乱”时期十分相似。所以同样受到儒家文化熏陶的周珽或许对杜甫的诗歌感受最深。

注　释

[1]金生奎:《明代唐诗选本研究》,合肥:合肥工业大学出版社 2007,第 157、158 页。金生奎从文化世家的角度对《删补唐诗选脉笺释会通评林》一书的成书进行了论述,他认为此书的编撰过程与江南地区的文化世家的传承有重要关系,并列举了海宁硖川周氏家族参与《删补唐诗选脉笺释会通评林》编撰过程中的一些人员:周珽曾祖父周敬。周珽伯父周甸。周珽堂弟周启琦。周珽侄辈周洪谟。周珽侄孙辈周凤翔。周珽侄辈周明辅。周珽侄辈周明翊。周珽长子周梦鸾。周珽子周应鹏。縠采斋主人,康熙年间《唐诗选脉会通评林》再刻的主持者。这些人全都

参与到了此书的编撰、校订以及评点等工作,所以此书的完成离不开家族力量的参与。

[2]丁放:《〈删补唐诗选脉笺释会通评林〉与明代唐诗学》,《文学评论》2017年第1期。丁放从周珽的家世出发,考证了周氏家族从汉代一直到明代的主要家族世系:周勃、周敦颐、周渊、周宣、周肇允、周敬、周珽。这其中周勃是汉代开国名将,周敦颐是北宋理学名臣,周宣是宋末殉国的忠臣,周肇允在宋亡以后隐居杭州专心著述,周肇允的生活方式直接影响了其后人周敬和周珽。

[3]许三礼:《华中地方·第五六一号浙江省海宁县志》,台北:成文出版社,1983年版,第1182页。

[4](清)蒋宏任:《硖石山水志》,清《别下斋丛书》本。

[5](明)周珽:《删补唐诗选脉笺释会通评林》,济南:齐鲁书社,补25~410页。注:本文中所有有关《删补唐诗选脉笺释会通评林》的内容皆引用自齐鲁书社影印出版的清华大学图书馆藏明崇祯八年刻本。(此本虽号称为崇祯八年刻本,但是其真实性仍受到学者们的怀疑)下同 。

[6](明)周珽:《删补唐诗选脉笺释会通评林》,济南:齐鲁书社,补25~410页。

[7]《四库全书存目》,丛书编纂委员会编,四库全书存目丛书史部第242册,台北:庄严文化事业有限公司,1996年版,第861页。

[8](唐)元稹:《元稹集》,北京:中华书局,1982年版,第601页。

[9](唐)白居易著:《白居易全集》,上海:上海古籍出版社,1999年版,第648页。

[10](唐)韩愈著,屈守元、常思春主编:《韩愈全集校注》,成都:四川大学出版社,1996年版,第703页。

[11](明)胡震亨:《唐音癸签》,上海:上海古籍出版社,1981年版,第326、327页。

[12](明)胡震亨:《唐音癸签》,上海:上海古籍出版社,1981年版,第326页。

[13](明)周珽:《删补唐诗选脉笺释会通评林》,济南:齐鲁书社,补26~13页。

[14]葛景春:《论李杜五言古诗之嬗变》,《中州学刊,》2006年9月,第5期。

[15]廖仲安:《近百年中国文化艺术中杜甫的潜在影响》,《杜甫研究学刊》,1992年,第4期。
[16](明)周珽:《删补唐诗选脉笺释会通评林》,济南:齐鲁书社,补25~569页。
[17](清)王琦:《李太白全集》,北京:中华书局,1977年版,第87页。
[18](明)周珽:《删补唐诗选脉笺释会通评林》,济南:齐鲁书社,补25~602页。
[19]辛晓娟著:《杜甫歌行艺术研究》,北京:清华大学出版社,2013.09,第138页。
[20](明)周珽:《删补唐诗选脉笺释会通评林》,济南:齐鲁书社,补25~603页。
[21](宋)严羽:《沧浪诗话校释》,北京:人民文学出版社,1961年版,第26页。
[22]葛景春:《论李杜五言古诗之嬗变》,《中州学刊》,2006年9月,第5期。

(作者单位:四川师范大学文学院)

罗贯中笔下的李白
——李白传说故事的演变

蒋　志

众人皆知罗贯中是《三国演义》的作者,很少有人知道他还是将李白的传说故事写成小说的第一人。后来冯梦龙又将其扩写成《李谪仙醉草吓蛮书》,流传更为广泛。李白传说故事的演变过程值得研究。

一

罗贯中(1330—1400),名本,字贯中,号湖海散人。山西并州太原人(今太原市清徐县)。元末明初著名小说家、戏曲家,是中国章回小说的鼻祖。一生著作颇丰,除代表杰作《三国演义》外,还有小说《隋唐两朝志传》《残唐五代史演义》《三遂平妖传》《粉妆楼》,剧本《赵太祖龙虎风云会》《忠正孝子连环谏》《三平章死哭蜚虎子》等。施耐庵著的《水浒传》也经他加工、增补。

在《隋唐两朝志传》中的九十九回最后两段和第一百回、一百零一回专门写的李白故事。现照录如下:

第九十九回　诛韦后睿宗即位

……

杨氏自婕妤进位贵妃，恩宠无比。时值春残，妃睡才起，玄宗朝回，见其云鬓半亸，柳眉乍蹙，有体弱不胜之状，帝笑指曰："此海棠花睡未足邪?"当日帝与贵妃正在百花亭宴赏，忽报契丹遣人入国为使，赍诏书来。帝急宣贺内干接陪番使，馆于驿庭，选吉日入朝见圣。阁门舍人接得番书进上，玄宗安在御案，即宣翰林学士开读，视之绝无识者。众臣奏曰："此皆鸟迹之书，臣等学浅，安能识此，亦不知有何吉凶之事。"帝大怒曰："汝等皆朝廷大臣，枉身挂紫袍，腰系金带，今日有事，何无一人与朕分忧? 此书不识，作何发落? 倘番使见笑，欺中国无智识之人，兴兵犯境，如之奈何?"

言未绝，只见阶下一人进曰："臣举一人，胸藏锦绣文章，笔写龙蛇鸟迹，若答番书，实国家之大才。"众视之，乃翰林学士贺内干也。帝曰："卿荐何人? 试与朕言之。"内干曰："近有一人，姓李名白，西川绵州人也。先因绵竹县令贺知章家一使女名曰秀春，尝在绵江洗菜，忽然跳一鲤鱼入篮。其女取鱼归家食之，因而有孕。后生一子，容貌希奇，身体端严，知章异之，取名李白。及长，颖悟绝人，才学无敌，因来赴选，被太师杨国忠、太尉高力士二人批落不用，现在臣家安下。臣观此人，文章盖世，提笔惊人，必识此书。臣乞为保官，答番书，万无一失。"帝曰："既有斯人，何不早为朕召来?"内干奉诏到宅三宣，李白入朝，拜于阙下。帝曰："朕被番使催促番书，不能回答，内干举卿有经济之才，安邦之策，特宣卿来答书，与朕分忧，卿意若何?"白对曰："臣来赴选，因学浅才疏，为杨太师、高太尉批卷不中，抢出场门，臣有何才，能辨字迹以答书乎?"

第一百回　李太白立扫番书

帝曰："内干举卿不错，汝有高才，何见谦邪?"白曰："臣蒙宣诏，不敢违命，陛下赐书一看，便见下落。"帝即令侍臣将书与李白视之，白当殿开读，书曰：

“朕思契丹，国居边夷，天寒地冻之乡，万物稀生之地。近闻中华礼乐之邦，冬暖夏凉，春花秋月，奢华富贵，此是苦乐不同，朕情不满。自古天无二日，国无二主，为此遣使赍书，早达中华。若存国礼，罢战停征。欲持雄兵百万，勇将千员，随贺来游南国，赏玩中华。御林池，权将饮马，上林苑，暂借屯兵，坐内殿，朕欲歇息，琼林库，借赏三军。如若肯否？早与回文。倘若不从，速达见报。选日兴兵，来征唐国，取中原四百军州，改为番家一统，天下始平，此是朕之愿也。草草，不宣，上启南朝唐玄宗御前开拆。”

李白读罢，语如流水，声若铜钟，并无一字差讹。帝听大惊，沉吟半晌。众臣面面相觑，尽称难得，果好奇才。白曰：“陛下勿忧，来日宣番使入朝，臣即当面回答其书，务使一般字样。书中包藏言语，实羞恶之，定要契丹拱手称臣，永不相犯。”帝闻奏大喜，随令安排御宴，管待李白。但见学士主筵，公侯宰相伴席，宫商韵奏，琴瑟声清。嫔妃斟酒，彩女传杯。饮至日晡，白就筵上对圣吟诗作赋，诗云：

“金銮殿上圣心浓，御宴喧哗待宰公。

彩影祥光明帝阙，君臣同乐最惟容。”

又一律云：

“帝宠忠臣开御筵，金花御酒敬相传。

一咏咏觞开怀饮，醉舞丹墀似酒仙。”

赋云：琉璃盏，琥珀浓，金瓶倾出真珠红。烹龙炮凤玉脂髓，罗帏绣幕围香风。吹龙笛，击凤鼓，皓齿歌，细腰舞，正是君王重温顾，金花遍插晃龙庭。黄封满酌真甘露，开怀今日酩酊醉，显出安邦定国志。

李白作赋吟诗已毕，不觉大醉。众臣皆散，帝令宦者扶白入后宫偏室安歇。比及天晓，宦者已在探视，白告曰：“夜来御赐酒浓，身软抬头不起，若得御手调羹，方解酒醒。”宦者慌来告帝，帝此时无奈，遂来径入御厨，亲为调羹，赐与李白食之。

白大惊,慌至前殿谢恩。

当日帝聚文武群臣,召番使入朝,随班见圣。李白奏曰:"近来杨国忠、高力士二人,国之大臣,皆抱大才,监临试场,曾把小臣文卷批落不用,抢出场门。今日回书,合与小臣捧砚磨墨,穿靴脱靴,如有不从,臣宁死于阙下,誓不回书。"帝曰:"此事可从。"急召二人,以白所言告之。高力士曰:"李白一介之士,未有甚大功,陛下便如此宠任,似乎于理有所未当。况自古至今,亦未有宰相与学士磨墨穿靴之理,岂不贻笑外国?望陛下察之。"帝曰:"汝等不肯服侍李白,何不回书也罢?"二人被责不过,只得忍气吞声从之,羞之甚矣。

是时,李白身穿蜀锦绣袍,腰系金镶玉带,坐在殿前绣墩上,高提龙笔,轻染纤毫,当天子、百官、番使之前,一笔挥成番书一道。书云:

"朕坐中华,遥闻北国,俱是边夷草木之乡,江湖水泽之里,多生禽兽,少长人伦。危弱冻寒之地,粒谷不熟之邦,普受饥寒之处,总有强将谋兵,徒来受荷俸禄。朕知怯弱,常存慈念之心,你不思国贫命薄,却欲孽我中华,岂不羞哉?危王敢出胡言,急恼大唐圣主!番书到日,文武才观,如薪赴火,怒若平地兴雷;使卒来时,便欲挫为禽兽,奈缘说要回言,权行免罪。本朝天子,封疆广远,五谷丰盈,臣僚禄重。食餐珍味之馐,体挂锦袍之彩。文官八百,人人安邦定国之桢;武将三千,个个擎天跨海之勇。兵如万顷洪波,普守乾坤,坚如铁壁;将似一天星斗,皆护宇宙,固以铜城。天下教场中,兵卒浑如蝼蚁众多,势能克倒太山。战将千千,个个威如猛虎;勇兵万万,人人势似蛟龙。四海诸邦,拱手八方,万国皈依。朕思邦主尪弱,权息来征,焉敢无端到来相犯?微微狗子,焉敢与猛虎争强;小小蛇儿,怎敢共苍龙斗胜。早来拜伏归降,恕免血光之难,如言不顺,则便兴兵剿灭番家,片甲不留,划草除根,萌芽不发,的不虚示。"

又赠一诗云：

“万乘中华帝德高，君臣同乐实逍遥。

文擎宇宙诸州顺，武镇乾坤万国朝。

沟壑岂容龙取水，坑潭焉纳虎为巢。

边夷小国如残雪，日影才高彻底消。

大唐国书并诗一律，右仰微邦知悉。”

李白当殿回书题诗已毕，来使听闻，不敢仰视，惊得面如土色，缄口无言。暗思中华实好人物，如此奇才。遂接了书，拜辞而去。

帝喜，欲封李白官职，白奏曰：“微臣山野粗人，深蒙恩赐，不愿为官，但得受逍遥闲乐足矣。”帝曰：“朕赖卿回书，赢了番人犬类之羞，卿极大之功，无以加矣。”遂赐异宝十床，黄金万两，略表君臣之分。白曰：“恩宠甚重，不敢故违，伏望陛下见怜，使臣职随照用，游览江湖，臣之愿也。”帝喜，从之。即赐金牌一面，御笔封官，名曰：“天下横行，无忧学士，逍遥散祖，落托秀才。逢场饮酒，遇库支钱。府给一千贯，县给五百文。军民不敬，府县不遵，违者尽皆诛戮”。帝与金牌书名。又赐锦袍玉带，罗伞龙驹，从使二十余人，李白谢恩而出。是日，帝带领文武，随驾送白出城，作诗送别云：

“旌旗摇影映停骖，送别朝门酒半酣。

衣锦还乡卿莫久，休将春色散江南。”

帝作诗毕，赐酒送白上马。白谢恩，亦吟诗一首，以别帝云：

“承谢皇恩出帝都，金花御酒送程途。

君王义念天心顺，四海清宁绝寇徒。

得意承恩君宠我，几番金殿醉丹墀。

锦衣玉带还乡里，罗伞银鞍出转途。”

李白吟毕，辞别而去。玄宗回驾，白自准备鞍马前进。府县支钱，逢场饮酒，行乐还乡。不一日，已到绵州，下马入堂，拜见贺知章,一家甚喜。毕竟后来如何?

第一百一回　华阴李白倒骑骡

却说李白还乡,日往月来,不觉半载有余。意欲闲游,逍遥遣兴,遂别了贺知章,身藏金牌,带领从人二十,骑一骡儿,扮为学士,任意游乐,无日不醉。忽至华州界口,人报"华阴徐知县十分厉害,人不敢犯。"白问:"有甚事故?"乡人答曰:"此人山东人氏,姓徐名文罕。自到任后,贪财好色,终日饮酒,不理民讼。若有相犯者,辄重加捶挞,不与分别曲直,百姓极受其害。"白听闻,怒曰:"吾去除了此人,留之何益?"遂交从人躲在一处,乃自倒骑骡儿,只在县前往来游走。

原来衙门浅近,吏卒虽不敢言,文罕自于公厅看见是一醉汉,如此模样,速唤侍从之人:"与我擒来。"不移时,将白拽至阶下。文罕喝令:"将此醉汉下于狱中,待他酒醒问之,供招明白,来日拟律。"白曰:"既要招状,何难之有!"遂具纸笔以对。其供状曰:

"供状儒生姓李名白,年当弱冠,素习文章,举笔挥毫,神号鬼泣。家属绵州,长自西川。昔年一举跳龙门,当日三宣临帝阙。书文能静燕番,作赋兼扶社稷。锦袍玉带时常衣,御膳大厨为饮食。登筵几遍醉丹墀,内宦扶归宫里歇。赐酒亲蒙御手调羹,书答番家,杨太师当朝磨墨,高太尉对圣穿靴。天子殿前尚容吾走马,华阴县里到不许吾骑骡,想知县赛过皇帝。若要问我情由,共汝同到帝阙。所供是实。"

白写供词,交付狱官看了,惊得面如土色,胆碎心寒。慌来纳头便拜,哀告:"大人饶吾性命,可怜小卒蒙县遣发,故犯尊颜,万望怜悯。"白曰:"不干汝事,可将供词送与徐文罕观之。"

狱官去不移时,只见徐文罕匍匐而来,拜入狱内。文罕曰:"某实肉眼,冒犯尊颜,甘当死罪。"是时众贰官听知,皆来拜告。白乃取金牌付与众官看了一遍,人人吐舌,个个低头,一齐罗拜于堂下:“众等死罪,万望见怜!”白微笑曰:“汝等受国俸禄,却皆诈取民财;为民父母,如此倚托官权。上欺国法,下害良民,罪之一也。终日醉乡,不修县事,罪之二也。惟求贿赂,以是为非,举往错直,罪之三也。恣己温饱,酷众饥寒,罪之四也。平人行径,骑越县门,喝令捉获,入狱拷问情由,无故入人之罪,不遵法律,恶是猖狂,罪之五也。有此五罪恶在,其为民父母乎?”众官告曰:“吾等不敢再犯大人,甘当死罪。”白曰:“若改前非,饶汝之命。”众官拜谢,设筵管待。

白与文罕、众官正饮酒间,忽报朝廷遣使召白归朝,白遂别了文罕,随使直至长安见帝。帝曰:“卿别一载,朕心如隔三秋,朝夕思忆,晨昏挂念。”白曰:“臣念陛下亦然。”帝曰:“卿有大功,未得重职,朕心每自怏怏。今赐卿一大厦,建立府门,就在皇都居住。”白曰:“臣是酒徒,早晚恐失朝贺之礼,实为不便。”帝曰:“随卿之意,卿或失礼,朕亦不责。”白曰:“君臣之间,礼法所制,臣安敢如此!”自是帝与白朝夕饮宴吟诗,恣乐闲游。时值中秋,帝邀白同上龙舟,到长江玩夜景。江天一色,皓月如银,风清露爽,此景难描。鸾箫轻品,凤管清吹,公侯把盏,彩女擎杯。白喜不自胜,遂对帝吟诗一首,诗云:

“中秋月转二更初,夜玩龙舟胜轴舻。
万里银光垂玉露,一天星斗入冰壶。
城边槚密风声细,江面波澄月影孤。
不用举梯旁牛斗,星辰落落伴江湖。”

帝亦吟诗一首云:

“江风初起浪痕微,水浸清天月影低。
万里波澄无尽处,龙舟游赏碧琉璃。”

此时帝欢笑不止,酒酣之次,命乐人来唱舞于前。帝谓白曰:“朕自削平内乱,即位以来,虽有此乐之奏,每未尽善。知卿精通音律,盖与朕教之。”白曰:“臣无甚才能,但六艺之法,幼曾习学,略晓一二。陛下有命,臣敢不从!”帝遂更置左右教坊，令李白教俗乐，拣选乐工数百人，帝自教法曲于梨园，谓之梨园子弟，居于宜春北院。

帝每在教坊与诸子弟诙谐为乐，当日帝与李白并诸子弟正在游乐，忽听长安城中奏军情：河南御史李随表称报："范阳节度使安禄山自号东平郡王，置官立士，反背朝廷。其兵甚锐，攻陷州县，望风瓦解，早为提备。"帝大惊曰："禄山反叛，羽翼众多，实为腹心之患。"当时未知如何拒敌。

以上引文根据2011年三晋出版社出版的《罗贯中全集》(三)。鲁迅先生的《中国小说史略》，中国科学院文学研究所编写的《中国文学史》，游国恩等先生主编的《中国文学史》，马积高、黄钧先生主编的《中国古代文学史》等，均记载《隋唐两朝史传》(简称《隋唐志传》)是罗贯中创作的。该书最早的版本是明万历四十七年(1619)龚绍山刊本。原题"东原贯中罗本编辑，西蜀升庵杨慎批评"，署名"林瀚"的序称此书"实亦罗氏原本"。[1]

该书中有关李白的两回是很有价值的。有学者认为冯梦龙的《警世通言》中的《李谪仙醉草吓蛮书》是最早将李白传说故事写成小说的，而事实上《隋唐志传》中的第一百、一百零一回才是最早将李白传说故事写成的小说。因为罗贯中生活于元末明初，而冯梦龙生活于明末清初。《隋唐志传》比《警世通言》出书早。前者最早版本出现于万历年间，而后者的最初版本是天启甲子(1624)金陵兼善堂刊本。

二

《隋唐志传》中的第一百回写了李白醉草和番书、力士脱靴、赐金放归。第一百零一回写了李白教训华阴县令。在此之前，唐宋文人的诗歌、笔记中提到李白的这几件很值得称道的事。如中唐著名诗人张祜《梦李白》："中人高力士，脱靴羞欲死。"晚唐李肇的

《唐国史补》说李白“令高力士脱靴”。段成式《酉阳杂俎》说:“玄宗于便殿召见……白遂展足与高力士,曰去靴,力士头势,遽为脱之。”说明中晚唐时,已流传力士脱靴的故事。后来又采入了正史新、旧《唐书》的李白传中。李白教训华阴县令的事最早见于宋人刘斧《青琐高议》和谢维新《合璧事类》。而最早将这些故事收集整理,进行艺术加工,铺写成小说,还是罗贯中的《隋唐志传》。罗贯中用他那生花妙笔,刻画人物的性格,展现具体场景,塑造出了才华横溢、藐视权贵、狂傲不羁的李白形象,既融会了众多民间传说,又有更加理想化的润色,更能体现人们心目中的李白。随着小说《隋唐志传》的流传,李白的故事让更多的人知晓。应当说,李白小说的出现在李白文化传播史上具有里程碑的意义。

比较《隋唐志传》中的第一百、一百零一回与《警世通言》中的《李谪仙醉草吓蛮书》(以下简称“醉草”)可以看出其继承关系。两者都写了醉草和番书、力士脱靴、赐金放归、教训华阴县令等故事,都歌颂了李白敢于藐视权贵,教训贪官,为民请命的精神。主要的故事情节相似。如李白之所以要高力士脱靴、杨国忠磨墨,是因为李白参加科举考试,被杨国忠、高力士赶出考场。李白醉草吓蛮书,平息一场战争,得到唐玄宗的宠幸。不仅主要情节相似,还有些语言也相同,如写唐玄宗为李白设宴于金銮殿,“宫商韵奏,琴瑟声清。嫔妃斟酒,彩女传杯”。又如写赐金还山:“敕赐李白为天下无忧学士,逍遥落托秀才,逢坊吃酒,遇库支钱,府给千贯,县给五百贯。文武官员军民人等,有失敬者,以违诏论。”两者仅有个别字的变异。不过,“醉草”并非完全抄袭《隋唐志传》。两者故事虽相似,但有些情节差异还是很大。《隋唐志传》写李白的母亲是“绵竹县令贺知章家一使女名曰秀春”。“醉草”的可一主人眉批说:“旧小说谓李白为贺家婢出,得此正之。”可一主人曾见过的李白出身故事的旧小说应当是指年代较早的《隋唐志传》。李白出身于贺家婢完全是没有历史依据的虚构,在“醉草”中给以纠正,采用了李阳冰《草堂集序》的说法:凉武昭王李暠九世孙,其母梦长庚入怀而生。《隋唐志传》中说向唐玄宗推荐李白的是翰林学士贺内干,这是虚构的人物。“醉草”中说推荐者是贺知章,符合历史真实。和番的对象《隋唐志传》说是契丹,“醉草”说是渤海国。和番书的内容都是宣扬大唐国威,义正辞严,斥责其无端挑衅,收到了不战而屈人之兵的效果。但两者的文风不同,《隋唐志传》基本上是骈体文,还在书后附律诗一首,更显示其文采。而“醉草”是文白夹杂,更通俗化。《隋唐志传》说李白写和番书后,拒绝封官,返回故乡,之后到华阴教训贪官。最后写玄宗再次召李白入宫,君臣饮酒和诗。“醉草”还写了李白救郭子仪、醉写《清平调》、高力士进谗言、漫游各地,最后在采石江边骑鲸升天,涵盖了李白从生至死完整的一生,而且更接近历史真实。从字数看《隋唐志传》有关李白的故事用了 4462 字,而“醉草”用了 8390 字。“醉草”较之《隋唐志传》内容更丰富,描写更为细腻生动,塑造了一个神形兼备、栩栩如生的李白。因此,“醉草”的流传更为广泛,影响更为深远。笔者在李白故里江油民间收集到的李白传说故事:《力士脱靴》《义救郭子仪》《醉写清平调》《御赐金牌》《痛斥贪官》等(蒋志:《走进李白故里》巴蜀书社 2016 年出版),内容与情节基本上与“醉草”相似。如果说《隋唐志传》是李白文化传播史上第一个里程碑,“醉草”应当是第二个更高的里程碑。

李白的传说故事、小说与李白的戏曲相互影响。据现在所知,早在元代就有《李太白贬夜郎》《李太白匹配金钱记》等 6 部戏曲作品。明清两代各有 10 部。[2] 现存最早的戏曲是元代王伯成的《李太白贬夜郎》,展现李白杰出的才华和豪放不羁的性格,突出了李白与高力士、杨贵妃、安禄山的斗争。明代屠隆创作的《彩毫记》,以李白的诗笔贯穿全剧,表现了一个忠君爱国、刚正不阿、狂放不羁的李白。清代写李白的戏曲更多。其中经常上演的有京剧《金马门》,其内容大部取之于小说“醉草”。不仅在京剧中演李白,其他各地方剧种:川剧、秦腔、豫剧、汉剧、湘剧、徽剧、桂剧、粤剧、滇剧、昆曲、河北梆子、并州梆子等十多个剧种,都有以李白为题材的戏目。

改革开放以来,以李白为主题的小说、电视剧、戏剧不断出现。有关李白的戏曲,除改编原来的,还有新创作的,如京剧的《太白进京》,川剧的《诗酒长安》《峨眉山月》《坎坷太白》《太白下凡》。话剧《李白》曾在全国各地巡演,得到了很高的评价。以李白为主题的小说,有安旗的《李白传》、马昭的《醉卧长安》、李子龙的《残阳》等。特别是当代女作家王慧清的长篇小说《李白》,长达 75 万字,再版 3 次。她怀着李白家乡人对李白无限崇敬的感情,浓墨重彩、酣畅淋漓地描绘了李白浩气磅礴、大起大落的传奇人生,歌颂了李白爱国爱民、刚正不阿、敢于与邪恶抗争的高贵品质,可以说是李白的小说的集大成者。2001 年,文化部将这部小说作为珍贵礼品赠送给当时的法国总统、李白的崇拜者希拉克。从罗贯中《隋唐志传》中的第一篇李白小说到王慧清的长篇小说《李白》,经历了 600 多年的历史,在这个过程中,李白的故事流传得愈来愈广泛,李白的光辉形象愈来愈深入人心。

三

千百年来,人们在崇敬李白、接受李白、传播李白、研究李白的过程中,形成了李白文化。[3] 李白小说是李白文化的重要组成部分。罗贯中的《隋唐志传》与冯梦龙的《李谪仙醉草吓蛮书》,以及当代的王慧清的长篇小说《李白》对传播李白文化起了很重要的作用。他们以李白传奇的一生为素材,进行艺术再创造,使李白形象更生动、更丰满、更高大,更符合人们的审美要求。李白自来是中国文人崇拜的偶像。李白敢于藐视权贵的傲骨,追求个性自由的精神,为中国文人所推崇。在封建专制制度禁锢下的知识分子,在内心深处有一种争取独立人格和抗衡权贵的愿望,而李白的精神,恰好代表了他们的愿望。“安能摧眉折腰事权贵,使我不得开心颜”,说出了他们共同的心声,引起了内心的共鸣。广大民众之所以崇敬李白,主要是因为他具有人民大众所理想的各种特质。他任侠好义,扶危济困,蔑视权贵,笑傲王侯。一介布衣凭自己的勤奋和才华,“名动京师”,让最高统治者皇帝“降辇步迎”,“御手调羹”,使炙手可热的高力士脱靴,让贪官县令叩头认罪。

作为文艺形式的小说,不同于历史书籍,它允许艺术虚构。现在有些学者论证,高力士脱靴,郭李互救,并非历史的真实。特别是《隋唐志传》中说李白的母亲是贺知章家一使女,李白写和番书后,拒绝封官,返回故乡,后来玄宗思念李白,再次召入宫中,这些显然不符合真实的历史。但这并不影响它的传播。这是因为虚构的这些情节是符合李白精神的。

何念龙先生提出了“三型李白”:“历史原型李白”“诗艺造型李白”“传说特型李白。”[4] 原型李白是历史上真实的李白,诗艺造型李白是李白诗文中塑造的自我形象,传说特型李白是指千百年来文人学士笔下的李白。李白小说就是属于传说特型李白,既有历史真实,又有艺术加工,使李白形象更加生动传神,更加光彩夺目,更具有传播性。我们不必苛求,也不必拘泥于小说李白的某些情节是否符合历史真实的李白,而是看他塑造的李白形象是否合符李白的精神。李白自称“安能摧眉折腰事权贵,使我不得开心颜”。李阳冰《草堂集序》记载:“皇祖下诏,征就金马,降辇步迎,如见绮皓。以七宝床赐食,御手调羹以饭之。”范传正《李公新墓碑》记载:“时公(李白)已被醉于翰苑中,乃命高将军(高力士)扶以登舟,优宠如是。”这些记载是很可靠的。既然皇帝亲手为李白调羹,命高力士扶侍李白上船,那让高力士脱靴、戏弄县令等故事,也是完全符合情理的。

习近平指出:“在有些作品中,有的调侃崇高、扭曲经典、颠覆历史,丑化人民群众和英雄人物;有的是非不分、善恶不辨、以丑为美,过度渲染社会阴暗面;有的搜奇猎艳、一味媚俗、低级趣味,把作品当作追逐利益的‘摇钱树’,当作感官刺激的‘摇头丸’;有的胡编乱写、粗制滥造、牵强附会,制造了一些文化‘垃圾’……凡此种种都警示我们,文艺不能在市场经济大潮中迷失方向,不能在为什么人的问题上发生偏差,否则文艺就没有生命力。”[5]

罗贯中《隋唐志传》中的第一篇李白小说,冯梦龙的《警世通言》中的《李谪仙醉草吓蛮书》,当代王慧清的长篇小说《李白》,都是正面宣扬李白精神,弘扬中华优秀传统文化,传播的是正能量,应当在广大读者中大力推广。

注　释

[1]沈伯俊:《〈隋唐两朝史传〉非罗贯中所作》(刊载《明清小说研究》1997年第4期),该文考证《隋唐两朝史传》大量地、机械地抄袭《三国演义》,是万历年间刊刻时书商或其雇佣的浅薄文人假托罗贯中之名编写的。此文有理有据,值得重视。《隋唐两朝史传》是否为罗贯中所作,还可商榷。不过,姑无论其作者是不是罗贯中,该书中写的有关李白的部分应当是原创,是第一次将零星的李白传说铺写为小说,其历史价值是应肯定的。

[2]朱玉麒:《戏曲作品中的李白形象研究》,《千年诗魂 蜀道李白》,四川大学出版社,2003年。

[3]蒋志:《李白与地域文化》,巴蜀书社,2011年出版。

[4]何念龙:《李白文化现象论》,湖北人民出版社,2009年。

[5]习近平2014年10月,在文艺工作座谈会上的讲话。

(作者单位:绵阳师范学院)

虚与实:李白身世神话论

西天禾

从神话塑造史的角度来看,有关李白身世的神话是全部李白神话的生发点与基础,是整个李白神话大厦的根基,脱离了李白的身世神话,也就无所谓真正意义上的李白神话。事实上,李白身世神话正是多数传统李白研究者的切入点,那么我们这里也就以此为切入点来分析李白神话的塑造、接受与传承史。李白的身世神话所关注的主要是有关李白的籍属、族属、家世等问题,而这些向来都是学术界争讼不已的问题。这其中的重要原因,一方面在于李白自己的语焉不详或前后矛盾,致使后来者为了各自的目的而断章取义或进行所谓的"有选择性"地"分析""利用";另一方面也在于后来的研究者,关于李白自己的这些言说中的问题,虽然是尽人皆知,但由于李白自己所留的诗文也即内部材料本身就有很多相互矛盾的地方,却很少有人对之进行正确的分析处理,很多人甚者任意曲解这些材料,使之"将错就错",与事实越离越远,并最终隐蔽了事实的真相,使之对于再后来者来说完全成了一团迷雾,完全无法辨清孰是孰非了。

但由于身世神话在全部李白神话中的重要地位,我们这里有必要对这一问题作一基本的梳理,而因为传统的李白身世神话的关注点主要是其籍属、族属与家世等问题,我们这里也即以这些方面为中心来讨论这些所谓的"材料"之是非以及这些问题本身。

一、关于其身世问题

有关李白的籍属问题,无论是李白自己留下的资料,还是后来人的记载都是比较混乱的,而且有很多相互矛盾的地方。如李白《赠张相镐·其二》中说:

本家陇西人,先为汉边将。功略盖天地,名飞青云上……英烈遗厥孙,百代神犹王。[1]

自认是陇西汉边将之后,《与韩荆州书》中也说:

白陇西布衣,流落楚汉。[2]

可是,李白这里都没有具体指出所谓的"汉边将"究竟是谁,而我们通检《史记》《汉书》《后汉书》以及《资治通鉴》等文献会发现,汉时身出陇西的李姓边将实有多人,可后来的李白神话塑造者们则将这一"汉边将"坐实为李陵,其可能的源头便是李白自己的诗文,李白在其他诗文中曾多次提到汉将李陵,如《千里思》:

李陵没胡沙,苏武还汉家。迢迢五原关,朔雪乱边花。一去隔绝国,思归但长嗟。鸿雁向西北,因书报天涯。[3]

但是,这样的诗文中所用之"李陵"只不过是传统意义上的用典,李白这里只不过是借此典来伤自己之不遇而已,我们无法从中索解出其他意义来。更何况,如果真的以此而武断地将其坐实为李陵之后,籍属陇西,那么将会与李白自己其他诗文中的言说相冲突,如其《上安州裴长史书》中说:

白本家金陵,世为右姓。遭沮渠蒙逊难,奔流咸秦,因官寓家。少长江汉。[4]

这里自以金陵为籍属,并说"世为右姓"。那么,为什么在李白自己会出现这种完全相对的说法?后来的李白神话塑造者们并没有对这一问题进行深入细致的分析,而是或执前一说法或执后一

说法,或者另有其他说法。执前一说法的如李阳冰之《草堂集序》:

李白,字太白,陇西成纪人,梁武昭王暠九世孙,蝉联珪组,世为显著。中叶非罪,谪居条支,易姓与名。然自穷蝉至舜,五世为庶,累世不大曜,亦可叹焉。神龙之始,逃归于蜀,复指李树而生伯阳。[5]

魏颢之《李翰林集序》:

白本陇西,乃放形因家于绵,身既生蜀,则江山英秀。[6]

范传正之《唐左拾遗翰林学士李公新墓碑(并序)》:

公名白,字太白,其先陇西成纪人。绝嗣之家,难求谱牒。公之孙女,搜于箱箧中,得公之亡子伯禽手疏十数行,纸坏字缺,不能详备。约而计之,梁武昭王九代孙也。隋末多难,一房被窜于碎叶。流离散落,隐易姓名,故自国朝已来,漏于属籍。神龙初,潜还广汉,因侨为郡人。父客,以逋其邑,遂以客为名,高卧云林,不求禄仕,公之生也,先府君指天枝以复姓。[7]

《新唐书·李白传》:

李白,字太白,兴圣皇帝九世孙。其先隋末以罪徙西域,神龙初,遁还,客巴西。[8]

这里,实际上不但没有解决所谓的籍属问题,而且还连带引起了其他方面的很多问题,如李阳冰之《草堂集序》说李白为“陇西成纪人”,但李白自己的诗文中是将李阳冰称为“族叔”的,而据宋人朱长文《墨池编》[9]和宣和年间之《宣和书谱》[10],李阳冰当属于赵郡李氏,从这个称谓上来说,李白实际上是又自认为属赵郡李氏的,与李阳冰这里对他的籍属记述是相矛盾的,而奇怪的是后来从李阳冰之说的人对这一问题却视而不见,仅只是以李说为基础作进一步的附会探佚。再如范传正《唐左拾遗翰林学士李公新墓碑》以“绝嗣之家,难求谱牒”含混过去,因而其之主陇西说也就不足信了。而且还有一个问题就是,既然李白原本姓李,那为何上面材料又说“先府君指天枝以复姓”?显然,这些都是说不通的。当然我们这里的目的并非为了纠缠这些问题的细枝末节，因而也就没必要作具体深入的分析了。

但是，就上引材料，还有一个必须说明的问题便是，李阳冰、范传正以及《新唐书》本传都认为李白为李暠之后，与李唐皇室同宗。对于这个问题历代否定者很多，尤其是近世学者陈寅恪先生在《李太白氏族之疑问》《书〈唐才子传·康洽传〉后》等文中已有相当详细的分析说明，[11]并因此引发了近现代关于这一问题的长期论争。关于这一长期的论争，日本学者松浦友久君在《李白的客寓意识及其诗思》中作过详细的辨析，不可否认，松浦氏的辨析相对于其他人的论述要客观得多，但松浦氏辨析的目的并非澄清这些材料之本末，只不过是为了论争的需要。[12]当然，我们这里无意于对这些问题作过多的纠缠。

而另执其他说法的，主要是自杜甫起始的所谓"山东"说。杜甫《苏端薛复筵简薛华醉歌》：

近来海内为长句，汝与山东李白好。[13]

关于杜甫的"山东"说，在杜甫本人那里情况比较复杂，我们将于后面专门讨论，而直接承杜甫"山东"说的则是元稹《唐检校工部员外郎杜君墓系铭并序》：

是时山东人李白，亦以奇文取称。[14]

之后的《旧唐书》李白本传则直承元稹的观点：

李白，字太白，山东人。少有逸才，志气宏放，飘然有超世之心。父为任城尉，因家焉。[15]

亦认为李白是山东人。而这种说法，我们在李白自己的诗文中并没有找到对应的诗文，其最早当始于杜甫《苏端薛复筵简薛华醉歌》的言说，而后来者只不过是对杜甫的说法的继承与扩大化罢了。

此外，刘全白《唐故翰林学士李君碣记》：

君名白，广汉人。[16]

认为李白是四川广汉人。而就传统的李白研究来看，一般都不认为李白是四川人,而只将四川作为李白童年及青年时期的生活地。

而这些就是关于李白身世问题的几种说法。下面我们将来讨论一下这些材料中关涉的几个主要问题。

二、关于李白身世神话的分析

我们前面引述的便是李白身世神话中有关其籍属方面的几则主要材料,当然除此之外还有其他资料,但多是在李白研究与神话史上为个别论者所引用,而且甚是牵强,对于主流的李白神话无大关碍,比如有人以李白《战城南》一诗为例,认为"所谓的'条支海'"亦为"达什特纳瓦湖和阿布依斯塔达湖","'沙朔''河洲'亦是当地景色。李白幼年时就生活在这里,'旧丘'一直萦回在他的记忆里,经常悬挂在长辈的口头,因此屡次出现在他的篇什中"。[17]"旧丘"与《战城南》一诗没有直接关系,而其他诗中之"旧丘"基本上都是用典,而非实指,此等所谓的议论只不过是运用小说手法对"故事"的敷衍,实在是荒唐不经,因而也就没必要与之纠缠。

既然这些为众多研究者所经常引用的材料现都已经罗列于此,那我们应该如何看待与解读这些材料?将如何处理这些材料尤其是内部材料之间的矛盾呢?

既然我们已经提到了有关李白神话的问题,而且我们这里的工作都是围绕这一神话而展开的,那么我们这里的一切论述都将归之于"神话"本位。

首先,在这里我们必须先来讨论这些内部材料,也即李白自己的诗文。对于李白神话来说,这些内部材料是基础,因为李白神话的最初构造是出自李白自己的一种特殊的政治与社会生活需要,而那些所谓的"外部材料",也即当时与后世文人的与李白相关的记述,却是在李白自己所构造的神话的基础上所衍生出来的。因此在这里我们便遇到了第一个需要解决的问题:这些所谓的“外部材料”已经不算是“硬材料”了,而这些“内部材料”也不能以一般的“内部材料”视之了。

关于这一点,我想很多研究者都是比较清楚的,后来人的有关李白的所谓材料大都是在李白自己的相关诗文记载的基础上经过添油加醋而敷衍出来的,关于李白的籍属问题中无论是陇西(或安西)说,还是绵州、广汉说,其实在李白自己的诗文中都是能够找到所谓的“现实”依据的。然而我们的问题不在于这么几个门派的谁是谁非,而在于李白的这些诗文中的相关记载究竟有多大的现实性可言,究竟有多大的真实性可言。如果李白自己的记录因为包含了太过于浓厚的文学性,带有太大的随意性,从而全部被视之为不可靠,那么诸家的观点也都将遭到质疑。而我想事实恰恰应该是这样的,因为李白自己的诗文本身作为以一种以自我为中心的极具个性的文学艺术创造,其中的言说有着很大的主观性,具有很强的个人情感色彩,具有很强的抒情性和虚构性。在其诗文中曾提到的所谓的故乡,如我们前面所言,实有多处,而其众多说法之间的矛盾性,从本质上来讲,正是其虚构性的基本特征与标志,正是其虚构性与神话性的重要体现。一方面,固然有可能是李白自己对于这个问题本身就不是十分清楚,而其于文学创作中则因为当下的抒情的特殊需要而随时发挥;而另一方面,则更可能是由于某些特殊的原因,李白本身根本就不想将这一问题的正确答案公之于众,而这样对于其在社会活动,尤其是在对政治目标的追求行动中具有更重要的意义与作用,因此诸家的观点都完全是应受到质疑的,李白的真正籍属,既可能是上面所说的诸多地方中的某一个,也可能会远出于上面的几种说法之外。而就李白本人的思想个性以及其在诗歌中的语言与情感表达方式来讲,我想远出于上面几种说法之外的可能性是更大的,甚至有可能这个地点与地理名称根本就没有真正在李白自己的诗文中出现过。

其次,对于这些“内部材料”的矛盾处,我们也正可以看到李白自己这种言说的特殊用意,亦即其言说既不在于客观的记述,亦不在于主观的抒情,而其根本的出发点亦在于要构造一种神话,一种可以震惊世人、溢美自我的神话。而且通观李白所留存至今的大量诗文,我们可以明显地看到,这种自我美价、自卖自夸的情况是其一贯的做法,而且也应该是李白一生的一贯作为,无论是其干谒投刺、大夸玄谈,还是其入道隐居、漫游四方,莫不如此。这应该是全部李白神话的根本个性。

我们通过李白的诗文可以看得很清楚,这些所谓的记录,无论是用于干谒投刺,还是夸大玄谈的,根本上都离不开这么一个"我"字,而且与其他人的有关"我"的诗文还不同,这一点在其《与韩荆州书》《上安州裴长史书》等中表现得尤为明显。而这种自我卖弄、自我标榜的情况恐怕是与中国传统的"谦谦君子"的思想精神和文人意识格格不入的。但是,在李白这里,却并不计较这些,这一方面是因为他过于天真,不懂世故,另一方面恐怕也是他的一味追求政治目标,以至忘乎所以吧。而且也正因此,在李白的诗文里,他也将自我的神话膨胀到无以复加的地步。一定意义上,我们可以说,李白神话的主体部分在李白本人这里已经基本完成了,而别人的塑造只不过是对之进行细节化地扩展延伸罢了。而且也正是由于这一点的缘故,李白这些诗文中的记载也就更加不可信了。

再次,通过上述的"内部资料"我们可以明显地看到,虽然李白研究史上一贯认为李白至少是在四川长大而"渡远荆门外,来从楚国游"并进而入宣州当涂、东鲁家居和西入长安的,但似乎四川这个地方在他的记忆与心目中并没有多大的故乡的地位与价值,尽管他也在其他很多诗文中曾多次提到"峨眉""巴蜀"等,这一点在其于夜郎放还时并没先回四川,而是义无反顾地顺江而下,再至荆楚江浙等地这一举动可以看得清楚,甚至这一时刻他似乎对一贯的所谓"四川故乡"毫无感觉,毫无概念,而他所真正记挂的则是那个"鸿雁向西北""何言西北至"的"西北"和"乡关渺安西"的"安西",这在其诗文中多有体现。

但是,“西北”,包括“安西”,我们也不能简单地认为就是李白的故乡,因为我们通观李白的言及“西北”与“安西”的诗文便会发现,其所谓的“西北”包括“安西”其实都是作为一种象征出现的,其真正的指向其实是政治中心长安,而非别的什么。下面我们就李白诗文中的“西北”(包括“安西”)与四川“峨眉”的地理方位问题作一简要分析。

三、李白诗文中的“西北”与“峨眉”问题

在李白的诗文中,“西北”“安西”“陇西”等出现的次数是很多的,除了前引的诗文外,主要还有《赠崔咨议》:

> 騄骥本天马,素非伏枥驹。长嘶向清风,倏忽凌九区。何言西北至,却走东南隅?世道有翻覆,前期难预图。希君一翦拂,犹可骋中衢。[18]

《江西送友人之罗浮》:

> 桂水分五岭,衡山朝九疑。乡关眇安西,流浪将何之?素色愁明湖,秋渚晦寒姿。畴昔紫芳意,已过黄发期。君王纵疏散,云壑借巢夷。尔去之罗浮,我还憩峨眉。中阔道万里,霞月遥相思。如寻楚狂子,琼树有芳枝。[19]

如此等等还有很多,这里就不一一罗列了。

那么为什么诗人竟这么钟情于“西北”呢?以我自己的看法,诗人李白之所以钟情于“西北”,最主要的原因在于他一直漫游于东南,相对而言,他所梦想的政治中心长安在西北,因此这里我们仍然看到其情感中心和言说指向仍在于其政治理想、政治神话,这在《赠崔咨议》等诗中表现得尤为明显。但诗人又名之以“安西”则意味着什么呢?其实,在李白这里,“安西”与“陇西”基本上是等同的概念。而他之所以时常提到这两个地域,亦在于想在此寻找一个籍属,以便同李唐皇室攀上血缘关系。因为以李唐皇室的自家谱牒,皇族为陇西李暠之后[20],故而李白也不管事实上是否真的姓

李,这里也就必然要姓李了。李唐皇室的作为是胡搅蛮缠,李白却径直同皇室攀亲,岂不更是胡搅蛮缠?而这相对于李唐皇室来说,恰恰是依法炮制,使之从也不是,逆也不是。这里我们虽然不能断然将李白之籍属结论之为“其为胡人,家出西域”(陈寅恪《李太白氏族之疑问》)[21],但也不能就真的认为他是皇室同宗,甚至原本亦也姓李。而很可能的问题是,如果唐皇室是姓赵的话,恐怕咱们这位伟大的诗人也就不叫李白,而应叫赵白了。因为在这里,根本的问题不在于其籍属何处,姓甚名谁,因为这都是确定而无可变更的事实,而问题是如何处理这些问题才能对自己最有利。而在这一点上,后来者,如李阳冰、魏颢、范传正以及宋祁、欧阳修等对李白神话的塑造做出了巨大贡献的一干人来说,应该是“甚得李白家法”了。由他们留下的这么一大堆所谓的“确确凿凿”的“材料”竟然连这么一个基本问题也就跟着李白自己的胡搅蛮缠而胡搅蛮缠起来,那么他们所留下的这些“外部材料”究竟能客观到什么程度?究竟能够确凿到什么程度?究竟于李白之作为一种事实又有何补益呢?这些都是颇值得我们深思的。

另一方面,李白诗文中的“西北”“安西”等概念,其所指的核心不是什么碎叶或其他什么地方,而是指长安,当时的政治中心长安,所谓“狂风吹我心,西挂咸阳树”(《金乡送韦八之西京》)[22],其真正的指向根本的就是政治,这种言说的核心正是所谓的政治图景,也即所谓的政治神话。

再如以“峨眉”为中心的与巴蜀相关的诸物象,也同样并非纯粹意义的地理方位问题,而应该是有更深层的意义在内的。不可否认,巴蜀(尤其是峨眉)与李白有着无法割断的关系,然而我们并不因此简单地认为李白就是四川峨眉人,以我个人的看法,在李白的诗文中,“峨眉”只是一个“标志”物,是一个已经被抽象了的东西。因此在这些繁复的有关李白籍属记载的材料中,我们不但不能确定其真正意义上的故乡是远在西域的大漠腹地,还是向有儒雅风华之称的东鲁,乃至巴蜀、金陵等地。而且即便是我们可以不顾“历史之真实”强行将其定之为“西北(安西)”或“巴蜀”,也终究还是不能解决其具体归属。

而以“峨眉”为标志的向来以文学标举的巴蜀应该说在李白的诗文中是经常带着深厚的情感出现的,而且还往往与思乡、归乡等主题相连属,但这还是不能说明李白的真正故乡就是巴蜀。这一方面正如很多学者所言,也许李白的青少年时代是在巴蜀度过的,故而他对之有着永远也无法割断的情思,而另一方面,也是更重要的一点则是,从一定意义上来说,巴蜀已经成了一种标志,一种有关儒释道三教和合的标志,一种有关文学才华的标志,一种有关文学才华与政治相连属的标志。李白虽然口口声声地将巴蜀与“故乡”相连属,但他的真正意图应该是在于这后一方面。同时,由于这后一方面在李白人生中的特殊意义与地位,我们也不妨将之称之为其“精神故乡”,那么如此一来,即便舍却前一方面,我们同样也可以将巴蜀与“故乡”相连属。于是,李白诗文中将“峨眉”等与思乡、还乡相连属的部分同样也就是要指向上面所提到的三个标志。但是,我们必须看到这三个标志的区别与主从。以“峨眉”为标志的巴蜀首先应该是与释道二教相联系的,然而神仙道教作为李白神话之一方面是从属于其政治神话的,在这三个标志中,有关文学才华与政治相连属的标志则正是一种政治远图的象征,由于李白个人的特殊的文学才华,实质上在其诗文中已经蜕化成了一种政治神话的象征了。因此在李白这里,以“峨眉”为标志的巴蜀实际上是李白神话图景的重要组成部分,其在其中所表现出的“思乡”“归乡”情感的真实指向则是这种精神的政治的了。

不可否认,李白的文学才华确实是空前绝后,令人瞩目的。因此在其诗文中将“峨眉”作为其标志其实并不为过。在李白自己的诗文中是这样说的,《古风》:

> 大雅久不作,吾衰竟谁陈……圣代复元古,垂衣贵清真。群才属休明,乘运共跃鳞。文质相炳焕,众星罗秋旻。我志在删述,垂辉映千春。希圣如有立,绝笔于获麟。[23]

《与韩荆州书》:

> 十五好剑术,遍干诸侯。三十成文章,历抵卿相。[24]

《上安州裴长史书》:

> 五岁诵六甲,十岁观百家。轩辕以来,颇得闻矣。常横经籍书,制作不倦,迄于今三十春矣……又前礼部尚书苏公,出为益州长史,白于路中投刺。待以布衣之礼。因谓群僚曰,此子天才英丽,下笔不休,虽风力未成,且见专车之骨。若广之以学,可以相如比肩也。四海明识,具知此谈。前郡督马公,朝野豪彦,一见尽礼,许为奇人。因谓长史李京之曰:"诸人之文,犹山无烟霞,春无草树;李白之文,清雄奔放,名章俊语,络绎间起,光明洞彻,句句动人。"此则故交元丹亲接斯议。[25]

这是李白自己的言说,后来文人的相关材料亦不出此,固不待论。但与之相关同时又是相矛盾的"铁杵磨成针"故事,这一家喻户晓、妇孺皆知的有关于李白读书的民间传说不能不引起我们的注意。

"铁杵磨成针"的故事最早出自宋人祝穆的《方舆胜览》,《方舆胜览·眉州·磨针溪》:

> 在象耳山下,世传李太白读书山中,未成弃去,过是溪,逢老媪方磨铁杵,问之,曰:"欲作针。"太白感其意,还,卒业。[26]

溪由此故事得名而留影史籍,此故事则因此溪而定格凝缩,遂成一种不朽之精神,历传千年。溪因故事而得名,可见此故事在祝穆之前就已经流传很久,已经定格了。但故事中所透露出的李白少小贪玩而不读书的情形与李白自己在诗文中的大言形成了鲜明的对比。在文学才华这方面,在李白自己宣称的则是"五岁诵六甲,十岁观百家。轩辕以来,颇得闻矣",而在传说中,十多岁的李白则还是经常贪玩逃学。那么在这里我们究竟是信从李白自己的言说,还是信从这一民间传说?而我们即便是不信从这一传说,那最起码也必须怀疑而不能完全相信李白这里的言说了。因为最起码在李白神话的塑造过程中已经出现了异议,尽管这一民间传说之旨亦在于塑造李白神话,而且从一定程度上也成了李白神话的重要组成部分。如此一来,诸如"五岁诵六甲,十岁观百家。轩辕以来,颇得闻矣"等说法也就失去可信度,那么与之相似的豪言俊语如"大雅久不作,吾衰竟谁陈","十五好剑术,遍干诸侯。三十成文章,历抵卿相",也将同样地失去可信度,而"此子天才英丽,下笔不休,虽风力未成,且见专车之骨。若广之以学,可以相如比肩也","李白之文,清雄奔放,名章俊语,络绎间起,光明洞彻,句句动人",等等,这些对李白及其诗文的评述虽然很是确当,但其所依托的故事究竟有多大的真实性则是很成问题的,很显然是经不起质对的,因此李白才会在后面加上这么一句"四海名识,具知此谈",才会有"故交元丹亲接斯议"的托词。

四、杜甫之言"山东"的神话意义

与"西北""峨眉"相对照的便是"山东",而"山东"之说从现存文献来看,最早当自杜甫之《苏端薛复筵简薛华醉歌》。固然如同很多研究者所言,后来关于李白山东人的"错误"说法如元稹《唐检校工部员外郎杜君墓系铭(并序)》与《旧唐书》本传等都源于此,但是后人也并没有完全错解杜甫的话。关于此一问题,陈寅恪先生说:

> 太白既诡托陇西李氏,又称李阳冰为族叔(见《献从叔当涂宰阳冰》五言诗)。阳冰为赵郡李氏(见《唐文粹》七七舒元舆《玉箸篆志》及《宣和书谱》二等)。故太白之同时人及后来之人亦以山东人称太白(杜甫《苏端薛复筵简薛华醉歌》及元稹《唐检校工部员外郎杜君墓铭》)。盖谓其出于赵郡李氏也。《旧唐书一九十下·文苑传·李白传》既载不可征信之"父为任城尉,因家焉"之语,又称白为"山东人"。不知山东非唐代州县之名。若以当时称郡望之惯例,固应作"赵郡人",即使以家住地为籍贯,亦当云"兖州或鲁郡任城人"。旧史于此诚可

谓进退两无所据者矣(参钱大昕《二十二史考异》一八)。[27]

陈先生为近现代之国学大家,但对“山东”说的这种解释实在牵强,而且其名为考证,实则是臆测,并没有真正的事实依据,而且就后来的“山东人”的称谓来看,实际上与赵郡李阳冰并无直接关系,根本就不是指赵郡。以我个人的看法,关于杜甫的“近来海内为长句,汝与山东李白好”,有以下几个方面的问题:

第一,如很多人所言,这里杜甫之以山东言李白,并不是真的以为山东就是李白的籍属,而是就其居住地而言的。同时这里的山东也并非仅仅指齐鲁之地,而是指崤山以东,也即与传统所谓的“关中”相对而言的关东地区。而自元稹始的“山东人”的说法虽然是源于杜甫,却一定程度上是对杜甫诗句的误解,是由于其没有正确理解杜甫的诗句所造成的。之后的《旧唐书》李白本传的记载则是直接源自元稹之文。

第二,这里我们之所以说后人说李白是“山东人”是对杜甫诗句的“一定程度的误解”,原因亦在杜甫这里,其之所以要说“山东李白”,我想其中还应包涵另一层用意,亦即这里的“山东”有双重的涵义,一是指崤山以东,另一则是指纯粹意义上的齐鲁之山东。也即是说,在唐代特殊的历史与文化背景下,杜甫的诗句本身具有太大的含混性和不确定性。这种含混性与不确定性既可能是有意为之,也可能是无意的疏忽所造成的,但对于杜甫而言,其有意为之的可能性则更大。因此,就这后一点而言,后人对李白以“山东人”目之也就并不是对杜甫的误解了,只不过后来的元稹以及《旧唐书》等仅只是承袭了杜甫这里的“山东”一词,仅仅将其作为一个纯粹的地理概念来用,而丢却了其中的文化内涵。

第三,那么就这一点来说,杜甫在李白政治神话的塑造过程中作用是相当大的,而且我们现在也无法否认杜甫的迎合李白特殊意图的可能性。尽管在最初塑造李白神话中,杜甫并非如此附会的唯一人物,其他如司马承祯、贺知章也都可能起了非常重要的作用,但就直接指向政治这一点来说,杜甫则是特别突出的一位。因为在历史上,有关司马承祯、贺知章等人与李白的关系应该说是比较模糊的,有关与李白的交往,司马承祯与贺知章等人都没有留下相关文字记录,大多直接记录则是出自李白本人,另外就只有这个与李白有特殊关系,并且在李白政治神话的塑造中有重要作用的杜甫了,但杜甫的《饮中八仙歌》也并没有言及李白与贺知章的关系同与其他六人的关系有什么不同,杜甫之诗对于李、贺关系来说,实属不冷不热之作,并没有多大文献价值。如此一来,李白与司马承祯、贺知章等人之关系究竟如何也就难以确考了,因为这里我们不能妄听李白的一面之词,而后来的相关记载则又都是出于李白自己的言说,并且又经过了添油加醋,也就更不足凭了。况且退一步说,即便是我们承认了他们之间的关系非同一般,他们在李白神话的塑造中起着巨大的作用,那他们也主要是在神仙道教一路,虽然李白的神仙道教神话是其政治神话的辅翼,但他们终究也只是起了间接作用。而杜甫则不同了。

杜甫这里的"山东"固然有"崤山以东"之义,但我想作者更强调的则是"齐鲁之山东"一义了。一方面固然是因为此时的李白已经移家东鲁,这就使得杜甫的解说有了一定的"现实依据",况且有关籍属的问题,在李白自己的言说中也是时此时彼,早已让人晕头转向,不知所云了。同时,在唐代的社会文化与政治史上,自唐帝国建立伊始便开始那个被后来的史学家和社会史学家们所高度关注的针对山东与江南士族的祖氏谱牒的改革,之后历经太宗、高宗、武后、武周以及玄宗的开元天宝之世,凡一百多年的大规模谱牒制度变革,而这中间再加上隋唐以来,尤其是自高宗武后以来的大规模的考试制度与职官制度的改革,到了李白的时代实际上社会上的祖系谱牒都已经变得十分混乱了,士庶相杂,清浊相混。在当时这种大的政治与社会文化背景下,恐怕是很少有人追究杜甫言说的虚实了,而这却恰好是杜甫的言说的保护屏。另一方面,也是杜甫言说之旨归所在,那就是"山东"在中国文化史上有着特殊的意义,因为东鲁之曲阜就是儒家圣人——孔子的故乡,齐地则是李白曾经在自己诗歌中多次提到的姜尚之封地,前者再进一步这也就指向了所谓的“政治”,指向了所谓的“政治理想”,而后者则直接指向了“政治”,指向了“政治理想”与“政治图景”。而这就是“山东”与李白“海县清一”政治理想的特殊关系,这也正是“汝与山东李白好”的本真意义,而后世除了元稹等少数“抑李”一派外,凡言及李白属东鲁之“山东人”者,实际上也有意无意继承了杜甫的这一意图。那么,如此之类的所谓的可靠“资料”究竟有多大的可靠性?如此之类的问题对于李白研究究竟有多大价值?而这也只不过是李白神话塑造的一个方面而已,李白神话的其他方面的塑造与此就本质上来说是完全相同的。

对杜甫的“山东”的这种看法,似乎这里只不过是一种毫无根据的猜测,是一种无中生有式的神话的结果,但这仅只是表面的看法。我们要真正理解杜甫的“山东”的含义,就不仅仅只从“近来海内为长句,汝与山东李白好”这一句话的字面义来着眼,而更应该从整首诗来着眼,更应该从杜甫写作此诗时的社会状况与其思想状况的整体情况来看待,更应该从杜甫诗歌的总体思想倾向来看待,而且更应该从杜甫构造李白神话的角度来看待。而传统对这句话的理解恰恰是仅仅着眼于并且局限于其字面义的,而我们上面的对杜甫的“山东”的看法正是基于这种综合分析所得出的结论。

五、关于李白“诞生神话”的分析

李白身世神话的另一个重要方面便是所谓的“诞生神话”。尽管这一问题现代很多研究者并没有注意,而且在历史上也并没有什么争议。然而这里还是有辨析的必要的,因为这一问题一方面关涉上面所讨论的几个问题,另一方面也关涉“仙道神话”与“政治神话”等问题,而且是这两者联系的关节点。关于这方面的材料当首推李阳冰《草堂集序》:

惊姜之夕,长庚入梦,故生而名白,以太白字之。世称太白之精,得之矣。[28]

之后,范传正《唐左拾遗翰林学士李公新墓碑(并序)》中说:

先夫人梦长庚而告祥,名之于字,咸所取象。[29]

《新唐书》本传即谓:

白之生,母梦长庚星,因以命之。[30]

这里有很明显的单线传承关系。关于这些材料我们这里主要作以下辨析:

首先,我们可以很明显地看到,有关李白"诞生神话"在李白的现存诗文中并没有直接的记载,主要是后来者所为,上面所录,主要是李阳冰《草堂集序》、范传正《新墓碑》以及《新唐书》,此外还有裴敬《翰林学士李公墓碑》:"先生得天地秀气耶?不然何异于常之人耶?或曰:'太白之精下降,故字太白,故贺监号为'谪仙'。"[31]而因为有关李白的"资料"基本上都来自李白自己的言说,何故此却独出?事实上,这些材料都是由李白自己诗文中所载的贺知章对之的"谪仙"称谓而附会衍生出来的,其不足信已是没有疑问了。

其次,我们认为,李白"诞生神话"的产生有着深层的原因,一方面是为了弥合"仙道神话"与"李白神话"整体之罅隙,另一方面也在于通融"仙道神话"与"政治神话"之关系。而且这一诞生神话直接同道教教主老子扯上了关系,这就似乎使得"李白神话"与"神仙道教"有无法脱却的关系了。在唐代那种特殊的政治与社会文化背景下,一旦与神仙道教扯上关系,尤其是与道教教主老子扯上关系,其实也就是与李唐皇室攀上了亲。更何况,这其中的问题还远不止此,这一诞生神话本身还有着更深层次的文化与政治内涵,还有更为深远的文化政治意图。因为,其实说到底,这种李白"诞生神话",尽管其中也有很大的仙道成分,但实际上是完全脱胎于儒家系统中的"后契诞生神话"和"后稷诞生神话",于是在这种李白"诞生神话"的"创造者"李阳冰、范传正们以及后来的宋祁、欧阳修等人来说,也就赋予了这位“主角”李白以非同寻常的意义,也就是直接以传说中的“后契”与“后稷”来比李白了。这一举动对于正统文人,尤其是正统的儒家与史学家看来自然也就有着特别重要的意义了,因此这也就成了后来“李白神话”极度膨胀的立足点,对于整个“李白神话”的塑造来说,其意义绝非寻常。因此,从某种意义上说,在儒释道并行的大唐时代,李白的这一“诞生神话”,一方面可以使得李白于道家与道教文化中争得一席之地,进而与李唐皇室扯上血亲关系,另一方面,则由于这一“诞生神话”本身所具有的浓厚的儒家文化色彩,从而也就为李白其人其行做了重要的儒家思想与文化的铺垫,也就为其深远的政治图景的确立奠定了深厚而牢固的基础。这对于李白与唐代政治的关系而言,可谓是一箭双雕,左右逢源。

再者,就“诞生神话”的这些“创造者”来说,虽然情况各异,但有些方面则是完全相同的,那就是塑造这种“诞生神话”的最终目的。关于这位《草堂集序》的作者李阳冰,正史中没有记载,而据朱长文《墨池编》[32]和宣和内府《宣和书谱》[33]可知,在历史上他首先是作为一个书篆家出现的。这与李白神话似乎并没有多大关系,那么他如此地构造李白“诞生神话”的目的何在?我想最重要的还在于李白的对他的“从叔”的称谓上,亦在于表现李阳冰自己。关于这一称谓,我们从上面所引陈寅恪先生的那段文字便可以见其重要性了。陈先生将杜甫之“山东”说与李阳冰相联系可以说是寻到了一点线索,但并不正确,而且他也并没有真正理解杜甫等人“山东”说的真正涵义。

后来范传正笔下之“李白诞生神话”则完全是从李阳冰来的,至于范传正,《旧唐书》虽将其列入“良吏”之属,却谓其“精悍有立,好古自饬。及为廉察,颇事奢侈,厚以财货问遗权贵,视公蓄如私藏,幸而不至甚败”[34]。《新唐书》则将其从“良吏”之属黜为一般之列传,并作了与《旧唐书》相同的评论[35],其中最可注意者则是“好古自饬”的历史评判。实际上,范传正在这里对李白神话的构造，从根本上来讲，也正是其“好古自饬”的一种具体表现。因此这里我们只能说其之倾力传李阳冰之“心灯”的个人目的也就不言自明了。但有一点是很清楚的，即“李白诞生神话”是荒诞不经，无以信从的。到了后来的裴敬则已经将这一神话降格为一种传言，故而虽然其仍然对之表现出惊异之状，但终究还是以“或曰”语之，实亦在言其不足信了。

但为何《新唐书》作为官修史书却抛却裴敬等人相对客观的说法，而从之以如此荒唐不经之语？关于《新唐书》，宋人吴缜曾指出有八大失误，其中便有“多采小说而不精择”，认为“唐人小说类多虚诞，而修书之初但期博取，故其所载或全篇乖牾”[36]，陈振孙亦谓其“拾取小说私记，则皆附着无弃，其有官品尊崇而不预治乱，又无善恶可垂鉴戒者悉聚，徒繁无补，殆与古作者不侔”[37]。当然，关于《新唐书》的是非，史学家们自有评说，而并不是我们这里要解决的问题。但很显然的是，这里关于李白之诞生的记述应属吴、陈所谓之小说家言的部分，尽管其资料源自李阳冰、范传正等人的记述，但无论如何，他们对这一问题的记述显然也是属于小说家言的。

最后，这一“诞生神话”不仅为李白“政治神话”作了铺垫，而且也为其“仙道神话”与“捉月”的传说作了铺垫。因此可以说这种神话色彩，这种神异性是贯穿李白一生之始终的，因此在这些李白神话的塑造者看来，李白就是一个现实的“神仙”。也许在他们看来，如此一来，也就很好地吻合了李白一生的“追求”了。关于李白信仰的问题，现代以来一直争论不休，但从根本上说，游离于任何既存的主题之外才是李白命运的真实主题，才是李白文学活动的真正主题。因此，对于“李白神话”，尤其是“李白诞生神话”而言，或许最好的态度与方法也就只有“消解”了。

那么到此我们是不是消解了有关李白家世问题解决的可能性？答案应该是肯定的。因为在我们看来，这些所谓的“真实史料”“确凿材料”都已进行了虚构性创造，从而掩盖了事实真相，以至于我们无从合理而令人信服地进行有效的还原。在各种可信史料缺乏的情况下,我们不能“曲径通幽”强行索解,因为如此一来便属“索隐”家法了,我们所构造出来的也同样只不过是李白神话,只不过是李白神话的另一个版本而已,在本质上与传统的李白神话并没有什么区别。但我们在这里只是想澄清一种事实。

就这些“内部材料”而言,无论言其家“陇西”还是“金陵”,也无论其是否真的原本姓李,原为李陵之后,其意义都不重要了,这些只不过是李白构造自我神话的特殊需要而已,而以此为基础附会出来的所谓的“外部材料”也就没有必要过多计较了。对于我们来说,根本的问题并不在于李白故乡在何处,因为与之有关的信息完全被李白自己搅乱了、隐匿了,他原本就不想让别人知道,因此我们进行这些大动干戈、铺天盖地而又无谓的考证索隐与探佚对这些问题也终究是无益的。况且,即便是李白自己对这些问题也未必完全明了,因此他可以演绎“不知何处是他乡”(《客中作》)[38]的传奇。

注 释

[1][2][3][4][5][6][7][16][18][19][22][23][24][25][28][29][31][38]李白著,王琦注:《李太白全集》,民国二十四年世界书局本。

[8][30][35]宋祁、欧阳修:《新唐书》,北京:中华书局,1975。

[9][32]朱长文:《墨池编》,文渊阁四库全书本。

[10][33]徽宗内府编:《宣和书谱》,文渊阁四库全书本。

[11]陈寅恪:《金明馆丛稿初编》,上海:上海古籍出版社,1980。

[12][日]松浦友久:《李白的客寓意识及其诗思》,北京:中华书局,2001。

[13]杜甫著,仇兆鳌注:《杜诗详注》,北京:中华书局,1979。

[14]元稹著,杨师军笺注:《元稹集编年笺注(散文卷)》,西安:三秦出版社,2008。

[15][34]刘昫:《旧唐书》,北京:中华书局,1975。

[17]刘友竹:《李白的生地是“条支”》,《20世纪李白研究论文精选集》,西安:太白文艺出版社,2000。

[20]陈寅恪:《统治阶级之氏族及其升降·唐代政治史述论稿》,北京:三联

书店,2001。
[21][26][27]祝穆:《方舆胜览》(中),北京:中华书局,2003。
[36]吴缜:《新唐书纠谬》,摛藻堂《钦定四库全书荟要》本。
[37]陈振孙:《直斋书录解题》,上海:上海古籍出版社,1987。

(作者单位:中国文化基金会)

李白——丝绸之路上的瑰宝

朱玉麒　周　珊

《明月天山》是两年前在吉尔吉斯斯坦举办的“李白与丝绸之路国际学术研讨会”的论文结集。2015 年 10 月，“李白与丝绸之路国际学术研讨会”在吉尔吉斯国立民族大学隆重召开。这是由吉尔吉斯国立民族大学、中国新疆师范大学主办，吉尔吉斯国立民族大学孔子学院、新疆师范大学文学院、北京大学中国古代史研究中心、中国李白研究会共同承办的学术研讨会。

中国学术团体在海外特别是李白的出生地国家举办以李白为主题的会议，这是第一次；以李白为主题的学术研讨将文学、语言、历史、考古、艺术等多个领域的专家集合在一起从事多学科的研究，也是第一次。跨国对话、交叉研究，是当代学术的共同追求；李白研究在丝绸之路上的这次实践活动，是顺应学术时势的成功典范。这个纪念性的学术活动，距离李白在中亚碎叶的出生，已经过去了 1315 年；而距离他从中亚碎叶进入大唐帝国的天府之地四川，也已经过去了 1310 年。

促成我们在吉尔吉斯斯坦举办这个活动的因缘，正是李白先世谪居中亚碎叶、李白也出生其间这一重要的历史事实。“千秋万岁名，寂寞身后事”（杜甫《梦李白二首》之二），像历史上众多的伟大作家那样，李白的作品本身，没有确切地将他的一切告诉后人。李白的一生充满了扑朔迷离的疑问，出生地则是争议最多的谜团。能够证明李白先世曾经生活在中亚碎叶的资料，是同时代李阳冰为李白文集所写《草堂集序》提及“中叶非罪，谪居条支。……神龙之始，逃归于蜀”，以及稍后的范传正在《唐左拾遗翰林学士李公新墓碑并序》中提及“隋末多难，一房被窜于碎叶……神龙初，潜还广汉，因侨为郡人”的记载。正如本论文集中薛天纬教授《条支与碎叶》所辨析的那样：原始文献中李白先世的流窜地有“条支”“碎叶”两种说法，其中“条支”是一个泛指西域的大概念，“碎叶”则是西域的一个具体地名；当碎叶城可以确定在今吉尔吉斯斯坦阿克·贝希姆遗址的时候，李白先世流窜之地也就明确了。

而李白本人出生于中亚碎叶，也在李白至德二载（757）所撰《为宋中丞自荐表》提及“臣伏见前翰林供奉李白，年五十有七”的字句中得到印证。自荐表中提及其五十七岁的年龄，可以推断李白的生年在武周大足/长安元年（701）；前引李阳冰《草堂集序》和范传正《唐李公新墓碑》既然言及李白“神龙之始（705），逃归于蜀”“神龙初，潜还广汉，因侨为郡人”，那么，他在五岁之前生活在中亚的谪居地碎叶，应该是最可能的假设。

然而，李白却成为了东亚民族的文学巨匠，成为了汉语诗国的杰出歌手，与其出生地在中亚甚至出身可能是“西域胡人”的身世形成了极大的反差！这也是很多年来爱之太深的一些中国读者在狭隘的民族与地方主义情结下，对于李白出生于中亚碎叶问题讳莫如深、难得心平气和地进行学术讨论的原因。其实，对于这种争夺李白出生地归属的现象，明代思想家李贽早就发出了“自唐至今然矣”的喟叹，并予以评判：“呜呼！一个李白，生时无所容人，死而千百余年，慕而争者无时而已。余谓李白无时不是其生之年，无处不是其生之地。亦是天上星，亦是地上英。……死之处亦荣，生之处亦荣，流之处亦荣，囚之处亦荣，不游不囚不流不到之处，读其书，见其人，亦荣亦荣，莫争莫争。”（李贽《焚书·李白诗题辞》）

尊重历史的事实,是热爱李白的前提。即使他是一位出生于中亚的非汉族文人,却成为了汉语诗坛的国手,也丝毫无损中华文化的光辉。“异族出身的人成为中国文学史上有代表性的诗人的意义”,日本的李白研究专家松浦友久教授这样总结:“中国文化(汉族文化)巨大的同化力是通过中国各异族王朝的历史体现出来的,这一点与其说是衣食住这一有形的部分,还不如说是语言、学术、诗文这一无形的部分更显著。李白是异族出身,如果认为这一点会给中国文学史(乃至中国文化史)带来不利的因素,那显然是一种误解。与出生的种族和血统无关,在中国的文明中成长,把中国作为祖国,依靠中国语(汉语)而成为中国有代表性的诗人的‘李白’的存在,在这个词的真正意义上,应该说是中国民族性的杰出体现者。”(松浦友久《李白的出生地及家世:以异族说的再研究为中心》)松浦教授的论述,为中华文化的包容性和生命力做出了很好的概括。

什么样的因素能够将李白从遥远的中亚引向万里之外的东方,成就他“光焰万丈”的锦绣文章?毫无疑问,古老的丝绸之路在盛唐时代的繁荣,是李白从中亚碎叶东进中原的重要渠道。“洗兵条支海上波,放马天山雪中草。”(《战城南》)“明月出天山,苍茫云海间。长风几万里,吹度玉门关。”(《关山月》)正如本集中葛景春先生《李白及其诗歌中的丝路文化色彩》所论述的那样,李白诗歌中的丝路色彩,是那个文化交融的大时代以及李白中亚出生背景的直接映射。因此,李白与他的诗歌,不仅是中国文学的瑰宝,也熔铸了整个东亚文明的精神,更汇聚了丝绸之路通向世界的文化精髓!

正是在这样的背景下,2015 年的会议以“李白与丝绸之路”为主题,希望通过两大主题的交汇,探讨中国文明借由丝绸之路通向世界的开放与包容面貌。在此之前,2013 年,中国政府提出了“一带一路”的倡议;2014 年,中国和哈萨克斯坦、吉尔吉斯斯坦联合申报的“丝绸之路:长安—天山廊道路网”,顺利列入世界文化遗产名录。这一系列的事件并非巧合。在一带一路的倡议背后,是深远的历史传统;长安—天山廊道路网作为丝绸之路的东段首先列入世界遗产名录,是几千来人类文明的锻造结晶;而李白,正是这一丝绸之路编织出来的最璀璨的诗国瑰宝!

这次成功的会议,在文化交流的多方面取得了杰出的成果和深远的影响,本论文集也是其中的一个硕果。为此,作为论文集的主编,我们要感谢会议的研讨者提供的优秀篇章(其中部分论文经过修改、调整,与会议发言稿有所差异);我们要感谢吉尔吉斯斯坦国立民族大学孔子学院的团队在承办此次会议中付出的辛苦,他们在吉尔吉斯斯坦有口皆碑的文化交流工作带来的积极影响,使我们的会议代表在这里宾至如归,会议研讨和考察也得到顺利的开展;我们要感谢孔院吉方院长库勒塔耶娃·乌木特(Kultaeva U. B.)女士组织了吉尔吉斯斯坦的学者和诗人撰写论文、翻译李诗,编辑出版了吉俄版的《李白与丝绸之路国际学术研讨会论文集》,使得会议在中吉双方展开了良好的互动;本论文集中也选译了吉方学者的俄语论文,让中国读者方便地了解吉尔吉斯斯坦学者关于"李白与丝绸之路"研究的杰出成果。

我们更要感谢孔院中方院长马磊先生对于会议的统筹安排、组织考察、同声传译等细致的工作,以及在我们编辑论文集时有求必应的技术支持。正是在会议的前一年,当我们第一次前往吉尔吉斯斯坦考察丝绸之路时,是马磊院长审慎地提出了李白可否作为中吉文化交流议题的建议,才有了一年之后多学科的国际对话。

在我们编辑完成这部论文集的同时,我们也欣喜地看到这个会议在其他方面的延续影响:

2016 年 4 月,在得悉会议的成果之后,对于中国文化情有独钟的泰国公主诗琳通殿下专程前来北京大学,与唐诗与唐史研究的中国学者交流,朗吟李白"举头望明月,低头思故乡"的诗篇,随后越过天山,考察了碎叶故城和吉尔吉斯斯坦国立民族大学孔子学院;

2016年10月,李白的终老之地第一次迎来了李白出生地国家的客人,由中国李白研究会等单位组织的"乘风千万里,圆梦绿诗城"国际文化交流活动在当涂青山李白墓园隆重举行,吉尔吉斯斯坦国立民族大学前校长、文学研究专家伊斯坎德尔教授在马磊院长的陪同下,与中国的李白纪念地——四川江油、湖北安陆、山东济宁和安徽马鞍山的四方代表一起,用取自这五地的泥土共同栽种下五棵"香满天下"桂花树,纪念诗仙;

2017年11月,"中国李白研究会第18届年会暨学会成立30周年纪念大会"在马鞍山市召开,会议也第一次迎来了吉尔吉斯斯坦的学者参加,楚河州国立大学苏来曼·卡依波夫教授、国立民族大学图鲁斯别克·玛拉孜阔夫教授的到来,体现了中国李白研究会走过30年的研究历程之后新的趋向:让李白的影响走出东亚,让中亚乃至世界共同分享这一丝绸之路上的文学瑰宝,正是研究者在新时代的"一带一路"上应尽的责任和义务。

"但使主人能醉客,不知何处是他乡。"(李白《客中作》)是中国文化的美酒,使得中亚出生的李白沉醉在了汉语诗律的东方花园中,把它视作故乡,用生花妙笔铸就了盛唐诗歌的最强音。我们也期待:"李白与丝绸之路"的持续研究,能够使更多的人通过李白的诗篇,栖息在人类文明的精神家园。

《明月天山》论文集目录:

二、“李白与丝绸之路”国际学术研讨会资料

三、“碎叶”碎叶

（作者单位：北京大学）

安旗先生李白全集注释的七个特点

陈建森　彭怡琴

安旗先生《李白全集编年注释》(下称"安本")的"注释"包括题解、注释、集说、按语四大部分:"题解"说明诗文涉及的诗人行踪、写作背景、内容主旨等,并对诗题中的人名、地名等进行笺注;"注释"包括解说词语音义、探明语源、诠解典故、考史叙事、解说诗旨诗艺;"集说"精选古今学者对所注诗文的点评,但并不致力于集大成式的收集,多在瞿蜕园、朱金城校注本基础上进行增删;"按语"多着力于诗文编年,考订作时、作地、作意,对"集说"中所列评笺作出判断。概而言之,安旗《李白全集编年注释》的注释有释音义、考人名地名、溯语典事典、探时代背景、解诗旨、品诗艺、集评语等七个特点。

一、释音义

"安本"采用常见同音字注音。如《大猎赋》中释"口吞殳铤,目极枪櫓"中的"殳铤"为"音殊延"[1];又如《日夕山中忽然有怀》中释"鼯啼桂方秋,风灭籁归寂"中的"鼯"为"音吾"[2];再如《赠从孙义兴宰铭》中释"蠖屈虽百里,鹏骞望三台"中的"骞"为"音先”[3]。

旧注语词或多探明语源而少解说语义。为帮助读者理解诗意,“安本”注释词语既溯语源,又多结合诗文语境解说语词含义。如《述德兼陈情上哥舒大夫》“天为国家孕英才,森森矛戟拥灵台”中的“森森”。王琦注曰:“《晋书》:裴楷尝目钟会如观武库森森,但见矛戟在前。”[4]只探明语典出处。“安本”则结合语境以“森森,茂密貌”[5],直接点明词意。又如《雨后望月》“四郊阴霾散,开户半蟾生”中的“半蟾”。“安本”根据中国以蟾蜍喻月的传统,结合诗意,将“半蟾”释作“此谓明月从山头升起而尚未全部露出之状”[6]。再如《赠崔司户文昆季》“双珠出海底,俱是连城珍”中的“双珠”。王琦注曰:“《三国志注》:孔融与韦康父端书曰:前日元将来,渊才亮茂,雅度弘毅,伟世之器也。昨日仲将来,文敏笃诚,保家之主也。不意双珠近出老蚌,甚珍贵之。”[7]“安本”进而结合诗歌语境点明“双珠,誉崔氏兄弟”,全诗则语义贯通。

旧注解释词语或溯语源,或解释其诗中意义,总觉得不够透彻。“安本”则将词语的语源、本意、诗中意义作贯通的解说。如《赠溧阳宋少府陟》“葳蕤紫鸾鸟,巢在昆山树”中的“葳蕤”,王琦注曰:“《子虚赋》:错翡翠之葳蕤。吕延济注:葳蕤,羽毛貌。”[8]注明“葳蕤”的语源和诗中意义。瞿蜕园、朱金城注本(下称“瞿朱本”)从之。“安本”注曰:“葳蕤,草木盛貌,此谓羽毛丰貌。”[9]注明“葳蕤”的本意和诗中意。又如《长相思》“美人如花隔云端”中的“美人”。王琦注曰:“枚乘诗:美人在云端,天路隔无期。”[10]仅溯其语源。“安本”则注曰:“美人,此指时君,即唐玄宗。《楚辞·离骚》:‘惟草木之零落兮,恐美人之迟暮。’王逸注:‘美人谓怀王也。’”[11]如此注释简明扼要,更方便读者阅读。

二、考人名地名

“安本”十分重视结合诗人的生平经历和交游考订文本中的人

名,推定作品写作的大致时间。如《邺中赠王大劝入高凤石门山幽居》(按:诗题中"邺中"下之"赠"字,"萧本"和"咸本"俱无,"瞿朱本"考"两宋本"、"缪本"和"王本"中俱多一字,并以诗意观之,以为殊为不合,"安本"从之)诗题中的"王大",王琦和"瞿朱本"均未有考释。"安本"疑此"王大"为王昌龄,其考察的思路为:1.考察王维、孟浩然、岑参等同时代诗人作品,发现他们在诗中多以"王大"称呼王昌龄。2.考察李白原诗,发现李白在诗中称"王大"为"良朋",又云"相知同一己,岂惟弟与兄?"由此可知李白与此人交情甚好,根据已有研究推断能与李白交情若此者亦似王昌龄。3.考察王昌龄集,发现《洛阳尉刘晏与府掾诸公茶集天宫寺岸道上人房》诗云"旧居太行北",前人均以为"太行北"指的就是太原,但考察王昌龄全集,"安本"发现其中虽有游历并州的诗文作品,但王昌龄却纯属客游,并没有将太原称之为故园或者旧居,故而推知"太行北"并非一定就是指称太原。4.考察诗题中出现的"邺中",王琦和"瞿朱本"注为"邺郡","安本"从之,并进一步发现邺郡也可称作"太行北",因为太行山虽绵延千余里,但是它的主峰则在邺郡的西南部,再考曹操《苦寒行》中的"北上太行山,艰哉何巍巍!羊肠坂诘屈,车轮为之摧"和李白《忆旧游寄谯郡元参军》中的"五月相呼渡太行,摧轮不道羊肠苦",发现其均指太行山主峰,更考《史记正义》中引《括地志》云:"太行山在怀州河内县北二十五里,有羊肠坂。"由此可知,从太行主峰的角度来看,邺郡可称之为"太行北"。"安本"继续考察发现邺郡曾经作为三国时魏国的都城,左思曾作《魏都赋》云:"且魏地者,毕昂之应。"李善注"魏地"曰:"《诗谱》云:魏地,毕昂之分野,虞舜及禹所都之地,在《禹贡》冀州,雷首之北。""安本"据《左都赋》和李善注考察"雷首",发现"雷首"乃"山名,其名有九,中条山是其一,在山西西南部,太行主峰之西"。"安本"综合上述考析结果,指出既然魏都(即邺郡)在雷首之北,也可以说其在太行之北,结合王昌龄诗中所言"旧居太行北"以及邺郡可称"太行北",认为李白在诗中称王昌龄为"邺中大夫"亦合情合理[12]。5.考察王昌龄生平,詹锳和傅璇琮等诸位先生均将王昌龄初谪岭南的时间系于开元二十七年秋天,“安本”从之,且发现王昌龄《巴陵送李十二》诗言其初谪岭南时曾与李白在岳州相遇。6.考察李白生平,“安本”发现李白于此年秋天远游。“安本”结合上述六条考析成果,指出《邺中赠王大劝入高凤石门山幽居》诗题中的“王大”当为王昌龄[13]。又如《上李邕》,“安本”先根据两《唐书》本传的记载概述李邕的生平,又根据《通鉴·唐纪》中开元六年冬十一月宋璟奏“括州员外司马李邕、仪州司马郑勉,并有才略文词,但性多异端,好是非改变,若全引进,则咎悔必至;若长弃捐,则才用可惜。请除渝硖二州刺史”,推断李邕在开元年间曾担任渝州刺史,再根据《金石萃编》卷七十一《修孔子庙碑》中所刻“朝散大夫持节度渝州刺史江夏李邕文”为“开元七年十月十五日立”,考定李邕开元七年前后任渝州刺史[14]。

“安本”注重地名的沿革与古今地名的对应,时能纠正前贤之误注。如《秋猎孟诸夜归置酒单父东楼观妓》诗题中的“孟诸”和“单父”。“安本”先引《元和郡县志》“河南道宋州虞城县”条注“孟诸”曰:“孟诸泽,在县西北十里,周回五十里。”后指出:“单父,宋州属县,在州治宋城东北,即今山东单县。”[15]又如《梦游天姥吟留别》诗题中的“天姥山”。“安本”先引《元和郡县志》“江南道越州剡溪县”条注曰:“天姥山,在县南八十里。”又引《一统志·绍兴府》注曰:“天姥山,在新昌县东五十里,高三千五百丈,周六十里……东接天台华顶峰……《寰宇记》:登此山者,或闻天姥歌谣之声,道书以为第十六福地。”最后指出:“山在今浙江新昌县境内。”[16]再如《鲁郡东石门送杜二甫》诗题中的“鲁郡东石门”,王琦根据《居易录》中“孔博士东塘言:‘曲阜县东北有石门山’,即杜子美诗《题张氏隐居》所谓‘春山无伴独相求’,《刘九法曹郑瑕丘石门宴集》所谓‘秋水清无底’者也”[17],而断诗题中的“石门”是曲阜县东北的石门山。“瞿朱本”从之。“安本”先考“鲁郡”为郡治瑕丘县,以此为基准发现鲁郡城东有一石门,即洙水石门,在城东七里洙水的上方,又考《水经注・洙水》中言曰:"(洙水)又南迳瑕丘城东而南,入石门。古结石为水门,跨于水上也。"最终考定《鲁郡东石门送杜二甫》诗题中的"石门"实为鲁郡城东的石门,纠正王琦曲阜县东北石门山的错误[18]。

三、溯语典事典

李白善于借前人之酒杯浇自己胸中之块垒,对李白诗文作品中用典情况的笺注,有助于正确理解和把握诗人的情感思绪和思想主旨。"安本"在笺注过程中注重对李白诗中语典的溯源,且以"翻用""化用""反用""暗用"等语点出。如《雨后望月》中的"为惜如团扇,长吟到五更","安本"注曰:"班婕妤《怨歌行》:'新裂齐纨素,皎洁如霜雪。裁作合欢扇,团团似明月。'句翻用其意。"[19]又如《望庐山瀑布二首》中的"欻如飞电来,隐若白虹起","安本"注曰:"沈约《被褐守山东》:'掣曳泻流电,奔飞似白虹。'二句化用其意。"[20]又如《绿萝春葳蕤》(古风其四十四)中的"君子恩已毕,贱妾将何为","安本"注曰:"江淹《杂体诗》:'君子恩未必。'句反用之。"[21]再如《古朗月行》中的"阴精此沦惑,去去不足观","安本"注曰:"'阴精'句,暗用鲍照《代白头吟》'周王日沦惑'句,言玄宗已如周幽王。"[22]"安本"在对李白诗中的事典溯源时注重拈出其中关键人物及事件,多用简明扼要之语概括,后指明出处,少有征引大段原文。如《同族弟金城尉叔卿烛照山水壁画歌》"回溪碧流寂无喧,又如秦人月下窥花源"中的"花源","安本"仅以"句用陶渊明《桃花源记》故事"[23]注之,只因此事典为人所熟知,故不赘述。又如《题金陵王处士水亭》中的"爱竹啸名园"。王琦注曰:"《世说》:王子猷尝行过吴中,见一士大夫家极有好竹。主已知子猷当往,乃洒扫施设,在厅事坐相待。王肩舆径造竹下,讽啸良久。"[24]"安本"则先言"用王子猷事",再引王琦所注内容,点明该事典主人公为王子猷。又如《赠卢征君昆弟》"河上喜相得,壶中趣每问”中的“壶中趣”。“安本”注曰:“壶中趣,谓游仙之趣,用费长房事。长房为市掾,见市中老翁卖药,悬一壶于肆头,及市罢,辄跳入壶中。长房异之,因奉酒脯而拜,翁邀明日更来。翌日复诣翁,翁乃与俱入壶中,唯见玉堂严丽,旨酒甘肴盈衍其中,共饮毕而出。见《后汉书·费长房传》。”[25]“安本”先注“壶中趣”在诗中指的是游仙之趣,后指出游仙主人公为费长房,继而概述费长房游仙事,最后指出费长房游仙事载于《后汉书·费长房传》,理顺条畅。《效古二首(其二)》“寄语无盐子,如君何足珍”中的“无盐”,“安本”注曰:“无盐,古之丑女。战国时无盐邑有女名钟离春,极丑无双。‘其为人也,臼头深目,长指大节,昂鼻结喉,肥项少发,折腰出胸,皮肤若漆。’衒嫁不售,自诣宣王,陈‘四殆’之义,宣王佳其说,遂拜为王后。见《列女传》卷六。”[26]“安本”概述丑女无盐因才被拜为王后的传奇经历,中间引用原文叙述无盐的丑态,最后指出无盐女的传奇经历载于《列女传》卷六。《留别广陵诸公》有“卧海不关人,租税辽东田”,“安本”注曰:“二句用管宁事。东汉末,天下大乱,管宁闻公孙度令行于海外,遂至于辽东。既见度,乃庐于山谷。魏太祖、文帝、明帝屡下诏征辟,固辞不就。明帝曾诏青州刺史曰:‘宁抱道怀贞,潜翳海隅,比下征书,违命不至,盘桓利居,高尚其事。’见《三国志·魏书·管宁传》。”“安本”先指出诗中所用事典主人公为管宁,而后概述管宁归隐辽东、不应征召,引用明帝语指出管宁的高尚品格,最后指出管宁事载于《三国志·魏书·管宁传》,将精当的文献征引巧妙融于注释之中。

四、探时代背景

“安本”善于将李白及其作品“还原”于当时的社会历史文化生态语境中进行考察,重视“知人论世”。如《答王十二寒夜独酌有怀》一诗有“君不能学哥舒,横行青海夜带刀,西屠石堡取紫袍”句,“安本”根据两《唐书》之《玄宗纪》《王忠嗣传》《哥舒翰传》及《通鉴·唐纪·玄宗天宝八载》中的相关记载还原当时哥舒翰攻取石堡城一事,以洋洋洒洒数百字,说明李白于此诗中抨击时政,借酬答挥斥心中幽愤,乃“李白抒怀诗中政治色彩最强者”[27]。若无对该诗时代背景之还原,何来对其主旨之探求?何来“身在江湖,心在魏阙”的李白形象之呈现?《永王东巡歌十一首》乃李白于至德二载作于永王军中之组诗。“安本”根据两《唐书》之《永王璘传》概述永王李璘的一生,着重述其至德元载及以后事,在概述“安史之乱”的同时揭露唐王朝皇族内部的政治斗争,通过对此时代背景的探析,解说此诗既反映李白希望通过加入永王李璘幕府大展宏图的用世之心,又为后李白因入永王璘幕府而身陷囹圄埋下伏笔[28]。再如《书怀赠南陵常赞府》:“云南五月中,频丧渡泸师。毒草杀汉马,张兵夺秦旗。至今西二河,流血拥僵尸。”“安本”先据《通鉴·唐纪》“玄宗天宝十载”条载剑南节度使鲜于仲通讨伐南诏蛮、大败于泸南,士卒死者六万人一事注之,后引《通鉴·唐纪》“玄宗天宝十三载”条载侍御史李宓讨伐南诏,前后死者二十万人一事注之,“还原”《书怀赠南陵常赞府》一诗的社会文化语境,揭示李白对时事朝政的关切之心,考定该诗当作于天宝十三载之后[29]。

五、解句意点主旨

自李善注《文选》始,注家多有释事而忘意之病,“安本”在进行编年注释时多对诗句进行串讲,点明诗人用意,对此,郁贤皓先生主编《李白大辞典》曾指出:“本书(指‘安本’)注释,一改旧注唯注出处而不涉及作者本意之作法,简而明晰,详而不冗,时时点透作意,以助读者理解。”[30]如《酬宇文少府见赠桃竹书筒》中的“灵心圆映三江月,彩质叠成五色云”,王琦和“瞿朱本”对此句均未出注。“安本”则注曰:“上句,形容经良工挖空之竹心。下句,形容经良工打磨之竹表。”[31]点出上下两句诗意。又如《将进酒》中的“君不见黄河之水天上来,奔流到海不复回。君不见高堂明镜悲白发,朝如青丝暮成雪”,王琦和“瞿朱本”均未出注。“安本”则注曰:“以上四句感慨年华易逝,如黄河之水一去不复返。”[32] 再如《秋叶独坐怀故山》中的“小隐慕安石,远游学子平。天书访江海,云卧起咸京”,王琦注“小隐”曰:“王康琚诗:小隐隐林薮,大隐隐朝市”;注“安石”曰:“谢安石高卧东山,见七卷注”;注“子平”曰:“向子平肆意游五岳名山,见十三卷注”;注“远游”曰:“《楚辞》《远游》者,屈原之所作也。其辞曰:悲时俗之迫阨兮,愿轻举而远游”;注“云卧”曰:“鲍照诗:云卧恣天行”[33],王琦注均为对诗中语典和事典的溯源,均不涉及诗人作意。“安本”则在对诗中“小隐”、“安石”、“子平”进行语典和事典的溯源后,点明“小隐慕安石,远游学子平”“二句概言其入朝前隐居及漫游生活”,再指出“天书访江海,云卧起咸京”“二句谓奉诏入京事”,简洁明晰,点透作意,帮助读者正确理解诗意[34]。

“安本”不仅注重解句意,更注重在“题解”和“按语”中点明诗文主旨。如《玉真公主别馆苦雨赠卫尉张卿二首》一诗。王琦和“瞿朱本”均未对该诗主旨进行探究。“安本”在“题解”中点明“诗借山中苦雨之景,抒其受冷遇之情”[35]。又如《朝下过卢郎中叙旧游》一诗。王琦和“瞿朱本”对该诗主旨亦未进行探究。“安本”在“按语”中指出“诗旨在抒写向往林壑之情,一则见太白热爱自然之本性,一则见翰院生活已使太白厌倦”[36]。再如《安州应城玉女汤作》一诗。王琦和“瞿朱本”仅引萧士赟评诗语,并未就该诗主旨进行探究。“安本”在“题解”中指出“诗末借汤以言志,已有入长安之意”[37],点明诗旨,同时暗示诗人行踪。

六、品诗艺

“安本”在“前言”中指出李白诗歌“继承和发扬比兴言志的传统”[38],“掌握比兴言志这一特点,我们就基本上掌握了李白,忽视这一特点,我们就会在很大程度上失去李白”[39],因而在注释过程中注重点明李白诗文创作中所用的比兴言志手法。如《高楼入青天（拟古其二）》一诗，“安本”在“按语”中指出“诗中美人求偶之心甚苦，盖白自托以寄其君臣遇合之思也”[40]。又如《梦游天姥吟留别》一诗，“安本”在“题解”中指出该“诗以天姥仙境喻朝廷宫阙，以梦游喻其入侍翰林”[41]。《远别离》一诗，“安本”在“题解”中指出该诗“借舜与二妃生死之别，写其远游之际系念君国之情”[42]。

“安本”在品味李白诗文创作中比兴言志之法的同时，亦注重李白诗歌创作中其他诗艺的品味。如《渡荆门送别》一诗，沈德潜曾言：“诗中无送别意，题中二字可删。”“安本”不认同沈德潜说，认为从诗中的“仍怜故乡水，万里送行舟”中即可品出“送别”之意，更进一步认为沈德潜以“思君不见下渝州”中的“君”指月，何以不知此处的“故乡水”亦可与人送别，指出“仍怜故乡水，万里送行舟”所用乃李白集中常见的拟人手法[43]。又如《初月》中有“云畔风生爪，沙头水浸眉”，王琦未出注，“安本”则注曰：“上句仰望，下句俯视。”[44]指出此中的视角变化，呈现李白在诗文创作时视域的层次感。

七、录评语

“安本”在对诗文进行笺注之后设“集说”一栏，征引前人对该诗作时作地、主旨艺术的精妙评说。如果对前人评说中所涉及诗文系年有不同看法，“安本”多在“按语”中与之商榷，进一步探明相关问题。如《自巴东舟行经瞿塘峡登巫山最高峰晚还题壁》，“集说”中仅列詹锳先生评笺：“按巴东在瞿塘之东，而瞿塘峡却在巫山之西，今题云自巴东经瞿塘登巫山者，不知何以故，岂巫山最高峰尚在瞿塘之西耶？但既言自巴东舟行，定是逆水而上。诗又云：‘江行几千里，海月十五圆。’则太白流夜郎，江行已一年有三月矣。又云：‘积雪照空谷，悲风鸣森柯。’疑是乾元二年初春所作。”[45]“安本”在“按语”中指出诗题中的“巴东”是古巴东郡，即开元年间的夔州;“安本”发现唐人多在诗中用古地名来代替当时称谓,李白尤甚,并举《寄巴东故人》一诗为证,进而根据《后汉书·郡国志》、《晋书·地理志》、《隋书·地理志》、两《唐书·地理志》中记载的夔州史料对其地名沿革进行历史考察,确认诗题中的“巴东”实指夔州;“安本”再根据诗中所述自夔州舟行、经瞿塘峡、登巫山最高峰的自西而东、顺流而下的行程,判断该诗实作于去蜀出峡之时,而非詹锳先生所说乾元二年流夜郎之时。“安本”认为詹锳先生根据“积雪”句判断此诗为初春之作的说法可从,结合上述考察最终将《自巴东舟行经瞿塘峡登巫山最高峰晚还题壁》系于开元十三年的初春,或为二月作。又如《夜坐吟》,“安本”在“集说”部分辑《唐诗归》中谭元春评语、《唐宋诗醇》评语、《诗比兴笺》陈沆评语。陈沆评曰:“人之相知,贵相知心,而知心之言不在多。苟于此心曲之一言既不合,则万语洽,皆虚文矣。喻君臣之际,惟志同而后道合。”“安本”认同陈沆说,并以此为基础,进一步指出“诗之作当在待诏翰林后期,其时太白已感慨玄宗不能知其心矣”[46]。再如《孤兰生幽园(古风其三十八)》,“安本”在“集说”部分列萧士赟、《唐宋诗醇》、陈沆的评语,此三说认为李白于诗中言其遭小人谗言,则《孤兰生幽园(古风其三十八)》是遭谗被放时所作。然“安本”则在“按语”中表示不同意见,认为原诗有“若无清风吹,香气为谁发”,当作于李白尚未奉诏入朝之时[47]。

“安本”注释围绕释音义、考人名地名、溯语典事典、探时代背景、解句意点诗旨、品诗艺、录评语七个层面展开。释音义是解读诗文的基础,考人名地名是考订诗文作时作地的重要线索,溯语典事典是探寻诗人情感价值取向的重要依据,探时代背景是解读诗人思想情感的文化语境,解句意点诗旨是呈现诗人写作意图,品诗艺是解析诗人创作艺术,录评语是帮助读者更深入地理解诗人及其作品。安旗《李白全集编年注释》还注意汲取田野调查成果,融考证、评论、鉴赏为一体,在事物的内在联系中探析李白诗文系年问题。

注　释

[1]安旗《李白全集编年注释》,第 1831 页。

[2]安旗《李白全集编年注释》,第 925 页。

[3]安旗《李白全集编年注释》,第 1611 页。

[4]王琦《李太白全集》,第 424 页。

[5]安旗《李白全集编年注释》,第 1008 页。

[6]安旗《李白全集编年注释》,第 2 页。

[7]王琦《李太白全集》,第 464 页。

[8]王琦《李太白全集》,第 466 页。

[9]安旗《李白全集编年注释》,第 1285 页。

[10]王琦《李太白全集》,第 194 页。

[11]安旗《李白全集编年注释》,第 127 页。

[12]见安旗《李白全集编年注释》,第 367 ~ 368 页。

[13]詹锳先生对安旗先生考证诗题中的“王大”实为“王昌龄”表示认同,详见詹锳《李白探微》,《文学遗产》1992 年第 1 期,第 37 ~ 41 页。

[14]安旗《李白全集编年注释》,第 14 ~ 15 页。

[15]安旗《李白全集编年注释》,第 683 页。

[16]安旗《李白全集编年注释》,第 769 页。

[17]王琦《李太白全集》,第 679 页。

[18]安旗《李白全集编年注释》,第 729 页。

[19]安旗《李白全集编年注释》,第 2 页。

[20]安旗《李白全集编年注释》,第 48 页。

[21]安旗《李白全集编年注释》,第 570 页。

[22]安旗《李白全集编年注释》,第 1096 页。

[23]安旗《李白全集编年注释》,第 536 页。

[24]王琦《李太白全集》,第 980 页。

[25]安旗《李白全集编年注释》,第 544 页。

[26]安旗《李白全集编年注释》,第 483 页。

[27]安旗《李白全集编年注释》,第 897 页。

[28]安旗《李白全集编年注释》,第 1323 ~ 1324 页。

[29]安旗《李白全集编年注释》,第 1241 ~ 1244 页。

[30]郁贤皓《李白大辞典》,广西教育出版社 1995 年版,第 323 页。

[31]安旗《李白全集编年注释》,第 18 页。
[32]安旗《李白全集编年注释》,第 297 页。
[33]王琦注《李太白全集》,第 919 页。
[34]安旗《李白全集编年注释》,第 552 页。
[35]安旗《李白全集编年注释》,第 120 页。
[36]安旗《李白全集编年注释》,第 534 页。
[37]安旗《李白全集编年注释》,第 111 页。
[38]安旗《李白全集编年注释》,第 15 页。
[39]安旗《李白全集编年注释》,第 21 页。
[40]安旗《李白全集编年注释》,第 130 页。
[41]安旗《李白全集编年注释》,第 769 页。
[42]安旗《李白全集编年注释》,第 1043 页。
[43]安旗《李白全集编年注释》,第 37 页。
[44]安旗《李白全集编年注释》,第 1 页。
[45]引自安旗《李白全集编年注释》,第 32 页。
[46]安旗《李白全集编年注释》,第 547 页。
[47]安旗《李白全集编年注释》,第 130 ~ 131 页。

(作者单位:华南师范大学)

赵昌平李白研究述评

田恩铭

赵昌平先生在唐代文学研究领域建树颇多,对于上官体之研究,对于盛唐诗歌的研究抉微发抒,对吴中诗派与中唐诗歌的研究,对于盛唐诗歌演进轨迹的探索,均有其独到之处。虽然赵先生研究李白的文字并不算多,却新意迭出,影响深远。赵昌平对于李白的研究似可分为三个阶段:第一个阶段集中在20世纪80年代末至90年代前期,这一阶段以选本、论文为主,主要是在唐诗史的背景下为李白定位;第二个阶段是20世纪90年代后期至21世纪初,这一阶段以论文为主,主要是关于李白与文学传统的研究;第三个阶段是对李白经典诗作的品鉴研赏,主要体现在2011年出版的《李白诗选评》中。

笔者甫一工作所开设的"唐诗宋词" 课程即以赵昌平编著《唐诗选》为范本,后读《赵昌平自选集》《李白诗选评》,喜读赵先生的文字始终未变。恰好手边几乎备全赵先生的相关文字,遂生撰写述评之意。本文试从唐诗史之背景、文学传统之溯源、文学经典之品鉴等上述三个方面简而述之,因学力尚浅,定有不到之处,祈请方家指正。

一、诗史背景:李白在唐诗史上的定位研究

在《史料·视角·方法——关于二十世纪唐代文学研究的对话》中,赵昌平说:“我的主要研究方向仍是唐诗史,即唐诗演进的轨迹与形态。我的视角大致可以这样归纳,就是以时代的历史文化氛围为背景,以诗人及其群体的个性化的心态为中介,以诗体的传承演变为归结。”[1]赵昌平就是将李白置于唐诗史的广阔背景下加以探讨,研究成果以《赵昌平自选集》《唐诗选》《唐五代诗概述》等著述为主,从中能够清晰地感受到唐诗史中李白的创作意义之所在。

《赵昌平自选集》中的研究成果构成了盛唐诗史下的李白定位之过程。《开元十五年前后——论盛唐诗的形成与分期》一文乃是后来赵昌平研究李白的一个起点,这篇文章以“开元十五年”为时间节点,探讨诗人结构的新转变、社会状态的转变与诗人心态变化的关系、诗史走向及诗风特点。论诗人心态转变时,提出“由褊狭孱弱转化为英特越逸之气”,“小结”中的第二个要点为:“开元十五年前后是盛唐诗形成的关键时期,其作品最能反映盛唐气象。其特点可以‘英特越逸,秀朗浑成,兴象玲珑’来概括。”[2]在《从初、盛唐七古的演进看唐诗发展的内在规律》一文中,赵昌平将初、盛唐七言古诗的演进分为三个阶段,李白则属于第三阶段。“开元初至天宝末为第三阶段,在高适、岑参、王维、李颀诸名家的辅翼中,李白、杜甫两颗巨星在诗国升起。他们综合了前两个阶段歌行创作的成功经验,更广泛地汲取了晋宋汉魏七古与楚骚的表现手法,以及唐代民间七言诗创作的成就,复古通变,转益多师,熔众长于一炉,从而创造出以雄远恢宏、开荡排阖、踔力风发为总体特点的一代新诗。”[3]这是把李杜放在一起论初盛唐七言古诗的第三阶段之总体特征。分开来说则更见李白于唐诗变体的开创意义。赵昌平说:“李杜七古,诸体备陈,笼罩百代,而其最富创造性,对七古进一步发展影响最著的,我以为有三类:一为李白《蜀道难》《梦游天

姥吟留别》《宣州谢朓楼饯别校书叔云》《将进酒》一类作品，即刘熙载所说取法于《庄》《骚》者，均具有俊逸飞动、飚来倏至、随形曲折、变化自如的特点。二为杜甫《观公孙大娘弟子舞剑器行》《丹青引》《李潮八分歌》《冬狩行》《桃竹杖行》《戏题王宰画山水图歌》《瘦马行》《醉时歌》等，即刘熙载所说取法乎《史记》，方东树所云‘似左氏、公羊、太史公文法者’。……第三类为李、杜二人的新体乐府诗。”[4]可见，李白七古的代表作即是能够体现“英特越逸之气”者。赵昌平的研究是从盛唐诸家逐渐集中到李白这里的，王维、崔颢、李颀、王昌龄都是其研究对象，《赵昌平自选集》中的《盛唐北地士风与崔颢李颀王昌龄三家诗》《王维与山水诗由主玄趣向主禅趣的转化》等文章即研究盛唐北地豪侠型诗人、山水诗人所构成的盛唐气象。这些学术成果构成其日后将聚焦点转向李白的研究基础。

那么，此一时期的赵昌平如何为李白在唐诗史中定位呢？赵昌平在《唐五代诗概述》中有所论述，此文收在马茂元《唐诗选》的附录部分。文章先是李杜并论，云：“李白与杜甫是盛唐诗坛，也是中国诗史上双峰并峙的两位巨匠。他们主要活动于天宝年间，特别是安史之乱前后，他们的高度成就之取得，除了个人卓异的禀赋外，是盛唐诗歌高潮的产物，也是大动荡前后的社会原因所激成。”“如果说唐诗以雄浑胜，那末李、杜诗更表现出地负海涵般的力度。李、杜较之同时代的诗人更广更深地接触到大动荡前后的多种社会矛盾，又兼备众体，善能于挥洒纵横中表现博大的思想感情，不为程式所缚，因此前人评论诗至李、杜，‘变态极焉’（沈德潜语）”。[5]上述两处均为并论李、杜，单独论李白则曰：“李白崇道行侠，性格豪爽，天才纵逸，加以主要作品都作于安史之乱前，因此更多表现出对理想的追求，即使对于逐渐危殆的时局的担忧与种种苦闷，也显示出力图冲决一切的气势。这种苦闷与执着的追求，形成了他天风海涛、飚来倏去、极富跳跃性的诗歌节奏。有时飚过雨悸，则又似清风朗月，俊爽飘逸。这就是李白诗风的两个主要侧面。相对而言，他的古诗与绝句尤其出色，其中更以七古、七绝为极诣，分别与杜甫、王昌龄并称。前人美评李白诗如天马行空，不可端倪，其实他的作品自有神理，只是不为一切程式所缚，随流曲折，化去了笔墨畦畛。"[6]赵昌平本人也编有《唐诗选》（上下），这套《唐诗选》因主题而选作品，上册"唐音浮沉录"，下册"唐诗性情编"，李白作品共选入五篇，四篇在上册。其中自然少不了对于李白的评价。上册"导言"："李白是盛唐精神的典型代表，他豪放纵逸的诗风，经常冲决形式的藩篱，而自成行于所当行，止于所当止的奇章。即使是忧愁与烦闷，在他诗中都化成跳跃奔腾的节奏，并始终伴有一以贯之的空明色调，似乎隐隐体现了盛唐宏盛气象与隐伏危机的激荡。"[7]比《唐诗选》稍早，陆萼庭、赵昌平编著有《中国文学十讲》，唐代部分乃是赵先生执笔。第二册选收李白《月下独酌》，亦分析李白诗风，云："李白的主要创作生涯是在安史之乱前。恢弘的盛唐气象，壮阔的山川气度，庄（子）、屈（原）以来南国文学瑰丽的气质，崇尚自由的仙道思想，加上他个人狂放不羁的性格和横溢的天才，使他的诗风自然奔放，俊逸清奇，因而有'诗仙'的美誉。他善用大胆的夸张，出人意表的想象，奇特的结构和行云流水般的语言，营构超尘脱俗，奇丽而清逸的诗歌境界。在形式上他最擅长古诗和绝句，尤其以七古、七绝最佳，抒写得如从内心自然流出，若不经意。即使律诗也不拘于声律偶对，而以气韵流畅见胜。"[8]上引两书之介绍分析当是以《唐五代诗歌概述》为所本。

自20世纪80年代至90年代初，赵昌平虽然不以李白研究为主要着力点，却也以唐诗史为背景展开了相关的研讨，为此后的专题研究奠定了扎实的学术基础。

二、激活传统：关于李白与文学传统的研究

赵昌平李白研究的第二个阶段是20世纪90年代后期至21世纪初，这一阶段以学术论文为主，主要从事关于李白与文学传统的

研究。这一方面的研究成果,以《李白的性格及其历史文化内涵——李白新探之一》《李白的“相如情结”——李白新探之二》《李白与选体及玉台体》《鲁仲连、赵蕤与李白——兼论古代文化史、文学史研究的若干问题》等四篇论文为代表,可称之为李白对既有的文学传统的接受研究。

《李白的性格及其历史文化内涵——李白新探之一》载于《文学遗产》1999 年第 2 期,该文乃是将《开元十五年前后》所论“英特越逸之气”观照于李白的身上。文章起笔,赵昌平认为:“种种关于李白的思想形态的争论,其唯一的成果是恰恰说明了这样一个矛盾:李白出入诸子百家,但从来不以某一家思想为终极的皈依,李白永远是李白自身,这充分体现于他的二句诗中:‘黄河落天走东海,万里写入胸怀间。’(《赠裴十四》)李白总是以他的气质个性,感应着前人诸多遗产中符合于‘自我’的各种因素,他的笔底出现过各种流派的人物,但任何先贤往哲,都已不复其原初面目,而被赋予了李白的灵魂。”第一部分“风鹏与王者师的张力——李白英逸之气的传统内涵”上溯到庄子、孟子对李白的影响,通过分析认为:“不难看出李白那种以我为主企望汇纳百川度越古今的性格,其精神实质正以庄孟性格为发轫。”既然李白受庄孟影响至深,那么这是否仅仅是一人而已呢?赵昌平接着论及庄孟精神在盛唐的弘扬,重回现场,将李白置于时代的合流中加以考察。这便与第一阶段对盛唐诗史的研究结合在一起,得出了“李白因其特殊的气质,出身、经历、素养,却将延续庄孟英逸之气的盛唐才士的时代性格发扬到极致。”而后以“英逸之气”为导线对李白的历史文化内涵加以论述,李白的相如情结、《大人先生传》对他的影响,一一分述开来。通过对《代寿山答孟少府移文书》的解读,认为:“可见将庄子之逸气与孟子之英气完美地抟合为一体的盛唐之世的新的大人先生的形象确立了。这一时代的‘大人先生’的形象,有着丰厚的历史累积,也包含着现实的时代精神,他绍承阮籍而反溯庄孟,却因着时代性的幼稚与李白独有的天真的资质、豪友的习染、夸谈的性格，在弘扬庄孟的恢宏的主体精神的同时，淡化了前辈的哲理内涵而趋向世俗化。这一切成为李白诗歌的心理基础。”在赵昌平看来，“新时代的大人先生李白那混合庄逸孟英的性格从哲学的殿堂走向了世俗的生活。”形成了李白的诗风特点。“李白的诗是人生的诗、性格的诗，充满强烈主体精神的自我的诗。”“李白诗这种气韵的内核是庄之清虚邈远与孟之雄健恢宏的交响。”从而“抟合庄逸孟英，以其独特的个性将盛唐才俊之士‘英特越逸’之气发挥到极致的新时代的大人先生李白，以其诗笔也以其天真的生命，为一个时代画上了句号。”这篇文章将李白自身的性格特点与庄子、孟子、司马相如、阮籍联系起来，人格与诗格融为一体的历史文化内涵从而浮现出来。《李白的“相如情结”——李白新探之二》载于《文学遗产》1999 年第 5 期。显然是承接上文而将“相如情结”抽绎出来，独立成篇，一为宏观映照，一为微观透视。两文发在《文学遗产》同一年内，属系列专题研究。以对李白的历史文化内涵研讨结论为背景，赵昌平对李白与司马相如的关系作了深入的探讨。“李白早年对赋学，尤其是对司马相如赋的关注，远较骚学为早。早年的这种习染，使李白心中形成一种‘相如情结’。李白的习学，就辞赋一系而言，实经过由赋窥骚的过程。”通过细致的梳理，赵昌平认为：“李白对司马相如种种由钦慕到效学，由效学到立志超越的执着，称之为‘相如情结’，当不为过。”那么，李白是如何“作赋凌相如”的？赵文从《大鹏赋》《大猎赋》的文本分析入手分析李白“凌相如”的气概对司马相如的受容。最后一部分则是分析相如情结对于李白诗风的影响，在赵昌平看来，司马相如及其赋作那种宏丽而张大的气势熔铸了李白诗歌所具的夸张性的大美，使得李白的诗歌节律具有英特越逸之气，层涛滚雷之势。

《李白与选体及玉台体》一文乃是继续向下追溯的结晶[9]，顺着庄子、孟子至司马相如、阮籍，先秦汉魏过后，便到了两晋南北朝。“李侯有佳句，往往似阴铿。”“清新庾开府，俊逸鲍参军。”以杜甫的评价为论评的起点，因人论当时体，“选体”“玉台体”便成为研究对象。由辨体而入题，赵文关注的焦点是“选体”与李白诗的关系。文章先是分析李白初前期的选体诗创作，次而论李白对谢氏家族的文学师承，再及七古成就与选体修养之关联，认为李白虽鲍谢兼容却以心仪小谢为主，接着论及李白与玉台体的关系，最后的结论则从李白与选体玉台体的关系看初盛唐间的诗史走向。此文从文本风格特征、诗人气质及句法结构将李白置于比较的视野下加以分析，这种从文本细读中抽绎诗史发展的规律极有典范意义，乃是文学研究的正途。

《鲁仲连、赵蕤与李白——兼论古代文化史、文学史研究的若干问题》刊载于《文学遗产》2011 年第 1 期。此文亦是从《李白的性格及其历史文化内涵——李白新探之一》中延伸而来的，并有所超越，将李白研究与文化史研究、文学史研究的相关问题联系在一起，以小见大，见微知著。文章从学界关于李白纵横家气质、任侠气质源于鲁仲连、赵蕤之说论起，认为鲁仲连、赵蕤构成“儒侠”传统，从鲁仲连上溯至子贡、孔子，自赵蕤上溯至管子、孔子，儒侠之说法自然得出。文章关键的第三部分“鲁仲连、赵蕤与李白——一道被忽视的风景线”，以《梁甫吟》《嘲鲁儒》等文本为分析之起点，论及太白之行踪及思想之融合百家，李白将“儒侠”传统与以阮籍“大人先生”为代表的魏晋风度绾合一体。“余论”部分引申出对思想文化史、文学史研究的反思，思想史、学术史的研究要深切地关注同中之异、异中之同，学派研究与政道、社会研究必须打通，切忌简单化；文学的文化研究不可忽视文学本位之研究；多考虑一下以文学史料助成文化史研究。

其间，《诗佛・诗仙・诗圣》一文似可代表赵昌平此际结合自己的研究对于李白进一步的定位与评价。他说：“因着永远的自我中心，李白诗有着一贯的天风海涛般的清越与壮逸，然而我们必须注意到，他那天仙般气质性的对晶亮意象群的追求，至晚年，却更经常地与拗怒意象群形成剧烈对冲。这位‘诗仙’越到后期，似乎越与现实人生拉近了距离。”“就这一意义而言，以仲尼为知音与楷范而以庄子风鹏始终自比的李白，那政治上尤其天真，个性上尤其张扬的歌唱，是盛唐之音最典型的代表。”[10]承续过去的结论而有所推进。这并不是将自己的成果集大成之举，而后将研究成果融入选本才能全面展现其学术眼光。因下文要专门论及，此处不赘言。

综上所述，四篇文章均涉及李白与思想学术史、文学史的相关问题，从人物研究上下求索，对于思想史、文学史研究构成了自家的独立思想。赵昌平强调文学本位研究，往往从文本分析中得出文学传统接受之路径，将思想史、文学史结合起来，将人的研究与文本研究结合起来，令人信服。这与他在《文献、文化、文学之契合》一文所提出的“‘人’的研究应当是文学与文献学，乃至文化学的契合点”[11]。一脉相承而上升为文学研究的理论层面。

三、品鉴经典：人格与文格的交汇与融合

从《唐诗选》到《唐诗三百首全解》，赵昌平先生撰写了大量的唐诗鉴赏文字，对李白经典诗作的品鉴研赏，则撰有《李白诗选评》。虽为李白诗之选评本，却是熔铸百家，亦融入自己成果的典范之作。赵先生研读李白诗作有意识地将文学性、思想性与学术性结合起来，从大处着笔，以李白所具英逸之气与笔下的文字联系起来，极具特色。

特色之一便是在熔铸百家的基础上将自己的研究成果融入其中，使选本具有极强的学术性与新鲜感。在李白研究领域，此点并非赵昌平先生所独有，之前郁贤皓《李白选集》，之后薛天纬《李白诗解》均为如此。不同的是：赵昌平选评本是一部给大众阅读的普及读本，将普及性与学术性结合，尤其如何将自家的研究成果汇入众流并不容易。这部分主要体现在每一阶段选释前的“引言”中。如“蜀中初学与辞亲远游”部分提及三点：一是“儒侠”传统，“虽然他‘横经籍书’，儒家的经书是必修的主课，但杂学旁行，行侠仗义的初度经历，无疑为他时代性的英特越逸之气，增添了一种使性尚

奇的个性化色彩,并因而加强了自由度与冲击力。"[12]二是"相如情结","四川又是文人辈出的地方,那位以铺张扬厉,瑰奇夸谈的大赋而著名的乡贤司马相如,连同他琴挑卓文君,通过狗监献赋得官的传奇经历,对夸张而尚奇的李白无疑具有莫大的吸引力。后来他不仅追迹凭吊过这位乡贤的遗踪,效法过他求官入仕的门径,还屡屡不无自得地谈到,某某贵官,某某前辈将他比作了司马相如。所谓'十五观奇书,作赋凌相如',正说明了从小他就把相如其人其赋,作为文学上必欲超越之的偶像与敌手。这种'相如情结'与前述民歌熏染,形成他日后创作中色调上的一对张力。"[12]三是"选体",对李白三拟《文选》加以论述。"初游东南与回向江汉"部分"引言"中,赵昌平特别注重吴越之游中李白追随南朝大诗人的行迹,再度论述以大谢、小谢等为代表的"选体"对李白的影响,"唯有了解以二谢为代表的五言'选体'诗潜移默化的规范作用,才能对这位谪仙人的创作有深刻的理解。"[13]"酒隐安陆与初入长安"部分"引言"更多地将《开元十五年前后》一文的研究成果融入其中,分析李白初入长安带来的诗风变化。"报国蒙冤与流寓客死"的"引言"中,赵昌平分析李白五言"选体"创作的特色[14]。赵昌平亦将研究成果融入品鉴文字中,如《嘲鲁儒》中《大人先生传》对李白的影响,《古风》(第十)对李白心目中鲁仲连形象的分析均是如此。

特色之二便是以现有学术成果将李白的思想与创作结合起来加以评鉴。赵昌平对于李白诗编年常常借鉴已有成果加以论定。如《上李邕》一诗即以葛景春、安旗的考证成果为准,《越女词五首》以安旗的编年为准,《夜泊牛渚怀古》则认为郁贤皓《李白诗选》之编年"可备一说",《望庐山瀑布》则认为詹锳的编年可从,《望天门山》认为安旗、郁贤皓的编年"大抵可从"[15]。亦有与诸家编年商榷之处,如《入彭蠡经松门观石镜缅怀谢康乐题诗书游览之志》即未从安旗教授之编年,而是以对诗作的分析得出自家的结论。在注解中多有对李白诗作编年及诗歌主题分析的引证,不再一一列出。其次,在品鉴文字中往往将已有成果融入进去,再断以己意。如《金陵城西楼月下吟》引用松浦友久关于李白诗色调的研究结论。《闻王昌龄左迁龙标遥有此寄》便引用日本学者近藤元粹《李太白诗醇》的评析。

特色之三便是在赏鉴中体现文本分析的独到眼光。赵昌平的品鉴文字往往由句至篇,再由篇及人,上升到对诗人风格的总体概括。如《闻王昌龄左迁龙标遥有此寄》分析诗句意象构成,"风、月、心在李白诗中经常相互搭配使用,既表示不同心境,又显示富有动感的个性风格。"赵昌平注重诗句在全诗中的作用。如分析《送友人》言:"李白集中有颇工整的律诗,但他往往不为律缚,变化入神。论者都指出'此地一为别,孤蓬万里征'一联用流水对,造成流走之势,而如果将此对在全诗中的位置细究一下,更会味到其妙处不仅在流走。首联用工对,起句写远望北郭青山,对句复回到送别之东城,不仅得宽远之致,更为颔联蓄势。因为唯有落到离别之地,'此地一为别'才与上联妙合无间,而对句'孤蓬万里征',复又由'此地'荡开而向万里,腹联更顺势展向空间,而在对法上又改为工对,在形式上使上联流水对的流走之势得到顿挫,然后自然落到尾联'挥手自兹去,萧萧班马鸣'。又归回于送别之地,然而那别马的悲鸣声,却似乎仍在空中回旋,伴随着友人的'万里'征程。可见,'此地''孤蓬'一联的流水对之所以特别传神,在很大程度上是得力于前后两个工对的配合,使全诗形成放—收—放—再放—重收而余韵远扬的诗歌节奏,从而入神地传送了诗人起伏的心潮—在前述宽阔朗莹的大境界中。"[16]从细致入微的辨析中形成诗作的艺术境界,以体悟见联想与想象,从中体现了鉴赏者的审美能力。

唐诗之美需要以灿如云霞般的胜境鉴之,赵昌平对于太白诗的抒情式品评随处可见。仅以《听蜀僧濬弹琴》读来如同置身于悠扬的琴曲中,起笔以"目送征鸿,手挥五弦"纾解前两联,琴声的自然超妙传神中更见太白气韵,而后笔锋转向意境的营造。鉴赏者已然如太白诗境,云:"聆听着这琴声,诗人感到心儿似乎为清冷的山泉洗涤过一般,一切世间的烦恼都已无影无踪。'流水'应首联'峨眉',暗用俞伯牙为钟子期鼓琴,有高山流水之致的典故。缅怀着往古的高士,诗人的感情更随着琴音升华,琴韵飘散在原野上空,应和着霜天里不知何时敲起的山寺的晚钟,这时沉醉在琴音里的诗人才发觉,天色已经向晚,时令已到秋日,碧山秋云,霜天暮色,琴音和着钟声缭绕回旋,渐渐地远去,远去,将诗人的思神,也带向了无垢的清气里,深远的渺冥中……"[17]鉴赏者以富有诗意的言语来解读太白的音乐诗,可谓"天然去雕饰",娓娓道来而有悟性,确为正解。

上述三个方面并不能概括《李白诗选评》的全部特色,仅仅是简单列举而已。这部选本品鉴文字优美而深邃,学术性与普及性结合,从李白诗作中可以窥人,从赵昌平的文笔中亦见其学术个性。

以诗史背景为李白定位,在专题研究中发掘文学传统对太白之影响,终在选本中修订自家之观点,融入已有的研究成果。赵昌平的李白研究文字虽不算多,却体现出清晰的研究路径。如傅璇琮所论:"以某一时期的文化动态为背景,以作者的生活方式及特定心态为契机,认真分析研究文化因素进入文体的具体形态,从中探索文学的艺术因素的发展变化,或许会使文学史研究进入一个新的境地。"[18]将作家作品的研究置于广阔的视野中,赵昌平的李白研究以问题意识引之,富有个性,颇具识见,其李白研究不仅对唐诗研究,乃至对于思想史、文化史研究,均提出了具有典范性意义的学术理念。

注　释

[1]董乃斌、赵昌平、陈尚君:《史料·视角·方法——关于二十世纪唐代文学研究的对话》,《文学遗产》,1998 年第 4 期。

[2]赵昌平:《赵昌平自选集》,桂林:广西师范大学出版社,1997 年版,第 85 页。

[3]赵昌平:《赵昌平自选集》,桂林:广西师范大学出版社,1997 年版,第

2页。
[4]赵昌平:《赵昌平自选集》,桂林:广西师范大学出版社,1997年版,第20~21页。
[5]马茂元:《唐诗选》,上海:上海古籍出版社,1999年版,第898页。
[6]马茂元:《唐诗选》,上海:上海古籍出版社,1999年版,第898~899页。
[7]赵昌平《唐诗选》(上),上海:上海书店出版社,1993年版,“导言”第2~3页。
[8]陆萼庭、赵昌平:《中国文学十讲》(贰),上海:上海教育出版社,2014年版,第3~4页。
[9]中国唐代文学学会:《唐代文学研究》第十一辑,桂林:广西师范大学出版社,2006年版,第321~336页。
[10]赵昌平:《诗佛·诗仙·诗圣》,《书城》,2007年第4期。
[11]赵昌平:《文献、文化、文学之契合》,《文学遗产》,2013年第6期。
[12]赵昌平:《李白诗选评》,上海:上海古籍出版社,2011年版,第2页。
[13]赵昌平:《李白诗选评》,上海:上海古籍出版社,2011年版,第25页。
[14]赵昌平:《李白诗选评》,上海:上海古籍出版社,2011年版,第190页。
[15]赵昌平:《李白诗选评》,上海:上海古籍出版社,2011年版,第39~58页。
[16]赵昌平:《李白诗选评》,上海:上海古籍出版社,2011年版,第241页。
[17]赵昌平:《李白诗选评》,上海:上海古籍出版社,2011年版,第243页。
[18]傅璇琮:《当代名家学术思想文库:傅璇琮卷》,沈阳:万卷出版公司,2010年版,第52页。

(作者单位:黑龙江八一龙垦大学)

清刻李白集述要

王永波

清代是李白集版刻史上的余晖时期，虽不能与宋元明三期盛况相比，但也自有特色，产生了一些有名的刻本。考察李白诗文的流传，不能忽视清代李白集的编刻。从现存版本来看，有清一代刊刻李白集主要有以下几种形式：明人编纂李集刊刻、清人注释李集、清人重编李集，以及据宋本重刻，反映了清刻李白集的多种形态。

一

明末浙江海盐人胡震亨潜心搜集唐诗，编纂成《唐音统签》一千零三十三卷，成为清编《全唐诗》重要的文献来源。后又从《唐音统签》中单独抽出李、杜诗，加以注释和评论，成《李杜诗通》六十一卷，其中《李诗通》二十一卷、《杜诗通》四十卷。《唐音统签》已由上海古籍出版社 2003 年影印出版，其卷一百五十一至一百七十为胡氏注李白诗，卷一百七十一为附录，其内容与《李诗通》基本相同。据书前胡震亨子胡夏客识语可知，胡氏从崇祯八年(1635)开始编撰《李杜诗通》，至崇祯十五年(1642)完成，前后花了七年时间,可谓是精心之作。《李杜诗通》书成后因明末战乱未及刊印,稿本存放在山寺中,直到清顺治七年(1650)始得刊行,世人才得以一睹其面目。胡氏稿本后辗转多处,民国时为中央研究院历史语言研究所所藏,今存该所傅斯年图书馆。《李诗通》《杜诗通》二书合刊,但"后者多为转述他人之评语,如郑继之、刘辰翁、黄希、黄鹤的注解随处可见,因而学术价值远不如《李诗通》。"[1]故《李诗通》一书的学术价值要大于《杜诗通》,代表了胡震亨的唐诗注释水平。

顺治七年(1650)鹤山草堂刻《李诗通》二十一卷,竹纸四册,半页九行十九字,正文大字单行注文小字双行。单黑鱼尾,白口,刻印精良,清代此书凡此一刻,弥足珍贵。扉页有牌记"胡孝辕先生评注,李杜诗通,鹤州草堂藏版"。《李诗通》有总目,下署"海盐胡震亨遯叟甫撰,秀水朱茂时子葵甫订"。书前有朱大启《李杜诗通序》及胡夏客识语。卷一有李白生平,综合前人序、传而成。次列李白年谱,错讹较多,例如说李白出生于武后圣历二年,卒于上元二年,享年六十四岁,显然就将李白的生卒年与享年弄错了,很可能是胡震亨在宋人薛仲邕所编《唐翰林李太白年谱》的基础上削减而成的。李白集传世本多为三十卷,而《李诗通》正文编次为二十卷,可见他是对李白诗进行了重编。与大多数李集按题材分类不同的是,此书按体裁分类,《李诗通总目》分别为四言乐府诗(同后为卷、序论年谱列前)、五言乐府诗二卷,七言、长短诗乐府二卷,律体乐府诗一卷,四言古诗、五言古诗十卷,七言古诗一卷,长短句、骚体一卷,五言律诗、五言小律一卷,五言排律、七言律诗、七言小律一卷,五言绝句、七言绝句一卷,附录一卷。从总目可知,胡震亨编注李集十分重视乐府诗,将李白的乐府诗划分为四言乐府、五言乐府、七言乐府、长短诗乐府、律体乐府五种,分类编排,而且放在全书的前边,正好揭示出李白创作的主要成就。纵观全书所下力者主要是乐府诗的注释,对乐府诗诗题来源、本事考证、诗歌系年、词句校勘、诗艺探微等,多有阐发,且语言简约,不作繁琐引证。对于此点,胡氏本人在卷一中开篇就说:"今重编定,以乐府居前,余古律各以类从，为二十卷。”又说：“兹尽删削，聊疏意见一二，而乐府稍加详云。”[2]胡震亨注释李白乐府诗用力颇勤，王琦在《李太白全集跋》中予以评价：“颇有发明及驳正旧注之纰缪，最为精确。”[3]胡震亨《李诗通》对乐府诗注释的成就与特点，胡振龙《明人注李白典范之作——论胡震亨〈李诗通〉》以及徐小洁《论胡震亨对唐诗及李白诗歌的研究》[4]有较为详细论述，可参看。

清人非常重视宋版《李太白文集》，蜀刻本与当涂本两种系统的宋本在清代都有翻刻，且多次刷印，可见清代对宋本李集的推崇。康熙五十六年(1717)苏州缪曰芑得到北宋晏知止在苏州刊刻的《李太白文集》三十卷，于苏州城西的双泉草堂覆刻，因为所用纸张为连史纸，且为精刻，遂成为清代李白集的名刻。有关北宋晏知止苏刻本《李太白文集》的版刻形态及其演变，可参看拙文《李白诗在宋代的编集与刊刻》[5]。缪曰芑字武子，雍正元年进士，由庶常授编修，与其兄缪曰藻均为名士。苏州缪曰芑双泉草堂刻本《李太白文集》三十卷，连史纸四册，半叶十一行二十字，白口，左右双边，单黑鱼尾。牌记为“吴门缪武子重刊宋本《李太白全集》双泉草堂藏版”。每卷尾下有“吴门缪曰芑武子甫重刊宋本”一行。前有缪曰芑自序一篇，曰：“《李翰林集》三十卷，常山宋次道编类，而南丰曾氏所考次者也，岁久讹缺，俗本杂出，增损互异，无所是正，余尝病之。癸巳秋得昆山徐氏所藏临川晏处善本重加校正梓之家塾，其于俗本不同者别为考异一卷。庶使读是编者不失古人之旧而余亦得以广其传焉。康熙五十六年五月吴门缪曰芑题于城西之双泉草堂。”总目依原本，分别为原目录一卷、原序墓志碑碣一卷、歌诗二十三卷、古赋一卷、表书一卷、序一卷、赞一卷、颂铭记一卷、碑文一卷、后序三首。卷一所收李阳冰《草堂集序》、魏颢《李翰林集序》、乐史《李翰林别集序》、李华《翰林学士李君墓志》、刘全白《翰林学士李君碣记》、范传正《翰林学士李公新墓碑》、裴敬《翰林学士李公墓碑》七文。从卷二到卷二十四所收李白诗歌一千零一首，按照古风、乐府、歌吟等二十一个门类编排。因现存宋蜀刻本是源出于晏知止苏刻本，故此书与蜀刻本在板式、卷数、诗文数目、编排等方面相一致。缪曰芑刊刻此书，书仿宋字体俊秀，字体写刻精雅，雅丽悦目，下宋版真迹一等。

缪曰芑覆刻宋本《李太白文集》三十卷在当时影响很大，且双泉草堂仅刊刻过此书别无他刻。顾广圻《百宋一廛赋》曰："翰林歌诗，古香溢纸。擩染乱真，对此色死。"黄丕烈注："元丰三年临川晏氏本《李太白文集》三十卷，行字之数，与康熙中缪氏覆本同，缪常用以乱真，然特不可以对此耳。"[6]嗣后，缪曰芑所藏宋本李集为黄丕烈购得，他作题跋说："其先藏自郡城缪氏，缪曾用以翻刻，楮精墨妙，尝以伪乱真，曾欲作《考异》一卷而未成，其夹签犹在卷中也。"[7]晚清时，黄丕烈所藏宋本《李太白文集》又为陆心源所得，陆氏详考宋本，作《北宋本李太白文集跋》一文，对缪氏覆宋本与宋本之间的差异予以揭示。跋文曰："缪本摹刻精工，几欲乱真，愚窃谓行款、避讳及刊工姓名，既一一摹刊宋本，即有误处，亦宜仍之，别为《考异》注于下。缪本改易既多，伪误亦不少，且有不照宋本摹刻者。"[8]陆心源举例卷一《李翰林别集序》、卷二《古风》其三十五、卷三《中山孺子妾歌》、卷四《上之回》、卷七《永王东巡歌》、卷八《上李邕》、卷十六《五月东鲁行》、卷十七《游南阳清泠泉》等篇目中的差异，说明缪氏覆刻宋本《李太白文集》还曾参考过其他版本，但也有明显的失误。

缪刻本在当时刊刻后，后世屡屡重刻，但板式不变，仅有少数文字改动。如卷一李阳冰《草堂集序》，初刻本作"穷蝉至舜，七世为庶"，后印本改为"五世"，"陈拾遗横制"的"制"，初印本"制"字下面的巾横划算出头的，翻刻本是不出头的。从康熙到光绪年间，缪刻本很受欢迎，乾隆时期官修《四库全书》，其中所收李白集即缪刻此书。晚清张之洞入蜀编撰《书目答问》，所列李白集首即为缪本。光绪末年黄冈刻工陶子麟曾覆刻过缪本。

宋代的另外一个李集系统《李翰林集》三十卷，在清代也有翻刻。南宋咸淳五年（1269）江万里延请戴觉民编刻《李翰林集》，世称咸淳本,这个本子与宋蜀刻本虽同出于曾巩编次本,但在流传的过程中形成差异。主要的差异是蜀刻本卷一为序、记七篇,卷二到卷二十四为诗歌,分为二十一类,而咸淳本前二十卷为诗后十卷为文,诗歌划为十四类。从现存文献来看,陈振孙家藏本、当涂本、赵汝愚题词本,再到咸淳本是一脉相承的。咸淳本今虽不存,但明正德八年(1513)鲍松编《李翰林集》三十卷就是影刻咸淳本,而清代曾多次隐刻的咸淳本,实际上正式的名称都是影明仿宋咸淳本。光绪三十二年(1906)杭州西泠印社吴隐影刻《李翰林集》三十卷、宣统元年(1909)贵池刘玉琦玉海堂覆宋咸淳本《李翰林集》三十卷,二书即以鲍松编刻本为底本刊刻。杭州本《李翰林集》所用底本为缪荃孙所藏,故在卷一下有钤印荃孙二字,牌记为"光绪三十二年吴隐景宋本付黄冈陶子麟刊西泠印社藏版",罗纹纸六册。半页十行二十字,白口,无鱼尾,每卷下署"翰林供奉李白",目录不单列,于每卷细列本卷目录,便于读者翻检。书末附有《新唐书》本传及戴觉民跋语一篇。值得一提的是,吴隐与刘玉琦均请陶子麟影刻咸淳本,实际上西泠印社本与玉海堂本《李翰林集》均为陶子麟所刻,二书实为一书。玉海堂本首冠以咸淳己巳(1269)三月上浣日江万里序,次载李阳冰、乐史、魏颢、曾巩四序,李华、刘全白、范传正、裴敬四碑志。附录有李白《题司空山瀑布》诗一首。贵池本列入玉海堂景宋丛书之六,开篇有刘玉琦序,谓:"《李翰林集》三十卷,宋刻本,每叶二十行,行二十字。白口,单边,每卷目录连属正文。后附《新唐书》本传。"所述与杭州西泠印社本板式一样。该书板片至今存放,江苏广陵古籍刻印社 1980 年曾据此木板刷印,更名为《景宋咸淳本李翰林集》。2004 年黄山书社影印出版贵池刘玉琦玉海堂覆宋咸淳本《李翰林集》,但将书名径称为"当涂本",恐有所不妥。咸淳本与当涂本虽一脉相承,但在流传中发生了变化,且二者今皆不存,贵池本所本为正德鲍松本,在版本学上不可同日而语。

清代覆刻的两种宋版李白集,在宋版原刻本现今佚失的情况下，对保存宋代李白集文献起到了积极作用。尤其是缪曰芑是得到北宋苏州刻本，直接用以覆刻李白集，而苏州本又是现存宋蜀刻本的祖本，这对理清宋代李白集的流传，直接提供了文献依据，缪氏可谓功莫大焉。黄冈刻工陶子麟在清末以一人之力覆刻了缪本、玉海堂本、西泠印社本，这在李白集版刻史上绝无仅有，值得大书特书。

二

除了刊刻宋本、明本李集外，清代还出现了本朝人编纂、注释的《李太白文集》，代表了清代李白研究的水平。乾隆年间刊刻了两部较有名气的李白集，分别是钱塘人王琦的《李太白全集辑注》三十六卷和罗江人李调元编纂的《李太白全集》十六卷。

王琦（1696—1774），字琢崖，号载庵，晚号胥山老人，浙江钱塘人。以注释李白、李贺诗文而著名，其作《李太白文集辑注》三十六卷与《李长吉歌诗汇解》五卷影响很大。此外，他还协助过赵殿成注释《王右丞集》中的佛教典故。詹锳《李太白集版本叙录》谓此书："今传世本，当以此为最善。"[9]赵信在序中称："载庵穷半生之精力，以成此书，一注可以敌千家。"[10]可见王琦此书的影响之巨。

目前能见到最早的王琦辑注本是乾隆二十三年（1758）宝笏楼刻本。宝笏楼是王琦的室名，除了这部《李太白全集》外，他还以此室名刊刻过《李长吉歌诗汇解》五卷、清汤右曾《怀清堂集》二十卷、《医林指月》二十二卷等书。初印本竹纸十二册，半页十行二十字，白口，单黑鱼尾。正文单行注文小字双行，署"钱塘王琦琢崖辑注"。卷次分别为：卷一为古赋，卷二为古风，卷三至卷六为乐府诗，卷七至卷二十五为古今体诗，卷二十六为表书，卷二十七为序文，卷二十八为记颂赞，卷二十九为铭碑祭文，卷三十为诗文拾遗，余下六卷为附录。书后有齐召南、杭世骏、赵信序，以及王琦自序和跋语。从诗文编次体例来看，王本"二十五卷以前略依萧本，杂文四卷略依郭本,而以缪本参订其间。"[11] 李杜齐名,但历来对杜诗的注解不下数百家,而对李白诗的注解世传仅三家,分别是南宋杨齐贤注《李翰林集》二十五卷,元萧士赟补杨注而成《分类补注李太白诗》二十五卷,明胡震亨《李诗通》二十一卷。这三家仅仅注释李白诗而不及李白文,王琦辑注本则涉及到李白文的注释,故该书为首部李白诗文注释本。王琦在自序中所说:"爰合三家之注订之,芟柞繁芜,补增阙略,析疑匡谬,频有更定。至于郡国州县之沿革,山川泉石之名胜,亭台宫寺之创建,鸟兽草木之名状,尤加详考,不厌繁复,盖将以为多识之助。"[12] 王琦注李白诗文,文献资料搜集齐全,注释的旁征博引是其主要特色,有时不免陷于故纸堆中。如注卷二《古风》其二,先后引《淮南子》《说林训》《释名》《毛诗正义》《晋书》《礼记注》《广韵》《初学记》《汉书》《楚辞》《西征赋》《广绝交论》《新唐书》等典籍,以及陈子昂、沈佺期诗来引证。此外,还做了七百多字的疏证来探讨《古风》其二蕴藏之含义。再如注《古风》其三十四,先后引《史记》《汉书注》《后汉书》《庄子》《韩诗外传》《通典》《老子》《水经注》《益州记》《太平寰宇记》《新唐书》《资治通鉴》《说苑》《左传》《艺文类聚》等书,梁简文帝诗、谢朓诗、鲍照诗等,征引不可谓不繁富,注释不可谓不详赡。资料赅博是王琦辑注本的主要特点,但有时也陷于繁琐引证,尤其是有些山川地名不厌其烦地引证各种地理志书,进而影响阅读。

王琦编撰的《李太白年谱》一卷也很见功夫,对比前人年谱,王谱在李白生卒年以及生平事迹与诗歌系年上,准确率要高得多。他把李白的生年定在长安元年,卒年定在宝应元年,符合实际,比起宋人薛仲邕所撰《唐翰林李太白年谱》,质量要高得多,可以看出王琦的确是对李白生平有过细致的研究。而且,王琦对李白资料的收集也很下功夫,除了注释中大量征引各种史料外,他还从各种志书中辑得李白诗文五十七首。收集唐代有关李白诗文二十一首,宋代至清代有关诗文五十九首。另外从各种诗话、笔记中辑得资料四百二十条,基本上将从唐到清的有关李白诗文的资料网罗齐全,这对他注释李集提供了帮助。可以说王琦集注本是古人李太白诗文集中最完备之注本。

王琦辑注本《李太白全集》在乾隆时期刊刻后,即广为流传。目前所知仅乾隆一朝就翻刻了三次,分别是乾隆二十四年(1759)聚锦堂刻本、乾隆二十五年(1760)宝笏楼增刻本、乾隆三十四年(1769)聚文堂刻本。《四库全书》集部也收录王琦此书,可见当时影响之大。直到清末民初,还在不断翻印王琦本,如光绪三十四年(1908)上海扫叶山房石印本。

就在王琦辑注本大量刊行之时,在四川也在编刻一种《李太白全集》,这就是由罗江李调元与南隆邓在珩合编的《李太白全集》十六卷。李调元(1734—1803),字羹堂,号雨村,别署童山蠢翁,四川罗江县人。清代著名的戏曲理论家、诗人,著述甚丰,有《童山诗集》四十卷,《童山文集》二十卷,另外撰有诗话、词话、曲话、剧话、赋话等著作多种。此外,李调元编辑了大型丛书《函海》四十函,八百五十六卷,收书一百五十九种,为保存巴蜀古代典籍做出了贡献。另外辑有《全五代诗》一百卷。《清史列传》卷七十二有传。

李、邓合编本《李太白全集》十六卷,竹纸六册,牌记为"乾隆甲申岁校刊,太白全集,青廉学舍藏版"。半页十行二十字,白口,单黑鱼尾,天头较为开阔。前有李调元序、邓在珩序,均署乾隆甲申年。李调元在《重刻李太白全集序》中说明了编辑此书的缘由:"余友邓玉斋为彰明广文。彰明古昌明,即太白所生地。邓亦酷嗜太白诗,因秩满来京,寓予斋之西偏,相与把酒联吟,因出所订太白全集以示余,而余亦素所摩挲旧本而参考之。将付之剞劂,嘱余为序。"据詹杭伦《李调元学谱》上编《纪年谱》所知,李调元于乾隆二十八年(1763)"三月会试,中第二名;四月殿试,中二甲第十一名;五月御试,钦取第五名,点翰林院庶吉士。"[13] 次年邓在珩因任职彰明广文期满来京述职,恰好与李调元相邻从而结识,两人在京城编订李白集。从此书牌记来看,刊刻地点在彰明县清廉学舍。李白虽为蜀人,但李白集的编集整理与刊刻,从唐五代到明代一直与蜀人无关，李、邓合编本是首次由蜀人编订的李白集，具有重要意义。从署名来看，邓在珩是南隆人，南隆为阆中之别称，唐宋时期阆中称南隆。在遇见李调元之前，邓在珩已经编订了李白集，而李调元在乾隆二十一年（1756）就开始编纂李白集，所以二人在京城一见如故，合作编订《李太白全集》。

这部书重编了李白集，打乱了之前三十卷本的编排次序，从目录上看，极可能是参考了王琦辑注本，只不过把王本的乐府诗和古今体诗予以压缩在卷十之内，各类文章压缩在两卷之内。从所附录的诗文拾遗、丛语、诗话汇编以及年谱来看，李、邓合编本应该是以王琦辑注本为蓝本而重编的。值得一提的是此本的校勘质量，几无错讹，文字校对非常仔细。从前两卷乐府诗与通行本对校，竟无一处文字差错，这在李白集白文本中实为难得。此本对传播李白诗文起到了积极作用，从乾隆到光绪时期，屡屡翻刻，多年所见有十六册、十册、八册、六册本，样式繁多，但卷次不变，可见该书受到欢迎的程度。

清代所编唐诗总集中，除了《全唐诗》收录李白诗二十五卷外，其他都没有收录，如康熙四十七年（1708）东山席氏琴川书屋仿宋本《唐诗百名家全集》三百二十六卷，就没有收入李白集，原因是李白集单行本易得。但出现了一些李白诗选本，如康熙十七年（1678）《李诗纬》四卷，收诗一百三十七首。乾隆四十年（1775）《李诗直解》六卷，收诗一百七十一首。这些李白诗选本往往与杜诗一起编刻，加以简略评注，疏通解说，形式灵活，颇受读者欢迎，是清代李白集编刻之外的有效补充。

注 释

[1] 胡振龙：《明人注李白典范之作——论胡震亨〈李诗通〉》，载《中国李白研究（2003—2004年集）》，合肥：黄山书社2004年。

[2]（明）胡震亨：《唐音统签》第二册，上海：上海古籍出版社2003年，第403页。

[3]（清）王琦：《李太白全集》下册，北京：中华书局1977年，第1688页。

[4]徐小洁:《论胡震亨对唐诗及李白诗歌的研究》,载《中国李白研究》2016年集,合肥:黄山书社2016年。

[5]王永波:《李白诗在宋代的的编集与刊刻》,载《中国李白研究》2014年集,合肥:黄山书社2014年。

[6](清)顾广圻:《顾千里集》,北京:中华书局2007年,第12页。

[7]余鸣鸿、占旭东点校:《黄丕烈藏书题跋集》,上海:上海古籍出版社2013年,第1017页。

[8]郑晓霞:《仪顾堂集辑校》,扬州:广陵书社2015年,第710页。

[9]詹锳:《李白诗论丛》,北京:人民文学出版社1984年,第12页。

[10](清)王琦:《李太白全集》下册,北京:中华书局1977年,第1684页。

[11](清)王琦:《李太白全集》下册,北京:中华书局1977年,第1690页。

[12](清)王琦:《李太白全集》下册,北京:中华书局1977年,第1686页。

[13]詹杭伦:《李调元学谱》,成都:天地出版社1999年,第41页。

(作者单位:四川省社会科学院)

详考杨齐贤、萧士赟《分类补注李太白诗》之郭云鹏校刻本

张 佩

《分类补注李太白诗》25 卷，宋杨齐贤集注，元萧士赟补注。这是现存最早的李白作品注本，非常珍贵[1]。其删节本，大致可为两大系统，即郭云鹏校刻本系统和玉几山人校刻本系统。郭云鹏校刻本系统包括郭云鹏本、霏玉斋本和《四库全书》本。郭氏认为元版《分类补注李太白诗》繁杂，遂将杨、萧注删削大半，不太顾及元版注释的凡例。但坚持摹刻精品的作风，仍然使郭本得以流传下来。霏玉斋本依照郭本增删而成，《四库全书》亦采用这个本子，二者均调整了郭本的版式，并做了一定的校勘工作。

一、郭云鹏本述略

国家图书馆古籍馆藏《分类补注李太白诗》(12 册)30 卷，明嘉靖二十二年(1543)，吴会郭氏宝善堂刻本[2]。这是目前可见郭云鹏校刻本中的善本。每页 8 行，每行 17 字，小字双行同，白口，左右双边，单鱼尾。

首卷次序：李阳冰《唐翰林李太白诗序》、乐史《别集序》、李华撰《故翰林学士李公墓志并序》、刘全白撰《唐翰林李君碣记》、宋敏

求《后序》、曾巩《后序》。目录题为《分类补注李太白诗目录》，其下依次写：春陵杨齐贤子见集注，章贡萧士赟粹可补注，吴会后学郭云鹏校刻。目录顺序与元版无异，最后有“目录终”三字，下有“嘉靖癸卯元日宝善堂梓印”。卷1卷首如下：

分类补注李太白诗卷之一

春陵杨　齐贤　子见　集注

章贡萧　士赟　粹可　补注

吴会后学郭　云鹏　校刻

古赋八首

大鹏赋并序

从卷2至卷25，仅写卷名及类别。卷8类别为“歌吟五十三首”，而元版未标“五十三首”书目。自卷26至卷30为郭氏所编太白文，卷26卷首，如下：

分类编次李太白文卷之二十六

吴会郭云鹏万程编次

表三首书六首总九首

卷27之后只写卷名、类别及篇数，不再写编次者名。卷末附有郭云鹏所书《重刻李翰林集后跋》，再次加盖“嘉靖癸卯元日宝善堂梓印”。在《分类补注李太白诗》第1卷卷首自称“吴会后学郭云鹏”；在“分类编次李太白文集卷之二十六”之后，仍题“吴会郭云鹏”。《文献通考》《四库全书总目》均称其“爵里未详”。乾隆《天禄琳琅书目》卷10：

按云鹏自标吴会，而吴中志乘不见其名，书中但称校刊、编次前后俱不自为序跋。以后《欧阳文粹》一书证之，亦称云鹏校刊，而序跋俱无，则疑云鹏者第书肆中刻梓鬻市人耳。特此本模印精洁，远出前部之上，当亦书林良贾也。[3]

此处，“自标吴会”这样模糊的书写籍贯方式，与“不自为序跋”“序跋俱无”一道，成为推测云鹏为“书肆中刻梓鬻市人”“书林良贾”之人的证据。

郭云鹏于嘉靖年间校刻了不少作品，叶德辉在《书林清话》卷五“明人刻书之精品”中列举了“东吴郭云鹏济美堂”。现见于记载的有：嘉靖癸卯（1543），《分类补注李太白诗》30卷；嘉靖丁未（1547），《欧阳先生文粹》20卷、《欧阳遗粹》10卷；嘉靖己未（1559），《曹子建集》10卷；无年号刻《河东先生集》45卷、外集2卷、《附录》2卷、《集传》1卷[4]。

那么这些书的质量到底如何呢？

郭云鹏在《欧阳遗粹后序》中，表现出对欧阳修极为崇拜之情，认为他“诚为学者宗匠”，因此，对于欧公的文章应该“尽存而弗削”[5]。郭氏作了如下工作：一是汇合散见文章，取材自“诸英选”，即前人所编各种欧阳修选集；二是搜集“子孙家藏全集”，即从欧阳修后人手中获取部分罕见的文稿；三是经年批阅筛选，以“根义理”“切要务”为原则，最终敲定“八十三篇，别汇十卷”，取名《欧阳遗粹》；四是刊刻出版，采取“附骥”的方式，同陈亮《欧阳先生文粹》一并付梓。那么这样“反复越岁”，倾注郭氏心血的作品，后世又是怎样的评价的？

乾隆《天禄琳琅书目》卷10云：“以后《欧阳文粹》一书证之，亦称云鹏校刊，而序跋俱无……特此本模印精洁，远出前部（《分类补注李太白诗集》）之上……”这里对《欧阳遗粹》没作评论，直指其重刊陈亮《欧阳文粹》略显草率，“序跋俱无”，但模印水平比此前《分类补注李太白诗》要精良得多。

乾隆《钦定续文献通考》卷198：“云鹏自序以陈亮《欧阳文粹》所收太隘，乃为补录，然不及亮本之精。”[6]

又《四库全书总目》卷174云：“《欧阳遗粹》十卷（编修励守谦家藏本），明郭云鹏编。……此则全从本集（陈亮《欧阳文粹》）采出。字句既无可互证，又其精不及亮所录，而其博又不及修所自定《居士集》，实两无所取，故析出，别存其目焉。”[7]四库全书几乎彻底否定了郭云鹏本的价值。

回过头再看郭本《分类补注李太白诗》30卷。郭云鹏《重刻李翰林集后跋》云：

是集三十卷，愚合别集而成之者。缘旧本注坐繁杂，既仿迪功徐先生古风例，将不切题义者删去已半，且恨其文之不载，更以别集编次五卷附于诗后，俾成全书。冀四方观者庶免瀚漫分散之叹焉。

郭云鹏首先认为旧本，即元版《分类补注李太白诗》"繁杂"。于是以明徐祯卿点评太白古风的方式为范例，将杨、萧注"不切题义者删去已半"。其次，郭氏对旧本未录太白文深感遗憾，于是"以别集编次五卷附于诗后"。最终的目的便是免去观者因旧注"瀚漫"而不得不分散精力之苦。清王琦《李太白集辑注跋》谈及郭本时云：

流传于世者，唯萧氏注本为多。……明嘉靖间，吴中郭氏取而重刊之，以其注之泛且复也，删节约半，于古风五十九首增入徐昌谷评语，又取杂文五卷另为编次附其后，共成三十卷。[8]

清陆心源《仪顾堂续跋》云：

郭云鹏刊本，增杂文为三十卷，注则删削过半，有全章削去者，有一章削去四五百言而留一二句者，又增以"祯卿曰"云云，使古书面目几无一存，殊为谬妄。[9]

这里面有一个关键的问题便是卷2古风徐祯卿评语。王琦、陆心源都谈到"增入徐昌谷评语""增以'祯卿曰'"，而翻检郭本时，很容易发现除此之外，还有未署名的新注。王、陆二人并非未注意到"新注"，概以其均为徐祯卿语罢了。且二人均对"仿"字不加留意，而郭氏这个模仿同县人徐祯卿评点古风的举动，极有可能超越"删萧增徐"的范畴，扩大到亲自动笔训释诗句、解读篇章。

对于郭本，王琦很客观地陈述了此本大致情况，陆心源则直斥其"使古书面目几无一存，殊为谬妄"。结合前人评价《欧阳先生文粹》《欧阳遗粹》，不难发现以下几个问题：一是郭氏刊刻甚少得到太高的评价，以中下评语居多。不过能被划进"明人刻书精品"，盖以其摹刻宋元本数量之多取胜,且具备一定的专业素养。二则郭氏刊刻的初衷并未得到后世太大的认可。这可能是他在序跋中所写的“反复阅越岁”的劲头与实际上付出的努力并不对等,要么就是勤勉而碍于自身识见的捆缚,未能取得最好的效果。不过,郭云鹏本影响力颇大,我们也有必要对这个最初的删节本细加梳理及探研。

二、郭本引徐祯卿评注李白诗

郭本卷2古风部分有征引明代文学家徐祯卿(1479—1511)评注李白诗的内容。徐祯卿从事诗文创作和诗歌理论研究,为后代留下了《迪功集》《谈艺录》等研究明代文学、文艺理论不可忽视的文化遗产。《谈艺录》开篇云:“诗理宏渊,谈何容易;究其妙用,可略而言。”[10]此书仅载其论诗宗旨,较少针对诗家作品撰写专门点评。那么,郭云鹏所录若真为徐祯卿语,就恰好弥补了这一不足,也为解读李白诗保存了珍贵的借鉴资料。

(一)评注的基本情况

由于如此重要的注释竟不见于郭本以外的文献,不能不令人产生疑问:郭云鹏与徐祯卿都是吴地人,郭氏会不会伪托徐祯卿语呢?

考诸徐祯卿交游,其友人袁仁提到过曾与祯卿点校古籍、讨论诗歌一事。袁仁《毛诗或问》卷首序云:

> 余闻之先人,诗必以三百篇为准,云汉魏之五言、唐人之近体诗也乎哉。余友徐昌谷、孙太初辈奕奕骚坛。尝与订古人之逸韵,校时髦之声律。挥麈雌黄,颐可解也。及谭《毛诗》,则训诂外不能措一词矣。[11]

首先,从参与者孙太初的特殊经历,可以确定他们相聚的时间。孙太初,即孙一元。明刘麟撰《孙太初墓志铭》:

太初讳一元，太初其字也……十三读老氏书……离家去入太白山。……既数年东入华，南入衡，又东登岱，又南入吴会，此至爱其山川。学士遁迹其间，殆且十年……与名流相倡和，驰其声于四方。其初至吴兴，与吴甘泉游，时年二十有九，尚未有室。[12]

明殷云霄撰《太白山人传》称：

孙一元，字太初，关中人。年十三诵古六经文，不为举子章句……其为十八，则入终南山，继入太白山嚼草木，居息大石崖下。……一无可好尚，独喜为诗。诗喜唐人音节，凡感佚思作，可喜可愕可悲可嗔一以寓之，发之以豪纵恣肆时。出入畦径曰："吾舍此益与世绝。"[13]

据此推知：孙氏十三岁离家，十八岁入终南山，至二十九岁时方初至吴兴。据叶为铭《广印人传》记载，孙氏生于成化二十年（1484），至吴地则在弘治十六年（1503）。其爱吴会山川，流连"殆且十年"，又喜与名流唱和，声名远播。在弘治十六年至正德八年（1513）间，与徐祯卿、袁仁共同校订古今诗歌当可坐实。范志新将此次聚会时间定于1507年，地点定在苏州（1509），实际上，从刘麟的记载便可知，自与吴甘泉交游开始，孙氏便与吴中诸子结缘。至于苏州倒极有可能，祯卿吴人，孙太初又遁迹吴会十年，则袁仁在苏州与他们校读古今诗歌甚为合理。那么，我们可以初步推断这次相会的地点在苏州，时间为弘治十六年以后。弘治十六年之后，无论具体哪年徐、袁、孙三位相聚，其探讨记录下的一切内容自然不会出现在徐氏弱冠所著的《谈艺录》中。

其次，徐祯卿极有可能在这次相会中为李白诗写了评注，且范围不止于古风部分。从《毛诗或问·序》可知，袁、徐、孙三位所做的工作主要有：第一，"订古人之逸韵"，这里的"逸韵"除了指造诣高超的诗歌外，当还包括一部分需要辑佚的零散诗文。第二，"校时髦之声律"，即对诗歌中不协律，或是有碍诗意的字词进行查漏补缺、弥缝声韵等调整。第三，训诂注释。所谓"训诂外不能措一词”,足见训诂是肯定包括在内。第四,解读诗意,即“挥麈雌黄”之类。由序言可知,他们论诗校订的内容以《诗经》为主,兼及汉魏五言诗、唐人近体等。然郭云鹏本仅录其注李白诗古风部分,没有涉及近体。这就有潜在的可能,即徐祯卿为李白诗歌所做的工作更多,不单是撰写评注;涉及的范围也更广,似不止于古风。

另一个值得注意的问题是,郭云鹏所见的徐氏评注从哪里来?此当从徐祯卿集的编纂情况入手。

徐祯卿年十六撰《新倩集》,弱冠著《谈艺录》《叹叹集》。他的同里人阎秀卿在其《二科志》中最早著录《叹叹集》的相关情况,而《二科志》成于弘治十六年。以此而推,则此三集全部成书刊行的年代最早为弘治十二年(1499),至迟便为弘治十六年(1503)。

正德六、七年(1511、1512),李梦阳刊豫章7卷本《迪功集》,此本是徐氏《迪功集》的第一刻。

正德十五年(1520)徐伯虬刊家塾七卷本《迪功集》,家塾本将诗歌数量由原来的189首,增为191首,其他仅行格与李刻本不同。

嘉靖二十一年(1542),长洲皇甫涍刊《迪功外集》二卷本,皇甫涍《外集序》云:“征访遗文,得徐君诗百余篇于其家,予删其半刻之,为《迪公外集》。”此集分上下两卷,卷上收诗34首,卷下收66首,实收诗足百首。

嘉靖二十二年(1543),郭云鹏刊刻《分类补注李太白诗》三十卷。那么,他所能参考的只能是此前的徐集版本,即豫章本、家塾本和皇甫涍刊本。可以肯定的是,这三个本子均以徐祯卿的诗歌作品为主,虽有增补,但不涉及评点诗文的内容。明顾璘(1476—1545)称:“(祯卿)专门诗学,究订体裁……其所研索,具在《谈艺录》中,可谓良工独苦者欤。”[14]可见,当时人也认为徐祯卿诗歌评论的成就悉数归于《谈艺录》。

孙、袁二人的作品(袁仁撰有《尚书砭蔡编》《春秋胡传考误》《毛诗或问》,现存前两部。孙太初有《太白山人漫稿》,今亦可见)中并未提及或详述与徐祯卿校诗一事。1503年之后,无论具体哪年徐、袁、孙三位相聚,其探讨记录下的一切内容都不会出现在《谈艺录》中。故从《谈艺录》中是找不到评点太白诗的痕迹的。最有可能的情况就是,评点的确成于正德以后,由于并未刻意而为,篇幅短小,在当时没有引起太大影响,祯卿自己也不以为意。故逝后,友人着重搜集整理其诗歌作品。

《徐氏笔精》卷7"徐氏文人"条云:"古今文人之盛,惟徐氏历代不乏。……盛明四家则有徐祯卿……此皆丁极盛之时而文士辈出、名震霄壤者。至于单词片语流传文苑,不可胜纪矣。"[15] 郭云鹏所录徐祯卿语极有可能属于这种"单词片语流传文苑"的情况。

(二)徐祯卿评注李诗的内容及价值

徐氏评点简洁流畅,涉及方方面面,大致可分为以下几类:

第一,题下注。计有51条,内容主要是点明全篇主旨。其中一部分以判断的形式出现,云"萧说近是""萧说是也",有14条。剩下37条则以精简的笔墨,指明太白诗主旨所在。如《古风·其一》,祯卿曰:"此篇白自言其志也。"《古风·其十五》,祯卿曰:"此篇刺时贵也。"《古风·其二十》,祯卿曰:"此篇曰欲谢亲友而事远游也。"这部分徐氏直陈己见,非缘萧注而发。

第二,句下注。计有21条,内容有如下数种:

(1)直接点明诗句主旨。如《古风·其三》:"铭功会稽岭,骋望琅琊台。"祯卿曰:"此二句言秦皇极游观之乐。"《古风·其四十三》:"淫乐心不极,雄豪安足论。"祯卿曰:"淫乐二句,言人君好荒淫乐佚,则虽其气度超迈,亦何足论哉。"

(2)说明句间关系。如《古风·其一》:"自从建安来,绮丽不足珍。"祯卿曰:"此申首一句(大雅久不作)意。"又:"希圣如有立,绝笔于获麟。"祯卿曰:"此申首二句(吾衰竟谁陈)之意。"《古风·其十八》:"黄犬空叹息,绿珠成衅雠。"祯卿曰:"黄犬应前贵宠之言,绿珠应前歌舞之言。"又:"何如鸱夷子,散发棹扁舟。"祯卿曰:"鸱夷应前功成身退之言。"

(3)对旧注做出判断。如《古风·其二》:"桂蠹花不实,天霜下严威。”祯卿曰:“士赟所引是也。白意似本于此。”《古风·其七》:“去影忽不见,回风送天声。”祯卿曰:“齐贤以为天籁,非也。”

(4)阐释单个词语。《古风·其四》:“吾营紫河车,千载落风尘。”祯卿曰:“落脱也,谢也。”《古风·其七》:“去影忽不见,回风送天声。”祯卿曰:“天声,即笙音以至高,故言天。”《古风·其三十四》:“羽檄如流星,虎符合专城。”祯卿曰:“专城,郡国守吏也。”

(5)分析创作手法。《古风·其十二》:“松柏本孤直,难为桃李颜。”祯卿曰:“此兴而比也。”《古风·其十九》:“恍恍与之去,驾鸿凌紫冥。”祯卿曰:“此设言也。”《古风·其二十二》:“感物动我心,缅然含归情。”祯卿曰:“此兴也。”

第三,篇末注。计有2条,在《古风·其十三》《古风·其三十》之后,概括全诗内容,深味其中之意。比如《古风·其十三》,祯卿曰:“白意盖以驺虞、鸑鷟比君平而叹世人之莫识也,安知其高名乃如白日之悬于天汉而牛女皆知之。然海客之去已久,又谁能测其幽深之道哉!末二句亦借以自寓之意也。”太白此诗咏史,作于开元间未遇之时。徐氏认为仁兽不虚来、圣贤不用世的深层原因,乃是高名天地可鉴,却不为世俗权力所认可;连当初寻访君平的海客,也不复存在,竟落了个无人问津的惨淡收场。萧士赟则以太白用严君平自比为由,称其“自负之意亦深”。较之萧注,徐注抓住太白诗中萧索低沉的情绪,对诗歌主旨的发明更加准确、深入。

混杂在徐注中未署名的注释共有3条。其注者是谁,又出自何处?日本学者芳村弘道疑此出自郭云鹏之手,且模仿徐注,颇有道理。

首先看第一条,《古风·其九》:“青门种瓜人,旧日东陵侯。富贵故如此,营营何所求。”注曰:“富贵无常,昔时为侯,今焉为圃,任缘而已。终日营营,复何求哉!”郭本中,此条系于“齐贤曰”之下,同一版本系统的霏玉斋本《分类补注李太白诗》亦将其归于杨注。然而,元版及玉几山人校刻本系统中“齐贤曰”之后并无此句,故当为郭氏所增添。

再看第二条,《古风·其十一》:“黄河走东溟,白日落西海。”注曰:“大秦之西乌迟国,乌迟国之西复言有海。”郭氏同样将其混入杨注,但元版中依然没有。宋赵彦卫撰《云麓漫钞》卷九引《广雅》云:“昆仑墟赤水出东南陬,河水出其东北陬,洋水出其西北陬,弱水出其西南陬。河水之入东海,三水入南海。张骞渡西海至大秦,大秦之西乌迟国,乌国之西复有海,西海之滨有小昆仑,高万仞,方八百里。”元版杨注只择其部分:“黄河出昆仑山,东北陬入东海。……汉张骞渡西海之滨,有小昆仑高万仞,方八百里。”盖郭氏在校刻时,补入此句。

第三条,《古风·其十一》篇末注曰:“太白之意谓黄河东走,白日西落,不舍昼夜,青春容色倏忽摧谢。不如长松贯四时而不改柯易叶。自非服炼九鼎,食精养神,累积长久,安能变形而仙哉。”元版篇末注释中并无此句。综观全篇,应为郭氏从前四句句下注释移置而来,是杨齐贤语。这种随意挪动注释位置的做法,郭本中很多,容易引起“不知所出”的误解。

现今所见到的徐氏评注,只能从郭本《分类补注李太白诗》中择出。《四部丛刊》影印郭本,霏玉斋本又依照其增删而成,《四库全书》亦采用这个本子,足见此本影响力之大。徐注看似普通,然则寥寥数语,抓住要害,率先对杨、萧注释进行选择、评判,更能从简明扼要的评点方式上影响后人。郭云鹏不惟古风部分效仿徐氏,整本删减都侧重诗意阐发、评点,而对细致的训诂、声韵不大重视。

他在《重刻李翰林集后跋》写道:“是集三十卷,愚合别集而成之者。缘旧本注坐繁杂,既仿迪功徐先生古风例,将不切题义者删去已半。”比如《明堂赋》题下注,萧士赟用了604字撮引《旧唐书》卷二十一对唐代明堂建制沿革的记载,最后提到:“太白此赋,想在未拆之先也。”郭云鹏仅保留了这一句,注曰:“太白此赋,想作于未拆乾元殿之先也。”惟补充原注中所提“乾元殿”而已。又如注《大鹏赋》,元版所引太白诗句为:“历汗漫以夭矫,塌阊阖之峥(初耕切)嵘(乎萌切)。"萧士赟依次征引《淮南子》《抱朴子》《江赋》《楚辞》《广雅》,分别对"汗漫""夭矫""阊阖""峥嵘"进行训诂。而郭本注曰:"夭矫,飞腾貌。峥嵘,高广貌。"文献出处完全删去;就连诗句中萧氏对"峥嵘"所作的反切注也一并减省了。这种大面积效仿徐注的做法使文本变得干净易读,然过犹不及,也降低了原注的文献价值。不过,附翼于流传度颇高的郭本,学者们也就间接接触到徐祯卿注,如瞿蜕园、朱金城《李白集校注》,陈伯海所编《唐诗汇评》(《古风·其二十四》《古风·其五十四》)等对徐注采纳征引,作注或是评点诗意,不一而足。

三、郭本对杨齐贤、萧士赟注释的改动

笔者现以日本尊经阁藏元版《分类补注李太白诗》25 卷为底本,国图所藏郭云鹏刻本为校本,分析郭本对元版《分类补注李太白诗》的改动情况。笔者已经完成了全部点校,此处以富有代表性的释例来说明郭氏所做的工作:

第一,为原注纠谬。

卷 4《上之回》:"万乘出黄道,千旗扬彩虹。前军细柳北,后骑甘泉东。"

> 士赟曰:《正义》曰:《括地志》云:云阳也,秦之林光宫,汉之甘泉,在雍州云阳西北八十里。秦始皇作甘泉宫,去长安三百里,望见长安城。黄帝以来,祭天屯兵处。

> 郭本:士赟曰:秦之林光宫,汉之甘泉,在雍州云阳西北八十里。秦始皇作甘泉宫,去长安三百里望见长安。秦皇帝以来祭天屯兵处。

按:《〈史记·匈奴列传〉正义》引《括地志》云:"(雍甘泉)云阳也。秦之林光宫,汉之甘泉,在雍州云阳西北八十里。秦始皇作甘泉宫,去长安三百里,望见长安。秦皇帝以来祭天圜丘处。'"[16]萧注"黄帝以来",是一处硬伤。郭本进行纠谬,改为"秦皇帝"。"祭

天屯兵”正义所引“祭天圜丘”不同,但云阳林光宫(在今陕西淳化县梁五帝村)是秦始皇的军事指挥中心,是屯兵之地,意思也正确。

第二,重新编排修改元版的题下注。

例一:卷5《君子有所思行》题下注:

齐贤曰:《乐府解题》:《君子有所思》言雕室丽色,不足为久欢,宴安(脱“耽毒”二字),满盈所宜敬忌。

郭本:齐贤曰:乐府《君子有所思》言雕室丽色,不足为久欢,宴安(脱“耽毒”二字),满盈所宜敬忌。士赟曰:王僧虔《技录》:君子有所思行,相和歌瑟调三十八曲之一也。

按:郭本首先删去《乐府解题》书名;其次延续了“宴安”后没有重要词语“耽毒”的不足;第三,又加上了一条萧注。《文献通考》卷186:“《古乐府乐府古题要解》共十二卷。《崇文总目》:唐吴兢撰,释古乐曲所以名篇之意。晁氏曰:兢纂采汉魏以来古乐府词凡十卷,又于传记及诸家文集中采乐府所起本义以释解古题云。”又:“《乐府解题》,《崇文总目》不写撰人名氏,与吴兢所撰《乐府古题》颇同,以《江南曲》为首,其后所解差异。”那么,吴兢所撰与《乐府解题》不是同一作品。此段注文出自《乐府古题要解》,萧氏盖将二书视为一部,此二书在宋末元初,或是更早便出现混同情况。郭本删去书名,泛称“乐府”,一方面消除了出处之误,另一方面却模糊代过,使注文准确却不严密。此处添加萧注,恐是从他处移来。

例二:卷5《怨歌行》题下注:

齐贤曰:一作《长安见内人出嫁,令余代为〈怨歌行〉》。

士赟曰:《歌录》曰:《怨歌行》,古辞也。汉班婕妤拟之,见《文选》。

郭本:齐贤曰:一作《长安见内人出嫁,令代为〈怨歌行〉》。士赟曰:《歌录》曰:《怨歌行》,古辞也。

按:此诗题名《怨歌行》,宋蜀本题下注:“一作《长安见内人出嫁,令子代为怨歌行》。”《李太白全集》卷35:“计太白在长安不过三年,所赋诸诗其《玉真公主别馆苦雨赠卫尉张卿诗》《灞陵行送别诗》……《怨歌行》。"改此句为句下注:"注云'长安见内人出嫁,友人令予代为之。'""令子"当为"令予",由字形相近引起的讹误。王琦本增添"友人"二字,宋蜀本、萧本中均无。《长安见内人出嫁,令子代为〈怨歌行〉》是《怨歌行》的另一题目,当是太白亲拟。王琦本将其转换为小字注罢了。盖萧本为避免因字形造成的问题,遂用"余"代"予"或"子",且将另一题目纳入题下注当中。郭氏则只言"令代为《怨歌行》"。这种做法比萧氏大胆,比王氏保守。删去班婕妤一句,因为诗句下有具体注释。

例三:卷5《玉阶怨》题下注:

> 齐贤曰:谢朓《玉阶怨》:夕殿下珠帘,流萤飞复息。
>
> 士赟曰:王僧虔《技录》:相和歌楚调十曲有《玉阶怨》。太白此篇无一字言怨,而隐然幽怨之意见于言外。晦庵所谓圣于诗者,此欤?
>
> 郭本:士赟曰:王僧虔《技录》:相和歌楚调十曲有《玉阶怨》。太白此篇无一字言怨,而隐然幽怨之意见于言外。晦庵所谓圣于诗者,此欤?

按:包括此篇在内,郭本将多篇杨齐贤乐府解题删去。杨氏解题颇有特色,均是以六朝诗人所写作品为主,可谓是从侧面回答此题的特点。郭氏将其删去,盖因其不够准确,没有引用资料正面阐释何谓"玉阶怨"。但太白曾三拟《文选》,对乐府题目的把握正从此中来,这样的解题方式是合理的,便于后人宗白诗所本。

第三,混同杨、萧注释。

卷4《白头吟》:"莫卷龙须席,从他生网丝。且留琥珀枕,或有梦来时。"

> 齐贤曰:《古今注》曰:孙兴公问:"世称黄帝乘龙上天,群臣援龙须,须堕地而生草,曰'龙须'。有之乎?"曰:"无也。龙须草,一名缙云草,世人妄传。如今有虎须草,江东亦织为席,号西王母席。可复是西王母乘虎,而堕其须乎?"
>
> 士赟曰:《西京杂记》:赵飞燕为皇后,其女弟在昭阳殿遗

后三十五条，内有琥珀枕。

郭本：齐贤曰：龙须草，一名缙云草，世人妄传。如今有虎须草，江东亦织为席，号西王母席。《西京杂记》：赵飞燕为皇后，其女弟在昭阳殿遗后三十五条，内有琥珀枕。

按：郭本撮引杨、萧注时，将萧注归在杨注名下，疏漏所致。

第四，误读误改。

卷4《独漉篇》："落叶别树，飘零随风。客无所托，悲与此同。罗帏舒卷，似有人开。明月直入，无心可猜。"

齐贤曰：苏子由曰：李太白诗过人，其平生所享，如浮花浪蘂。

郭本：齐贤曰：苏子由曰：李太白诗过人，其平生所作，如浮花浪药。

按：郭本对苏子由所言作了几处修改，"所享"改为"所作"，"浮花浪蕊"改为"浮花浪药"。宋苏籀撰《栾城遗言》："公曰李太白诗过人，其平生所享，如浮花浪蕊。"[17]《李太白全集》卷34所引《苏栾城集》与此完全同。则萧氏所写无误。盖郭氏觉"所享"不通，遂作改动，殊不知其"所作"谬之甚矣。"浮花浪蕊"指寻常的花草，常用来比喻轻浮的人。唐韩愈《杏花》诗："浮花浪蕊镇长有，才开还落瘴雾中。"苏辙可以这样贬低太白的人品，但以其识鉴，断不可能以此评定太白的诗作。且前已云"李太白诗过人"，若再以"浮花浪蕊"言其所作，岂不自相矛盾？"药"繁体为"藥"，或为版本传抄刊刻中出现的讹误，非郭氏有意。

总之，郭云鹏本对杨齐贤、萧士赟本作了大幅度改动，有纠谬勘误之功，也有混淆错改原注之误。《四部丛刊》影印郭本，霏玉斋本又依照其增删而成，《四库全书》亦采用这个版本；芳村弘道指出："现在的许多学者是在把一部被删节的补注本作为未失原貌的本子来利用的。"足见此本影响力之大。结合上文可知，徐氏评注的流传也与郭云鹏本的广泛传布有密切关系。郭本虽然删减幅度大，但便于阅读诵习，也很受欢迎。

注　释

[1](宋)杨齐贤,(元)萧士赟:《分类补注李太白诗》,东京:汲古书院影印本,2006年。

[2](宋)杨齐贤,(元)萧士赟:《分类补注李太白诗》,郭云鹏宝善堂刻本。

[3](清)于敏中,彭元瑞:《天禄琳琅书目》,上海:上海古籍出版社,2007年,第336页。

[4](清)叶德辉:《书林清话》,北京:北京燕山出版社,2008年,第134~135页。

[5]洪本健:《古典文学研究资料汇编·欧阳修资料汇编》,北京:中华书局,1995年,第583~584页。

[6](清)嵇璜:《钦定续文献通考》,文渊阁四库全书本。

[7](清)纪昀:《四库全书总目》,北京:中华书局,1997年。

[8](清)王琦:《李太白全集》,北京:中华书局,1977年,第1687页。

[9](清)陆心源,冯惠民:《仪顾堂书目题跋汇编》,北京:中华书局,2009年,第491页。

[10](明)徐祯卿:《谈艺录》,范志新:《徐祯卿全集编年校注》卷六,北京:人民文学出版社,2009年,第755页。

[11]范志新:《徐祯卿全集编年校注》,北京:人民文学出版社,2009年,第898页。

[12](明)刘麟撰:《清惠集》卷八,文渊阁四库全书本。

[13](明)孙一元:《增订太白山人漫稿(附录殷云霄文)》,国家图书馆藏明万历三十九年(1611)刻本。

[14](清)黄宗羲:《明文海》卷一二三明顾璘《国宝新编传赞》,文渊阁四库全书本。

[15](明)徐
:《徐氏笔精》,《丛书集成续编》第17册,上海:上海书店,第551页。

[16](汉)司马迁:《史记》,北京:中华书局,1982年,第2901~2902页。

[17](宋)苏籀:《栾城遗言》,上海:上海古籍出版社,2003年,第169页。

(作者单位:北京印刷学院)

白富美般《谪仙诗象》

陶喻之

这注定是一本书衣美妙却无法展示书影的书。因为她通体洁白,连书名也白地白字;你必须用心将她捧在手心仔细端详,方能谛审出正中象征半月的一轮弧线和上端两个大字:太白,以及一侧错落排列,近乎同样凹陷打印的六号小字——《谪仙诗象:历代李白诗意书画》。

很显然,这是书籍装帧设计师独运匠心。寓意顾名思义,即以纯白作书封主色调,凸显李白的诗情画意。更为绝妙的是,对应弯月形弧线左上角,居然还开出了一个约全书三分之一深的小圆孔;定睛观摩,可见深处泛着森森银光。猜想此举意在体现月光代表李白心的"好月"情结,和李母梦见天上长庚星怀胎冠名,以及贺知章见而惊叹"谪仙人也"等发生在"诗仙"身上星月闪耀般典故使然;包括书内多处印制皓月状银线,乃至在扉页、尾页连续刻画剪纸般圆月、半月造型,又加衬银光垫纸意图等皆然。

总之,如果说佛要金装、书靠封装的话,本书封面设计替太白银装素裹而以多个意象相隐喻,真是煞费苦心,动足了脑筋啊!

一本好书问世,除了需要装帧形式上高雅别致而金玉其外,自然少不了本体内容亦多金玉良言,同样令人为之动容了。在这方面,主创方皖南马鞍山李白研究所可谓一马当先,冲在国内李白资料搜集整理、研究和宣传展示前列。

替一位远去的古代诗人单独设置一个处级单位,这在国内地级市怕不多见;可问题是世上有几个如李白般妇孺皆晓的伟大诗人呢?对此,马鞍山当局绝对头脑清晰,有战略眼光,因为正是有了留恋于兹并相传登采石矶醉酒捞月而葬身当涂青山的太白,才使得这座黑色钢城变得黑白分明又刚柔相济,同时赢得诗意盎然的诗城声誉啊!诚如本书市领导序言标题定调的——《青山每有金矿出》。李白研究所正是凭着这股文化自信,承担着当仁不让的学术使命。

为打造这本《谪仙诗象》,向读者呈现视觉艺术中的李白,李白研究所主动出击,商诸海内文博机构提供弆藏历代李白诗意字画,从中遴选出六十余幅名家作品结集,其中不乏原本深藏若虚,很少公之于众的佳作精品。如"上博"的清岭南人物画家苏六朋《太白醉酒图》,曾被不少跟李白相关著述用作封面;但因多出自翻拍,色彩、清晰度大为逊色。本次以正版高清数据制版,自如下真迹一等,有兴趣的读者甚至可以跟现展出中的原作比对鉴证。

而为向读者解读历代书画艺术中的李白,本书还收录了多位资深学者的专题论文,以增添学术含金量。在下打酱油般拙稿许不足道,但九旬李白研究权威安旗先生《李白书法略论》,中国李白研究会会长朱易安教授序论《笔落惊风雨》等,绝对令研究者有一种领略最新学术成果的满足感。

至于话及本书从外到里无所不在的设计感,还有一点也很值得赞赏。书籍设计兼责任编辑并不因有现成学人论述,就以为事不关己,足以高高挂起了,而是本着一丝不苟的严谨姿态追求卓越。既不计手工装帧繁复而精心制作精彩书画拉页;即便对待像安旗先生并不算太长的旧作,编排处理时也照样试图做到极致而精益求精。即以偏灰色小开本纸样予以表现,由此令读者仿佛产生恍若从安老近卅年前论文集中裁取粘贴于此的艺术效果。

怀着致敬前贤和尊重专家的巧匠心思、理念精工细作，度身打造，兼以排版装帧富于变化，以至读者遭遇视觉冲击连连而绝无审美疲劳，进而令本书成为无法复制的珍藏版，如此精细化高端图书入选2017年度中国最美的书，自然是众望实至名归之事。所以，不久之前，当笔者躬逢其盛，出席在太白故里四川江油由著名诗人臧克家题书“李白研究会会馆”举行的该书首发式时，同道纷纷表示该书高富帅得简直如精美艺术品而不忍翻阅品鉴，同时又让人忍不住埋首打量……

（作者单位：上海博物馆）

天门山水碧　诗仙归去来
——《李白游踪(当涂卷)》序

曹化根

诗仙李白终老当涂,归葬青山,这是千百年来人所共知的事实。但是,李白在当涂留下多少诗篇、游踪遗迹,这些诗篇、游踪遗迹的价值和意义是什么,恐怕人们就不甚了了了。当涂李白文化研究会编撰的这本《李白游踪(当涂卷)》,正可填补大众阅读李白的这一空白点。

东晋以还,时称姑孰的当涂因天门山、采石矶为扼守首都建康的西南门户,战略地位陡然上升。又因采石控居横江中段,且向为东西交通要冲,加之六朝对江南地区的持续开发,隋唐时期,山水形胜的当涂便是美丽富饶的鱼米之乡了。隋唐,当涂置县,宋元明清,当涂一直是太平州(府)治所在地。明了当涂历史沿革的大概,可以更好地体会李白多次遨游当涂卒葬青山的渊源关系。南宋太平州知州吴芾在《姑溪居士文集序》中说自己"假守当涂,因访古来名士,居此邦而卓然有声于世者,唯李太白、郭功父(祥正)与端叔(李之仪)三人"。而郭祥正又有"太白后身"之说,大量拟和李白诗歌,又以家乡当涂为中心,与"宋诗开山"梅尧臣、王安石、苏轼、黄庭坚等唱和往还,李之仪编管当涂以后,也不断踏访李白在当涂的遗踪,留下许多脍炙人口的佳作。后世更多文人墨客前来采石、青山凭吊李白,以至采石云水、青山烟雨无不抹上一层浓得化不开的迷离愁思。由此看来,因为李白,当涂才成为一片散发着诗性光芒的土地。

当年,热情好客的当涂人民接纳了李白。千百年来,当涂人民也在不断地回馈李白、纪念李白,发扬光大李白文化。如果没有李阳冰为李白编辑《草堂集》并为之作序,李白诗歌将散失殆尽,我们今天所理解的"盛唐气象"将大为逊色,盛唐之音的高度也将大为削减。北宋著名学者、太平州知州宋敏求,曾任太平州司法参军、唐宋八大家之一的曾巩又先后搜集整理李白诗文,形成传承至今的李白诗文的基本规模和面貌。宋当涂本《李翰林集》还作为国礼赠送法国前总统希拉克。这些,在中国文化史上都具有重要意义。每年清明和九九重阳,当涂民间都会纪念李白,更有甚者,1200 年来,谷氏家族代代守护李白墓园,这在世界历史上怕也是极其罕见的现象了吧?今天,李白墓、太白楼作为马鞍山市两处"全国重点文物保护单位",蜚声遐迩,早已成为马鞍山文化的名片、文明的象征。正因为如此深厚的渊源,当涂所在的马鞍山才会顺利举办首届"中国诗歌节",马鞍山也才能被命名为"中国诗歌之城"。

2015 年,乘传统文化强劲复兴的东风,当涂李白文化研究会应运而生。短短两年,不仅推出了多本地方性的李白文化研究期刊,还整理编撰了这本《李白游踪(当涂卷)》,可谓快速高效,从中也能看出今天的当涂人民、当涂地方的学者专家对诗仙李白的深情挚爱。我通读了《李白游踪(当涂卷)》全部书稿,尽管我对其中一些内容比较熟悉,但仍然深受感动。一是有那么多人默默地喜欢李白、阅读李白、研究李白,二是大家那么详细地占有乡邦文献,并能熟练地使用它们,充分显示了乡土研究的特长,接地气,有看头。三是多数立论都能言之有据,持之有故,可成一家之言,且文风朴实,不事雕琢,给人以学风良好的印象。四是笔端充满热爱李白、热爱家乡的深厚情感,而这种情感又以如此理性的方式、优雅的姿态,从容不迫地表现出来。尤其难能可贵的是,本书最后附列了

“两表两图”,即《李白在当涂地区游踪一览表》《李白在当涂诗文一览表》《李白在当涂地区游踪图》《诗仙李白游踪图》,不仅显示了编者的求实与严谨,更在换位思考,设身处地地为读者着想。一编在手,可以驰骋想象,卧游当涂山水,亦可按图索骥,沿着诗仙游历的足迹,饱览太平风光!

细心的读者也许已经猜到《李白游踪》应该是一套丛书,没错。2015 年 9 月,安徽当涂县、四川江油市、湖北安陆市三地联合并吸收全国 19 个李白重要游踪地县(市、区)发起成立李白重要游踪地宣传文化合作联盟,当涂县为 2017 年度联盟召集人。为办好 2017 年度联盟盛会,当涂县委宣传部拟编撰发行《李白游踪》丛书作为本次联盟宣传刊物,并作为联盟文化宣传系列活动的一项重要内容,具体编撰任务由当涂李白文化研究会承担。良好的开端是成功的一半。由《李白游踪(当涂卷)》打头,经各地协作、努力,后续部分将会陆续推送到读者面前。这套丛书以李白重要游踪地文化为主线,深度挖掘李白文化的当代价值和意义,致力于传承中国传统文化,弘扬李白文化品牌,凝聚民族精神,唱响时代主旋律,提升李白重要游踪城市知名度、美誉度和影响力,助力区域文化产业和经济发展。显然,当涂是在用李白的精神弘扬李白文化。李白最可宝贵的精神是自信乐观、追求自由、追求自然、追求平等、开放包容,是具有现代人格意义的古人,所以才永远显得那么可亲可近,永远洋溢着活跃在民间的动感气息。持斧伐柯,其则不远。今年初,中办国办印发了《关于实施中华优秀传统文化传承发展工程的意见》,明文要求“挖掘和保护乡土文化资源,建设新乡贤文化,培育和扶持乡村文化骨干,提升乡土文化内涵,形成良性乡村文化生态,让子孙后代记得住乡愁。”“大力发展文化旅游,充分利用历史文化资源优势,规划设计推出一批专题研学旅游线路,引导游客在文化旅游中感知中华文化。”当涂的倡导,完全吻合《意见》精神,也是对《意见》精神的扎实践行。这一次,当涂真可谓独领风气之先,令人欣慰!

由此，我想到中国李白研究会老会长薛天纬先生曾经说过，要重视地方学者的李白研究。我理解，当前李白研究的主力毋庸置疑是高校和研究院所的学者，他们占据了学术刊物的几乎全部版面，李白研究的新观点、新论断主要由他们提出，推动了李白研究水平的整体提高。随着数字化文献的普及以及大量地方文献，如州志县志、家谱族谱、古碑石刻的翻印、续修、发现，各地乡贤、民间学者不断增加，他们从事地方文化研究的兴趣空前高涨。相对而言，他们有很深的家乡情结，往往为家乡立论，虽有偏颇，但较少个人功利色彩，也没有多少时间限制，心态比较从容，披沙拣金，往往也能有所发现，提出新见。因此，在一定意义上，地方研究和学院研究可以功能互补，相互救弊补偏。当然，对于地方学者来说，也应尽量规范研究路数，讲究研究的科学方法，减少意气之争，开阔心胸格局。因此，在充分肯定《李白游踪（当涂卷）》的基础上，我也想提出一点看法，本书成于众人之手，少数资料重复使用，个别见解学理支撑不牢，也有个别说法全书不够统一。我也知道这是大醇小疵，有些情况在所难免（比如有的观点学术界本身还有争议），但还是希望百尺竿头更进一步！更希望《李白游踪》其他地方卷都能顺利面世，尽快形成地方李白研究的整体合力和崭新面貌。

当涂李白文化研究会的负责同志嘱我为本书说几句话，感谢他们的信任，我也觉得义不容辞，就写了上面这些感想，聊以为序！

（作者单位：马鞍山市人大）

李白故里与游踪地文化产业发展的对策研究

刘术云

导 语

文化是民族的血脉,是人民的精神家园。"传承弘扬中华优秀传统文化"是习近平总书记治国理政新理念新思想新战略。2017年1月,中共中央办公厅、国务院办公厅印发了《关于实施中华优秀传统文化传承发展工程的意见》,特别是党的十九大开启了文化产业发展的新征程,为我们加快发展李白文化产业指明了正确方向,更加坚定了信念。

李白(701—762)是光照千秋的世界杰出诗人,是四川省首批历史文化名人,是中华民族灵魂中最富激情,最有浪漫色彩的部分。李白的诗歌、李白的精神、李白的家国情怀等构成的李白文化,博大精深,源远流长。李白文化是巨大的、宝贵的文化财富,其实质:一是李白诗歌赋予人类的巨大精神财富,二是李白文化产业开发所产生的巨大物质财富。李白所追求的自然、生态、浪漫,他的豪放旷达对世人也影响很大。在经济社会发展中,随着人们对李白文化价值的认识不断加深,李白文化的内核爆发的动力显示出巨大的能量，科学开发，充分运用，必将惠泽李白走过的山山水水，必将造福和回报热爱李白的人们。

历史名人李白不仅是诗仙、酒仙，更是难以企及的游仙。一生好入名山游，他走过十多个省市，留下一千多首诗篇和无数传说故事。他的歌唱，已经成为一些城市和名山大川绝妙的广告语，如“烟花三月下扬州”，让人们过目不忘，不禁陶醉于扬州三月的烟雨朦胧之中，产生无限遐想。总之，李白文化所带来的是极大的经济效益和良好的社会效益。

一、李白故里与重要游踪地文化产业发展现状

（一）四川省江油市

江油市是李白故里、四川省历史文化名城、中国优秀旅游城市。全市2719平方公里，人口88万，城市人口35万，距成都150公里。李白在江油生活学习了24年，留下陇西院、粉竹楼、磨针溪、洗墨池等二十多处遗迹。江油的李白文化是江油具有垄断地位的人文品牌，它作用于城市，形成了城市独特的文化生态和精神个性，提升了城市品位，从而增强了城市的核心竞争力。众所周知，因为李白文化就是中华传统文化中最有代表性的优秀文化，应该大力弘扬、挖掘和打造。

江油从20世纪60年代初开始筹建李白纪念馆，1982年对外开放。当地党委、政府对李白文化的弘扬高度重视，2001年，在李白诞辰1300周年之际建设了占地300亩的太白碑林，修建了太白楼，并对李白相关文物进行修缮和加强保护。2008年汶川地震中，江油李白纪念馆、李白故居等遭到严重破坏。在党和政府的关心下，通过河南投资9000万元的援建恢复，江油市又投资4000多万元对李白纪念馆园林进行改造、陈列水平加以提升。2009年李白纪念馆被中宣部命名为全国爱国主义教育示范基地，后免费对市民和游客开放，年接待游客60多万人次。

近年来,江油市以全面建设"创新江油、开放江油、幸福江油、大美江油"为目标,以建设全省"文化强市"为抓手,不断地挖掘和弘扬、利用李白文化,多措并举,创新实干,李白文化产业发展方兴未艾。

首先编制了《江油市文化产业总体规划》《李白文化产业园规划》。为确保项目落地,开发投资商全程参与编制工作。其次制定出台一系列优惠政策,吸引国内外文化企业入驻,做大做强李白文化产业链。在青莲镇规划1000公顷,拟投资100亿元建设"李白文化产业园",打造"国际诗歌小镇"。在大康镇投资4.5亿元创意建成以爱情为主题的农旅深度融合景区——百年好爱情谷。三是李白纪念馆、李白故居分别成功创建国家4A级旅游区,形成李白故居——李白纪念馆——窦圌山为主的李白文化之旅,成为探源李白文化、感悟盛唐遗风的理想之地;四是通过举办李白文化高端论坛、学术交流和研讨、李白国际文化节、李白故里文化旅游节、2015年中央电视台"中秋晚会——月圆江油"、以李白及其诗歌为题材的文艺创作乡村旅游节、"太白灯会"、民间的民俗活动和各类纪念活动,充分彰显了李白故里——江油的文化品位和文化内涵。五是开发系列产品,雾山石刻成为省级非物质文化遗产,石雕艺人精雕细琢的"太白砚""学士砚"被文人雅士争相收藏,供不应求。特别是用雾山石雕刻的李白诗《蜀道难》意境的巨砚,被誉为"镇馆之宝",令中外游客称奇。通过文化创意,青莲粉竹楼内的李白诗意蜀绣也走进了千家万户。六是将"李白故里"进行商标注册,成为全国第一个城市商标,"李白故里"广泛应用到诗仙阁酒、太白花茶等知名的产品上。

江油李白文化元素已融入这座美丽的城市。李白大道、诗仙路、诗城路、明月路等成为江油的符号。李白文化已融入江油人民的生活之中:走太白路、行太白桥、游太白公园、住太白大酒店、品太白花茶、喝太白酒、吃太白宴、唱李白诗,吟诵和演唱李白诗词成为江油人生活中的重要内容之一。写李白、画李白、书写李诗、演李白、讲李白传说故事也蔚然成风。2015 年,文化旅游产业总收入 70 多亿元。2016 年,文化旅游产业总收入 90 亿元,2017 年超过百亿元。

(二)湖北省安陆市

安陆市地处湖北武汉之北 100 余公里,总面积 1355 平方公里,人口 62 万人。李白在安陆结婚留居 10 年,写下了许多诗篇,并留下传奇故事。20 世纪 80 年代初期,该市启动研究李白文化。2006 年,引进浙江商人投资 3 亿元,在白兆山新建李白大型塑像、纪念馆、遗址、绕湖文化长廊、宾馆以及休闲娱乐设施为一体的李白文化风景区,其中,李白纪念馆主体建筑为四层仿唐建筑,馆内按“安陆李白、唐代李白、世界李白、发展李白”陈列布展,文物实物展示少、诗意演义成分多,主要是李白游览各地行踪的遗迹照片、人物蜡像和场景塑造、重要诗文和研究文献、同时代名诗人交往等,观之后有雅俗共赏之感。

该市连续 10 多年举办以“李白故里 · 银杏之乡”为主题的节庆活动,坚持从大学招揽李白文化研究人才,加强对李白文化研究和成果转化,白兆山李白文化纪念馆和旅游区大量景点就是以李白诗歌演义展现的,现为 4A 级李白文化风景区,门票价格 75 元/人,年接待游客 6 万余人计,创旅游收入 500 余万元,文化产业发展初见成效。

(三)山东省兖州区

兖州区地处山东济南以西 100 余公里,总面积 535 平方公里,人口 55 万人。兖州是古九州之一,历史名人众多,李白曾在此活动寓居约 20 年。尽管该区为孔孟之乡,2008 年,该区又在当地兴隆塔下出土了“佛祖顶骨舍利”等佛教文化珍品,同时,引进民间投资 30 亿元集中打造兴隆佛教文化品牌,大力发挥佛教文化以及儒家文化作用,但该区从未忽略李白文化的作用,尤其是十分注重挖掘和保护李白遗迹,并在兖州区博物馆专题展示李白在该地寓居 20 年的遗迹及留下的诗歌,让李白留下的酒仙桥、青莲阁遗址和泗水河金口坝(国家级)李杜聚散传说等一大批文化遗产流芳百世,目前,该区还在规划建设李杜文化公园。

(四)安徽省马鞍山市当涂县

马鞍山市当涂县地处安徽合肥以东120公里,总面积1385平方公里,人口65万人。李白七次游历当涂并终老葬身于此,有李白墓等众多历史文化遗迹。

该县十分注重李白文化持续宣传,已连续近30年借李白仙逝日举行李白诗歌节和李白国际祭祀活动;十分注重大景区建设,2013年,成立了大青山李白文化旅游区管委会,依托李白墓所在的大青山,将周边桃花、万山、詹村等村53.03平方公里纳入核心景区进行美丽乡村建设。目前,大景区已经建成,游客从原来年不足30万人次达到现在每年1800万人次,高峰时每天达40万人次,真正形成了以李白文化为灵魂的乡村旅游目的地。

二、李白故里发展李白文化产业存在的主要问题

有专家指出,李白就只是给我们留下了一部诗集,有的读懂了,有的还没有读懂。通过对比,我们发现李白故里与重要游踪地的文化产业发展各有亮点,各有千秋,有共性,也有个性。

李白故里主要存在文化资源多,成功开发少;开发景区多,经济效益少;李白文化品牌影响大,带动力不强;景区好,游客停下消费少的窘境。

三、李白故里保护和传承李白文化发展文化产业的对策

认真贯彻落实习近平总书记关于传承弘扬中华优秀传统文化系列重要思想和要求,牢牢把握"创造性转化,创新性发展"的方针,健全现代文化产业体系和市场体系,创新生产经营机制,完善文化经济政策,培育新兴文化业态。让李白及其文化"活"起来,真

正走出历史，融入当代，走出书斋，面向社会。有机整合李白有形和无形资源，形成“研究+传承、文化+旅游、事业+产业”的生态链发展模式，促进产业结构优化升级，提高规模化、集约化、专业化水平，促进文化资源与文化产业有机融合，扩大和引导文化消费，提高李白文化产业发展质量和效益，不断增强文化自觉。针对李白重要游踪地李白文化产业发展的成功经验，结合李白故里文化产业发展中存在的问题，我们在总结和思考中，必须以“五大发展”理念，着重解决李白文化产业拳头产品少的矛盾、同质化市场竞争力不强的矛盾、创新意识不强的矛盾、追求高大上、李白文化产业园产品单一的矛盾。基于上述一些问题，提出几点对策建议。

（一）加强李白文化交流，实现李白资源共享共赢

李白出生地，中国科技城。蜀道太白乡，诗意栖居地。一直以来，李白文化重要游踪地彼此保守、交流间断，成果共享机制不健全，研究成果运用于产业的不多。过去，江油与安陆为“李白故里”之争，不仅打起了笔墨官司，还差点对簿公堂，被人称为是文化名人利益之争。李白故里与游踪地都应该要敞开胸襟、搁置争议，主动开展对外交流。李白是四川江油的，更是中国的、世界的，传承和弘扬李白文化是李白重要游踪地的共同责任。应以绵柔之举、包容之心、破局之智，主动走出去开展交流活动，强化对李白重要游踪地的联络、联合、联盟工作，进一步扩大江油乃至四川的对外影响。要巩固李白文化定期交流机制，在交流中加强“李白出生江油”的宣传。在2015年9月李白故里文化旅游节期间，江油市政协同李白重要游踪地湖北、安徽、南京等19个县（市）政协签订《定期轮值举办李白文化交流活动意向书》，江油与当涂成为“生死”之交。今后应在轮流举办李白文化交流活动和长期的友好往来中，借势借地借力固化“李白出生江油”的观念、观点，打造、培植李白文化产业品牌，增强江油在国内李白文化体系传承和弘扬中的话语权。压实建立李白文化交流机制，开展多领域的合作，互惠互利。

（二）科学综合开发李白文化产品，不断创新增强供给能力

文化产品的开发是文化产业的落脚点，重庆市万州区仅是李白的游踪地，当地建设了太白公园，开发“诗仙太白”系列酒，年产值曾超过数亿元，成为当地的骨干企业。而江油本地的李白故里酒厂生产的“诗仙阁”系列酒，通过30多年的不断发展，产品竞争力不强，市场占有比例小，年产值也尚未过亿；太白茶厂建厂50多年，是四川百强茶企业，“太白茶”年销售也不过几千万元。所以，要在李白文化产业园建设中大量融入李白游踪元素。在湖北、安徽、山东等李白游踪地的乡土风情已逐步成为吸引人们眼球的亮点。桃花潭的开发，也是十分成功的、值得学习、借鉴的。在青莲李白文化产业园建设中，坚守传统文化，不要一味地将国外风情融入，弄得“怪怪的”，几不像。国外是庄园、城堡，并非这样“院子”那样“院子”。产业园的生命在市场，不能过度依赖门票经济、旅游地产，防止市场下滑而导致萧条景象。

文化要具有特色和独立的个性。应将李白重要游踪地的建筑、民间风情、创作的诗歌、李白同时代名贤交往等内容融入建设规划，并以诗歌演义及实景予以展现。此举既充分展示“国际诗歌小镇”的丰富内涵，又让游人饱览诗仙曾经的游踪。应坚持李白纪念活动的连续性和可持续性。要通过法定形式确定李白纪念日，并坚持年年举办纪念活动；应引导民间“清明会”“长寿会”“李白诗歌奖”以及“新诗典”颁奖等活动，举办李白公祭活动，切不可想起了才去祭祀，甚至引进什么皇家礼仪去祭祀诗仙，闹出笑话。应以四川省、绵阳市、江油市三级政府的名义，坚持举办国际李白文化节，在节庆活动中弘扬李白文化。防止李白文化重视年风风火火，平时可有可无。应以李白文化为载体，着力开发乡村旅游。继续做好“青莲桃花节”“千年李白·梦回大地”等富有特色、富有影响力的乡村旅游活动，在太白国家登山步道1000公里的建设中，大力开发融入李白文化内涵的幸福美丽新村，乡村休闲旅游产品，以提高其吸引力，逐步形成乡村旅游胜地。

(三)精心培植好弘扬李白文化的沃土,绿叶衬红花结出大硕果

土壤、水分是万物生长的必要条件,弘扬李白文化当然也离不开土壤和给养。应不断挖掘李白文化宝藏,壮大并支持中小微有关李白文化产业的发展,加快李白文化与旅游、信息、科技、体育等方面合作,形成具有一款总会适合你我他的文化消费。应积极争创国家级、省级文化产业园区。规划1000公顷,投资100亿元建设李白文化产业园,体量大、业态多、周期长。在江油市委、市政府的领导下,李白文化产业园以及国际诗歌小镇正在加快建设中,但其中国有资产、民营资本交错,大小投资经营主体多,难以形成建设合力。可先将李白文化产业园申报为副县级管理的产业园区,整合各参与主体力量,加快产业园建设;同时将新成立的江油文旅集团挂靠其中,政府入股文化产业园,以解决文物的保护利用和文化产业园经营管理问题,为争创国家级、省级文化产业园区创造条件。同时,应制定好保护利用规划。

李白在江油出生、学习、成长的遗址遗迹丰富,是各地都难以媲美的。李白在当涂县的墓园早已是全国重点文物保护单位,但李白故居有省保牌子已50多年了。一些领导由于认识上的偏差,怕李白故居成为全国重点文物保护单位就不好开发建设,岂知有了"国保"的金字招牌,会争取更多的保护资金。要持之以恒地抓好"李白故居"为全国重点文物保护单位的申报工作;应将李白文化体系建设纳入"十三五"规划文化建设部分,制定并实施李白在江油各处留存遗址保护、恢复的详细规划,对已列为保护的建筑文物要继续管护好、利用好,对散落残存在民间的单体建筑,要逐步安排修复,对历史传说或书中记载的建筑遗址,要按计划逐步恢复;要以动员社会资源为主,多方参与全方打造,着力完善李白文化纪念体系;江油市政府应尽快批准实施《李白文化产业园规划》。2014年6月,《李白文化产业园规划》就通过了四川省文化厅组织的专家评审,但时隔两三年,该规划还没有得到江油市政府的批准;应坚持长期营造李白诗歌宣传氛围。坚持对李白文化宣传的

长期投入,要舍得拿钱买吆喝,组织专家学者、现代传播媒体加大对江油传承和弘扬李白文化报道和著书立说的力度。普及李白诗歌要从娃娃抓起,在江油市中小学语文教学中适当增加李白文化的教学内容,坚持开展李白故里小小讲解员比赛活动。同时,通过经常举办李白文化高端论坛和诗歌朗诵会、赏析会、诗意演义故事会、歌唱会等,广泛开展群众性的文化宣传活动,在本地努力形成人人都能诵读、个个都能阐释李白诗歌的良好氛围。

(四)加强李白文化的运用研究,注重成果转化促进经济发展

李白故里的专家学者长期坚持对李白进行研究,重点偏侧李白的诗歌、出生地等问题,对李白的精神、文化价值进行系统性研究较少,成果也不甚突出,有数量,缺质量。虽然四川省李白研究会在江油市设立秘书处已是第八届了,但本地没有专职从事李白文化研究的人员,同时也由于激励机制的缘故,一批兼职人员因工作原因基本停止研究,处于青黄不接的状态。作为李白文化主打品牌的江油,理当将研究工作常态化,特别需要加强李白文化运用型的研究。四川省李白研究会与中国李白研究会虽无隶属关系,但宗旨和使命大致一样,一些研究人员也分别在两个研究会里挂职,应形成成果共享,互通有无,充分运用好两块牌子,举办好李白文化高端论坛,推出一批具有含金量的学术成果。江油应大力引进外地人才,在综合类大学或全国各地招聘历史、中文专业的优秀大学毕业生、李白文化研究型人才,为发展李白文化产业提供人才支撑;应建立江油本土常设研究机构。成立“江油市李白文化与产业发展研究院”,为常设运用型研究机构,配备专职研究人员 10 人以上,并将本地相关企事业单位及热爱李白研究的人才吸引到研究组织中来,加强自主研究,发挥智囊团作用,推进研究成果转化;应建立激励机制,完善政府向社会购买服务机制。应逐年增加并通过社会筹集李白文化研究经费,建立考核奖励制度,鼓励专业人员和有研究基础的人士主动开展李白文化研究,并参与交流活动,对有研究成果及成果转化的给予一定报酬或奖励,充分调动本土

研究人才的积极性。同时，做好李白民间故事申报省级、国家级非遗项目等工作，给代表性传承人创造良好的传播李白故事的空间和条件。

(五)进一步整合李白文化资源，强化文化和旅游的深度融合

文化产业是可持续发展的产业，投资29亿元、占地1000多亩的绵阳华夏历史文化科技产业园已落户江油，这给发展李白文化产业带来活力。充分地利用“李白文化+”，定会给旅游带来强大的生命张力。在决胜全面小康之际，更要让李白文化发挥在脱贫攻坚实现文化惠民、旅游富民中的作用。江油作为李白故里，在李白文化产业发展上，理应抢占先机，顺势而为，成为龙头或者一面旗帜。应紧紧围绕江油市委提出的“产业兴市”这篇大文章，将李白文化的影响力深度融入“一带一路”建设，特别是西(安)成(都)高铁的开通，区位优势、交通优势更加明显。抓占高地，建设以李白文化为内核，哪吒文化、火药文化、红色文化优势互补相得益彰的全国乃至世界著名旅游目的地。

要以项目带动李白文化产业的大发展，重点将李白纪念馆和李白故居捆绑，启动创建国家5A旅游区，打造“大文化”品牌；在青莲打造一台以李白文化为主题的山水实景剧，或一台反映李白文化的民乐演奏，引进《李白》舞剧、《诗酒太白》川剧等优秀文艺产品，让游客的脚步停下来，留下来；设计开发一批具有李白文化的旅游纪念品，让游客有更多的选择余地；创新七禧酒店“李白诗酒宴”、李白纪念馆唐文化体验生活馆，满足广大游客口福，创建几家李白文化主题酒店，让游客住得舒心、惬意；利用构建现代公共文化服务体系，鼓励和扶持创作一批有关李白题材的小说、诗歌、散文、电影、电视连续剧、川剧、话剧、动漫、图书、书法、美术、音乐、舞蹈、民间工艺等作品，丰富文化内涵；结合国家太白登山步道建设，将江油的人文旅游景点串起来，提供更多的旅游产品，满足人们的需求。

同时，要抓好实施项目的保障措施，在组织、政策、资金、人员

等方面予以落实。

结　语

“长风破浪会有时,直挂云帆济沧海。”新时代开启新征程,新景象要有新作为。李白文化建设和产业发展要具有可持续性,坚持弘扬李白文化,大力发展李白文化产业,符合贯彻落实党的十九大精神,符合“创新、协调、绿色、开放、共享”发展理念,符合《国家“十三五”时期文化发展改革规划纲要》,更符合建设“四个江油”和江油经济社会发展。李白故里与游踪地应求大同,存小异,坚持发展才是硬道理的理念,进一步强化合作与沟通。

通过系列措施,通过不断建设和发展,力争在 2020 年,李白故里文化产业总收入达到 200 亿元,从业人员达到 2 万人,2025 年文化产业收入达到 300 亿元,从业人员达到 3 万人,使故里的李白文化产业给李白重要游踪地产生巨大的影响,最终让李白及其文化在四川乃至全国历史名人文化传承发展工程中占有重要席位。

本文参考并引用了 2015 年政协江油市委员会《关于对李白重要游踪地文化建设看李白文化传承和产业发展的考察报告》成果,并得到江油市李白纪念馆原馆长、副研究馆员郭兴隆先生和江油市李白纪念馆馆长丁颖女士的指导,在此特别鸣谢。

(作者单位:四川江油教育体育和文化广电新闻出版局)

一定要将古宣州建成李白诗歌基地

王宏平

唐代开元、天宝年间，宣州（天宝元载）改州为郡，宣州改为宣城郡（乾元元年，又改郡为州）辖十一县：宣城县、当涂县、泾县、绥安县（至德二年，改为广德县）、溧阳县、溧水县、南陵县、秋浦县、青阳县（天宝元载，从泾、南陵、秋浦三县析出）、宁国县（天宝三载从宣城县析出）、太平县（天宝十一载，从泾县析出），辖区大约相当于现宣州市的宣州区、郎溪县（北宋年间，从广德县析出）、广德县、泾县、旌德县（宝应二年从太平县析出）、宁国市，芜湖市的镜湖区、弋江区、鸠江区、三山区、芜湖县、繁昌县（南唐升元年间从南陵县析出）、南陵县，马鞍山市的博望区、花山区、雨山区、当涂县，池州市的贵池区、青阳县、石台县（唐永泰二年析秋浦、青阳、泾县地置），铜陵市（唐朝后期从南陵县析出）的义安区、铜官区、郊区，黄山市的黄山区（原太平县），江苏省的溧水区、溧阳市，总面积约27310平方公里。

宣州北临长江，南靠绵延的黄山山脉和九华山山脉，黄山山脉向南延伸到宣城县、泾县、南陵县、当涂县境内，水系主要是青弋江，青弋江在泾县境内称泾川。九华山山脉向南延伸到青阳县、秋浦县境内，主要河流为秋浦河、清溪，清溪与秋浦河几乎平行，在长江边汇合形成贵池,最后入长江。

在当涂县的东南部有面积达数千平方公里的湖泊:丹阳湖。丹阳湖主要承接黄山山脉的水源,黄山山脉在宣州的东面形成一条河流——水阳江。水阳江水入丹阳湖,是丹阳湖的主要水源。丹阳湖经姑熟溪入长江。

此外,在溧阳县、溧水县境内有濑水,属茅山山脉发源的水系。

宣州古时是铜铁冶炼之所,著名的有梅根冶、铜官冶,铸钱之地为钱溪。

综上所述,唐代的宣州,地域辽阔,物产丰富,境内有两大山脉与众多河流湖泊,上接江州、江夏,下紧临江南最繁华的都市金陵,又可沿长江达扬州、润州、江南,交通便利,地理位置突出。此外,宣州还是李白后期最为景仰的南齐大诗人谢朓曾经任太守的地方。谢朓于南齐明帝建武年间(494—496)出任宣城太守,虽然只有短短的两年多时间,却是他诗歌最为成熟的时期,他在赴任途中和在任太守期间,留下许多佳美的诗篇。如他在赴任途中作《京路夜发》《之宣城郡出新林浦向板桥》《晚登三山还望京邑》都是最为著名的诗,《游敬亭山》是写敬亭山的绝唱,敬亭山也因此成为天下名山,《始之宣城郡》《高斋视事》《宣城郡内登望》《落日怅望》《冬晚郡斋事隙》《游山》《怀故人》等,诗作都达到十分圆润的程度,将景物与心情完全融合到一起。他在宣城郡内共作有31首诗。

李白一出川就与宣州结缘。开元十四年(726),李白顺长江东下,经过天门山,有感于天门山的神奇,吟出《望天门山》这首脍炙人口的诗篇。那时,少年李白胸怀九州,豪情万丈,他的诗充满着豪迈的气势。

李白第二次到宣州是在开元二十五年(736)。经历京城长安求仕失败的打击后,开元二十五年,李白开始了第二次吴越漫游。年底,李白从越中返回,经湖州沿荆溪上溯抵达宣州的溧阳县。李白来溧阳的目的是瞻仰史贞义女。相传伍子胥历尽千难万险,过昭关、渡长江,到达溧阳的濑水湾,因躲避追兵,昼伏夜行,已经数日不食。此时史女正在溧水漂洗衣衫，听完伍子胥的伤心诉说，万分同情，便将一钵糊浆递与伍子胥。伍子胥食毕欲行，又恐此女子吐露他的行踪。正在他踌躇欲言时，史女知其含义。她十分伤心，心中怨恨此人对自己如此的不信任，但为了日后伍子胥能够报家仇国恨，便毅然举身投入溧水，以让伍子胥放心。这是多么难能可贵的义行和壮举，这是用纯洁和生命演奏的赞歌，这是人世间美的升华与永恒。李白深深景仰，故不远万里来此瞻仰。后来，伍子胥在吴国发迹，与著名的军事家孙武一同率吴军踏破楚国的都城郢，掘平王墓，鞭平王尸，终于报了自己的家仇国恨。在回军时，经溧水，祭奠史女，投千金于溧水，以表达自己不尽的感恩之情。后世人感激于史女的贞义行为，在溧水边建贞义女庙以纪念和表彰史贞义女。李白写下《游溧阳北湖亭望瓦屋山怀古赠同旅》诗。

开元二十五年底，李白是在金陵度过的。开元二十六年，李白因庐江太守嗣吴王李祗之邀前往庐州，于夜间停留当涂的横江渡时，写下《夜泊牛渚怀古》这首诗。此时，李白已经酒隐安陆十载，这期间，他无数次地向自己的理想冲击，但都铩羽而归，如在安州遭到裴长史的误解，在京城遭到朝廷和达官贵人的冷遇，甚至受到卫尉张垍的戏弄，在荆州遭到荆州大都督府长史兼襄州刺史兼山南东道采访处置使韩朝宗的不待见。但李白从没有失望过、消沉过。虽然，他在京城目睹了朝廷的腐败和皇帝的懈怠，也为自己的理想和抱负无法实现而深深地苦恼、愤愤不平，但李白追求理想的步伐从没有停顿过。此刻在牛渚，在谢尚遇袁宏处，李白自然感慨万端，希望能够凭着自己的大才，得到朝廷的甄拔和别人的推荐，能够一展自己的抱负。

李白第三次到宣州是在天宝八载(749)。天宝四载，李白离开朝廷，他的理想彻底地破灭了。天宝五载，他第三次漫游吴越。天宝七载，李白在梁园与宗氏成婚。天宝八载，接到好友崔成甫的来信，便离开梁园赶至金陵。

《资治通鉴》卷 215 载："天宝二载三月，江淮南租庸等使韦坚引浐水抵苑东望春楼下为潭，以聚江淮运船，役夫匠通漕渠，发人丘垄，自江淮至京城，民间萧然愁怨，二年而成。丙寅，上幸望春楼观新潭。坚以新船数百艘，扁榜郡名，各陈郡中珍货于船背；陕尉崔成甫着锦半臂，缺胯绿衫而裼之，红袹首，居前船唱《得宝歌》，使美妇百人盛饰而和之，连樯数里；坚跪进诸郡轻货，仍上百牙盘食。上置宴，竟日而罢，观者山积。夏，四月，加坚左散骑常侍，其僚属吏卒褒赏有差；名其潭曰广运。"其时李白待诏翰林，崔成甫为陕县尉，不久因通广运潭功升为监察御史。崔成甫乃名门之后，是开元年间名士通议大夫兼太子宾客崔沔之子。崔氏也是清河望族。崔成甫素有诗名，与李白一见泯合。可是好景不长，天宝三载，李白离京。天宝五载，崔成甫因韦坚案受到牵连下狱，在从兄户部侍郎夷甫、校书郎众甫等营救下，才免去一死，被放逐到湘阴任县尉。李白与崔成甫在金陵相会。不久，崔成甫告辞，两人相约明年同往宣城一游，这是两人都对谢朓诗情有独钟的缘故。

谢朓，字玄晖，南朝齐人，中国历史上杰出的山水诗人，人称"小谢"，他将中国山水诗推向极致。他的诗圆润婉转、清新秀丽，注重自然景物与内心的感受相结合，寓情于景，故感人至深。他还十分注重诗的音律与工整，创造了"永明体"，是近代诗的雏形，开后代律诗的先河。南齐建武二年(495)夏天，谢朓出任宣城太守，这是他诗歌走向成熟的最重要时期。

李白少年时代最推崇的是中国山水诗鼻祖谢灵运的诗。谢诗将中国的诗歌引入到自然与山水，对中国诗歌的发展贡献巨大，他的诗大气磅礴，词语华丽，将山水描摹到极致，故深得后人尤其是唐代诗人的推崇与追慕。唐代杰出的诗人几乎都追寻过谢客的足迹，如孟浩然、王维、杜甫、高适、崔国辅、岑参、储光羲等。现代人称之为"唐诗之路"。李白一出川，就直接奔往谢客曾经待过的永嘉与剡中。他在诗中写道："此行不为鲈鱼鲙，自爱名山入剡中。"后来又三次南下吴越，追寻谢客的足迹。李白在经历政治的失败、生活的磨难后，对诗的认识也产生了质的飞跃，渐渐抛弃华丽浮躁的诗风，转而追求清新、自然、秀丽的诗风，以表达自己的真情实感。而谢朓代表着中国诗歌史上最高成就，李白称之为"清水出芙蓉，天然去雕饰"。

送走崔成甫后，李白便没有回梁园，而是数度往宣城郡的当涂及当涂对岸的历阳郡一带游玩、访道。这是李白第三次到宣州。当涂，古之丹阳县。三国时，孙权在此筑城，称姑熟城。东晋时，大将军王敦举兵倾覆京城金陵后不久，又迁往姑熟镇守，后病死姑熟。东晋兴宁三年（365），大司马桓温移守姑孰，并于太和四年（369）在这里率5万大军渡江攻打北燕，军事失败后更加紧了篡逆的步伐，幸被谢安挫败。桓温死后，其弟中军将军、都督扬豫江三州诸军事、扬豫二州刺史桓冲镇守姑熟，桓冲尽忠于朝廷，与丞相谢安一起安定了摇摇欲坠的汉室。此时，当涂县宰是李白的族叔李有则，李县宰请李白为天门山作铭，李白作《天门山铭》，又为当涂化城寺新铸成的大钟作《化城寺大钟铭并序》。化城寺乃是三国时康里国僧会法师到江南时所建，取名化城，喻佛法化出之意，因众生欲往成佛之所，路途遥远险恶，于中途化一城郭，让众生暂时歇息，恢复体力后再往宝所。南宋孝武帝南巡时曾驻跸于此。僧升公到此主持后，增造舍利塔和大戒坛，又建清风亭于寺边的西池上，而今又铸大铜钟悬于大戒坛。李白作有《陪族叔当涂宰游化城寺升公清风亭》。

此期，李白还在丹阳湖畔的横望山建有石室，并在此炼丹求仙。横望山是"山中宰相"、南朝著名道教大师、医药学家陶弘景曾经长期隐居的地方。李白作《赠丹阳横山周处士惟长》。此外，李白此期还作有《自金陵溯流过白壁山玩月达天门寄句容王主簿》《酬殷佐明见赠五云裘歌》《夜泊黄山闻殷十四吴吟》。黄山，在当涂县城往北约五六里路，姑熟溪从这里流过。姑熟溪发源于县城东南面的丹阳湖，河道弯曲，全长近四十里，中途汇集南面龙山、青山的水系，至牛渚入大江。溪水在黄山西面脚下流过，这里有黄山渡。黄山是一座不大的小山，但由于南朝宋高祖武皇帝刘裕在此建塔而闻名，宋孝武帝刘骏又于山上筑行宫，建凌歊台。

天宝九载(750)秋，李白和崔成甫如约到达宣城，至天宝十四载安史之乱爆发，李白几乎是在宣州渡过的，他游遍了宣州的山山水水，足迹遍及宣城郡的每一个角落，宣城境内的敬亭山、宛溪、句溪、泾川、黄山、九华山、清溪、五松山等都给李白留下了深刻印象。尤其是清溪，李白情有独钟，仿佛寻找到了他心灵中久久渴望的一片田园。此期李白共作诗106首，文6篇，其中宣城诗29首诗，文4篇:《赠宣城宇文太守兼呈崔侍御》《游敬亭寄崔侍御》《宣州九日闻崔四侍御与宇文太守游敬亭余时登响山不同此赏醉后寄崔侍御二首》《登敬亭北二小山余时送客逢崔侍御并登此地》《九日登山》《饯校书叔云》《赠从弟宣州长史昭》《宣州长史弟昭赠余琴溪中双舞鹤诗以言志》《赠崔司户文昆季》《送崔氏昆季之金陵》《听蜀僧濬弹琴》《观胡人吹笛》《别韦少府》《赠宣州赵太守悦》《宣城见杜鹃花》《戏赠郑溧阳》《春日独坐寄郑明府》《寄当涂赵少府炎》《秋登宣城谢朓北楼》《谢公亭》《题宛溪馆》《独坐敬亭山》《宣州谢朓楼饯别校书叔云》《寄崔侍御》《古风其一》《过崔八丈水亭》《赠宣州灵源寺仲濬公》《自梁园至敬亭山见会公谈陵阳山水兼期同游因有此赠》《登敬亭山南望怀古赠窦主簿》《秋于敬亭送从侄耑游庐山序》《赵公西候新亭颂》《宣城吴录事画赞》《为赵宣城与杨右相书》。

泾县诗18首:《赠黄山胡公求白鹇并序》《别山僧》《泾溪东亭寄郑少府谔》《早过漆林渡寄万巨》《下泾县陵阳溪至涩滩》《下陵阳沿高溪三门六剌滩》《与谢良辅游泾川陵岩寺》《泾川送族弟錞》《赠何七判官昌浩》《泾溪南蓝山下有落星潭可以卜筑余泊石上寄何判官昌浩》《游水西简郑明府》《过汪氏别业二首》《送温处士归黄山白鹅峰旧居》《春游罗敷潭》《观鱼潭》《赠汪伦》《酬崔十五见招》。

青阳县诗3首:《望九华赠青阳韦仲堪》《改九子山为九华山联句并序》《望木瓜山》。

秋浦县诗43首:《赠崔秋浦三首》《赠秋浦柳少府》《赠柳圆》《宣城清溪》《清溪行》《入清溪行山中》《宿清溪主人》《秋浦歌十七首》《古风其四》《山鹧鸪词》《秋浦感主人归燕寄内》《秋浦寄内》《自代内赠》《答高山人兼呈权、顾二侯》《宿虾湖》《游秋浦白笴陂二首》《与周刚清溪玉镜潭宴别》《独酌清溪江石上寄权昭夷》《秋浦清溪雪夜对酒,客有唱山鹧鸪者》《清溪半夜闻笛》《闻谢杨儿吟猛虎词,因此有赠》。

南陵县诗9首:《铜官山醉后绝句》《答杜秀才五松山见赠》《与南陵常赞府游五松山》《纪南陵题五松山》《于五松山赠南陵常赞府》《送通禅师还南陵隐静寺》《五松山送殷淑》《南陵五松山别荀七》《宿五松山下荀媪家》。

当涂县诗4首,文1篇:《下途归石门旧居》《当涂赵炎少府粉图山水歌》《登黄山凌歊台送族弟溧阳尉济充泛舟赴华阴》《书怀赠南陵常赞府》《夏日陪司马武公与群贤宴姑熟亭序》。

溧阳县文一篇:《溧阳濑水贞义女碑铭并序》。

这五年,李白的大致历程为:

天宝九载初秋时节,李白和崔成甫到达宣城,宣城太守姓宇文。其时,宣城郡乃江南大郡,辖十一县,南朝宋著名史学家范晔就是在贬任宣城太守时完成历史巨著《后汉书》的,谢朓三十二岁任宣城太守时,他的诗歌才真正走向成熟,宣城时期也是他创作的最高峰。正直李白的族叔校书郎李云来宣州公干,李白、崔成甫、李云在宇文太守的安排下,尽情游览宣城名山佳水。

宣州城北依敬亭山,句溪从南面流淌而来,与从西往东流的宛溪在城边相汇,然后一起向北流去。敬亭山绵亘近百里,山体虽然不高,却异常清秀,山上林木繁茂,山泉清幽,浓荫密布,溪水潺湲。句溪和宛溪如两条玉带将江城围裹。李白作有《题宛溪馆》《游敬亭寄崔侍御》《宣州九日闻崔四侍御与宇文太守游敬亭,余时登响山不同此赏醉后寄崔侍御二首》《登敬亭北二小山余时送客逢崔侍御并登此地》《九日登山》《独坐敬亭山》等诗。

城内有谢朓楼，又称谢朓北楼，乃是谢公在任时所建的高斋，后人为纪念这位伟大的诗人，将高斋改造成阁楼，因在郡府之北，故称“北楼”。李白作有《秋登宣城谢朓北楼》《宣州谢朓楼饯别校书叔云》等诗。

谢公亭在城北通往金陵的大道上，原是一座憩亭。谢朓为宣城太守时，曾在此送别好友大诗人范云。他们是极度相知的朋友，此时两人俱被排挤出朝廷，好友相见自是一番感慨，临行前有无数的话语齐集心头。后人为纪念谢朓，故名为“谢公亭”。李白作有《谢公亭》诗。

这是李白最开心的日子，李白与崔成甫及宇文太守惬意往来，尽兴游赏宣城风光。可是，美好的光阴总是那么短暂，秋末，崔成甫要回湘阴了，众人难舍难分，他们知道，这一别不知何年才能相逢。李白和宇文太守清楚，崔成甫心中是多么的忧愁和苦闷，他不仅是由于个人遭受沉重打击而身心难以承受，更由于国事如此不堪而万念俱灰，这次的宣州之行，可能就是他生命的最后旅程。别离的头天夜晚，李白和宇文太守集众人在谢朓楼宴请崔成甫，李白作诗《寄崔侍御》。

崔成甫走后，李白心中失落了很长一段时间，他细细体会着这黑暗的社会和这惨淡的人生，不知道自己何去何从，通过多少不眠夜晚痛苦反复的思索，李白终于悟出孔子立言的道理。孔子一生致力于实行仁政，为此曾周游列国，历尽磨难，但在世风日下、道德沦丧的春秋时期，他的理想无法实现，但他一生总是不懈地努力着，直到晚年才无奈地回到故乡鲁国。孔子在理想无法实现、徘徊和苦闷的情况下，决心著书《春秋》和编辑删简《诗经》，将自己的理想寄托在《春秋》这部书里。孔子虽然逝去了一千余年，但他的思想似日月般照耀着后世的社会，他为人类留下了一笔多么宝贵的精神财富呵！李白也决心摈弃这黑暗的社会与现实，走一条崭新的道路，那就是将秦汉以来直至现在的诗词进行整理和编辑，同时通过自身的创作实践，为后世留下一笔财富。在重新确立自己的奋斗目标后，李白作《古风其一》诗表达自己的决心。

李白到宣州后，便深深地热爱上这片美丽的山水。宣州乃是山水奥区，南高北低，北临长江，江岸线长达数百里，南面有三大山脉，靠西面为九子山脉，也即陵阳山脉，主峰在青阳境内，中间为黄山山脉，主峰在泾县境内，东面为天目山脉。天目山脉主峰不在宣州境内，但其支脉向西北延伸至宣州的宁国县和绥安县，形成了一条横穿宣州东部的水系——句溪。句溪北流入丹阳湖，经姑熟溪入长江。黄山山脉在宣州境内向东北方向延伸，泾县、宁国、绥安、宣城、当涂境内的大小山峰多为黄山山脉延伸的余脉，泾水汇集境内大小的溪流，浩浩荡荡流入长江。九子山脉在宣州境内向西北方向延伸，青阳、秋浦、南陵多为九子山系，形成的水系有青阳境内的九子河和秋浦境内的秋浦河。宣州境内多山，山峰一座连着一座，秋浦和南陵自古就是冶炼青铜和铸铁的基地，尤其是南朝时，得到充分的开发。宣州东边溧阳、溧水、当涂、宣城境内有大片的湖泊——丹阳湖，长江沿岸有冲积的小块平原。

李白与宣州的官员、学子，宣州城里的乡绅、百姓，宣州境内的名僧高士等结下了深厚的情谊。如郡府的司户参军崔文兄弟、溧阳县令郑宴、秋浦县令崔南风、南陵县尉常明海、泾县尉郑谔、宣州灵源寺仲濬公、黄山温处士、陵阳会公，还有宣州城里的崔明龙丈人、隐士蒋华及酿酒的纪立秋老人等。李白有诗《赠崔司户文昆季》《送崔氏昆季之金陵》《戏赠郑溧阳》《春日独坐寄郑明府》《过崔八丈水亭》《赠宣州灵源寺仲濬公》《登敬亭山南望怀古赠窦主簿》《宣城吴录事画赞》等。

仲冬时节，李白启程回东鲁看望两个幼小的孩子，并回梁园与妻子宗氏相聚。天宝十载秋，李白如约从梁园来到宣州，作《自梁园至敬亭山见会公谈陵阳山水兼期同游因有此赠》诗。李白在宣城与朋友们徜徉数日后，便应会公之约往陵阳。他先到泾县，然后沿泾水上溯。泾水全长 300 多公里，承接着黄山山脉北面的全部水源和九子山脉东北面的部分水源，主干西南至东北走向，支流有徽水、琴溪等,其中徽水为最大支流,发源于黄山山脉东北面,南北走向。泾水径流量大,长年不绝,水流湍急,沿途是连绵的大小山峰,泾水穿行其间,是那么清幽、神秘。

李白至青阳,其时青阳县宰姓韦名仲堪,字权舆,李白作《望九华赠韦青阳仲堪》诗以赠。韦县宰汇同会公、高士高霁,陪同李白往游九子山。九子山方圆近160平方公里,四周达200公里,有近百座山峰林立,如一朵盛开的硕大莲花,其中九座山峰海拔达千米以上,似九根倚天擎柱,直插入云表。最高十王峰海拔1300余米。九子山既雄奇壮丽,又清秀婉约,如一娴静处子深藏在江南这片美丽丰饶的大地上,不为外人所知,史书上少有记载,名贤亦罕有佳咏,就连大诗人谢朓任宣城太守时亦不曾提及,可谓憾事。只有西汉刘向《列仙传》上记载:西汉武帝元封时置陵阳县,县令窦子明字伯玉者,因好道求仙,遂辞去县令入陵阳山(即九子山)修道,在溪中钓一白龙,后骑白龙升天。在会公的带领下,他们游览了九子山全景。九子山以清秀为本,山山相连如屏风折叠,山上林木繁多,遮天蔽日,山谷间有大片空旷的冲击山地,溪流沿谷间和山脚终年不息地流淌。但进入九子山核心地带海拔高的山峰,却另是一番景色,山峰兀自突起,高出云汉,山上林木稀少,有大片裸露的山岩,在阳光下熠熠闪光,峭壁千仞,有松树倒挂其间,碧泉飞落,如彩带飘舞。谷间云蒸霞蔚、雾气蒸腾。十王峰如一根金茎插向云空,四周是万丈绝壁,山顶有一条云萝小道通向比它稍低的天台峰。天台峰顶有巨石平如砥,仿佛是仙人聚会的场所。天柱峰如擎天一柱,似云间华表。独秀峰兀自独立,如玉女婵娟。莲花峰峰顶山石风化如佛国莲花,让人向往佛国世界。罗汉峰山石排列树立如众罗汉。李白等认为九子、陵阳名字都不好,该山整体像一朵佛国莲花,其中高的九座山峰耸起亦如盛开的青莲花,不如将该山取名“九华山”。于是众人联句为九华山歌咏,正式改九子山为九华山,李白作《改九子山为九华山联句并序》。

离开九华山,李白来到泾县南面的黄山。黄山原名黟山,天宝六载,唐玄宗因轩辕黄帝在这里采药炼丹、得道升天,故改其名为“黄山”。黄山是江南最高的名山,海拔高达1864.8米,高出五岳。黄山主体山脉方圆达数千平方公里,而它的主峰在泾县西南部,面积达160平方公里。黄山主峰整体地势很高,面积很广,山体内部及四周是很深的峡谷,碧潭似粒粒明星,与溪水相映成趣,印照着美丽的山色和如画的山峰。这里人迹罕至,山峰连绵起伏,溪流纵横,遮天的树木将山体覆盖得严严密密。

李白在处士温公、胡公等引领下游览了黄山。温公、胡公隐居于黄山东面的白鹅岭。白鹅岭海拔达1700余米,东面是直立的峭壁和深深的峡谷。白鹅峰岩壁裸露,在阳光下奕奕生辉,峰顶有一巨石向上突起,仿佛插入云霄,恰似白鹅头上的红包,故人称“白鹅峰”。往西是丹霞峰,这里是观赏晚霞的最佳处。丹霞峰海拔亦在1600余米,是黄山西面最高的山峰。当夕阳西沉时,万顷彩霞铺满天空,如熊熊的烈火在燃烧着,闪烁着血红色的光亮。残阳洒在苍茫的群山上,如同铺上一层亮丽的锦绣,那悬崖、那峭峰、那深谷、那沟壑,显得那么明暗相宜,如剪影般,分明是一幅色彩明亮的美丽画卷。这时你站在峰顶举起双手向上苍祈祷,那么你的身影便被夕阳浸透,与山峰一起变成了一幅活的画卷。这就是黄山晚霞。

丹霞峰往南,便是最为壮观的黄山西海大峡谷。但见群峰在这里突然崩塌,形成一道道幽深的峡谷,峰壁如削,垂直地降到万丈的谷底,壁上寸草不生,山岩裸露。峡谷向西延展开去,形成一层层一道道高岩与峡谷相间隔。高岩从谷底突兀而起,四壁如削,有宽有窄,有高有低,宽的能遮挡前面的高岩与山峰,窄的如同一扇半掩半开的大门,高的能矗立到与峰顶平齐,低的如同插在深谷间的金茎。有的两片高岩相对竞相挺起,之间形成一道狭窄的缝隙,从万丈谷底直达岩顶,有的群岩叠嶂如流动的屏风。凭崖而观,魂惊魄悸,令人不得不惊叹于大自然的鬼斧神工。

向南沿峡谷边缘而行,攀登上一座山峰,这就是光明顶。光明顶是黄山第二高山峰,海拔1860米。光明顶的南面偏东为黄山第一高峰莲花峰,如一朵佛国莲花盛开在天宇之中。山峰极为陡峭,极不易攀登。登上峰顶,仿佛如入天庭,宇宙在脚下变小,四周的山峰也默默地低下头去,唯有北面的光明顶和东南面的天都峰能够比肩。天都峰雄居于黄山的东南端。它从群山中拔起,如同一擎天石柱直插入霄汉。四壁陡峭、直立,上下达数万丈高。人们在峰脚只能仰天长叹,无人能达其峰顶,一睹其高大、雄奇、神秘的英姿。

黄山的日出蔚为壮观,绚丽多彩,令人勃发生命的活力。但黄山最美的是云海。当雨过天晴,湿气蒸发成云雾,在峡谷间酝酿蒸腾,很快便填满峡谷。云雾越来越浓,越来越密,似白绵般洁白,似羽绒般轻柔,仿佛凝固在山谷间不动。不久,雾气向上蒸腾,漫过谷顶、漫过峰腰,很快便如海浪般吞没一切。远处不高的山峰已葬身海底,只有数十座很高的山峰在云海中载沉载浮。这时,如果遇上日出或晚霞,那云海便与霞光相映衬,分不清哪是天哪是海,哪是云哪是雾,但见漫天一色,似彩缎飞舞,似云海翻腾。人在峰顶,已不知自己身在何处,仿佛进入到空灵的世界。

李白饱览了黄山奇异的风景和日出云海的奇观。黄山太美了!美得让人不愿再离开。李白踏遍了祖国的山山水水,亦曾游历遍天下名山,但没有哪座山能与黄山相媲美。

临行,胡公将其最珍爱的双白鹇赠送给李白。李白作《赠黄山胡公求白鹇并序》诗答谢。

天宝十一载,溧阳县宰郑晏邀请李白往溧阳为刚落成的贞义女碑书写碑铭,李白作《溧阳濑水贞义女碑铭并序》。

李白又应秋浦崔县令之邀往秋浦游览。秋浦因境内溪流澄碧常年似秋而得名,隋开皇年间分南陵县置,县城在贵池旁。贵池乃因秋浦、清溪两条河流自南向北流淌至长江边汇合,形成一个面积达数百公顷的湖泊,然后入长江。南朝梁昭明太子封地在此,因此命为贵池。秋浦境内多山,自古是铜铁冶炼的重要基地,南朝时尤甚。东晋田园诗人陶渊明来往京城金陵时,曾在境内的钱溪歇足,留下《乙巳岁三月为建威参军使都经钱溪》这首著名的诗篇。那时钱溪为有名的梅根冶,是东晋朝廷铸钱的地方,有梅根河通长江,人们又称此河为“钱溪”。

秋浦还因昭明太子在此集文学之士著《文选》而闻名。《文选》是我国古代最早的一部诗文总集,共30卷,选录上起子夏、屈原,下迄当时,共130余位作家各种体裁风格的优秀作品,计38类700余篇。作品以诗文为主,不收录经、子、史。《文选》将诗文分为赋、诗、骚、表、书、序、颂、碑文等八大类,按时编排,使读者能够从中看出文体发展的轮廓,领略到自战国至梁代约800年间各种文体的代表作品和大致风貌,为后人研究这一时段的文学史,提供了极为丰富的资料,对后世产生了极大的影响。

李白深深地热爱清溪的山水,他完全陶醉了,仿佛寻找到了他心灵中久久渴望的一片田园,如同谢客之于永嘉,陶潜之于南山(即庐山),小谢之于金陵,王子猷之于剡溪。清溪似一片天外的山水,美轮美奂,它穿行于崇山峻岭之中,如清纯的少女,不为外人所知。两岸的青山青翠欲滴,溪水一澄如碧。白猿在枝间跳跃,如白练翻飞,夜晚在林间长啸,攀引枝条,饮弄着水中之月。白鹭飞停在树梢,如白云从天际飘落。山鸟飞过天空,在澄潭上写下倩影。李白陶醉于斯,沉吟于斯,歌咏于斯,心灵如溪水流洗过一般。李白在秋浦作诗《赠崔秋浦三首》《赠柳圆》《宣城清溪》《清溪行》《入清溪行山中》《宿清溪主人》《秋浦歌十七首》等。

秋后,李白在泾县尉郑谔的邀请下,又有了泾县之行。泾县城坐落在泾水之东,其东北二十里有琴高山,琴溪流经山下,入泾水。琴高山由一带不高的山峰构成,山色常绿,风景优美,山上有洞,泉水从洞中流出,常年不断,山下有琴溪相萦绕。相传汉代琴高公在此隐居修炼,后控鲤升天,后人名其山为琴高山。城西十里隔水有水西山,山上有寺,名凌岩寺。水西山方圆近数十里,山势雄峻,山脚直插入泾溪。

泾县的风景最佳处自然是在黄山,但泾川亦美不胜收。泾川是美的,泾水浩浩地流淌着,永无止息,两岸的青山远近相映,层次分明,如剪影般。小舟每前进一步,景色便随着变幻,让人目不暇接,心灵被山川洗礼着、沐浴着、温暖着。李白在泾县留下《别山僧》《泾溪东亭寄郑少府谔》《早过漆林渡寄万巨》《下泾县陵阳溪至涩滩》《下陵阳沿高溪三门六剌滩》《送温处士归黄山白鹅峰旧居》《赠汪伦》等诗篇。

天宝十二载年底,李白在宣城度过。他作的诗篇有《戏赠郑溧阳》《春日独坐寄郑明府》《宣州长史弟昭赠余琴溪中双舞鹤诗以见志》。

初夏,李白至当涂。当涂县令已经换为李白的从叔李明化。李白在当涂作诗《当涂赵炎少府粉图山水歌》《登黄山凌歊台送族弟溧阳尉济充泛舟赴华阴》《书怀赠南陵常赞府》。

七月,李白至南陵。南陵东临当涂、宣城,南与泾县、青阳县接壤,西临秋浦,北据大江。境内多山,是九华山向北延伸的余脉,北面沿江有大片冲积的平原。南陵和秋浦自古以来都是国家重要的青铜产地,南陵的铜矿多在县境西面的大山中,著名的有铜官山、大工山等。境东有隐静山,由数座山峰构成,山顶有隐静寺,相传由晋时的杯渡禅师所建,禅师又在寺前种下数里长的新罗五叶松。李白在县丞常建、高士殷淑、隐静寺的通禅师、本县逸士荀岩松、秀才杜仲等陪同下,游览了南陵境内的山川和名胜。李白最钟爱的是铜官山,他从青铜的冶炼和发展中,寻找到历史的脉络,体会到时代的变迁和人类历史的发展。李白作《铜官山醉后绝句》《答杜秀才五松山见赠》等诗。

天宝十三载春,李白再次来到宣城。宣城宇文太守已解职,继任太守是李白的故人赵悦。李白在宣城作《宣城见杜鹃花》《听蜀僧濬弹琴》。在当涂作《夏日陪司马武公与群贤宴姑熟亭序》。

天宝十三载冬,李白再次来到秋浦的清溪。他从清溪的源头开始探寻,足迹遍及清溪两岸的山山水水。清溪属九华山水系,发源于九华山西部、秋浦县南境的一带群山,最南端有一岭,称"黄山岭”,岭南的溪水流入秋浦河,岭北的溪水流入清溪。黄山岭由长长的山脉构成,岭高近三百米,岭长二十余里。岭下清溪有一片大的湖泊,湖中盛产白米虾,人称“虾湖”。虾湖下游临清溪河水有一片山陂,陂上有万竿青竹,与白水相映,当地人称“白笴陂”。从白笴陂向北下行十余里,至一由西向东横切向溪水的横断山脉,一条小溪沿横断山脉由西向东与清溪汇合,再绕过插向溪底的山脚,继续向北流淌。此山阻挡住了南北的线路,行人至此须翻过山岭,人称“水车岭”。水车岭再向下向北,约十里,至大楼山,大楼山海拔四百余米,山势陡峭、重叠,远望似楼阁一般。溪水至大楼山向西回旋,在大楼山西面山脚下形成一方圆近百亩的深潭,因水色青碧,当地的女子清晨多在此漂洗衣物和梳理长发,故称此潭为“玉镜潭”。潭的东面大楼山脚下有一小山陂,满陂栽种着桃树,春天来临的时节,桃花灿烂地开放着,如粉色的云霞,倒映在碧潭中,如同仙境。玉镜潭向北,溪水流经逻人山。逻人山在溪水西面,溪水经此由北绕山脚向偏西流淌,逻人山隔涧相对的是绵延的六峰山脉,中间有一大片开阔地。逻人山并不高大,因山上有巨石直立向溪面倾斜,如巡山的逻人,故名“逻人山”。逻人山向西向下游近百米,溪北岸有一小山峰,溪水至此形成一潭,潭中靠北面有一巨石矗立潭面,高五米余,上可坐人,由北面的小山分化而成,但与小山分离。当地人称此石为“江祖石”,传说自古以来就矗立在溪潭中,据说当年昭明太子在编纂《文选》的闲暇,时常乘舟来此石上垂钓,人们在溪边小山上建亭,称“昭明钓台”,以纪念这位有益于人类却早夭的太子。李白作诗《宿虾湖》《游秋浦白笴陂二首》《与周刚清溪玉镜潭宴别》《独酌清溪江石上寄权昭夷》《秋浦清溪雪夜对酒,客有唱山鹧鸪者》《清溪半夜闻笛》等诗。

安史之乱后,李白又数度来到宣州。天宝十五载春,他在宣州作《江上答崔宣城》《宿五松山下荀媪家》《春于姑熟送赵四流炎方序》《宣城哭蒋征君华》《哭宣城善酿纪叟》《经乱后将避地剡中留赠崔宣城》《扶风豪士歌》《赠溧阳宋少府陟》《猛虎行》《至陵阳山登天柱石酬韩侍御见招隐黄山》《赠刘都使》《宣城送刘副使入秦》等诗。

上元二年(761),李白在穷途末路时来到当涂,从叔当涂县宰李阳冰收留了他。李阳冰是当时著名书法家,尤以小篆独步天下。他不仅收留了李白,还派人从动乱中的山东将李白的儿子伯禽接到了当涂,同时将自己为别人撰写碑铭的酬资积蓄和自己的官俸全部拿出来为李白出版诗集,又为李白作长远打算,在县城南面距城约十里的龙山脚下为李白授籍田三十亩,又请工匠在背靠龙山的北面山脚下为李白建了三间草堂。此期,李白作《献从叔当涂宰阳冰》《九日龙山饮》《九月十日即事》《游谢氏山亭》《临路歌》《当涂李宰君画赞》等诗文。

宝应二年(763),一代诗仙李白长辞人间,带着他的理想与豪情,长眠在当涂的龙山脚下。唐宪宗元和十二年(817),时任宣歙等州观察使的范传正,汇同时任当涂令诸葛纵,遵照诗仙临终遗愿,将诗仙从龙山改葬到青山之阳,这是诗仙一生景仰大诗人谢朓的缘故。

李白一生与宣城及宣城山水结下了不解之缘。李白共留下诗一千余首,文六十余篇,其中在宣城留诗一百四十余首,占李白存诗的百分之十四,文六篇,占存文的百分之十。李白往宣城,主要是谢朓任宣城太守的缘故。但李白一到宣城就被宣城厚重的历史和美轮美奂的山水陶醉了。南朝宋著名史学家范晔就是在贬任宣城太守时完成历史巨著《后汉书》的,谢朓三十二岁任宣城太守时,他的诗歌才真正走向成熟,宣城时期也是他创作的最高峰。秋浦因昭明太子在此集文学之著《文选》而闻名。溧阳因史贞义女为救伍子胥舍身投濑水而闻名,这是用生命演绎的赞歌。宣城郡境内有九华山、黄山、敬亭山、五松山、丹阳湖、宛溪、句溪、泾川、清溪。尤其是清溪,李白仿佛寻找到了他心灵中久久渴望的一片田园。李白钟爱宣城,还有宣城人民对他的深厚友谊,如当涂宰李有则于天宝七、八载间邀请李白为天门山作铭,为化城寺大钟作铭。还有宣城郡的宇文太守、赵悦太守、李昭长史、武幼成司马、崔文司户、崔钦县令、灵源寺仲濬公、征君蒋华、酿酒老人纪叟，当涂化城寺住持升公、赵炎少府、周惟长处士，溧阳郑晏县令、宋涉少府、李济少府，广德县令韩云卿，泾县郑谔少府、万巨、汪伦、温处士、谢良辅、黄山胡公、何昌浩判官，青阳韦仲堪县令、处士高霁、会公，秋浦县令崔公、少府柳圆、权昭夷处士、周刚处士，南陵县令韦冰、常赞府、荀七等。上元二年(761)，当涂县令李阳冰无私地接纳了李白，治好了李白的疾病，从战乱中的东鲁将伯禽接到了当涂，并在龙山脚下为李白授了籍田，盖了三间草堂，又倾尽所有收集、整理、出版了李白的诗集。这种精神是多么的难能可贵啊！

李白为宣城留下了多么宝贵、丰富的文化遗产，我们后人有责任有道义保护好这笔丰厚的文化遗产，要将古宣州建成李白诗歌基地，要将李白文化进一步发扬光大，一代代传承下去。

首先要保护好现有的遗迹。如当涂、和县的天门山，当涂的横望山、丹阳湖、凌歊台、黄山渡、龙山，溧阳的史贞义女碑、史贞义女坟、溧阳酒楼，宣城的谢公亭、谢朓楼、宛溪、句溪，泾县的琴高水、泾川、桃花潭、落星潭，铜陵的铜官山，池州的清溪、江祖石、逻人石、大楼山、六峰山、玉镜潭、虾湖等。

二是适当恢复原有遗迹。如当涂的化城寺、化城寺大钟、清风亭、姑熟亭、龙山下草堂，宣城敬亭山上的灵源寺、宛溪馆、赵公西候新亭，泾县的汪氏别业，九华山的夏侯回堂，繁昌县隐静山上的隐静寺，铜陵的五松山。

三是站在历史的高度、站在传承历史文化的高度来谋划李白在唐时宣城郡踪迹遗产保护和旅游开发。加大宣传李白的力度，扩大李白的影响，打造“宣州诗仙踪迹之旅”，由宣城市、马鞍山市、池州市、芜湖市共同组织，吸收黄山市、江苏省溧阳市参与，搞好基础设施建设，实行交通连接，旅游景点连线。

四是大力培育李白文化，各地可成立李白纪念馆或展览馆，在民众和学生中间宣传李白，成立李白宣讲堂，在学校里植入李白文化,尤其是在古宣州境内的高校植入李白文化。马鞍山市要充分利用以前打下的基础,继续在广大市民和学生中间宣传李白,真正办好马鞍山中国李白诗歌节,邀请国际和国内专家、学者、李白爱好者参加。马鞍山中国李白诗歌节要真正宣传李白文化,不可变味。当涂是李白仙逝、安葬之地,可举办李白诞辰或逝世周年或纪念日纪念月活动。宣城可将李白与谢朓这两大历史诗人综合起来进行宣传。池州可将李白与昭明太子综合起来进行宣传。此外,我们还可以整合李白在安徽的踪迹,还要与长江上游的湖北省安陆市和长江下游的江苏省南京市密切联系,还可以加强与李白出生地四川江油市、李白旅居地山东兖州市的联系,将李白文化做大做强,宣传李白文化。

（作者单位:庐江县龙桥镇政府）

中国李白研究会第十八届学术研讨会综述

李德辉

2017年11月3日至6日，中国李白研究会第十八届年会暨李白国际学术研讨会在安徽马鞍山、芜湖、泾县三地举行，由中国李白研究会、安徽师范大学文学院、中国诗学研究中心、马鞍山市文化和旅游委员会主办。来自北京大学、复旦大学、浙江大学、吉林大学、兰州大学、中央民族大学、西北大学、河南大学、上海大学、上海师范大学、安徽师范大学、南京师范大学、河南省社科院、四川省李白研究会、湖北安陆李白纪念馆等二十多个省市高校及学术机构，及香港、台湾、澳门、吉尔吉斯斯坦等地区和国家的90多位学者参与了此次会议。中国李白研究会会长朱易安教授、前会长薛天纬教授、国家图书馆原馆长詹福瑞教授、吉尔吉斯斯坦楚州国立大学苏来曼·卡依波夫教授、国立民族大学图鲁斯别克教授等出席了大会。围绕20世纪以来李白研究述评、唐诗学与李白、李白文化精神与当代文化建设、李白与皖南、李白在当涂的活动、李白研究的其他问题等举办方预设的五个议题进行了深入交流，并提交研究论文80余篇，取得了丰硕成果。

最先举行的是围绕中国李白研究会成立三十周年而展开的一系列纪念活动。11月3日晚，在马鞍山举行了“马鞍山中国李白诗歌节”开幕式，并观看了民族舞剧《李白》首映。接着，与会代表又于11月4日上午，乘车前往当涂李白青山墓园，进行“拜谒诗仙”活动。在李白墓园，举行了“李白墓迁葬青山”1200周年祭祀活动。随后前往诗歌广场，开展了“放飞诗之梦”活动，参加人员有数十位中国李白研究会会员、数十位国内著名诗人、吉尔吉斯斯坦共和国李白研究专家等六个方面的人士。

以上为会议的前奏阶段。正式的会议分为三个阶段进行。

第一阶段，11月4日下午，在马鞍山雨山湖酒店举行了第十八届中国李白研究会第十八届年会开幕式，市文旅委主任胡支农主持，市委常委、市委宣传部部长苏从勇致欢迎辞，中国李白研究会会长朱易安先生致开幕辞。朱会长代表学会，对李白研究会成立三十多年以来所取得的成就做了充分肯定，对未来李白研究发展状况进行了展望，并对参会的中青年学者提出了希望。开幕式结束后，全体代表合影留念。

接着是第二阶段：学会成立三十周年纪念大会，主持人为著名学者詹福瑞先生。会议现场，代表集体观看了中国李白研究会秘书处精心制作的学会成果宣传片《向经典致敬》，主要内容为李白研究的学术经典和学者风范，代表在发言中回忆往事，总结成绩，展望未来，图文并茂，引起了与会学者的广泛共鸣。今年恰逢中国李白研究会成立三十周年，中国唐代文学学会、四川李白研究会等兄弟学会都发来了热情洋溢的贺词，会上宣读了这两份贺词。随后，薛天纬、李芳民、丁放等作为几代李白研究专家的代表，相继发言，回顾了学会成立以来三十年的发展历程，中间提到了很多人和事，提到了詹锳、朱金城、王运熙、安旗、裴斐、郁贤皓、周勋初等老一辈李白研究者对李白研究的卓越成就及为学会发展所做出的开创性贡献，让大家感慨倍增。期间还有专家书法作品捐赠环节，接受了中外专家向学会捐赠的几件书法作品。

随后的11月5日至6日，为会议的第三阶段：分组讨论、学术评议，先后在宣州泾县桃花潭、安徽师范大学举行。90多位代表，划分为3个大组,围绕预设的五个议题,展开自由的学术讨论。根据论文选题的不同,划分为不同场次,进行了广泛而深入的交流。两天之内,一共举行了九场学术讨论,分别由复旦大学查屏球教授、中央民族大学梁森教授、山西师范大学张瑞君教授、天津财经大学崔际银教授、安徽师范大学丁放教授、北京大学朱玉麒教授、安徽大学陶新民教授、海南大学海滨教授、绵阳师范学院杨栩生教授、湖北安陆李白纪念馆王清教授、西北大学李芳民教授、四川师范大学王红霞教授、吉林大学沈文凡教授、苏州科技大学阮堂明教授、北京大学钱志熙教授、南开大学卢燕新教授、国家图书馆詹福瑞教授、台湾政治大学许东海教授担任分会场研讨会的主持或评议人,采用代表发言、专家评议结合的形式进行,代表发言重在表明自己的观点、结论,专家评议重在提出不同意见和改进建议,互相切磋,活跃了会场气氛,增进了友谊,促进了了解。现场讨论热烈,发言者所涉议题广泛,涉及李白的生平交游、思想观念、作品真伪、传播与接受、文献整理、李白与中国古代文学研究、李白诗接受研究、历代李白学研究、李白在安徽的诗歌创作研究、《李白集校注》、海外研究等十多个主题,而以李白思想及诗歌艺术阐释、李白生平研究、作品真伪考证为中心。其中李白文化精神与当代文化建设、李白与皖南、李白在当涂、李白诗歌的布局谋篇等问题讨论得较为充分和有新意。

11月6日下午,会议闭幕式在芜湖碧桂园凤凰酒店会议中心巴黎厅举行。安徽师范大学文学院院长储泰松教授主持闭幕式。安徽师范大学研究生院院长、中国诗学研究中心主任胡传志教授向大会介绍了安徽师范大学中文学科及诗学中心的建设和发展情况,安徽师范大学丁放教授受大会委托,就本次年会作了学术总结。中国李白研究会秘书长周霍祁宣读了李白研究会换届选举结果,宣布北京大学钱志熙教授当选为新一任李白研究会会长。安徽大学丁放教授、西北大学李芳民教授增补为副会长,南开大学卢燕新、安徽师范大学韩震军、河南省社会科学院胡永杰等四人新增为理事。新任会长钱志熙教授发表了热情洋溢的上任讲话，指出李白研究会已经形成了老中青三代结合的学术格局，认为李白研究必将薪火相传，走向辉煌灿烂的明天。

为了增进中外学术交流，此次会议主办方还特地邀请了新疆师范大学文学院外聘教授——吉尔吉斯斯坦楚州国立大学苏莱曼·卡依波夫教授、吉尔吉斯斯坦国立民族大学图鲁斯别克教授等两位贵宾出席。两位教授在会议上用吉尔吉斯斯坦语朗诵了李白诗，苏莱曼教授还向大会赠送了自己的书法作品。同时受邀的还有新疆师范大学文学院院长周珊教授、新疆玛纳斯研究中心主任曼拜特·吐尔地教授。

分组讨论为会议的核心。会议地点，11 月 5 号的前半场，设在泾县桃花潭酒店的三个会议厅。11 月 6 号下午的后半场，设在芜湖安徽师范大学附近的碧桂园凤凰酒店的三个会议厅。详细情况如下：

第一组第一场，主持及评议人为复旦大学查屏球教授、中央民族大学梁森教授，讨论的主题为李白诗歌的接受传播、渊源影响、文学交游、李白歌行的布局谋篇、李白的诗歌理论观念等问题。先后发表的论文为澳门大学何洁莹《大雅是作：李白继〈诗经〉考论》、金陵科技学院程宏亮《基于传播学视角论李白与魏万的交往》、湖南科技大学李德辉《论李白的谋“篇”艺术》、河南省社科院葛景春《李白七律的渊源与影响》、河南省社科院胡永杰《李白“自从建安来，绮丽不足珍”诗歌观念形成的地域文化原因探微》，其中论述李白七言律诗渊源影响和七言歌行的布局谋篇、诗歌观念形成的地域文化原因的 3 篇论文较有深度和新意，但其中的某些观点，也引起了一些学者的质疑。

第二组第一场，主持及评议人为山西师范大学张瑞君教授、天津财经大学崔际银教授，讨论的主题为李白诗歌与地域文化、思想内涵、作品真伪，以及李白诗歌与书法、李白诗歌与文学思想史等问题。先后发表的论文有马鞍山市纪委监察室曹化根《天门山水碧,诗仙归去来》、济南大学侯延爽《李白与哈菲兹“酒仙”内容之比较》、马鞍山李白研究所胡俊《书法资料与李诗校勘》、上海大学李翰《论文学作为思想史之资源:以李白为中心》、商丘师范学院李振中《“梁园”今地及其文化关联》、香港中文大学梁树风《试论李白园中栽桃的用意》、绵阳师范学院杨栩生《〈游谢氏山亭〉是否李白之作的疑问》,论文议题涉及面广泛,部分文字为从某个方面介绍李白生平与创作情况的,显得新意不够。部分则为专论,体现了追求创新的努力,但一些说法尚说服力不够,论证上也缺乏应有的深度。

第三组第一场,主持及评议人为安徽师范大学丁放教授、北京大学朱玉麒教授,讨论的问题较为集中,概括起来主要有两个方面:一为李白的身世、交游,一为诗歌意象、文集传刻、诗歌的渊源、影响和李白诗歌的中外传播研究。提交的论文依次为西北大学邱晓《论李白诗歌“天梯”意象的原型意味》、马鞍山市文联沙鸥《李白与汪伦交游考》、四川师范大学王红霞《二十世纪以来韩国研究述评》、四川省社科院王永波《清刻李白集述要》、西北大学李芳民《李白身世经历的重构记忆考论》、北京朝阳中国文化基金会吴要利《虚与实:李白身世神话论》、安徽财经大学徐小洁《风诗传统影响下的朱谏的“古风”观》,其中论白诗歌“天梯”意象的和清代李白文集传刻情况的两篇论文较有分量。

第一组第二场,主持及评议人为安徽大学陶新民、海南大学海滨教授。讨论的问题集中在李白诗文作品的思想内涵、文献真伪、诗歌意象、文化意蕴、身份认同等方面。提交的论文依次为湖北第二师范学院龙珍华《虚实之间:灾害视闻下的李白〈苦雨〉诗及其他》、湖北安陆李白纪念馆毛淑静《一代之言,皆一代精神之所出》、吉林大学沈文凡《札记:李白对唐代社会伦理表现的思考》、安徽大学唐宸《从版本角度看范德机批选李杜诗的真伪问题》、淮南师范学院万伯江《论李白诗歌中的“清江明月”意象及其文化意蕴》、中央民族大学汪逸璟《从进献〈大猎赋〉看李白对供奉翰林身份的体认》。论文讨论的多为具体作品,工作做得较为细致,细部的论述亦不无可取之处。

第二组第二场,主持及评议人为绵阳师范学院杨栩生教授、湖北安陆李白纪念馆王清教授,讨论的问题为李白的人生理想、主题思想、复古艺术、诗歌理想、海内外学者李白研究述评、李白文化产业等。先后发表论文的有天津财经大学崔际银《论李白的"功成身退"》、四川江油教体和文广新局刘术云《李白故里与游踪地文化产业发展的对策研究》、南开大学卢燕新《李白诗之"故乡"及相关语汇所见其家园情怀》、香港树仁大学欧阳艳华《李白作品谏猎主题的思想探索》、北京大学钱志熙《李白人生及诗歌理想和复古的艺术实践》、西北大学苏岑《朝鲜文人次韵李白〈浔阳紫极宫感秋〉诗考察》、黑龙江八一农垦大学田恩铭《赵昌平李白研究述评》。

第三组第二场,主持及评议人为西北大学李芳民教授、四川师范大学王红霞教授,讨论的问题为李白诗歌的意象、渊源、影响、接受、传播,附带涉及李白与当代社会发展及当代文化建设问题。先后发表论文的有安徽师范大学吴振华《论李白诗歌中描写的江河》、许东海《变骚 · 鸣皋 · 反骚》、四川师范大学姚奎《从〈删补唐诗选脉笺释会通评林〉看周珽对李白诗歌的评价》、四川师范大学张海《简论边贡对李白的接受》、北京印刷学院张佩《详考杨齐贤、萧士赟〈分类补注李太白诗〉之郭云鹏校刻本》、上海师范大学朱易安《试论李白研究成果在当代文化建设中的作用》、北京大学朱玉麒《李白——丝绸之路上的瑰宝》。

以上为11月5号下午的学术讨论,属于分组讨论学术活动的前半,在泾县桃花潭畔酒店举行。后半部分的分组讨论根据会议的日程安排,更换了主持人、日期和地点,转移到芜湖安徽师范大学侧近的碧桂园酒店,时间为11月6日下午。

第一组,第三场,主持及评议人为吉林大学沈文凡教授、苏州科技大学阮堂明教授,讨论的主题为李白诗歌意象、人物或事迹考证、主题思想、李白的生平交往研究及李白文化资源的规划。先后发表论文的为闽南师范大学蔡阿聪《高适不救李白原因再思考》、马鞍山文旅委王成武《系统规划整体包装李白文化资源,强力打造我市李白文化旅游品牌》、北京外国语大学徐晓峰《从阮籍到李白——论五言咏怀组诗中的飞鸟之思》、复旦大学查屏球《李白文中"戴十五"考》、河南大学郑慧霞《李白〈古朗月行〉细探》、新疆石河子大学朱秋德《李白〈天马歌〉所据汉天马考辨及其他》。

第二组第三场,主持及评议人为北京大学钱志熙教授、南开大学卢燕新教授,讨论的问题主要为李白作品在古今中外的接受与传播、李白与地域文化传统,论述的时间范围从唐宋到明清,地域从中国本土到法国、日本。先后发表论文的有兰州大学高璐《明代狱中诗歌与李白》、绵阳师范学院蒋志《罗贯中笔下的李白》、西南交通大学温杨《李白诗作在法国》、河北科技大学吴增辉《唐宋巴蜀纵横传统与士风之流变》、西南交通大学徐臻《日本汉诗对"谪仙"李白的接受》、新疆师范大学薛天纬《李白诗选》《李白诗解》二书的《前言》二篇。

第三组第三场,主持及评议人为国家图书馆詹福瑞教授、台湾政治大学许东海教授,讨论的问题主要为李白诗歌的流传和经典化过程、李白词的本事、李白与地域文化、李白的文化人格。先后发表论文的有安徽师范大学丁放《唐诗选本与李杜诗歌的经典化》、安徽师范大学韩震军《和弦与变奏:"太白骑鲸"诗画图写考论》、浙江大学胡秋妍《李白〈清平调〉三首词本事研究》、湖北工程学院贾平《论李白与安陆民俗文化》、东北石油大学刘瑞敏《试论李白文化人格的世俗与超俗》、西南科技大学毛晓红《巴蜀文化对李白诗歌艺术风格的浸润》,其中"太白骑鲸"和李白《清平调》本事研究二文较有新意。

此次会议的特点有二:

一是社会文化活动与文学研究双重性质兼具,较之以前举办的多数以学术研讨为主的李白会议不同,此次会议举办的纪念性目的更为明确,方式更加多样,学术讨论之外的社会文化活动更丰富,而且较好地将学术研究与地域文化、李白文化两个主题更紧密地结合起来。来自社会不同阶层的诗人、学者给李白研究带来了新思维、新视点、新气象,一定程度上改变了李白学术研究在方法、思路和材料说的固化和沉闷,活跃了会议气氛,也有助于更新学者思维、拓展学术视野、盘活文学研究资源,促使文学研究更好地与当代文化事业及国家经济建设服务。会议的前段,即 11 月 3 号晚上在马鞍山大剧院观看的李白诗歌节开幕式及民族舞剧《李白》首映式,11 月 4 号上午在当涂青山李白墓园开展的诗仙祭祀活动及"拜谒诗仙"活动,当天上午开展的"放飞诗之梦"活动,都是举办单位精心组织的社会文化活动,不但内涵丰富,富含乡土气息,显示出乡土文化的魅力和乡土研究的特长,而且表演性、观赏性也很强,为以往的李白研究会所少见,并且能够从地域文化的角度为李白的文学研究提供新的解释,彰显马鞍山李白文化建设事业的特点和成就,是值得提倡的,也是应予肯定的。

二是安徽地方色彩浓厚。会议的地点设在安徽,这里是李白当年居住过六七年的地方、诗人的第二故乡,加以马鞍山和芜湖两地,从政府到民间都普遍热爱李白,研究李白,形成了不多见的李白文化,故而在这样的地方举行李白研讨会,地域文化特色必然是非常浓厚的。会议举办方也充分意识到了这一点,早在去年策划会议的时候,就预设了五个议题,除了最后一个以外,前面四个都以李白与安徽为主题,引导与会学者提交论文必须以此为中心。而从提交会议的论文来看,也确实在相当程度上做到了诗人研究、诗学研究和现地考察相结合。代表与会之前,就已经在论文中讨论过李白与安徽的相关话题,而会议期间,因为举办方的精心安排,也得以有机会在桃花潭、采石矶、宣州、马鞍山等平日所不能亲至的地方,来亲身感受李白当年写诗作文之地的山川之气、灵秀之蕴,地与境合,获得妙解。通过实地考察,去体悟这些当年诗仙亲履过的地方,真切感受到宣州和马鞍山,真不愧为产生伟大作品、富有神奇魅力的文化名城。通过亲身游历,深刻领悟到伟大作品与地域之间,也潜藏着互相因依的关系,认识到伟大作家的诞生,也并不全是文学家主观努力的结果,不全是缘于诗人的自身的主观创造的原因,有时候,也是因为地方山川的“气逸”,才成就了文学家的“才高”,高才也是需要山川之气来孕育的。由此出发,做更进一层的推论,我们又意识到文学创作中人和地的关系,必须引起高度注意。与其时常习惯性地关注作家籍贯、出生地在哪里,在这些因为文献缺失,资料不够而永远扯不清的老问题上反复纠缠,倒不如把更多的精力放在对作家和地域的结合上,放在对作品生成与地域环境之关系的思考上,这样的研究更加深入地切入到了文学的内部,对作品气质内蕴的把握也要更加深切、细致,而且,是作为一种文学本位研究而存在的,比起那些长期在文学的外围打转转的社会文化研究和以琐屑事实探究为特征的研究,以及那些以史料考索为宗旨的文献资料考证也要好。因为作家成年以来,基本上是远离故土,在外地生活,其平时的创作与生活,多数情况下和出生地已经毫无关系,和居住地却大有关联。正因如此,文学创作中的“人地关系”,才是解读作品的关键视角,是我们需要下大气力关注的重点所在。由此出发,我们对文学和地域的关系,也就多了透过一层不一样的理解。而这些学术思考和启发,也是通过李白与皖南、李白和当涂这样的主题活动才获得的,其开展能够有效地增加对李白在安徽期间所创作的一系列作品的写作背景、思想内涵的准确、深入的理解,是非常有益处的。

(作者单位:湖南科技大学)

《游谢氏山亭》是否李白作之疑（摘要）

杨栩生

李白集中之《游谢氏山亭》，是颇受后世称美的一首诗。可是，这首诗是否为李白之作却是大有可疑。

1. 作年之疑。“再欢天地清”是确定此诗作年的关键。朱谏认为“再欢天地清”是指乾元元年（758）九、十月“肃宗复两京”。但是，乾元元年春，李白尚在流放途中，没有“沦老卧江海”“病闲久寂寞”“卧”“久”的可能和“山花拂人来，山鸟向我鸣”的好情兴，何况还有“田家有美酒，落日与之倾”，更不可能有“醉罢弄归月，遥欣稚子迎”的归家。而赦还之后，两京收复已三年，还说“欢”“天地清”，便不是时候了。

安旗先生两部《编年》以“再欢天地清”指广德元年（763）正月史朝义自缢死，安史之乱终结，将此诗作年定于广德元年。其主要依据是李白《闻李太尉大举秦兵百万出征东南……十九韵》。安旗先生认为此诗之“出征东南”是宝应元年（762）五月征袁晁，故将李白之死定于广德元年。但是，笔者曾就《……留别金陵崔侍御十九韵》诗系年的问题对两《唐书》、《通鉴》载李光弼出镇临淮（即诗题之“出征东南”）进军徐州作过详细的勘比，并取证颜真卿《临淮武穆王李公神道碑》，李光弼出征东南是上元二年（761）五月，则《留别金陵崔侍御十九韵》当作于上元二年,李白便不卒于广德元年。那么,李白便不可能在广德元年春正月史朝义自缢安史之乱终结时“再欢天地清”。

笔者曾以为“再欢天地清”是指李白《饯李副使移军广陵序》之李藏用平刘展之乱“一扫瓦解,洗清全吴”,故系于上元二年春。但细究亦不妥。上元二年春,倘李白是先在金陵与饯李副使,那就不是“卧江海”的“病闲久寂寞”;如若是居当涂而赴金陵与饯,则以病久之身与饯有没有必要、有没有可能?况且,诸家年谱对李白上元二年春以前在当涂没有留居的反映。詹锳先生《李白全集校注汇释集评》认为“系于宝应元年为是”,但距李藏用上元二年平刘展已经过去一年,这时候“再欢”,应该说也不是时候了。

两京收复时李白没有“再欢天地清”游谢氏山亭的条件,广德元年李白已不在世,上元二年春李白没有在当涂“卧”“病”的可能,宝应元年春“再欢”一年以前“洗清全吴”的“天地清”也已经不是时候了。此诗之作或另有其人。

2.“谢氏山亭”“西池”之疑。《游谢氏山亭》,王琦以为“谢氏”是指谢朓,“因谢氏山亭,故用灵运‘池塘生春草’之句作映带”。又在《谢公亭》一诗下注云:“《海录碎事》:谢公亭,在宣州,太守谢玄晖置。……《名胜志》:谢公亭,在江南宁国府宣城县北廓外,齐太守谢朓送别处。”李从军《李白卒年辨》认为“谢氏山亭”是指谢公宅,说:“陆游《入蜀记》载:‘青山南有谢玄晖故宅基。……庵前有小池,曰谢公池。’”安旗先生两部《编年》亦引陆游《入蜀记》,只是在“谢公池”后续引“又有小亭,亦名谢公亭”。

诸家之说似皆未为妥帖。一是因为“宅”与“亭”自是有别,不当等同。二是因为无论宣城县北的谢公亭,或是当涂青山南的谢公宅、谢公亭,都与诗“借君西池游”之“西池”“西”的方位不合。再者,从“借君西池游”可见诗人游的是“谢氏山亭”之“谢氏”“西池”,则“君”之所指,便只能是题中的“谢氏”。诗接下来是“谢公池塘上,春草飒已生”,则可见“西池”便是“谢公池塘”,“君”便是

“谢公”。谢灵运诗云“池塘生春草,园柳变鸣禽”,因而这“谢氏”“君”“谢公”便是谢灵运了。若说“君”是指谢朓,而“谢公池塘上,春草飒已生”是将谢灵运“池塘生春草”句作为映带,则令人感到诗人是张冠李戴,诗歌前后也不衔接。李白用谢灵运“池塘生春草”之句,均无此等现象。再说,据李子龙先生《李白诗文遗迹释考》说,“沿着陆游所说的路线,由青山街后登山四里许,有一小池,深可二尺许,长约六尺,宽约四尺,四周石片圈砌,即为谢公池”。如此“小池”如何可“游”?而且像“春草飒已生。花枝拂人来,山鸟向我鸣”这样的景象,也不是“小池”所能有的。

根据诗之“借君西池游”“谢公池塘上,春草飒已生”,《游谢氏山亭》之“亭”之“西池”,应该是谢灵运《登池上楼》一诗纪游的旧迹,但“谢公池在温州西北二里”,而李白晚年并无温州之行(甚至终其一生也不曾行于温州)。游谢氏山亭或当另有其人另有其地。

3. 诗题之疑。清人吴齐贤《论杜》说:“唐人作诗,于题目不轻下一字,亦不轻漏一字。”李白之诗,无论长题长诗、长题短诗、短题短诗、短题长诗,亦如吴齐贤之论。可是《游谢氏山亭》却使人颇感奇怪,题目题“游谢氏山亭”,而诗却全是游谢氏西池:“借君西池游,聊以散我情。扫雪松下去,扪萝石道行。谢公池塘上,春草飒已生。花枝拂人来,山鸟向我鸣。”这显然是文不对题。以此来看,此诗不像李白所为。

4. “稚子”之疑。“醉罢弄归月,遥欣稚子迎”,“稚子”,詹锳先生《李白诗文系年》认为是“天然”,说:“李华《故翰林学士李君墓志并序》云:‘有子曰伯禽、天然,长能持,幼能辩。’(玩其语意似当如此断句……)此诗中之稚子,盖即天然也。”郭沫若先生《李白与杜甫》认为“‘稚子’无疑是指伯禽,说不定还包含着平阳。做父母的人对于自己的儿女,尽管已经长到二三十岁了,始终是看作‘稚子’的。”阎琦先生《李白家室述证》则认为“稚子”是李白的孙子。这三种说法,似皆不妥。

“稚子”指“天然”,或恐是对李华《墓志》“有子曰伯禽天然……”这段文字的标读之误。这段文字,似应读为“有子曰伯禽,天然长能,持幼能辩,数梯公之德,必将大其名也已矣”(详见拙文《唐人之李白序志碑传辨读》)。若如此,李白则并无“天然”之子。

“稚子”是否伯禽呢?阎琦先生推算伯禽宝应元年已是二十七岁。对一个二十六七岁的成年男子汉称“稚子”,似乎有些不当。虽然在父母眼里,孩子是没有年龄大小的,但总不宜把老大的甚至二十几岁的孩子(正常情况下他自己已经有了“稚子”)称作“稚子”。阎琦先生论及李白《题嵩山逸人元丹丘山居》中之“拙妻”“娇女”时说:“天宝十载平阳已经二十一岁,称为‘娇女’未免措辞失当。”将二十六七岁的成年男子汉伯禽称作“稚子”,是不是措辞也失当呢?“稚子”是伯禽之子一说,似亦难成立。子、孙之称是有严格界限的,儿子为子,儿子之子为孙。虽然孙也称“孙子”,但孙子之“子”是指男性,已不同于“儿子”“稚子”之“子”。以此而论,“遥欣稚子迎”的恐非李白。

《游谢氏山亭》是否为李白所作,虽有所疑,却不敢妄断,且将几点疑问提出,以俟慧眼者。

(作者单位:绵阳师范学院)

四美具 二难并

——评安旗先生主编《李白全集编年笺注》[1]

海 滨

李白现存诗文千余篇，虽经历代学者爬罗剔抉，笺注补订，依据诗体归并分类，形成了今日可见的李白别集的格局，但大多数李白诗却依然难以编年。大面积解决了李白诗文“归队”定位的编年问题并以一条红线将李白的人生、思想、创作连缀贯穿起来的，系统地为李白诗文的“费解”提供了比较信实的参考答案或者比较有效的解决方法的，是《李白全集编年笺注》。

作为中华书局“中国古典文学基本丛书”系列之一的《李白全集编年笺注》，以清通简要的校勘、精警畅达的笺注、条贯融通的年谱、雄健飞扬的序跋，具足四美；编著者直面李白集编年之繁难、工作坊模式之艰难，始则筚路蓝缕以启山林，继以扫叶拂尘踵事增华，三十春秋，如琢如磨，三次付梓，精益求精，终成今日之格局——“李白其人及其诗，在很大程度上，以我们前所末窥的新面目呈现出来。”[2]

一、校勘：有的放矢，清通简要

因为本书校勘的目的是笺注与编年，所以编者在保证底本纯正、校本全面的前提下，有的放矢，不蔓不枝，清通简要，以扎实精审、惜墨如金的态度形成了独树一帜的校勘成果。《李白全集编年笺注》以王琦注本为底本（简称王本），用现存较早的两种宋刊本，和六种明清以来刊刻影印本进行校勘，并采《敦煌唐诗写本残卷》《文苑英华》等唐宋两代总集及选集参校。面对众多版本所呈现的并在歧出的李白创作文本形态，编者并未一一罗列异文以求其全，而是一一甄辨异同以臻其善，求全本已不易，臻善更何其难！所以，出校的文字虽少，但却是基于浩大的辑录辨析原文的工作量的。可以说，每一篇作品都经历了由“瘦”（底本原文）到“肥”（裒辑校本异同文字）再到“瘦”（精审出校）的过程，实现这一过程，依靠的就是编者对有关文献的熟稔程度，对具体作品的理解把握，尤其是编者的考据功夫与洞察力、鉴别力。

二、笺注：详略有度，精警畅达

以题解、注释、集说、按语等有机结合而成的笺注，至少实现了三个功能。

其一是解决了部分考证问题，如《南陵别儿童入京》中，关于南陵的注解。其二是帮助读者疏通文字、理解作品，如《早发白帝城》题解说明“白帝城”，注释说明“三峡”，按语说明李白遇赦事，集说三则中，最是郭沫若的看法有助于读者准确理解作品。三是引导读者探寻作者作时作意，启发读者深入思考，共同推进对李白诗文的深层次解读。如《蜀道难》，本书系于开元十九年，注释主要疏通文字；题解回溯源流、概述作时作意；集说用三千字篇幅择要胪列了自唐代殷璠至当代詹锳诸家对本诗的评价、理解，为按语张本；按语则以千字篇幅展开讨论。围绕此诗，编者不惮其烦，以五千余字的篇幅铺排讨论，非唯确定作品创作时间地点，更为探究作者作意，启发读者深入思考。

三、年谱:文史兼备,条贯融通

本书附有一万五千字的李白简谱。本书编者安旗先生、薛天纬先生有《李白年谱》[3],共八万八千字,本书最早版本《李白全集编年注释》于1990年出版时,李白简谱即附入,系《李白年谱》之缩编修正版。简谱以年代为序,简述李白人生轨迹,进行作品系年,除了个别作品系年微调,李白卒年改定为广德元年(763)之外,略同于年谱。贯通全书者,有三条红线,一是李白人生阅历与行迹变化,二是李白思想发展与情感起伏,三是李白诗歌创作主题与风格的嬗变。此简谱与正编相表里,清晰简要地展示李白人生,是贯通全书的首要红线。可与正文印证,可作读书指南,可以随时备查。独立考察简谱,充分体现了文史互证的学术底蕴,呈现出条贯融通一气呵成的特点。

此外,简谱前尚附录《草堂集序》《李翰林集序》《故翰林学士李君墓志》《唐故翰林学士李君碣记》《唐左拾遗翰林学士李公新墓碑》,以备参考。

四、序跋:深衷恳切,雄健飞扬

本书前有编者《第二版前言》、安旗先生《论李白(代前言)》,后有阎琦先生《后记》、薛天纬先生《第三版后记》四篇,皆文字清畅,情怀恳切,如促膝晤谈,行云流水,娓娓道来。其中,《第二版前言》《第三版后记》详细介绍了本书的前生今世:如何由第一版巴蜀书社1990年《李白全集编年注释》(上中下)、第二版巴蜀书社2000年《新版李白全集编年注释》(上下),发展到第三版中华书局2015年《李白全集编年笺注》(一二三四)并收入"中国古典文学基本丛书";既表达了本书作为国内第一部李白作品编年集得以三次出版的编者之喜悦,也叙及了本书历经三十年沧桑的一些重要掌故，更再三希望得到同行赐教是正。安旗先生《论李白(代前言)》主动回应千余年来李白研究的问题，有的放矢，亮明观点。略异于安旗先生的诗情飞扬，阎琦先生《后记》以语迟声缓的口吻和雄健沉实的笔触围绕李白集编年这样一项前无古人的文献与文学工程进行了更为理性的总结。以上序跋，围绕李白集编年这个核心展开，文笔雄健，辞采飞扬，又饱含着恳切诚朴的学术情怀，即使独立于本书之外，也是情理并茂启人心智的好文章。

五、编年体：功夫兼修内外，不畏蜀道之难

李白诗文编年，是个知易行难的学界老话题。李白的诗本来是按年代先后出现的，因此它的合理次第应该是按年代先后编排。只有这样的编排本才能使李白的生平经历、思想脉络、作品真谛、创作规律等等显现出来，从而使人认识李白其人及其诗的庐山真面目。本书之前，国内始终未出现能大面积解决李白诗文系年问题的整理本。其一，难在李白生平的历史记载模糊不清，仅依据传世和出土文献尚不足以解决所有问题，；其二，难在李白的作品多比兴寄托，文学感悟鉴赏评论又往往见仁见智，难以取得共识。本书以两入长安为突破口，认为，开元十八九年与天宝初的两次长安之行，带来了李白两个诗歌高潮，原先散落在李集中的作品比较清晰地形成了两个聚落或者集群，这两个高潮向前后辐射，又带动解决了一些作品的系年问题；长安系列之外，李白早期蜀中生活、江南漫游、酒隐安陆、出入山东，以及后来的幽州之行、离乱避难、从璘罹难、长流放还、晚岁当涂等人生比较重要的环节皆可参照“复制”这种诗内诗外功夫兼修的攻略，克服史料缺乏和模糊带来的文献整理的“蜀道之难”，大面积地解决编年问题，绘制出一幅总体上写意、细节上工笔的李白诗歌地图。

六、工作坊:同心戮力择善,难在和而不同

工作坊是目下学界对于“以文会友、以友辅仁”的学术合作模式的概括,用来描述本书编撰团队围绕李白集编年研究自上世纪八十年代至今的学术历程,径称安旗工作坊。安旗工作坊模式是典型的分工合作,始终坚持和而不同,唯善是从;安旗工作坊精神基于每个团队成员对李白和李白研究的挚爱与执着,可谓“吾道一以贯之”,“吾将上下而求索”;安旗工作坊胸怀是对天下李白研究的尊重和兼收并蓄,可以用李白诗句概括为“黄河落天走东海,万里写入胸怀间”。

嘤其鸣矣,求其友声;李集整理,嘉音频频。在本书出版不久,复旦大学陈尚君先生在2015年12月复旦大学“文本形态与文学阐释”工作坊发表《李白诗歌文本的多歧状态分析》表示,其以个人之力完成全部唐诗的校订工程的一项重要工作——李白诗的辑校已经完成;在本书出版的次年,2016年4月,郁贤皓先生《李太白全集校注》煌煌八册出版。

(本篇为摘要,原文全文发表于《中国诗歌研究动态》第十七辑,2017年12月出版)

注　释

[1]《李白全集编年笺注》,安旗主编,安旗、薛天纬、阎琦、房日晰笺注,袁行霈题签,李天飞责编,中华书局,2015年10月。本书第一版《李白全集编年注释》,由巴蜀书社1990年出版;经修订,本书第二版《新版李白全集编年注释》,由巴蜀书社2000年出版。此为第三版,收入“中国古典文学基本丛书”。为行文节俭,本书第三版以下简称《笺注》。

[2]安旗《李白诗秘要》前言,安旗《李白诗秘要》,三秦出版社,2001年出版。

[3]安旗、薛天纬《李白年谱》,齐鲁书社,1982年出版。

(作者单位:海南大学)

图书在版编目(CIP)数据

中国李白研究. 2017 / 中国李白研究会，马鞍山李白研究所编. -- 合肥：黄山书社，2018.7

ISBN 978-7-5461-7664-2

Ⅰ. ①中… Ⅱ. ①中… ②马… Ⅲ. ①李白(701-762)—人物研究—文集 ②李白(701-762)—唐诗—诗歌研究—文集 Ⅳ. ①K825.6-53 ②I207.227.422-53

中国版本图书馆 CIP 数据核字(2018)第 181228 号

中国李白研究(2017 年集)
ZHONGGUO LI BAI YANJIU(2017 NIAN JI)

中国李白研究会
马鞍山李白研究所 编

出 品 人	王晓光
责任编辑	石 松 秦矿玲
装帧设计	石 晓
出版发行	时代出版传媒股份有限公司 (http://www.press-mart.com) 黄山书社 (http://www.hspress.cn)
地址邮编	安徽省合肥市蜀山区翡翠路 1118 号出版传媒广场 7 层 230071
印 制	合肥锐达印务有限责任公司
版 次	2018 年 9 月第 1 版
印 次	2018 年 9 月第 1 次印刷
开 本	880mm × 1230mm 1/32
字 数	330 000
印 张	13
彩 插	4
书 号	ISBN 978-7-5461-7664-2
定 价	46.00 元

服务热线 0551-63533706

销售热线 0551-63533768

官方直营书店(https://hsss.tmall.com)